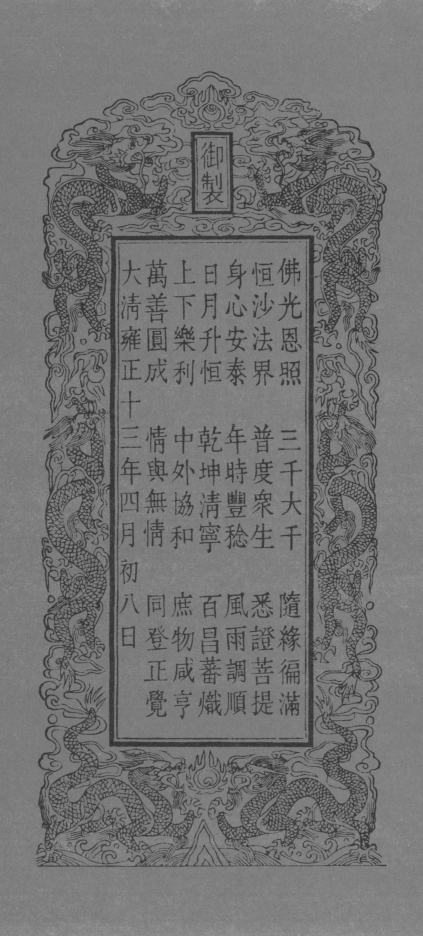

御製

佛光恩照　三千大千　隨緣徧滿

恒沙法界　普度衆生　悉證菩提

身心安泰　年時豐稔　風雨調順

日月升恒　乾坤清寧　百昌蕃熾

上下樂利　中外協和　庶物咸亨

萬善圓成　情與無情　同登正覺

大清雍正十三年四月初八日

第九〇册 小乘論（二）

阿毗達磨大毗婆沙論 二〇〇卷（卷四六至卷一〇〇）

阿毗達磨大毗婆沙論

唐三藏法師玄奘奉詔譯

清刻龍藏佛說法變相圖

阿毗達磨大毗婆沙論卷第四十六

五百大阿羅漢等造

唐三藏法師玄奘奉　詔譯

結蘊第二中不善納息第一之一

三結乃至九十八隨眠如是章及解章義既領會已次應廣釋此三結等皆是契經所說惟除五結及九十八隨眠此中應除如是二論所以者何一切阿毗達磨皆為解釋契經此二論既非契經所說是故應除由此尊者妙音作如是說一切阿毗達磨皆為釋經因如是如是經作如是如是論非經說者皆應除之有說不應除此二論所以者何彼二亦是契經說故謂於增一阿笈摩五法中說五結九十八法中說九十八隨眠時經久遠而俱亡失此本論師以願智力憶念觀察於此

重敘而解釋之有說此二雖非經說而不應除問五結既非契經所說何故不除答諸論皆隨作者意樂不違法相欲造便造謂於此中說徧行結非徧行結徧行非徧行結說徧行結者如三結說非徧行結者如五結說徧行非徧行結者如九結由此五結雖非經說而不應除問九十八隨眠既非經說何故不除答阿毗達磨皆爲釋經七種隨眠是經所說今作論者廣以行相界部差別而分別之是故此論亦不應除

問何故於此先立章耶答爲欲顯示諸門義故若不立章門義無由得顯如彩畫者不能彩畫虛空復次欲令此論久住世故謂此論中雖善立蘊納息章門而百千衆中乃有一人能具誦持況不善立誰當有能誦持如是雜亂文句無誦持者便速隱沒復次若不立章則空無所問必有所依而發問故問何故論者依經立章答諸所造論皆爲釋經故諸經中所有種種不相似義今此解釋立爲雜蘊乃至見義立爲見蘊然一一蘊具一切義復次爲顯契經義無量故非如外典文多義少或全無義如邏摩衍拏書有一萬二千頌惟明二事一明邏伐拏劫私多去二明邏摩將私多還佛經不爾若文若義無量無邊無量者義難測故無邊者文難知故譬如大海無量無邊無量者深無邊者廣復次欲顯契經堪問難故非如外典不堪問難若問難時轉增無義如獼猴子不耐打觸若打觸時便失糞穢佛經不爾堪任問難若問難時生淨戒色善根妙觸如娑羅痆斯所出疊衣堪耐

打觸若打觸時發鮮淨色及勝妙觸復次欲顯契經發則妙故謂有三事覆則妙發則不妙一愚人二女人三外道書論復有三事發則妙覆則不妙一智人二日月三佛法經論復次欲顯契經堪思擇故非如外典不堪思擇若思擇時能使有情慧眼損減如人觀日損減眼根佛法不爾堪任思擇若思擇時慧眼增益如人觀月增長眼根

問何故於此先立章後作門耶答如造舍法故如欲造舍先立基址後方結構如是尊者欲造法舍如基址法故先立章如結構法故後作門復次如種樹法故如欲種樹先治其地然後種植如是尊者欲種法樹如治地法故先立章如種植法故後作門復次如結鬘法故如欲結鬘先經其縷然後結華如是尊者欲結法鬘如經縷法故先立章如結華法故後作門復次如彩畫法故如欲彩畫必先作模後填衆彩如是尊者欲畫法像如作模法故先立章如填彩法故後作門復次如刻鏤法故如欲刻鏤必先作朴後刻支體如是尊者欲鏤法像如作朴法故先立章如刻支體法故後作門復次如觀行法故如瑜伽師先立大種及所造色後以極微刹那分析尊者亦爾如立大種及所造色故先立章如以極微刹那分析故後作門復次如佛說法故如佛說法先標後釋謂先標言六界六觸處十八意近行及四依處說名有情後復釋言如是名六界乃至如是名四依處尊者亦爾如先標法故先立章如後釋法故後作門復次欲現二種善巧法故謂先立章現於義善

巧後作門現於文善巧如義善巧文善巧當知義力文力義無礙解法無礙解義無礙解究竟法無礙解究竟亦爾復次顯已智見無錯亂故謂若智見有錯亂者其所造論亦復錯亂不能立蘊納息章門若彼智見無錯亂者其所造論亦不錯亂能善立蘊納息章門尊者顯已智見無謬故先立章然後作門問何故立章先依三結後乃至依九十八隨眠耶答是作論者意欲爾故謂作論者隨已意欲而作此論不違法相故不應責脅尊者曰一切生疑謂若先說三不善根或乃至先說九十八隨眠者亦皆有疑何緣立章先依於彼故但所說不違法相若先若後俱無有失復有說者阿毗達磨應以相求不應責其先後次第或有說者此中亦可隨少因緣釋其次第然阿毗達磨義理深廣若復釋此便爲繁亂難可受持故不復釋有作是說此中欲顯漸增法故謂先說三次四次五乃至最後說九十八復次顯煩惱樹漸增長故先說三結乃至後說九十八隨眠有餘師說欲顯斷彼漸次證得沙門果故謂三結斷證得初果是以先說三不善根欲漏倍斷得第二果即彼盡斷得第三果是故次說餘二漏斷得第四果是故後說暴流軛取身繫蓋等無別斷證皆重顯示三漏故說是故此中先說三結乃至後說九十八隨眠

有三結謂有身見結戒禁取結疑結問此三結以何爲自性答以二十一事爲自性謂有身見結三界見苦所斷有三事戒禁取結三界見苦道所斷有六事疑結三界見苦集滅

道所斷有十二事此二十一事是三結自性我物相分自體本性已說自性所以今當說問何故名結結是何義答繫縛義是結義合苦義是結義雜毒義是結義此中繫縛義是結義者謂結即是繫云何知然如契經說尊者執大藏往尊者舍利子所問言大德爲眼結色色結眼耶乃至意法爲問亦爾舍利子言眼不結色色不結眼此中欲貪說名能結乃至意法亦復如是如黑白牛同一靷繫若有問言爲黑縛白白繫黑耶應正答言黑不繫白白不繫黑此中有靷說名能繫由此故知結即是繫合苦義是結義者謂欲界結令欲界有情與欲界苦合非樂色界結令色界有情與色界苦合非樂無色界結令無色界有情與無色界苦合非樂雜毒義是結義者謂勝妙生及有漏定如無量解脫勝處徧處等以雜煩惱故聖者猒離如雜毒食雖復美妙智者遠之如世尊說三結永斷證預流果得不墮法定趣菩提極七反有七生天上七生人中流轉往來作苦邊際問如阿毗達磨說八十八隨眠永斷證預流果池喻經說無量苦斷證預流果何故此說三結永斷證預流果耶答應作是說此是世尊爲所化生有餘略說復次世尊觀察所化有情意樂隨眠爲說法要意樂者謂善根隨眠者謂煩惱觀察如是意樂隨眠略說法要斷彼煩惱所說稱量不少不多少說不能斷彼煩惱多說於彼則爲唐捐譬如良醫觀察病者病及病因授以方藥所授稱量不少不多少則不能除其病苦多則於彼亦爲唐捐復次所說法要

有略有廣略者謂說三結永斷證預流果廣者謂說八十八隨眠永斷及說無量苦斷證預流果如略說廣說諸不分別說分別說總說別說無異說有異說不徧說徧說頓說漸說當知亦爾復次爲利根者說三結永斷證預流果爲鈍根者說八十八隨眠永斷及說無量苦斷證預流果如爲利根鈍根者說諸爲因力緣力內力外力自思惟力他說法力開智者說智者說當知亦爾復次爲誘怯弱所化有情顯示易行如牽手故謂怯弱者怖多所行爲誘進之於多說少此中應說佛栗氏子於多聞少便奉行喻謂有苾芻名佛栗氏子如來在世於佛法出家是時已制過一百五十學處於半月夜說別解脫戒經時聞說自愛諸善男子樂學戒者應如是學便生怯弱誰能於此衆多學處具足奉行便詣佛所頂禮雙足白言世尊我今不能守護如是衆多學處請退還家修本俗業世尊哀愍輭言訶擯復勸喻曰善哉善哉佛栗氏子汝能修學三學處不謂增上戒學增上心學增上慧學彼聞數少歡喜踊躍即白佛言我能修學彼學如是三種學時便爲已學一切學處如是世尊若說八十八隨眠永斷或說無量苦斷證預流果者則所化有情心生怯弱誰能拔此八十八種大煩惱樹誰能越此八十八種大煩惱河誰能竭此八十八種大煩惱海誰能碎此八十八種大煩惱山誰能修此八十八種大煩惱對治由世尊說三結永斷證預流果彼聞數少歡喜踊躍便勤修學三結對治斷三結時諸見所斷皆得永斷同對

治故復次世尊於此說勝事故謂見所斷諸煩惱中三結最勝是故尊者妙音說曰於見所斷諸煩惱中三結最勝餘皆屬此如因見生貪瞋慢等復次世尊於此說上首故謂此三結是見所斷煩惱上首如勇健將常在軍前由此勢力諸見所斷煩惱生長難可制伏復次世尊於此說勝功德勝怨敵故勝功德者謂預流果勝怨敵者謂此三結復次佛於此說三三摩地近障法故謂有身見是空近障戒禁取是無願近障疑是無相近障復次如是三結近見道者數現行故如雜蘊說忍作意持見疑不行設行不覺煩惱微細覺慧劣故見謂有身見及戒禁取疑即是疑復次由此三結難斷難破難可越度是故偏說復次由此三結過患增盛堅固衆多是故偏說謂有身見結是六十二見趣根本諸見趣是餘煩惱根本餘煩惱是業根本諸業是異熟果根本依異熟果一切善不善無記法皆得生長戒禁取結能起種種無義苦行疑結能使有情疑前際疑後際疑前後際於內猶預此爲何物云何此物誰現有誰當有如是有情生從何來死往何所復次如是三結已斷已徧知乃至阿羅漢猶相似轉謂有身見結若類智忍時已斷已徧知諸阿羅漢猶相似轉謂作是說我鉢我衣我同住我弟子我房舍我資具於無我中而說有我戒禁取結道類智忍時已斷已徧知諸阿羅漢猶相似轉如洗手足住阿練若但畜三衣常行乞食乃至具足受持十二杜多功德謂得清淨曾聞尊者路摩尚祇迦雖是阿羅漢每日洗浴謂

得清淨此類極多疑結道類智忍時已斷已徧知諸阿羅漢猶相似轉謂阿羅漢遠見竪物便生猶預杌耶人耶爲男爲女若見二路亦懷疑惑此是正道非正道耶見三衣鉢亦懷猶預是我所有他所有耶如是一切復次諸瑜伽師以三結斷爲其上首總證一切見所斷結諸擇滅故復次諸瑜伽師以三結斷爲其上首總覺一切見所斷結諸擇滅故復次如是三結是順下分通三界故欲貪瞋恚雖是順下分而不通三界邊執見邪見見取慢無明等雖通三界非順下分故不說斷復次七隨眠中諸預流果已永斷者此中說故謂預流果七隨眠中已永斷二謂見及疑見有二種謂緣自地他地差別於中各說一上首者復次於九結中諸預流果已永斷者此中說故謂預流果於九結中已斷三結謂見取疑是故尊者妙音說曰此經應言永斷三結證預流果謂見取疑復次十隨眠中諸預流果已永斷者此中說故十隨眠者謂五見疑貪恚慢癡預流於此十隨眠中已永斷六謂五見疑此中惟說永斷三結不說六者但說轉故謂此六中有身見是轉邊執見是隨轉戒禁取是轉見取是隨轉疑是轉邪見是隨轉已說轉當知亦說隨轉是故但說永斷三結復次此經略現門梯隥故謂見所斷諸煩惱中有惟一部有通二部有通四部若說有身見當知總說惟一部者若說戒禁取當知總說通二部者雖更無別通二部隨眠而戒禁取則名通二部或復說彼相應俱有若說疑當知總說通四部者復次見所斷結有

是自界徧行有是他界徧行若說有身見當知總說自界徧行若說戒禁取疑當知總說他界徧行問何故自界徧行但說一結他界徧行說二結耶答他界徧行通有漏緣無漏緣故若說戒禁取當知總說有漏緣結若說疑當知總說無漏緣結如自界徧行他界徧行諸自地徧行他地徧行當知亦爾復次見所斷結有是有漏緣有是無漏緣若說有身見及戒禁取當知總說有漏緣結若說疑當知總說無漏緣結問何故說二有漏緣結無漏緣結但說一耶答有漏緣結有是自界自地緣有是他界他地緣若說有身見當知總說自界自地緣者若說戒禁取當知總說他界他地緣者如有漏緣無漏緣諸有諍緣無諍緣世間緣出世間緣有愛味緣無愛味緣躭嗜依緣出離依緣墮界緣不墮界緣順結緣不順結緣順取緣不順取緣順纏緣不順纏緣當知亦爾復次見所斷結有有爲緣有無爲緣若說有身見及戒禁取當知總說有爲緣結若說疑當知總說無爲緣結有爲緣結說二所以如前應知如是爲緣無爲緣諸常緣無常緣恒緣非恒緣有變易緣無變易緣當知亦爾復次見所斷結有是見性有非見性若說有身見及戒禁取當知總說是見性結若說疑當知總說非見性結是見性結說二所以如前應知如見性非見性諸視性非視性推求性非推求性樂尋覓性非樂尋覓性樂迴轉性不樂迴轉性堅執性不堅執性數取境性不數取境性當知亦爾復次見所斷結有是不善有是無記若說戒禁取疑

當知總說諸不善結若說有身見當知總說諸無記結諸不善結說二所以如前應知如不善無記諸有異熟無異熟感二果感一果無慚無愧相應無慚無愧不相應當知亦爾復次見所斷結有歡行相轉有慼行相轉若說有身見及戒禁取當知總說歡行相轉者若說疑當知總說慼行相轉者歡行相轉說二所以如前應知復次如是三結障三淨蘊是故偏說謂有身見障淨戒蘊有說障淨定蘊戒禁取障淨定蘊有說障淨戒蘊疑障淨慧蘊如障三淨蘊諸障三學三修三清淨當知亦爾復次如是三結障八支聖道是故徧說謂有身見障正語正業正命有說障正念正定戒禁取障正念正定有說障正語正業正命疑障正見正思惟正精進復次欲令疑者得決定故說預流果永斷三結謂世間疑已得聖者猶執有我猶執吉凶猶懷疑惑故世尊說永斷此三證預流果以預流果初聖果故問爲初得道故名預流爲初得果故名預流設爾何失兩俱有過若初得道故名預流則第八聖應名預流第八聖者謂隨信行及隨法行從勝數之是第八故彼最初得無漏道故若初得果故名預流則倍離欲染及全離欲染者入正性離生至道類智位應名預流爾時證得四聖果中最初果故有作是說以初得道故名預流問第八聖者應名預流答若初得道具緣道智乃名預流第八聖者雖初得道而未具得緣道智故不名預流復次若初得道是類智修道果道所攝道者乃名預流第八不爾復次若初得道具三緣

者乃名預流一捨巳得道二得未得道三得結斷一味得捨巳得道者謂捨見道得未得道者謂得修道得結斷一味得者謂得三界見所斷結一味斷得第八不爾復次若初得道具五緣者乃名預流一捨巳得道二得未得道三得結斷一味得四頓得八智五一時修十六行相第八不爾復次若初得道巳斷一切見所斷結無事煩惱忍所斷惑見邪性者乃名預流第八不爾復次若初得道有相有施設可共談論者乃名預流第八不爾復次若初得道容死生者乃名預流第八不爾有餘師說以初得果故名預流問倍離欲染及全離欲染者入正性離生至道類智位應名預流答若初得果是漸次非超越乃名預流餘則不爾復次若初得果證初解脫是初得度住初果者乃名預流餘則不爾復次若初得果先未以世俗道倍離欲染及全離欲染而得果者乃名預流餘則不爾復次若初得果先未以世俗道證欲界法六品斷或九品斷而得果者乃名預流餘則不爾復次若初得果是四果中最初果者乃名預流餘則不爾復次若初得果是四向四果中最初果者乃名預流餘則不爾復次若初得果是四雙八隻補特伽羅中最初果者乃名預流餘則不爾復次若初得果地道俱定者乃名預流謂一來果地雖定而道不定有漏無漏道俱能得故不還果地道俱不定依六地有漏無漏道皆能得故阿羅漢果道雖定而地不定依九地皆能得故預流果地道俱定惟依未至定無漏道得故復有說者不以初得道

故名預流亦不以初得果故名預流然以成就預流果故名預流補特伽羅名依法立如酥油瓶藥水等故問以何義故名預流耶答流謂聖道預者謂入彼入聖道故名預流問一來不還及阿羅漢亦入聖道應名預流答若依此義亦不遮彼然預流果初故受名餘依別德更立果稱問一來不還阿羅漢亦得不墮法何故惟說預流果得不墮法耶答亦應說餘而不說者應知此經是有餘說復次諸果各有勝義顯義謂預流果不墮法勝不墮法顯故說不墮不墮惡趣故一來果一來法勝一來法顯故說一來惟一往來故不還果不還法勝不還法顯故說不還不還欲界故阿羅漢果無生法勝無生法顯故說無生不受後有故是故預流獨說不墮問異生亦

有得不墮法何故於此不說異生答應說而不說者當知此義有餘復次彼不定故謂諸異生於不墮法有得不得諸預流者定得不墮故偏說之定者謂住正性定聚諸預流者定般涅槃故說爲定緣已變故猶如坏器三層閣上投之於地未至地頃雖曰未破必當破故亦名爲破趣菩提者盡無生智名曰菩提彼於菩提願樂忍可敬重愛欲隨順趣向臨至名趣極七返有者謂惟受七有問應言十四有或二十八有若此惟依本有說者應言十四有天上人中各七有故若依本有中有說者則二十八有天人各有十四有故謂七本有及七中有何故但說極七有耶答如七葉樹不過七故說極七有謂天與人本有中有各有七故如餘經說佛轉法輪四諦三

轉十二行相非惟三轉十二行相應說十二
轉四十八行相謂於四諦各有三轉十二行
相然一一諦各有三轉十二行相不過三轉
十二行相故說此言餘經亦說有七處善及
三義觀速於聖法毗奈耶中能盡諸漏不應
但說有七處善彼應說有三十五處善或無
量處善不過七故作如是說謂於五蘊或於
餘法一一各有七處善故此亦如是又餘經
說苾芻我今當說二法二謂眼色乃至意法
彼不應言二應說有十二不過二故說二法
言此亦如是問何預流惟經七有流轉往來
不增不減脇尊者曰若增若減亦俱生疑惟
受七有不違法相故不應責復次彼異熟因
但有爾所感異熟果勢力在故復次彼業力
故能受七有聖道力故不至第八如爲七步

毒蛇所螫大種力故能行七步毒勢力故不
至第八復次若受八有彼第八生應無聖道
聖道法爾不依欲界第八身故彼第八生若
無聖道應見諦已還不見諦得聖果已還不
得果入現觀已還不現觀成聖者已還作異
生勿有斯過故惟七有復次若受八有便越
三世過殑伽沙應正等覺法毗奈耶則於如
來非内眷屬如過七族不名爲親復次增上
忍時已除欲界人天七生色無色界處别一
生於諸餘生得非擇滅若法已得非擇滅者
必不現前故惟七有復次彼於欲界上下七
處有受生義七處謂人及六欲天於中往來
人天相間故受七有復次欲界九品煩惱勢
力有差别故彼受七有復次彼於七有修七
覺支得圓滿故惟受七有復次彼於七有修

七依定七種聖道得圓滿故惟受七有復次彼於七有修七種隨眠能對治道得圓滿故惟受七有不增不減七生天上七生人中者此依圓滿預流而說故人天有等受七生然有預流人天生別謂或天七人六或人七天六或天六人五或人六天五或天五人四或人五天四或天四人三或人四天三或天三人二或人三天二或天二人一或人二天一此中且說極多生者故說預流人天各七問圓滿預流何處滿七爲在天上爲在人中受第七有般涅槃耶此中有說若依此生得預流果即說此生入七有數彼作是說若人中得果則天上滿七而般涅槃若天上得果則人中滿七而般涅槃有作是說若依此生得預流果不說此生入七有數彼作是說若人中得果還人中滿七而般涅槃若天上得果還天上滿七而般涅槃應知此中初說非理以得果生中有全是異生攝故是則預流惟應說受二十七有而施設論說預流者二十八有流轉往來作苦邊際故不應說初得果生入七有數問受七有者前六生中起聖道不有說不起若當起者應般涅槃有說亦起業力持故不般涅槃問若滿七有無佛出世彼在家得阿羅漢耶有說不得彼要出家受餘法服得阿羅漢有說彼在家得阿羅漢已後必出家受餘法服如是說者彼法爾成佛弟子相乃得極果如五百仙人在伊師迦山中修道本是聲聞出無佛世獼猴爲現佛弟子相彼皆學之證獨覺果無學不受外道相故流轉往來者天上壽盡來生人中人中壽

盡往生天上如富貴者林苑遊觀流謂中有轉謂本有作苦邊際者是證苦邊際義問此苦邊際爲在苦中爲在苦外若在苦中應非邊際若在苦外即世間現喻當云何通如世金籌初中後際無不是金苦之邊際亦應是苦有作是說苦邊際者謂在苦中即阿羅漢最後諸蘊體雖是苦非後苦因不生後苦後苦不續名苦邊際有餘師說苦邊際者謂在苦外即是涅槃永出苦故名苦邊際世間現喻不必須通非三藏攝不須釋故世法聖法理各別故

阿毗達磨大毗婆沙論卷第四十六　說一切有部發智

音釋

縷力主切葺綫也　鏤盧候切雕刻也　錯謬錯倉各切謬靡幼切差也　梔於華切　靷以忍切駕牛馬具也在胷曰靷　誘與久切導也　輭而兗切柔也　擯必刃切斥也　杌五忽切木無枝也　梯土鷄切木階也　坏鋪杯切未燒瓦器也　螫施隻切蟲行毒也

阿毗達磨大毗婆沙論卷第四十七

五百大阿羅漢等造

唐三藏法師玄奘奉　詔譯

結蘊第二中不善納息第一之二

有三不善根謂貪不善根瞋不善根癡不善根問此三不善根以何爲自性答以十五事爲自性謂貪瞋不善根各欲界五部爲十事癡不善根欲界四部及見苦所斷一分爲五事謂欲界繫見集滅道修所斷癡全是不善立不善根見苦所斷癡有十種即五見疑貪瞋慢俱不共無明以爲第十於中八種是不善故立不善根身邊二見相應無明是無記故非不善根問根是因義身邊二見相應無明既是一切不善法因何故不立不善根耶答若法體是不善能爲一切不善法因者立不善根身邊二見相應無明雖是一切不善法因而體是無記故非不善根由此三不善根以十五事爲自性已說自性所以今當說問何故名不善根不善根是何義答於諸不善法能生能養能增能益能攝能持能滋長義是不善根義尊者世友作如是說於諸不善法爲自因爲種子爲轉爲隨轉爲等起爲攝益義是不善根義大德說曰於諸不善法爲本爲能植爲轉爲隨轉能攝益義是不善根義問若不善因義是不善根義前生不善五蘊與後生未生不善五蘊爲因前生十不善業道與後生未生十不善業道爲因前生不善三十四隨眠與後生未生不善三十四隨眠爲因如是等不善法皆應立不善根何故但說三不善根尊者世友作如是說此是

世尊觀所化者宜聞法故有餘略說脇尊者言佛知諸法性相勢用餘不能知若法應立不善根者則便立之故不應責尊者妙音作如是說大師知此貪瞋癡三於諸不善爲因勢用偏重偏近故立爲根復次不善法中此三最勝名義勝故偏立爲根復次不善法中此三難斷難破難越故偏立根復次不善法中此三過重過多過盛故偏立根復次此三近障三種善根是三善根增上怨敵是故偏立爲不善根復次離欲染時此三極作留難障礙如守獄卒是故偏立爲不善根復次諸不善法此爲上首猶如猛將在軍前行由此勢力諸餘不善皆得生長故偏立根復次諸不善法此三爲因爲根爲導爲集爲緣爲等起爲能作爲主爲本故立爲根因者如種故根者堅牢故導者能引故集者能生故緣者能助故等起者能發生故能作者能長養故主者能攝受故本者能爲依故復次以此三法具五義故立不善根餘法不爾謂此三法通五部徧六識是隨眠性能發麤惡身語業斷善根時爲强加行通五部者謂通見苦乃至修所斷此簡五見及疑徧六識者謂眼識乃至意識相應此簡慢是隨眠性者謂貪不善根是欲貪隨眠性瞋不善根是瞋恚隨眠性癡不善根是無明隨眠性此簡諸纏煩惱垢等能發麤惡身語業者如契經說貪瞋癡生一切麤惡身語意業斷善根時爲强加行者如施設論說諸斷善根云何所斷以何行相斷謂如有一是極猛利貪瞋癡類乃至廣說此二俱釋不善根義問增上邪見能斷善

根何故不立不善根耶答斷善加行及正斷時此三皆勝故立爲根邪見惟於斷善時勝非加行位故不立根謂諸內外染淨事業加行時難究竟時易如諸菩薩見老病死逼惱世間爲救濟故初發無上正等覺心由此心故三無數劫修習百千難行苦行無有留礙常不退轉初菩提心甚爲難得非後盡智無生智時所修未來三界善法是故邪見非不善根復次斷善根時此三爲轉亦爲隨轉故立爲根邪見非轉亦非隨轉故不立根有作是說斷善根時貪瞋但爲轉癡亦爲隨轉故立爲根邪見但爲隨轉非轉究竟時易故不立根復次邪見所以能斷善根應知皆由貪瞋癡力是故但立貪等爲根謂不善根摧伏善法令無勢力羸劣衰損然後邪見能斷善根復次先說具五義者立不善根邪見不爾謂惟四部意識相應雖是隨眠性而不能發麤惡身語業見所斷心於身語業非近因等起剎那等起故非斷善時爲強加行是故邪見非不善根由前五義總簡諸餘不善五蘊謂不善色蘊五義皆無不善受想識蘊及非隨眠纏垢相應行蘊雖通五部徧六識能發麤惡身語業而闕餘二義不善不相應行蘊雖通五部而闕後四義諸隨眠中五見及疑雖是隨眠性而闕餘四義慢雖通五部是隨眠性能發麤惡身語業而闕餘二義十纏中惛沉掉舉無慚無愧雖通五部徧六識能發麤惡身語業而闕餘二義睡眠雖通五部而闕餘四義忿覆惡作嫉慳雖亦能發麤惡身語業而闕餘四義諂誑慢害恨惱是煩惱等

流故名煩惱垢雖亦能發麤惡身語業而闕餘四義故皆不立爲不善根復次貪瞋癡三是業增上根本集故立不善根如契經說迦邏摩當知貪瞋癡三是業根本集應知此經依增上說餘非增上故不立根復次貪瞋癡三盡故業盡故立爲根如契經說貪瞋癡盡故諸業亦隨盡此經亦依增上義說復次貪瞋癡三展轉相引展轉相助故立爲根如契經說貪能起瞋瞋能起貪無明助二應知亦從貪瞋而起復次此於三受多隨增故立不善根餘法不爾如說於樂受貪隨增於苦受瞋隨增於不苦不樂受癡隨增問於一一受一切隨增何故此中作如是說答從多分故作如是說謂於樂受貪多隨增於苦受瞋多隨增於不苦不樂受癡多隨增復次貪依樂受而起以樂受爲根本造多惡行引多苦果瞋依苦受而起以苦受爲根本造多惡行引多苦果癡依不苦不樂受而起以不苦不樂爲根本造多惡行引多苦果故作是說復次此三佛說是違順故立不善根餘法不爾謂契經說諸有情類由違順力多興鬬諍如諸天衆與阿素洛由違順力數起鬬諍亦如邏摩邏伐拏等爲私多等起諸鬬諍因斯殺害無量有情當知皆是由違順力違者謂瞋貪名爲順問此中何故不說癡耶答癡即在此二分中攝已說違順則已說癡若諸有情不愚癡者爲天妙境尚不造惡況爲人間及惡趣境而興鬬諍造諸惡業因斯流轉受苦無窮復次略現煩惱梯隥門故說不善根惟有三種謂諸煩惱三品所攝貪品瞋品癡品爲

三如契經說佛告梵志若諸有情爲二十一煩惱染心雖自執有眞實淨法得畢竟淨而墮惡趣受下賤身大德法救於彼經中攝諸煩惱皆入三品謂貪瞋癡三品差別說一則說彼品一切如說貪品瞋品癡品如是親品怨品中品有恩品有怨品無二品適意品不適意品非二品應知亦爾復次由三不善根起十惡業道墮十惡處是故偏說云何三不善根起十惡業道如契經說殺生有三種謂貪瞋癡生乃至邪見應知亦爾施設論亦說三不善根是十惡業道生長因本云何由彼墮十惡處如契經說殺生業道若習若修若多所作能令衆生當墮地獄旁生鬼界廣說乃至邪見亦爾施設論亦說殺生業道若習若修若多所作最上品者墮無間地獄次微劣者墮大炎熱地獄次微劣者墮炎熱地獄次微劣者墮大號叫地獄次微劣者墮號叫地獄次微劣者墮衆合地獄次微劣者墮黑繩地獄次微劣者墮等活地獄次微劣者墮旁生趣最微劣者墮餓鬼界廣說乃至邪見亦爾復次若世尊說爲内垢者立不善根餘法不爾如契經說内垢有三謂貪瞋癡如說内垢内怨内嫌内賊亦爾復次若世尊說有增減者立不善根餘法不爾如契經說云何貪增瞋增癡增云何貪減瞋減癡減於餘煩惱不說增減是故不立爲不善根復次若說增上退因緣者立不善根餘法不爾如說苾芻苾芻尼等若自觀見貪瞋癡增應自了知退諸善法復次若佛說爲煩惱障者立不善根餘法不爾如說云何名煩惱障謂有一類

貪瞋癡三數數現行增上猛利復次若世尊說彼爲塵者立不善根餘法不爾如契經說塵有三種謂貪瞋癡如說爲塵根栽垢穢熱惱毒箭火刺刀毒癰病亦爾是故立三不善根問三不善根云何現起答若心起貪瞋則不起若心起瞋貪則不起此二心起決定有癡所以者何貪瞋行相更互相違癡不爾故貪行相歡瞋行相慼無明行相俱不相違復次貪現起時令身增益攝持身故瞋現起時令身損減毀壞身故癡於此二俱不相違復次貪起令身柔軟調適欣樂所緣若愛前境晝夜觀之無猒足故瞋起令身麤澁剛强憎背所緣若憎前境乃至不欲舉眼看故癡於此二事俱不相違

三不善根皆通五部亦徧六識所以者何若不善根惟見所斷則修所斷不善應無根而生若不善根惟修所斷則見所斷不善應無根而生故不善根定通五部若不善根惟在意地則五識中不善應無根而生若不善根惟在五識則意地不善應無根而生故不善根定徧六識若貪俱起諸不善心由二根故說名有根謂貪及彼相應無明若瞋俱起諸不善心由二根故說名有根謂瞋及彼相應無明餘惑俱起諸不善心由一根故說名有根謂惟無明問多處說根謂有處說有身見爲根或有處說世尊爲根或有處說欲爲根或有處說不放逸爲根或有處說自性爲根此諸根名義何差別答說有身見爲根者依諸見趣謂執我我所故六十二見趣生長說世尊爲根者依所說法謂惟佛能說雜染清

淨繫縛解脫流轉還滅等諸妙法門說欲爲根者依集善法謂要有欲能集諸善說不放逸爲根者依守善法謂不放逸故能守護諸善諸放逸者雖有善法而復退壞說自性爲根者依不捨自體謂一切法以自性爲根不失自體問若爾無爲法亦應名有根答依此義諸無爲法說名有根亦無有過有說有處說自性爲根者依同類因謂同類因與後生未生自性類法爲同類因故問苦法智忍及俱起法應名無根答此雖無同類因而爲他同類因諸無爲法則不如是有作是說苦法智忍及俱起法雖無同類因而有相應俱有因故不名無根法評曰應作是說此中自體說名自性無處說因爲自性故

有三漏謂欲漏有漏無明漏問此三漏以何爲自性答以百八事爲自性謂欲漏以欲界四十一事爲自性即貪五瞋五慢五見十二疑四纏十有漏以色無色界五十二事爲自性即貪十慢十見二十四疑八無明漏以三界十五事爲自性即欲色無色界各五部無明由此三漏以百八事爲自性品類足說云何欲漏謂欲界除無明諸餘結縛隨眠隨煩惱纏是名欲漏云何有漏謂色無色界除無明諸餘結縛隨眠隨煩惱纏是名有漏云何無明漏謂三界無知是名無明漏彼言應理若作是說緣三界無知是名無明漏則應不攝無漏緣無明問身語惡行爲是隨煩惱非隨煩惱耶設爾何失若是隨煩惱此中何故不說若非隨煩惱識身足論當云何通如彼說身語惡行是不善非結非縛非隨眠是隨

煩惱非纏應棄應捨應斷應徧知能生後苦
異熟有作是說身語惡行是隨煩惱問若爾
此中何故不說答應說而不說者當知此義
有餘復次若法是隨煩惱亦是纏者此中說
之身語惡行雖是隨煩惱而非纏故此中不
說復有說者身語惡行非隨煩惱問識身足
論當云何通答識身足論應作是說身語惡
行是不善非結非縛非隨眠非隨煩惱非纏
乃至廣說而彼論說是隨煩惱者以身語惡
行爲隨煩惱所擾惱故亦名隨煩惱問若爾
彼亦爲結所繫乃至爲纏所纏亦應名結乃
至名纏答理亦應然而不說者應知彼是有
餘之說復次彼論爲現異聞異說由異說故
義則易解復次彼論爲現二門二略二階二
隥二炬二明二文二影由斯門等二義俱通

如彼自性非結等故名非結等亦非隨煩惱
自性故應名非隨煩惱如彼爲隨煩惱所擾
惱故名隨煩惱亦爲結所繫乃至纏所纏故
應名爲結乃至名纏彼但爲現二門等故各
彰一說二義俱通是故三漏以百八事爲其
自性已說自性所以今當說問何故名漏漏
是何義答留住義淹貯義流泒義禁持義⿺鬼包
惑義醉亂義是漏義留住義是漏義者唯令
有情留住欲界色無色界所謂諸漏淹貯義
是漏義者如濕器中淹貯種子便能生芽如
是有情煩惱器中淹貯業種能生後有流泒
義是漏義者如泉出水乳房出乳如是有情
從六處門諸漏流泒禁持義是漏義者如人
爲他所禁持故不能隨意遊適四方如是有
情爲諸煩惱所禁持故循環諸界諸趣諸生

不得自在趣涅槃界魍惑義是漏義者如人爲鬼之所魍惑不應説而説不應作而作不應思而思如是有情爲諸煩惱所魍惑故起身語意三種惡行醉亂義是漏義者如人多飲根莖枝葉華果等酒即便醉亂不了應作不應作事無慙無愧顛倒放逸如是有情飲煩惱酒不了應作不應作事無慙無愧顛倒放逸聲論者説阿薩臘縛者薩臘縛是流義阿是分齊義如言天雨阿波吒梨或施財食阿旃荼羅阿言顯此乃至彼義如是煩惱流轉有情乃至有頂故名爲漏問若留住義是漏義者諸業皆有留住功能如契經説二因二緣留諸有情久住生死謂煩惱業由煩惱業爲種子故生死難斷難破難滅有人八歲或十歲時斷煩惱盡得阿羅漢但由業力仍住生死或九十歲有至百年何故惟説煩惱爲漏不説業耶答應説而不説者當知此義有餘復次業不定故謂或有業留諸有情久住生死或復有業令諸有情對治生死煩惱不爾故獨名漏復次業以煩惱爲根本故謂定無有不斷煩惱而捨諸業是故惟説煩惱爲漏復次業由煩惱勢力引故但説煩惱是漏非業有煩惱盡而壽住者亦由煩惱餘勢力故如以泥團擲壁雖乾而不墮者應知此是濕時餘力復次煩惱盡故而般涅槃非由業盡故業非漏諸阿羅漢業積如山後蘊不續般涅槃故問何故欲界諸煩惱等除無明立欲漏色無色界諸煩惱除無明立有漏三界無明立無明漏耶答先作是説留住義是漏義欲界有情所以住欲界者由彼期心於

欲喜樂於欲欽羨於欲希望於欲思求於欲尋訪於欲躭湎於欲是故欲界煩惱等除無明立欲漏色無色界有情所以住色無色界者由彼期心於有喜樂於有欽羨於有希望於有思求於有尋訪於有躭湎於有是故色無色界煩惱除無明立有漏三界有情所以期心欲有乃至躭湎欲有而住三界者皆由無知之力是故三界無明立無明漏復次欲界有情雖亦求有而多求欲是故欲界煩惱等除無明立欲漏色無色界有情全不求欲但求於有有作是說雖亦求欲而多求有是故色無色界煩惱除無明立有漏三界有情所以多求欲及有者由無知力是故三界無明立無明漏復次若界有成有壞是界所生煩惱等除無明立欲漏若界有成無壞是界所生煩惱除無明立有漏三靜慮地雖亦有成有壞而第四靜慮及無色界有成無壞故從多說若界有成有壞及界有成無壞有情住者由無知力是故三界無明立無明漏有餘但釋立有漏因謂住於此有求彼有若住於彼無求此有故彼煩惱除無明立有漏譬喻論師但立二漏謂無明漏及有愛漏二際緣起之根本故謂無明是前際緣起根本有愛是後際緣起根本問彼云何釋經三漏耶答彼說有愛有二種謂有不善有無記有有異熟有無異熟有感二果有感一果有無慚無愧相應有無慚無愧不相應諸不善有異熟感二果無慚無愧相應者立欲漏由此愛故欲界餘煩惱等除無明亦名欲漏諸無記無異熟感一果無慚無愧不相應者立有漏

由此愛故色無色界餘煩惱除無明亦名有漏問何故由愛餘煩惱等除無明名欲漏及有漏耶答以愛難斷難破難越過重過多過盛能令界別地別部別由愛勢力生諸煩惱乃至廣說愛之過患是故由愛餘煩惱等得二漏名問何故三界無明別立無明漏耶脇尊者曰佛知諸法性相勢用無有錯謬若法堪任獨立漏者便獨立漏若不堪任獨立漏者便共立漏故不應責復次前已說漏是留住義無餘煩惱留諸有情久住生死如無明者故獨立漏尊者妙音作如是說佛知無明留說有情久住生死勢力速疾尤重親近過餘煩惱故獨立漏復次因無明故於所知境有愛恚癡故獨立漏復次由無明故令諸有情不知前際不知後際不知前後際不知內不知外不知內外不知業不知果不知業果不知善行不知惡行不知因不知從因生法不知佛法僧寶不知苦集滅道不知善不善法不知有罪無罪不知應修不應修不知勝劣不知黑白於總別緣起緣生諸法及六觸處無實智見有黑闇癡是故獨立無明爲漏復次無明難離有大過患故獨立漏貪雖難離而無大過患瞋雖有大過患而非難離慢等俱無故共立漏復次經說無明爲諸惡首故獨立漏如說無明爲上首爲前相故生無量種惡不善法復於其中無慚無愧復次無明自體尤重作業尤重故獨立漏自體尤重者謂與一切煩惱相應亦有不共作業尤重者謂共一切煩惱作業亦獨作業餘煩惱等則不如是復次經說無明爲惡趣本故獨立

漏如說諸此世他世顚墜惡趣者皆無明爲本亦貪欲爲因復次經說無明名爲浪者故獨立漏如契經說苾芻當知眞實浪者即無明是謂有毒蟲名爲浪者自身旣盲生子亦盲彼若螫他亦令他盲無明亦爾旣自盲暗令相應法亦成盲暗若在有情相續中起亦令盲暗復次無明在三界緣一界生愚謂無色界四蘊在九地緣一地生愚謂非想非非想處四蘊有九品緣一品生愚謂非想非非想處下下品四蘊故獨立漏問餘他界地徧行隨眠應如無明各獨立漏答無明偏多故獨立漏謂有九種他界地緣徧行無明即邪見等七種相應及二不共邪見見取疑但有二戒取惟一故不應難復次無明是諸煩惱上首周普徧行故獨立漏上首者謂無明覆故於四聖諦不樂不忍昏迷不了如飢餓人先遇麤食飽餐噉已於後雖得種種餚饌而不甘樂如是有情無明麤食久蘊心中後時雖遇四諦美食而不甘樂由不樂故便生猶豫謂此是苦爲非苦耶乃至是道爲非道耶如是無明引生猶豫一切猶豫能引決定若遇正說得正決定便知有苦乃至有道若遇邪說得邪決定便謂無苦乃至無道如是猶豫引生邪見彼作是念若無四諦決定有我及有我所如是邪見引生身見復作是念此我我所爲斷爲常若見所執相似相續便謂爲常即是常見若見所執變壞不續便謂爲斷即是斷見如是身見引生邊見彼於三見隨計一種能得清淨解脫出離即是戒取如是邊見引生戒取復作是念如是三見旣得

清淨解脫出離便爲最勝即是見取如是戒取引生見取彼愛自見憎恚他見於自他見稱量起慢如是無明於引隨眠最爲上首由隨眠故引起十纏謂忿嫉纏是瞋等流覆纏有說是貪等流有餘師說是癡等流應作是說是二等流或貪名利覆藏自罪或由無知覆藏罪故惛沉睡眠及無愧纏是癡等流掉舉與慳及無慚纏是貪等流惡作纏是疑等流隨眠亦引六煩惱垢謂害恨垢是瞋等流惱垢是見取等流誑憍垢是貪等流諂垢是五見等流如是無明復爲上首引生纏垢周普者從無間獄乃至有頂皆可得故又異生位見位見修位皆成就故又於諸法自相共相皆迷起故徧行者非以無明一刹那起能緣五部爲五部因五部隨增說名徧行但由無明徧一切處同類起故說名徧行與徧行隨眠俱起即名徧行與不徧行隨眠俱起名不徧行自界他界自地他地有漏無漏緣有爲無爲緣亦如是說與諸煩惱俱起和合如團中膩如麻中油故名徧行由此無明具上三義故獨立漏如契經說彼由非理作意起故欲漏有漏無明漏未生者便生已生者倍復增廣問有爾所煩惱生還爾所煩惱滅一刹那後必不住故云何而說三漏生已倍增廣耶答依下中上漸增說故謂下品生已爲中品緣中品生已爲上品緣故作是說復次依等無間緣說倍復增廣謂下品煩惱生已與中品爲等無間緣中品煩惱生已與上品爲等無間緣故作是說復次依同類徧行因說倍復增廣謂下品煩惱生已與中品爲二

因中品煩惱生已與上品爲二因故作是說復次依取果與果說倍復增廣謂下品煩惱生已能取能與中品果中品煩惱生已能取能與上品果故作是說尊者世友作如是說非煩惱多說倍增廣依彼生已不復還墮未生位中故作是說復次依彼生已不復還墮未來世中故作是說復次依數數生故作是說謂一煩惱生已復起非理作意不依對治便生第二復生第三乃至百千故作是說復次依漸猛利故作是說謂下煩惱生已復起非理作意不依對治便生中品復生上品展轉增盛故作是說復次依隨境轉故作是說謂隨緣一色等境界煩惱生已由彼復起非理作意不依對治更緣聲等生諸煩惱故作是說大德說曰依一有中纏多行故說倍增廣謂具縛者從無間獄乃至有頂煩惱皆等自地煩惱無增減故然有現行不現行者若起非理作意不依對治便數現行若起如理作意依對治者便不現行故作是說如契經說漏有七種爲害熱惱謂或有漏是見所斷乃至廣說問勝義漏有三種謂欲漏有漏無明漏何故於此說七漏耶答此中漏具亦說漏聲如諸經中於彼彼具亦說彼彼如前廣說脇尊者曰佛說法已有異所化來至會中如來憐愍以別文句復說七漏令彼得解復次佛說三漏利根已解爲鈍根者復說七漏如利鈍根因力緣力內力外力內思惟力外聞法力開智說智應知亦爾尊者望滿作如是說佛此中說二勝義漏謂見所斷及修所斷見所斷漏以自名說修所斷漏依對治說

彼對治有二種謂伏對治及斷對治於中前五依伏對治最後一種依斷對治故說七漏如契經說正知見彼得阿羅漢果時從欲有無明漏心得解脱問離欲界染時從欲漏心得解脱離有頂染時從有漏無明漏心得解脱佛何故說正知見彼得阿羅漢果時從欲等三漏心得解脱答此中於已解脱亦說今解脱聲此即於近以遠聲說如說今者從何所來又如餘處已斷說斷已入說入已受說受此亦如是復次依欲有漏雙究竟滅故作是說復次依證三漏一味斷得故作是說復次依集漏斷故作是說復次依滅作證故作是說如說得阿羅漢果時九十八隨眠滅作證復次依得無學治彼法智故作是說復次依得無學離彼繫性故作是說復次依相續斷故作是說謂無始來數斷欲漏二漏續起今斷二漏無復相續復次依斷彼緣故作是說謂無始來二漏與彼作三種緣今斷二漏彼緣永斷復次依猒對治故作是說謂彼證得第四果時總猒三漏我無始來爲彼誑惑心不解脱今得解脱深生猒離問爾時五蘊皆得解脱何故但說心解脱耶答心於五蘊最勝故說謂若說勝亦已說餘如王得脱眷屬亦爾復次以心爲首總說五蘊皆得解脱復次以依心故名心所法以心大故名大地法故但說心復次修他心智無間道時但緣心故作如是說心諸勝事如餘廣說

阿毗達磨大毗婆沙論卷第四十七 說一切有部發智

音釋

羸劣羸力追切瘦也劣力輟切弱也　癰於容切癰癤也　慼倉歷切憂也

澁所立切不滑也　淹貯淹央炎切漬也貯直呂切盛也　⿺鬼勿眉秘切與魅同

擲直炙切投也　躭湎躭都甘切湎彌兖切躭湎沉溺也　噉徒濫切食也

餚饌餚胡交切凡非穀而食曰餚饌士戀切具食也　憎恚憎咨騰切惡也恚於避切怒恨也

嫉秦悉切害賢曰嫉　膩女利切肥膩也

阿毗達磨大毗婆沙論卷第四十八

五百大阿羅漢等造

唐三藏法師玄奘奉詔譯

結蘊第二中不善納息第一之三

有四暴流謂欲暴流有暴流見暴流無明暴流問此四暴流以何爲自性答以百八事爲自性謂欲暴流以欲界二十九事爲自性即貪五瞋五慢五疑四纏十有暴流以色無色界二十八事爲自性即貪十慢十疑八見暴流以三界三十六事爲自性即欲色無色界各十二見無明暴流以三界十五事爲自性即欲色無色界各五部無明由此四暴流以百八事爲自性已説自性所以今當説問何故名暴流暴流是何義答漂激義騰注義墜溺義是暴流義漂激義是暴流義者謂諸煩惱等漂激有情令於諸界諸趣諸生生死流轉騰注義是暴流義者謂諸煩惱等騰注有情令於諸界諸趣諸生生死流轉墜溺義是暴流義者謂諸煩惱等墜溺有情令於諸界諸趣諸生生死流轉問若墜溺等義是暴流義者順上分結應非暴流彼令有情趣上生故答順上分義異暴流義謂依界地立順上分結彼令有情趣上界地故依解脱道立爲暴流雖生有頂而令有情沉没生死不至解脱及聖道故尊者妙音亦作是説雖久生上而爲暴流之所漂溺退善品故尊者左受作如是説此中增上數行煩惱如暴流故説名暴流問何故別立見爲暴流軛取而不別立爲見漏耶脇尊者言佛知諸法性相勢用若法堪任別建立者則別立之若不爾者便總

建立復次諸見輕躁行相猛利於留住義不隨順故與餘遲鈍煩惱合立爲欲有漏與漂激等義相隨順是故別立暴流軛取如一車等駕以二牛性俱躁急車等必壞若彼二牛一遲一疾互相制御便無所損故不別立見爲見漏復次見性躁動順離染法不順留住是故與餘遲鈍煩惱合立為漏於漂激等其義相順故別立爲暴流軛取問若見躁動順離染法不應立爲暴流軛取以暴流等順沉溺故答爲呵外道著諸見故別立諸見爲暴流等謂諸外道隨起見趣邪推求境便於生死轉復沉溺無有出期譬如老象陷溺淤泥隨動其身轉復沉溺分別論者說有四漏謂欲漏有漏見漏無明漏於彼論宗不須問答有四軛謂欲軛有軛見軛無明軛此軛自性

如暴流說而義有異謂漂溺義是暴流義和合義是軛義謂諸有情爲四暴流所漂溺已復爲四軛和合繫礙便能荷擔生死重苦如牽挃牛置之轅軛勒以鞦鞅能挽重載故一切處說暴流已即便說軛義相隣故

有四取謂欲取見取戒禁取我語取問此四取以何爲自性答以百八事爲自性謂欲取以欲界三十四事爲自性即貪五瞋五慢五無明五疑四纏十見取以三界三十事爲自性即欲色無色界見各有十戒禁取以三界六事爲自性即欲色無色界戒禁取各二我語取以色無色界三十八事爲自性即貪十慢十無明十疑八由此四取以百八事爲自性已說自性所以今當說問何故名取答以三事故說名爲取一執持故二收採故三選

擇故又以二事故名爲取一能熾然業二行相猛利能熾然業者取令五趣有情業火恒熾然故行相猛利者諸取行相極勇健故問取是何義答薪義是取義如緣薪故火得熾然有情亦爾煩惱爲緣業得熾盛復以纏裹義是取義如蠶作繭自纏自裹乃至於中而自取死有情亦爾起諸煩惱自纏自裹而於其中傷失慧命展轉乃至墮諸惡趣復次傷害義是取義如利毒刺數刺其身身便損壞有情亦爾煩惱毒刺數刺法身法身便壞問何故無明別立漏暴流軛而不別立取耶脇尊者言佛知諸法性相勢用若於此中堪別立者則別立之若不爾者便總建立故不應責復次前說以三事故名取謂執持收採選擇無明雖有前二而無第三故不別立取以無明愚暗不能選擇法故復次前說以二事故名取謂能熾然業及行相猛利無明雖能熾然業而非行相猛利故不別立取以無明遲鈍不能決了法故問何故五見中四見合立爲見取一見別立爲戒禁取耶脇尊者言佛知諸法性相勢用若於見中堪別立者則別立之若不爾者便總建立故不應責復次前說以二事故名取謂能熾然業及行相猛利五趣有情由戒禁取熾然諸業等餘四見故別立取尊者妙音作如是說五趣有情由戒禁取熾然諸業勢用速疾尤重親近過餘四見故別立取復次以戒禁取違逆聖道遠離解脫故別立取違逆聖道者由戒禁取捨眞聖道妄計種種非理苦行能得清淨如斷飲食卧灰卧杵面隨日轉服氣服水或惟噉

果或但食菜或著弊衣或全露體執如是等能得清淨遠離解脫者如如修行苦行邪道如是如是遠離解脫復次以戒禁取欺誑內外二道故别立取欺誑內道者如執洗淨受持十二杜多功德能證清淨欺誑外道者如執種種即前所說非理苦行能得清淨尊者妙音亦作是說此戒禁取現見生苦如炎熾火欺誑二道如惑嬰兒故别立取問何故名我語取爲以行相爲以所緣若以行相薩迦耶見應名我語取我行相轉故若以所緣諸法無我如何可說我語取耶答不以行相不以所緣名我語取有前失故然欲界煩惱除見立欲取色無色界煩惱除見立我語取問何故爾耶答欲界煩惱依婬欲轉依境界轉依衆具轉依他身轉故立欲取色無色界煩惱與彼相違依內起故立我語取復次欲界煩惱感內身時須婬欲須境界須衆具須第二故立欲取色無色界煩惱感內身時與彼相違故立我語取復次欲界煩惱感內身時惟依非定多因外門外事故立欲取色無色界煩惱感內身時惟依於定多因內門內事故立我語取復次欲界煩惱不能感得廣大身形長久壽量故立欲取色無色界煩惱能感得廣大身形如色究竟天身長萬六千踰繕那亦能感得長久壽量如非想非非想處壽八萬大劫故彼煩惱立我語取問何故欲漏暴流軛取亦攝諸纏有漏等中全不攝彼有作是說有漏乃至我語取中亦攝諸纏品類足說云何有漏謂色無色界除無明諸餘結縛隨眠隨煩惱纏是名有漏有暴流軛及

我語取亦應攝纏應作是說上界纏少不自在故不說爲有漏乃至我語取欲界雖多而見所斷不具足故不自在故但總說十纏不别說五部問諸煩惱垢何故不說爲漏等耶有作是說彼亦說在欲漏等中品類足說云何欲漏謂欲界除無明諸餘結縛隨眠隨煩惱纏是名欲漏乃至廣說隨煩惱者即煩惱垢應作是說煩惱垢麤不堅住故不說漏等不信懈怠放逸亦由過輕微故不說漏等如契經說如是四取無明爲因無明爲集是無明類從無明生問餘經皆說愛爲取緣此經何故作如是說答依近因故說愛爲取緣依遠因故說無明爲取因等如近因遠因在此在彼現前不現前此衆同分餘衆同分應知亦爾復次依同類因故說愛爲取緣依同類徧行因故說無明爲取因等復次爲破外道虚妄僻執故說無明爲取因等謂諸外道雖捨居家無取無積勤脩苦行而由無智著諸見趣墮險惡道無有出期故說無明爲取因等問愛即攝在欲取等中何故乃說愛爲取緣答即貪隨眠初起名愛後增名取故不相違復次即貪隨眠下品名愛中上名取故不相違有四身繫謂貪欲身繫瞋恚身繫戒禁取身繫此實執身繫問此四身繫以何爲自性答以二十八事爲自性謂貪欲瞋恚身繫各欲界五部爲十事戒禁取身繫三界各二部爲六事以實執身繫三界各四部爲十二事由此四身繫以二十八事爲自性已說自性所以今當說問何故名身繫身繫是何義答縛身義結生義是身繫義縛身義是身繫

義者謂此四種於生死中縛有情身等縛徧縛如集異門說貪欲身繫未斷未徧知故於彼彼身彼彼形彼彼所得自體爲因爲緣爲縛爲等縛爲徧縛爲結相續如結鬘師或彼弟子取種種華集置一處以縷結作種種華鬘縷與華鬘爲因爲緣爲縛爲等縛爲徧縛爲結相續餘三身繫廣說亦爾結生義是身繫義者如契經說三事合故得入母胎一者父母俱有染心二者其母無病值時三者健達縛正現在前爾時健達縛愛恚二心展轉現在前方得結生故結生義是身繫義問若縛身等義是身繫義者餘煩惱等亦有此義何故不立爲身繫耶有作是說此是世尊觀所化者有餘略說脇尊者言佛知諸法性相勢用若法堪任立身繫者則便立之若不爾者則不建立故不應責尊者妙音作如是說佛知此四縛有情身等縛徧縛勢用速疾尤重親近過餘煩惱是故偏立復次此四身繫縛二部身過餘煩惱是故偏立謂初二身繫縛在家者身過餘煩惱後二身繫縛出家者身過餘煩惱如在家出家有室宅無室宅有攝受無攝受有積聚無積聚有眷屬無眷屬無遠離有遠離應知亦爾復次此四身繫縛三界身過餘煩惱是故偏立謂初二身繫縛欲界身過餘煩惱後二身繫縛色無色界身過餘煩惱復次此四身繫起二諍根過餘煩惱是故偏立謂初二身繫起愛諍根後二身繫起見諍根如契經說執鉼持杖梵志詣大迦多衍那所作是問言何因何縁剎帝利與剎帝利諍婆羅門與婆羅門諍吠舍與吠舍

諍戍達羅與戍達羅諍尊者答言彼由貪瞋愛諍根故互興鬬諍梵志復言何因何緣諸出家者無有室宅攝受積聚而相鬬諍尊者答言彼由戒禁取及此實執見諍根故互興鬬諍如一諍根二邊二箭二戲論二我執應知亦爾復有說者此中現門現略現入故但說四謂諸煩惱或惟見所斷或通見修所斷若說後二身繫當知總說惟見所斷者若說初二身繫當知總說通見修所斷者復次諸煩惱或是徧行或非徧行若說後二身繫當知總說是徧行者若說初二身繫當知總說非徧行者復次諸煩惱或是見性或非見性若說後二身繫當知總說是見性者若說初二身繫當知總說非見性者後次諸煩惱或惟異生現行或通異生聖者現行若說後二身繫當知總說惟異生現行者若說初二身繫當知總說通異生聖者現行者復次諸煩惱或歡行相轉或慼行相轉若說瞋恚身繫當知總說慼行相轉者若說餘三身繫當知總說歡行相轉者復次諸煩惱或惟欲界繫或通三界繫若說初二身繫當知總說惟欲界繫者若說後二身繫當知總說通三界繫者故爲現門現略現入契經但說四種身繫有五蓋謂貪欲蓋瞋恚蓋惛沉睡眠蓋掉舉惡作蓋疑蓋問此五蓋以何爲自性答以欲界三十事爲自性謂貪欲瞋恚答欲界五部爲十事惛沉掉舉各三界五部通不善無記惟不善者立蓋爲十事睡眠惟欲界五部通善不善無記惟不善者立蓋爲五事惡作惟欲界修所斷通善不善惟不善者立蓋爲一

事疑通三界四部通不善無記惟不善者立蓋爲四事由此五蓋以欲界三十事爲自性問蓋有何相尊者世友作如是說自性即相相即自性以一切法自性與相不相離故復次躭求諸欲是貪欲相憎恚有情是瞋恚相身心沉没是惛沉相身心躁動是掉舉相令心昧略是睡眠相令心變悔是惡作相令心行相猶豫不決是疑相已說蓋自性及相所以今當說問何故名蓋蓋是何義答障義覆義破義壞義墮義卧義是蓋義此中障義是蓋義者謂障聖道及障聖道加行善根故名爲蓋覆義乃至卧義是蓋義者如契經說有五大樹種子雖小而枝體大覆餘小樹令枝體等破壞墮卧不生華果云何爲五一名建折那二名劫臂怛羅三名阿濕縛健陀四名鄔曇跋羅五名諾瞿陀如是有情欲界心樹爲此五蓋之所覆故破壞墮卧不能生長七覺支華四沙門果故覆等義是蓋義問若障聖道及障聖道加行善根是蓋義者餘煩惱等亦有此義世尊何故不說蓋耶有作是說此是世尊爲所化者有餘略說脇尊者言佛知諸法性相勢用有蓋相者便立爲蓋無蓋相者則不立之故不應責尊者妙音作如是說佛知此五能障聖道及障聖道加行善根勢用捷速尤重親近過所餘法故偏立蓋復次如是五蓋因時果時俱能爲障故偏立蓋因時爲障者此五隨一現在前時心尚不能起有漏善無記何況聖道果時爲障者由此五蓋墮諸惡趣便總障礙一切功德復次如是五蓋欲界有情多數現起行相微細餘煩

惱等則不如是故偏立蓋謂慢見等欲界有情起者甚少如地獄等豈能起慢我所愛苦勝他苦耶旁生趣中如蝦蟇等愚癡闇劣豈能發起諸惡見趣是故尊者妙音說曰諸餘煩惱雖障聖道而此五種數數現行行相微細是故偏立復次此五障定及障定果勝餘煩惱故偏立蓋復次此五能障三界離染九徧知道四沙門果勝餘煩惱故偏立蓋復次貪欲令遠離諸欲法瞋恚令遠離諸惡法惛沉睡眠令遠毗鉢舍那掉舉惡作令遠奢摩他彼由遠此離諸欲惡法及毗鉢舍那奢摩他故便爲疑箭惱壞其心爲有諸惡不善業果爲非有耶因斯造作種種惡業是故偏立此五爲蓋復次貪欲瞋恚破壞戒蘊惛沉睡眠破壞慧蘊掉舉惡作破壞定蘊彼由破壞

此三蘊故便爲疑箭惱壞其心爲有諸惡不善業果爲非有耶因斯造作種種惡業是故偏立此五爲蓋復次貪欲瞋恚障礙戒蘊惛沉睡眠障礙慧蘊掉舉惡作障礙定蘊彼由障礙此三蘊故便爲疑箭惱壞其心爲有諸惡不善業果爲非有耶因斯造作種種惡業是故偏立此五爲蓋如說破壞障礙三蘊破壞障礙三學三修三靜亦爾復有說者此中現門現略現入是故但立此五爲蓋謂煩惱等或惟一部或通四部或通五部若說惡作當知總說惟一部者若說疑蓋當知總說通四部者若說餘蓋當知總說通五部者復次諸煩惱等或惟見所斷或惟修所斷或通見修所斷者說疑蓋當知總說惟見所斷者若說惡作當知總說惟修所斷者若說餘蓋當

知總說通見修所斷者復次諸煩惱等或是隨眠或非隨眠若說貪欲瞋恚疑蓋當知總說是隨眠者若說惛沉睡眠掉舉惡作當知總說非隨眠者復次諸煩惱等或是徧行或非徧行或通二種若說疑蓋當知總說是徧行者若說貪欲瞋恚惡作當知總說非徧行者若說惛沉掉舉睡眠當知總說通二種者復次諸煩惱等或惟異生現行或通異生聖者現行若說疑惡作蓋當知總說惟異生現行者若說餘蓋當知總說通異生聖者現行者復次諸煩惱等或歡行相轉或慼行相轉或通二種若說貪欲當知總說歡行相轉者若說瞋恚惡作疑蓋當知總說慼行相轉者若說惛沉睡眠掉舉當知總說通二種者故爲現門現略現入契經但立此五爲蓋問蓋名有五體有幾耶答體有七種謂貪欲蓋名體俱一瞋恚疑蓋應知亦爾惛沉睡眠蓋名一體二掉舉惡作蓋應知亦爾如名對體名施設對體施設名異相對體異相名異性對體異性名分別對體分別名覺慧對體覺慧應知亦爾問何故貪欲瞋恚疑一一別立蓋惛沉睡眠掉舉惡作二二合立蓋耶脇尊者言佛知諸法性相勢用若法堪任別立蓋者則別立之若不爾者便共立蓋故不應責復次若是隨眠亦纏性者各別立蓋若是纏性非隨眠者二共立蓋復次若是圓滿煩惱性者各別立蓋若非圓滿煩惱性者二共立蓋結縛隨眠隨煩惱纏五義具足者名圓滿煩惱復次以三事故各共立蓋謂一食故一對治故等荷擔故此中一食一對治者謂貪欲

蓋以淨妙相爲食不淨觀爲對治由此一食一對治故別立一蓋瞋恚蓋以可憎相爲食慈觀爲對治由此一食一對治故別立一蓋疑蓋以三世相爲食緣起觀爲對治由此一食一對治故別立一蓋惛沉睡眠蓋以五法爲食一瞢憒二不樂三頻欠四食不平性五心羸劣性以毗鉢舍那爲對治由此同食同對治故共立一蓋掉舉惡作蓋以四法爲食一親里尋二國土尋三不死尋四念昔樂事以奢摩他爲對治由此同食同對治故共立一蓋等荷擔者貪欲瞋恚疑一一能荷一蓋重擔故別立蓋惛沉睡眠二二能荷一蓋重擔故共立蓋如城邑中一人能辦一所作者則令別辦若二能辦一所作者則令共辦又如椽梁强者用一弱者用二此亦如是問何

緣五蓋次第如是答如是次第於文於說俱隨順故復次如是次第授者受者俱隨順故復次五蓋如是次第生故世尊如是次第而說是故尊者世友說曰得可愛境便生貪欲失可愛境次生瞋恚失此境已心便羸弱次生惛沉由惛沉故心便憒悶次生睡眠從彼覺已次生掉舉既掉舉已次生惡作從惡作後復引生疑由此五蓋次第如是問佛說五蓋差別有十云何分五爲十蓋耶答以三事故分五爲十一內外故二自體故三善惡故內外者謂有貪欲蓋緣內而起有貪欲蓋緣外而起故成二蓋有瞋恚蓋是瞋自體有瞋恚蓋是瞋因緣故成二蓋自體者謂有惛沉蓋有睡眠蓋有掉舉蓋有惡作蓋二分成四善惡者謂疑於善惡分成二蓋故由三事分

五爲十此十一一能障通慧菩提涅槃故名爲蓋問七隨眠中慢無明見世尊何故不立蓋耶答慢非蓋者能隱覆心故名爲蓋慢能策心令心高舉故不立蓋無明所以不立蓋者等荷擔故説名爲蓋無明隱覆行相轉故荷擔偏重不順等義故不立在此蓋類中見非蓋者能滅慧故説名爲蓋見即是慧不可自性還滅自性故慧非蓋問因論生論蓋能總滅有爲善法何故但説蓋滅慧耶答以慧勝故但説滅慧即總説滅有爲善法勝尚能滅況餘劣者如人能伏千人敵者諸餘劣者豈不能伏問色無色界諸煩惱等何故非蓋答彼無蓋相故不立蓋復次蓋能障礙三界離染四沙門果九徧知道色無色界諸煩惱等無如是能故不立蓋復次蓋能障礙定及定果色無色界諸煩惱等無如是能故不立蓋復次蓋能障礙三道三根三種律儀三種菩提三慧三蘊三學三修三淨色無色界諸煩惱等無如是能故不立蓋三道者謂見道修道無學道三根者謂未知當知根已知根具知根三種律儀者謂別解脱律儀靜慮律儀無漏律儀三種菩提者謂聲聞菩提獨覺菩提無上菩提三慧者謂聞所成慧思所成慧修所成慧三蘊者謂戒蘊定蘊慧蘊三學三修三淨亦爾復次蓋惟不善色無色界諸煩惱等皆是無記故不立蓋問因論生論何故惟立不善爲蓋非無記耶答障善法聚故名爲蓋由此蓋者惟是不善如契經説善法聚者謂四念住近障此者謂惡法聚惡法聚者即是五蓋尊者妙音亦作是説雖諸煩惱

障聖道故皆應名蓋而為有情深猒離故惟說不善問無慚無愧既惟不善徧與一切不善心俱何故非蓋有作是說此是世尊為受化者有餘略說脇尊者言佛知諸法性相勢用若法堪任立為蓋者則便立之若不爾者不立為蓋故不應責尊者世友作如是說無慚無愧雖與一切不善心俱惟是不善而造惡時無羞無恥於所造惡多諸巧便於障覆義不顯了故不立為蓋尊者妙音亦作是說無慚無愧雖於所作不善業中勢用增上而於障覆義不顯了故不立蓋尊者佛陀提婆說曰無慚無愧雖障戒蘊而彼勢用不及貪瞋雖障定蘊而彼勢用不及掉舉及以惡作雖障慧蘊而彼勢用不及惛沉及以睡眠故不立蓋問嫉慳二結何故非蓋答亦應名蓋而不說者當知此是有餘之說有作是說此是世尊為受化者簡略而說脇尊者言佛知諸法性相勢用堪立蓋者則便立之若不爾者不立為蓋故不應責尊者世友作如是言嫉慳二種惱亂二趣不與出家在家二衆故立為結然於障覆義不增强故不立蓋尊者妙音亦作是說嫉慳二結蓋義不顯故不立蓋尊者覺天作如是說嫉慳二結障戒定慧勢用不及貪欲蓋等故不立蓋問忿覆二纏何故非蓋答亦應名蓋而不說者當知此是有餘之說有作是說此是如來為所度生簡略之說脇尊者言佛知諸法性相勢用堪立蓋者則便立之不堪立者便不立蓋故不應責尊者世友作如是說忿覆二纏於障覆心義不顯了故不立蓋尊者妙音亦作是說忿

覆二纏於障覆義非增上故不立爲蓋尊者覺天作如是說忿覆二纏障戒蘊等勢用不及貪欲蓋等故不立蓋西方諸師作如是說忿覆二義無別體故不別立蓋問六煩惱垢何故非蓋答亦應名蓋而不說者當知此是有餘之說有作是說此是如來爲所度生簡略之說脇尊者言佛知諸法性相勢用堪立蓋者則便立之不堪立者便不立蓋故不應責尊者世友作如是言六煩惱垢行相麤動不順蓋義故不立蓋尊者妙音亦作是說六煩惱垢不順蓋相故不立蓋微細數行是蓋相故尊者覺天作如是說六煩惱垢障戒定慧勢用不及貪欲蓋等故不立蓋如契經說無明蓋所覆愛結所繫縛愚智俱感得如是有識身問無明能覆亦能縛愛結能縛亦能覆何故但說無明所覆愛結縛耶答俱應說二而不說者應知彼是有餘之說復次欲令所說義易解故以種種語種種文說復次彼經欲現二門二略二階二隥二明二炬二文二影如說無明所覆愛結亦應爾如說愛結所縛無明亦應爾欲現二門乃至二影互相顯照故作是說復次先作是說覆是蓋義無餘煩惱覆障慧眼如無明者是故但說無明所覆縛是結義無餘煩惱繫縛有情流轉生死如愛結者是故但言愛結所縛諸有情類無明所盲愛結所縛不能趣入究竟涅槃此中應說二狂賊喻昔有二賊恒在嶮路若捉得人一坌其眼一縛手足彼人既盲復被繫縛不能逃避有情亦爾無明所盲愛結所縛不能趣入究竟涅槃流轉生死恒受苦惱尊

者妙音亦作是說無明所盲愛結所縛便容造作惡不善業復次依增上義故作是說謂無明覆用增上愛結縛用增上復次依多分義故作是說謂無明多分能覆愛結多分能縛

阿毗達磨大毗婆沙論卷第四十八 說一切有部發智

音釋

漂激 漂紕招切流也激古歷切蕩也 墜 直類切隕落也 軛 於革切 荷擔 荷胡可切擔丁甘切荷擔負也 捶 之累切擊也 輮 而元切車前曲木也 鞦鞅 鞦七由切鞅於兩切鞦鞅駕牛馬具在胷曰鞦在腹曰鞅 裹 古火切包也 蠶繭 蠶昨含切吐絲蟲也繭古典切蠶衣也 弊 毘祭切惡也 嬰 於盈切小兒也 踰繕那 梵語也此云限量繕時戰切 捷 疾葉切敏疾也 瞢憒 瞢毋亘切悶也憒古對切心亂也 椽樑 椽直攣切屋椽也樑龍張切負棟者曰樑 慳 苦閑切悋也 嶮 虛儉切危也

阿毗達磨大毗婆沙論卷第四十九

五百大阿羅漢等造

唐三藏法師玄奘奉　詔譯

結蘊第二中不善納息第一之四

有五結謂貪結瞋結慢結嫉結慳結問此五結以何爲自性答以三十七事爲自性謂貪結慢結各三界五部爲三十事瞋結欲界五部爲五事嫉結慳結各欲界修所斷爲二事由此五結以三十七事爲自性已說自性所以今當說問何故名結結是何義答繫縛義合苦義雜毒義是結義此廣如上三結中說問何故但立此爲結耶答亦應說餘而不說者當知此是有餘之說有作是說此是世尊爲所化者簡略而說脇尊者言佛知諸法性相勢用堪立結者則建立之不堪立者便不建立故不應責尊者世友作如是說此中但說迷色等事自相煩惱繫心爲結貪瞋慢三惟是迷事自相煩惱故立爲結五見及疑惟是迷理共相煩惱無明雖復通迷理事而多迷理故不立結嫉慳二纏亦但迷事惱亂二部及二趣故過患多故亦立爲結餘纏及垢無如是事故不立結尊者妙音亦作是說此五於事縛心過重故立爲結尊者覺天作如是說此五於事數數現行惱亂自他過患尤重故立爲結餘煩惱等無如是事故不立結

有五順下分結謂貪欲順下分結瞋恚順下分結有身見順下分結戒禁取順下分結疑順下分結問此五順下分結以何爲自性答以三十一事爲自性謂貪欲瞋恚順下分結各欲界五部爲十事有身見順下分結三界

見苦所斷爲三事戒禁取順下分結三界各見苦道所斷爲六事疑順下分結三界各四部爲十二事由此五順下分結以三十一事爲自性已說自性所以今當說問何故名順下分結順下分結是何義耶答如是五結下界現行下界所斷結下界生取下界等流異熟果故名順下分結下界者謂欲界問若爾一切煩惱皆是下界現行身在欲界一切煩惱皆容起故六十四隨眠是下界所斷欲界三十六非想非非想處二十八惟在欲界方能斷故三十六隨眠結下界生欲界三十六隨眠一一現在前皆令欲界生相續故三十四隨眠能取下界等流異熟果欲界三十四隨眠是不善能爲異熟因故二隨眠惟能取下界等流果欲界有身見邊執見是無記故

不能取異熟果如是一切煩惱皆應名順下分結世尊何故惟說此五名順下分結非餘煩惱耶答亦應說餘而不說者當知此是有餘之說有作是說此是世尊爲所化者簡略而說脇尊者言佛知諸法性相勢用若法堪立順下分結則建立之若不堪者便不建立故不應責尊者妙音作如是說佛知此五下界現行下界所斷結下界生取下界果勢用捷速尤重親近過餘煩惱故偏立爲順下分結復次下有二種謂界下有情下界下者謂欲界有情下者謂異生由初二結過患重故不越欲界由後三結過患重故不越異生故惟立此五爲順下分結復次下有二種謂地下有情下地下謂欲界有情下謂異生由初二結過患重故不出下地由後三結過患重

故不出下有情故但說此五名順下分結復次此五於彼欲界有情猶如獄卒及防邏者故偏立爲順下分結謂初二結猶如獄卒後之三結如防邏者如有罪人禁在牢獄有二獄卒恒守御之不令輒出復有三人常爲防邏彼人設以親友財力傷害獄卒走出遠去三防邏者還執將來閉置牢獄此中牢獄即喻欲界罪人即喻愚夫異生二獄卒者喻初二結三防邏人喻後三結若有異生以不淨觀傷害貪欲復以慈觀害瞋恚離欲乃至無所有處生初靜慮乃至有頂彼有身見戒禁取疑還執將來置在欲界尊者妙音亦作是說二結未斷未徧知故不出欲界三結未斷未徧知故還生欲界故偏說此五名順下分結尊者左受亦作是說二所縛故不越欲界三未斷故還隨欲界故偏立此五爲順下分結復次此中現門現略現入故偏說此五名順下分結謂諸煩惱或惟一部或通二部或通四部或通五部若說有身見當知總說惟一部者若說戒禁取當知總說通二部者若說疑當知總說通四部者若說貪欲瞋恚當知總說通五部者如是惟見所斷通見修所斷是徧行非徧行惟異生現行通異生聖者現行歡行相轉慼行相轉應知亦爾復次通見修所斷諸煩惱中惟有貪瞋獨立徧六識惟見所斷諸煩惱中惟身見等三爲轉爲上首故偏立此五爲順下分結復次若問何故初二結立順下分應如不善根中廣答若問何故後三結立順下分應如三結中廣答由此二問答總遮餘煩惱問何故隨煩惱非順

下分結答彼亦應是順下分結而不說者當知有餘有作是說此是世尊爲所化者簡略之說復有說者若令下界及下有情生相續者立順下分諸隨煩惱不能結生故不立爲順下分結如契經說汝等應受持我前所顯五順下分結爾時會中摩洛迦子即從座起偏袒右肩右膝著地向薄伽梵曲躬合掌白言世尊我已受持世尊所說五順下分世尊告曰云何受持彼言貪欲即是欲貪隨眠纏心是順下分世尊已顯我已受持乃至疑結廣說亦爾佛言癡人外道異學聞汝所說當訶詰汝如病嬰兒仰卧牀上彼尚不了色等欲塵况能現起貪欲纏心然彼猶有欲貪隨眠乃至疑結廣說亦爾問如佛所說五順下分彼具受持寧被訶責答訶所取義非所取名訶所解義非所解名遮所說義不遮其名謂彼具壽說起煩惱名順下分非不起者佛說煩惱若未斷時名順下分不必現起復次彼說煩惱要現行時名順下分佛說成就亦得名爲順下分結復次彼說煩惱要現在時名順下分佛說三世皆得名爲順下分結復次彼說煩惱要纏心時名順下分佛說若纏若隨眠位皆得名爲順下分結如說貪欲纏及隨眠不正善斷時名順下分結乃至疑結廣說亦爾有五順上分結謂色貪順上分結無色貪順上分結掉舉順上分結慢順上分結無明順上分結問此五順上分結以何爲自性答以八事爲自性謂色貪即色界修所斷愛爲一事無色貪即無色界修所斷愛爲一事掉舉慢無明即色無色界各修所斷掉

舉慢無明爲六事由此五順上分結以八事爲自性已說自性所以今當說問何故名順上分結順上分結是何義答令趣上義令向上義令上生相續義是順上分結義問若趣上等義是順上分結義者順上分結應非暴流墜溺等是暴流義故答暴流義異順上分義謂依界地立順上分彼令有情趣上生故依解脱道立爲暴流雖生有頂而令有情沉没生死不至解脱及聖道故問何故色界無色界貪各别立爲順上分結餘三二界合立一耶答餘三亦應依界别立而不爾者當知有餘復次欲令所説義易解故以種種語種種文説復次世尊欲現二門二略二階二隥二明二炬二文二影如愛依界别立二結掉舉慢無明亦應各立二如掉舉等一界合立愛亦應爾如是便應順上分結或八或四爲現二門乃至二影互相顯照故作是説復次愛令界别地别部别愛能增長一切煩惱愛有愛處所説多過故依界别立爲二結掉舉等三無如是事故上二界合立爲一問何故惟修所斷立爲順上分結答令趣上生名順上分見所斷結亦令墮下故不立爲順上分結復次上人所行名順上分上人是聖非諸異生見所斷結惟異生起故不立爲順上分結於聖者中惟不還者所起諸結立順上分問因論生論何故預流及一來者所起諸結非順上分答順上分者謂趣上生預流一來所起諸結亦令生下故不立爲順上分結復次若越度界亦得果者彼所起結立順上分預流一來雖復得果非越度界故彼所起非

順上分復次若越度界亦斷不善煩惱盡者所起諸結立順上分預流一來二事俱闕故所起結非順上分復次若越度界順下分結亦斷盡者彼所起結名順上分預流一來二事俱闕故所起結非順上分復次順上分結與順下分所依各異若身中起順上分結彼必不起順下分結若身中起順下分結彼必不起順上分結預流一來身中容起順下分結故必不起順上分結復次若不復起似異生業彼所起結立順上分預流一來猶復現起似異生業故所起結非順上分云何彼起似異生業謂樂著雜綵塗飾香華受畜金銀珍玩寶物驅役作使猶行捶罰亦與男女同處一牀摩觸屍骸生細滑想又無慚恥行非梵行此等名爲似異生業復次若有不復生於血滴增羯吒私入於母胎生熟二臟中間住者彼所起結名順上分預流一來容有此事故所起結非順上分如彼契經說質怛羅居士告諸親友汝等當知我定不復生於血滴增羯吒私入於母胎生熟二臟中間止住我已永斷五順下分不復還退受欲界生尊者妙音亦作是說解脫貪欲瞋恚結者我說解脫入母胎事問順上分中掉舉自性爲是結不設爾何失若是結者品類足說當云何通如說云何結法謂九結云何非結法謂除九結諸餘法若非結者此經所說當云何通如說云何五順上分結謂色貪無色貪掉舉慢無明答應言是結問品類足說當云何通答外國諸師所誦異此謂彼誦言云何結法謂九結及順上分結中掉舉云何非結法謂

除九結及順上分結中掉舉諸餘法問迦濕彌羅國諸師何故不如彼誦答此亦應如彼誦而不誦者有別意趣以彼掉舉是結非結不決定故謂掉舉性少分是結即上二界者少分非結即欲界者或有是結即聖所起者或有非結即異生起者有位是結即已離欲染聖者所起有位非結即未離欲染聖者所起問何故掉舉上二界者是結欲界者非結耶答以欲界非定界非修地非離染地無勝定慧能覺掉舉爲擾亂事故不立結色無色界是定界是修地是離染地有勝定慧能覺掉舉爲擾亂事故立爲結如近村邑雖發大聲亦不爲患阿練若處雖發小聲亦以爲患復次欲界多有非法煩惱如忿恨等覆障掉舉令不明了故不立結色無色界無多如此非法煩惱覆障掉舉彼明了故立之爲結如近村邑惡行苾芻雖多不覺阿練若處惡行苾芻雖少易覺問惛沉掉舉俱通三界俱徧六識俱通五部並與一切染汙心俱何緣掉舉立順上分非惛沉耶答以彼掉舉爲過猛利過重過多故佛立爲順上分結亦由此故立十煩惱大地法中又由此故外國所誦品類足說云何結法謂九結及順上分結中掉舉又由此故雜蘊已說云何不共無明隨眠云何不共掉舉纏又由此故施設論說異生欲貪隨眠起時有五法起一欲貪隨眠二欲貪隨眠隨生有誦欲貪隨眠增益三無明隨眠四無明隨眠隨生有誦無明隨眠增益五掉舉惛沉不爾故不立爲順上分結復次以掉舉纏行相明利所作捷速擾亂五支四支

定慧故佛立爲順上分結惛沉行相闇昧遲鈍與定相似能隨順定故惛沉者能速發定故不立爲順上分結復次惛沉旣是無明等流無明復是順上分結覆障惛沉令不明了是故惛沉非順上分問上界亦有諂誑憍三何不立爲順上分結答諸煩惱垢麤動易息繫縛用劣故不立在諸結聚中即由此義脇尊者言佛知諸法性相勢用堪立結者便立爲結若不爾者則不立之故不應責尊者妙音亦作是説諂誑憍等麤動易息不順結義故不立爲一切隨眠纏中少分可立爲結

有五見謂有身見邊執見邪見見取戒禁取問此五見以何爲自性答以三十六事爲自性謂有身見邊執見各三界見苦所斷爲六事邪見見取各三界四部爲二十四事戒禁取三界各見苦道所斷爲六事由此五見以三十六事爲自性已説自性所以今當説問何故名見見是何義答以四事故名見一徹視故二推度故三堅執故四深入所縁故徹視故者謂能徹視故名爲見問此見旣邪又是顛倒云何名視答雖邪顛倒而性是慧能見所縁故亦名視如人見境若明若昧俱名視故推度故者謂能推度故名爲見問一刹那頃如何推度答性猛利故亦能推度堅執故者謂能堅執故名爲見此見於境僻執堅牢非聖慧刀無由令捨佛佛弟子執聖慧刀截彼見牙方令捨故如有海獸名室首魔羅彼所嚙物非刀不能解謂彼若嚙諸草木等要截其牙方令捨故如有頌言

愚人所受持　鱣魚所銜物　室首魔羅嚙

非刀不能解

深入所緣故者謂性猛利深入所緣如針墮泥故名爲見復次以二事故名見一觀視故二決度故復次以三事故名見一有見相故二成所作故三於境無礙故復次以三事故名見一意樂故二執著故三推究故復次以三事故名見一意樂故二加行故三無知故意樂故者謂意樂壞者加行故者謂加行壞者無知故者謂俱壞者復次意樂故者謂邪修定者加行故者謂邪推求者無知故者謂邪聞法者巳釋諸見總義一一別義今當釋

問何故名有身見答此見於有身轉故名有身見問餘見亦有於有身轉彼應名有身見答此見於自身轉非他身於有身轉非無身故名有身見餘見於自身轉或於他身轉於有身轉或於無身轉故不名有身見於自身轉者謂自界地緣於他身轉者謂他界地緣於有身轉者謂有漏緣或有爲緣於無身轉者謂無漏緣或無爲緣問邊執見亦於自身轉非他身於有身轉非無身彼應名有身見答義雖俱有而初得名後所立名更隨餘義謂彼別執斷常二邊故隨此義名邊執見復次此見於有身轉執我我所故名有身見餘見雖亦有於有身轉而不執我我所故不名有身見復次此見於有身轉作我我所行相故名有身見餘見雖亦有於有身轉而不作我我所行相故不名有身見復次此見於有身轉計我作我受故名有身見餘見雖亦有於有身轉而不計我作我受故不名有身見復次此見於有身轉順施戒修故名有身見

餘見雖亦有於有身轉而不順施戒修故不名有身見復次此見於有身轉不違業果故名有身見餘見雖亦有於有身轉而違業果故不名有身見尊者世友作如是說此見但於自身轉故名有身見即五取蘊名爲自身問何緣取蘊名自身耶答自因緣力之所作故自業煩惱所得果故對邊執見問答如前問何故名邊執見答此見執二邊故名邊執見謂於斷常二邊轉故如契經說迦多衍那若以正慧如實知見世間集者則於世間不執爲無執爲無者即是斷見謂彼若見後身生時便作是念如是有情死此生彼必定非斷若以正慧如實知見世間滅者不執爲有執爲有者即是常見謂彼若見諸蘊界處別別相續便作是念如是有情有生有滅必定非常復次此見所執極邊鄙故名邊執見謂諸外道執有實我已爲愚佷況復執我爲斷爲常而非邊鄙復次此見所執極邊遠故名邊執見謂諸外道執有實我於無我理已爲邊遠況復執我爲斷爲常而非邊遠復次此執二邊行相轉故名邊執見謂執斷常二行相轉如契經說苾芻當知我不與世間諍而世間與我諍問此經所說其義云何尊者世友作如是說世尊定說有因果故謂佛若遇常見外道彼說諸法有果無因以無因故自性常有世尊告曰汝言有果我亦說有汝言無因是愚癡論世尊若遇斷見外道彼說諸法有因無果以無果故當來斷滅世尊告曰汝言有因我亦說有汝言無果是愚癡論佛於二論各許一邊離斷離常而說中道故作

是說我不與世間諍而世間與我諍復次世尊是如法論者諸外道等是非法論者如法論者法爾無諍非法論者法爾有諍復次佛於世俗隨順世間彼於勝義不隨順佛復次世尊善斷二諍根故二諍根者謂愛及見佛已永斷故說無諍世間未斷故說有諍大德說曰世尊是如理論者諸外道等是非理論者如理論者法爾無諍非理論者法爾有諍如馬涉險步有低昂若遊平路行無差逸復次佛是見義見法見善見調柔者故說無諍世間不爾故說有諍問何故名邪見答邪推度故說名邪見問若爾五見皆邪推度何獨說此爲邪見耶答依別行相立此名故別行相者謂無行相若不依此而立名者則應五種皆名邪見五見皆是邪推度故然無行相過患尤重故惟依此立邪見名復次若邪推度亦壞事者說名邪見所餘四見雖邪推度而不壞事故別立名復次若邪推度謗因果者說名邪見所餘四見雖邪推度不謗因果故別立名復次若邪推度與施戒修極相違者說名邪見餘見不爾故別立名復次若邪推度亦謗過去未來現在正等菩提三寶歸者說名邪見餘見不爾故別立名復次若邪推度壞二恩者說名邪見餘見不爾故別立名二恩者謂法恩生恩壞法恩者謂無施與無愛樂無祠祀無妙行無惡行無妙惡行業果異熟無此世無他世壞生恩者謂無父無母無化生有情世間無有真阿羅漢正至正行乃至廣說復次若邪推度起二愆者說名邪見餘見不爾故別立名起二愆者一起法

然二起生然起法然者謂言無施與乃至廣說起生然者謂言無父毋乃至廣說復次若邪推度壞現量者說名邪見餘見不爾故別立名如人陷墜熾火坑中爲誑世間言我受樂邪見有情亦復如是居種種苦蘊界處中邪見纏心言我無苦如是說者名壞現量復次若邪推度名暴惡者說名邪見如契經說苾芻當知諸邪見者隨彼見力所有身業語業思求願行及彼種類一切能招不可愛不可喜不可樂不可意果所以者何彼邪見是暴惡見故所餘四見雖邪推度而非暴惡故別立名問何故名見取答此取諸見故名見取問此通取五取蘊何故但名見取耶答此因諸見通取五蘊故但名見取復次以何相故立見取名謂若取見或取餘蘊執最勝者立見取名復次此應名見等取略去等言但名見取復次此多取見故名見取問何故名戒禁取答此取諸戒禁故名戒禁取問此通取五取蘊何故但名戒禁取耶答此因戒禁通取五蘊故但名戒禁取復次以行相故名戒禁取謂取戒禁或取餘蘊執能淨者名戒禁取復次此見應名戒禁等取略去等言故但名戒禁取復次此多取戒禁故名戒禁取問何故二見俱名爲取答由此二見取行相轉故俱名取謂有身見執我我所邊執見執斷常邪見執無取此諸見以爲最勝故名見取取諸戒禁能得淨故名戒禁取復次前之三見推度所緣勢用猛利故名爲見後之一見執受能緣勢用猛利故名爲取

有六愛身謂眼觸所生愛身耳鼻舌身意觸

所生愛身如是愛身應說一種如九結中三界諸愛總立愛結或應說二如七隨眠中欲界愛立欲貪隨眠色無色界愛立有貪隨眠或應說三如契經說苾芻當知三愛河者即三界愛或應說四如契經說有諸苾芻苾芻尼等因衣服因飲食因卧具因有無有愛生時生住時住著時著或應說五謂見苦集滅道及修所斷愛或應說九謂上上品乃至下下品愛或應說十八如十八愛行或應說三十六如三十六愛行或應說百八如百八愛行若以在身剎那分別有無量愛問世尊何故廣一愛等略無量愛等說六愛身耶答約所依故謂從一愛生無量愛無不皆依六根六門六階六隥六跡六路六衆而出六識相應故但說六問瞋恚無明亦依六根廣說乃至六識相應世尊何故說六愛身不說六瞋恚六無明身耶答應說而不說者當知此義有餘復次已說愛身當知則亦說瞋恚無明身所依等故復次愛通三界獨行徧六識故說爲身瞋恚雖亦獨行徧六識而不通三界無明雖亦通三界而非獨行徧六識故不說爲身復次愛通三界獨行徧六識異生聖者俱得現行故說爲身瞋恚雖亦獨行徧六識異生聖者俱得現行而不通三界無明雖亦通三界異生聖者俱得現行而非獨行徧六識故不說爲身復次愛能分別諸界諸地諸部亦能生長一切煩惱故立爲身瞋恚無明無如是事故不說爲身問何故名身答多愛積集故名爲身謂非一剎那眼觸所生愛名眼觸所生愛身要多剎那眼觸所生愛乃名

眼觸所生愛身乃至意觸所生愛身亦爾如獨一象不名象軍要多象集乃名象軍馬軍步軍應知亦爾是故多愛方名愛身問有身見等亦多積集應名爲身何獨說愛答有身見等亦應名身而不說者是有餘說復次有身見等惟在意地不在五識故不名身問無慚無愧惛沉掉舉亦通六識何不名身答亦應名身而不說者當知此是有餘之說復次前說通三界獨行徧六識者說之爲身惛沉掉舉雖通三界而非獨行徧六識故不得名身無慚無愧二義俱闕故不名身復次隨眠微細勢用增强可名爲身纏垢麤動勢用羸劣故不名身復次前說愛能分別諸界諸地諸部故說爲身有身見等無如是義尚不名身何況纏垢

阿毗達磨大毗婆沙論卷第四十九　說一切有部發智

音釋

塗飾　塗同都切　飾設職切粧飾也　屍骸　屍升脂切死屍也　骸戶皆切骨也　羯吒　羯居竭切　吒陟駕切　臟　徂浪切腑臟也　擾　而沼切亂也　僻　匹亦切偏也　齩　五巧切噬也　鱣　常演切魚名　銜　胡緘切口含物也　鄙　補靡切邊也　猥　烏賄切鄙也

阿毗達磨大毗婆沙論卷第五十

五百大阿羅漢等造

唐三藏法師玄奘奉　詔譯

結蘊第二中不善納息第一之五

有七隨眠謂欲貪隨眠瞋恚隨眠有貪隨眠慢隨眠無明隨眠見隨眠疑隨眠問此七隨眠以何爲自性答以九十八事爲自性謂欲貪瞋恚隨眠各欲界五部爲十事有貪隨眠色無色界各五部爲十事慢無明隨眠各三界五部爲三十事見隨眠三界各十二爲三十六事疑隨眠三界各四部爲十二事由此七隨眠以九十八事爲自性已說自性所以今當說問何故名隨眠隨眠是何義答微細義隨增義隨縛義是隨眠義微細義是隨眠義者欲貪等七行相微細如七極微成一細色隨增義是隨眠義者欲貪等七普於一切微細有漏皆悉隨增乃至一極微或一刹那頃欲貪等七皆隨增故隨縛義是隨眠義者如空行影水行隨故空行謂鳥水行謂魚鳥以翅力欲度大海水中有魚善取其相而作是念無有飛鳥能過大海惟除勇迅妙翅鳥王即逐其影鳥乏墮水魚便吞之如是隨眠於一切位恒現起得非理作意若現前時即受等流或異熟果復次微細義是隨眠義者依自性說隨增義是隨眠義者依作用說隨縛義是隨眠義者依彼得說復次微細義是隨眠義者依自性說隨增義是隨眠義者依相續說隨縛義是隨眠義者依習氣堅牢說復次微細義是隨眠義者依過去隨眠說隨增義是隨眠義者依現在隨眠說隨縛義是

隨眠義者依未來隨眠說復次微細義是隨眠義者依行相說隨增義是隨眠義者依所緣縛說隨縛義是隨眠義者依相應縛說復次微細義隨增義是隨眠義者依相應隨眠說隨縛義是隨眠義者依不相應隨眠說問隨眠皆與心等相應如何言依不相應說答此中於得立隨眠名得隨眠故說名隨眠外國諸師作如是說由四種義故名隨眠謂微細義隨入義隨增義隨縛義是隨眠義微細義是隨眠義者謂欲貪等自性行相俱極微細隨入義是隨眠義者謂欲貪等隨入相續無不周徧如油在麻膩在團中無不周徧隨增義是隨眠義者謂欲貪等於相續中展轉隨增如孩乳毋隨縛義是隨眠義者如空行影水行隨逐復次微細義是隨眠義者彼自性說隨入義是隨眠義者依相應說隨增義是隨眠義者依行相說隨縛義是隨眠義者依彼得說應以三事知諸隨眠一以自性故二以果故三以補特伽羅故以自性故者欲貪隨眠如食嬔瞿瞋恚隨眠如食辛𦵔有愛隨眠如乳毋衣慢隨眠如憍傲人無明隨眠如盲瞽者見隨眠如失道者疑隨眠如臨歧路以果故者欲貪隨眠若習若修若多所作當生鴿雀鴛鴦等中瞋恚隨眠若習若修若多所作當生蜂蠍毒蛇等中有貪隨眠若修若習若多所作當生色無色界慢隨眠若習若修若多所作當生卑賤種族無明隨眠若習若修若多所作當生愚盲種族見隨眠若習若修若多所作當生外道種族疑隨眠若習若修若多所作當生邊鄙種族以補特伽

羅故者欲貪隨眠如難陀等瞋恚隨眠如氣噓指鬘等有貪隨眠如遏壐多阿邏荼嗢達洛迦等慢隨眠如傲士等無明隨眠如鄔盧頻螺迦葉波等見隨眠如善星等疑隨眠如摩洛迦子等問嫉慳何故不立隨眠答彼二無有隨眠相故復次隨眠微細彼二麤動復次隨眠輕微彼二尤重復次隨眠猛利彼二數行復次隨眠是根本煩惱彼二是煩惱等流謂嫉是瞋恚等流慳是欲貪等流復次隨眠習氣堅固如於此地燒擔山木火滅雖久其地猶熱彼二習氣不堅固如於此地燒草樺皮火纔滅已其地便冷復次隨眠難伏彼二易伏是故彼二不立隨眠餘纏及垢准二應說有九結謂愛結恚結慢結無明結見結取結疑結嫉結慳結問此九結以何爲自性答以百事爲自性謂愛慢無明結各三界五部爲四十五事恚結惟欲界五部爲五事見結有十八事謂有身見邊執見各三界見苦所斷爲六事邪見三界各四部爲十二事取結有十八事謂見取三界各四部爲十二事戒禁取三界各見苦道所斷爲六事疑結三界各四部爲十二事嫉慳結各欲界修所斷爲二事由此九結以百事爲自性已說自性所以今當說問何故名結結是何義答繫縛義合苦義雜毒義是結義所餘廣釋如三結處已釋諸結總義一一自性今當廣說云何愛結謂三界貪然三界貪於九結中總立愛結七隨眠中立二隨眠謂欲界貪名欲貪隨眠色無色界貪名有貪隨眠於餘經中立爲三愛謂欲愛色愛無色愛問此三何別答世

尊所化根有三品爲利根者說一愛結爲中根者說二隨眠爲鈍根者說三界愛復次世尊所化修有三種爲初習業者說一愛結爲已熟修者說二隨眠爲超作意者說三界愛復次世尊所化樂有三種爲樂略者說一愛結爲樂廣者說三界愛爲愛略廣者說二隨眠復次合苦義是結義以三界貪俱令有情苦合非樂故立一愛結隨增義是隨眠義以欲界貪外門隨增色無色貪內門隨增故立二隨眠染境義是愛義以所染著欲色無色境有差別故立三界愛云何恚結謂於有情欲爲損害問若於非情欲爲損害亦應是恚何故不說答從多說故謂此恚結多於有情欲爲損害少於非情是故不說復次從重說故謂於有情欲爲損害其罪甚重非於非情是故不說復次從本說故謂此恚結要於有情欲爲損害然後方於非情亦起是故不說復次依想說故謂於非情若起恚結亦於彼處起有情想是故但說於有情起云何慢結謂七種慢一慢二過慢三慢過慢四我慢五增上慢六卑慢七邪慢慢謂於劣謂已勝於等謂已等令心高舉過慢謂於等謂已勝於勝謂已等令心高舉慢過慢謂於勝謂已勝令心高舉我慢謂於五取蘊謂我我所令心高舉增上慢謂未得勝德謂已已得令心高舉卑慢謂於他多勝謂已少劣令心高舉邪慢謂實全無德謂已有德如是七慢總名慢結云何無明結謂三界無知此說爲善若作是說緣三界無知即應不攝無漏緣無明云何見結謂三見即有身見邊執見邪見總名

見結云何取結謂二取即見取戒禁取總名取結問何故五見中三見立見結二見立取結耶答於合苦時由名等故謂前三見同是女名後之二見同是男名以見是女聲取是男聲故復次於合苦時由事等故謂見結取結各攝十八事復次攝隨眠亦等故謂見結取結於九十八隨眠中各攝十八復次前三見是推度非執受故合立見結後二見是推度亦執受故合立取結復次前三見等推度境故合立見結後二見等推度見故合立取結云何疑結謂於諦猶豫問何故說此於諦猶豫答欲令疑者得決定故謂如有人遠見竪物便生猶豫杌耶人耶設彼是人爲男爲女或見二道便生猶豫是所往路爲復非耶見二衣鉢亦生猶豫是我所有他所有耶或

疑此等是實疑結欲令彼疑得決定故令顯此疑但是欲界無覆無記邪智爲體非真疑結真疑結者謂於苦等四諦猶豫云何嫉結謂心妬忌云何慳結謂心悋護問何故說此二相別耶答故令疑者得決定故謂世間人於嫉謂慳於慳謂嫉於嫉謂慳者如有見他所得好事心生妬忌便謂爲慳然實妬忌是嫉非慳於慳謂嫉者如有見他悋護妻等便謂爲嫉然實悋護是慳非嫉爲令彼疑得決定故說嫉與慳二相差別問何故於十纏中惟立慳嫉爲結答惟此二纏有結相故餘無結相故不立結復次以後顯初故但說二謂十纏中嫉慳居後說後爲結則已顯初復次以嫉與慳獨立離二故立爲結餘纏不爾獨立者謂自力現行離二者謂一向不善忿覆

二纏雖能獨立亦復離二而似隨眠爲隨眠相之所映奪其相不顯故不立結由此義故外國諸師說此二種即隨眠性惛沉掉舉不能獨立他力起故亦不離二或是不善或無記故睡眠惡作雖亦獨立而不離二睡眠通善不善無記惡作通善不善性故無慙無愧雖是離二而非獨立惟嫉與慳獨立離二異隨眠相故立爲結復次以嫉與慳最爲鄙賤深可猒毀故立爲結復次以嫉與慳性甚猥弊違背正理故立爲結謂他榮勝於自無損何緣於他横生妬忌雖復積聚百千珍財終不能持一錢往至後世何緣固情慳護而不施他復次由二法故令諸有情於生死中多受毀辱一無威德二極貧窮無威德者由多嫉妬極貧窮者由多慳悋若無威德極貧窮者父母兄弟妻子僮僕尚輕懱之況非親者故十纏中立二爲結復次嫉慳於彼欲界有情猶如獄卒及防扞者如有罪人縶在囹圄二卒禁守不令得出復有清潔莊嚴園林二人防扞不令得入囹圄者喻惡趣園林者喻人天獄卒防扞喻嫉與慳欲界有情所以縶在惡趣囹圄不能得出復不得入人天園者以嫉與慳二結障故如契經言時天帝釋往詣佛所作如是問由何結故人天及龍阿素洛等屢興戰鬬世尊告曰由嫉與慳問諸有情類或具九結或有六結或有三結或全無結具九結者謂具縛異生有六結者謂已離欲染異生及未離欲染聖者有三結者謂已離欲染聖者全無結者謂阿羅漢無成二結及一結者佛何故說由嫉與慳人天龍等屢

興戰鬭答彼經但說諸富貴者數現行結不說成就謂天帝釋二天中尊由嫉與慳與非天衆數戰鬭故但說二結復次佛爲呵責天帝釋故於彼契經說此二結諸天中有蘇陀味勝阿素洛阿素洛宮有端正女勝彼諸天天自慳味嫉他美女非天慳女嫉他美味天爲美女往非天處非天爲味復往天宮是故諸天與阿素洛由嫉慳結數興戰鬭爾時天帝與阿素洛適鬭戰已心猶恐怖來詣佛所作如是問由何結故人天及龍阿素洛等屢興戰鬭彼意問言由何結故天與非天數興戰鬭故佛告曰由嫉與慳佛意告言汝等天衆及阿素洛由嫉慳結數興戰鬭故嫉與慳是汝等患亦是重擔傷害汝等應速捨離問六煩惱垢何故非結答相麤動故若相微細

繫縛堅牢可立爲結垢相麤動繫義不堅故不立結有九十八隨眠謂欲界繫三十六隨眠色無色界繫各三十一隨眠此即以九十八事爲自性隨眠名義如前已釋問何故說此九十八隨眠耶答是作論者意欲爾故謂本論師隨欲作論不違法相故不應責復次爲止著文字沙門意故謂有沙門執著文字離經所說終不敢言彼作是說誰有智慧過於佛者佛惟說有七種隨眠如何强增爲九十八爲遮彼意廣七隨眠爲九十八謂依行相界部別故七隨眠中欲貪隨眠部別故爲五瞋恚隨眠亦爾有貪隨眠界別故爲二部別故爲五界部別故爲十慢隨眠界別故爲三部別故爲五界部別故爲十五無明隨眠亦爾見隨眠界別故爲三行相別故爲五部

别故爲十二行相界部别故爲三十六疑隨眠界别故爲三部别故爲四界部别故爲十二是故七隨眠依行相界部别故爲九十八隨眠廣略雖異而體無差别三結乃至九十八隨眠幾不善幾無記問何故作此論答爲止他宗顯正義故謂或有説一切煩惱皆是不善由不巧便所攝持故如譬喻者爲遮彼意顯諸煩惱有是不善有是無記若諸煩惱由不巧便所攝持故是不善者此不巧便應非不善非不巧便所攝持故不巧便者即是無知所攝持者是相應義自體不與自體相應故不巧便應非不善復有欲令欲界煩惱皆是不善色無色界一切煩惱皆是無記爲遮彼意顯示欲界有身見邊執見及彼相應無明亦是無記復有説者欲現門義故作斯論謂前已説何故於此先立章耶爲欲顯示諸門義故若不立章門義無由得顯如彩畫者不能彩畫虚空既立章已應顯門義答三結中一無記謂有身見問何故有身見是無記耶答若法是無慚無愧自性與無慚無愧相應是無慚無愧等起等流果者是不善有身見非無慚無愧自性不與無慚無愧相應非無慚無愧等起等流果故是無記復次此有身見非一向壞意樂故非不善無慚無愧不相應故非一向壞意樂復次此見不違施戒修故謂執我者作如是説由布施故我當富樂由持戒故我當生天由修定故我當解脱故是無記復次此有身見惟迷自體不逼惱他故是無記謂執我者眼見色時言我見色色是我所廣説乃至意了法時言我了法

法是我所雖於自體有此倒執而不惱他故是無記復次此有身見無異熟果故是無記尊者世友作如是說此有身見不能發起麤身語業故是無記問不善煩惱亦有不能起麤身語業者應是無記答貪瞋癡慢若增盛時必能發起麤身語業此有身見設增盛時亦不能起麤身語業故是無記復次此有身見不令有情墮諸惡趣故是無記問不善煩惱亦有不令墮惡趣者應是無記答不善煩惱若增盛時必令有情墮諸惡趣此有身見設增盛時亦終不令墮諸惡趣故是無記復次此見不能感非愛果故是無記問此見既令後有相續後有即是非愛果攝如何不能感非愛果如契經說苾芻當知我終不讚起後有者所以者何若起後有一剎那者則爲增苦苦者即是非愛果攝答此中所說非愛果者是苦苦類契經所說非愛果者通三苦類此有身見令有相續非苦苦類故不相違復次此有身見雖起後有爲苦苦本說爲增苦而不與彼爲異熟因故是無記大德說曰此有身見是顛倒執是不安隱是愚癡類故是不善若有身見非不善者更有何法可名不善如世尊說乃至愚癡皆是不善彼說不應理非異熟因故若有身見皆不善者色無色界應有苦苦然世尊說乃至愚癡皆不善者非巧便故說爲不善不言能感不愛果故二應分別謂戒禁取疑結或不善或無記問應分別者義何謂耶答應分析故名應分別謂後二結一分是不善一分是無記故應分別分別論者作如是言所問二結應分別記

非一向等由此故言二應分別謂彼二結欲界是不善色無色界是無記問何故色無色界煩惱是無記耶答若法是無慚無愧自性與無慚無愧相應是無慚無愧等起等流果者是不善色無色界煩惱不爾故是無記復次色無色界煩惱非一向壞意樂故非不善無慚無愧不相應故非一向壞意樂復次色無色界煩惱無異熟果故是無記問因論生論何故色無色界煩惱無異熟果耶答四支五支定所伏故如毒蛇等呪術所伏不能爲害此亦如是復次上界無彼異熟器故若彼煩惱有異熟者應是苦受苦受必是欲界所繫不應上界煩惱異熟是欲界繫故彼煩惱定無異熟復次彼邪見等非極顛倒於分相似處所起故不惱他故但是無記謂彼邪見謗言無苦然上二界有相似樂上界見取執彼諸蘊以爲第一然彼亦有相似第一彼戒禁取執彼諸蘊以爲能淨然彼亦有相似能淨謂色界道能淨欲界無色界道能淨色界故彼煩惱定非不善尊者世友作如是說上界煩惱不能發起麤身語業故是無記問不善煩惱亦有不能起麤身語業者應是無記答不善煩惱若增盛時必能發起麤身語業上界煩惱設增盛時亦不能起麤身語業故是無記復次上界煩惱不令有情墮諸惡趣故是無記問不善煩惱亦有不令墮惡趣者應是無記答不善煩惱若增盛時必令有情墮諸惡趣上界煩惱設增盛時亦終不令墮諸惡趣故是無記復次彼惑不能感非愛果故是無記問彼惑既令後有相續後有即是

非愛果攝如何不能感非愛果如契經說苾芻當知我終不讚起後有者所以者何若起後有一刹那者則爲增苦苦者即是非愛果攝答此中所說非愛果者是苦苦類契經所說非愛果者通三苦類上界煩惱令有相續非苦苦類故不相違大德說曰上界煩惱若是無記更有何法可名不善如世尊說若諸煩惱能發起業皆是不善彼說非理若彼煩惱是不善者色無色界應有苦苦然世尊說若諸煩惱能發起業皆不善者依惡業說故不相違三不善根惟不善以彼自性是不善復與一切不善法爲因爲本爲道路爲由序爲能作爲生爲緣爲有爲集爲等起故三漏中一無記謂有漏由上所說諸因緣故色無色界一切煩惱皆是無記二應分別謂欲漏或不善或無記無慚無愧及彼相應是不善無慚無愧者顯彼自性惟是不善及彼相應者顯欲漏中三十四事及三少分亦是不善三少分者謂彼相應惛沉睡眠掉舉少分餘是無記謂欲漏中有身見邊執見及三少分皆是無記三少分者謂有身見邊執見相應惛沉睡眠掉舉少分如是五法無慚無愧不相應故皆非不善問無慚不與無慚相應無愧不與無愧相應豈是無記答無慚雖不與無慚相應而與無愧相應無愧雖不與無愧相應而與無慚相應俱不相應者方是無記故無明漏或不善或無記無慚無愧相應是不善謂欲界見集滅道及修所斷無明惟是不善見苦所斷三見疑慢貪瞋相應及不共無明亦是不善餘是無記謂欲界二見相應

及色無色界一切無明無慚無愧不相應故皆是無記問何故十纏中惟說與無慚無愧相應耶答是作論者意欲爾故謂作論者隨欲造論不違法相故不應責復次此二惟是不善偏與一切不善心相應是故偏說忿覆嫉慳雖惟是不善而不偏與一切不善心相應惛沉掉舉雖偏與一切不善心相應而非惟是不善睡眠惡作二義俱無是故不說隨眠與垢准此應知無慚無愧二義俱有與不善義多少量等如函蓋相稱故偏說相應四暴流中一無記謂有暴流義如前說三應分別謂欲暴流或不善或無記無慚無愧及彼相應是不善無慚無愧者顯彼自性惟是不善及彼相應者顯欲暴流中二十四事及三少分亦是不善三少分者謂彼相應惛沉睡眠掉舉少分餘是無記謂欲暴流中與有身見邊執見相應惛沉睡眠掉舉少分無慚無愧不相應故皆是無記見暴流或不善或無記欲界三見是不善謂邪見見取戒禁取無慚無愧相應故欲界二見色無色界五見是無記無慚無愧不相應故無明暴流或不善或無記無慚無愧相應是不善謂欲界見集滅道及修所斷無明惟是不善見苦所斷三見疑慢貪瞋相應及不共無明亦是不善餘見無記謂欲界二見相應及色無色界一切無明無慚無愧不相應故皆是無記如四暴流四軛亦爾暴流與軛名體等故四取中一無記謂我語取義如前說三應分別謂欲取或不善或無記無慚無愧及彼相應是不善無慚無愧者顯彼自性惟是不善及彼相應

者顯欲取中二十八事及四少分亦是不善四少分者謂彼相應惛沉睡眠掉舉無明少分餘是無記謂欲取中與有身見邊執見相應惛沉睡眠掉舉無明少分無慚無愧不相應故皆是無記見取或不善或無記欲界二見是不善謂邪見見取欲界二見色無色界四見是無記欲界二見者謂有身見邊執見色無色界四見者謂五見中除戒禁取戒禁取或不善或無記欲界是不善無慚無愧相應故色無色界是無記無慚無愧不相應故四身繫中二不善謂貪欲瞋恚二應分別謂戒禁取此實執身繫欲界是不善無慚無愧相應故色無色界是無記無慚無愧不相應故五蓋惟不善皆與無慚無愧相應故五結中三不善謂瞋嫉慳結二應分別謂貪慢結

或不善或無記欲界是不善無慚無愧相應故色無色界是無記無慚無愧不相應故五順下分結中二不善謂貪欲瞋恚一無記謂有身見二應分別謂戒禁取疑結或不善或無記欲界是不善色無色界是無記五順上分結惟無記無慚無愧不相應故五見中二無記謂有身見邊執見三應分別謂邪見見取戒禁取或不善或無記欲界是不善色無色界是無記六愛身中二不善謂鼻舌觸所生愛身四應分別謂眼耳身觸所生愛身或不善或無記欲界是不善梵世是無記意觸所生愛身或不善或無記欲界是不善色無色界是無記七隨眠中二不善謂欲貪瞋恚隨眠一無記謂有貪隨眠四應分別謂慢疑隨眠或不善或無記欲界是不善色無色界

是無記無明隨眠或不善或無記無慚無愧相應是不善謂欲界見集滅道及修所斷無明見苦所斷有身見邊執見不相應無明餘是無記謂欲界有身見邊執見相應無明及色無色界一切無明見隨眠或不善或無記欲界三見是不善謂邪見見取戒禁取欲界二見色無色界五見是無記九結中三不善謂恚嫉慳結六應分別謂愛慢取疑結或不善或無記欲界是不善色無色界是無記無明結或不善或無記無慚無愧相應是不善餘是無記義如前說見結或不善或無記欲界一見是不善謂邪見欲界二見謂有身見邊執見色無色界三見是無記九十八隨眠中三十三不善六十四無記一應分別謂欲界見苦所斷無明隨眠或不善或無記無慚無愧相應是不善謂有身見邊執見不相應無明餘是無記謂有身見邊執見相應無明

阿毗達磨大毗婆沙論卷第五十　說一切有部發智

音釋

嬹瞿（嬹虛陵切瞿強魚切嬹瞿辛菜名）辢（盧達切辛味也）憍傲（憍舉喬切恣也傲五到切慢也）盲瞽（盲莫耕切目無童子也瞽公戶切目有眹而無明曰瞽）鴛鴦（鴛於袁切鴦於良切鴛鴦匹鳥也）蠍（許竭切毒蟲也）壐（胥里切）嗢（烏沒烏入二切）樺（胡化切木名）懱（莫結切輕易也）防扞（防符方切禦也扞侯旰切衛也）縶（陟立切絆也）囹圄（囹郎丁切圄魚巨切囹圄獄名也）析（先擊切分也）

阿毗達磨大毗婆沙論卷第五十一

五百大阿羅漢等造

唐三藏法師玄奘奉　詔譯

結蘊第二中不善納息第一之六

問何故名善不善無記答若法巧便所持能招愛果性安隱故名善巧便所持者顯道諦能招愛果者顯苦集諦少分即有漏善性安隱者顯滅諦若法非巧便所持能招不愛果性不安隱故名不善此總顯苦集諦少分即諸惡法若法與彼二種相違故名無記復次若法能招可愛果樂受果故名善若法能招不愛果苦受果故名不善若法與彼二種相違故名無記復次若法能引可愛有芽及解脫芽故名善若法能引非愛有芽故名不善若法與彼二種相違故名無記復次若法能令生善趣故名善若法能令生惡趣故名不善若法與彼二種相違故名無記復次若法墮還滅品性輕昇故名善若法墮流轉品性沉重故名不善若法與彼二種相違故名無記霧尊者言由四事故名善一自性故二相應故三等起故四勝義故自性故者謂自性善有說是慚愧有說是三善根相應故者謂相應善即彼相應心心所法等起故者謂等起善即彼所起身語二業不相應行勝義故者謂勝義善即是涅槃安隱故名善分別論者亦作是說自性善謂智相應善謂識等起善謂身語業勝義善謂涅槃由四事故名不善一自性故二相應故三等起故四勝義故自性故者謂自性不善有說是無慚無愧有說是三不善根相應故者謂相應不善即彼

相應心心所法等起故者謂等起不善即彼所起身語二業不相應行勝義故者謂勝義不善即見生死不安隱故名不善分別論者亦作是說自性不善謂癡相應不善謂識等起不善謂身語業勝義不善謂生死脇尊者言若法是如理作意自性與如理作意相應從如理作意等起是如理作意等流離繫果故名善若法是非理作意自性與非理作意相應從非理作意等起是非理作意等流果故名不善若法與彼二種相違故名無記復次若法是慚愧自性與慚愧相應從慚愧等起是慚愧等流離繫果故名善若法是無慚無愧自性與無慚無愧相應從無慚無愧等起是無慚無愧等流果故名不善若法與彼二種相違故名無記復次若法是三善根自性與三善根相應從三善根等起是三善根等流離繫果故名善若法是三不善根自性與三不善根相應從三不善根等起是三不善根等流果故名不善若法與彼二種相違故名無記復次若法是信等五根自性與信等五根相應從信等五根等起是信等五根等流離繫果故名善若法是五蓋自性與五蓋相應從五蓋等起是五蓋等流果故名不善若法與彼二種相違故名無記集異門說何故名善答由此能引可愛可喜可樂悅意如意果故名善此顯等流果復次由此能招可愛可喜可樂悅意如意異熟故名善此顯異熟果何故名不善答由此能引不可愛不可喜不可樂不悅意不如意果故名不善此顯等流果復次由此能招不可愛不可喜不

可樂不悅意不如意異熟故名不善此顯異熟果若法與彼二種相違故名無記問世尊定記苦眞是苦集眞是集滅眞是滅道眞是道一切法者謂十二處如是諸法世尊顯說施設開示如何可立爲無記耶答非爲不說故名無記然諸善法佛記爲善諸不善法記爲不善若法不可記善不善說爲無記復次佛記善法有可愛果記不善法有非愛果若法無彼二果可記說爲無記復次由二事故善法可記一由自性二由異熟不善亦爾無記雖有自性可記而無異熟故名無記或有不說故名無記如諸經中應捨置記四種記論雜蘊已說

三結乃至九十八隨眠幾有異熟幾無異熟

問何故作此論答爲止他宗顯已義故謂或有執離思無異熟因離受無異熟果如譬喻者爲止彼意顯異熟因及異熟果俱通五蘊或復有執諸異熟因果若熟已其體便無如飲光部彼作是說諸異熟因果未熟位其體猶有果若熟已其體便無如外種子芽未生位其體猶有芽若生已其體便無爲遮彼意顯異熟因果已熟位其體猶有或復有執善不善業無異熟果如諸外道爲破彼義顯善惡業有異熟果爲止此等種種異執顯已所宗故作斯論復次勿爲止他顯示已義但爲開發諸法實性令生正解故作斯論答諸不善有異熟諸無記無異熟此廣分別應准前門問有異熟者義何謂耶爲與自異熟法俱名有異熟爲與他異熟法俱名有異熟設爾何失若與自異熟法俱名有異熟則因果應

並伽陀所說復云何通如說
作惡不即受　非如乳成酪　猶灰覆火上
愚蹈久方燒
有薩闍草磨置乳中即便成酪業果不爾如灰覆火愚夫輕蹈初雖不覺後便被燒作惡亦爾因時雖樂至果熟時有惡趣苦若與他異熟法俱名有異熟則應聖道亦有異熟與他異熟俱時起故答自異熟俱名有異熟問若爾因果應並伽陀所說復云何通答俱有二種一者有俱二者並俱有俱者如有因有果有所緣有異熟有因有果者如因謝已百俱胝劫果乃現前相去雖遠而後名有因前名有果有所緣者如人住此觀日月輪發生眼識此彼相去雖四十千踰繕那量而此眼識名有所緣有異熟者如造業已百俱胝劫異熟方起相去雖遠而前業因名有異熟並俱者如有尋有伺有喜有警覺有尋者謂尋相應法有伺者謂伺相應法有喜者謂喜根相應法有警覺者謂作意相應法應知此中有異熟者依有俱說不依並俱復次俱有二種一者有俱二者合俱有俱者如有因有果有所緣有異熟合俱者如有尋有伺有喜有警覺應知此中有異熟者依有俱說不依合俱復次俱有三種一者近俱二者遠俱三者近遠俱近俱者如有尋有伺有喜有警覺遠俱者如有因有果有所緣有異熟近遠俱者如有漏有隨眠有緣有事有漏者謂漏相應法及漏所緣法有隨眠亦爾有緣者謂與彼緣近遠諸法有事亦爾事謂因事或所繫事應知此中有異熟者依遠俱說不依餘二問

何故名異熟答異類而熟故名異熟熟有二種一同類二異類同類熟者謂等流果即善生善不善生不善無記生無記異類熟者謂異熟果即善不善法招無記果餘問答義如雜藴説

三結乃至九十八隨眠幾見所斷幾修所斷

問何故作此論答爲止他宗顯已義故謂譬喻者作如是説異生不能斷諸煩惱大德説曰異生無有斷隨眠義但能伏纏若作是説於理無損問彼何故作此執答依契經故謂契經説若以聖慧見法斷者是名眞斷非諸異生已有聖慧故未能斷問若爾經説復云何通如説苾芻彼猛喜子已斷欲染已斷色染已斷空無邊處識無邊處無所有處染生非想非非想處又説外仙已離欲染彼作是答所引契經不斷説斷不離説離如餘契經不斷説斷不離説離何等契經不斷説斷如説

愚執我我所　死時皆求斷　智者既知此
不執我我所

何等契經不離説離如説有村邑中童男童女戲弄灰土以造舍宅於此舍宅未離染時修營擁衛若時離染毀壞捨去如此二經不斷説斷不離説離所引契經義亦應爾然諸異生於諸煩惱實未永斷但能暫伏謂離染時以世俗道攀初靜慮離欲界染漸次乃至攀非想非非想處離無所有處染非想非非想處無上可攀故不能離猶如尺蠖緣草木時攀上捨下若至極處無上可攀即便退下如人上樹應知亦然如野干等踐暴麻蘆但

損苗莖不除根栽異生離染應知亦然唯能暫伏不能永斷爲遮彼意顯諸異生以世俗道亦能斷結或復有執必無聖者以世俗道斷煩惱義彼作是說聖者何緣捨無漏道而用世俗爲遮彼意顯有聖者以世俗道斷煩惱義或復有執一切煩惱皆悉頓斷無漸斷義彼作是說金剛喻定現在前時煩惱頓斷即由彼定斷一切惑是故說名金剛喻定猶如金剛能破鐵石牙骨貝玉末尼等故彼雖許有四沙門果然斷煩惱要金剛定問前之三果未能斷惑何用立爲彼作是答前之三果伏諸煩惱引金剛定今現在前方能永斷故非無用譬如農夫左手握草右執利鐮一時刈斷爲遮彼意顯諸煩惱有二對治謂見及修二道差別一一現前皆能永斷或復有執於四聖諦得現觀時頓而非漸爲斷彼執顯於四諦得現觀時漸而非頓見所斷惑如修所斷不應一時斷一切故若於四諦得現觀時頓非漸者便違聖教如契經說給孤獨長者來詣佛所白佛言世尊於四聖諦得現觀時爲頓爲漸世尊告曰如四梯梯漸登非頓或復有執一切煩惱無有見修所斷差別爲遮彼意顯諸煩惱定有見修所斷差別爲止此等種種異執顯已所宗故作斯論復次勿爲止他顯示已義但爲開發諸法實性令生正解故作斯論答三結中有身見結見爲前行有二句或見所斷或見修所斷問前行是何義答先立義先答義是前行義先立義是前行義者先立見所斷句後立不定句先答義是前行義者先以見所斷句答後以不

定句答云何見所斷若有身見非想非非想處繫隨信隨法行現觀邊苦忍斷是見所斷謂有身見從欲界乃至非想非非想處可得世俗道起能斷欲界乃至無所有處有身見於非想非非想處有身見此世俗道無能斷力便住不進後若見道現在前時方能斷彼此中有身見者定彼自性非想非非想處繫者定彼地隨信隨法行者定彼能斷補特伽羅現觀邊苦忍者定彼對治道斷者定彼道所作若有身見有不雜對治決定對治不共對治聖者斷非異生聖道斷非世俗見道斷非修道忍斷非智者是此所說餘若異生斷修所斷世尊弟子斷見所斷何者是餘謂從欲界乃至無所有處有身見彼若異生斷以修道斷聖者斷以見道斷異生斷以世俗道斷聖者斷以無漏道斷異生斷以智斷聖者斷以忍斷異生斷以九品斷九品聖者斷以一品斷九品異生斷數起斷聖者斷不起斷異生斷不觀諦斷聖者斷觀諦斷如有身見結五順下分結中有身見結五見中有身見邊執見亦爾自性同故俱通九地唯一部故戒禁取疑結見爲前行有二句或見所斷或見修所斷前行義如上說云何見所斷若戒禁取疑非想非非想處繫隨信隨法行現觀邊諸忍斷是見所斷諸戒禁取疑從欲界乃至非想非非想處可得世俗道起能斷欲界乃至無所有處戒禁取疑於非想非非想處戒禁取疑此世俗道無能斷力便住不進後若見道現在前時方能斷彼此中戒禁取疑者定彼自性非想非非想處斷者定彼地隨

信隨法行者定彼能斷補特伽羅現觀邊諸忍者定彼對治道斷者定彼道所作若戒禁取疑有不雜對治決定對治不共對治聖者斷非異生聖道斷非世俗見道斷非修道忍斷非智者是此所說餘若異生斷修所斷世尊弟子斷見所斷何者是餘謂從欲界乃至無所有處戒禁取疑彼若異生斷以修道斷聖者斷以見道斷異生斷以世俗道斷聖者斷以無漏道斷異生斷以智斷聖者斷以忍斷異生斷以九品斷九品聖者斷以一品斷九品異生斷數起斷聖者斷不起斷異生斷不觀諦斷聖者斷觀諦斷如戒禁取疑結四暴流軛中見暴流軛四取中見取戒禁取四身繫中戒禁取此實執取身繫五順下分結中戒禁取疑結五見中邪見見取戒禁取七隨眠中見疑隨眠九結中見取疑結亦爾自性同故俱通九地惟四部故貪不善根修爲前行有二句或修所斷或見修所斷問前行是何義答先立義先答義是前行義先立義是前行義者先立修所斷句後立不定句先答義是前行義者先以修所斷句答後以不定句答云何修所斷若貪不善根學見迹諸智斷是修所斷謂貪不善根五部可得即見苦乃至修所斷見道起能斷見苦乃至見道所斷貪不善根於修所斷貪不善根此見道無能斷力便住不進後勝修道現在前時方能斷彼此中貪不善根者定彼自性學見迹者定彼能斷補特伽羅諸智者定彼對治道斷者定彼道所作若貪不善根有不雜對治決定對治不共對治聖者斷非異生修道斷

非見道智斷非忍者是此所說餘若異生斷修所斷世尊弟子斷見所斷何者是餘謂前四部貪不善根即見苦乃至見道所斷彼若異生斷以修道斷聖者斷以見道斷異生斷以世俗道斷聖者斷以無漏道斷異生斷以智斷聖者斷以忍斷異生斷以九品斷九品聖者斷以一品斷九品異生斷數起斷聖者斷不起斷異生斷不觀諦斷聖者斷觀諦斷問此中所說若貪不善根學見迹諸智斷是修所斷者顯聖者身中修所斷貪不善根餘若異生斷修所斷世尊弟子斷見所斷者顯異生聖者身中見所斷貪不善根餘有異生身中修所斷貪不善根此中何故不說答應說而不說者當知此義有餘復次彼已說在前所說中所以者何以部差別建立煩惱不以在身諸煩惱部有五無六聖者見道現在前時斷見所斷後若修道現在前時斷修所斷異生修道現在前時總斷五部以諸異生不能分別五部差別惟能總斷說異生斷修所斷言即已說彼故不別說復次說學見迹諸智斷言即已顯彼故不別說異生身中修所斷者即學見迹智所斷故如貪不善根瞋癡不善根三漏中欲漏四暴流軛中欲暴流軛四取中欲取四身繫中貪欲瞋恚身繫五蓋中除惡作疑餘蓋五結中瞋結五順下分結中貪欲瞋恚結七隨眠中欲貪瞋恚隨眠九結中恚結亦爾自性同故俱唯欲界通五部故有漏無明漏見爲前行有三句或見所斷或修所斷或見修所斷問前行是何義者先立義先答義是前行義先立義是前行義

者先立見所斷句次立修所斷句後立不定句先答義是前行義若先以見所斷句答次以修所斷句答後以不定句答云何見所斷若有漏無明漏非想非非想處繫隨信隨法行現觀邊諸忍斷是見所斷謂有漏從初靜慮乃至非想非非想處可得無明漏從欲界乃至非想非非想處可得世俗道起能斷初靜慮乃至無所有處有漏欲界乃至無所有處無明漏於非想非非想處有漏無明漏此世俗道無能斷力便住不進後若見道現在前時方能斷彼見所斷者此中有漏無明漏者定彼自性非想非非想處繫者定彼地隨信隨法行者定彼能斷補特伽羅現觀邊諸忍者定彼對治道斷者定彼道所作若有漏無明漏有不雜對治決定對治不共對治聖

者斷非異生聖道斷非世俗見道斷非修道忍斷非智者是此所説云何修所斷若有漏無明漏學見迹諸智斷是修所斷謂彼有漏無明漏有五部見道現在前時斷前四部於修所斷有漏無明漏此見道無能斷力便住不進後勝修道現在前時方能斷彼此中有漏無明漏者定彼自性學見迹者定彼能斷補特伽羅諸智者定彼能斷對治道斷者定彼道所作若有漏無明漏有不雜對治決定對治不共對治聖者斷非異生修道斷非見道智斷非忍者是此所説餘若異生斷修所斷世尊弟子斷見所斷何者是餘謂從初靜慮乃至無所有處有漏從欲界乃至無所有處無明漏異生身中五部聖者身中四部彼若異生斷以修道斷聖者斷以見道斷異生

斷以世俗道斷聖者斷以無漏道斷異生斷以智斷聖者斷以忍斷異生斷以九品斷九品聖者斷以一品斷九品異生斷數起斷聖者斷不起斷異生斷不觀諦斷聖者斷觀諦斷如有漏無明漏四暴流軛中有無明暴流軛四取中我語取五結中貪慢結六愛身中意觸所生愛身七隨眠中有貪慢無明隨眠九結中愛慢無明結亦爾自性同故俱通八九地及通五部故前行有三種一不共前行二畢竟前行三最初前行不共前行者如三結等畢竟前行者如三不善根等最初前行者如有漏無明漏等若諸煩惱通三界繫唯見所斷彼見爲前行有二句如三結等若諸煩惱唯欲界繫通於五部彼修爲前行有二句如三不善根等若諸煩惱通三界繫亦通五部彼見爲前行有三句如有漏無明漏等

是謂此處略毗婆沙

惡作蓋修所斷異生聖者俱以九品智斷彼故如惡作蓋五結中嫉慳結五順上分結六愛身中前五愛身九結中嫉慳結亦爾同是九品智所斷故疑蓋若異生斷修所斷世尊弟子斷見所斷此唯欲界前四部故九十八隨眠中二十八見所斷謂有頂前四部十修所斷謂三界修所斷部餘若異生斷修所斷世尊弟子斷見所斷謂下八地前四部問若二十八見所斷十修所斷餘不定者品類足論何故說九十八隨眠中八十八見所斷十修所斷耶答此文是了義彼文是不了義此文無別意趣彼文有別意趣此文無別因緣彼文有別因緣此文依勝義諦說彼文依世

俗諦說復次彼論依漸次者具縛者非超越者說此論依非漸次者不具縛者超越者說復次彼論唯依聖者離染非異生聖道作用非世俗說此論通依聖者異生離染聖道世俗道作用說復次此論是決定說彼論依異門說謂先離欲乃至無所有處染入正性離生者彼見道中亦證下八地見所斷法無漏離繫得故作是說八十八見所斷十修所斷尊者妙音亦作是說此論所說依決定理品類足論說八十八見所斷者依證無漏解脫得說或依漸次得果者說問何故名見所斷何故名修所斷耶見不離修修不離見如何建立二所斷名答雖見道中亦有如實修可得修道中亦有如實見可得而見者是慧修者是不放逸如實者是增廣義或猛利義見道中慧多不放逸少修道中不放逸多慧少故彼所斷斷名有差別復次如實者是平等義或相似義雖見道中有爾所慧亦有爾所不放逸修道中有爾所不放逸亦有爾所慧而見道中慧用增勝不放逸用劣弱修道中不放逸用增勝慧用劣弱故彼所斷名有差別尊者世友作如是說雖觀四諦斷諸煩惱不可分別此見所斷此修所斷而由見力斷棄吐者名見所斷如已得道若習若修若多所作分齊品類漸令微薄乃至究竟皆斷盡者名修所斷有作是說見所斷者亦名修所斷見道中亦有如實修故修所斷者亦名見所斷修道中亦有如實見故於此義中若由見力斷棄吐者名見所斷如已得道若習若修若多所作分齊品類漸令微薄乃至究竟

皆斷盡者名修所斷問此說何義答此說見道是猛利道暫現在前一時能斷九品煩惱修道是不猛利道數數修習久時方斷九品煩惱如利鈍二刀同截一物利者頓斷鈍者漸斷暫見斷者名見所斷數修斷者名修所斷復次若以見增上道斷者名見所斷若以修增上道斷者名修所斷復次若以見慧二相道斷者名見所斷若以見智慧三相道斷者名修所斷復次若以眼明覺慧四相道斷者名見所斷若以眼明覺智慧五相道斷者名修所斷復次若以諸忍斷者名見所斷若以諸智斷者名修所斷復次若九品以一品斷者名見所斷若九品以九品斷者名修所斷復次若以未知當知根斷者名見所斷若以已知根斷者名修所斷復次若如折石而斷者名見所斷若如絶藕絲而斷者名修所斷復次若違勇決者名見所斷若違加行者名修所斷復次未見諦而觀諦斷者名見所斷若已見諦重觀諦斷者名修所斷復次若以一因道而斷者名見所斷若以二因道而斷者名修所斷復次如大力士擐甲冑而斷者名見所斷如尫疾人御驢車而斷者名修所斷復次若斷彼時唯修自所觀諦諸行相者名見所斷若斷彼時亦修他所觀諦諸行相者名修所斷復次若以向道未成就果而斷者名見所斷若以向道已成就果而斷者名修所斷復次若以無分齊品類道斷者名見所斷若以有分齊品類道斷者名修所斷復次若以隨信隨法行道斷者名見所斷若以信勝解見至身證道斷者名修所斷復次

若以初頓起道而斷者名見所斷若以後數起道而斷名修所斷復次若彼離繫四沙門果攝者名見所斷若彼離繫或三或二或一沙門果攝者名修所斷復次若所斷法緣無事者名見所斷若所斷法緣有事者名修所斷復次若彼斷已永不退者名見所斷若彼斷已或退者不退者名修所斷復次若解脫已不復縛者名見所斷若解脫已或復縛或不復縛者名修所斷復次若離繫已不復繫者名見所斷若離繫已或復繫或不復繫者名修所斷復次若斷彼時忍爲無間道智爲解脫道者名見所斷若斷彼時智爲無間道智爲解脫道者名修所斷復次若斷彼時智爲加行道忍爲無間道智爲解脫道者名見所斷若斷彼時智爲加行無間解脫道者名修所斷復次若法先得非擇滅後得擇滅者名見所斷若法或先得非擇滅後得擇滅或先得擇滅後得非擇滅或一時得二滅者名修所斷復次若斷彼時修緣一諦道者名見所斷若斷彼時修緣四諦道者名修所斷復次若斷彼時修四行相道者名見所斷若斷彼時修十六行相道者名修所斷復次若斷彼時惟修相似道者名見所斷若斷彼時修相似不相似道者名修所斷復次若斷彼時修二或一三摩地者名見所斷若斷彼時修三三摩地者名修所斷復次若斷彼時不起斷者名見所斷若斷彼時或起斷或不起斷者名修所斷

阿毗達磨大毗婆沙論卷第五十一 說一切有部發智

音釋

踰繕那 梵語也亦云由旬此云限量如此方一驛地踰音俞繕時戰切

俱胝 梵語也此云百億胝張尼切

尺蠖 蠖於縛切蟲名也

鐮 力盐切鍥也

桄梯 桄古黄切梯之横木曰桄梯吐雞切木階也

軛 乙革切

分齊 分符問切齊才詣切分齊限量也

胄 音宙兜鍪也

尪 烏光切尪羸也

阿毗達磨大毗婆沙論卷第五十二

五百大阿羅漢等造

唐三藏法師玄奘奉詔譯

結藴第二中不善納息第一之七

三結乃至九十八隨眠幾見苦所斷乃至幾修所斷問何故作此論答前門雖已止頓斷沙門意而未遮頓現觀者意亦未顯漸現觀義今欲遮顯頓漸現觀有作是說前門雖已遮頓現觀者意亦已顯漸現觀義而不麤顯明了現見今令麤顯明了現見或有說者今欲顯示五部煩惱及五對治五部煩惱者謂見苦所斷乃至修所斷五部對治者謂苦忍苦智是見苦所斷對治乃至道忍道智是見道所斷對治苦集滅道及世俗智是修所斷對治由此因緣故作斯論答三結中有身見結見苦所斷問何故有身見惟見苦所斷答此見唯於苦處轉故觀察苦時此見便斷復次此見唯於果處轉故觀察果時此見便斷復次有身見結是倒自性一切顛倒皆見苦斷顛倒斷時此見亦斷同對治故復次此煩惱麤初無間道苦法類忍現在前時即便永斷若煩惱細後無間道金剛喻定現在前時方能斷盡如衣有垢不堅著者纔洗便淨若堅著者以淳灰等用功浣之然後得淨亦如瓦器膩不深入水蕩便淨膩深入者或以湯煮或以火燒然後得淨尊者妙音亦作是說此見麤故初無間道現在前時即便永斷衣器二喻亦如前說復次非此見根深入境地不深入故其性羸劣初無間道苦法類忍現在前時即便永斷若煩惱根深入境地後無

間道金剛喻定現在前時方能斷盡譬如樹根不深入地小風吹之即便摧倒根深入者大風吹之乃可摧倒尊者世友作如是說此有身見緣五蘊起如實觀見五取蘊時此見便斷復次此有身見從常樂淨我想而生四想斷時此見便斷大德說曰此有身見緣有身生名有身見若觀有身無我我所見彼便斷故名有身見結唯見苦所斷如有身見結五順下分結中有身見結五見中有身見邊執見亦爾自性同故俱迷苦故戒禁取結有二種或見苦所斷或見道所斷問何故戒禁取非見集滅所斷耶答外道唯於苦道起此戒禁取故謂諸外道亦能謂集如垢穢處亦能謂滅如洗浴處彼謂集是垢穢處故不生悕求彼謂滅是洗浴處故妄生悕求妄悕求故發起種種無利苦行如如發起無利苦行如是如是煩惱垢增染污身心去涅槃遠如人爲除身體垢故穢水澡浴如如澡浴如是如是更增垢穢故戒禁取惟通二部復次此戒禁取惟於苦道二處轉故苦處轉者見苦所斷道處轉者見道所斷復次此戒禁取惟於穢淨二處轉故穢處轉者見苦所斷淨處轉者見道所斷復次此戒禁取惟有二種謂內外道所起差別內道起者見苦所斷外道起者見道所斷復次此戒禁取惟有二種謂非因計因及非道計道非因計因者見苦所斷非道計道者見道所斷如戒禁取結四取中戒禁取四身繫中戒禁取身繫五順下分結中戒禁取結五見中戒禁取亦爾自性同故疑結有四種或見苦所斷乃至或見道所

斷問何故無有修所斷疑答未見事時心有猶豫見彼事已猶豫即除故無有疑是修所斷如疑結四暴流軛中見暴流軛四取中見取四身繫中此實執身繫五蓋中疑蓋五順下分結中疑結五見中邪見見取七隨眠中見疑隨眠九結中見取疑結亦爾體類同故三不善根有五種或見苦所斷乃至或修所斷五部皆有貪瞋癡故如三不善根三漏四暴流軛中除見餘暴流軛四取中欲取我語取四身繫中貪欲瞋恚身繫五蓋中除惡作疑餘蓋五結中貪瞋慢結五順下分結中貪欲瞋恚結六愛身中意觸所生愛身七隨眠中除見疑餘隨眠九結中愛恚慢無明結亦爾體類同故雖總說此皆通五部而別分別有一有二有四有五欲漏等中有身見邊執見惡作嫉慳忿覆惟一部戒禁取惟二部邪見見取疑惟四部貪瞋慢等通五部故惡作蓋修所斷智所斷故如惡作蓋五結中嫉慳結五順上分結六愛身中前五愛身九結中嫉慳結亦爾同依事轉品類等故九十八隨眠中二十八見苦所斷苦處轉故十九見集所斷集處轉故十九見滅所斷滅處轉故二十二見道所斷道處轉故十修所斷依事轉故問此中何者名見苦所斷乃至何者名修所斷耶答若對治決定對治所緣決定者名見苦乃至見道所斷若對治不決定對治所緣不決定者名修所斷復次若處所決定對治所緣決定者名見苦乃至見道所斷若處所不決定對治所緣不決定者名修所斷復次若苦忍苦智爲對治者名見苦所斷乃至

若道忍道智爲對治者名見道所斷若苦集滅道及世俗智爲對治者名修所斷復次若苦法類忍斷者名見苦所斷乃至若道法類忍斷者名見道所斷若四法類智及世俗智斷者名修所斷復次若觀苦諦斷者名見苦所斷乃至若觀道諦斷者名見道所斷若或觀苦諦乃至或觀道諦或觀餘事斷者名修所斷復次若違苦諦觀者名見苦所斷乃至若違道諦觀者名見道所斷若違四諦觀及違餘事觀者名修所斷

三結乃至九十八隨眠幾見幾非見問何故作此論答爲止他宗顯正義故謂或有執一切煩惱皆是見性所以者何行相猛利說名爲見一切煩惱各於自業行相猛利如有身見執我我所行相猛利邊執見執斷執常行相猛利邪見執無行相猛利見取執最勝行相猛利戒禁取執能淨行相猛利疑猶豫行相猛利貪染著行相猛利瞋憎惡行相猛利慢高舉行相猛利無明不了行相猛利故諸煩惱皆是見性或復有執一切煩惱皆非見性所以者何了達諸法說名爲見一切煩惱於自所緣皆不了達故非見性爲止彼意顯諸煩惱有是見性有非見性故作斯論答三結中二見一非見二見者謂有身見戒禁取一非見者謂疑餘廣說如本論廣釋見義如前已說謂五見處三結乃至九十八隨眠幾有尋有伺幾無尋惟伺幾無尋無伺問何故作此論答爲止他宗顯正理故謂或有執從欲界乃至有頂皆有尋伺如譬喻者彼何故作此執依契經故謂契經說心麤性名尋心

細性名伺然麤細性從欲界乃至有頂皆可得故知三界皆有尋伺大德說曰對法諸師所說非理所以者何心麤細性三界皆有契經說此即是尋伺而言尋伺惟二地有謂欲界及梵世故對法者所說非理亦名惡說惡受持者不名善說善受持者阿毗達磨諸論師言我等所說及所受持是善非惡所以者何施設麤細有多種故謂有處說纏是麤隨眠是細此中尋伺非麤非細此二非纏非隨眠故或有處說色蘊是麤四蘊是細此中尋伺是細非麤行蘊攝故或有處說欲界是麤初靜慮是細此中尋伺俱通麤細二地皆有尋及伺故或有處說初靜慮是麤第二靜慮是細此中尋伺是麤非細初靜慮上無尋伺故如是等處施設麤細有多品類不應定執

麤性名尋細性名伺亦不應執尋伺二種三界皆有然契經說尋伺是心麤細性者依下二地能擾動心麤細性說第二靜慮乃至有頂心離擾動故無尋伺又彼既說二定以上有尋有伺云何建立有尋伺等三地有異彼作是說欲界初靜慮一切善染無覆無記及靜慮中間乃至有頂染污心等名有尋有伺地靜慮中間善及無覆無記心等名無尋惟伺地第二靜慮乃至有頂善及無覆無記心等名無尋無伺地若爾經說當云何通如契經說尋伺寂靜無尋無伺定生喜樂入第二靜慮具足住彼作是說此經依善無覆無記不依染說尋伺寂靜彼說非理所以者何有何因緣入第二定惟善無記尋伺寂靜非染污耶寧說染污尋伺寂靜非善無記所以者

何諸染污法離染時捨善無記法越界地時方捨盡故然譬喻者是無知果黑闇果不勤加行果故說尋伺三界皆有而尋與伺下二地有上七地無是爲正說爲止如是他宗所說顯示正理故作斯論答三結三種謂或有尋有伺或無尋惟伺或無尋無伺云何有尋有伺謂在欲界及初靜慮云何無尋惟伺謂在靜慮中間云何無尋無伺謂在上三靜慮及四無色餘廣說如本論問此中何者名有尋有伺何者名無尋惟伺何者名無尋無伺耶答若與尋伺俱尋伺相應是尋伺等起尋伺所轉者名有尋有伺若不與尋俱惟與伺俱不與尋相應惟與伺相應非尋等起惟伺等起尋已寂靜惟伺所轉者名無尋惟伺若非尋伺俱非尋伺相應非尋伺等起非尋伺所轉者名無尋無伺復次若有種種尋求種種伺察者名有尋有伺若無種種尋求有種種伺察者名無尋惟伺若無種種尋求亦無種種伺察者名無尋無伺復次若有數數尋求數數伺察者名有尋有伺若無數數尋求有數數伺察者名無尋惟伺若無數數尋求亦無數數伺察者名無尋無伺三結乃至九十八隨眠幾樂根相應幾苦喜憂捨根相應

問何故作此論答爲止他宗顯正理故謂或有執諸法生時漸次非頓如譬喻者大德說曰諸法生時次第而生無並起義如經狹路有多商侶一一而過尚無二人一時過義況得有多諸有爲法亦復如是一一從自生相而生別和合生理不俱起阿毗達磨諸論師言有因緣故說有爲法別和合生一一從自

生相生故有因緣故說有爲法一和合生不相離者一時生故謂依生相說有爲法別和合生若依剎那說有爲法一和合生不相離者必俱起故或復有執力無力義是名相應不相應義謂若此法由彼力生即說此法與彼相應若法不由彼力生者雖俱時起無相應義如由彼心力此心生故得說此心與彼心相應又由心力心所生故得說心所與心相應又由心所力心所生故得說心所與心所相應不由心所力心得生故不可說心與心所相應爲遮彼意顯示心與心所相應心所亦與心所相應心所又得與心相應惟心與心無相應義一身二心不俱起故或復有執諸法各與自性相應不與他性彼作是說相愛重義是相應義無法與法極相愛重如自性者是故惟與自性相應爲遮彼意顯示惟與他性相應相應名義異體相望而建立故如心心所展轉相望同一所依一所緣等互不相捨名相應故或復有執諸法與自性無相應義亦非不相應無相應義者諸法不待自性而生故非不相應者極相愛重是相應義故爲遮彼意顯示諸法不亂相應故作斯論問何故但問與受相應答是作論者意欲爾故謂作論者隨欲造論不違法相故不應責復次以受與受行相各別不違成就而違現行是故偏問不違成就者一身容成就五受根故違現行者必無二受俱時現行故復次以受隨根轉變而起於一受體建立五根餘法不爾故偏問受復次受居十二緣起輪中猶如車轂是故偏問復次以一切法皆

歸趣受是故偏問復次除受更問何根相應若問命等八根相應便爲非理不相應故若問信等五三無漏相應亦爲非理惟是善故若問餘染及想思等心所相應亦爲非理無根相故或有卽是煩惱性故若問念定及慧相應亦爲非理煩惱相應無根相故或有卽是煩惱性故若問意根亦不應理依心建立相應法故又心相應無差別故受有根相非煩惱體能生煩惱故問相應答三結中有身見戒禁取結三根相應除苦憂根問此何故除苦根答苦根在五識此二結在意地故不相應問此何故除憂根答憂感行相轉此二結歡行相轉故不相應總說此二三根相應別分別者若在欲界初二靜慮喜捨相應若在第三靜慮樂捨相應若在第四靜慮及無色界惟捨相應是故總說三根相應疑結四根相應除苦根問此何故除苦根答苦根在五識疑在意地故不相應總說疑結四根相應別分別者若在欲界憂捨相應若在初二靜慮喜捨相應若在第三靜慮樂捨相應若在第四靜慮及無色界惟捨相應是故總說四根相應問何故疑結若在欲界不與喜根相應若在初二靜慮則與喜根相應耶答歡感行相不相應故謂欲界疑感行相轉喜根歡行相轉行相既別無相應義初二靜慮疑與喜根俱歡行相轉故得相應以等義是相應義故復次欲界喜麤疑細故不相應問何故欲界喜麤答欲界有情不應起而起故於欲界事亦不應起而起故云何欲界有情不應起而起謂欲界有情本性是苦復加餘苦

應生猒離而更踊躍豈不是麤云何於欲界事不應起而起謂若見他顛蹶迷謬應生慈愍而更歡笑豈不是麤欲界疑結沉思故細麤細既別無相應義初二靜慮疑喜俱細故得相應復次欲界疑結數重喜根輕躁故不相應初靜慮二俱數重故得相應復次欲界疑結於內門轉欲界喜根於外門轉故不相應初二靜慮俱內門轉故得相應復次欲界疑結如主喜根如客故不相應初二靜慮二皆如主故得相應復次欲界疑結雖不與喜受相應而與憂受相應初二靜慮疑結若不與喜受相應便爲無受喜是彼地自性受故若疑心聚全無受者便違相依及相應法勿有斯過是故疑結初二靜慮喜根相應三不善根中貪不善根三根相應除苦憂根以苦憂根慼行相轉貪不善根歡行相轉故不相應瞋不善根三根相應除樂喜根以樂喜根歡行相轉瞋不善根慼行相轉故不相應癡不善根及欲漏無明漏五根相應以彼皆通六識身歡慼行相轉故有漏三根相應除苦憂根以色無色界無憂苦根故彼無憂苦因根蘊當廣說除邪見餘廣說如本論邪見四根相應除苦根以苦根在五識邪見在意地故不相應總說邪見四根相應別分別者若在欲界三根相應除樂苦根若在初靜慮喜捨根相應若在第三靜慮樂捨根相應若在第四靜慮及無色界惟捨根相應問欲界邪見何者喜根相應何者憂根相應耶答或有本來不好施與不好愛樂不好祠祀彼後若遇邪見外道聞說無施與無愛樂無祠祀無

妙行無惡行無妙惡行業果異熟聞已歡喜作是念言我從本來不好施與乃至祠祀甚爲好事以彼無果無異熟故如是邪見喜根相應或有本來好行施與好行愛樂好行祠祀彼後若遇邪見外道聞說無施與無愛樂無祠祀無妙行無惡行無妙惡行業果異熟聞已憂慼作是念言我從本來好行施與乃至祠祀極爲唐捐以彼無果無異熟故如是邪見憂根相應廣釋相應義六因中已說三結乃至九十八隨眠幾欲界繫幾色界繫幾無色界繫問何故作此論答爲止他宗顯正理故謂或有執欲界所有煩惱及隨煩惱名數色無色界亦有爲止彼意顯示欲界是不定地多諸煩惱及隨煩惱色無色界是定地故少諸煩惱及隨煩惱如瞋隨眠及惡作等

彼界無故或復有執有漏暴流輒我語取欲界亦有緣内而生諸煩惱等得彼名故爲止彼意顯有漏等不通欲界上二界或定所攝藏多緣内起得彼名故或復有執嫉慳二纏梵世亦有如分别論者問彼何故作此執答依契經故謂契經説大梵天王告諸梵衆我等不須往詣沙門喬答摩所禮敬聽法即住此處當令汝等度生老死證永寂滅彼説梵王爲嫉慳結纏繞心故作如是語爲遮彼意顯嫉慳結惟欲界有或復有執梵世有覆纏問彼何故作此執答依契經故謂契經説大梵天王不了尊者馬勝所問恐梵衆知方便引出輭言愧謝彼説梵王由覆纏故引出衆外方申不了爲遮彼意顯示覆纏惟欲界有然大梵王爲慢諂誑覆蔽心故作如是語由

此因緣故作斯論答三結三種或欲界繫或色界繫或無色界繫餘廣說如本論問何故名欲界繫色界繫無色界繫耶答繫在欲故名欲界繫繫在色故名色界繫繫在無色故名無色界繫如牛馬等繫在於柱或在於橛名柱等繫復次爲欲界足所繫縛故名欲界繫爲色界足所繫縛故名色界繫爲無色界足所繫縛故名無色界繫足謂煩惱如伽他言佛所行無邊無足誰將去如人有足則得自在遊涉八方無足不爾如是有情有煩惱足則能遊涉諸界趣生無煩惱足則不如是諸佛永斷煩惱足故於界趣生無復流轉然由定慧所行無邊復次欲界窟宅所攝藏故欲界我執所執著故名欲界繫色界窟宅所攝藏故色界我執所執著故名色界繫無色界窟宅所攝藏故無色界我執所執著故名無色界繫窟宅謂愛我執謂見復次爲欲界愛所滋潤我我所見所執著故名欲界繫爲色界愛所滋潤我我所見所執著故名色界繫爲無色界愛所滋潤我我所見所執著故名無色界繫復次欲界樂欲所堅著故名欲界繫色界樂欲所堅著故名色界繫無色界繫樂欲所堅著故名無色界繫樂者謂愛欲者謂見復次爲欲界生死所繫縛故名欲界繫爲色界生死所繫縛故名色界繫爲無色界生死所繫縛故名無色界繫復次爲欲界垢所污故毒所害故穢所染故名欲界繫爲色界垢所污故毒所害故穢所染故名色界繫爲無色界垢所污故毒所害故穢所染故名無色界繫一切煩惱皆名爲穢非唯是瞋

故通三界復次爲欲界煩惱所繫縛故名欲界繫爲色界煩惱所繫縛故名色界繫爲無色界煩惱所繫縛故名無色界繫

諸結墮欲界彼結在欲界耶乃至廣說此中墮者墮有六種一界墮二趣墮三補特伽羅墮四處墮五有漏墮六自體墮界墮者如此中說諸結墮欲界彼結在欲界等此中意說若是此界法即名墮此界若欲界法名墮欲界若色界法名墮色界若無色界法名墮無色界趣墮者如說法者行法施時發是願言以此法施令墮諸趣有情速出生老病死補特伽羅墮者如毗奈耶說有二補特伽羅墮僧數中令僧和合處墮者如品類足說云何色蘊謂十色處及墮法處色有漏墮者如品類足說云何墮法謂有漏法自體墮者如大種蘊說有執受是何義答此增語所顯墮自體法於六墮中此中唯依界墮作論此中在者在有四種一自體在二器在三現行在四處在自體在者謂一切法各住自體自我自物自相自分自本性中器在者如棗等在盆中天授等在舍中現行在者若法於此現行可得處在者若法於此處可得此中總依四在作論或具不具如應當知諸結墮欲界彼結在欲界耶答應作四句有結墮欲界彼結非在欲界謂纏所纏色界没起欲界中有色界没生欲界者惟是異生彼欲界中有在色界起法應如是死有滅處中有現前如種滅處萌芽現前彼從死有至中有時欲界三十六隨眠隨一現前令生相續及惡魔住梵世纏所纏故訶拒如來纏所纏者有說忿纏彼

忿纏心訶拒佛故有說覆纏彼覆纏心訶拒佛故有說嫉纏彼嫉纏心訶拒佛故有說慳纏彼慳纏心訶拒佛故評曰應作是說於九纏中隨一現前而訶拒佛除眠不能發語業故問何故名魔答斷慧命故或常放逸而自害故問何故名惡答懷惡意樂成就惡法及惡慧故尊者妙音作如是說勅惡者死生彼處故說名爲惡問魔住梵世何所爲耶答訶拒佛故問彼有何力能住梵世答梵所引故如契經說一時薄伽梵在室羅筏住誓多林給孤獨園爾時有一梵天住在梵世起惡見趣此處是常恒不變易純永出離更無有常恒不變易純永出離過此處者爾時世尊知彼心已譬如壯士屈伸臂頃從此處沒至梵世出去彼梵天不遠而住時彼梵天遥見佛已即命佛曰善來大仙此處是常恒不變易純永出離更無有過常恒不變易純永出離過此處者仁能猒捨災患欲界而來至此甚爲善哉宜於此間安樂常住世尊告曰此處非常恒不變易純永出離而汝謂常恒不變易純永出離由重無明蔽汝心故汝應省察過去諸梵墮欲界者如華果落云何妄計此爲常等如是梵天再三自讚佛亦再三訶彼所說爾時彼梵覩佛威光難爲抗敵又住寂靜離欲地中不樂言論便作是念誰能與佛爲敵論耶念已便憶魔與如來恒爲怨對必能抗敵即以神力引置梵世化作欲地而安處之爾時彼梵天復白佛言此處是常乃至廣說世尊告曰此處非常廣說如上魔便白佛大仙應隨梵天所說勿復違拒當奉行之

若違拒者譬如有人吉祥天神來過其舍以刀仗等驅逐令出亦如有人從高轉墮放捨手足便墜深坑又如有人從樹端落放捨手足墮必至地故應奉順梵天所說復白佛言仁豈不見我等梵衆圍遶梵天敬順其言不敢違逆佛時告曰汝非梵王亦非梵衆乃是惡魔無有恥愧橫來相擾爾時惡魔知佛覺已心懷愧惱不能自退梵以神力令彼還宮因彼契經而作此論是謂有結墮欲界彼結非在欲界墮欲界者是界墮非餘墮非在欲界者色界可得故此有三.在除自體在不在自界現在前故

阿毗達磨大毗婆沙論卷第五十二 說一切有部發智

音釋

羸劣 羸倫爲切劣力輟切羸劣瘦弱也
伺 息利切察也
狹 胡夾切隘也
顛蹶 顛都年切仆也蹶居月切僵也
謬 靡幼切妄也誤也
躁 則到切急也又不安靜也
唐捐 捐音緣唐捐謂徒棄也
橛 其月切杙也
毗柰耶 梵語也此云善持謂能治婬怒癡也
室羅筏 梵語也亦云舍婆提此云聞物國名也筏音伐

阿毗達磨大毗婆沙論卷第五十三

五百大阿羅漢等造

唐三藏法師玄奘奉詔譯

結蘊第二中不善納息第一之八

有結在欲界彼結非隨欲界謂纏所纏欲界没起色界中有欲界没生色界者通異生及聖者彼色界中有在欲界起法應如是死有滅處中有現前如種滅處萌芽現前彼從死有至中有時若異生色界三十一隨眠隨一現前令生相續若聖者色界修所斷三隨眠隨一現前令生相續及住欲界色無色界結現在前謂住欲界不死不生而色無色界結現在前彼通異生及聖者若異生色無色界六十二隨眠隨一現前謂愛見疑慢上靜慮者若聖者色無色界修所斷六隨眠隨一現前謂愛慢上靜慮者彼定後煩惱現在前煩惱後定現在前是謂有結在欲界非墮欲界在欲界者有三在除自體在不在自界現在前故非墮欲界者墮色無色界故是界墮非餘墮有結墮欲界彼結亦在欲界謂纏所纏欲界没起欲界中有生有欲界没生欲界者通異生及聖者異生於五趣生無礙聖者於二趣生無礙謂人天從死有至中有時若異生欲界三十六隨眠隨一現前令生相續若聖者欲界修所斷四隨眠隨一現前令生相續從中有至生有亦爾及在欲界欲界結現在前謂住欲界不死不生而欲界結現在前彼通異生及聖者若異生欲界三十六隨眠隨一現前若聖者欲界修所斷四隨眠隨一現前是謂有結墮欲界亦在欲界墮欲界者

是界墮非餘墮亦在欲界者具四在以在自界現在前故有結非墮欲界彼結亦非在欲界謂纏所纏色界沒起色界中有生有色界沒生色界者通異生及聖者若異生生上亦生下一一處有多生若聖者生上不生下一一處惟一生從死有至中有時若異生色界三十一隨眠隨一現前令生相續若聖者色界修所斷三隨眠隨一現前令生相續從中有至生有亦爾色界沒生無色界彼亦通異生及聖者從死有至生有時若異生無色界三十一隨眠隨一現前令生相續若聖者無色界修所斷三隨眠隨一現前令生相續無色界沒生無色界彼亦通異生及聖者若異生生上亦生下一一處有多生若聖者生上不生下一一處惟一生從死有至生有時若異生無色界三十一隨眠隨一現前令生相續若聖者無色界修所斷三隨眠隨一現前令生相續無色界沒生色界彼惟異生從死有至中有時色界三十一隨眠隨一現前令生相續及住色界色無色界結現在前謂住色界不死不生而色無色界結現在前彼通異生及聖者若異生色無色界六十二隨眠隨一現前謂愛見疑慢上靜慮者若聖者色無色界修所斷六隨眠隨一現前謂愛慢上靜慮者彼定後煩惱現在前煩惱後定現在前住無色界無色界結現在前謂住無色界不死不生而無色界結現在前彼通異生及聖者若異生無色界三十一隨眠隨一現前若聖者無色界修所斷三隨眠隨一現前是謂有結非墮欲界亦非在欲界非墮欲界者

墮色無色界故是界墮非餘墮非在欲界者
在色無色界現在前故此容具四在亦在自
界現在前故諸結墮色界彼結在色界耶答
應作四句如文廣說然與欲界四句相翻謂
前初句作此第二句前第二句作此初句前
第三句作此第四句前第四句作此第三句
雖麤翻前而細有異故復廣說謂前初句有
二種一色界沒起欲界中有二魔住梵世訶
拒如來今第二句有三種即前二及住色界
無色界結現在前前第二句有三種一欲界
沒起色界中有二住欲界色界結現在前三
住欲界無色界結現在前今初句但有前二
前第三句有二種一欲界沒起欲界中有生
有二住欲界欲界結現在前今第四句有七
種謂即前二及別有五一欲界沒生無色界
二無色界沒生無色界三無色界沒生欲界
四住欲界無色界結現在前五住無色界無
色界結現在前前第四句有七種一色界沒
起色界中有生有二色界沒生無色界三無
色界沒生無色界四無色界沒生色界五住
色界色界結現在前六住色界無色界結現
在前七住無色界無色界結現在前今第三
句但有二種謂前第一及前第五旣有此異
故復廣說墮在多少准前應知諸結墮無色
界彼結在無色界耶答諸結在無色界彼結
墮無色界以無色界現在前者定非欲色二
界結故有結墮無色界彼結非在無色界謂
住欲色界無色界結現在前謂住下二界不
死不生無色界結現在前彼通異生及聖者
若異生無色界三十一隨眠隨一現前謂愛

見疑慢上靜慮者若聖者無色界修所斷三隨眠隨一現前謂愛慢上靜慮者彼定後煩惱現在前煩惱後定現在前是謂有結墮無色界彼結非在無色界墮無色界者是界墮非餘墮非在無色界者在欲色界現在前故此有三在除自體在不在自界現在前故諸結非墮欲界彼結非在欲界耶答應作四句翻上應知謂前欲界初句作此第二句前第二句作此初句前第三句作此第四句前第四句作此第三句諸結非墮色界彼結非在色界耶答應作四句翻上應知謂前色界初句作此第二句前第二句作此初句前第三句作此第四句前第四句作此第三句諸結非墮無色界彼結非在無色界耶答如是以無色界現在前結決定非墮欲色界故有結非在無色界彼結非不墮無色界謂住欲色界無色界結現在前謂住下二界不死不生無色界結現在前彼通異生及聖者若異生無色界三十一隨眠隨一現前謂愛見疑慢上靜慮者若聖者無色界修所斷三隨眠隨一現在前愛慢上靜慮者彼定後煩惱現在前煩惱後定現在前是謂有結非在無色界彼結非不墮無色界非在無色界者在欲色界現在前故此有三在除自體在不在自界現在前故非不墮無色界者是界墮非餘墮此結墮無色界故問何故於此立非句耶答是作論者意欲爾故謂本論師隨欲造論不違法相故不應責復次欲顯言論得自在故謂於言論得自在者能立非句若於言論不自在者尚不能依是句作論況立非句復次

欲令弟子生覺意故謂依非句而作論者則諸弟子能生覺意謂諸法性此亦可爾彼亦可爾不相違背復次或有非句與是句別如後補特伽羅品中是句有四三二非句有五六四今則不爾故立非句

具見世尊弟子乃至廣說問何故作此論答爲止他宗顯已義故謂有執色九品漸次分分而斷如外國師彼作是說如諸染汙心心所法九品漸斷色亦應爾爲遮彼意顯諸染汙心心所法九品漸斷色有漏善無覆無記心心所法要由第九無間道力一時頓斷問何故染汙心心所法九品漸斷色有漏善無覆無記心心所法要由第九無間道力一時斷耶答明與無明互相違故謂下下明起斷上上無明乃至上上明起斷下下無明色有漏善無覆無記與明無明俱不相違然與明無明爲依安足處如燈與闇更互相違器及油炷不違於二然能爲依及安足處復次染心心所是自性斷與道相違隨何品道現在前時便斷彼品令失成就得不成就色有漏善無覆無記非自性斷不正違道諸染汙色加行道時已失成就諸有漏善無覆無記多分斷已猶有成就隨地第九無間道時正斷染汙心心所法令色等上所緣縛盡故亦說名斷色等法如燈明起正能破暗兼能熱器燒炷盡油復次匆爲止他顯已宗義但爲顯示諸法正理開悟學者故作斯論問爲揀何事說具見言世尊弟子復揀何事答說具見言爲簡隨信隨法行者世尊弟子爲簡異生問何故隨信隨法行者不名具見答若相續

中巳具見四諦巳斷四邪見者得名具見隨信隨法行者未巳具見四諦當具見故未巳斷四邪見當巳斷故不名具見復次若相續中巳斷四種無知愚暗巳起四種無漏智者得名具見隨信隨法行者未巳斷四種無知愚暗當巳斷故未巳起四種無漏智當巳起故不名具見復次若相續中巳破四種猶豫疑網巳起四種決定聖智者得名具見隨信隨法行者未巳破四種猶豫疑網當巳破故未巳起四種決定聖智當巳起故不名具見復次若相續中無如霜雹及餘災害煩惱惡行顛倒見者得名具見隨信隨法行者猶有此事不名具見如諸稼穡有災害者不名爲具此亦如是復次若巳降伏四諦洲者得名具見隨信隨法行者未巳降伏四諦洲故不名具見問何故異生不名世尊弟子答若聞佛說三寶四諦決定信受者名世尊弟子異生聞說三寶四諦或信不信故不名世尊弟子復次若唯事佛不事餘天者名世尊弟子異生事佛或事餘天故不名世尊弟子復次若於三寶得證淨者名世尊弟子異生不爾故不名世尊弟子復次若於佛法心不移動如門閫者名世尊弟子異生於佛法其心輕動如柳絮氎華故不名世尊弟子復次若聞正法已不爲邪聞所壞者名世尊弟子異生聞正法已或爲邪聞所壞故不名世尊弟子問此中說何等名具見世尊弟子耶答此中說預流一來不還阿羅漢名具見世尊弟子諸色未斷彼色繫耶乃至廣說此中諸色若時名斷即時離繫若時離繫即時名斷先斷

後離繫先離繫後斷無是事故染汙心心所法或先斷後離繫或斷時即離繫彼有九品謂上上乃至下下前八品先斷後離繫下下品斷時即離繫謂上上品斷已猶爲後八品爲所緣繫乃至前八品斷已猶爲下下品爲所緣繫同地九品展轉相緣爲繫事故若斷第九品時九品皆得離繫於前八品所緣繫盡彼相應繫先已盡故名得離繫於第九品二繫俱盡故得離繫是謂此處略毗婆沙具見世尊弟子諸色未斷彼色繫耶答如是設色繫彼色未斷耶答如是前已說諸色若時名斷即時離繫若時離繫即時名斷先斷後離繫先離繫後斷無是事故以一切色最後無間道所斷故爾時即名得離繫故預流一來五地諸色未斷而繫不還未離初靜慮染四地諸色未斷而繫已離初靜慮未離第二靜慮染三地諸色未斷而繫已離第二靜慮染未離第三靜慮染二地諸色未斷而繫已離第三靜慮染未離第四靜慮染一地諸色未斷而繫具見世尊弟子諸受想行識未斷彼受想行識繫耶答如是謂預流一來有三界修所斷受想行識未斷而繫不還未離初靜慮染有八地修所斷受想行識未斷而繫已離初靜慮染未離第二靜慮染者七地修所斷受想行識未斷而繫乃至已離無所有處染有一地修所斷受想行識未斷而繫有受想行識繫彼受想行識非未斷謂家家或一來或一間欲界修所斷上中品結已斷遍知彼相應受想行識下品結繫此中家家已斷欲界前三品或四品結亦已斷彼相應

受想行識彼相應受想行識猶爲欲界後六品或五品結爲所緣繫一來已斷欲界前六品結亦已斷彼相應受想行識彼相應受想行識猶爲欲界後三品結爲所緣繫一間已斷欲界前七品或八品結亦已斷彼相應受想行識彼相應受想行識猶爲欲界後二品或一品結爲所緣繫是謂繫非未斷具見世尊弟子諸色已斷彼色離繫耶答如是設色離繫彼色已斷耶答如是前已說諸色若時名斷即時離繫若時離繫即時名斷先斷後離繫先離繫後斷無是事故以一切色最後無間道所斷故爾時即名得離繫故謂不還者已離色染五地諸色已斷離繫已離第三靜慮染未離第四靜慮染四地諸色已斷離繫已離第二靜慮染未離第三靜慮染三地諸色已斷離繫已離初靜慮染未離第二靜慮染二地諸色已斷離繫未離初靜慮染一地諸色已斷離繫具見世尊弟子諸受想行識已斷彼受想行識離繫耶答諸受想行識離繫彼受想行識已斷謂阿羅漢三界見修所斷受想行識已斷離繫不還已離無所有處染三界見所斷及八地修所斷受想行識已斷離繫已離識無邊處染未離無所有處染三界見所斷及七地修所斷受想行識已斷離繫乃至未離初靜慮染三界見所斷及一地修所斷受想行識已斷離繫預流一來三界見所斷受想行識已斷離繫有受想行識已斷非離繫謂家家或一來或一間欲界修所斷上中品結已斷遍知彼相應受想行識下品結繫此中家家已斷欲界前三品或

四品結亦已斷彼相應受想行識彼相應受想行識猶爲欲界後六品或五品結爲所緣繫一來已斷欲界前六品結亦已斷彼相應受想行識彼相應受想行識猶爲欲界後三品結爲所緣繫一間已斷欲界前七品或八品結亦已斷彼相應受想行識彼相應受想行識猶爲欲界後二品或一品結爲所緣繫是謂已斷非離繫問諸預流者若斷欲界上上品結亦即斷彼相應受等彼相應受等猶爲八品結爲所緣繫若斷欲界上中品結亦即斷彼相應受等彼相應受等猶爲七品結爲所緣繫此中何故不說預流但說家家一來一間爲繫非未斷及斷非離繫答應說而不說者當知此義有餘復次諸預流者壞相不定是故不說謂具縛者無如是義不具縛者有如是義家家等三皆有此義其相不壞決定故說復次諸預流者若斷欲界一二品結無死生義故不說之如斷五品謂瑜伽師得初果已爲斷欲界修所斷結起大加行必無未斷一大品結有死生故如斷五品必無未斷第六品結有死生義家家等三有死生故此中偏說問色無色界八地受等亦有已斷非離繫義及有猶繫非未斷義如斷一品八品猶繫乃至斷八品第九品猶繫此中何故但說欲界不說色界無色界耶答應說而不說者當知此義有餘復次此中且顯初入加行已說欲界即亦說彼復次漸斷欲界修所斷結建立多種補特伽羅謂斷三四說名家家若斷第六說名一來若斷七八說名一間漸斷上界修所斷結無如是義是故不說

問欲界修所斷下品結分斷如一間者亦有已斷非離繫義及有猶繫非未斷義此中何故但說欲界修所斷結上中品斷又彼相應受想行識亦有上中品結繫義如斷上上八品猶繫若斷上中七品猶繫若斷三四六五猶繫何故但說下品結繫答亦應說彼而不說者應知此是有餘略說欲令智者思力增故此中家家是預流差別一間是一來差別家家有二種謂生二家三家別故生二家者謂斷欲界前四品結餘有欲界二有種子生三家者謂斷欲界前三品結餘有欲界三有種子問何故無有斷五品結名家家耶答若斷第五必斷第六成一來故第六品結性羸劣故不能獨障證一來果如一縷絲不能制象一間者謂斷欲界前七品或八品結餘有欲界一有種子問彼或猶有二品結在何故說彼爲一間耶答不以一品煩惱在故名爲一間但以彼有一有種子名一間故有餘師說無斷八品名一間者所以者何若斷第八必斷第九成不還故第九品結性羸劣故不能獨障證不還果如一縷絲不能制象如無斷五名爲家家如實義者有斷八品名爲一間無斷五品名家家者所以者何斷五品已若斷第六證一來果猶生欲界自地所有引衆同分定應熟業有與果義不極爲障第六品結性羸劣故不能獨障證一來果故無斷五品名家家者斷八品已若斷第九證不還果決定無有生欲界義自地所有引衆同分定應熟業無與果義極爲障礙第九品結雖性羸弱而能助彼障不還果故有斷八名一

間者由此故說有情三位定應熟業極作障礙一者從頂將入忍位二者將證不還果位三者將得阿羅漢位謂從頂位將入忍時惡趣所有引衆同分定應熟業極作障礙義言汝若得入忍位決定不受三惡趣生我於誰身當受異熟由此於彼極作障礙聖者將離欲界染時欲界所有引衆同分定應熟業極作障礙義言汝若證不還果決定不復受欲界生我於誰身當受異熟由此於彼極作障礙聖者將離有頂染時二界所有引衆同分定應熟業極作障礙義言汝若成阿羅漢決定不復受後有生我於誰身當受異熟由此於彼極作障礙故無斷五名爲家家有斷第八名一間者家家有二謂天家家及人家家天家家者謂於天上或受二生或受三生或一天處或二天處或三天處受二三生或一天家或二天家或三天家受二三生人家家者謂於人中或受二生或受三生或一洲處或二洲處或三洲處受二三生或一人家或二人家或三人家受二三生一間有二謂天一間及人一間天一間者謂於天上唯受一生或四大王衆天或三十三天或夜摩天或覩史多天或樂變化天或他化自在天受此一生人一間者謂於人中唯受一生或贍部洲或東勝身洲或西牛貨洲受此一生由三緣故建立家家一由業故二由根故三由結故由業故者謂先造作增長欲界二有或三有業由根故者謂彼已得對治欲界三品或四品結無漏諸根由結故者謂彼已斷欲界三品或四品結於此三緣隨一不具不名家

家由三緣故建立一間一由業故二由根故三由結故由業故者謂先造作增長欲界一有業由根故者謂彼已得對治欲界七品或八品結無漏諸根由結故者謂彼已斷欲界七品或八品結於此三緣隨一不具不名一間問聖者爲造欲界引衆同分業不有說不造所以者何以欲界多諸過患多諸災横是故聖者不造欲界引衆同分業但造欲界滿衆同分業問若爾契經所說當云何通如契經說佛讃慈氏成佛事時會中有學未離欲者聞已發願使我見彼勝妙事已乃般涅槃答彼豐資緣未觸重苦暫發此願若觸重苦即便猒離一切有生作是念言設有是事能如怖鳥速飛於空我亦爾時速趣滅度故彼不造能引欲界衆同分業彼作是説家家二有或三有業異生位造非於聖位三四品結或異生位或聖位斷一間一有業唯異生位造七八品結或異生位或聖位斷有說聖者亦造欲界引衆同分業彼業所引衆同分果勢力熾盛殊勝微妙清淨鮮白無諸過患無諸災横隨順善品彼作是説家家二有或三有業異生位造或於聖位三四品結或異生位或聖位斷一間一有業或異生位或聖位造七八品結或異生位或聖位斷問若在欲界經生聖者爲復得生上二界不設爾何失二俱有過若得生者增一經説當云何通如説有五種補特伽羅此間下種此間究竟一極七返有二家家三一來四一間五現法般涅槃此間下種者謂在欲界入正性離生此間究竟者謂在欲界得諸漏盡有五補特伽

羅此間下種彼間究竟一中般涅槃二生般涅槃三有行般涅槃四無行般涅槃五上流般涅槃此間下種者謂在欲界入正性離生彼間究竟者謂在色無色界得諸漏盡若不生者帝問經頌當云何通如彼頌說

三於此知法　二於彼勝進　既得勝進已
俱昇梵輔天

彼第二說復云何通如說大德我行如理若有教誨我當奉行即於此間作苦邊際若無教誨曾聞殊妙色究竟天我後命終當生於彼答若在欲界經生聖者不復得生色無色界問若爾帝問經頌當云何通答彼二雖昇梵世而非死生謂有釋女名瞿博迦有三苾芻常入其舍以妙音聲爲彼說法彼聞法已心生淨信猒患女身願爲男子命終生在三十三天爲帝釋兒端嚴殊妙天爲立字稱瞿愽迦時三苾芻自愛聲故命終生在健達縛中健達縛者是天樂神晝夜常爲諸天作樂時瞿愽迦見已便識告言我昔聞汝法音猒患女身願爲男子命終生此三十三天爲帝釋兒端嚴殊妙汝等曾修無上梵行寧生卑賤健達縛中時三樂神聞彼語已二極羞愧得離欲染以神通力昇梵輔天一猶住此是故彼二雖昇梵世而非死生有說彼二雖有死生而不違理謂昔人中但曾修得順決擇分命終生在健達縛中由瞿愽迦譏誚彼故二極羞愧得入見道離欲界染證不還果命終生在梵輔天中故有死生亦不違理問彼第二說復云何通如說大德我行如理廣說如前答帝釋不解阿毗達磨不知欲界經生

聖者不得上生故作是說問彼對佛前作違理語世尊何故不訶制之答佛知彼言雖復違理而不障道故不訶制後入法性自當解了恐彼羞耻故不訶之有說欲界經生聖者亦有得生色無色界問若爾增壹經說當云何通如說有五補特伽羅乃至廣說答聖者有二種一有雜亂有移轉二無雜亂無移轉有雜亂有移轉者應知如帝問經說無雜亂無移轉者應知如增壹經說由斯理趣二說善通評曰若在欲界經生聖者定不復生色無色界所以者何若在欲界經生聖者必無三事一者不退二者不轉根三者不生色無色界聖道久住彼相續中極堅牢故恐上二界有長時苦同欲界故

阿毗達磨大毗婆沙論卷第五十三 說一切有部發智

音釋

猶豫 豫羊茹切猶豫獸名性多疑故以事不決者爲猶豫

稼穡 稼古訝切穡所力切禾在野曰稼收斂曰穡

健達縛 梵語也此云香陰帝釋樂神也健渠建切

譏誚 譏居希切誚才笑切譏誚謂以辭相責

阿毗達磨大毗婆沙論卷第五十四

五百大阿羅漢等造

唐三藏法師玄奘奉詔譯

結蘊第二中不善納息第一之九

有五補特伽羅謂隨信行隨法行信勝解見至身證乃至廣說問何故尊者此結蘊中依五補特伽羅作論後智定蘊中依七補特伽羅作論謂於此五加慧解脫及俱解脫答是作論者意欲爾故乃至廣說復次此結蘊中依有結者而作論故不說後二智定蘊中依有智定者而作論故有結無結者俱應說之復次此結蘊中依有煩惱者而作論故不說後二智定蘊中依有智定者而作論故有煩惱無煩惱者俱應說之復次此結蘊中以補特伽羅爲章以煩惱爲門故不說後二智定蘊中以補特伽羅爲章以智定爲門故亦說後二是故此彼依五依七補特伽羅而造於論云何隨信行補特伽羅謂有一類本來禀性多信多愛多思多樂多隨順多勝解不好思量觀察揀擇由彼禀性多信等故有時遇佛或佛弟子爲說法要教授教誡廣爲開闡無常苦空無我等義彼作是念所爲我說無常苦空無我等義甚爲善哉欲令我修如是觀行我應無倒精勤修學彼勤修學無常苦空無我等觀既淳熟已漸次引起世第一法次復引生苦法智忍從此見道十五剎那一切皆名隨信行者此隨信行補特伽羅或是預流向或是一來向或是不還向謂若具縛或乃至斷五品結已入正性離生彼於見道十五心頃名預流向若斷六品或乃至斷八

品結已入正性離生彼於見道十五心頃名一來向若離欲染或乃至離無所有處染已入正性離生彼於見道十五心頃名不還向云何隨法行補特伽羅謂有一類本來禀性多思多量多觀察多揀擇不好信愛思樂隨順及與勝解由彼禀性多思等故有時遇佛或佛弟子爲說法要教授教誡廣爲開闡無常苦空無我等義彼作是念所爲我說無常苦空無我等義我應觀察爲實爲虛審觀察已知無顛倒復作是念甚爲善哉欲令我修如是觀行我應無倒精勤修學所餘廣說如隨信行云何信勝解補特伽羅謂隨信行得道類智捨隨信行得信勝解問彼於爾時何所捨得答捨名得名捨道得道捨名者捨隨信行名得名者得信勝解名捨道者捨見道得道者得修道此信勝解補特伽羅或是預流果或是一來向或是一來果或是不還向或是不還果或是阿羅漢向謂住預流果未勝進來名預流果若從此勝進名一來向若住一來果未勝進來名一來果若從此勝進名不還向若住不還果未勝進來名不還果若從此勝進名阿羅漢向云何見至補特伽羅謂隨法行得道類智捨隨法行得見至問彼於爾時何所捨得答捨名得名捨道得道捨名者捨隨法行名得名者得見至名捨道者捨見道得道者得修道此見至補特伽羅或是預流果乃至或是阿羅漢向如信勝解應說其相云何身證補特伽羅謂信勝解或見至以身具證八解脫未以慧盡諸漏彼捨信勝解或見至得身證問彼於爾時何所捨

得外國諸師作如是說捨名得名捨道得道捨名者捨信勝解或見至名得名者得身證名捨道者捨信勝解或見至道得道者得身證道迦濕彌羅國諸論師言此捨名得名非捨道得道信勝解等得滅定時不捨不得無漏道故云何慧解脫補特伽羅謂信勝解或見至但以慧盡諸漏未以身具證八解脫彼捨信勝解或見至得慧解脫問彼於爾時何所捨得答捨名得名捨道得道捨名者捨信勝解或見至名得名者得慧解脫名捨道者捨修道得道者得無學道云何俱解脫補特伽羅謂慧解脫或見至或身證以身具證八解脫亦以慧盡諸漏彼捨慧解脫或見至或身證得俱解脫若先得阿羅漢果後得滅定彼捨慧解脫得俱解脫但捨名得名非捨道得道如捨信勝解等得身證說若先得滅定後得阿羅漢果彼捨身證得俱解脫捨名得名捨道得道捨名者捨身證名得名者得俱解脫名捨道者捨修道得道者得無學道若諸菩薩證得無上正等菩提彼盡智時捨見至得俱解脫捨名得名捨道得道捨名者捨見至名菩薩修位名見至故得名者得俱解脫名諸佛皆是俱解脫故捨道者捨修道得道者得無學道西方師說菩薩學位先起滅定後得菩提彼捨身證得俱解脫迦濕彌羅國諸論師言三十四念得菩提故菩薩學位未起滅定故盡智時定捨見至得俱解脫必無鈍根未得滅定得盡智時成俱解脫故無捨信勝解得俱解脫者問何故名俱解脫答障有二分一煩惱障二解脫障於二分障心

解脱故名俱解脱問若先得阿羅漢果後得滅定者彼於解脱障何等心解脱有漏耶無漏耶有説有漏以無漏心得盡智時已解脱故評曰應作是説有漏無漏俱得解脱所以者何解脱有二種一者行世解脱二者在身解脱彼未得滅定時入出定心不得行世不行世故不得在身若得滅定入出定心行世在身故名解脱是故有漏無漏二心俱得解脱如俱解脱依義立名前五立名亦應依義問何故名隨信行答由彼依信隨信行故名隨信行謂依有漏信隨無漏信行依有縛信隨解脱信行依有繫信隨離繫信行由信爲先得入聖道如是種類補特伽羅從本以來性多信故若聞他勸汝應務農以自存活彼不思察我爲應作爲不應作我爲能作爲不能作爲有宜便爲無宜便聞已便作或聞他勸汝應商估或應事王或應習學書筭印等種種技藝以自存活亦不思察廣説乃至聞已便作或聞他勸汝應出家亦不思察爲應出家不應出家爲能出家不能出家爲能持戒不能持戒爲有宜便爲無宜便聞他勸已即便出家既出家已若聞他勸汝應誦習彼不思察爲應誦習不應誦習爲能誦習不能誦習爲有宜便爲無宜便爲素怛纜爲毗柰耶爲阿毗達磨聞他勸已即便誦習或聞他勸營理僧事亦不思察我爲應作爲不應作我爲能作爲不能作爲有宜便爲無宜便聞已便作或聞他勸住阿練若亦不思察我爲應住爲不應住我爲能住爲不能住爲有宜便爲無宜便聞已便住彼漸次修聖道加行

展轉引起世第一法無間引生苦法智忍從此見道十五刹那名隨信行問何故名隨法行答由彼依法隨法行故名隨法行謂依有漏法隨無漏法行依有縛法隨解脫法行依有繫法隨離繫法行由慧爲先得入聖道如是種類補特伽羅從本以來性多慧故若聞他勸汝應務農以自存活彼便思察我爲應作爲不應作我爲能作爲不能作爲有宜便爲無宜便審思察已然後作之餘廣如前隨信行說彼漸次修聖道加行展轉引起世第一法無間引生苦法智忍從此見道十五刹那名隨法行問隨信行者如有爾所信亦有爾所慧隨法行者如有爾所慧亦有爾所信何故一名隨信行一名隨法行耶答或但信他展轉修行而入聖道或自思察展轉修行而入聖道若但信他展轉修行入聖道者名隨信行若自思察展轉修行入聖道者名隨法行復次或由因力加行力不放逸力皆不廣大而入聖道或由三力皆悉廣大而入聖道若由三力皆不廣大入聖道者名隨信行若由三力皆悉廣大入聖道者名隨法行復次或由止行而入聖道或由觀行而入聖道若由止行入聖道者名隨信行若由觀行入聖道者名隨法行復次或樂奢摩他或樂毗鉢舍那樂奢摩他者名隨信行樂毗鉢舍那名隨法行如樂喜欲亦爾復次或由止爲先而入聖道或由觀爲先而入聖道若由止爲先入聖道者名隨信行若由觀爲先入聖道者名隨法行復次或有奢摩他增或有毗鉢舍那增奢摩他增者名隨信行毗鉢舍那增

者名隨法行復次或由止熏心依觀得解脫或由觀熏心依止得解脫若由止熏心依觀得解脫者名隨信行若由觀熏心依止得解脫者名隨法行復次或有鈍根或有利根若鈍根者名隨信行若利根者名隨法行復次或有說智或有開智有說智者名隨信行有開智者名隨法行復次或由緣力而入聖道或由因力而入聖道若由緣力入聖道者名隨信行若由因力入聖道者名隨法行復次或得增上心奢摩他非增上慧毗鉢舍那或得增上慧毗鉢舍那非增上心奢摩他前名隨信行後名隨法行復次如世尊說二因二緣能生正見一外聞他法音二內如理作意若外聞他法音多者名隨信行若內如理作意多者名隨法行復次如契經說人有四法多有所作一親近善士二聽聞正法三如理作意四法隨法行若親近善士聽聞正法多者名隨信行若如理作意法隨法行多者名隨法行復次或有多住無貪善根或有多住無癡善根多住無貪善根者名隨信行多住無癡善根者名隨法行復次或有外信有情或有內思正法外信有情者名隨信行內思正法者名隨法行問何故名信勝解答由彼依信得信勝解故名信勝解謂依見道所攝信得修道所攝信勝解依向道所攝信得果道所攝信勝解復次由彼補特伽羅以信爲先心脫三結是故名信勝解問何故名見至答由彼依見得至於見故名見至謂依見道所攝見得至修道所攝見依向道所攝見得至果道所攝見復次由彼補特伽羅以見爲

先心脫三結是故名見至問信勝解亦應名信至見至亦應名見勝解何故一名信勝解一名見至耶答如信勝解名信勝解見至亦應名見勝解如見至名見至信勝解亦應名信至而不爾者欲現異相異門說法令諸智者愛樂受持不相雜亂問何故名身證答由彼以身證八解脫未以慧盡諸漏故名身證問何故名慧解脫答由彼以慧盡諸漏未以身證八解脫故名慧解脫俱解脫名如前已釋問如見道中依利鈍別建立二種補特伽羅謂隨信行及隨法行修道中亦依利鈍別建立二種補特伽羅謂信勝解及見至何故無學道中不依利鈍別建立二種補特伽羅而總說一或慧解脫或俱解脫耶答欲界乃至無所有處或有漏道爲斷對治或無漏道爲斷對治若非想非非想處唯無漏道爲斷對治故總立一補特伽羅復次前位或有貪多行者或有不者若離非想非非想處染時身等無貪故總立一補特伽羅復次前位或有癡多行者或有不者若離非想非非想處染時身等無癡故總立一補特伽羅復次前位或有慢多行者或有不者若離非想非非想處染時身等無慢故總立一補特伽羅復次以無學位解脫平等故總立一補特伽羅如契經說如來解脫與阿羅漢苾芻解脫等無差別復次以無學位同剪三界煩惱重髻同截有頂煩惱頸首同越三界後有關津同棄三界所有愛欲故總立一補特伽羅有作是說無學位中亦有二種補特伽羅謂時解脫不時解脫問若爾唯應建立二種補特伽

羅謂鈍及利或應立六補特伽羅謂見修無學位各有二種即隨信行乃至第六不時解脫如何立七補特伽羅答由五緣故建立七種一由加行故二由根故三由定故四由解脫故五由定及解脫故由加行故者謂隨信行及隨法行由根故者謂信勝解及見至由定故者謂身證由解脫故者謂慧解脫由定及解脫故者謂俱解脫隨信行者或應說一謂七種中名隨信行或應說三謂由根故即下中上或應說五謂由種性故即退法乃至堪達或應說十五謂由道故即苦法智忍乃至道類智忍位或應說七十三謂由離染故即欲界具縛離一品乃至九品染爲十離初靜慮一品乃至九品染爲九欲界第十即初靜慮具縛者故不別說後類應知乃至離無所有處一品乃至九品染爲九合七十三種應說六百五十七謂由所依故即三洲六欲天所依各有前說七十三種若以根種性道離染所依二合三合四合五合其數增長如理應思若以在身剎那分析應說無量隨信行者此中總說一隨信行如隨信行數隨法行亦爾根道離染所依等故唯種性別以隨法行唯是不動種性攝故信勝解者或應說一謂七種中名信勝解或應說三謂由根故或應說五謂由種性故或應說八十一謂由離染故即欲界具縛離一品乃至九品染爲十離初靜慮乃至無所有處各一品乃至九品染爲六十三離非想非非想處一品乃至八品染爲八合八十一有說離染故應說八十二謂前說八十一加離有頂第九品染無

間道時或應說四百五謂由所依故即欲界所依有八十一初靜慮所依有七十二第二靜慮所依有六十三第三靜慮所依有五十四第四靜慮所依有四十五空無邊處所依有三十六識無邊處所依有二十七無所有處所依有十八非想非非想處所依有九謂彼具縛及離一品乃至八品染爲九合四百五有說此應說四百一十四謂欲界所依有八十二初靜慮所依有七十三第二靜慮所依有六十四第三靜慮所依有五十五第四靜慮所依有四十六空無邊處所依有三十七識無邊處所依有二十八無所有處所依有十九非想非非想處所依有十謂彼具縛及離一品乃至八品染爲九離第九品無間道時爲彼第十此依九地所依分別若依二十九處所依分別其數多少如理應思以根種性離染所依二三四合數更增廣若以在身刹那分析應說無量信勝解者此中總說一信勝解如信勝解見至亦爾根及離染所依等故惟種性別以諸見至唯是不動種性攝故身證者或應說一謂七種中名身證或應說三謂由根故或應說六謂由種性故即退法乃至不動法或應說九謂由離染故即非想非非想處具縛及離一品乃至八品染爲九復有說者此應說十謂即前九加離第九無間道時爲彼第十或應說二十七謂由所依故欲界所依有九色界所依有九無色界所依有九此唯非想非非想處非三無色得滅定者不生彼故有說此應說三十謂三界各加第九無間道時此依三界所依分別

若依地處所依分別其數多少如理應思以根種性離染所依二三四合數更增廣若以在身刹那分析有無量身證者此中總說爲一身證慧解脫者或應說一謂七種中名慧解脫或應說三謂由根故或應說六謂由種性故或應說九謂由所依故即欲界乃至非想非非想處所依此依九地所依分別若依二十九處所依分別成二十九若以根種性所依二三合數如理應思若以在身刹那分析即有無量慧解脫者此中總說一慧解脫如慧解脫數俱解脫亦爾有差別者謂彼所依以俱解脫不在下三無色處故此五補特伽羅於三結乃至九十八隨眠幾成就幾不成就此中尊者以補特伽羅爲章以諸煩惱爲門故作斯問答隨信行於三結苦類智未已生皆成就苦類智已生二成就一不成就二成就者謂戒禁取疑彼通三界二四部故一不成就者謂薩迦耶見彼惟通三界見苦所斷故於三不善根未離欲染皆成就已離欲染皆不成就此三惟是欲界繫故已離欲染者彼異生位先已離故後准應知於三漏未離欲染皆成就已離欲染二成就一不成就二成就者謂有漏無明漏一不成就者謂欲漏於四暴流軛取未離欲染皆成就已離欲染三成就一不成就三成就者謂有見無明暴流軛見戒禁我語取一不成就者謂欲暴流軛取於四身繫未離欲染皆成就已離欲染二成就二不成就二成就者謂戒禁取此實執身繫二不成就者謂貪欲瞋恚身繫於五蓋未離欲染道法智未已生皆成就道

法智已生四成就一不成就已離欲染皆不成就五蓋惟是欲界繫故四成就者謂前四蓋一不成就者謂疑蓋道法智已生彼已斷故於五結未離欲染皆成就已離欲染二成就三不成就二成就者謂貪慢結通三界繫故三不成就者謂瞋嫉慳結惟欲界繫故於五順下分結未離欲染苦類智未已生皆成就苦類智已生四成就一不成就四成就者謂初後各二一不成就者謂有身見已離欲染苦類智未已生三成就二不成就三成就者謂後三二不成就者謂初二苦類智已生二成就三不成就二成就者謂後二三不成就者謂初三於五順上分結未離色染皆成就已離色染四成就一不成就四成就者謂除色貪一不成就者謂色貪於五見苦類智未已生皆成就苦類智已生三成就二不成就三成就者謂後三二不成就者謂初二於六愛身未離欲染皆成就已離欲染未離梵世染四成就二不成就四成就者謂初後各二二不成就者謂鼻舌觸所生愛身已離梵世染一成就五不成就一成就者謂第六五不成就者謂前五於七隨眠未離欲染皆成就已離欲染五成就二不成就五成就者謂有貪等五二不成就者謂欲貪瞋恚於九結未離欲染皆成就已離欲染六成就三不成就六成就者謂愛等六三不成就者謂恚嫉慳於九十八隨眠未離欲染苦法智未已生皆成就者謂具縛者苦法智忍時一切隨眠無不成就餘廣說如本論問何故不說道類智已生耶答彼若已生非隨信行是故不說

如隨信行隨法行亦爾此二地道離染所依若定若生無不皆等惟根有異謂鈍根者名隨信行利根者名隨法行故信勝解於三結皆不成就彼惟見所斷故於三不善根未離欲染皆成就已離欲染皆不成就彼惟欲界繫故未離欲染者謂預流果一來向一來果不還向已離欲染者謂不還果阿羅漢向彼或異生位已離欲染或至聖位方離欲染後准應知於三漏未離欲染皆成就已離欲染二成就一不成就二成就者謂有漏無明漏一不成就者謂欲漏於四暴流軛未離欲染三成就一不成就三成就者謂欲有無明暴流軛一不成就者謂見暴流軛已離欲染二成就二不成就二成就者謂有無明暴流軛二不成就者謂欲見暴流軛於四取未離欲染二成就二不成就二成就者謂欲我語取二不成就者謂見戒禁取已離欲染一成就三不成就一成就者謂後一三不成就者謂前三於四身繫未離欲染二成就二不成就二成就者謂前二二不成就者謂後二已離欲染皆不成就前二惟欲界繫後二惟見所斷故於五蓋未離欲染四成就一不成就四成就者謂前四一不成就者謂後一已離欲染皆不成就前四後一皆欲界繫故於五結未離欲染皆成就已離欲染二成就三不成就二成就者謂貪慢結三不成就者謂瞋嫉慳於五順下分結未離欲染二成就三不成就二成就者謂前二三不成就者謂後三已離欲染皆不成就前二欲界繫後三見所斷故於五順上分結未離色染皆成就已離色

染四成就一不成就四成就者謂除色貪一不成就者謂色貪於五見皆不成就彼惟見所斷故於六愛身未離欲染皆成就已離欲染未離梵世染四成就二不成就四成就者謂初後各二二不成就者謂中間二已離梵世染一成就五不成就一成就者謂後一五不成就者謂前五於七隨眠未離欲染五成就二不成就五成就者謂欲貪瞋恚有貪慢無明二不成就者謂見疑已離欲染三成就四不成就三成就者謂有貪慢無明四不成就者謂餘四於九結未離欲染六成就三不成就六成就者謂愛恚慢無明嫉慳結三不成就者謂見取疑結已離欲染三成就六不成就三成就者謂愛慢無明六不成就者謂餘六於九十八隨眠未離欲染十成就八十八不成就十成就者謂三界修所斷八十八不成就者謂三界見所斷已離欲染未離色染六成就九十二不成就六成就者謂色無色界修所斷九十二不成就者謂三界見所斷及欲界修所斷已離色染三成就九十五不成就三成就者謂無色界修所斷九十五不成就者謂三界見所斷及欲色界修所斷

如信勝解見至亦爾此二地道離染所依若定若生無不皆等惟根有異謂鈍根者名信勝解利根者名見至故身證於三結三不善根皆不成就以三結惟見所斷故三不善根惟欲界繫故身證必已離三界見所斷及下八地修所斷故於三漏二成就一不成就二成就者謂有無明漏一不成就者謂欲漏於四暴流軛二成就二不成就二成就者謂有

無明二不成就者謂欲見於四取一成就三不成就一成就者謂我語取三不成就者謂餘三取於四身繫及五蓋皆不成就前二身繫及五蓋惟欲界繫故後二身繫惟見所斷故於五結二成就三不成就二成就者謂貪慢結三不成就者謂瞋嫉慳結於五順下分結皆不成就前二惟欲界繫後三惟見所斷故於五順上分結四成就一不成就一不成就者謂色貪四成就者謂餘四於五見皆不成就於見所斷久已離故於六愛身一成就五不成就一成就者謂第六五不成就者謂前五於七隨眠三成就四不成就三成就者謂有貪慢無明四不成就者謂餘四於九結三成就六不成就三成就者謂愛慢無明六不成就者謂餘六於九十八隨眠三成就九

十五不成就三成就者謂無色界修所斷九十五不成就者謂三界見所斷及欲色界修所斷問頗有聖者成就九十八隨眠耶答有謂具縛者入正性離生住苦法智忍時問頗有聖者已斷八十八隨眠未斷十隨眠而未得果耶答有謂已離色染入正性離生住滅類智時彼欲界三十六隨眠色界三十一隨眠無色界見苦集滅所斷二十一隨眠已斷未斷無色界見道所斷七及修所斷三隨眠而未得果住向道故問頗有已斷九十八隨眠而未得阿羅漢果耶答有謂已離無所有處染未離非想非非想處染彼已斷欲界三十六隨眠色界三十一隨眠下三無色三十一隨眠而未得阿羅漢果彼或是異生或是不還者故評曰彼不應作是說九十八隨眠

依界建立不依地故由此彼問應答言無

阿毗達磨大毗婆沙論卷第五十四說一切有部發智

音釋

素怛纜梵語也亦云修多羅此云契經纜盧瞰切

阿練若梵語也此云閑靜處若爾者切

阿毗達磨大毗婆沙論卷第五十五

五百大阿羅漢等造

唐三藏法師玄奘奉詔譯

結蘊第二中不善納息第一之十

有身見與有身見爲幾緣有身見與戒禁取乃至無色界修所斷無明隨眠爲幾緣乃至無色界修所斷無明隨眠與無色界修所斷無明隨眠爲幾緣無色界修所斷無明隨眠與有身見乃至無色界修所斷慢隨眠爲幾緣乃至廣說問何故作此論答爲止他宗顯已義故謂或有執緣無實性如譬喻者問彼師何故作此執耶答彼依契經故作是執謂契經說無明緣行彼作是言無明無異相行有異相云何無異相法與有異相法作緣而有實性大德說曰諸師隨想施設緣名非實有性爲遮彼執顯實有緣故作斯論若執諸緣無實性者應一切法皆無實性四緣具攝一切法故謂因緣攝一切有爲法等無間緣除過去現在阿羅漢最後心心所法攝餘過去現在一切心心所法所緣緣增上緣總攝一切法復次若諸緣性非實有者則一切法無甚深義謂若顯示一切法時若不攝在諸緣觀察則爲麤淺易可了知若攝在緣而觀察者則爲甚深過四大海惟佛種智能究竟知復次若諸緣性非實有者應不施設三種菩提謂以上智觀察緣性名佛菩提若以中智觀察緣性名獨覺菩提若以下智觀察緣性名聲聞菩提復次若諸緣性非實有者覺慧應無三品轉義謂諸覺慧下應常下中應常中上應常上然諸覺慧下可爲中中可爲

上故諸緣性定實有體有功能故由此尊者妙音說曰若諸緣性非實有者師應不能令弟子慧初劣後勝弟子亦應常爲弟子不轉成師然由諸緣性實有故師令弟子慧得漸增弟子有時得成師義故諸緣性決定實有問若諸緣性是實有者云何通彼所引契經答曰無明自體雖無異相而所作業得有異相謂無量門無量梯隥功能差別與行作緣譬如一人有五技藝彼體雖一而用者有五復次爲欲顯示諸有爲法自性羸劣不得自在依怙於他無自作用不隨巳欲故作斯論自性羸劣者謂諸有爲法從緣生性立自性名有說有爲有生滅故自性羸劣有說有爲從緣生故自性羸劣如契經說苾芻當知色是無常諸因諸緣能生色者亦是無常既是無常因緣所起色云何常受想行識亦復如是由羸劣故諸有爲法或四緣生或三緣生或二緣生尚無一緣獨能生者何況無緣故有爲法自性羸劣如羸病者或四人扶或三人扶或二人扶方能起住尚無一人獨令起住何況無人不得自在者謂諸有爲法無自力用而可得生依怙於他者謂諸有爲法必依怙他方能起用無自作用者謂諸有爲法不能自起分別作用誰造於我我爲造誰不隨巳欲者謂諸有爲法無自欲樂勿令我生勿令我滅而得遂者復次爲欲開示迷緣起者緣起正理故作斯論謂或有執惟有無明緣行乃至生緣老死是緣起法爲令彼迷得開解故顯有爲法皆是緣起此中應說衆世所言復次勿爲止他顯巳宗義但欲開示緣

起正理令他得解故作斯論答有身見與有身見爲或四三二一緣問何故此中問有身見與有身見爲幾緣答言爲或四三二一緣後後智蘊中問法智與法智爲幾緣答言因等無間所緣增上耶答是作論者意欲爾故乃至廣說復次此彼應同而有異者是作論者以種種說作種種文莊嚴於義使不雜亂令易受持復次爲欲顯示二門二畧二階二隥二炬二明二文二影如此所說彼亦應然如彼所說此亦應然故作是說復次此說是了義彼說不了義此說無別意彼說有別意此說無別因彼說有別因此說是勝義彼說是世俗復次此所作論依四分別一分別界二分別世三分別剎那四分別等無間緣彼所作論依一分別謂但分別等無間緣故此

所說與後有異此中四者云何四如有身見無間起有身見即思惟彼前生與後生爲四緣謂一剎那有身見無間第二剎那有身見現在前此後所生即緣前起彼前與後具作四緣謂因等無間所緣增上緣因緣者謂前生有身見與後生有身見爲二因謂同類因及遍行因等無間緣者謂後生有身見從前生有身見無間而生所緣緣者謂後生有身見緣前生有身見而生增上緣者謂前於後或惟無障或不礙生此中因緣如種子法等無間緣如開避法所緣緣如任杖法增上緣如不障法後生有身見由前生有身見爲四緣攝受故能行世能取果能作業能知緣此中三者云何三如有身見無間起有身見不思惟彼前生與後生爲三緣除所緣謂一剎

那有身見無間第二刹那有身見現在前此後所生不緣前起謂或緣色受想行識或除前有身見緣所餘行蘊彼前與後但作三緣謂因等無間增上緣釋此三緣如前廣說後生有身見由前生有身見爲三緣攝受故能行世能取果能作業能知緣或有身見無間起餘心後起有身見即思惟彼前生與後生爲三緣除等無間謂一刹那有身見無間第二刹那有身見不現在前或邊執見或邪見或見取或戒禁取或疑或貪或瞋或慢或無明或有漏善或無覆無記心現在前此後還起有身見即緣前生有身見彼前與後但作三緣謂因所緣增上緣釋此三緣如前廣說後生有身見由前生有身見爲三緣攝受故能行世能取果能作業能知緣此中二者云何二如有身見無間起餘心後起有身見不思惟彼前生與後生爲二緣謂因增上謂一刹那有身見無間第二刹那有身見不現在前或邊執見乃至或無覆無記心現在前此後還起有身見不緣前生有身見謂或緣色受想行識或除前有身見緣所餘行蘊彼前與後但作二緣謂因增上緣釋此二緣如前廣說後生有身見由前生有身見爲二緣攝受故能行世能取果能作業能知緣此中一者云何一後生有身見與前生有身見若作所緣爲所緣增上不作所緣一增上以後與前無因緣無等無間緣義故問何故此中問一答二答論者作論立法非一或有先遮後答或有先答後遮先遮後答者如此中說若作所緣爲所緣增上者是遮二緣不作所緣

一增上者是答一緣先答後遮者如一行納息說若前生未斷則繫者是答繫若前未生設生已斷則不繫者是遮不繫復有說者此俱是答謂後與前若作所緣便爲二緣答前二問不作所緣但爲一緣答此一問前答二中但答一分所未答者此中答之後准此釋未來有身見與過去現在有身見若作所緣爲所緣增上不作所緣一增上未來現在有身見與過去有身見若作所緣爲所緣增上不作所緣一增上問現在有身見正有作用可能緣境過去有身見作用已息如何能緣而此中說若作所緣爲所緣增上答過去有身見曾在現在時緣彼已滅今雖過去追談彼用故作是說問此中前說後生有身見與前生有身見若作所緣爲所緣增上不作所緣一增上者說過去後生有身見與過去前生有身見爲二一緣何故不說未來有身見與未來有身見爲二一緣耶答應說而不說者當知此義有餘復次此中但說有前後者彼無前後故略不說問未來生位與未生者豈無前後答世無別故不名前後問若爾過去前生後生世既無別應非前後答彼法曾在現在等時有世別義故成前後未來不爾故略不說欲界有身見與色無色界有身見爲一增上謂欲界有身見於上二界有身見或惟無障或不礙生故爲一增上緣非因緣者謂界地別因果斷故非等無間緣者謂無下地煩惱無間上地煩惱現在前故非所緣緣者謂決定無上地煩惱緣下義故色無色界有身見與欲界有身見若作等無間爲等

無間增上不作等無間一增上謂若住色無色界有身見俱生心而命終起欲界有身見俱生心而結生者彼色無色界有身見與欲界有身見爲等無間增上緣非因緣者義如前說非所緣緣者謂諸有身見不緣他地故若不住色無色界有身見俱生心而命終起欲界有身見俱生心而結生者彼色無色界有身見與欲界有身見但爲一增上緣非等無間緣者謂彼欲界有身見非色無色界有身見無間生故非餘二緣義如前說色界有身見與無色界有身見爲一增上義如前說無色界有身見與色界有身見若作等無間爲等無間增上不作等無間一增上此中諸義准前應知如有身見與有身見應知有身見與餘一切非徧行餘一切非徧行與一切

非徧行一切徧行與一切非徧行亦爾謂諸隨眠類別有十即五見五非見五見者謂有身見邊執見邪見見取戒禁取五非見者謂疑貪瞋慢無明此中五名徧行謂邪見見取戒禁取疑無明五名非徧行謂有身見邊執見貪瞋慢此中有身見邊執見雖徧緣自地故名徧行而不緣他地故亦名非徧行由此攝在非徧行中如有身見與有身見應知有身見與餘一切非徧行亦爾者如有身見與有身見爲緣多少有身見與餘一切邊執見貪瞋慢爲緣多少亦爾餘一切非徧行與一切非徧行亦爾者如有身見與有身見爲緣多少邊執見與邊執見貪瞋慢有身見貪與貪瞋慢有身見邊執見瞋與瞋慢有身見邊執見貪慢與慢有身見邊執見貪瞋爲緣多

少亦爾一切徧行與一切非徧行亦爾者如有身見與有身見爲緣多少邪見見取戒禁取疑無明一一與有身見邊執見貪瞋慢爲緣多少亦爾有身見與戒禁取爲緣或四三二一緣此中四者云何四如有身見無間起戒禁取即思惟彼前生與後生爲四緣謂有身見刹那無間戒禁取刹那現在前此後所生即緣前起彼前與後具作四緣謂因等無間所緣增上緣因緣者謂前生有身見與後生戒禁取爲二因謂同類因及徧行因等無間緣者謂後生戒禁取從前生有身見無間而生所緣緣者謂後生戒禁取緣前生有身見而生增上緣者謂前於後或惟無障或不礙生此中因緣如種子法等無間緣如開避法所緣緣如任杖法增上緣如不障法後生戒禁取由前生有身見爲四緣攝受故能行世能取果能作業能知緣此中三者云何三如有身見無間起戒禁取不思惟彼前生與後生爲三緣除所緣謂有身見刹那無間戒禁取刹那現在前此後所生戒禁取不緣前有身見起謂或緣色受想行識或除前有身見緣所餘行蘊彼前生有身見與後生戒禁取但作三緣謂因等無間增上緣釋此三緣如前廣說後生戒禁取由前生有身見爲三緣攝受故能行世能取果能作業能知緣或有身見無間起餘心後起戒禁取即思惟彼前生與後生爲三緣除等無間謂有身見刹那無間戒禁取刹那不現在前或有身見或邊執見或邪見或見取或疑或貪或瞋或慢或無明或有漏善或無覆無記心現在前此

後方起戒禁取即緣前生有身見彼前生有身見與後生戒禁取但作三緣謂因所緣增上緣釋此三緣如前廣說後生戒禁取由前生有身見爲三緣攝受故能行世能取果能作業能知緣此中二者云何二 如有身見無間起餘心後起戒禁取不思惟彼前生與後生爲二緣謂因增上謂有身見刹那無間戒禁取刹那不現在前或有身見乃至無覆無記心現在前此後方起戒禁取不緣前生有身見謂或緣色受想行識或除前有身見緣所餘行蘊彼前生有身見與後生戒禁取但作二緣謂因增上緣釋此二緣如前廣說後生戒禁取由前生有身見爲二緣攝受故能行世能取果能作業能知緣此中一者云何一後生有身見與前生戒禁取若作所緣爲所緣增上不作所緣一增上以後與前無因緣無等無間緣義故此中問答如前應知未來有身見與過去現在戒禁取若作所緣爲所緣增上不作所緣一增上未來現在有身見與過去戒禁取若作所緣爲所緣增上不作所緣一增上此中問答如前應知欲界有身見與色無色界戒禁取爲一增上謂欲界有身見於上二界戒禁取或惟無障或不礙生故爲一增上緣非因緣者謂界地別因果斷故非等無間緣者謂無下地煩惱無間上地煩惱現在前故非所緣緣者謂決定無上地煩惱緣下義故色無色界有身見與欲界戒禁取若作所緣非等無間爲所緣增上謂若不住色無色界有身見俱生心而命終起欲界戒禁取俱生心而結生此欲界戒禁取

緣色無色界有身見起彼色無色界有身見與欲界戒禁取爲所緣增上緣非因緣者義如前說非等無間緣者謂彼欲界戒禁取非色無色界有身見無間生故若作等無間非所緣爲等無間增上謂若住色無色界有身見俱生心而命終起欲界戒禁取俱生心而結生此欲界戒禁取不緣色無色界有身見起彼色無色界有身見與欲界戒禁取爲等無間增上緣非因緣者義如前說非所緣緣者此不緣彼故若作等無間及所緣爲等無間所緣增上謂若住色無色界有身見俱生心而命終起欲界戒禁取俱生心而結生此欲界戒禁取緣色無色界有身見起彼色無色界有身見與欲界戒禁取爲等無間所緣增上非因緣者義如前說不作等無間及所緣一增上謂若不住色無色界有身見俱生心而命終起欲界戒禁取俱生心而結生此欲界戒禁取不緣色無色界有身見起彼色無色界有身見與欲界戒禁取但爲一增上緣非餘三緣義如前說色界有身見與無色界戒禁取爲一增上義如前說無色界有身見與色界戒禁取若作所緣非等無間爲所緣增上若作等無間非所緣爲等無間增上若作等無間及所緣爲等無間所緣增上不作等無間及所緣一增上此中諸義准前應知如有身見與戒禁取應知有身見與餘一切徧行一切徧行與一切徧行餘一切非徧行與一切徧行亦爾如有身見與戒禁取應知有身見與餘一切徧行亦爾者如有身見與戒禁取爲緣多少有身見與邪見見取疑

無明爲緣多少亦爾一切偏行與一切偏行亦爾者如有身見與戒禁取爲緣多少邪見與邪見見取戒禁取疑無明見取與見取戒禁取疑無明邪見戒禁取與戒禁取疑無明邪見見取疑與疑無明邪見見取戒禁取無明與無明邪見見取戒禁取疑爲緣多少亦爾餘一切非偏行與一切偏行亦爾者如有身見與戒禁取爲緣多少邊執見貪瞋慢一一與邪見見取戒禁取疑無明爲緣多少亦爾於諸法中若問攝應依界分別若問智應依諦分別若問識應依處分別若問煩惱應依部分別如是分別諸法相時則易示現易可施設此中問煩惱故應依五部分別五部者謂見苦所斷見集滅道及修所斷見苦所斷煩惱有二種一偏行二不偏行見集所斷煩惱亦爾見滅所斷煩惱有二種一有漏緣二無漏緣見道所斷煩惱亦爾修所斷煩惱惟有一種謂不偏行此中見苦所斷偏行煩惱與見苦所斷偏行煩惱爲四緣謂因等無間所緣增上因緣者有四因謂相應俱有同類偏行等無間緣者謂見苦所斷偏行煩惱無間見苦所斷偏行煩惱現在前所緣緣者謂見苦所斷偏行煩惱緣見苦所斷偏行煩惱而生增上緣者謂此與彼或惟無障或不礙生見苦所斷偏行煩惱與見苦所斷不偏行煩惱爲四緣因緣者有二因謂同類偏行等無間緣者謂見苦所斷偏行煩惱無間見苦所斷不偏行煩惱現在前所緣緣者謂見苦所斷不偏行煩惱緣見苦所斷偏行煩惱而生增上緣如前說見苦所斷偏行煩惱無

見集所斷徧行煩惱爲四緣因緣者惟一因謂徧行等無間緣者謂見苦所斷徧行煩惱無間見集所斷徧行煩惱現在前所緣緣者謂見集所斷徧行煩惱緣見苦所斷徧行煩惱而生增上緣如前說見苦所斷徧行煩惱與見集所斷不徧行煩惱及見滅道修所斷一切煩惱爲三緣除所緣因緣者惟一因謂徧行等無間緣者謂見苦所斷徧行煩惱無間彼諸煩惱現在前增上緣如前說非所緣緣者彼諸煩惱不能緣他部非徧行故見苦所斷不徧行煩惱與見苦所斷不徧行煩惱爲四緣因緣者有三因謂相應俱有同類等無間緣者謂見苦所斷不徧行煩惱無間見苦所斷不徧行煩惱現在前所緣緣者謂見苦所斷不徧行煩惱緣見苦所斷不徧行煩惱而生增上緣如前說見苦所斷不徧行煩惱與見苦所斷徧行煩惱爲四緣因緣者惟一因謂同類等無間緣者謂見苦所斷不徧行煩惱無間見苦所斷徧行煩惱現在前所緣緣者謂見苦所斷徧行煩惱緣見苦所斷不徧行煩惱而生增上緣如前說見苦所斷不徧行煩惱與見集所斷徧行煩惱爲三緣除因等無間緣者謂見苦所斷不徧行煩惱無間見集所斷徧行煩惱現在前所緣緣者謂見集所斷徧行煩惱緣見苦所斷不徧行煩惱而生增上緣如前說非因緣者非徧行法不與他部煩惱爲因見苦所斷不徧行煩惱與見集所斷不徧行煩惱及見滅道修所斷一切煩惱爲等無間增上緣等無間緣者謂見苦所斷不徧行煩惱無間彼諸煩惱現

在前增上緣如前說非餘二緣者不徧行法定非他部染法因故不徧行惑定不能緣他部法故如見苦所斷二種煩惱與九種煩惱爲緣多少見集所斷二種煩惱與九煩惱爲緣多少應知亦爾見滅所斷有漏緣煩惱與見滅所斷有漏緣煩惱爲四緣因緣者有三因謂相應俱有同類等無間緣者謂見滅所斷有漏緣煩惱無間見滅所斷有漏緣煩惱現在前所緣緣者謂見滅所斷有漏緣煩惱緣見滅所斷有漏緣煩惱而生增上緣如前說見滅所斷有漏緣煩惱與見滅所斷無漏緣煩惱爲三緣除所緣因緣者惟一因謂同類等無間緣者謂見滅所斷有漏緣煩惱無間見滅所斷無漏緣煩惱現在前增上緣如前非所緣緣者謂見滅所斷無漏緣煩惱惟

緣擇滅非煩惱故見滅所斷有漏緣煩惱與見苦集所斷徧行煩惱爲三緣除因等無間緣者謂見滅所斷有漏緣煩惱無間見苦集所斷徧行煩惱現在前所緣緣者謂見苦集所斷徧行煩惱緣見滅所斷有漏緣煩惱而生增上緣如前說非因緣者非徧行法於他部染無因義故見滅所斷有漏緣煩惱與見苦集所斷不徧行煩惱及見道修所斷一切煩惱爲等無間增上緣非因非所緣等無間緣者謂見滅所斷有漏緣煩惱無間彼諸煩惱現在前增上緣如前說非因緣義亦如上說非所緣緣者彼諸煩惱非徧行故不緣他部見滅所斷無漏緣煩惱與見滅所斷無漏緣煩惱爲三緣除所緣因緣者有三因謂相應俱有同類等無間緣者謂見滅所斷無漏

緣煩惱無間見滅所斷無漏緣煩惱現在前增上緣如前說非所緣緣者彼緣擇滅非煩惱故見滅所斷無漏緣煩惱與見滅所斷有漏緣煩惱爲四緣因緣者惟一因謂同類等無間緣者謂見滅所斷無漏緣煩惱無間見滅所斷有漏緣煩惱現在前所緣緣者謂見滅所斷有漏緣煩惱緣見滅所斷無漏緣煩惱而生增上緣如前說見滅所斷無漏緣煩惱與見苦集所斷徧行煩惱爲三緣除因等無間緣者見滅所斷無漏緣煩惱無間見苦集所斷徧行煩惱現在前所緣緣者見苦集所斷徧行煩惱緣見滅所斷無漏緣煩惱而生增上緣如前說非因緣者不徧行或與他部染不爲因故見滅所斷無漏緣煩惱與見苦集所斷不徧行煩惱及見道修所斷一切

煩惱爲等無間增上緣非因非所緣等無間緣者謂見滅所斷無漏緣煩惱無間彼諸煩惱現在前增上緣如前說非因緣者不徧行或與他部染無因義故非所緣緣者彼諸煩惱不徧行故不緣他部如見滅所斷二種煩惱與九種煩惱爲緣多少見道所斷二種煩惱與九煩惱爲緣多少應知亦爾修所斷煩惱與修所斷煩惱爲四緣因緣者有三因謂相應俱有同類等無間緣者謂修所斷煩惱無間修所斷煩惱現在前所緣緣者謂修所斷煩惱緣修所斷煩惱而生增上緣如前說修所斷煩惱與見苦集所斷徧行煩惱爲三緣除因等無間緣者謂修所斷煩惱無間見苦集所斷徧行煩惱現在前所緣緣者謂見苦集所斷徧行煩惱緣修所斷煩惱而生增

上緣如前說非因緣者非徧行法不爲他部染法因故修所斷煩惱與見苦集所斷不徧行煩惱及見滅道所斷一切煩惱爲等無間增上緣非因非所緣等無間緣者謂修所斷煩惱無間彼諸煩惱現在前增上緣如前說非因緣者非徧行法不爲他部染法因故非所緣緣者不徧行或皆不能緣他部法故又諸煩惱有十五部謂三界各有見苦乃至修所斷五部於中一一與十五部爲緣多少如理應思又一一界五部煩惱分爲九種合二十七於中一一與二十七爲緣多少如理應思

阿毗達磨大毗婆沙論卷第五十五說一切有部發智

阿毗達磨大毗婆沙論卷第五十六

五百大阿羅漢等造

唐三藏法師玄奘奉　詔譯

結蘊第二中一行納息第二之一

有九結謂愛結乃至慳結若於此事有愛結繫亦有恚結繫耶如是等章及解章義旣領會已次應廣釋此中事者事有五種一自體事二所緣事三繫事四因事五攝受事自體事者如見蘊說若事能通達彼事能徧知耶設事能徧知彼事能通達耶彼於諸忍諸智自體以事聲說即彼復說若事已得彼事成就耶設事成就彼事已得耶此中有說一切法自體以事聲說有作是說若法有得者以事聲說所緣事者如品類足說一切法皆是智所知隨其事云何隨其事謂若法是此智所行境彼於所緣以事聲說然契經說當爲汝等說四十四智事及七十七智事者阿毗達磨諸論師言彼經說自體事謂諸忍智緣有支者以事聲說尊者妙音作如是說彼經說所緣事謂諸忍智所緣有支以事聲說繫事者如此中說若於此事有愛結繫亦有恚結繫耶乃至廣說此中五部法以事聲說謂見苦集滅道修所斷法是五部煩惱所繫事故說名繫事因事者如品類足說云何有事法云何無事法彼意說有因法無因法又伽他說

苾芻心寂靜　能永斷諸事　彼生死盡故
不受於後有

彼頌意說一切生死皆依於因有因故有生死因斷故生死盡由此不復受未來三有生

攝受事者如契經說應捨田事宅事財事攝受之心應離田事宅事財事攝受之業又伽他說

若於田事財　牛馬等僮僕　男女親別欲

是人名極貪

又在家者作如是言我攝此事我持此事諸如是等名攝受事復有五事一界事二處事三蘊事四世事五刹那事於此十事此中但依繫事作論不依餘九阿毗達磨諸論師言所繫事是實能繫結亦實補特伽羅是假犢子部說所繫事是實能繫結亦實補特伽羅亦是實譬喻者說能繫結是實所繫事是假補特伽羅亦假問彼何故說所繫事是假耶答彼說有染與無染境不決定故知境非實謂如有一端正女人種種莊嚴來入衆會有見起敬有見起貪有見起瞋有見起嫉有見起猒有見起悲有見生捨應知此中了見起敬諸躭欲者見而起貪諸怨憎者見而起瞋諸同夫者見而起嫉諸有修習不淨觀者見而起猒諸離欲仙見起悲愍作如是念此妙色相不久當爲無常所滅諸阿羅漢見而生捨由此故知境無實體彼說非理所以者何若境非實應不作緣生心心所若爾應無染淨品法補特伽羅定非實有佛說無我無我所故諸煩惱有與五識相應有與意識相應五識相應者若在過去繫過去事若在現在繫現在事若在未來生法者繫未來事不生法者繫三世事意識相應者若在過去若在未來若在現在皆容繫三世事復次眼識相應煩惱於色處作所緣繫於彼相應意處法

處作相應繫耳識相應煩惱於聲處作所緣繫於彼相應意處法處作相應繫鼻識相應煩惱於香處作所緣繫於彼相應意處法處作相應繫舌識相應煩惱於味處作所緣繫於彼相應意處法處作相應繫身識相應煩惱於觸處作所緣繫於彼相應意處法處作相應繫意識相應煩惱於十二處作所緣繫於彼相應意處法處作相應繫是謂一行略毗婆沙若於此事有愛結繫亦有恚結繫耶答若於此事有恚結繫必有愛結繫或有愛結繫無恚結繫謂於色無色界法有愛結未斷此中愛結通三界五部惟有漏結非徧行恚結惟欲界通五部惟有漏緣非徧行諸具縛者於欲界五部事若有愛結繫亦有恚結繫若有恚結繫亦有愛結繫於色無色界五部事有愛結繫無恚結繫不具縛者於欲界五部事隨未斷處有愛結繫亦有恚結繫若已斷處無愛結繫亦無恚結繫於色無色界五部事隨未斷處有愛結繫無恚結繫若已斷處無愛結繫亦無恚結繫由愛結長恚結短故所問應作順後句答若於此事有恚結繫必有愛結繫謂於欲界五部未斷盡事或有愛結繫無恚結繫謂於色無色界法有愛結未斷此中或有八地未斷乃至或有非想非非想處未斷於此地中或有五部未斷乃至或有修所斷未斷於此部中或有九品未斷乃至或有下下品未斷此中總相說未斷言問何故色無色界五部法無恚結繫耶答以上二界無恚結故問何故上二界無恚結耶答彼於恚結非田器故復次諸瑜伽師猷

患恚結求上二界若上二界有恚結者諸瑜伽師不應求彼勤修加行若法下地有上地亦有者是則應無漸次滅法此若無者亦應無有究竟滅法是所引故若復撥無究竟滅法則亦應撥解脫出離勿有斯過故上二界無有恚結復次恚結必依麤澀相續色無色界相續細滑勝奢摩他所滋潤故無有恚結復次若於此界有憂苦根則有恚結諸有情類依憂苦根於他相續起瞋恚故色無色界無憂苦根故無恚結復次若欲界中有無慚無愧則有恚結有情依止無慚無愧於他相續起瞋恚故上二界無無慚無愧故無恚結復次若於是界有嫉與慳則有恚結諸有情類依止嫉慳於他相續起瞋恚故色無色界無嫉無慳故無恚結復次若於是界有女男根則有恚結諸有情類依女男根於他相續起瞋恚故色無色界無女男根故無恚結復次若於此界有段食貪則有恚結諸有情類依段食貪於他相續起瞋恚故色無色界無段食貪故無恚結復次若於此界有婬欲愛則有恚結諸有情類依婬欲愛於他相續起瞋恚故色無色界無婬欲愛故無恚結復次若於此界有五重蓋則有恚結諸有情類依五重蓋於他相續起瞋恚故色無色界無五重蓋故無恚結復次若於是界有五妙欲則有恚結諸有情類依五妙欲起瞋恚故色無色界無五妙欲故無恚結復次若於是界有怨憎相則有恚結怨憎相者謂九惱事色無色界無怨憎相故無恚結由此尊者妙音說言有情若遇諸怨憎相便起恚結諸怨憎相

上二界無故無恚結復次慈是恚結近對治道色界有慈故無恚結如處若有吹嵐婆風是處雲煙必不得住色界無故無色亦無非諸煩惱下地所無上地得有漸次斷故若於此事有愛結繫亦有慢結繫耶答如是設有慢結繫復有愛結繫耶答如是謂愛慢結俱通三界五部惟有漏緣非徧行長短等故所問應作如是句答若具縛者三界五部事皆爲二結繫不具縛者隨已斷處無二結繫若未斷處有二結繫或有九地乃至或有一地於此地中或有五部乃至或有一部於此部中或有九品乃至或有一品故言如是若於此事有愛結繫亦有無明結繫耶答若於此事有愛結繫必有無明結繫或有無明結繫無愛結繫謂苦智已生集智未生於見苦所斷法有見集所斷無明結未斷此中愛結通三界五部惟有漏緣非徧行無明結通三界五部有漏無漏緣徧行非徧行諸具縛者於三界五部事若有愛結繫亦有無明結繫若有無明結繫亦有愛結繫不具縛者於已斷處或有徧行無明結繫無愛縛繫無明結長愛結短故所問應作順前句答謂於三界五部事中若有愛結繫必有無明結繫或有無明結繫無愛結繫廣說如前謂苦智已生集智未生見苦所斷愛無明結於自部事已斷盡故俱不能繫見集所斷徧行無明結於見苦所斷事爲所緣繫見集所斷愛結於見苦所斷事非所緣繫非徧行故非相應繫是他聚故若於此事有愛結繫亦有見結繫耶答應作四句此中愛結通三界五部惟有漏緣

非徧行見結通三界惟四部通有漏無漏緣徧行非徧行諸具縛者於三界五部事若有愛結繫亦有見結繫若有見結繫亦有愛結繫不具縛者愛結通五部故長惟有漏緣非徧行故短見結惟四部故短通有漏無漏緣徧行非徧行故長此二互有長短義故所問應作四句而答或有愛結繫無見結繫謂集智已生滅智未生於見滅道所斷見結不相應法及於修所斷法有愛結未斷此中見滅道所斷見結不相應法者謂彼邪見自性及見取戒禁取疑貪瞋慢不共無明等聚相應不相應法於此諸法愛未斷故有愛結繫彼於自聚爲所緣繫及相應繫若於他聚爲所緣繫非相應繫無見結繫所以者何徧行見結緣五部者彼已斷故餘未斷者於此見結

不相應法非所緣繫無漏緣故非相應繫是他聚故自性與自性不相應故彼於修所斷法愛未斷故有愛結繫或有九地愛結未斷乃至或有一地愛結未斷於此地中或有九品愛結未斷乃至或有一品愛結未斷無見結繫所以者何徧行見結緣五部者彼已斷故修所斷部無見結故復次滅智已生道智未生於見道所斷見結不相應法及於修所斷法有愛結未斷此中見道所斷見結不相應法如前說於此諸法及於修所斷法有愛結繫無見結繫亦如前說復次具見世尊弟子於修所斷法有愛結未斷此中道類智已生具見三界四聖諦故名爲具見彼於修所斷法愛未斷故有愛結繫或有九地愛結未斷乃至或有一地愛結未斷於此地中或有

九品愛結未斷乃至或有一品愛結未斷無見結繫所以者何一切見結彼已斷故或有見結繫無愛結繫謂苦智已生集智未生於見苦所斷法有見集所斷見結未斷此中苦智已生集智未生見苦所斷愛結見結二俱已斷見集所斷見結未斷故於見苦所斷法爲所緣繫見集所斷愛結雖未斷而於見苦所斷法非所緣繫非徧行故非相應繫是他聚故或有二俱繫謂具縛者於見修所斷法有二結繫問何故名具縛者答由此有情一切支分皆能縛故一切支分皆被縛故名爲具縛一切支分皆能縛者五部煩惱皆能爲縛一切支分皆被縛者五部諸法皆被繫縛此具縛者於見苦所斷法有一部愛結繫二部見結繫於見集所斷法亦爾於見滅所斷見結相應法有一部愛結繫三部見結繫於見結不相應法有一部愛結繫三部見結繫於見道所斷法亦爾於修所斷法有一部愛結繫二部見結繫復次苦智已生集智未生於見集滅道修所斷法有二結繫此中於見集所斷法有一部愛結繫一部見結繫於見滅所斷見結相應法有一部愛結繫二部見結繫於見結不相應法有一部愛結繫一部見結繫於見道所斷法亦爾於修所斷法有一部愛結繫一部見結繫爾時於見苦所斷法雖有見結繫而無愛結繫故此不說復次集智已生滅智未生於見滅道所斷見結相應法有二結繫此中於見滅道所斷見結相應法各有一部愛結繫一部見結繫爾時於見滅道所斷見結不相應法及修所斷法雖

有愛結繫而無見結繫故此不說復次滅智已生道智未生於見道所斷見結相應法有二結繫此中於見道所斷見結相應法有一部愛結繫一部見結繫爾時於見道所斷見結不相應法及修所斷法雖有愛結繫而無見結繫故此不說或有二俱不繫謂集智已生滅智未生於見苦集所斷法無二結繫滅智已生道智未生於見苦集滅所斷法無二結繫具見世尊弟子於見所斷法無二結繫已離欲染於欲界法無二結繫已離色染於欲色界法無二結繫已離無色染於三界法無二結繫此中諸法能繫所繫俱已斷故皆離二結謂愛見結俱離繫故此復應作頗設問答頗有見滅道所斷見結相應法有愛結繫無見結繫非不見隨眠之所隨增耶答有

謂六品結斷已入正性離生集智已生滅智未生見滅道所斷前六品見結相應法有愛結繫後三品愛結緣彼未斷故無見結繫徧行見結緣五部者彼已斷故自部前六品無漏緣見結亦已斷故自部後三品無漏緣見結雖未斷而於前六品已斷見結相應法非所緣繫無漏緣故非相應繫是他聚故而見隨眠非不隨增見取戒禁取自部後三品於前六品猶隨增故見隨眠通五見見結惟是前三見故如對見結對疑結亦爾謂如見結通三界惟四部通有漏無漏緣徧行非徧行疑結亦爾是故愛結若對疑結如對見結若於此事有愛結繫亦有取結繫耶答應作四句此中愛結通三界五部惟有漏緣非徧行取結通三界惟四部有漏緣通徧行非徧行

諸具縛者於三界五部事若有愛結繫亦有取結繫若有取結繫亦有愛結繫不具縛者愛結通五部故長惟非徧行故短取結通徧行非徧行故長惟四部故短此二互有長短義故所問應作四句而答或有愛結繫無取結繫謂集智已生滅智未生於修所斷法有愛結未斷滅智已生道智未生於修所斷法有愛結未斷具見世尊弟子於修所斷法有愛結未斷此中或有九地愛結未斷乃至或有一地愛結未斷於此地中或有九品愛結未斷乃至或有一品愛結未斷由未斷故有愛結繫無取結繫所以者何徧行取結緣五部者彼已斷故非徧行取結未斷已斷於修所斷法非能繫故修所斷部無取結故或有取結繫無愛結繫謂苦智已生集智未生於見苦所斷法有見集所斷取結未斷此中苦智已生集智未生見苦所斷愛結取結二俱已斷見集所斷取結未斷故於見修所斷法爲所緣繫見集所斷愛結雖未斷而於見苦所斷法非所緣繫非徧行故非相應繫是他聚故或有二俱繫謂具縛者於見修所斷法有二結繫此中具縛者於見苦所斷法有一部愛結繫二部取結繫於見集所斷法亦爾於見滅所斷法有一部愛結繫三部取結繫於見道所斷法亦爾於修所斷法有一部愛結繫二部取結繫復次苦智已生集智未生於見集滅道修所斷法有二結繫此中於見集所斷法有一部愛結繫一部取結繫於見滅道所斷法各有一部愛結繫二部取結繫於修所斷法有一部愛結繫一部取結繫爾

時於見苦所斷法雖有取結繫而無愛結繫故此不說復次集智已生滅智未生於見滅道所斷法有二結繫此中於見滅道所斷法各有一部愛結繫一部取結繫爾時於修所斷法雖有愛結繫而無取結繫故此不說復次滅智已生道智未生於見道所斷法有二結繫此中於見道所斷法有一部愛結繫一部取結繫爾時於修所斷法雖有愛結繫而無取結繫故此不說或有二俱不繫謂集智已生滅智未生於見苦集所斷法無二結繫滅智已生道智未生於見苦集滅所斷法無二結繫具見世尊弟子於見所斷法無二結繫已離欲染於欲界法無二結繫已離色染於欲色界法無二結繫已離無色染於三界法無二結繫此中諸法能繫所繫俱已斷故皆離二結謂愛取結俱離繫故若於此事有愛結繫亦有嫉結繫耶答若於此事有嫉結繫必有愛結繫或有愛結繫無嫉結繫謂於欲界見所斷法及於色無色界去有愛結未斷此中愛結通三界五部惟有漏緣非徧行嫉結惟欲界修所斷有漏緣非徧行諸具縛者於欲界修所斷事若有愛結繫亦有嫉結繫若有嫉結繫亦有愛結繫於欲界見所斷四部事及色無色五部事有愛結繫無嫉結繫不具縛者若未離欲染於欲界修所斷事具二結繫於三界見所斷四部事隨未斷處有愛結繫無嫉結繫若已斷處無二結繫於色無色界修所斷事有愛結繫無嫉結繫已離欲染於欲界五部事無二結繫於色無色界五部事隨未斷處有愛結繫無嫉結繫若

巳斷處無二結繫由愛結長嫉結短故所問應作順後句答若於此事有嫉結繫必有愛結繫謂於欲界修所斷未離繫事或有愛結繫無嫉結繫謂於欲界見所斷法有愛結未斷此中或有四部愛結未斷乃至或有一部愛結未斷於色無色界法有愛結未斷此中或有八地愛結未斷乃至或有一地愛結未斷於此地中或有五部愛結未斷乃至或有一部愛結未斷於此部中或有九品愛結未斷乃至或有一品愛結未斷由未斷故有愛結繫無嫉結繫所以者何見所斷部無嫉結故色無色界亦無嫉結彼無嫉慳如前恚說如對嫉結對慳結亦爾謂嫉與慳俱惟欲界修所斷有漏緣非徧行故如愛結對後作一行慢結對後作一行亦爾謂愛與慢俱通三界五部惟有漏緣非徧行故若於此事有恚結繫亦有慢結繫耶答若於此事有恚結繫必有慢結繫或有慢結繫無恚結繫謂於色無色界法有慢結未斷此中恚結惟欲界通五部惟有漏緣非徧行慢結通三界五部惟有漏緣非徧行諸具縛者於欲界五部事若有恚結繫亦有慢結繫若有慢結繫亦有恚結繫於色無色界五部事有慢結繫無恚結繫不具縛者於欲界五部事隨未斷處有恚結繫亦有慢結繫若巳斷處無恚結繫亦無慢結繫於色無色界五部事隨未斷處有慢結繫無恚結繫若巳斷處無慢結繫亦無恚結繫由恚結短慢結長故所問應作順前句答若於此事有恚結繫必有慢結繫謂於欲界五部未斷盡事或有慢結繫無恚結繫謂

於色無色界法有慢結未斷此中或有八地未斷乃至或有一地未斷於此地中或有五部未斷乃至或有一部未斷於此部中或有九品未斷乃至或有一品未斷若於此事有恚結繫亦有無明結繫耶答若於此事有恚結繫必有無明結繫或有無明結繫無恚結繫謂未離欲染苦智已生集智未生於欲界見苦所斷法有見集所斷無明結未斷此中恚結惟欲界通五部惟有漏緣非徧行無明結通三界五部有漏無漏緣徧行非徧行諸具縛者於欲界五部事若有恚結繫亦有無明結繫若有無明結繫亦有恚結繫於色無色界五部事有無明結繫無恚結繫不具縛者於欲界已斷處或有徧行無明結繫無恚結繫於色無色界未斷處亦爾由恚結短無明長故所問應作順前句答若於此事有恚結繫必有無明結繫謂於欲界五部未斷盡事或有無明結繫無恚結繫謂未離欲染苦智已生集智未生於欲界見苦所斷法有見集所斷無明結未斷此中未離欲染者若已離欲染於欲界法二結俱無故說未離彼苦智已生集智未生見苦所斷恚與無明二俱已斷見集所斷徧行無明猶未斷故於見苦所斷法爲所緣繫見集所斷恚結於見苦所斷法非所緣繫非徧行故非相應繫是他聚故復次於色無色界法有無明結未斷此中或有八地無明結未斷乃至或有一地無明結未斷於此地中或有五部無明結未斷乃至或有一部無明結未斷於此部中或有九品無明結未斷乃至或有一品無明結未斷

由未斷故有無明結繫無恚結繫彼無恚結故若於此事有恚結繫亦有見結繫耶答應作四句此中恚結惟欲界通五部惟有漏緣非徧行見結通三界惟四部通有漏無漏緣徧行非徧行諸具縛者於欲界五部事若有恚結繫亦有見結繫若有見結繫亦有恚結繫於色無色界五部事有見結繫無恚結繫不具縛者恚結通五部故長惟欲界有漏緣非徧行故短見結通三界有漏無漏緣徧行非徧行故長惟四部故短此二互有長短義故所問應作四句而答或有恚結繫無見結繫謂未離欲染集智已生滅智未生於欲界見滅道所斷見結不相應法及於欲界修所斷法有恚結未斷此中見滅道所斷見結不相應法者謂邪見自性及見取戒禁取疑貪瞋慢不共無明等聚相應不相應法於此諸法恚未斷故有恚結繫彼於自聚爲所緣繫及相應繫若於他聚爲所緣繫非相應繫無見結繫所以者何徧行見結緣五部者彼已斷故餘未斷者於此見結不相應法非所緣繫無漏緣故非相應繫是他聚故自性與自性不相應故彼於欲界修所斷法恚未斷故有恚結繫或有九品恚結未斷乃至或有一品恚結未斷無見結繫所以者何徧行見結緣五部者彼已斷故修所斷部無見結故復次滅智已生道智未生於欲界見道所斷見結不相應法及於欲界修所斷法有恚結未斷此中見道所斷見結不相應法如前說於此諸法及於欲界修所斷法有恚結繫無見結繫亦如前說復次具見世尊弟子未離欲

染於欲界修所斷法有恚結未斷彼於欲界修所斷法恚未斷故有恚結繫無見結繫如前應知或有見結繫無恚結繫謂未離欲染苦智已生集智未生於欲界見苦所斷法有見集所斷見結未斷於色無色界法有見結未斷此中苦智已生集智未生見苦所斷恚結見結二俱已斷見集所斷見結未斷故於見苦所斷法爲所緣繫見集所斷恚結雖未斷而於見苦所斷法非所緣繫非徧行故非相應繫是他聚故於色無色界法有見結未斷者或有八地見結未斷乃至或有一地見結未斷於此地中或有四部見結未斷乃至或有一部見結未斷由未斷故有見結繫無恚結繫彼無恚故或有二俱繫謂具縛者於欲界見修所斷法有二結繫此具縛者於欲界見苦所斷法有一部恚結繫二部見結繫於欲界見集所斷法亦爾於欲界見滅所斷見結相應法有一部恚結繫三部見結繫於彼見結不相應法有一部恚結繫二部見結繫於欲界見道所斷法亦爾於欲界修所斷法有一部恚結繫二部見結繫復次未離欲染苦智已生集智未生於欲界見集滅道修所斷法有二結繫此中於欲界見滅所斷見結相應法有一部恚結繫一部見結繫於彼見結不相應法有一部恚結繫一部見結繫於欲界見道所斷法亦爾於欲界修所斷法有一部恚結繫一部見結繫爾時於欲界見苦所斷法雖有見結繫而無恚結繫故此不說復次集智已生滅智未生於欲界見

滅道所斷見結相應法有二結繫此中未離欲染於欲界見滅道所斷見結相應法各有一部恚結繫一部見結繫爾時於欲界見滅道所斷見結不相應法及修所斷法雖有恚結繫而無見結繫故此不說復次滅智已生道智未生於欲界見道所斷見結相應法有二結繫此中未離欲染於欲界見道所斷見結相應法有一部恚結繫一部見結繫爾時於欲界見道所斷見結不相應法及修所斷法雖有恚結繫而無見結繫故此不說

阿毗達磨大毗婆沙論卷第五十六 說一切有部發智

音釋

犢子 犢徒谷切　瑜伽 梵語也此云相應瑜羊朱切　澀 色立切不滑也

吠嵐婆 梵語也亦云毗嵐此云迅猛嵐盧含切

阿毗達磨大毗婆沙論卷第五十七

五百大阿羅漢等造

唐三藏法師玄奘奉詔譯

結藴第二中一行納息第二之二

或有二俱不繫謂集智已生滅智未生於見苦集所斷法及於色無色界見滅道所斷見結不相應法幷於色無色界修所斷法無二結繫滅智已生道智未生於見苦集滅所斷法及於色無色界見道所斷見結不相應法幷於色無色界修所斷法無二結繫具見世尊弟子未離欲染於見所斷法及於色無色界修所斷法無二結繫已離欲染於欲界法無二結繫已離色染於欲色界法無二結繫已離無色染於三界法無二結繫此中諸法能繫所繫俱已斷故皆離二結謂恚見結俱離繫故問欲界有恚彼於恚結得離繫時可說不繫色無色界本無恚結如何言彼恚結不繫答不繫有二種一從繫得不繫二本性無繫故名不繫欲界諸法有恚結故得解脱時説彼從繫而得不繫上二界法本無恚結故説彼爲本性不繫以不繫言含二種義故此説爲二俱不繫如毗柰耶説有二種補特伽羅名爲清淨一者本來不犯禁戒二者犯已如法悔除第一本性無染故名清淨第二從染得淨故名清淨不繫亦爾故無有失問色無色界見滅道所斷見結不相應法何者是耶答彼邪見自性及見取戒禁取疑貪慢不共無明等聚相應不相應法相應法者謂邪見自性及見取乃至不共無明聚中心心所法不相應法者謂邪見乃至不共無明聚

中所有四相及彼諸得聚中能相所相如對見結對疑結亦爾謂如見結通三界惟四部通有漏無漏緣徧行非徧行疑結亦爾是故恚結若對疑結如對見結若於此事有恚結繫亦有取結繫耶答應作四句此中恚結惟欲界通五部惟有漏緣非徧行取結通三界惟四部有漏緣通徧行非徧行諸具縛者於欲界五部事若有恚結繫亦有取結繫若有取結繫亦有恚結繫於色無色界五部事有取結繫無恚結繫不具縛者恚結惟欲界非徧行故短通五部故長取結惟四部故短通三界徧行非徧行故長此二互有長短義故所問應作四句而答或有恚結繫無取結繫謂未離欲染集智已生滅智未生於欲界修所斷法有恚結未斷滅智已生道智未生於欲界修所斷法有恚結未斷具見世尊弟子未離欲染於欲界修所斷法有恚結未斷此中或有九品恚結未斷乃至或有九品恚結未斷由未斷故有恚結繫無取結繫所以者何徧行取結緣五部者彼已斷故非徧行取結於修所斷法未斷已斷俱不能繫故修所斷部無取結故或有取結繫無恚結繫謂未離欲染苦智已生集智未生於欲界見苦所斷法有見集所斷取結未斷於色無色界法有取結未斷此中未離欲染苦智已生集智未生欲界見苦所斷恚結取結二俱已斷欲界見集所斷取結未斷故於欲界見苦所斷法爲所緣繫欲界見集所斷恚結雖未斷而於欲界見苦所斷法非所緣繫非徧行故非相應繫是他聚故於色無色界法有取結未

斷者或有八地取結未斷乃至或有一地取結未斷於此地中或有四部取結未斷乃至或有一部取結未斷由未斷故有取結繫無恚結繫彼無恚故或有二俱繫謂具縛者於欲界見修所斷法有二結繫此中具縛者於欲界見苦所斷法有一部恚結繫二部取結繫於欲界見集所斷法亦爾於欲界見滅所斷法有一部恚結繫三部取結繫於欲界見道所斷法亦爾於欲界修所斷法有一部恚結繫二部取結繫復次未離欲染苦智已生集智未生於欲界見集滅道修所斷法有二結繫此中於欲界見集所斷法有一部恚結繫一部取結繫於欲界見滅道所斷法各有一部恚結繫二部取結繫於欲界修所斷法有一部恚結繫一部取結繫爾時於欲界見苦所斷法雖有取結繫而無恚結繫故此不說復次集智已生滅智未生於欲界見滅道所斷法有二結繫此中亦未離欲染於欲界見滅道所斷法各有一部恚結繫一部取結繫爾時於欲界修所斷法雖有恚結繫而無取結繫故此不說復次滅智已生道智未生於欲界見道所斷法有二結繫此中亦未離欲染於欲界見道所斷法有一部恚結繫一部取結繫爾時於欲界修所斷法雖有恚結繫而無取結繫故此不說或有二俱不繫謂未離欲染集智已生滅智未生於見苦集所斷法及於色無色界修所斷法無二結繫滅智已生道智未生於見苦集滅所斷法及於色無色界修所斷法無二結繫具見世尊弟子未離欲染於見所斷法及於色無色界修

所斷法無二結繫已離欲染於欲界法無二結繫已離色染於欲色界法無二結繫已離無色染於三界法無二結繫此中諸法能繫所繫俱已斷故皆離二結謂恚取結俱離繫故若於此事有恚結繫亦有嫉結繫耶答若於此事有嫉結繫必有恚結繫或有恚結繫無嫉結繫謂於欲界見所斷法有恚結未斷此中恚結惟欲界通五部惟有漏緣非徧行嫉結惟欲界修所斷有漏緣非徧行諸具縛者於欲界修所斷事若有恚結繫亦有嫉結繫若有嫉結繫亦有恚結繫於欲界見所斷事有恚結繫無嫉結繫不具縛者若未離欲染於欲界修所斷事具二結繫於欲界見所斷事隨未斷處有恚結繫無嫉結繫若已斷處無二結繫若已離欲染於欲界五部事無二結繫於色無色界五部事若具縛若不具縛一切時無二結繫由恚結長嫉結短故所問應作順後句答若於此事有嫉結繫必有恚結繫謂於欲界修所斷未離繫事或有恚結繫無嫉結繫謂於欲界見所斷法有恚結未斷此中或有四部恚結未斷乃至或有一部恚結未斷由未斷故有恚結繫無嫉結繫所以者何見所斷部無嫉結故如對嫉結對慳結亦爾謂嫉與慳俱惟欲界修所斷有漏緣非徧行故若於此事有無明結繫亦有見結繫耶答若於此事有見結繫必有無明結繫或有無明結繫無見結繫乃至廣說此中無明結通三界五部有漏無漏緣徧行非徧行見結通三界惟四部通有漏無漏緣徧行非徧行諸具縛者於三界五部事若有無明

結繫亦有見結繫若有見結繫亦有無明結繫不具縛者無明結長見結短故所問應作順後句答若於此事有見結繫必有無明結繫謂於三界五部有見結未斷事或有無明結繫無見結繫謂集智已生滅智未生於見滅道所斷見結不相應法及於修所斷法有無明結未斷此中見滅道所斷見結不相應法者謂彼邪見自性及見取戒禁取疑貪瞋慢不共無明等聚相應不相應法於此諸法無明結未斷故有無明結繫彼於自聚爲所緣繫及相應繫若於他聚爲所緣繫非相應繫無見結繫所以者何徧行見結緣五部者彼已斷故餘未斷者於此見結不相應法非所緣繫無漏緣故非相應繫是他聚故自性與自性不相應故彼於修所斷法無明結未斷故有無明結繫或有九地無明結未斷乃至或有一地無明結未斷於此地中或有九品無明結未斷乃至或有一品無明結未斷無見結繫所以者何徧行見結緣五部者彼已斷故修所斷部無見結故復次滅智已生道智未生於見道所斷見結不相應法及於修所斷法有無明結未斷此中見道所斷見結不相應法如前說於此諸法及於修所斷法有無明結繫無見結繫亦如前說復次具見世尊弟子於修所斷法有無明結未斷此中或有九地無明結未斷乃至或有一地無明結未斷於此地中或有九品無明結未斷乃至或有一品無明結未斷由未斷故有無明結繫無見結繫所以者何一切見結彼已斷故如對見結對疑亦爾謂如見結通三界

惟四部通有漏無漏縁徧行非徧行疑結亦爾是故無明結若對疑結如對見結若於此事有無明結繫亦有取結繫耶答若於此事有取結繫必有無明結繫或有無明結繫無取結繫乃至廣説此中無明結通三界五部有漏無漏縁徧行非徧行取結通三界惟四部有漏縁通徧行非徧行諸具縛者於三界五部事若有無明結繫亦有取結繫若有取結繫亦有無明結繫不具縛者無明結長取結短故所問應作順後句答若於此事有取結繫必有無明結繫謂於三界五部有取結未斷事或有無明結繫無取結繫謂集智已生滅智未生於修所斷法有無明結未斷滅智已生道智未生於修所斷法有無明結未斷具見世尊弟子於修所斷法有無明結未斷此中或有九地無明結未斷乃至或有一地無明結未斷於此地中或有九品無明結未斷乃至或有一品無明結未斷由未斷故有無明結繫無取結繫所以者何徧行取結縁五部者彼已斷故非徧行取結未斷已斷於修所斷法非能繫故修所斷部無取結故若於此事有無明結繫亦有嫉結繫耶答若於此事有嫉結繫必有無明結繫或有無明結繫無嫉結繫謂於欲界見所斷法及於色無色界法有無明結未斷此中無明結通三界五部有漏無漏縁徧行非徧行嫉結惟欲界修所斷有漏縁非徧行諸具縛者於欲界修所斷事若有無明結繫亦有嫉結繫若有嫉結繫亦有無明結繫於欲界見所斷四部事及色無色界五部事有無明結繫無嫉結

繫不具縛者若未離欲染於欲界修所斷事具二結繫於三界見所斷四部事隨未離繫處有無明結繫無嫉結繫若已離繫處無二結繫於色無色界修所斷事有無明結繫無嫉結繫已離欲染於欲界五部事無二結繫於色無色界五部事隨未離繫處有無明結繫無嫉結繫若已離繫處無二結繫由無明結長嫉結短故所問應作順後句答若於此事有嫉結繫必有無明結繫謂於欲界修所斷未離繫事或有無明結繫無嫉結繫謂於欲界見所斷法有無明結未離此中或有四部無明結未斷乃至或有一部無明結未斷於色無色界法有無明結未斷此中或有八地無明結未斷乃至或有一地無明結未斷於此地中或有五部無明結未斷乃至或有

一部無明結未斷於此部中或有九品無明結未斷乃至或有一品無明結未斷由未斷故有無明結繫無嫉結繫所以者何見所斷部無嫉結故色無色界亦有嫉故如對嫉結對慳結亦爾謂嫉與慳俱惟欲界修所斷有漏緣非徧行故若於此事有見結繫亦有取結繫耶答若於此事有見結繫必有取結繫或有取結繫無見結繫乃至廣說此中見結通三界惟四部通有漏無漏緣徧行非徧行取結通三界惟四部有漏緣通徧行非徧行諸具縛者於三界五部事若有見結繫亦有取結繫若有取結繫亦有見結繫不具縛者有於見滅道所斷見結不相應法有取結繫無見結繫由見結短取結長故所問應作順前句答若於此事有見結繫必有取結繫謂

於三界五部未離見結繫事或有取結繫無見結繫謂集智已生滅智未生於見滅道所斷見結不相應法有取結未斷滅智已生道智未生於見道所斷見結不相應法有取結未斷此中見滅道所斷見結不相應法如前說於此諸法取結未斷故有取結繫彼於自聚爲所緣繫及相應繫若於他聚爲所緣繫非相應繫無見結繫所以者何徧行見結緣五部者彼已斷故餘未斷者於此見結不相應法非所緣繫無漏緣故非相應繫是他聚故自性與自性不相應故若於此事有見結繫亦有疑結繫耶答應作四句此中見結通三界惟四部通有漏無漏緣徧行非徧行疑結亦爾諸具縛者於三界五部事若有見結繫亦有疑結繫若有疑結繫亦有見結繫不具縛者見疑二結各於自聚有繫故長各於他聚無繫故短是故所問應作自本四句而答或有見結繫無疑結繫謂集智已生滅智未生於見滅道所斷見結相應法有見結未斷滅智已生道智未生於見道所斷見結相應法有見結未斷此中見滅道所斷見結相應法者謂彼邪見相應心心所法見結於彼有相應繫以未斷故無所緣繫無漏緣故疑結於彼全無繫義所以者何徧行疑結緣五部者彼已斷故餘未斷者於見結相應法非所緣繫無漏緣故非相應繫是他聚故或有疑結繫無見結繫謂集智已生滅智未生於見滅道所斷疑結相應法有疑結未斷滅智已生道智未生於見道所斷疑結相應法有疑結未斷此中見滅道所斷疑結相應法者

謂彼疑相應心心所法疑結於彼有相應繫以未斷故無所緣繫無漏緣故見結於彼全無繫義所以者何徧行見結緣五部者彼已斷故餘未斷者於疑結相應法非所緣繫無漏緣故非相應繫是他聚故或有二俱繫諸具縛者於見修所斷法有二結繫此中具縛者於見苦所斷法有二部見結繫二部疑結繫於見集所斷法亦爾於見滅所斷見結相應法有三部見結繫二部疑結繫於見滅所斷疑結相應法有三部疑結繫二部見結繫於見滅所斷見疑二結不相應法有二部見結繫二部疑結繫於見道所斷法亦爾於修所斷法有二部見結繫二部疑結繫苦智已生集智未生於見苦集滅道修所斷法有二結繫此中苦智已生集智未生於見苦所斷法有一部見結繫一部疑結繫於見集所斷法亦爾於見滅所斷見結相應法有二部見結繫一部疑結繫於見滅所斷疑結相應法有二部疑結繫一部見結繫於見滅所斷見疑二結不相應法有一部見結繫一部疑結繫於見道所斷法亦爾於修所斷法有一部見結繫一部疑結繫或有二俱不繫謂集智已生滅智未生於見苦集所斷法及於見滅道所斷見疑二結不相應法并於修所斷法無二結繫滅智已生道智未生於見苦集滅所斷法及於見道所斷見疑二結不相應法并於修所斷法無二結繫具見世尊弟子於見修所斷法無二結繫已離欲染於欲界法無二結繫已離色染於欲色界法無二結繫已離無色染於三界法無二結繫此中諸法

能繫所繫俱巳斷故皆離二結謂見疑結俱離繫故見滅道所斷見疑二結不相應法雖未離自部繫而見疑二結於彼不繫故名無二結繫若於此事有見結繫亦有嫉結繫耶答應作四句此中見結通三界惟四部通有漏無漏縁徧行非徧行嫉結惟欲界修所斷有漏縁非徧行諸具縛者於欲界修所斷事若有見結繫亦有嫉結繫若有嫉結繫亦有見結繫於欲界見所斷四部事及色無色界五部事有見結繫無嫉結繫不具縛者若未離欲染苦智巳生集智未生於三界見所斷四部事及於色無色界修所斷事有見結繫無嫉結繫於欲界修所斷事具二結繫集智巳生滅或道智未生於欲界修所斷事有嫉結繫無見結繫於三界見滅或道所斷見結相應法有見結繫無嫉結繫於三界見苦集所斷法及見滅道所斷見結不相應法無二結繫若巳離欲染於欲界五部事無二結繫於色無色界五部事隨未離見結者有見結繫無嫉結繫若巳離見結者無二結繫此二互有長短義故所問應作四句而答或有見結繫無嫉結繫謂於欲界見所斷法及於色無色界法有見結未斷此中於欲界見所斷法有見結未斷者或有四部見結未斷乃至或有一部見結未斷於色無色界法有見結未斷者或有八地見結未斷乃至或有一地見結未斷於此地中或有四部見結未斷乃至或有一部見結未斷由未斷故有見結繫無嫉結繫所以者何見所斷部及上二界無嫉結故或有嫉結繫無見結繫謂未離欲染

集智已生滅智未生於欲界修所斷法有嫉結未斷滅智已生道智未生於欲界修所斷法有嫉結未斷具見世尊弟子未離欲染於欲界修所斷法有嫉結未斷此中或有九品嫉結未斷乃至或有一品嫉結未斷由未斷故有嫉結繫無見結繫所以者何徧行見結緣五部者彼已斷故餘未斷者於修所斷法不能爲繫無漏緣故修所斷部無見結故或有二俱繫謂具縛者於欲界修所斷法有二結繫此中具縛者於欲界修所斷法有二部見結繫一部嫉結繫復次未離欲染苦智已生集智未生於欲界修所斷法有二結繫此中未離欲染者或有九品未離乃至或有一品未離彼苦智已生集智未生於欲界修所斷法有一部見結繫一部嫉結繫或有二俱不繫謂未離欲染集智已生滅智未生於見苦集所斷法及於見滅道所斷見結不相應法并於色無色界修所斷法無二結繫滅智已生道智未生於見苦集滅所斷法及於見道所斷見結不相應法并於色無色界修所斷法無二結繫具見世尊弟子未離欲染於見所斷法及於色無色界修所斷法無二結繫已離欲染於欲界法無二結繫已離色染於欲色界法無二結繫已離無色染於三界法無二結繫此中或有已斷故不繫或有本無故不繫如對嫉結對慳結亦爾謂嫉與慳俱惟欲界修所斷有漏緣非徧行故如見結對後作一行疑結對後作一行亦爾謂見與疑俱通三界惟四部通有漏無漏緣徧行非徧行故若於此事有取結繫亦有疑結繫耶

答若於此事有疑結繫必有取結繫或有取結繫無疑結繫乃至廣說此中取結通三界惟四部有漏緣通徧行非徧行疑結通三界惟四部通有漏無漏緣徧行非徧行諸具縛者於三界五部事若有取結繫亦有疑結繫若有疑結繫亦有取結繫不具縛者有於見滅道所斷疑結不相應法有取結繫無疑結繫由取結長疑結短故所問應作順後句答若於此事有疑結繫必有取結繫謂於三界五部未離疑結事或有取結繫無疑結繫謂集智已生滅智未生於見滅道所斷疑結不相應法有取結未斷滅智已生道智未生於見道所斷疑結不相應法有取結未斷此中見滅道所斷疑結不相應法者謂彼疑自性及邪見見取戒禁取貪瞋慢不共無明等聚相應不相應法於此諸法取結未斷故有取結繫彼於自聚爲所緣繫及相應繫若於他聚爲所緣繫非相應繫無疑結繫所以者何徧行疑結緣五部者彼已斷故餘未斷者於此疑結不相應法非所緣繫無漏緣故非相應繫是他聚故自性與自性不相應故若於此事有取結繫亦有嫉結繫耶答應作四句此中取結通三界惟四部有漏緣通徧行非徧行嫉結惟欲界修所斷有漏緣非徧行諸具縛者於欲界修所斷事若有取結繫亦有嫉結繫若有嫉結繫亦有取結繫於欲界見所斷四部事及色無色界五部事有取結繫無嫉結繫不具縛者若未離欲染苦智已生集智未生於三界見所斷四部事及色無色界修所斷事有取結繫無嫉結繫於欲界修

所斷事具二結繫集智已生滅或道智未生於欲界修所斷事有嫉結繫無取結繫於三界見滅或道所斷事有取結繫無嫉結繫於三界見苦集所斷事無二結繫若已離欲染於欲界五部事無二結繫於色無色界五部事隨未離取結者有取結繫無嫉結繫若已離取結者無二結繫此二互有長短義故所問應作四句而答或有取結繫無嫉結繫謂於欲界見所斷法及於色無色界法有取結未斷此中於欲界見所斷法有取結未斷者或有四部取結未斷乃至或有一部取結未斷於色無色界法有取結未斷者或有八地取結未斷乃至或有一地取結未斷於此地中或有四部取結未斷乃至或有一部取結未斷由未斷故有取結繫無嫉結繫所以者

何見所斷部及上二界無嫉結故或有嫉結繫無取結繫謂未離欲染集智已生滅智未生於欲界修所斷法有嫉結未斷滅智已生道智未生於欲界修所斷法有嫉結未斷具見世尊弟子未離欲染於欲界修所斷法有嫉結未斷此中或有九品未斷乃至或有一品未斷由未斷故有嫉結繫無取結繫所以者何徧行取結緣五部者彼已斷故餘未斷者於修所斷法不能爲繫非所緣故修所斷部無取結故或有二俱繫謂具縛者於欲界修所斷法有二結繫此中具縛者於欲界修所斷法有二部取結繫一部嫉結繫復次未離欲染苦智已生集智未生於欲界修所斷法有二結繫此中未離欲染者或有九品未離乃至或有一品未離彼苦智已生集智未

生於欲界修所斷法有一部取結繫一部嫉結繫或有二俱不繫謂未離欲染集智已生滅智未生於見苦集所斷法及於色無色界修所斷法無二結繫滅智已生道智未生於見苦集滅所斷法及於色無色界修所斷法無二結繫具見世尊弟子未離欲染於見所斷法及於色無色界修所斷法無二結繫已離欲染於欲界法無二結繫已離色染於欲色界法無二結繫已離無色染於三界法無二結繫此中或有已斷故不繫或有本無故不繫如對嫉結對慳結亦爾謂嫉與慳俱惟欲界修所斷有漏緣非徧行故若於此事有嫉結繫亦有慳結繫耶答如是設有慳結繫復有嫉結繫耶答如是謂嫉慳結俱惟欲界修所斷故所問應作如是句答若未離欲染於欲界修所斷法具二結繫於三界見所斷法及色無色界修所斷法無二結繫已離欲染於三界一切法無二結繫長短相似故言如是問嫉結依他而轉慳結依自而轉何緣互相問俱答如是耶有作是說嫉結於他能緣亦現起於自能緣不現起慳結於自能緣亦現起於他能緣不現起此據能緣故言如是復有說者此二俱緣自他而起問嫉結緣他而起可爾緣自而起云何答如有施主爲二苾芻作資生具一則成好一不成好不成好者見而生嫉作是念言彼資生具如我所得豈不快哉此嫉亦能緣自而起問慳結緣自而起可爾緣他而起云何答如有一類見他施時便起慳心作如是念彼人何用施他物爲然所施物自全無分此慳亦能緣他而

起故答如是於理無違

阿毗達磨大毗婆沙論卷第五十七

說一切有部發智

阿毗達磨大毗婆沙論卷第五十八

五百大阿羅漢等造

唐三藏法師玄奘奉　詔譯

結蘊第二中一行納息第二之三

若於此事有過去愛結繫亦有未來耶乃至廣說此中諸結有二種一迷自相二迷共相迷自相者謂愛恚慢嫉慳結迷共相者謂無明見取疑結迷自相諸結中愛結於三界五部事能爲繫未來未斷定繫彼三世一切事過去不定謂於此事若前生未斷則繫若前未生設生已斷則不繫現在亦不定謂於此事若現在前則繫不現在前則不繫慢結亦爾恚結於欲界五部事能爲繫未來未斷定繫彼三世一切事過去不定謂於此事若前生未斷則繫若前未生設生已斷則不繫現在亦不定謂於此事若現在前則繫不現在前則不繫嫉結於欲界修所斷事能爲繫未來未斷定繫彼三世一切事過去不定謂於此事若前生未斷則繫若前未生設生已斷則不繫現在亦不定謂於此事若現在前則繫不現在前則不繫慳結亦爾迷共相諸結於三界五部事能爲繫過去未來未斷定繫彼三世一切事現在不定謂於此事若現在前則繫不現在前則不繫是謂歷六小七大七略毗婆沙若於此事有過去愛結繫亦有未來耶答如是所以者何前說愛結於三界五部事能爲繫未來未斷定繫彼三世一切事故設有未來復有過去耶答若前生未斷則繫若前未生設生已斷則不繫所以者何前說愛結過去不定謂於此事若前生未斷

則繫若前未生設生已斷則不繫故問若時過去愛結已斷即時未來愛結亦已斷若時過去愛結未斷即時未來愛結亦未斷今何故說若前生未斷則繫若前未生設生已斷則不繫耶外國諸師作如是說若前生未斷則繫者說中三品結若前未生則不繫者說下三品結設生已斷則不繫者說上三品結迦濕彌羅國諸論師言若前生未斷則繫者說九品結若前未生則不繫者說後三品結設生已斷則不繫者說前六品結如過去前六品愛結已斷未來亦爾後三品愛結雖未斷而未生故在未來爲繫非過去此中意說若於此事有未來愛結未斷亦有前生愛結未斷即於此事亦有過去愛結繫義若於此事雖有未來愛結未斷而前於此愛結未生

雖餘處生而於此事亦名未生設生已斷即於此事無有過去愛結繫義若於此事有過去愛結繫亦有現在耶答若現在前所以者何前說愛結現在亦不定謂於此事若現在前則繫不現在前則不繫故謂於此事若起愛結現在前則有現在愛結繫義若於此事或起餘結現在前或起善無覆無記心現在前或於餘處起愛結現在前或無心時則無現在愛結繫義設有現在復有過去耶答若前生未斷則繫若前未生設生已斷則不繫此中義意如前廣說若於此事有未來愛結繫亦有現在耶答若現在前此中義意亦如前說設有現在復有未來耶答如是此中義意如前已說若於此事有過去愛結繫亦有未來現在耶答未來必繫現在若現在前此

中義意並如前說設有未來現在復有過去耶答若前生未斷則繫若前未生設生已斷則不繫此中義意亦如前說若於此事有未來愛結繫亦有過去現在耶答此中有四句或有未來無過去現在謂於此事愛結未斷而前未生設生已斷不現在前此中愛結未斷者顯有未來愛結而前未生設生已斷者遮有過去愛結不現在前者遮有現在愛結或有未來及過去無現在謂於此事有愛結前生未斷不現在前此中有愛結前生未斷者顯有過去愛結不現在前者遮有現在愛結既有愛結前生未斷即亦顯有未來愛結是故此中不別說有或有未來及現在無過去謂於此事有愛結現在前而前未生設生已斷此中有愛結現在前者顯有現在愛結而前未生設生已斷者遮有過去愛結既有愛結現在前即亦顯彼未來有故不別說未來有義或有未來及過去現在謂於此事有愛結前生未斷亦現在前此中有愛結前生未斷者顯有過去愛結亦現在前者顯有現在愛結既有過去現在愛結未來亦有不說自成設有過去現在復有未來耶答如是此中義意已如前說若於此事有現在愛結繫亦有過去未來耶答未來必繫過去若前生未斷則繫若前未生設生已斷見不繫此中義意亦如前說設有過去未來復有現在耶答若現在前此中義意亦如前說如愛結歷六應知恚慢嫉慳非偏行無明結歷六亦爾迷自相結義相似故雖有廣狹而得相類若於此事有過去見結繫亦有未來耶答如是

設有未來復有過去耶答如是若於此事有過去見結繫亦有現在耶答若現在前設有現在復有過去耶答如是若於此事有未來見結繫亦有現在耶答若現在前設有現在復有未來耶答如是若於此事有過去見結繫亦有未來現在耶答未來必繫現在若現在前設有未來現在復有過去耶答如是若於此事有未來見結繫亦有過去現在耶答過去必繫現在若現在前設有過去現在復有未來耶答如是若於此事有現在見結繫亦有過去未來耶答如是設有過去未來復有現在耶答若現在前所以者何先作是說迷共相諸結於三界五部事能爲繫過去未來未斷定繫彼三世一切事現在不定謂於此事若現在前則繫不現在前則不繫故如見結歷六應知取疑徧行無明結歷六亦爾迷共相結義相似故雖有廣狹而得相類若於此事有過去愛結繫亦有過去恚結繫耶答若前生未斷則繫若前未生設生已斷則不繫謂於此事若有前生愛結未斷亦有前生恚結未斷即於此事亦有過去恚結繫義若於此事雖有前生愛結未斷而前於此恚結未生雖餘處生而於此事亦名未生設生已斷即於此事無有過去恚結繫義設有過去恚結繫復有過去愛結繫耶答若前生未斷則繫若前未生設生已斷則不繫謂於此事若有前生恚結未斷亦有前生愛結未斷即於此事亦有過去愛結繫義若於此事雖有前生恚結未斷而前於此愛結未生雖餘處生而於此事亦名未生設生已斷即於此

事無有過去愛結繫義若於此事有過去愛結繫亦有未來恚結繫耶答若未斷云何未斷謂未離欲染必亦有未來恚結繫義設有未來恚結繫復有過去愛結繫耶答若前生未斷則繫若前未生設生已斷則不繫謂於此事若有未來恚結未斷亦有前生愛結未斷即於此事亦有過去愛結繫義若於此事雖有未來恚結未斷而前於此愛結未生雖餘處生而於此事亦名未生設生已斷即於此事無有過去愛結繫義若於此事有過去愛結繫亦有現在恚結繫耶答若現在前謂於此事若有前生愛結未斷亦有恚結現在前則有現在恚結繫義若於此事或起餘結現在前或起善無覆無記心現在前或於餘處起恚結現在前或無心 時則無現在恚結繫義設有現在恚結繫復有過去愛結繫耶答若前生未斷則繫若前未生設生已斷則不繫謂於此事若有恚結現在前亦有愛結前生未斷即於此事亦有過去愛結繫義若於此事雖有恚結現在前而前於此愛結未生雖餘處生而於此事亦名未生設生已斷即於此事無有過去愛結繫義若於此事有過去愛結繫亦有過去現在恚結繫耶答此中有四句或有過去愛結繫無過去現在恚結繫謂於此事有愛結前生未斷無恚結前生設生已斷不現在前此中有愛結前生未斷者顯有過去愛結無恚結前生設生已斷者遮有過去恚結不現在前者遮有現在恚結或有過去愛結繫及有過去恚結繫無現在謂於此事有愛結恚結前生未斷無恚結

現在前此中有愛結恚結前生未斷者顯有過去愛結恚結無恚結現在前者遮有現在恚結或有過去愛結繫及有現在恚結繫無過去謂於此事有愛結前生未斷有恚結現在前而前未生設生已斷此中有愛結前生未斷者顯有過去愛結有恚結現在前者顯有現在恚結而前未生設生已斷者遮有過去恚結或有過去愛結繫及有過去現在恚結繫謂於此事有愛結恚結前生未斷及有恚結現在前此中有愛結恚結前生未斷者顯有過去愛結恚結有恚結現在前者顯有現在恚結設有過去現在恚結繫復有過去愛結繫耶答若前生未斷則繫若前未生設生已斷則不繫此中義意廣如前說若於此事有過去愛結繫亦有未來現在恚結繫耶

答此中有三句或有過去愛結繫無未來現在恚結繫謂於色無色界法有愛結前生未斷此中有愛結前生未斷者顯有過去愛結於色無色界法者遮有未來現在恚結彼無恚結如前應知或有過去愛結繫及有未來恚結繫無現在謂於此事有愛結前生未斷及有恚結未斷不現在前此中有愛結前生未斷者顯有過去愛結及有恚結未斷者顯有未來恚結未斷者必有未來繫義故不現在前者遮有現在恚結或有過去愛結繫亦有未來現在恚結繫謂於此事有愛結前生未斷及有恚結現在前此中有愛結前生未斷者顯有過去愛結及有恚結現在前者顯有現在恚結此未來有不說自成以現在前者未來必有故設有未來現在恚結繫復有

過去愛結繫耶答若前生未斷則繫若前未生設生已斷則不繫此中義意廣如前說若於此事有過去愛結繫亦有過去未來恚結繫耶答此中有三句或有過去愛結繫無過去未來恚結繫謂於色無色界法有愛結前生未斷此中有愛結前生未斷者顯有過去愛結於色無色界法者遮有過去未來恚結或有過去愛結繫及有未來恚結繫無過去謂於此事有愛結前生未斷及有恚結未斷而無恚結前生設生已斷此中有愛結前生未斷者顯有過去愛結有恚結未斷者顯有未來恚結無恚結前生設生已斷者遮有過去恚結或有過去愛結繫亦有過去未來恚結繫謂於此事有愛結恚結前生未斷此中有愛結前生未斷者顯有過去愛結有恚結

前生未斷者顯有過去恚結此未來有不說自成以有過去者未來必有故設有過去未來恚結繫復有過去愛結繫耶答若前生未斷則繫若前未生設生已斷則不繫此中義意廣如前說若於此事有過去愛結繫亦有過去未來現在恚結繫耶答此中有五句或有過去愛結繫無過去未來現在恚結繫謂於色無色界法有愛結前生未斷此中有愛結前生未斷者顯有過去愛結於色無色界法者遮有三世恚結或有過去愛結繫及有未來恚結繫無過去現在謂於此事有愛結前生未斷及有恚結未斷而前未生設生已斷不現在前此中有愛結前生未斷者顯有過去愛結有恚結未斷者顯有未來恚結而前未生設生已斷者遮有過去恚結不現在

前者遮有現在恚結或有過去愛結繫及有未來現在恚結繫無過去謂於此事有愛結前生未斷及有恚結現在前而前未生設生已斷此中有愛結前生未斷者顯有過去愛結有恚結現在前者顯有現在恚結此未來有不說自成義如前說而前未生設生已斷者遮有過去恚結或有過去愛結繫及有過去未來恚結繫無現在謂於此事有愛結恚結前生未斷而無恚結現在前此中有愛結前生未斷者顯有過去愛結有恚結前生未斷者顯有過去恚結此未來有不說自成義如前說而無恚結現在前者遮有現在恚結或有過去愛結繫亦有過去未來現在恚結繫謂於此事有愛結恚結前生未斷及有恚結現在前此中有愛結前生未斷者顯有過去愛結有恚結前生未斷者顯有過去恚結有恚結現在前者顯有現在恚結此未來有不說自成有過去現在者必亦有未來故設有過去未來現在恚結繫復有過去愛結繫耶答若前生未斷則繫若前未生設生已斷則不繫此中義意廣如前說如對恚結對嫉結慳結亦爾俱惟欲界故以愛對彼作小七句如對恚結說差別者於欲界見所斷法及於色無色界法有愛結前生未斷無過去未來現在嫉結慳結此中有愛結前生未斷者顯二七句中有過去愛結於欲界見所斷法及於色無色界法無三世嫉慳結者遮二七句中有過去未來現在嫉慳結此於欲界見所斷法與前差別以嫉慳二結惟修所斷故若於此事有過去愛結繫亦有過去慢結繫

耶答若前生未斷則繫若前未生設生已斷則不繫謂於此事若有前生愛結未斷亦有前生慢結未斷即於此事亦有過去慢結繫義若於此事雖有前生愛結未斷而前於此慢結未生雖餘處生而於此事亦名未生設生已斷即於此事無有過去慢結繫義設有過去慢結繫復有過去愛結繫耶答若前生未斷則繫若前未生設生已斷則不繫謂於此事若有前生慢結未斷亦有前生愛結未斷即於此事亦有過去愛結繫義若於此事雖有前生慢結未斷而前於此愛結未生雖餘處生而於此事亦名未生設生已斷即於此事無有過去愛結繫義若於此事有過去愛結繫亦有未來慢結繫耶答如是所以者何前說慢結於三界五部事能爲繫未來未斷定繫彼三世一切事故設有未來慢結繫復有過去愛結繫耶答若前生未斷則繫若前未生設生已斷則不繫謂於此事若有未來慢結未斷亦有前生愛結未斷即於此事亦有過去愛結繫義若於此事雖有未來慢結未斷而前於此愛結未生雖餘處生而於此事亦名未生設生已斷即於此事無有過去愛結繫義若於此事有過去愛結繫亦有現在慢結繫耶答若現在前謂於此事若有前生愛結未斷亦有慢結現在前則有現在慢結繫義若於此事或起餘結現在前或起善無覆無記心現在前或於餘處起慢結現在前或無心時則無現在慢結繫義設有現在慢結繫復有過去愛結繫耶答若前生未斷則繫若前未生設生已斷則不繫謂於此

事若有慢結現在前亦有愛結前生未斷即於此事亦有過去愛結繫義若於此事雖有慢結現在前而前於此愛結未生雖餘處生而於此事亦名未生設生已斷即於此事無有過去愛結繫義若於此事有過去愛結繫亦有過去現在慢結繫耶答此中有四句或有過去愛結繫無過去現在慢結繫謂於此事有愛結前生未斷無慢結前生設生已斷不現在前此中有愛結前生未斷者顯有過去愛結無慢結前生設生已斷者遮有過去慢結不現在前者遮有現在慢結或有過去愛結繫及有過去慢結繫無現在謂於此事有愛結慢結前生未斷無慢結現在前此中有愛結慢結前生未斷者顯有過去愛結慢結無慢結現在前者遮有現在慢結或有過去愛結繫及有現在慢結繫無過去謂於此事有愛結前生未斷及有慢結現在前而前未生設生已斷此中有愛結前生未斷者顯有過去愛結有慢結現在前者顯有現在慢結而前未生設生已斷者遮有過去慢結或有過去愛結繫及有過去現在慢結繫謂於此事有愛結慢結前生未斷及有慢結現在前此中有愛結慢結前生未斷者顯有過去愛結慢結有慢結現在前者顯有現在慢結設有過去現在慢結繫復有過去愛結繫耶答若前生未斷則繫若前未生設生已斷則不繫此中義意廣如前說若於此事有過去愛結繫亦有未來現在慢結繫耶答未來必繫現在若現在前此中未來必繫者未來慢結若未斷時定繫三界五部一切事故現在

若現在前者義如前說設有未來現在慢結繫復有過去愛結繫耶答若前生未斷則繫若前未生設生已斷則不繫此中義意廣如前說若於此事有過去愛結繫亦有過去未來慢結繫耶答未來必繫過去若前生未斷則繫若前未生設生已斷則不繫此中二義並如前說設有過去未來慢結繫復有過去愛結繫耶答若前生未斷則繫若前未生設生已斷則不繫此中義意亦如前說若於此事有過去愛結繫亦有過去未來現在慢結繫耶答此中有四句或有過去愛結繫及有未來慢結繫無過去現在謂於此事有愛結前生未斷無慢結前生設生已斷不現在前此中有愛結前生未斷者顯有過去愛結無慢結前生設生已斷者遮有過去慢結不現在前者遮有現在慢結此未來有不說自成彼愛結未斷此慢必有故或有過去愛結繫及有過去未來慢結繫無現在謂於此事有愛結慢結前生未斷無慢結現在前此中有愛結慢結前生未斷者顯有過去愛結慢結無慢結現在前者遮有現在慢結此未來有不說自成義如前說或有過去愛結繫及有未來現在慢結繫無過去謂於此事有愛結前生未斷及有慢結現在前而無前生設生已斷此中有愛結前生未斷者顯有過去愛結有慢結現在前者顯有現在慢結而無前生設生已斷者遮有過去慢結此未來有不說自成慢結現在前必有未來故或有過去愛結繫亦有過去未來現在慢結繫謂於此事有愛結慢結前生未斷及有慢結現在前

此中有愛結慢結前生未斷者顯有過去愛結慢結有慢結現在前者顯有現在慢結此未來有不說自成義如前說設有過去未來現在慢結繫復有過去愛結繫耶答若前生未斷則繫若前未生設生已斷則不繫此中義意廣如前說若於此事有過去愛結繫亦有過去無明結繫耶答如是所以者何前說迷共相諸結於三界五部事能爲繫過去未斷定繫彼三世一切事無明旣亦是共相結故答如是設有過去無明結繫復有過去愛結繫耶答若前生未斷則繫若前未生設生已斷則不繫謂於此事若有前生無明結未斷亦有前生愛結未斷即於此事亦有過去愛結繫義若於此事雖有前生無明結未斷而前於此愛結未生雖餘處生而於此事亦名未生設生已斷即於此事無有過去愛結繫義若於此事有過去愛結繫亦有未來無明結繫耶答如是所以者何前說共相諸結於三界五部事能爲繫未來未斷定繫彼三世一切事故設有未來無明結繫復有過去愛結繫耶答若前生未斷則繫若前未生設生已斷則不繫謂於此事若有未來無明結未斷亦有前生愛結未斷即於此事亦有過去愛結繫義若於此事雖有未來無明結未斷而前於此愛結未生雖餘處生而於此事亦名未生設生已斷即於此事無有過去愛結繫義若於此事有過去愛結繫亦有現在無明結繫耶答若現在前謂於此事若有前生愛結未斷亦有無明結現在前則有現在無明結繫義若於此事或起善無覆無記心

現在前或於餘處起無明結現在前或無心時則無現在無明結繫義設有現在無明結繫復有過去愛結繫耶答若前生未斷則繫若前未生設生已斷則不繫謂於此事若有無明結現在前亦有愛結前生未斷即於此事亦有過去愛結繫義若於此事雖有無明結現在前而前於此愛結未生雖餘處生而於此事亦名未生設生已斷即於此事無有過去愛結繫義若於此事有過去愛結繫亦有過去現在無明結繫耶答過去必繫現在若現在前此中義意並如前說設有過去現在無明結繫復有過去愛結繫耶答若前生未斷則繫若前未生設生已斷則不繫此中義意廣如前說若於此事有過去愛結繫亦有未來現在無明結繫耶答未來必繫現在若現在前此中義意並如前說設有未來現在無明結繫復有過去愛結繫耶答若前生未斷則繫若前未生設生已斷則不繫此中義意廣如前說若於此事有過去愛結繫亦有過去未來無明結繫耶答如是所以者何前說共相諸結於三界五部事能爲繫過去未來未斷定繫彼三世一切事故設有過去未來無明結繫復有過去愛結繫耶答若前生未斷則繫若前未生設生已斷則不繫此中義意廣如前說若於此事有過去愛結繫亦有過去未來現在無明結繫耶答過去未來必繫現在若現在前此中義意皆如前說設有過去未來現在無明結繫復有過去愛結繫耶答若前生未斷則繫若前未生設生已斷則不繫此中義意廣如前說

阿毗達磨大毗婆沙論卷第五十八

說一切有部發智

阿毗達磨大毗婆沙論卷第五十九

五百大阿羅漢等造

唐三藏法師玄奘奉 詔譯

結蘊第二中一行納息第二之四

若於此事有過去愛結繫亦有過去見結繫耶答若未斷謂於此事若有前生愛結未斷見結亦未斷即於此事亦有過去見結繫義若於此事雖有前生愛結未斷而見結已斷即於此事無有過去見結繫義如道類智已生於修所斷法有愛結前生未斷集類智已生於見滅道所斷見結不相應法有愛結前生未斷由此義故此中總說若未斷言不說道類智未至已生位由彼位亦有有愛無見故迷共相結過去未斷必繫三世所繫事故非如愛等作不定說設有過去見結繫復有過去愛結繫耶答若前生未斷則繫若前未生設生已斷則不繫謂於此事若有前生見結未斷亦有前生愛結未斷即於此事亦有過去愛結繫義若於此事雖有前生見結未斷而前於此愛結未生雖餘處生而於此事亦名未生設生已斷即於此事無有過去愛結繫義若於此事有過去愛結繫亦有未來見結繫耶答若未斷謂於此事若有前生愛結未斷見結亦未斷即於此事亦有未來見結繫義若於此事雖有前生愛結未斷而見結已斷即於此事無有未來見結繫義餘如前說設有未來見結繫復有過去愛結繫耶答若前生未斷則繫若前未生設生已斷則不繫謂於此事若有未來見結未斷亦有前生愛結未斷即於此事亦有過去愛結繫義

若於此事雖有未來見結未斷而前於此愛結未生雖餘處生而於此事亦名未生設生已斷即於此事無有過去愛結繫義若於此事有過去愛結繫亦有現在見結繫耶答若現在前謂於此事若有前生愛結未斷亦有見結現在前則有現在見結繫義若於此事或起餘結現在前或起善無覆無記心現在前或於餘處起見結現在前或無心時則無現在見結繫義設有現在見結繫復有過去愛結繫耶答若前生未斷則繫若前未生設生已斷則不繫謂於此事若有見結現在前亦有愛結前生未斷即於此事亦有過去愛結繫義若於此事雖有見結現在前而前於此愛結未生雖餘處生而於此事亦名未生設生已斷即於此事無有過去愛結繫義若於此事有過去愛結繫亦有過去現在見結繫耶答此中有三句或有過去愛結繫無過去現在見結繫謂於此事有愛結前生未斷而見結已斷此中有愛結前生未斷者顯有過去愛結而見結已斷者遮有過去現在見結謂集類智已生於見滅道所斷見結不相應法有前生愛結未斷道類智已生於修所斷法有前生愛結未斷或有過去愛結繫及有過去見結繫無現在謂於此事有愛結前生未斷及有見結未斷而不現在前此中有愛結前生未斷者顯有過去愛結有見結未斷者顯有過去見結彼未斷位於所繫事必有過去見結繫故而不現在前者遮有現在見結或有過去愛結繫亦有過去現在見結繫謂於此事有愛結前生未斷亦有見結現

在前此中有愛結前生未斷者顯有過去愛結亦有見結現在前者顯有現在見結此過去有不說自成見結現在前過去必有故設有過去現在見結繫復有過去愛結繫耶答若前生未斷則繫若前未生設生已斷則不繫此中義意廣如前說若於此事有過去愛結繫亦有未來現在見結繫耶答此中有三句或有過去愛結繫無未來現在見結繫謂於此事有愛結前生未斷而見結已斷此中有愛結前生未斷者顯有過去愛結而見結已斷者遮有未來現在見結餘如前說或有過去愛結繫及有未來見結繫無現在謂於此事有愛結前生未斷及有見結未斷而不現在前此中有愛結前生未斷者顯有過去愛結有見結未斷者顯有未來見結彼未斷位於所繫事必有未來見結繫故而不現在前者遮有現在見結或有過去愛結繫亦有未來現在見結繫謂於此事有愛結前生未斷及有見結現在前此中有愛結前生未斷者顯有過去愛結有見結現在前者顯有現在見結此未來有不說自成見結現在前未來必有故設有未來現在見結繫復有過去愛結繫耶答若前生未斷則繫若前未生設生已斷則不繫此中義意廣如前說若於此事有過去愛結繫亦有過去未來見結繫耶答若未斷此中義意如前應知設有過去未來見結繫復有過去愛結繫耶答若前生未斷則繫若前未生設生已斷則不繫此中義意廣如前說若於此事有過去愛結繫亦有過去未來現在見結繫耶答此中有三句或

有過去愛結繫無過去未來現在見結繫謂於此事有愛結前生未斷而見結已斷此中有愛結前生未斷者顯有過去愛結而見結已斷者遮有過去未來現在見結謂集類智已生見滅道所斷見結不相應法有愛結前生未斷道類智已生修所斷法有愛結前生未斷或有過去愛結繫及有過去未來見結繫無現在謂於此事有愛結前生未斷及有見結未斷而不現在前此中有愛結前生未斷者顯有過去愛結有見結未斷者顯有過去未來見結而不現在前者遮有現在見結或有過去愛結繫亦有過去未來現在見結繫謂於此事有愛結前生未斷亦有見結現在前此中有愛結前生未斷者顯有過去愛結亦有見結現在前者顯有現在見結此過去未來有不說自成見結現在前必有過去未來故設有過去未來現在見結繫復有過去愛結繫耶答若前生未斷則繫若前未生設生已斷則不繫此中義意廣如前說如對見結對取結疑結亦爾俱惟三界見所斷故以愛對彼作小七句如對見說於中亦有少分差別謂取結惟有道類智已生於修所斷法有愛結前生未斷者有過去愛無三世見非如見結集類智已生於見滅道所斷見結不相應法有愛結前生未斷者亦有過去愛無三世見差別義少故此不說如愛結對後作小七乃至嫉結對慳結隨其所應作小七亦爾此中隨其所應者惟慢與愛俱通三界五部惟有漏緣非徧行故對後作小七句皆如愛說無明通三界五部有漏無漏緣徧行

非徧行見疑通三界惟四部通有漏無漏緣徧行非徧行二取通三界惟四部有漏緣通徧行非徧行恚惟欲界通五部惟有漏緣非徧行嫉慳惟欲界修所斷有漏緣非徧行如是諸結寬狹有異對後七句有不同者是故須說隨所應言如小七大七亦爾差別者以二對一乃至以八對一謂以過去愛結恚結先對過去慢結次對未來次對現在次對過去現在次對未來現在次對過去未來後對過去未來現在慢結作七句如以過去愛結恚結對慢結作七句對無明結見結取結疑結嫉結慳結各作七句亦爾次除愛結以過去恚結慢結先對過去無明結次對未來次對現在次對過去現在次對未來現在次對過去未來後對過去未來現在無明結作七句如以過去恚結慢結對無明結作七句對見結取結疑結嫉結慳結各作七句亦爾次除恚結以過去慢結無明結先對過去見結次對未來次對現在次對過去現在次對未來現在次對過去未來後對過去未來現在見結作七句如以過去慢結無明結對見結作七句對取結疑結嫉結慳結各作七句亦爾次除慢結以過去無明結見結先對過去取結次對未來次對現在次對過去現在次對未來現在次對過去未來後對過去未來現在取結作七句如以過去無明結見結對取結作七句對疑結嫉結慳結各作七句亦爾次除無明結以過去見結取結先對過去疑結次對未來次對現在次對過去現在次對未來現在次對過去未來後對過去未來

現在疑結作七句如以過去見結取結對疑結作七句對嫉結慳結各作七句亦爾次除見結以過去取結疑結先對過去嫉結次對未來次對現在次對過去現在次對未來現在次對過去未來後對過去未來現在嫉結作七句如以過去取結疑結對嫉結作七句對慳結作七句亦爾復除取結以過去疑結嫉結先對過去慳結次對未來次對現在次對過去現在次對未來現在次對過去未來後對過去未來現在慳結作七句如以二結對一結以三以四以五以六以七以八結對一結亦爾如過去愛等爲首有七乃至過去未來現在愛等爲首亦各有七如是應知有七七句此中有說以過去愛等先對過去恚等次對未來次對現在次對過去現在次對未來現在次對過去未來後對過去未來現在恚等爲初七句以過去愛等先對未來恚等次對現在次對過去現在次對未來現在次對過去未來次對過去未來現在後對過去恚等爲第二七句以過去愛等先對現在恚等次對過去現在次對未來現在次對過去未來次對過去未來現在次對過去後對未來恚等爲第三七句以過去愛等先對過去現在恚等次對未來現在次對過去未來次對過去未來現在次對過去次對未來後對現在恚等爲第四七句以過去愛等先對未來現在恚等次對過去未來次對過去未來現在次對過去次對未來次對現在後對過去現在恚等爲第五七句以過去愛等先對過去未來恚等次對過去未來現在次對

過去次對未來次對現在次對過去現在後對未來現在恚等爲第六七句以過去愛等先對過去未來現在恚等次對過去次對未來次對現在次對過去現在次對未來現在後對過去未來恚等爲第七七句是謂小七以過去愛恚等先對過去慢等次對未來次對現在次對過去現在次對未來現在次對過去未來後對過去未來現在慢等爲初七句以過去愛恚等先對未來慢等次對現在次對過去現在次對未來現在次對過去未來次對過去未來現在後對過去慢等爲第二七句以過去愛恚等先對現在慢等次對過去現在次對未來現在次對過去未來次對過去未來現在次對過去後對未來慢等爲第三七句以過去愛恚等先對過去現在慢等次對未來現在次對過去未來次對過去未來現在次對過去次對未來後對現在慢等爲第四七句以過去愛恚等先對未來現在慢等次對過去未來次對過去未來現在次對過去次對未來次對現在後對過去現在慢等爲第五七句以過去愛恚等先對過去未來慢等次對過去未來現在次對過去次對未來次對現在次對過去現在後對未來現在慢等爲第六七句以過去愛恚等先對過去未來現在慢等次對過去次對未來次對現在次對過去現在次對未來現在後對過去未來慢等爲第七七句是謂大七如是所說唐捐其功於文無益於義無益以重說故又非惟七七句應作是說以過去愛等先對過去恚等次對未來次對現在次對

過去現在次對未來現在次對過去未來後對過去未來現在恚等爲初七句以未來愛等先對未來恚等次對現在次對過去現在次對未來現在次對過去未來次對過去未來現在後對過去恚等爲第二七句以現在愛等先對現在恚等次對過去現在次對未來現在次對過去未來次對過去未來現在次對過去後對未來恚等爲第三七句以過去現在愛等先對過去現在恚等次對未來現在次對過去未來次對過去未來現在次對過去次對未來後對現在爲第四七句以未來現在愛等先對未來現在恚等次對過去未來次對過去未來現在次對過去次對未來次對現在後對過去現在恚等爲第五七句以過去未來愛等先對過去未來恚等

次對過去未來現在次對過去次對未來次對現在次對過去現在後對未來現在恚等爲第六七句以過去未來現在愛等先對過去未來現在恚等次對過去次對未來次對現在次對過去現在次對未來現在後對過去未來恚等爲第七七句是謂小七以過去愛恚等先對過去慢等次對未來次對現在次對過去現在次對未來現在次對過去未來後對過去未來現在慢等爲初七句以未來愛恚等先對未來慢等次對現在次對過去現在次對未來現在次對過去未來次對過去未來現在後對過去慢等爲第二七句以現在愛恚等先對現在慢等次對過去現在次對未來現在次對過去未來次對過去未來現在次對過去後對未來慢等爲第三

七句以過去現在愛恚等先對過去現在慢等次對未來現在次對過去未來次對過去未來現在次對過去次對未來後對現在慢等爲第四七句以未來現在愛恚等先對未來現在慢等次對過去未來次對過去未來現在次對過去次對未來次對現在後對過去現在慢等爲第五七句以過去未來愛恚等先對過去未來慢等次對過去未來現在次對過去次對未來次對現在次對過去現在後對未來現在慢等爲第六七句以過去未來現在愛恚等先對過去未來現在慢等次對過去次對未來次對現在次對過去現在次對未來現在後對過去未來慢等爲第七七句若作是說功不唐捐於文有益於義有益不重說故又惟有七七句問一行歷六小七大七有何差别答名即差别謂名一行名歷六名小七名大七故復次依一行法作問答故名一行依六句法作問答故名歷六依七句法作問答以一對一故名小七依七句法作問答以二對一乃至以八對一故名大七復次以不相似法對不相似法作問答不以世定故名一行以相似法對相似法作問答以世定故名歷六以不相似法對不相似法作問答以世定以一對一故名小七以不相似法對不相似法作問答以世定以二對一乃至以八對一故名大七一行歷六小七大七是謂差别

三結乃至九十八隨眠於九十八隨眠中一一攝幾隨眠答一切應分别問何故作此論答爲止他宗顯正義故謂或有說諸法攝他

性非自性攝如分別論者彼依假名契經及依世俗言論故作是說依假名契經者如契經說諸臺帳等所有中心爲臺帳等衆材所依能任持彼令不散墜故說中心能攝於彼然彼中心與衆材異而說能攝故知諸法皆攝他性非自性攝餘經亦說於五根中慧根最勝慧根能攝諸餘四根然彼慧根與四根異而說能攝故知諸法皆攝他性非自性攝又餘經說世尊告彼手長者言汝以何法攝自徒衆徒衆云何受汝所攝手長者言世尊爲我說四攝事一者布施二者愛語三者利行四者同事我以此四攝自徒衆徒衆由此受我所攝然手長者與徒衆異而說攝衆故知諸法皆攝他性非自性攝餘經復說正見正思惟正精進慧蘊攝正念正定定蘊攝然正思惟正精進與慧蘊異正念與定蘊異而說彼攝故知諸法皆攝他性非自性攝依世俗言論者謂世間說户樞攝扇縷攝衣服附攝薪等在家者說我能攝田諸畜財寶僮僕家屬出家者說我攝徒衆資具衣鉢如是能攝與所攝異故知諸法皆攝他性爲止彼意顯一切法皆攝自性是勝義攝若攝他性是勝義者則一法自性應是一切法一法生時一切法應生一法滅時一切法應滅復有別失應見苦所斷即見集滅道修所斷攝斷見苦所斷時見集所斷等煩惱亦應斷若爾修後諸對治道應成無用勿有此過故一切法惟攝自性是勝義攝問若一切法惟攝自性是勝義攝非他性者分別論者所引契經世俗言論當云何通答所引契經是不了義依

假名說有別意趣謂契經說諸臺帳等所有中心爲臺帳等衆材所依能任持彼令不散墜故說中心能攝彼者於任持義假立攝聲此任持彼不散墜故假立攝名非勝義攝又契經說於五根中慧根最勝慧根能攝餘四根者於方便義假立攝聲慧爲方便令餘四根亦速運轉能辦大事假立攝名非勝義攝又契經說以四攝事攝徒衆者於能引彼令不離散假立攝聲由四攝事方便誘引假立攝名非勝義攝又契經說正思惟正精進亦慧蘊攝正念亦定蘊攝者於隨順義假立攝聲以正思惟正精進隨順慧蘊正念隨順定蘊故假立攝名非勝義攝又彼所引世俗言論户樞攝扇縷攝衣服附攝薪等依任持義假說攝名非勝義攝在家者說能攝田等出家者說攝徒衆等依饒益義假說攝名非勝義攝攝他性者待時待因而立攝名非究竟攝待時者謂有時能攝有時不攝待因者謂有因能攝有因不攝故非究竟如有頌言

有因故起愛　有因故起憎　世間無無因
而起愛憎者

攝自性者不待時因而有攝義是究竟攝不待時者諸法無時不攝自性以彼一切時不捨自體故不待因者諸法無因而攝自性以不待因緣而有自體故若欲觀察一切法者應先觀彼自性攝義問觀察諸法自性攝時有何勝利得何功德答除去我想及一合想修習法想別想易滿謂諸有情若有我想一合想者貪瞋癡等煩惱增盛由增盛故不能解脱生老病死愁歎憂苦諸災患事若除我

想及一合想便觀色法如麵麨聚不久離散觀無色法前後不俱不久磨滅總觀一切有爲之法猶如沙摶風飄散壞由此便得空解脱門相似種子觀有爲法空非我故便於生死深不願樂由此復得無願解脱門相似種子彼於生死不願樂故便於涅槃深心願樂由此復得無相解脱門相似種子彼於如是三三摩地依下生中依中生上依上發慧離三界染得三菩提證永寂滅觀察諸法自性攝時便獲如是勝利功德由此因緣故作斯論此中一切應分別者謂三結乃至九十八隨眠一一所攝隨眠各異是故一切皆應分別謂三結中有身見結攝三者謂此結於九十八隨眠中攝三隨眠即三界見苦所斷有身見隨眠此約總種類説攝三隨眠若别分别欲界者攝欲界有身見色界者攝色界有身見無色界者攝無色界有身見此一一界有三世别過去者攝過去有身見未來者攝未來有身見現在者攝現在有身見此復一一有多刹那各自相攝後准應知戒禁取結攝六者謂此結於九十八隨眠中攝六隨眠即三界見苦道所斷戒禁取隨眠疑結攝十二者謂此結於九十八隨眠中攝十二隨眠即三界見苦集滅道所斷疑隨眠三不善根中貪瞋不善根各攝五者謂攝欲界五部貪瞋癡不善根攝四一少分者謂攝欲界後四部及見苦所斷不善無明三漏中欲漏攝三十一者謂攝欲界三十六隨眠中除五無明餘三十一有漏攝五十二者謂攝色無色界六十二隨眠中除十無明餘五十二無明漏

攝十五者謂攝三界各五部無明四暴流中欲暴流攝十九者謂攝欲界五部貪瞋慢及四部疑有暴流攝二十八者謂攝色無色界各五部貪慢及各四部疑見暴流攝三十六者謂攝三界各十二見即有身見邊執見各一戒禁取二邪見見取各四爲十二無明暴流攝十五者謂攝三界各五部無明如四暴流四軛亦爾者名義雖別而體同故四取中欲取攝二十四者謂攝欲界五部貪瞋慢無明及四部疑見取攝三十者謂攝三界各十見即前所說十二見中除二戒禁取餘十見戒禁取攝六者謂攝三界各二戒禁取我語取攝三十八者謂攝色無色界各五部貪慢無明及各四部疑四身繫中貪欲瞋恚身繫各攝五者謂攝欲界五部貪瞋戒禁取身繫

攝六者謂攝三界各二戒禁取此實執身繫攝十二者謂攝三界各四見取五蓋中貪欲瞋恚蓋各攝五者謂攝欲界五部貪瞋疑蓋攝四者謂攝欲界四部疑餘蓋無所攝者惛沉睡眠掉舉惡作是纏性故不攝隨眠五結中貪慢結各攝十五者謂攝三界各五部貪慢瞋結攝五者謂攝欲界五部瞋嫉慳結無所攝者此二結非隨眠性故五順下分結中貪欲瞋恚結各攝五者謂攝欲界五部貪瞋有身見結攝三者謂攝三界各一有身見戒禁取結攝六者謂攝三界各二戒禁取疑結攝十二者謂攝三界各四部疑五順上分結中色貪結攝一少分者謂攝色界修所斷少分貪無色貪結攝一少分者謂攝無色界修所斷少分貪掉舉結無所攝者非隨眠性故

慢結攝二少分者謂攝色無色界各修所斷少分慢無明結攝二少分者謂攝色無色界各修所斷少分無明五見中有身見邊執見各攝三者謂攝三界各一有身見邊執見邪見見取各攝十二者謂攝三界各四邪見見取戒禁取攝六者謂攝三界各二戒禁取六愛身中眼耳身觸所生愛身各攝二少分者謂各攝欲色界修所斷各少分貪鼻舌觸所生愛身各攝一少分者謂各攝欲界修所斷少分貪意觸所生愛身攝十三二少分者謂攝三界各前四部及無色界修所斷貪并欲色界修所斷各少分貪七隨眠中欲貪瞋恚隨眠各攝五者謂攝欲界五部貪瞋有貪隨眠攝十者謂攝色無色界各五部貪慢無明隨眠各攝十五者謂攝三界各五部慢無明見隨眠攝三十六者謂攝三界各十二見疑隨眠攝十二者謂攝三界各四部疑九結中愛慢無明結各攝十五者謂攝三界各五部貪慢無明恚結攝五者謂攝欲界五部瞋見取結各攝十八者謂見結攝三界各一有身見邊執見四邪見取結攝三界各二戒禁取四見取疑結攝十二者謂攝三界各四部疑嫉慳結無所攝者非隨眠性故九十八隨眠中欲界有身見攝欲界有身見乃至無色界修所斷無明攝無色界修所斷無明者各各自攝彼自性故問云何諸法各攝自性答自性於自性是有是實是可得故說名爲攝自性於自性非異非外非離非別恒不空故說名爲攝自性於自性非不已有非不今有非不當有故名爲攝自性於自性非增非減故

名爲攝諸法自性攝自性時非如以手取食指捻衣等然彼各各執持自體令不散壞故名爲攝於執持義立以攝名故勝義攝惟攝自性

阿毗達磨大毗婆沙論卷第五十九 說一切有部發智

音釋

戶樞 樞昌朱切戶樞門棖也 誘引 誘於久切誘引謂導進也 麨 尺沼切乾糧也 掉舉 掉杜第切搖也舉苟許切動也掉舉謂身心妄搖動也 捻 奴結切捏也

阿毗達磨大毗婆沙論卷第六十

五百大阿羅漢等造

唐三藏法師玄奘奉詔譯

結蘊第二中一行納息第二之五

三結乃至九十八隨眠爲前攝後後攝前耶

問何故作此論答爲重遮遣分別論者執他性攝及重開顯應理論者說自性攝令轉分明故作斯論答三結三不善根互不相攝者謂自性各別故三結三漏三結二漏少分互相攝餘不相攝者謂三結與欲漏有漏中有身見戒禁取疑互相攝自性同故與無明漏及二漏少分互不相攝自性異故後准應知三結四暴流三結三暴流少分互相攝餘不相攝者謂三結與欲有見暴流中有身見戒禁取疑互相攝與無明暴流及三暴流少分互不相攝如對四暴流對四軛亦爾自性同故三結四取三結一取三少分互相攝餘不相攝者謂三結與戒禁取及餘三取中有身見疑互相攝與餘三取少分互不相攝三結四身繫一結一身繫互相攝餘不相攝者謂戒禁取結與戒禁取身繫互相攝與餘三身繫互不相攝三結五蓋一結少分一蓋互相攝餘不相攝者謂疑結中不善者與疑蓋互相攝與餘四蓋互不相攝三結五結互不相攝者自性異故三結五順下分結三結三順下分結互相攝餘不相攝者謂三結與五順下分結中有身見戒禁取疑結互相攝與餘二結互不相攝三結五順上分結互不相攝者自性異故三結五見二結二見互相攝餘不相攝者謂前二結與五見中有身見戒禁

取互相攝與餘三見互不相攝三結六愛身互不相攝者自性異故三結七隨眠三結一隨眠一少分互相攝餘不相攝者謂二結與疑隨眠及見隨眠中有身見戒禁取互相攝與餘五隨眠及見隨眠中餘三見互不相攝三結九結三結一結二少分互相攝餘不相攝者謂三結與九結中疑結及見結中有身見取結中戒禁取互相攝與餘六結及見結中餘二見取結中見取互不相攝三結九十八隨眠三結二十一隨眠互相攝餘不相攝者謂三結與九十八隨眠中三有身見六戒禁取十三疑隨眠互相攝與餘七十七隨眠互不相攝如是乃至九結九十八隨眠七結九十八隨眠互相攝餘不相攝者謂九結中前七結與九十八隨眠互相攝後二結與隨眠互不相攝此二俱非隨眠性故此中舉初三結舉後九結與後廣辯相攝三不善根乃至七隨眠與後相攝略不説者相易了故三結乃至九十八隨眠幾令欲有相續幾令色有相續幾令無色有相續答一切應分別問何故作此論答爲止他宗顯已義故謂或有執不染汙心亦令有相續如分别論者問彼何故作此執若彼依契經故作此執謂契經説菩薩正知入母胎正知住母胎正知出母胎既有正知入母胎者正知即在不染汙心故不染汙心亦令有相續爲遮彼意顯惟染汙心能令有相續故作斯論問云何通彼所引契經答依無倒想説正知言謂諸有情多起倒想而入母胎男入胎時於母起愛於父起恚女入胎時於父起愛於母起恚謂彼與

已有順違故後有菩薩入母胎時心無顛倒於父父想於母母想雖俱親愛而無異心有親愛故心有染汙無顛想故名爲正知故彼契經不違我義復次所以作此論者謂或有執惟愛與恚令有相續如譬喻者問彼何故作此執答依契經故謂契經說三事合故得入母胎一者父母交愛和合二者母身是時調適三健達縛正現在前時健達縛二心互起謂愛恚俱由此故知惟愛與恚令有相續爲遮彼意顯一切煩惱皆令有相續故作斯論問云何通彼所引契經答契經說彼中有位心正結生時非惟愛恚故我所說不違彼經復次所以作此論者謂或有執惡趣惟用恚心結生善趣惟用愛心結生爲遮彼意顯欲界一切處三十六隨眠一一現前令生相續色界一切處三十一隨眠一一現前令生相續無色界一切處三十一隨眠一一現前令生相續故作斯論復次勿爲止他顯示已義然爲顯示諸法正理開悟有情故作斯論然諸有聲說多種義此中有者說衆同分及隨衆同分有情數五蘊如說諸在欲界死生者皆受欲有耶等彼亦說衆同分及隨衆同分有情數五蘊如說諸纏所纏受地獄有等彼亦說衆同分及隨衆同分有情數五蘊如說受欲有時最初得幾業所生根等彼亦說衆同分及隨衆同分有情數五蘊如說四有謂本有死有中有生有彼亦說衆同分及隨衆同分有情數五蘊如說諸捨欲有受欲有彼一切欲界法滅欲界法現在前耶等彼亦說衆同分及隨衆同分有情數五蘊如說云

何有法謂一切有漏法彼說一切有漏法名有如說頗勒懼那當知識食能令後有生起彼說結生心及眷屬名有如說阿難陀當知若業能令後有相續是名有者彼說能引後有思名有如說取緣有阿毗達磨諸論師言彼說時分五蘊名有尊者妙音作如是說彼說能引後有諸業名有如說七有一地獄有二旁生有三鬼界有四天有五人有六業有七中有彼說五趣及彼因彼方便名有謂地獄有等即是五趣業有是彼因中有是彼方便如說云何欲有謂諸業欲界繫取爲緣能趣後生乃至廣說彼說業及異熟名有不說取緣問若爾論門所說當云何通如說欲有欲界一切隨眠隨增色有色界一切隨眠隨增無色有無色界一切隨眠隨增欲有可爾

所以者何欲界五部業皆能感異熟彼容欲界一切隨眠所隨增故色無色有云何可爾所以者何彼界惟有修所斷業感異熟故答彼門論中應說欲有欲界一切隨眠隨增色有色界徧行及修所斷隨眠隨增無色有無色界徧行及修所斷隨眠隨增而不爾者有別意趣謂五部結有心是有眷屬故亦假說爲有故說一切隨眠隨增有說彼論有章有門章中但說業及異熟名有不說取緣門中具說彼業異熟及說取緣故說一切隨眠隨增評曰彼不應作是說所以者何彼論師先立章義後以門通如何門中與章說異是故前說於理爲善問何故名有答有增有減故名爲有問若爾聖道亦有增減應亦名有答若有增減亦能長養攝益任持有者說名爲

有聖道雖有增減而損減違害破壞諸有故不名有復次有增減亦令諸有生老病死不斷絶者說名爲有聖道雖有增減而令諸有生老病死皆斷不續故不名有復次若有增減亦是趣苦集行趣有世間生老病死集行者說名爲有聖道雖有增減而是趣苦滅行趣有世間生老病死滅行故不名有復次若有增減亦是薩迦耶見事顛倒事愛事隨眠事貪瞋癡安足處有垢有毒有過有刺有濁墮有隨苦集諦者說名爲有聖道雖有增減而與此一切相違故不名有復有說者此可怖畏故名爲有問若爾涅槃亦可怖畏應亦名有如契經說苾芻當知無聞異生以愚癡故怖畏涅槃謂於是處我不有我所亦不有我當不有我所亦當不有答若有怖畏是正見者起說名爲有涅槃雖有怖畏而是邪見者起故不名有復次若有怖畏通異生及聖者起說名爲有涅槃雖有怖畏而是異生非聖者起故不名有有作是說是苦法器故名爲有問有亦是樂法器如契經說大名當知色若一向是苦非樂非樂所隨無少樂喜所隨逐者應無有情爲求樂故染著於色大名當知以色非一向苦亦是樂亦是樂所隨是少樂喜所隨逐故有諸有情爲求樂故染著於色又契經說決定建立三受無雜一樂二苦三非苦樂又契經說道依道具涅槃依道以道樂故證樂涅槃是故諸有非惟苦器寧以苦器釋有名耶答生死法中雖有少樂而苦多故立苦器名是故諸有惟名苦器如毒瓶中置一滴蜜不由此故名爲蜜瓶但名毒

瓶以毒多故有亦如是多苦所依但名苦器
然諸相續略有五種一中有相續二生有相
續三時分相續四法性相續五刹那相續中
有相續者謂死有蘊滅中有蘊生此中有蘊
續死有蘊是故名爲中有相續生有相續者
謂中有蘊滅或死有蘊滅生有蘊生此生有
蘊續中有蘊或續死有蘊是故名爲生有相
續時分相續者謂羯剌藍乃至盛年時分蘊
滅頞部曇乃至老年時分蘊生此頞部曇乃
至老年時分蘊續羯剌藍乃至盛年時分蘊
是故名爲時分相續法性相續者謂善法無
間不善法或無記法生此不善法或無記法
續前善法不善法或無記法無間廣說亦爾
是故名爲法性相續刹那相續者謂前前刹
那無間後後刹那生此後後刹那續前前刹
那是故名爲刹那相續此五相續亦得攝在
二相續中前三不離法性刹那二相續故法
性亦得入刹那中一切皆是刹那性故此五
相續界者欲界具五色界惟四除時分無色
界惟三除中有及時分趣者地獄惟四除時
分餘四趣皆具五生者四生皆具五種相續
此中但依中生二有相續作論謂三結令三
有相續者此依總種類說然此三結通三界
繫欲界繫者令欲有相續色界繫者令色有
相續無色界繫者令無色有相續生有中有
最初刹那隨一現前而結生故餘隨本論如
理應知問隨眠能令諸有相續非纏非垢不
堅牢故意地煩惱令有相續非五識身正結
生時定有意識無五識故何緣本論說五蓋
嫉慳結鼻舌觸所生愛身令欲有相續眼耳

身觸所生愛身令欲色有相續掉舉順上分結令色無色有相續耶答本論應說貪欲瞋恚疑蓋令欲有相續貪慢無明順上分結令色無色有相續意觸所生愛身令三有相續餘二蓋嫉慳結掉舉順上分結前五觸所生愛身不令有相續而不作是說者應知此文有別意趣謂未解脫餘二蓋等命終還生欲有等故說彼能續欲有等言然結生時非由彼力復次由三緣故說諸煩惱令有相續一未斷故二能感有異熟果故三結生時能潤有故諸在意地不善隨眠三緣具有無記隨眠不能感有但有二緣諸在五識不善隨眠不能潤有但有二緣無記隨眠惟有未斷無餘二緣不善纏垢但有二緣無能潤有無記纏垢惟有一緣謂未斷故惛沉蓋等由未斷故或感有故說能續有非能潤有於理無違

三結乃至九十八隨眠依何定滅問何故作此論答欲顯諸佛出現世時有勝事故施設論說繞贍部洲有轉輪王路廣一踰繕那無輪王時海水所覆無能見者若轉輪王出現于世大海水減一踰繕那此輪王路爾乃出現金沙徧布衆寶莊嚴旃檀香水以灑其上轉輪聖王巡幸洲渚與四種軍俱遊此路如是諸佛未出世時根本地依無能見者諸有斷結皆依邊地若具十力轉法輪王出現于世根本地依爾乃出現菩提分法金沙徧布種種功德衆寶莊嚴四證淨水以灑其上佛與無量無邊眷屬俱遊此路趣涅槃城由是因緣故作斯論復次為遮分別論者有諸煩惱不依定滅彼作是說若有聖者生在非想

非非想處彼無聖道現在前義壽量盡時煩惱亦盡成阿羅漢名爲齊頂爲遮彼執顯無煩惱不依定滅故作斯論此中定者顯對治道謂對治道或說爲定或說爲道或名對治或名作意或說爲行言雖有異其義無別此中滅者顯示永斷謂此永斷或說爲滅或說爲盡或名離染或名離繫或名解脫言雖有異其義無別昔此法内有二論師一名侍毗羅二名瞿沙伐摩尊者侍毗羅作如是說此中說永斷無餘斷畢竟斷無片影斷如是永斷是聖者非異生是聖道能非世俗道所以者何因七依經造此論故彼經惟說七根本地謂四靜慮下三無色非根本地有世俗道能斷煩惱故知惟聖者用無漏道斷尊者瞿沙伐摩作如是說此中說永斷無餘斷畢竟斷無片影斷如是永斷是聖者亦異生是聖道能亦世俗道問豈不此論因七依經如何異生依根本地起世俗道有永斷義答由此因緣說阿毗達磨照了契經等猶如明燈契經等中所未說者此中說之所未現者此中現之彼有餘說此無餘說是故聖者及諸異生依七根本及八邊地起聖世俗道俱能永斷結如是二說俱得善通此本論文容二義故答三結或依四或依未至滅者四謂四靜慮地未至謂未至地及靜慮中間此二俱名未至地故問此地何故名未至耶答未入根本能現在前斷諸煩惱故名未至問契經惟說根本爲依非未至地此中何故說三結或依四或依未至滅答此中應說或依四或未至滅不應言依未至滅而言依未至滅者有

別意趣謂後依言重說根本此中意言三結或依四滅者或四根本依滅或依未至滅者或未至四根本依而滅如有問他汝爲入城作此事爲未入城作此事此中一城前後再說依言亦爾於理無違復次依言有通有別別者惟說諸根本地如七依經通者通說根本邊地如此中說故此依言亦不違理然此三結從欲界乃至非想非非想處可得欲界者惟依未至滅初靜慮者或依初靜慮或依未至滅第二靜慮者或依二靜慮或依未至滅第三靜慮者或依三靜慮或依未至滅第四靜慮及四無色者或依四靜慮或依未至滅所以者何三結永斷無餘斷畢竟斷無片影斷必以見道然諸見道惟依六地謂四靜慮及未至定靜慮中間若依未至定入正性

離生如是三結依未至滅乃至若依第四靜慮入正性離生如是三結依第四靜慮滅雖惟有第四靜慮及四無色地三結或依四或依未至滅而依總種類說餘亦無失雖依八地邊起世俗道亦分斷三結而非永斷故此不說然此三結永斷惟在道類忍時若別說者有身見永斷惟在苦類忍故言依四依未至滅三不善根及欲漏依未至滅者離欲染時彼永斷故若異生若聖者若有漏道若無漏道俱依未至離欲染故有漏無明漏或依七或依未至滅者七謂四靜慮及下三無色即七依定未至謂未至定及靜慮中間此二俱名未至地故此中有漏從初靜慮乃至非想非非想處可得無明漏從欲界乃至非想非非想處可得此二俱離非想非非想處染

時方得永斷彼非想非非想處染依九地道而得永離故言或依七或依未至滅然無明漏欲界者惟依未至滅有漏無明漏初靜慮者依初靜慮或依未至滅第二靜慮者依二靜慮或依未至滅乃至識無邊處者依四靜慮下二無色或依未至滅無所有處非想非非想者依四靜慮下三無色或依未至滅依總種類亦得說餘或依七或依未至滅此中但說二永斷處故惟聖者無漏道斷即是最後金剛喻定餘隨所應如本論說異生聖者世俗聖道永斷差別如理應知諸結過去彼結已繫耶乃至廣說問何故作此論答為止他宗顯正理故謂或有說過去未來非實有體或復有說煩惱斷已畢竟不退為遮彼說顯示過去未來實有及顯煩惱斷已有退故作斯論應知此中先名已繫後名當繫現名今繫又於此中有作是說結用名繫有作是說結得名繫然結於得有三種類一如牛王引得前行二如犢子隨得後行三如形質與影得俱如牛王者先結後得如犢子者先得後結如形質者結與得俱諸結過去彼結已繫耶答諸結過去彼結已繫謂結在過去彼得亦過去曾為繫故說名已繫有結已繫彼結非過去謂結未來現在已繫即諸結在未來現在彼得在過去曾為繫故此結如犢子隨得後行故諸結未來彼結當繫耶答應作四句義不定故有結未來彼結非當繫謂結未來已斷已徧知已滅已吐定不當退此中已斷者謂已得斷徧知已徧知者謂已得智徧知已滅者謂已得擇滅已吐者謂已斷繫

得已證離繫得有作是說已斷已徧知已滅已吐同類捨義定不當退者謂不退法阿羅漢未來三界見修所斷結定不當退退法阿羅漢未來三界見所斷結定不當退不退法不還若已離無所有處染未來三界見所斷結及下八地修所斷結定不當退乃至若未離初靜慮染未來三界見所斷結及欲界修所斷結定不當退退法不還及預流一來未來三界見所斷結定不當退不退法異生若已離無所有處染如菩薩等未來下八地見修所斷結定不當退乃至若已離欲界染未離初靜慮染未來一地見修所斷結定不當退是謂有結未來彼結非當繫有結當繫彼結非未來謂結過去已斷已徧知已滅已吐定當退此中諸句義如前釋定當退者謂退

法阿羅漢過去三界修所斷結有定當退退法不還若已離無所有處染過去下八地修所斷結有定當退乃至若未離初靜慮染過去一地修所斷結有定當退退法異生若已離無所有染過去下八地見修所斷結有定當退乃至若已離欲界染未離初靜慮染過去一地見修所斷結有定當退是謂有結當繫彼結非未來有結未來彼結亦當繫謂結未來已斷已徧知已滅已吐定當退此中已斷等如初句釋定當退者如第二句釋然前說過去今說未來有結非未來彼結亦非當繫謂結過去已斷已徧知已滅已吐定不當繫及現在結此中諸句如初句釋然前說未來今說過去及現在結者謂現在結亦非未來是現在故亦非當繫是今繫故諸結現在

彼結今繫耶答諸結現在彼結今繫謂現在諸結定有現在得如形質影必俱有故有結今繫彼結非現在謂結過去未來今繫即過去未來結有現在得過去結者如牛王引得前行未來結者如犢子隨得後行彼得現在故名今繫諸用此道斷欲界結退此道時還得彼結繫不乃至廣說問何故作此論答爲止他宗顯正理故謂或有執定無退起諸煩惱義如分別論者彼引世間現喻爲證謂作是說如瓶破已惟有餘瓦不復作瓶諸阿羅漢亦應如是金剛喻定破煩惱已不應復起諸煩惱退如燒木已惟有餘灰不還爲木諸阿羅漢亦應如是無漏智火燒煩惱已不應復起諸煩惱退彼引此等世間現喻證無退起諸煩惱義爲遮彼執顯有退起諸煩惱義

若無退者便違契經如契經說阿羅漢有二種一退法二不退法又契經說由五因緣令時解脫阿羅漢退隱没忘失云何爲五一多營事業二樂諸戲論三好和鬪諍四喜涉長途五身恒多病又契經說有阿羅漢名瞿底迦是時解脫六反退已於第七時恐復退失以刀自害而般涅槃故知定有起煩惱退問若有退義分別論者所引現喻當云何通答不必須通所以者何彼非素怛纜非毗柰耶非阿毗達磨但是世間麤淺現喻世間法異賢聖法異不應引世間法難賢聖法若必須通當說喻過喻既有過爲證不成如瓶破已必有餘瓦得阿羅漢已有餘煩惱不若有煩惱者應非阿羅漢若無煩惱者即義與喻別不應爲證如燒木已定有餘灰得阿羅漢已

有餘煩惱不若有煩惱者應非阿羅漢若無煩惱者即義與喻別不應爲證然世間木無被燒義但木極微與火極微爲因已滅此火極微與灰極微爲因已滅應作是說木是火因火是灰因而世間想謂火燒木令木成灰木既滅已猶有餘灰非全無物故喻與法義不相似又阿羅漢斷諸煩惱非令全無過去未來煩惱性相猶實有故若相續中違煩惱道未現在前爾時名爲煩惱未斷若相續中違煩惱道已現在前斷諸繫得證離繫得不成就煩惱名煩惱已斷應作是說修習聖道是希有事令阿羅漢雖斷煩惱而不令無是故尊者妙音說曰煩惱不在自身中行說名爲斷非令全無如說天授舍宅中無非謂天授餘處亦無煩惱斷時應知亦爾過去有故若遇退緣爲因引生未來煩惱故必有起煩惱退義問分別論者云何釋通應理論者所引契經答彼說退時退道非果以沙門果是無爲故問既許有退退道退果有何差別而說無退又彼許退無學道時爲得學道爲全不得若得學道果亦應退非無學果成學道故若全不得便有大過退無學道不得學道若爾應住異生位故若非異生及學無學應離凡聖有別有情許即便非世尊弟子故應許有起煩惱退分別論者又說隨眠是纏種子隨眠自性心不相應諸纏自性與心相應纏從隨眠生纏現前故退諸阿羅漢已斷隨眠纏既不生彼如何退故說無退是應正理彼如是說是無知果是黑暗果是無明果是不勤方便果然實有起煩惱義爲止彼宗及

顯退法相應正理故作斯論問退以何法爲自性耶有作是說若起如是煩惱諸纏現前故退即以此法爲退自性若作是說退以不善有覆無記爲其自性有餘師說若退墮時隨順退者是退自性若作是說以一切法爲退自性由退墮時諸法皆有隨順退義譬喻尊者作如是言退無自性惟假施設所以者何身中先有諸善功德今遇退緣退失此法有何自性如人有財爲賊所奪有人問曰汝今失財以何爲體財主答曰我本有財今爲賊奪但無財物知有何體如人有衣爲他奪去露形而住有人問曰汝今無衣以何爲體衣主答曰我先有衣今被奪去知有何體如人衣破有人問曰汝今衣破用何爲性衣破者曰我衣先完今衣破已知有何性如是身中先有勝德今惟退失有何自性評曰退自性者是不成就無覆無記即是非得心不相應行蘊所攝即在復有所餘如是類法心不相應中攝應知退與順退法異退以不成就非得爲自性無覆無記心不相應行蘊所攝順退法以一切不善有覆無記爲其自性如僧破與破僧罪異僧破以不和合爲自性無覆無記心不相應行蘊所攝破僧罪以虛誑語爲自性僧成就破破僧人成就罪如是退與順退法異故退自性決定實有是不相應行蘊所攝即是非得其理極成

阿毗達磨大毗婆沙論卷第六十　說一切有部發智

音釋

羯剌藍梵語也亦云羯邏藍此云凝滑剌郎達切頞部曇梵語也亦云頞蒲曇此云疱頞阿葛切曇徒舍切阿毗達磨梵語也亦云阿毗曇此云無比法謂無漏法慧最勝無比也毗頻彌切毘捺耶梵語也亦云毘尼此云善治謂善能調治衆生惡也捺乃帶切

阿毗達磨大毗婆沙論卷第六十一

五百大阿羅漢等造

唐三藏法師玄奘奉　詔譯

結蘊第二中一行納息第二之六

問爲煩惱現在前故退爲退已煩惱現在前設爾何失二俱有過所以者何若煩惱現在前故退者品類足說當云何通如說三緣故起欲貪隨眠一欲貪隨眠未斷未徧知二順欲貪纏法現在前三於彼有非理作意廣說乃至起疑隨眠應知亦爾契經所說復云何通如說由五因緣令時解脫阿羅漢退謂多營事業乃至身恒多病定蘊所說復云何通如說由非學非無學心退起學法得云何彼是阿羅漢而起煩惱現在前又何等心無間起煩惱現在前若退已煩惱現在前者施設論說當云何通如說若時心遠心剛強起無色界三纏現在前謂貪慢無明而多起慢彼三纏內隨一現前應說彼退無色貪盡住色貪盡中識身論說復云何通如說一類補特伽羅無色染汚心現在前故捨無學善根學善根相續退無學心住學心品類足說復云何通如說云何順退法謂不善及有覆無記住何等心後煩惱現在前答應作是說煩惱現在前故退問此已善通後諸違難前諸違難當云何通答皆非違難所以者何品類足說三緣故起諸隨眠者依未斷盡煩惱者說謂起煩惱現在前者或有已斷盡自地煩惱或有未斷盡自地煩惱彼依未斷盡自地煩惱而起煩惱現在前者說又起煩惱現在前者或退或不退彼依不退而起煩惱現在前

者說又起煩惱現在前者或染污心無間或不染污心無間彼依染污心無間而起煩惱現在前者說又起煩惱現在前者有具因緣有不具因緣彼依具因緣而起煩惱現在前者說謂諸有情三因緣故起諸煩惱名具因緣一由因力二由境界力三由加行力欲貪隨眠未斷未徧知者說因力順欲貪纏法現在前者說境界力於彼有非理作意者說加行力復次為遮外道所說意趣故作是說由三緣故起諸隨眠謂外道說專由境界起諸煩惱若有境界煩惱便生若境界壞煩惱不起為遮彼意說諸纏起亦因未斷自類隨眠亦由彼有非理作意契經中說由五種因緣令時解脫阿羅漢退者彼於退具說退因緣如餘經說彼具名彼定蘊所說由非學非無學心退起學法得者彼說根退不說果退復次煩惱相應心亦名非學非無學故說果退亦不違理云何彼是阿羅漢而起煩惱現在前者先是阿羅漢後起煩惱現在前若起煩惱現在前便非阿羅漢如先異生後入聖道入聖道已便非異生如先學者後起無學法起無學法已便非學者此亦如是於理何違何等心無間起煩惱現在前者若畢竟離非想非非想處染起彼地纏現在前故退者即彼地善心無間起煩惱現在前若未畢竟離非想非非想處染起彼地纏現在前故退者即彼地或善心或染汙心無間起煩惱現在前乃至初靜慮應知亦爾若畢竟離欲界染起欲界纏故退者即欲界或善心或無覆無記心無間起煩惱現在前若未畢竟離欲界

染起欲界纏故退者即欲界或善心或染汙心或無覆無記心無間起煩惱現在前此中若未得根本善靜慮無色定現在前者彼不能起色無色界纏現在前故退但能起欲界纏現在前故退若得根本善靜慮現在前非無色定者彼不能起無色界纏現在前故退但能起欲色界纏現在前故退若得根本善靜慮無色定現在前者彼能起三界纏現在前故退有餘師說退已煩惱現在前問此已善通前諸違難後諸違難當云何通答皆非違難所以者何施設識身二論所說依覺知位不說退時謂先雖退而未覺知煩惱現在前乃覺知故如有先誦四阿笈摩餘務所纏遂便忘失乃至未誦猶不覺知後若誦時方知忘失彼雖先忘而今始覺此亦如是先退後知依知時說故不違理品類足說不善及有覆無記名順退法者依損善品轉遠善品故作是說如如煩惱現在前時如是如是損遠善品故說順退非謂煩惱現在前時方退善法先已退故住何等心後煩惱現在前者住欲界無覆無記心後煩惱現在前謂威儀路及工巧處非異熟生性羸劣故問豈不羸劣彌順於退答若於淨品其性雖劣而於染品力强勝者住彼便退退已煩惱即現在前異熟生心於淨染品性俱劣故住彼心時非進非退有說欲界三無記心隨住一種皆有退義此心無間煩惱現前然此欲界無覆無記心有與三界纏相違者住此心時必不退起三界煩惱有與欲色界纏相違不與無色界纏相違者住此心時雖不退起欲色界煩

惱而容退起無色界煩惱有與欲界纏相違不與色無色界纏相違者住此心時雖不退起欲界煩惱而容退起色無色界煩惱有與三界纏皆不相違者住此心時皆容退起三界煩惱評曰此二說中前說爲善要起煩惱現在前時乃成退夫勝功德故此說退位若退性者不必要起煩惱現前不退無學位有退性者故問退時爲住意地爲住五識身耶答應作是說住意地退非五識身問若爾云何通鷹陀衍那事昔有王號鷹陀衍那將諸宮室詣水跡山除去男子純與女人奏五伎樂縱意嬉戲樂音清妙香氣芬馥命諸女人露形而舞時有五百離欲仙人乘神境通經此上過有見妙色有聞妙聲有嗅妙香皆退神通墮此山上如折翼鳥不復能飛王見問曰汝等是誰諸仙答曰我是仙人王復問言汝得非想非非想處根本定不仙人答言我等未得王乃至問汝等爲得初靜慮不仙乃至答我等曾得而今已退時王瞋忿作如是言不離欲人如何觀我宮人婇女極非所宜便拔利劒斷截五百仙人手足彼諸仙人有住眼識退者有住耳識退者有住鼻識退者如何言住意地退耶猛喜子事復云何通昔有仙人名猛喜子食時常受勝軍王請每至食時乘神通力如鴈王飛至王宮上王自承接抱置金牀燒香散華恭敬禮拜以妙飲食而供養之仙人食訖除器澡漱呪願王已飛空而去王於後時以國事故欲詣餘處作是念言我行去後誰當如我承事仙人脫不如法仙人性躁或呪詛我令失王位或斷我命

或害國人便問少女我行去後汝能如我事仙人耶女答言能王遂慇懃約勑少女令如常法供養仙人然後乃行營理國事仙人後日臨至食時飛空而來至王宮所王女承抱置金牀上仙人離染力微劣故觸細軟觸退失神通如常受供食訖澡漱及呪願已欲乘空去而不能飛入王苑中欲修舊道聞象馬等種種喧聲雖極作意而不能得時彼仙人知室羅筏城中士女恒作是念若大仙人履地行者我等當得接足供養彼仙爾時便起矯慧語王女曰汝告城中今日仙人履地而出諸所欲作皆應作之於是王女即便依教諸人聞已除去城中瓦礫糞穢掃灑清淨嚴列幢旛燒香散華作諸音樂莊飾嚴麗猶如天城是時仙人步行而出去城不遠入林樹間欲修舊道聞諸鳥聲其心驚亂而不能得便捨此去詣於河邊復聞水中龍魚騰躍心既喧擾而不能修遂即登山作如是念我退善品都由有情設我曾修戒禁苦行當感有翅猫狸之形水陸空行無脫我者發惡願已毒心稍息須臾復能離八地染後生非想非非想處有頂寂止甘露門田八萬劫中受閑靜樂業壽盡已還生此間苦法林中作猫狸獸身及兩翅各廣五十踰繕那量以此大身害有情類空行水陸無得免者從此命終墮無間獄受諸劇苦難有出期如是仙人住身識退如何言住意地退耶復云何通天帝釋事謂釋迦佛未出世時有一仙人名為洲胤天帝數往諮受法義後於一時天帝乘輦欲往仙所阿素洛女設芝夫人竊作是念今天

帝釋將無捨我欲往其餘諸美人所便先昇華自隱其形令天帝釋不知同往臨至仙所迴顧見之因即告言汝何來此仙人不欲見諸女人宜速還宮不應住此設芝推託不欲還宮天帝既忿以華莖擊夫人遂以諂媚音謝仙人聞之便生欲愛退勝定故螺髻便墮此即仙人住耳識退如何言住意地退耶答應知此等住意地退由眼等識引令起故作如是說於理無違尊者僧伽筏蘇說曰住五識退於理何違五識取境時亦生煩惱故謂對治力極羸劣者眼見色等亦容退故評曰應作是說住意地退非五識身對違順境要有分別起煩惱故由此故說若住意地有六勝事不共五識一退二離染三死四生五斷善根六續善根退有三種一已得退二未得退三受用退已得退者謂先已得諸勝功德遇緣而退未得退者如伽他說

我觀天世間　退於聖慧眼　由躭著名色
不見四真諦

此頌意說一切有情若勤方便皆應獲得諸聖慧眼但由躭著名與色故不能精勤修正方便於四真諦未得現觀於聖慧眼有未得退又如頌言

愚夫衆所敬　是則爲衰損　於頂而退墮
斷滅諸善根

此頌佛依天授而說謂彼已起暖善根不久當起頂善根中間貪著勝名利故於頂善根有未得退從此展轉斷滅善根諸如是等名未得退受用退者謂於已得諸勝功德不現在前如佛於已得諸佛功德不現在前獨覺

於已得獨覺功德不現在前聲聞於已得聲聞功德不現在前餘亦應爾問如是三退佛獨覺聲聞各有幾種答佛有一種謂受用退已得諸功德有不現前故無未得退住諸有情最勝根故無已得退諸佛皆是不退法故獨覺有二種謂未得退及受用退未得退者未得諸佛最勝根故受用退者有已得功德不現在前故無已得退獨覺皆是不退法故聲聞乘中不時解脫有二種謂未得退及受用退未得退者未得諸佛獨覺根故受用退者有已得功德不現在前故無已得退不時解脫非退法故時解脫具三種已得退者已得功德有可退故未得退者未得三乘不退根故受用退者有已得功德不現在前故有作是說佛全無退無已得退者諸佛皆是不退法故無未得退者住諸有情最勝根故無受用退者佛於過去三無數劫修集百千難行苦行皆為利樂一切有情得成佛已晝夜六時觀有情界無可化者而不饒益是故諸佛無受用退雖有功德不現在前非本所期故不名退獨覺唯有一受用退有已得功德不現在前故無未得退者於獨覺乘根性已定更不求佛勝根性故無已得退者獨覺皆是不退法故聲聞乘中不時解脫亦唯有受用退有已得功德不現在前故無未得退者於聲聞乘根性已定更不求佛獨覺乘故無已得退者不時解脫不退法故時解脫有二種一已得退已得功德有可退故二受用退有已得功德不現在前故無未得退者於時解脫根性已定不求三乘勝根性故評曰此

二說中初說爲善諸佛定有受用退故獨覺聲聞於勝根性有欽羨故時解脫者有可轉作不時解脫如何說彼無未得退問云何知佛有受用退答契經說故如契經說佛告阿難如來所得四增上心現法樂住我說於彼展轉有退如與弟子共集會時若不動心解脫身作證具足住我說於彼都無有退由此知佛有受用退問此經爲說有已得退爲當說有受用退耶設爾何失二俱有過所以者何若此經說已得退者四增上心現法樂住亦不應退諸法皆是不退法故若此經說受用退者不動心解脫亦應有退非一切時現在前故答此中說佛有受用退問此已善通前所設難後所設難當云何通謂不動心解脫亦應有退非一切時現在前故答不動心解說以成就爲勝若得彼法更無所作故雖不現前而不說爲退四增上心現法樂住以現行爲勝不現前者便說爲退有作是說此契經中說未至定名不動心解脫說根本靜慮名增上心現法樂住世尊多起未至定現在前非根本靜慮謂食前食後將說法時及說法竟弁說法已入靜室時佛雖於諸定能速疾入而於最近者數入非餘故佛數數入未至定如勇健者雖於諸處能速往來而於近處數數遊從非於遠處故作是說有餘師說此契經中說利益他事名不動心解脫說自利益事名增上心現法樂住世尊多起利益他事現在前非自利益事故作是說或有說者此契經中說慈悲名不動心解脫說喜捨名增上心現法樂住世尊多起慈悲現在

前少起喜捨故作是說復有說者此契經中說大悲名不動心解脫說大捨名增上心現法樂住世尊多起大悲現在前少起大捨故作是說尊者妙音作如是說此契經中說一切結永斷徧知名不動心解脫說一切種有爲功德名增上心現法樂住佛於一切無爲功德恒成就故說爲不退佛於一切有爲功德有不起者故說有退有爲功德以起現前爲勝事故尊者覺天作如是說此契經中說能得得名不動心解脫說所得得名增上心現法樂住佛於一切所得功德有不現前故說有退諸能得得恒現在前故說不退問若佛亦有受用退者此受用退何者最多爲佛爲獨覺爲聲聞耶答此受用退佛最爲多非獨覺聲聞彼功德少故謂佛一刹那頃功德不現在前有受用退多於二乘盡衆同分於諸功德有受用退所以者何如來功德無量無數微妙熾盛最勝清淨過諸世界極微塵量一一功德皆應現前若不現前有受用退故受用退佛最爲多如轉輪王統四洲渚若一日夜捨自國土有受用退多餘小王盡衆同分捨自國土有受用退前來且說三乘無學於三種退有具不具學位異生隨其所應當准此說如定蘊說以何等故上三果有退非預流果耶且彼文說見所斷煩惱於無事起故斷已不退云何說彼於無事起謂無處轉故云何無處轉謂於我轉故於勝義諦我畢竟無故彼煩惱斷已不退修所斷煩惱於有事起故斷已有退云何說彼於有事起謂有處轉故云何有處轉謂於少分淨相轉故

云何名爲少分淨相謂於髮爪脣齒面目手足指等形顯色中有少淨相於中亦有諸不淨相觀不淨相由如理作意先離煩惱觀彼淨相由非理作意起煩惱退無有少法有我我所可令觀彼退無我觀如契經説一切法無我無有情無命者無養育者無補特伽羅於此身内空無士夫無能作者無遣作者無能受者無遣受者純空行聚是故一切見所斷結聖慧斷已皆永不退是故無退預流果者復次永斷三界見所斷結立預流果無退三界見所斷結永斷者故復次永斷非想非非想處見所斷結立預流果無退非想非非想處見所斷結永斷者故問云何無退彼永斷者答以彼非想非非想處見所斷結難斷難破難可越度是故斷已不可還續復次以忍對治無事煩惱立預流果必無退忍起無事結故彼不退復次由見道力得預流果定無退失見道者故問因論生論何故定無退見道者答以見道是極速疾道不起期心道無容退失如是道故復次諸瑜伽師入見道已名墮法河墮大法流墮法波浪墮法洄澓尚無暇能起有漏善無覆無記心況有能起染汚心退如人墮在山谷瀑流隨浪漂溺尚不能據此彼兩岸何況能出復次見道能治三界所有見所斷結無退三界見所斷結對治道故復次見道能治所有非想非非想處見所斷結無退非想非非想處見所斷結對治道故復次見道能治忍所對治無事煩惱無有退彼對治道故復次見道創見四聖諦理決了明白無於此理重迷謬者故必不退

問如至無學位有退住修道寧無至修位退住見道者答修道位中有起煩惱現在前義見道位中無起煩惱現在前義是故彼此不可爲例復次修道位中容有退者故至無學位有退住修道見道位中無有退者故至修道位無退住見道問退阿羅漢果住預流果時名退不還一來果不答亦名退彼所以者何住彼下故如人從彼第三層舍墮至于地彼人亦說墮初二層此亦如是問本不成就中間二果今何言退答已不成就復不成就故亦名退問如何說彼已不成就復不成就答彼先已遠今更遠故復次先斷爾所煩惱盡故建立二果今還退起爾所煩惱故說彼退復次先斷二果所對治得今還退起故說彼退復次先用如是無間解脫斷諸煩惱得二果者今還退起所斷煩惱今彼二道遠而更遠故說彼退復次不還一來果是阿羅漢因故退果時因亦名退問預流果亦是阿羅漢因退阿羅漢時預流應退答此預流果是下聖位退上果時極住此果若復退失預流果者應本得果今還不得見道位中無住義故應本見諦今還不見應本現觀今非現觀應本聖者今成異生欲令無有如是等過故無退失預流果義復次以預流果是見道證先說見道必無退義是故無退預流果者此說位退不說根性預流果轉根亦有退者故退根本沙門果若未還得無命終義若退彼向雖未還得容可命終所以者何根本果位易見易施設謂此是預流果乃至此是阿羅漢果是故退已若未還得必不命終向位難

見難施設故從彼退已雖未還得有命終義復次根本果位諸瑜伽師於果發起增上慶悅如務農者於六月中修治稼穡後収子實積置場中生大慶悅此亦如是故退果時生大憂惱若未還得終不捨命向中不爾故退彼時雖未還得有命終義復次根本果位具三因緣一捨曾得道二得未曾得道三證結斷一味得故退果時若未還得必不命終向即不爾故退彼位雖未還得容可命終復次根本果位具五因緣一捨曾得道二得未曾得道三證結斷一味得四頓得八智五一時修十六行相故退果時若未還得無命終理向中不爾故退彼時雖未還得有命終義復次根本果位是瑜伽師最勝安隱蘇息之處故退果時若未還得無命終義向即不爾故退彼時雖未還得有命終理復次根本果位所有結斷是所作及所作究竟所有聖道是功用及功用究竟故退果時若未還得無命終理向中結斷是所作非所作究竟所有聖道是功用非功用究竟故退向時雖未還得有命終義復次根本果位容諸行者廣修聖道故退果時若未還得無命終理向中不容廣修聖道故退向已雖未還得有命終義復次根本果位諸瑜伽師能善了知功德過失功德者謂道及果過失者謂生死因果故退果時若未還得無命終理向中不爾故退彼時雖未還得有命終義復次根本果位諸瑜伽師方能善取四聖諦相向中不爾事未成故如人道行於四方相未能善取若坐一處方能善取果向亦然故退果時若未還得無

命終理若退向時雖未還得有命終義復次根本果位若退失時有證知者故未還得必不命終退失向時無證知者故未還得有命終義如村邑中若被劫奪有證知者速可還得兩村邑間若被劫奪無證知者難可還得復次根本果位諸瑜伽師先廣加行安足堅固由此退時若未還得終不捨命向中不爾故退彼時若未還得有命終理預流果先廣加行者謂彼先求解脱果故精勤修習惠施淨戒不淨觀持息念念住聞所成慧思所成慧修所成慧及煖頂忍世第一法幷見道中十五心頃即此總名安足堅固有作是說從初乃至世第一法名廣加行見道十五心名安足堅固一來果先廣加行者謂即前說及離欲染諸加行道六無間道五解脱道即此

名爲安足堅固有作是說預流果名安足堅固不還果先廣加行者謂即前說及離欲染諸加行道三無間道二解脱道即此名爲安足堅固有作是說一來果名安足堅固阿羅漢果先廣加行者謂即前說乃離初靜慮乃至無所有處染一一地各有諸加行道九無間道九解脱道幷離非想非非想處染諸加行道九無間道八解脱道即此總名安足堅固有作是說不還果名安足堅固復次根本果位諸瑜伽師斷絶止息一切生分故退果時若未還得無命終義向中不爾故退彼時雖未還得有命終理謂預流果除欲界七生及色無色界一一處一生餘一切生得非擇滅一來果除欲界二生及色無色界一一處一生餘一切生得非擇滅不還果除色無色

界一一處一生餘一切生得非擇滅阿羅漢果於一切生得非擇滅不復生故復次根本果位諸瑜伽師總集三界見修所斷煩惱斷得故退果時若未還得終不捨命向中不爾故退彼時雖未還得有命終義謂預流果位總集三界見所斷煩惱斷得一來果位總集三界見所斷及欲界修斷六品煩惱斷得不還果位總集三界見所斷及欲界修所斷九品煩惱斷得阿羅漢果位總集三界見修所斷一切煩惱斷得復次根本果位是瑜伽師本所求處故退果已若未還得必不命終向位不爾故退彼時若未還得有命終義若離欲界染或離初靜慮染或復乃至離無所有處染此後得入正性離生後若退者決定不起下地纏退但容得起上地纏退所以者何下地煩惱有漏無漏二對治道所殘害故無有勢力起彼而退復次斷彼纏後有見道生鎮壓其上故不能起下地纏退譬如有人從山墮落墮後復有頹山壓上尚不能動況能起行復次斷彼纏後有忍智生無有退忍智者故不能起下地纏退復次斷彼纏後起法類智無有全退法類智者故不能起六地纏退復次斷彼纏後起增上忍世第一法無退增上忍世第一法者故不能起下地纏退復次異生離欲界染乃至離無所有處染時地地見修所斷煩惱總爲一來作九品斷後入見道得聖果已設起下地煩惱退者爲但得彼修所斷結爲亦得彼見所斷結若但得彼修所斷結如何二結同一道斷退彼道時但唯得一若亦得彼見所斷結如何得聖果成

見所斷結是故異生隨離何地何品染已後若得入正性離生得聖果已必無還起先時所斷煩惱退義問如當得阿羅漢果住金剛喻定時猶成就非想非非想處下下品結若退阿羅漢果還起非想非非想處下下品結時爲亦得成就金剛喻定不答不得成就金剛喻定所以者何金剛喻定用大功力加行作意修習而得彼下下品結不由功力加行作意修習而得是故退時但得彼結不得此定復次金剛喻定勝進時得彼下下品結退墮時得是故退時但得彼結不得此定復次金剛喻定現在前時違彼結現行不違彼成就是故金剛喻定現在前時猶成就彼結非想非非想處下下品結現在前時違金剛喻定現行亦違成就是故退起彼品結時必不成就金剛喻定復次金剛喻定是無間道無住無間道而退者亦有無退已住無間道者有住解脫道而退者亦有退已住解脫道者有作是說亦有住勝進道而退者及有退已住勝進道者是故住金剛喻定時成就有頂下下品結退起有頂下下品結時必不還得金剛喻定

阿毗達磨大毗婆沙論卷第六十一 說一切有部發智

音釋

鷹職日切澡漱澡子浩切澡洗也漱蘇奏切蕩口也躁則到切急也
呪詛呪職救切頷也詛莊助切沮也呪詛謂呪頷之使沮敗也細耎耎而
究切與輭同柔也室羅筏梵語也此云聞物筏音伐矯慧矯居夭切
詐也礫郎擊切小石也翅式利切翼也猫狸猫莫交切捕鼠獸也狸呂
支切狐狸也劇奇逆切甚也胤羊晋切謟媚謟丑琰切佞言也媚
獼二切嫵媚也洄洑洄胡恢切洑房六切洄洑水漩流也稼穡稼古訝切
種之曰稼穡所力切斂之曰穡頹徒回切墜也

阿毗達磨大毗婆沙論卷第六十二

五百大阿羅漢等造

唐三藏法師玄奘奉　詔譯

結蘊第二中一行納息第二之七

問何處有退答欲界有退非餘界人趣有退非餘趣問欲界天中何故無退答無退具故問豈不彼天有五妙欲勝於人趣寧說爲無答諸契經中說五退具天中非有故說爲無復次六欲天中初入聖道得聖果者皆是利根諸利根者皆不退故問鈍根人中入聖道已後生天上爲有退不答彼亦不退所以者何經生聖者決定不退亦不轉根亦不得生色無色界聖道於彼相續中住既經多時極堅牢固問三惡趣中何故不退答彼無離染入聖道義既無勝德於何說退問色無色界既有勝德何故無退答彼無退具功德堅牢是故不退問何等人可退何等人不可退耶答有人信他隨他意欲而入聖道有人自信隨自意欲而入聖道初人可退後人不可退復次有不思量觀察得失而入聖道有極思量觀察得失而入聖道初人可退後人不可退復次有人因力加行力不放逸力皆不廣大有人三力皆悉廣大初人可退後人不可退復次有信爲先而入聖道有慧爲先而入聖道初人可退後人不可退復次有奢摩他爲先而入聖道有毗鉢舍那爲先而入聖道初人可退後人不可退復次有行止行有行觀行初人可退後人不可退復次有多愛樂希求於止有多愛樂希求於觀初人可退後人不可退復次有止增上有觀增上初人可

退後人不可退復次有止熏心依觀得解脫有觀熏心依止得解脫初人可退後人不可退復次有得內心止不得增上慧法觀有得增上慧法觀不得內心止初人可退後人不可退復次有樂習定不樂多聞有樂多聞不樂習定初人可退後人不可退復次有樂自利不樂利他有樂利他不樂自利初人可退後人不可退復次有隨信行種性有隨法行種性初人可退後人不可退復次有鈍根者有利根者初人可退後人不可退復次有緣力入道有因力入道初人可退後人不可退復次有外支力入道有內支力入道初人可退後人不可退復次有從他聞法力入道有內正思惟力入道初人可退後人不可退復次有無貪增上有無癡增上初人可退後人不可退復次契經中說人有四法能多所作一親近善士二聽聞正法三如理作意四法隨法行初二法增上者可退後一法增上者不可退復次有心善解脫慧不善解脫有慧善解脫心不善解脫初人可退後人不可退有作是說有心善解脫慧不善解脫有慧善解脫心不善解脫此二人可退有心善解脫慧善解脫此人不可退問諸已退者住經幾時答住經少時乃至未覺彼尋覺已速修勝進復次彼起煩惱現前退時深生慚愧速即令斷如明眼人晝日平地忽自顛蹶速起四顧勿有他人見我者不如是行者起煩惱時深生慚愧勿有諸佛或佛弟子或餘善人知我者不故速令斷還復本位復次彼起煩惱現前退時燒身心故速令還滅如耎體者逆

火觸身不能堪耐速即除滅復次彼起煩惱現前退時嫌臭穢故速便除斷如樂淨人有少糞穢墮彼身上速即除洗復次彼起煩惱現前退時身心重故速便棄捨如羸弱者忽得重擔力所不逮速即棄之有作是說退者不定不自在故起諸煩惱或速能斷還復本位或經久時方得本果謂以欲界聞思慧力引起修慧聖道現前轉信勝解成見至根然後復趣阿羅漢果故彼退已遲速不定問若退不還阿羅漢果已爲復作彼不應作事耶答不復能作所以者何退上果者所作事業與先未得上果聖人事業異故

阿羅漢有六種一退法二思法三護法四安住法五堪達法六不動法此中退法者謂彼應退思法者謂彼思已持刀自害護法者謂彼殷重守護解脱安住法者謂彼不退亦不昇進堪達法者謂彼堪能達至不動不動法者謂彼本得不動種性或由練根而得不動問退法阿羅漢必退耶乃至堪達法阿羅漢必練根至不動耶有作是說阿羅漢中退法必退思法必思持刀自害護法必能守護解脱安住法必能不退亦不昇進堪達法必能練根至不動以是事故彼名退法乃至名堪達法若作是說依六作用建立六種阿羅漢名彼說欲界具有六種色無色界唯有二種謂安住及不動法如是說者退法阿羅漢不必退乃至堪達法阿羅漢不必練根至不動法問若爾何故彼名退法乃至彼名堪達法耶答阿羅漢中退法者不必退若退從此種性非餘乃至堪達法者不必練根至不動法

若能練根至不動者決定從此種性非餘若作是說依六種性建立六種阿羅漢名此說三界皆具六種六種種性徧三界故問云何建立如是六種阿羅漢耶荅依根建立問根有九品謂下下下中下上中下中中中上上下上中上上上云何依根建立六種不立九耶有作是說此六種中退法成就二品根謂下下下中思法成就一種根謂下上護法成就一種根謂中下安住法成就一種根謂中中堪達法成就一種根謂中上不動法阿羅漢成就一種根謂上下獨覺成就一種根謂上中佛成就一種根謂上上評曰彼不應作是說無一成就二品根故利根尚無具二品根者況鈍根者有具二品根應作是說阿羅漢中退法成就下下品根思法成就下中品根護法成就下上品根安住法成就中下品根堪達法成就中中品根從時解脫練根至不動法成就中上品根本種性不動法成就上下品根獨覺成就上中品根如來成就上上品根有說六種阿羅漢中退法作一事謂退思法作二事謂退及思護法作三事謂退思護安住法作四事謂退思護及安住堪達法作五事謂退思護安住及練根至不動如是說者退法作三事一退住學根二練根至思三即住彼般涅槃思法作四事一退住學根二退住退法根三練根至護四即住彼般涅槃護法作五事一退住學根二退住退法根三退住思法根四練根至安住五即住彼般涅槃安住法作六事一退住學根二退住退法根三退住思法根四退住護法根五練根

至堪達六即住彼般涅槃堪達法作七事一退住學根二退住退法根三退住思法根四退住護法根五退住安住法根六練根至不動法七即住彼般涅槃問思法阿羅漢退住學根時得何學根爲得退法種性學根爲得思法種性學根答彼得退法種性學根非思法種性學根所以者何彼先於學位未得思法學根故今若退得思法學根是進非退不應正理契經中說有阿羅漢名喬底迦是時愛心解脱彼六反退失阿羅漢果已第七反還得阿羅漢果時恐復退失以刀自害問彼爲是退法爲是思法耶設爾何失二俱有過所以者何若是退法何緣自害若是思法何故退耶答應作是說彼是退法問若爾何故以刀自害答彼猒退故以刀自害若先不退而自害者乃至思法有作是說彼從退法練根至思仍恐退故以刀自害故不違理若本性思至無學位決定無有退住學義諸用此道斷欲界結退此道時還得彼結繫不答還得彼結繫諸用此道斷色無色界結退此道時還得彼結繫不答還得彼結繫此中有說結用名繫謂先離染時斷諸結繫用退時還得彼結繫用有作是說結得名繫謂離染時斷諸結得令退道時還得結得結用結得互相資助但有一時必有第二爲縛不捨名爲結用不必現在得結屬已是結得用此惟現在過去未來無得用故問若道能斷結住此道不退若住此道退此道不斷結謂無間道能斷諸結無住此道而有退者住解脱道容有退者無用此道斷諸結義今何故說諸用

此道斷三界諸結退此道時還得彼結繫答此不違理所以者何無間道是解脫道因解脫道是無間道果退此果時亦說因退復次諸無間道是煩惱得對治退起煩惱得時亦說退彼復次謂斷煩惱故立無間道退起煩惱時亦說退彼復次斷名有二一通二別別惟無間道通通解脫道今依通義故不相違尊者僧伽筏蘇說曰住無間道及解脫道俱有退義如預流者已斷前五品煩惱起上上品纏退時名退前五品無間解脫道評曰彼不應作是說所以者何必無有住無間道退亦無退已住無間道是故前說於理爲善謂退果時名退因等

有九徧知謂欲界見苦集所斷結盡第一徧知色無色界見苦集所斷結盡第二徧知欲界見滅所斷結盡第三徧知色無色界見滅所斷結盡第四徧知欲界見道所斷結盡第五徧知色無色界見道所斷結盡第六徧知五順下分結盡第七徧知色愛結盡第八徧知一切結盡第九徧知問何故作此論答爲止他宗顯正理故謂或有說無斷徧知諸無爲法無自性故爲止彼宗顯無爲法實有自性故斷徧知決定實有或復有說此斷徧知非唯有九一切擇滅皆得名爲斷徧知故爲遮彼說顯斷徧知唯有九種後當顯說立九因緣有說斷徧知唯有一種以一切擇滅體唯一故爲遮彼意顯斷徧知體非唯一故作斯論問斷是無爲不能緣慮無決了用何名徧知答此雖不能緣慮決了而是智果故名徧知如阿羅漢是解果故亦名爲解如六觸

處是業果故亦名舊業如天眼耳是通果故亦名爲通此斷亦爾是智果故亦名徧知問修所斷斷是智果故可名徧知見所斷斷乃是忍果何名徧知答彼斷亦是世俗智果謂世俗道離欲界乃至無所有處染彼八地中見所斷斷是世俗智果故亦名徧知問若世俗道有作用處見所斷斷是智果故可名徧知此於非想非非想處無斷作用彼見所斷斷云何名徧知尊者僧伽筏蘇說曰彼是慧果故名徧知斷有二種一是智果二是慧果此中慧果說名徧知評曰彼不應作是說所以者何契經但說有二徧知一智徧知二斷徧知佛曾不說有慧徧知又慧非智應名徧慧何名徧知知是智故應作是說忍所得斷金剛喻定現在前時復能證故亦名智果謂金剛喻定是勝義沙門彼所證滅名沙門果由此定證得阿羅漢果時總證得三界見修所斷斷是故此斷亦名徧知復次忍是智眷屬故亦名智此忍所得滅亦名徧知復次此斷既由智種族得故名徧知如瞿答摩種族所出名喬答摩復次此斷既有徧知相故亦名徧知由此亦爲智所證故如過去未來眼雖不見色而不捨眼相故亦名爲眼尊者妙音作如是說此斷應立理徧知名謂徧了知勝義諦理究竟諦理而證得故脇尊者言此斷應立捨徧知名謂徧了知生死過失永捨生死而證得故如是二說雖不違理而經但說斷徧知名故三說中初說爲善然斷自性亦名爲斷亦名爲離亦名爲滅亦名爲諦亦名徧知亦名沙門果亦名有餘依涅槃界亦

名無餘依涅槃界如是八種於諸位中有具不具謂苦法智忍滅苦法智生時彼所得斷名斷名離名滅名諦未名徧知未名沙門果未名有餘依涅槃界未名無餘依涅槃界苦類智忍滅苦類智生時彼所得斷名斷名離名滅名諦未名徧知未名沙門果未名有餘依涅槃界未名無餘依涅槃界集法智忍滅集法智生時彼所得斷名斷名離名滅名諦名徧知謂欲界見苦集所斷結盡徧知未名沙門果未名有餘依涅槃界未名無餘依涅槃界集類智忍滅集類智生時彼所得斷名斷名離名滅名諦名徧知謂色無色見苦集所斷結盡徧知未名沙門果未名有餘依涅槃界未名無餘依涅槃界滅法智忍滅滅法智生時彼所得斷名斷名離名滅名諦名徧

知謂欲界見滅所斷結盡徧知未名沙門果未名有餘依涅槃界未名無餘依涅槃界滅類智忍滅滅類智生時彼所得斷名斷名離名滅名諦名徧知謂色無色界見滅所斷結盡徧知未名沙門果未名有餘依涅槃界未名無餘依涅槃界道法智忍滅道法智生時彼所得斷名斷名離名滅名諦名徧知謂欲界見道所斷結盡徧知未名沙門果未名有餘依涅槃界未名無餘依涅槃界道類智忍滅道類智生時彼所得斷名斷名離名滅名諦名徧知謂色無色界見道所斷結盡徧知名沙門果謂預流果未名有餘依涅槃界未名無餘依涅槃界爾時此斷及三界見苦集滅所斷結斷幷欲界見道所斷結斷總證一味離繫得彼斷爾時名斷名離名滅名諦名

徧知即前所得名沙門果謂預流果未名有餘依涅槃界未名無餘依涅槃界預流求證一來果斷欲界一品乃至五品結時彼所得斷名斷名離名滅名諦未名徧知未名沙門果未名有餘依涅槃界未名無餘依涅槃界斷第六品結無間道滅解脫道生時彼所得斷名斷名離名滅名諦未名徧知名沙門果謂一來果未名有餘依涅槃界未名無餘依涅槃界爾時此斷及三界見所斷結斷幷欲界修所斷前五品結斷總證一味離繫得彼斷爾時名斷名離名滅名諦未名徧知即前所得名沙門果謂一來果未名有餘依涅槃界未名無餘依涅槃界一來求證不還果斷第七第八品結時彼所得斷名斷名離名滅名諦未名徧知未名沙門果未名有餘依涅槃界未名無餘依涅槃界斷第九品結無間道滅解脫道生時彼所得斷名斷名離名滅名諦名徧知謂五順下分結盡徧知名沙門果謂不還果未名有餘依涅槃界未名無餘依涅槃界爾時此斷及三界見所斷結斷幷欲界修所斷前八品結斷總證一味離繫得彼斷爾時名斷名離名滅名諦名徧知謂五順下分結盡徧知名沙門果謂不還果未名有餘依涅槃果未名無餘依涅槃界離初靜慮乃至第三靜慮各九品結及離第四靜慮前八品結時彼所得斷名斷名離名滅名諦未名徧知未名沙門果未名有餘依涅槃界未名無餘依涅槃界離第四靜慮第九品結無間道滅解脫道生時彼所斷名斷名離名滅名諦名徧知謂色愛盡徧知未名沙門果

未名有餘依涅槃界未名無餘依涅槃界問此色愛盡徧知云何建立爲色界一切修所斷結盡爲第四靜慮一切修所斷結盡爲第四靜慮修所斷下下品結盡耶有作是説唯第四靜慮修所斷下下品結盡有餘師説唯第四靜慮一切修所斷結盡評曰應作是説色界一切修所斷結盡皆是色愛盡徧知然斷下下品結時得徧知名離空無邊處乃至無所有處各九品結及離非想非非想處前八品結時彼所得斷名斷名離名滅名諦未名徧知未名沙門果未名有餘依涅槃界未名無餘依涅槃界離彼第九品結金剛喻定滅初盡智生時彼所得斷名斷名離名滅名諦名徧知謂一切結盡徧知名沙門果謂阿羅漢果名有餘依涅槃界未名無餘依涅槃界爾時此斷及三界見所斷結斷及下八地修所斷結斷并非想非非想處前八品修所斷結斷總證一味離繫得彼斷爾時名斷名離名滅名諦名徧知謂一切結盡徧知名沙門果謂阿羅漢果名有餘依涅槃界未名無餘依涅槃界若阿羅漢蘊界處滅後更不續入無餘依涅槃界巳爾時彼斷名斷名離名滅名諦名徧知即前所得名沙門果謂阿羅漢果不名有餘依涅槃界而名無餘依涅槃界問一切擇滅皆名爲斷斷是智果故皆應名徧知何故此名唯在九位餘位不得徧知名耶答唯九位中或四緣具或五緣具得徧知名餘位不然故唯立九謂前六位唯見道果具四緣故得徧知名一滅雙因二離俱繫三得無漏離繫得四鈌有頂諸徧行後之三

位是修道果具五緣故得徧知名即前四緣及永度界謂苦法智忍滅苦法智生時未滅雙因雖滅見苦所斷因未滅見集所斷因故未離俱繫雖離見苦所斷繫未離見集所斷繫故唯得無漏離繫得未鈌有頂諸徧行雖有一緣闕三緣故彼所得斷未名徧知苦類智忍滅苦類智生時未滅雙因雖滅見苦所斷因未滅見集所斷因故未離俱繫雖離見苦所斷繫未離見集所斷繫故然得無漏離繫得及鈌有頂諸徧行雖有二緣闕二緣故彼所得斷未名徧知集法智忍滅集法智生時名滅雙因先滅見苦所斷因今滅見集所斷因故亦離俱繫先離見苦所斷繫今離見集所斷繫故既得無漏離繫得及鈌有頂諸徧行具四緣故彼所得及前斷名第一徧知集類智忍滅集類智生時名滅雙因先滅見苦所斷因今滅見集所斷因故亦離俱繫先離見苦所斷繫今離見集所斷繫故既得無漏離繫得及鈌有頂諸徧行具四緣故彼所得及前斷名第二徧知滅法智忍滅滅法智生時名滅雙因先滅見苦集所斷因今滅見滅所斷因故亦離俱繫先離見苦集所斷繫今離見滅所斷繫故既得無漏離繫得及鈌有頂諸徧行具四緣故彼所得斷名第三徧知滅類智忍滅滅類智生時名滅雙因先滅見苦集所斷因今滅見滅所斷因故亦離俱繫先離見苦集所斷繫今離見滅所斷繫故既得無漏離繫得及鈌有頂諸徧行具四緣故彼所得斷名第四徧知道法智忍滅道法智生時名滅雙因先滅見苦集所斷因今滅

見道所斷因故亦離俱繫先離見苦集所斷繫今離見道所斷繫故既得無漏離繫得及鈌有頂諸徧行具四緣故彼所得斷名第五徧知道類智忍滅道類智生時名滅雙因先滅見苦集所斷因今滅見道所斷因故亦離俱繫先離見苦集所斷繫今離見道所斷繫故既得無漏離繫得及鈌有頂諸徧行具四緣故彼所得斷名第六徧知如是六種唯見道果具四緣立離欲界修所斷一品乃至八品染時未滅雙因雖滅一品乃至八品因未滅八品乃至一品因故亦未離俱繫雖離一品乃至八品繫未離八品乃至一品繫故雖得無漏離繫得及鈌有頂諸徧行而未永度界雖有二緣闕三緣故彼所得斷未名徧知離彼第九品染無間道滅解脫道生時名滅雙因先滅八品因今滅第九品因故亦離俱繫先離八品繫今離第九品繫故既得無漏離繫得及鈌有頂諸徧行幷永度欲界具五緣故彼所得及前斷名第七徧知謂五順下分結爲盡徧知離四靜慮修所斷各一品乃至八品染時未滅雙因雖滅一品乃至八品因未滅八品乃至一品因故未離俱繫雖一品乃至八品繫未離八品乃至一品繫故雖得無漏離繫得及鈌有頂諸徧行而未永度界雖有二緣闕三緣故彼所得斷未名徧知離前三靜慮修所斷各第九品染無間道滅解脫道生時名滅雙因先滅八品因今滅第九品因故亦離俱繫先離八品繫今離第九品繫故雖得無漏離繫得及鈌有頂諸徧行而未永度界雖有四緣闕一緣故彼所得斷

未名徧知離第四靜慮修所斷第九品染無間道滅解脫道生時名滅雙因先滅八品因令滅第九品因故亦離俱繫先離八品繫令離第九品繫故既得無漏離繫得及鈌有頂諸徧行并永度色界具五緣故彼所得及前斷名第八徧知謂色愛盡徧知離四無色修所斷各一品乃至八品染時未滅雙因雖滅一品乃至八品因未滅八品乃至一品因故亦未離俱繫雖離一品乃至八品繫未離八品乃至一品繫故雖得無漏離繫得及鈌有頂諸徧行而未永度界雖有二緣闕三緣故彼所得斷未名徧知離前三無色修所斷各第九品染無間道滅解脫道生時名滅雙因先滅八品因令滅第九品因故亦離俱繫先離八品繫令離第九品繫故雖得無漏離繫得及鈌有頂諸徧行而未永度界雖有四緣闕一緣故彼所得斷未名徧知離非想非非想處修所斷第九品染金剛喻定滅初盡智生時名滅雙因先滅八品因令滅第九品因故亦離俱繫先離八品繫令離第九品繫故既得無漏離繫得及鈌有頂諸徧行并永度無色界具五緣故彼所得及前斷名第九徧知謂一切結盡徧知此後三種是修道果具五緣立

問四沙門果是蘇息處於諸斷皆證一味離繫得何故不還阿羅漢果總集諸斷立一徧知預流一來不說總集諸斷立一徧知答雖得四果位皆總集斷而後二果時具二義故總集諸斷立一徧知二義者何一者得果二者越界得預流果一來果時雖是得果而非

越界離第四靜慮第九品染時雖是越界而非得果得不還果時二義無闕一者得果謂得不還果二者越界謂越欲界得阿羅漢果時亦具二義一者得果謂得阿羅漢果二者越界謂越無色界言總集者是合一義於無色界分離染故得預流果全離染故得阿羅漢果於欲界分離染故得一來果全離染故得不還果於色界分離全離染俱不得果唯於二處二義無闕謂得果時亦即越界故阿羅漢及不還果總集諸斷立一徧知復次要具二義處方總集徧知一者於三界中隨越一界二者於順下順上分結中隨盡一種得預流果一來果時二義皆闕離第四靜慮第九品染時雖越色界而闕一義得不還果時二義無闕一越欲界二順下分結盡得阿羅漢果時亦具二義一越無色界二順上分結盡故後二果位方總集徧知復次要具二義處方總集徧知一者於三界中隨越一界二者於不善無記煩惱中隨盡一種得預流果一來果時二義皆闕離第四靜慮第九品染時雖越色界而闕一義得不還果時二義無闕一越欲界二不善煩惱盡得阿羅漢果時亦具二義一越無色界二無記煩惱盡故後二果位方總集徧知復次要具二義處方總集徧知一者於三界中隨越一界二者於有異熟無異熟煩惱中隨盡一種得預流果一來果時二義皆闕離第四靜慮第九品染時雖越色界而闕一義得不還果時二義無闕一越欲界二有異熟煩惱盡得阿羅漢果時亦具二義一越無色界二無異熟煩惱盡故

後二果位方總集徧知復次要具二義處方總集徧知一者於三界中隨越一界二者於感二果一果煩惱中隨盡一種得預流果一來果時二義皆闕離第四靜慮第九品染時雖越色界而闕一義得不還果時二義無闕一越欲界二感等流異熟二果煩惱盡得阿羅漢果時亦具二義一越無色界二唯感等流一果煩惱盡故後二果位方總集徧知復次要具二義處方總集徧知一者於三界中隨越一界二者於無慚無愧相應不相應煩惱中隨盡一種得預流果一來果時二義皆闕離第四靜慮第九品染時雖越色界而闕一義得不還果時二義無闕一越欲界二無慚無愧相應煩惱盡得阿羅漢果時亦具二義一越無色界二無慚無愧不相應煩惱盡故後二果位方總集徧知復次要具二義處方總集徧知一者於三界中隨越一界二者於五趣四生中隨盡一種得預流果一來果時二義皆闕離第四靜慮第九品染時雖越色界而闕一義得不還果時二義無闕一越欲界二盡人趣胎生得阿羅漢果時亦具二義一越無色界二盡天趣化生故後二果位方總集徧知

阿毗達磨大毗婆沙論卷第六十二　說一切有部發智

音釋

顛蹶　顛都年切仆也蹶居月切僵也　迸　比諍切散也　羸弱　羸力追切瘦也弱而灼切劣也

阿毗達磨大毗婆沙論卷第六十三

五百大阿羅漢等造

唐三藏法師玄奘奉　詔譯

結蘊第二中一行納息第二之八

如是九徧知誰捨幾誰得幾答有諸有情無捨無得謂諸異生問此中問答不依異生但依聖者爲有聖者於九徧知無捨得不答有謂住本性有勝進時亦無捨得謂苦法智忍滅苦法智生時及苦類智忍滅苦類智生時皆於九徧知無捨無得集法智忍滅集法智生時無捨得一集類智忍滅集類智生時無捨得一滅法智忍滅滅法智生時無捨得一滅類智忍滅滅類智生時無捨得一道法智忍滅道法智生時無捨得一道類智忍滅道類智生時若未離欲染入正性離生者亦無捨得一若已離欲染入正性離生者捨五得一謂捨前五得五順下分結盡徧知此中有說六地見道捨得皆爾有說後五三法智位不得徧知聖者離欲界一品乃至八品染時無捨無得離第九品染無間道滅解脫道生時捨六得一謂捨前六得五順下分結盡徧知離初靜慮一品染乃至離第四靜慮八品染時無捨無得離第四靜慮第九品染無間道滅解脫道生時無捨得一得色愛盡徧知離空無邊處一品染乃至離非想非非想處八品染時無捨無得離非想非非想處第九品染金剛喻定滅初盡智生時捨二得一謂捨五順下分結盡及色愛盡徧知得一切結盡徧知此說勝進時徧知捨得退時亦有捨得此義謂阿羅漢起無色界纏退時捨一得

二謂捨第九得第八第七即彼起色界纏退時捨一得一謂捨第九得第七即彼起欲界纏退時捨一得六謂捨第九得前六已離色界染不還者起色界纏退時捨一無得謂捨色愛盡徧知即彼起欲界纏退時捨二得六謂捨第八第七得前六未離色界染不還者起欲界纏退時捨一得六謂捨五順下分結盡得前六未離欲界染聖者起欲界纏退時於九徧知無捨無得如是九徧知問幾是靜慮果答九是靜慮及眷屬果問幾是無色果答二是無色及眷屬果謂色愛盡及一切結盡問幾是根本靜慮果答五謂第二第四第六及後二有說第二第四及後三爲五尊者妙音說此有八謂除第七問幾是靜慮眷屬果答九謂未至定非餘靜慮中間如根本靜慮說問幾是根本無色果答一謂第九問幾是無色眷屬果答一謂第八是空無邊處近分非餘問幾是見道果答六謂前六有說七謂前七問幾是修道果答三謂後三問幾是忍果答應說如是道果問幾是智果答應說如修道果問幾是法智果答三謂後三問幾是類智果答二謂後二問幾是法智品果答六謂第一第三第五及後三問幾是類智品果答五謂第二第四第六及後二有說六謂第二第四第六及後三問幾是世俗道果答二謂第七第八問幾是無漏道果答九無漏道力得一切故問若已離色染入正性離生者彼何時得色愛盡徧知尊者僧伽筏蘇說曰道類智時得由彼爾時名爲住果亦住向故評曰彼不應作是說非住果時名住向故

謂得果時未起一念向道現前如何名向有餘師說彼後若離空無邊處染爾時乃得色愛盡徧知謂彼爾時修未來無漏諸靜慮地彼斷對治故彼亦不應作如是說爾時但修未來無漏諸靜慮地無色對治非色對治故復有說者彼後當得阿羅漢果金剛喻定現在前時乃得此色愛盡徧知謂彼爾時總於三界見修所斷煩惱等斷同證一味離繫得故彼亦不應作如是說爾時諸斷總集爲一名一切結盡徧知如何說得色愛盡徧知應作是說彼定從果起勝進道現在前時方乃得此色愛盡徧知若不許彼決定從果起勝果道現在前者諸已離第三靜慮染依下地入正性離生道類智時得第三果既不起勝果道現在前彼若命終生第四靜慮或無色界應不成就無漏樂根若爾便違十門納息如說誰成就樂根答若生徧淨若生徧淨下若聖者生徧淨上勿有此失故必應許諸得果已彼定從果起勝果道爾時方名得色愛盡徧知由此理趣若先已離欲界三四品染入正性離生道類智時得預流果若經生者定是家家若先已離欲界七八品染入正性離生道類智時得一來果若經生者定是一間若不許彼得聖果已決定從果起勝果道彼若經生云何成就三四七八品無漏對治根爲九徧知攝一切徧知爲一切徧知攝九徧知答一切攝九非九攝一切此中九者如前說一切者此及餘斷一切體寬故能攝九此九體狹故不能攝一切如大器能覆小器非小器能覆大器不攝何等謂苦智已生集

智未生三界見苦所斷結盡非九所攝即苦法智忍滅苦法智生時所得欲界見苦所斷一切法斷及苦類智忍滅苦類智生時所得色無色界見苦所斷一切法斷如是諸斷非九所攝立見道果初二徧知緣未具故具見世尊弟子未離欲染欲界修所斷結盡非九所攝謂諸聖者離欲界一品乃至八品修所斷染所得諸斷非九所攝立修道果第一徧知緣未具故已離欲染未離色染色界修所斷結盡非九所攝謂諸聖者離初靜慮一品修所斷染乃至離第四靜慮八品修所斷染所得諸斷非九所攝立修道果第二徧知緣未具故已離色染未離無色染無色界修所斷結盡非九所攝謂諸聖者離空無邊處一品修所斷染乃至離非想非非想處八品修所斷染所得諸斷非九所攝立修道果第三徧知緣未具故問諸異生者離欲界一品見修所斷染乃至離無所有處九品見修所斷染所得諸斷亦非九所攝此中何故不說答應說而不說者當知此義有餘復次此中但依聖者作論不依異生以九徧知唯在聖者身中立故問諸已離欲界乃至無所有處染入正性離生彼先所得諸斷今至聖位隨其所應乃至未得見修道果斷徧知名彼斷亦非此九所攝此中何故不說彼耶答應說而不說者當知此義有餘復次此中略顯初入門故相麤者說不說細者復次此中但說具縛異生入聖道者彼非具縛而入聖道是故不說有八補特伽羅一預流向二預流果三一來向四一來果五不還向六不還果七阿

羅漢向八阿羅漢果問如是八種補特伽羅名既有八實體有幾阿毗達磨諸論師言此名有八實體唯五謂預流向阿羅漢果名有二種實體亦二預流果一來向名雖有二實體唯一一來果不還向名雖有二實體唯一不還果阿羅漢向名雖有二實體唯一帶果行向有情一故尊者妙音作如是說八補特伽羅名體俱有八彼作是說諸預流者乃至未起勝彼果道成就預流果故名預流者若起勝彼果道便捨預流果故名一來向非預流者諸一來者乃至未起勝彼果道成就一來果故名一來者若起勝彼果道便捨一來果故名不還向作一來者諸不還者乃至未起勝彼果道成就不還果故名不還者若起勝彼果道便捨不還果故名阿羅漢向非不還者以依根立補特伽羅故不可言一有二種故彼所造生智論言問一來向成就預流果不答不成就問不還向成就一來果不答不成就問阿羅漢向成就不還果不答不成就評曰應作是說諸有漸次得四果者彼名雖八實體唯五如名體名施設體施設名異相體異相名異性體異性名建立體建立名差別體差別名分別體分別名覺體覺應知亦爾問若八實體唯有五者云何建立此八種名答依道現行故立八種謂預流者乃至未起勝彼果道彼預流果得而亦在身成就亦現在前於一來向未得未在身未成就未現在前名預流果非一來向若起勝彼果道現在前彼一來向得而亦在身成就亦現在前於預流果得而不在身成就不現在前名

一來向非預流果諸一來者乃至未起勝彼果道彼一來果得而亦在身成就亦現在前於不還向未得未在身未成就未現在前名一來果非不還向若起勝彼果道現在前彼不還向得而亦在身成就亦現在前於一來果得而不在身成就不現在前名不還向非一來果諸不還者乃至未起勝彼果道彼不還果得而亦在身成就亦現在前於阿羅漢向未得未在身未成就未現在前名不還果非阿羅漢向若起勝彼果道現在前彼阿羅漢向得而亦在身成就亦現在前於不還果得而不在身成就不現在前名阿羅漢向非不還果故體雖五而名有八若并超越得四果者即名有八體有七種謂見道中有一來向無預流果有不還向無一來果唯決定無阿羅漢向無不還果故體有七此八補特伽羅於九徧知幾成就幾不成就乃至廣說此中以補特伽羅爲章以徧知爲門已說八種補特伽羅今說此八於九徧知有不成就有成就者此成就者有少有多謂預流向或不成就或成就一二三四五不成就者謂苦法智忍乃至集法智忍位此五心頃於見修道九種徧知皆未成就四緣五緣俱未具故成就一者謂集法智集類智忍位此二心頃俱成就欲界見苦集所斷法斷一徧知故成就二者謂集類智滅法智忍位此二心頃俱成就三界見苦集所斷法斷二徧知故成就三者謂滅法智滅類智忍位此二心頃成就三界見苦集所斷法斷及欲界見滅所斷法斷三徧知故成就四者謂滅類智道法智忍位

此二心頃成就三界見苦集滅所斷法斷四徧知故成就五者謂道法智道類智忍位此二心頃成就三界見苦集滅所斷法斷及欲界見道所斷法斷五徧知故預流果成就六謂道類智乃至未起勝彼果道成就三界見所斷法斷六徧知故一來向若倍離欲染入正性離生者如預流向謂或不成就即見道初五心頃或成就一二三四五即見道後十心頃如其次第二三剎那若從預流果趣一來果者及一來果成就六謂從起勝預流果道乃至離欲染第六無間道皆名趣一來果者從道類智或離欲染第六解脫道乃至未起勝彼果道名一來果俱成就六即三界見所斷法斷六徧知不還向若已離欲染入正性離生者如預流向謂或不成就即見道初五心頃或成就一二三四五即見道後十心頃如其次第二三剎那此中有說若已離欲染依六地入正性離生者皆如預流向說有作是說若已離欲染依未至定入正性離生者如預流向說若依上五地入正性離生者非如預流向謂從苦法智忍乃至集類智忍未成就徧知從集類智乃至滅類智忍成就一謂色無色界見苦集所斷法斷徧知從滅類智乃至道類智忍成就二謂色無色界見苦集滅所斷法斷徧知以上五地道非欲界法斷對治故於集滅道三法智時不得欲界見所斷法斷三徧知若從一來果趣不還果者成就六謂從起勝一來果道乃至離欲染第九無間道皆名趣不還果者彼成就六謂三界見所斷法斷六徧知不還果成就一謂

五順下分結盡從道類智或離欲染第九解脫道乃至未起勝彼果道名不還果彼成就一五順下分結盡徧知總三界見所斷斷及欲界修所斷斷爲自性故阿羅漢向或成就一或成就二謂未離色染者成就一已離色染者成就二謂從起勝不還果道乃至金剛喻定皆名阿羅漢向彼若未離色界染盡成就一謂五順下分結盡徧知若已離色界染者成就二謂次前一及色愛盡徧知阿羅漢果成就一謂一切結盡徧知總集三界一切法斷爲自性故獨覺大覺如阿羅漢俱唯成就第九徧知問獨覺學位爲成就幾答部行喻者如聲聞說麟角喻者如菩薩說問菩薩聖位成就幾耶答且見道中有作是說如預流向初五心頃全未成就後十心頃如其次第二二剎那成就一二三四五種復有說者初七心頃全未成就從集類智乃至滅類智忍成就一謂色無色界見苦集所斷法斷徧知從滅類智乃至道類智忍成就二謂色無色界見苦集滅所斷法斷徧知第四靜慮非欲界法斷對治故於集滅道三法智時不得欲界見所斷法斷三徧知從初道類智乃至金剛喻定皆成就一謂五順下分結盡徧知問菩薩何時得色愛盡徧知尊者僧伽筏蘇說曰初道類智位即得此徧知評曰彼不應作是說無一念頃得果向故有作是說離非想非非想處染初無間道時得此徧知彼亦不應作如是說爾時但修無色對治道非色對治故復有說者金剛喻定現在前時得此徧知彼亦不應作如是說爾時總於三界一

切見修所斷法斷得一味離繫得名得一切結盡徧知如何令時得色愛盡應作是說菩薩聖位決定不得色無色界見道所斷法斷徧知及色愛盡徧知總集徧知故無容修彼斷對治故

結蘊第二中有情納息第三之一

三界各有二部結謂見修所斷如是等章及解章義既領會已次應廣釋問何故作此論答欲顯三界各二部結令諸有情受種種苦謂此諸結於生死中與諸有情作大繫縛作大無義作大險伏由有此故令諸有情於三界中受諸苦惱輪迴生死數入毋胎生熟臟閒住冥暗處種種不淨之所逼切生已不知此結過患復還染習受苦無窮欲令有情於此諸結知見覺已勤修對治斷此諸結得永涅槃不復輪迴受生死苦如不覺知怨家繫縛無義險伏則不能避若覺知者便能避之故應思惟籌量觀察訶毀諸結種種善語乃至經生亦不忘失如慈授子初生之時便作是說三界各有見修所斷二部諸結有情由此所繫縛故數入毋胎受諸苦惱輪迴生死難有出期問尊者何故於初生時作如是語答以彼尊者在毋胎中衆苦逼切便作是念何緣有情數入毋胎受如是苦作是念已由宿愛樂多聞願力即能了知皆由三界各二部結未永斷故由是初生便能訶毀二部諸結種種過患由此因緣故作斯論問此中部言欲顯何義答欲顯衆義如苾芻部名苾芻衆婆羅門部名婆羅門衆餘亦如是部衆羣聚名異義同問此中頓言欲顯何義答顯一

時義云何知然契經說故如契經說憍薩羅主勝軍大王來詣佛所到已頂禮世尊雙足退坐一面以敬愛語慰問世尊佛亦隨宜而慰喻彼既問喻已復白佛言我昔聞佛曾說此語去來今世無有沙門婆羅門等於一切法具實智見若言有者必無是處喬答摩尊憶此語不佛言不憶復白佛言世或有人惡受文義異受異說喬答摩尊必不應爾唯願審憶爲我說之佛言大王我憶往昔曾作是語去來今世無有沙門婆羅門等於一切法頓得智見若言有者必無是處決定經於三無數劫修習百千難行苦行積漸具六波羅蜜多然後乃能於一切法具實智見故知頓者欲顯一時於欲界見修所斷二部結頓有頓得繫耶答有謂已離欲染異生從離欲染退時及色無色界没生欲界時謂諸異生已離欲染若起欲界下下纏退頓得欲界見修所斷下下品結若起欲界下中纏退頓得欲界見修所斷下中品結乃至若起欲界上上纏退頓得欲界見修所斷九品諸結先頓斷故今還頓得又上二界没生欲界時九品纏中隨起何品令生相續皆頓得欲界見修所斷九品諸結故有頓得此繫頗有頓離繫耶答有謂異生離欲染時此說異生離欲染位總束欲界見修所斷諸煩惱結以爲九品如刈草法品品頓斷謂以下下品無間道頓斷欲界見修所斷上上品結乃至以上上品無間道頓斷欲界見修所斷下下品結故有頓離此繫頗有漸得繫耶答無謂決定無先得欲界見所斷結後得欲界修所斷結亦決定

無先得欲界修所斷結後得欲界見所斷結故無漸得此繫頗有漸離繫耶答有謂世尊弟子先離彼見所斷結後離彼修所斷結謂諸聖者先以見道斷欲界見所斷結後以修道斷欲界修所斷結故有漸離此繫於色界見修所斷二部結頗有頓得繫耶答有謂已離色染異生從離色染退時及無色界沒生欲色界時謂諸異生已離色染若起色界下下纏退頓得色界見修所斷下下品結若起色界下中纏退頓得色界見修所斷下下中二品結乃至若起色界上上纏退頓得色界見修所斷九品諸結此說自地若起彼下地九品纏中一一退時皆頓得上地見修所斷九品諸結若起欲界九品纏中一一退時亦皆頓得色界見修所斷九品諸結有作是說此中應言已離色染異生起欲界及梵世纏退時頓得色界見修所斷二部諸結評曰彼不應作是說所以者何此中總說頓得界繫不說地故若起第四靜慮纏退乃至若起欲界纏退皆頓得色界見修所斷結其義無異先頓斷故今還頓得又無色界沒生欲色界時九品纏中隨起何品令生相續皆頓得色界見修所斷九品諸結有作是說此中應言無色界沒生欲界及梵世時頓得色界見修所斷二部諸結評曰彼不應作是說所以者何此中總說頓得界繫不說地故若生第四靜慮乃至若生欲界皆頓得色界見修所斷諸結其義無異故有頓得此繫頗有頓離繫耶答有諸異生離色染時此說異生離色染位總束色界一一靜慮見修所斷諸煩惱

結各爲九品如刈草法品品頓斷謂下下品無間道頓斷色界一一靜慮見修所斷上上品結乃至以上上品無間道頓斷色界一一靜慮見修所斷下下品結故有頓離此繫頗有漸得繫耶答無謂決定無先得色界見所斷結後得色界修所斷結亦決定無先得色界修所斷結後得色界見所斷結故無漸得此繫頗有漸離繫耶答有謂世尊弟子先離彼見所斷結後離彼修所斷結謂諸聖者先以見道斷色界見所斷結後以修道斷色界修所斷結故有漸離此繫於無色界見修所斷二部結頗有頓得繫耶答無謂無異生全離無色染後起自下纏退頓得無色界見修所斷結義亦無異生三界上沒生三界時頓得無色界見修所斷結義故無頓得此繫頗有頓離繫耶答無謂無異生於無色界全離染義故決定無頓離無色界見修所斷結此約界說不約地故離約地說有頓離義而非此中意所顯示故無頓離此繫前無頓得准此應知頗有漸得繫耶答無謂決定無先得無色界見所斷結後得無色界修所斷結亦決定無先得無色界修所斷結後得無色界見所斷結故無漸得此繫頗有漸離繫耶答有謂世尊弟子先離彼見所斷結後離彼修所斷結謂諸聖者先以見道斷無色界見所斷結後以修道斷無色界修所斷結故有漸離此繫

問異生聖者隨離何地九品染時幾無間道幾解脫道而得離耶有作是說異生但以三無間道三解脫道離九品染謂以下品無間

解脱道離上三品染以中品無間解脱道離
中三品染以上品無間解脱道離下三品染
聖者亦爾有餘師説異生但以一品無間解
脱道頓離九品染聖者以九品無間解脱道
漸離九品染所以者何異生道鈍於所知斷
不能分析作九品異故一品道而頓斷之聖
者道利於所知斷能善分析作九品異故九
品道而漸斷之評曰彼不應作是説若作是
説欲顯異生劣於聖者翻顯聖者劣於異生
若諸異生以一品道離九品染聖者以九品
道離九品染豈非聖者劣於異生如多服毒
飲少藥時便能總吐誰不稱善應作是説異
生聖者無不皆以九無間道九解脱道離九
品染問若爾異生聖者有何差別答異生以
九無間道九解脱道總束見修所斷諸結以
爲九品如刈草法品別頓斷聖者以一無間
道一解脱道頓斷九品見所斷結以九無間
道九解脱道漸斷九品修所斷結是謂異生
聖者差別問異生聖者隨離何地九品染時
以幾加行以幾入定而得離耶有作是説以
三加行以三入定離九品染謂以初加行以
初入定離上三品以第二加行以第二入定
離中三品以第三加行以第三入定離下三
品評曰應作是説此事不定或有以一加行
以一入定離九品染或有乃至以九加行以
九入定離九品染問異生聖者隨離何地九
品染時爲止息爲不止息耶有作是説異生
不止息聖者或止息或不止息復有説者聖
者不止息異生或止息或不止息評曰應作
是説此事不定謂異生聖者倶或止息或不

止息離九品染有餘師說離欲界染不止息離色無色界染或止息或不止息或有說者離色無色界染不止息離欲界染或止息或不止息評曰應作是說此事不定離三界染皆或止息或不止息而離九品問異生聖者起纏退時起何品纏得何品結有作是說異生於下三品中隨起一纏退時得下三品結於中三品中隨起一纏退時得下中六品結於上三品中隨起一纏退時得九品結聖者起下下品纏退時得下下品結起下中品纏退時得下下下中二品結乃至起上上纏退時得九品結復有說者異生於九品中隨起一品纏退時皆得九品結聖者退時義如前說所以者何異生但以世俗定力任持相續諸世俗定力羸劣故淨不堅牢染法易得聖者亦以無漏定力任持相續諸無漏定力強勝故淨法堅牢染法難得故評曰彼不應作是說所以者何異生聖者俱未曾見不服毒藥而致死者應作是說異生若起下下品纏退時得下下品結若起下中品纏退時得下下下中二品結乃至若起上上品纏退時得九品結聖者亦爾問若爾異生聖者有何差別答異生若起下下品纏退時頓得見修所斷下下品結若起下中品纏退時頓得見修所斷下下下中二品結乃至若起上上品纏退時頓得見修所斷九品結聖者若起下下品纏退時唯得修所斷下下品結若起下中品纏退時唯得修所斷下下下中二品結乃至若起上上品纏退時唯得修所斷九品結見所斷結無退得義是謂異生聖者差別有

餘師說若起欲界下三品中隨一纏退時得欲界下三品結若起欲界中三品中隨一纏退時得欲界下中六品結若起欲界上三品中隨一纏退時得欲界九品結若起色無色界下下品纏退時得彼下下品結若起色無色界下中品纏退時得彼下下中二品結乃至若起色無色界上上品纏退時得九品結或有說者若起欲界九品中隨一纏退時皆得欲界九品結若起色無色界纏退時義如前說所以者何欲界無定染法勿得色無色界有定染法難得故評曰彼不應作是說斷煩惱時皆由定故應作是說三界九地諸煩惱中若起下下品纏退時皆惟得下下品結若起下中品纏退時皆得下下中二品結乃至若起上上品纏退時皆得九品結

阿毗達磨大毗婆沙論卷第六十三 說一切有部發智

阿毗達磨大毗婆沙論卷第六十四

五百大阿羅漢等造
唐三藏法師玄奘奉　詔譯

結蘊第二中有情納息第三之二

生欲界聖者有三事命終一全離染而命終二全退而命終三分離染而命終異生但有二事命終一全離染而命終二全退而命終無分離染而命終者生色界聖者有二事命終一全離染而命終二分離染而命終無有退者色無色界無退義故異生但有一事命終謂全離染彼無退故無分離染而命終故生無色界聖者異生應知亦爾問何故聖者有分離染而命終異生不爾答以諸聖者有無漏定任持相續令極堅固異生但有世俗諸定任持相續非極堅固復次聖者成就勝奢摩他毗鉢舍那異生不爾復次聖者成就無漏道力隨意所為異生不爾是故聖者有分離染而命終義異生即無有作是說以諸聖者具三種力一聖道力二煩惱力三定業力定業力故有全離染而命終義煩惱力故有全退已而命終義聖道力故有分離染而命終義異生但有二種力謂煩惱力定業力無聖道力定業力故有全離染而命終義煩惱力故有全退已而命終義無聖道力故無分離染而命終義有餘師說聖者有三力一道力二煩惱力三定業力由道力故有全離染而命終由煩惱力故有全退已而命終由定業力故有分離染而命終若全離染得此地生非擇滅故決定受業便不與果由此定業為留難故有分離染而命終者如家家等

異生但有二力謂道力煩惱力無定業力由道力故有全離染而命終由煩惱力故有全退已而命終無定業力故無分離染而命終設全離染而有還生此地義故決定受業不爲留難或有說者分離染位有別立聖補特伽羅謂離欲界三四品染別立家家離六品別立一來離七八品別立一間是故聖者有分離染而命終義異生定無分離染位如聖別立補特伽羅是故彼無分離染已而命終義復有說者聖者於定有自在力故離染時有離少分而命終者異生於定無自在力故離染時無離少分而命終者尊者僧伽筏蘇說曰異生亦有分離染位而命終者然命終已結生心時先所斷結必還成就評曰彼不應作是說彼命終心勢力劣故先所斷結已得成就是故前說於理爲善問以世俗道離諸染時無間解脫有幾行相答諸無間道有三行相一麤行相二苦行相三障行相諸解脫道有三行相一靜行相二妙行相三離行相問無間道中何行相後起解脫道何行相耶有作是說從麤行相無間道後起靜行相爲解脫道從苦行相無間道後起妙行相爲解脫道從障行相無間道後起離行相爲解脫道有餘師說從麤行相無間道後起妙行相爲解脫道從苦行相無間道後起靜行相爲解脫道從障行相無間道後起離行相爲解脫道麤妙苦靜障離對故評曰此事不定從麤行相無間道後容起靜等三種行相爲解脫道從苦行相無間道後容起妙等三種行相爲解脫道從障行相無間道後容起離

等三種行相爲解脫道以此六種有漏行相隨離染者所樂起故問以世俗道離諸染時無間解脫各緣何地答離欲染時九無間道唯緣欲界九解脫道緣初靜慮問若爾善通根蘊所說如說頗有思惟色界法而能徧知欲界耶答有彼意說斷徧知云何二道所緣行相而雜亂若此二道所緣行相有雜亂者於離染事如何不爲障礙留難答如是二道所緣行相雖有雜亂於離染事然不能爲障礙留難所以者何彼於離染諸徑路中已善修習加行成故如見道中緣欲界忍智後緣有頂忍智現在前緣有頂忍智後緣欲界忍智現在前雖有所緣行相雜亂於現觀事然不能爲障礙留難所以者何彼於現觀諸徑路中已善修習加行成故此亦如是故無有失有作是說離欲染時九無間道八解脫道皆緣欲界最後解脫緣初靜慮如以滅道智離非想非非想處染時九無間道八解脫道皆緣滅道最後解脫道緣非想非非想處有漏四蘊此亦如是有餘師說離欲染時或無止息或有止息無止息者九無間道八解脫道皆緣欲界最後解脫道緣初靜慮有止息者或離一品即便止息或離二品而便止息如是乃至或離八品方乃止息若離一品即止息者彼無間道緣欲界解脫道緣初靜慮若離二品便止息者彼二無間道一解脫道緣欲界第二解脫道緣初靜慮如是乃至若離八品方止息者彼八無間道七解脫道皆緣欲界第八解脫道緣初靜慮或有說者離欲染時九無間道九解脫道皆緣欲界如以

苦集智離欲染時九無間道九解脫道皆緣欲界此亦如是問若爾雖無無間解脫所緣行相雜亂過失根蘊所說當云何通如說頗有思惟色界法而能徧知欲界耶答有彼意說斷徧知答根蘊依近加行而說謂修行者將離欲染先起如是分別思惟欲界苦麤障初靜慮靜妙離問若爾根蘊後說復云何通如說頗有思惟無色思法而能徧知欲界耶答無彼意說斷徧知豈修行者將離欲染不先起此分別思惟欲界苦麤障無色界靜妙離耶答雖起如是分別思惟而遠非近非於思惟無色界後即能引生離欲染道思惟色界是近加行即能引生離欲染道故彼二說非互相違復有說者離欲染時九無間道九解脫道皆緣初靜慮問若爾善通根蘊所說

如說頗有思惟色界法而能徧知欲界耶答有彼意說斷徧知又無二道所緣行相雜亂過失云何緣他地能離餘地染答此亦無失如滅道智離諸染時雖緣滅道而斷苦集此亦如是評曰如是諸說雖各能生弟子覺慧而最初說於理爲善謂九無間道皆緣欲界九解脫道皆緣初靜慮所以者何以世俗道離欲染時猒下欣上方能離故如離欲染離上七地染應知亦爾問世俗無間解脫道中一一能修幾種行相答諸異生者離欲染時九無間道中修三行相謂苦麤障八解脫道中修六行相謂苦麤障及靜妙離最後解脫道中即修此六行相亦修未來初靜慮地無邊行相如是乃至離無所有處染隨其所應當知亦爾若諸聖者離欲染時九無間道中

修十九行相謂麤等三及有漏無漏十六聖行相八解脱道中修二十二行相謂麤等三靜等三及有漏無漏十六聖行相最後解脱道中即修此二十二行相亦修未來初靜慮地無邊行相即諸聖者離初靜慮染時九無間道中修十九行相謂麤等三及惟無漏十六聖行相八解脱道中修二十二行相謂麤等三靜等三及唯無漏十六聖行相最後解脱道中即修此二十二行相亦修未來第二靜慮地無邊行相如是乃至離無所有處染隨其所應當知亦爾問何故初靜慮近分通修有漏無漏十六聖行相上地近分惟修無漏耶答初靜慮近分有聖行相故能通修有漏無漏十六聖行相上地近分無聖行相故惟能修無漏行相有作是說諸異生者離欲染時九無間道中修九行相謂麤等三及慈悲喜捨不淨觀持息念八解脱道中修十二行相謂即前九及靜等三最後解脱道中即修此十二行相亦修未來初靜慮地無邊行相若諸聖者離欲染時九無間道中修二十五行相謂麤等三慈悲喜捨不淨觀持息念及有漏無漏十六聖行相八解脱道中修二十八行相謂即前二十五及靜等三最後解脱道中即修此二十八行相亦修未來初靜慮地無邊行相上地近分修義如前問何故初靜慮近分能修如是種種行相上地近分不能修耶答初靜慮近分有種種善根故能修此種種行相上地近分諸善根少故不能修種種行相復次欲界煩惱有種種相還修種種善根對治上地煩惱無種種相故彼不

修種種對治問現在俱行頁重有用世俗無間及解脱道行相所緣已如前説未來修者爲何所緣答離欲染時九無間道中所修未來麤等三行相惟緣欲界八解脱道中所修未來麤等三行相緣欲界及初靜慮靜等三行相惟緣初靜慮最後解脱道中所修未來麤等三行相通緣三界靜等三行相緣初靜慮乃至非想非非想處離初靜慮染時九無間道中所修未來麤等三行相惟緣初靜慮八解脱道中所修未來麤等三行相緣初二靜慮靜等三行相惟緣第二靜慮最後解脱道中所修未來麤等三行相通緣三界靜等三行相緣第二靜慮乃至非想非非想處離第二靜慮染時九無間道中所修未來麤等三行相惟緣第二靜慮八解脱道中所修未來麤等三行相緣第二第三靜慮靜等三行相惟緣第三靜慮最後解脱道中所修未來麤等三行相通緣三界靜等三行相緣第三靜慮乃至非想非非想處離第三靜慮染時九無間道中所修未來麤等三行相惟緣第三靜慮八解脱道中所修未來麤等三行相緣第三第四靜慮靜等三行相惟緣第四靜慮最後解脱道中所修未來麤等三行相通緣三界靜等三行相緣第四靜慮乃至非想非非想處離第四靜慮染時九無間道中所修未來麤等三行相惟緣第四靜慮八解脱道中所修未來麤等三行相緣第四靜慮及空無邊處靜等三行相惟緣空無邊處最後解脱道中所修未來麤等三行相及靜等三行相緣空無邊處乃至非想非非想處問若

離第四靜慮染八解脫道中所修未來麤等三行相能緣第四靜慮及空無邊處者識身論說當云何通如說頗有無色界善心能了別色無色界法耶答無彼遮刹那不遮相續謂一刹那頃無色界善心能了別色無色法者無有是處若離彼染八解脫道中所修未來麤等三行相或緣色界第四靜慮或緣無色界空無邊處斯有是處故遮刹那不遮相續比與彼說俱為善通離空無邊處染時九無間道中所修未來麤等三行相惟緣空無邊處八解脫道中所修未來麤等三行相緣空無邊處及識無邊處靜等三行相惟緣識無邊處最後解脫道中所修未來麤等三行相及靜等三行相緣識無邊處乃至非想非非想處離識無邊處染時九無間道中所修未來麤等三行相惟緣識無邊處八解脫道中所修未來麤等三行相緣識無邊處及無所有處靜等三行相惟緣無所有處最後解脫道中所修未來麤等三行相及靜等三行相緣無所有處及非想非非想處離無所有處染時九無間道中所修未來麤等三行相惟緣無所有處八解脫道中所修未來麤等三行相緣無所有處及非想非非想處靜等三行相惟緣非想非非想處最後解脫道中所修未來麤等三行相及靜等三行相惟緣非想非非想處問何故最後解脫道中所修未來靜慮所攝麤等行相通緣三界無色所攝麤等行相惟緣無色界耶答靜慮地中有徧緣智能緣自地下地上地無色地中無徧緣智惟緣自上不緣下地復次靜慮地中功

德麤顯易見易了非無色地復次靜慮地中多諸功德多諸勝利無色不爾復次靜慮地中善有種種異相異性無色不爾復次靜慮地中有異相根異相受異相心心所法無色不爾是故爾時所修未來靜慮所攝麤等行相通緣三界無色所攝麤等行相惟緣無色界欲界見所斷結盡何果攝乃至廣說問何故作此論答先說三界二部諸結頓漸得捨未說彼斷是何果攝今欲說之故作斯論欲界見所斷結盡何果攝答四沙門果或無處四沙門果攝者謂彼結盡證預流果時即預流果攝證一來果時即一來果攝證不還果時即不還果攝證阿羅漢果時即阿羅漢果攝或無處者謂諸異生已離欲染彼結盡非果攝已離欲染入正性離生者見道十五心頃彼結盡非果攝欲界修所斷結盡何果攝答不還阿羅漢果或無處不還果攝者謂彼結盡證不還果時即不還果攝阿羅漢果攝者謂彼結盡證阿羅漢果時即阿羅漢果攝或無處者謂諸異生已離欲染彼結盡非果攝已離欲染入正性離生者見道十五心頃彼結盡非果攝無次第者非果攝義所以者何離欲染第九無間道滅時方斷彼盡第九解脫道生時證不還果彼結盡即不還果攝故色界見所斷結盡何果攝答四沙門果或無處四沙門果攝者謂彼結盡證預流果時即預流果攝乃至證阿羅漢果時即阿羅漢果攝或無處者謂諸異生已離色染彼結盡非果攝已離色染入正性離生者見道十五心頃

彼結盡非果攝無次第者非果攝義所以者何道類智忍滅時方斷彼盡道類智生時隨其所應證前三果彼結盡即前三果攝故色界修所斷結盡何果攝答阿羅漢果或無處阿羅漢果攝者謂彼結盡證阿羅漢果時即阿羅漢果攝或無處者謂諸異生已離色染彼結盡非果攝已離色染入正性離生者見道十五心頃及道類智等諸有學位彼結盡非果攝次第者從離第四靜慮染第九解脫道乃至金剛喻定現在前時彼結盡非果攝無色界見所斷結盡何果攝答四沙門果謂彼結盡證預流果時即預流果攝乃至證阿羅漢果時即阿羅漢果攝無異生者非果攝義所以者何無有異生能離非想非非想處見所斷結故亦無次第者非果攝義所以者何道類智忍滅時方斷彼盡道類智生時隨其所應證前三果彼結盡即前三果攝故無色界修所斷結盡何果攝答阿羅漢果謂彼結盡證阿羅漢果時即阿羅漢果攝無異生者非果攝義所以者何無有異生能離非想非非想處修所斷結故亦無次第者非果攝義所以者何金剛喻定現在前時方斷彼盡初盡智生時證阿羅漢果彼結盡即阿羅漢果攝故

有五部結謂見苦所斷結乃至修所斷結問何故作此論答先雖說三界二部結盡諸果所攝而未說五部結盡諸果所攝今欲說之故作斯論見苦所斷結盡何果攝答四沙門果或無處四沙門果攝者謂彼結盡證預流果時即預流果攝乃至證阿羅漢果時即阿

羅漢果攝或無處者無有異生非果攝義所以者何無異生者能離非想非非想處見苦所斷結故次第者苦現觀一心頃集滅現觀各四心頃道現觀三心頃彼結盡非果攝見集所斷結盡何果攝答四沙門果或無處四沙門果攝者如前說或無處者無有異生非果攝義所以者何無異生者能離非想非非想處見集所斷結故次第者集現觀一心頃滅現觀四心頃道現觀三心頃彼結盡非果攝見滅所斷結盡何果攝答四沙門果或無處四沙門果攝者如前說或無處者無有異生非果攝義所以者何無異生者能離非想非非想處見滅所斷結故次第者滅現觀一心頃道現觀三心頃彼結盡非果攝見道所斷結盡何果攝答四沙門果謂彼結盡證預流果時即預流果攝乃至證阿羅漢果時即阿羅漢果攝無有異生非果攝義所以者何無異生者能離非想非非想處見道所斷結故亦無次第者非果攝義所以者何道類智忍滅時方斷彼盡道類智生時隨其所應證前三果彼結盡即前三果攝故修所斷結盡何果攝答阿羅漢果謂彼結盡證阿羅漢果時即阿羅漢果攝無有異生非果攝義所以者何無異生者能離非想非非想處修所斷結故亦無次第者非果攝義所以者何金剛喻定現在前時方斷彼盡初盡智生時證阿羅漢果彼結盡即阿羅漢果攝故

有九部結謂苦法智所斷結乃至修所斷結問何故作此論答先雖說五部結盡諸果所攝而未說九部結盡諸果所攝今欲說之故

作斯論即前五部諸結依對治差別説爲九部謂法類智品各別所對治結分爲八部雜所對治總爲一部故有九部苦法智所斷結盡何果攝答四沙門果或無處四沙門果攝者謂彼結盡證預流果時即預流果攝乃至證阿羅漢果時即阿羅漢果攝或無處者謂諸異生已離欲染彼結盡非果攝已離欲染入正性離生者見道十五心頃彼結盡非果攝次第者苦現觀三心頃集滅現觀各四心頃道現觀三心頃彼結盡非果攝苦類智乃至道法智所斷結盡何果攝答四沙門果或無處四沙門果攝者如前説或無處者若苦類智所斷結盡無有異生非果攝義所以者何無異生者能離非想非非想處見苦所斷結故次第者苦現觀一心頃集滅現觀各四心頃道現觀三心頃彼結盡非果攝若集法智所斷結盡謂諸異生已離欲染彼結盡非果攝已離欲染入正性離生者見道十五心頃彼結盡非果攝次第者集現觀三心頃滅現觀四心頃道現觀三心頃彼結盡非果攝苦集類智所斷結盡無有異生非果攝義所以者何無異生者能離非想非非想處見集所斷結故次第者集現觀一心頃滅現觀四心頃道現觀三心頃彼結盡非果攝若滅法智所斷結盡謂諸異生已離欲染彼結盡非果攝已離欲染入正性離生者見道十五心頃彼結盡非果攝次第者滅道現觀各三心頃彼結盡非果攝若滅類智所斷結盡無有異生非果攝義所以者何無異生者能離非想非非想處見滅所斷結故次第者滅現觀

一心頃道現觀三心頃彼結盡非果攝若道法智所斷結盡謂諸異生已離欲染彼結盡非果攝已離欲染入正性離生者見道十五心頃彼結盡非果攝次第者道現觀二心頃彼結盡非果攝故說無處道類智所斷結盡何果攝答四沙門果謂彼結盡證預流果時即預流果攝乃至證阿羅漢果即阿羅漢果攝無有異生非果攝義所以者何無異生者能離非想非非想處見道所斷結故亦無次第者非果攝義所以者何道類智忍滅時方斷彼盡道類智生時隨其所應證前三果彼結盡即前三果攝故修所斷結盡何果攝答阿羅漢果謂彼結盡證阿羅漢果時即阿羅漢果攝無有異生非果攝義所以者何無異生者能離非想非非想處修所斷結故亦無次第者非果攝義所以者何金剛喻定現在前時方斷彼盡初盡智生時證阿羅漢果彼結盡即阿羅漢果攝故

問爲無間道能斷諸結爲解脫道能斷諸結設爾何失二俱有過所以者何若無間道能斷諸結此文所說當云何通如說苦法智所斷結乃至道類智所斷結若解脫道能斷諸結智蘊所說當云何通如說諸結見苦所斷彼結非苦智斷是苦忍斷乃至諸結見道所斷彼結非道智斷是道忍斷答應作是說唯無間道能斷諸結問若爾善通智蘊所說此文所說當云何通答此文應作是說有九部結謂苦法智忍所斷乃至道類智忍所斷而不作是說者有別意趣謂忍屬智是智助伴諸忍所斷名智所斷如臣所作名王所作復

次無間道正能斷結解脫道持令不生謂無間道雖正斷結若無解脫道持令不生者彼結還起便爲過患顯解脫道於斷有用故此文說法類智斷復次無間解脫同一所作於斷結事俱有勢力如二力士同害一怨一撲置地一令不起不爾還起能爲過患又如二人同逐一賊一驅令出一牢閉門不爾還入能爲過患又如二士同捉一蛇一內瓶中一牢蓋口不爾還出能爲過患無間解脫斷結亦然顯解脫道於斷有用故此文說法類智斷復次欲顯解脫道於無間道所斷結中有多作用此多作用如根蘊說故此文說法類智斷復次諸無間道正斷結得諸解脫道與彼諸結斷得俱生既得彼斷有斷彼用故此文說法類智斷復次斷有二種一別二通別唯無間道通解脫此依通說故不違理復次此中諸忍以智名說能引智故因立果名如飢渴名因彼因觸故能斷結唯無間道

有十五部結謂三界各有五即見苦所斷結乃至修所斷結問何故作此論答先雖說九部結盡諸果所攝而未說十五部結盡諸果所攝今欲說之故作斯論謂約界部二門分別諸結差別有十五種欲界見苦集滅道所斷結盡何果攝答四沙門果或無處四沙門果攝者謂彼結盡證預流果時即預流果攝乃至證阿羅漢果時即阿羅漢果攝或無處者若欲界見苦所斷結盡謂諸異生已離欲染彼結盡非果攝已離欲染入正性離生者見道十五心頃彼結盡非果攝次第者苦現觀三心頃集滅現觀各四心頃道現觀三心

頃彼結盡非果攝若欲界見集所斷結盡謂諸異生已離欲染彼結盡非果攝已離欲染入正性離生者見道十五心頃彼結盡非果攝次第者集現觀三心頃滅現觀四心頃道現觀三心頃彼結盡非果攝若欲界見滅所斷結盡謂諸異生已離欲染彼結盡非果攝已離欲染入正性離生者見道十五心頃彼結盡非果攝次第者滅道現觀各三心頃彼結盡非果攝若欲界見道所斷結盡謂諸異生已離欲染彼結盡非果攝已離欲染入正性離生者見道十五心頃彼結盡非果攝次第者道現觀二心頃彼結盡非果攝欲界修所斷結盡何果攝答不還阿羅漢果或無處不還果攝者謂彼結盡證不還果時即不還果攝阿羅漢果攝者謂彼結盡證阿羅漢果時即阿羅漢果攝或無處者謂諸異生已離欲染彼結盡非果攝已離欲染入正性離生者見道十五心頃彼結盡非果攝無次第者非果攝義所以者何離欲染第九無間道滅時方斷彼盡第九解脫道生時證不還果即不還果攝故色界見苦集滅道所斷結盡何果攝答四沙門果或無處四沙門果者如前說或無處者若色界見苦所斷結盡謂諸異生已離色染彼結盡非果攝已離色染入正性離生者見道十五心頃彼結盡非果攝次第者苦現觀一心頃集滅現觀各四心頃道現觀三心頃彼結盡非果攝若色界見集所斷結盡謂諸異生已離色染彼結盡非果攝已離色染入正性離生者見道十五心頃彼結盡非果攝次第者集現觀一心頃滅現觀

四心頃道現觀三心頃彼結盡非果攝若色界見滅所斷結盡謂諸異生已離色染彼結盡非果攝已離色染入正性離生者見道十五心頃彼結盡非果攝次第者滅現觀一心頃道現觀三心頃彼結盡非果攝若色界見道所斷結盡謂諸異生已離色染彼結盡非果攝已離色染入正性離生者見道十五心頃彼結盡非果攝無次第者非果攝義所以者何道類智忍滅時方斷彼盡道類智生時隨其所應證前三果彼結盡即前三果攝故色界修所斷結盡何果攝答阿羅漢果或無處阿羅漢果攝者謂彼結盡證阿羅漢果時即阿羅漢果攝或無處者謂諸異生已離色染彼結盡非果攝已離色染入正性離生者見道十五心頃及道類智等諸有學位彼結盡非果攝次第者從離第四靜慮染第九解脫道乃至金剛喻定現在前時彼結盡非果攝無色界見苦集滅所斷結盡何果攝答四沙門果或無處四沙門果者如前說或無處者若無色界見苦所斷結盡無有異生非果攝義所以者何無異生者能離非想非非想處見修所斷結故次第者苦現觀一心頃集滅現觀各四心頃道現觀三心頃彼結盡非果攝若無色界見集所斷結盡無有異生非果攝義義如前說次第者集現觀一心頃滅現觀四心頃道現觀三心頃彼結盡非果攝若無色界見滅所斷結盡無有異生非果攝義義如前說次第者滅現觀一心頃道現觀三心頃彼結盡非果攝若無色界見道所斷結盡何果攝答四沙門果謂彼結盡證預流

果時即預流果攝乃至證阿羅漢果即阿羅漢果攝無有異生非果攝義義如前說亦無次第者非果攝義所以者何道類智忍滅時方斷彼盡道類智生時隨其所應證前三果彼結盡即前三果攝故無色界修所斷結盡何果攝答阿羅漢果謂彼結盡證阿羅漢果時即阿羅漢果攝無有異生非果攝義義如前說亦無次第者非果攝義所以者何金剛喻定現在前時方斷彼盡初盡智生時證阿羅漢果彼結盡即阿羅漢果攝故

阿毗達磨大毗婆沙論卷第六十四　說一切有部發智

阿毗達磨大毗婆沙論卷第六十五

五百大阿羅漢等造

唐三藏法師玄奘奉　詔譯

結蘊第二中有情納息第三之三

三結乃至九十八隨眠一一盡何果攝問何故作此論答先雖說十五部結盡諸果所攝而未說十六章煩惱盡諸果所攝今欲說之故作斯論答三結中有身見盡四沙門果攝或無處四沙門果攝者謂彼盡證預流果時即預流果攝乃至證阿羅漢果時即阿羅漢果攝或無處者謂無異生非果攝義所以者何無異生者能離非想非非想處有身見故次第者若現觀一心頃集滅現觀各四心頃道現觀三心頃有身見盡非果攝如三結中有身見盡應知五順下分結中有身見五見中有身見邊執見盡亦爾自性等故同對治故戒禁取疑盡四沙門果攝四果攝義如前應知此無異生非果攝義所以者何無異生者能離非想非非想處戒禁取疑故亦無次第者非果攝義所以者何道類智忍滅時方斷彼盡道類智生時隨其所應證前三果戒禁取疑盡即前三果攝故如三結中戒禁取疑盡應知四瀑流軛中見瀑流軛四取中見取戒禁取四身繫中戒禁取此實執身繫五順下分結中戒禁取疑五見中邪見見取戒禁取七隨眠中見疑隨眠九結中見取疑結盡亦爾自性等故同對治故三不善根盡不還阿羅漢果攝或無處不還果攝者謂彼盡證不還果時即不還果攝阿羅漢果攝者謂彼盡證阿羅漢果時即阿羅漢果攝或無處

者謂諸異生已離欲染彼盡非果攝已離欲染入正性離生者見道十五心頃彼盡非果攝無次第者非果攝義所以者何離欲染第九無間道滅時方斷彼盡第九解脫道生時證不還果即不還果攝故如三不善根盡應知三漏中欲漏四瀑流軛中欲瀑流軛四取中欲取四身繫中貪欲瞋恚五蓋中前四蓋五結中瞋嫉慳結五順下分結中貪欲瞋恚六愛身中鼻舌觸所生愛身七隨眠中貪欲瞋恚九結中恚嫉慳結盡亦爾自性等故同對治故有漏無明漏盡阿羅漢果攝謂彼盡證阿羅漢果時即阿羅漢果攝無有異生非果攝義所以者何無異生者能離非想非非想處有漏無明漏故亦無次第者非果攝義所以者何金剛喻定現在前時方斷彼盡初盡智生時證阿羅漢果彼盡即阿羅漢果攝故如有漏無明漏盡應知四瀑流軛中有無明瀑流軛四取中我語取五結中貪慢結五順上分結中除色貪餘四六愛身中意觸所生愛身七隨眠中有貪無明慢九結中愛慢無明結盡亦爾自性等故同對治故疑蓋盡四沙門果攝或無處四沙門果攝者如前說或無處者謂諸異生已離欲染疑蓋盡非果攝已離欲染入正性離生者見道十五心頃疑蓋盡非果攝次第者道現觀二心頃疑蓋盡非果攝色貪順上分結盡阿羅漢果攝或無處阿羅漢果攝者謂彼盡證阿羅漢果時即阿羅漢果攝或無處者謂諸異生已離色染彼盡非果攝已離色染入正性離生者見道十五心頃及道類智等諸有學位彼盡非

果攝次第者從離第四靜慮染第九解脫道乃至金剛喻定現在前時彼盡非果攝如色貪順上分結盡應知眼耳身觸所生愛身盡亦爾自性等故同對治故然有差別此中應言或無處者謂諸異生已離梵世染彼盡非果攝已離梵世染入正性離生者見道十五心頃及道類智等諸有學位彼盡非果攝次第者從離初靜慮染第九解脫道乃至金剛喻定現在前時彼盡非果攝九十八隨眠中欲界見苦集滅道所斷隨眠盡四沙門果攝或無處此如十五部結中欲界前四部盡說欲界修所斷隨眠盡不還阿羅漢果攝或無處此如十五部結中欲界第五部盡說色界見苦集滅道所斷隨眠盡四沙門果攝或無處此如十五部結中色界前四部盡說色界修所斷隨眠盡阿羅漢果攝或無處此如十五部結中色界第五部盡說無色界見苦集滅所斷隨眠盡四沙門果攝或無處此如十五部結中無色界前三部盡說無色界見道所斷隨眠盡四沙門果攝此如十五部結中無色界第四部盡說無色界修所斷隨眠盡阿羅漢果攝此如十五部結中無色界第五部盡說預流向中諸結盡何果攝答無處所以者何預流果前無沙門果攝彼盡故預流果中諸結盡何果攝答預流果謂此果中總攝三界見所斷諸結盡一來向中諸結盡何果攝答預流果或無處預流果攝者謂此果中總攝三界見所斷諸結盡或無處者謂倍離欲染入正性離生者見道十五心頃諸結盡非果攝次第者欲界前五品修所斷諸結

盡非果攝所以者何是勝果道所證得故如勝果道非果所攝所得結盡理亦應爾一來果中諸結盡何果攝答一來果謂此果中總攝三界見所斷諸結盡及攝欲界修所斷前六品諸結盡不還向中諸結盡何果攝答一來果或無處一來果攝者謂此果中總攝三界見所斷諸結盡及攝欲界修所斷前六品諸結盡或無處者謂已離欲乃至無所有處染入正性離生者見道十五心頃諸結盡非果攝次第者欲界修所斷第七第八品諸結盡非果攝不還果中諸結盡何果攝答不還果謂此果中總攝三界見所斷諸結盡及攝欲界修所斷諸結盡阿羅漢向中諸結盡何果攝答不還果或無處不還果攝者謂此果中總攝三界見所斷諸結盡及攝欲界修所斷諸結盡或無處者謂離初靜慮一品乃至非想非非想處八品染諸結盡非果攝所以者何是勝果道所證得故如勝果道非果所攝所得結盡理亦應爾阿羅漢果中諸結盡何果攝答阿羅漢果謂此果中總攝三界見修所斷諸結盡問此中爲説諸向果中所成就諸結盡爲説諸向果中新所證得諸結盡設爾何失二俱有過所以者何若説諸向果中所成就諸結盡者前三果中諸結盡不應惟説自果攝如已離欲前五品染入正性離生者至道類智時證預流果彼欲界修所斷五品結盡非此果攝何故不説或無處耶又已離欲前八品染入正性離生者至道類智時證一來果彼欲界修所斷第七八品結盡非此果攝何故不説或無處耶又已離欲乃

至無所有處染入正性離生者至道類智時證不還果彼上二界七地修所斷結盡非此果攝何故不說或無處耶若說諸向果中新所證得諸結盡者後三向中諸結盡不應亦說前果攝向中新所證結盡定非前果所攝故答此中總說諸向果中所成就諸結盡問若爾善通後三向難前三果難當云何通答此說具縛入見道者故前三果所成就結盡惟說自果攝有作是說此中果位說新所證所求滿故向位未滿所求事故總說成就故向果位二說善通

具見世尊弟子未離欲染欲界修所斷諸結盡何果攝答一來果或無處一來果攝者謂欲界修所斷前六品諸結盡或無處者謂欲界修所斷第七第八品諸結盡已離欲染未離色染色界修所斷諸結盡何果攝答無處謂離初靜慮一品乃至第四靜慮八品染彼修所斷諸結盡非果攝已離色染未離無色染無色修所斷諸結盡何果攝答無處謂離空無邊處一品乃至非想非非想處八品染彼修所斷諸結盡非果攝此中說有四沙門果謂預流果一來果不還果阿羅漢果問何故說此四沙門果答爲止他宗顯已義故謂或有說四沙門果惟是無爲如分別論者問彼何故作是說答依契經故如契經說佛告苾芻吾當爲汝說沙門性及沙門沙門果云何沙門性謂八支聖道云何沙門謂成就此法者云何沙門果謂預流果乃至阿羅漢果云何預流果謂永斷三結云何一來果謂永斷三結薄貪瞋癡云何不還果謂永斷五順

下分結云何阿羅漢果謂永斷貪瞋癡及一切煩惱依此經故說沙門果惟是無爲爲遮彼意顯沙門果亦有爲亦無爲若沙門果惟無爲者便違契經如契經說有行四向有住四果此中住者住有爲果非無爲果以無爲果不可住故彼作是說無爲果中亦可說住故施設論作如是說彼住於斷不求勝進爲得未得爲獲未獲爲觸未觸爲證未證彼論非證所以者何彼論意說住於道故謂住斷者非如乘象馬住象馬上但於證斷道不進不退說名爲住有餘契經惟說有爲是沙門果如說五根增上猛利迅速圓滿名俱解脱阿羅漢果次減劣者名慧解脱阿羅漢果次減劣者名不還果次減劣者名一來果最減劣者名預流果此中惟說信等五根勝劣差別名沙門果故知沙門果非但是無爲問若沙門果亦是有爲云何通彼所引契經答四沙門果實通有爲無爲而彼契經且說是無爲者所以者何惟說果故若法是沙門果非沙門性者彼經說之道是沙門果亦是沙門性故彼不說復次若法是婆羅門果非婆羅門性者彼經說之道是婆羅門果亦是婆羅門性故彼不說復次若法是梵行果非梵行性者彼經說之道是梵行果亦是梵行性故彼不說復次若法是果非有果者彼經說之道是果亦是有果故彼不說復次若法是離非有離者彼經說之道是離亦是有離故彼不說復次若法是所求非所猒者彼經說之道是所求亦是所猒故彼不說爲止如是他宗所說欲顯自宗故說四果復次勿爲止他

顯示已義但爲開發法相正理令他了知故說四果問四沙門果自性是何答品類足論作如是說預流果有二種謂有爲及無爲云何有爲預流果謂證預流果者於諸學法已正當得已得者謂過去正得者謂現在當得者謂未來云何無爲預流果謂證預流果者於諸結斷已正當得已得者謂過去正得者謂現在當得者謂未來問道是有爲墮在三世可說於彼已正當得斷是無爲不墮三世云何說於彼已正當得耶答品類足論應作是說於諸結斷得獲觸證不應說言已正當得作是說者有別意趣欲顯彼斷得及相續得者謂彼斷得在過去名已得在現在名正得在未來名當得相續者謂證斷相續在過去名已得在現在名正得在未來名當得又彼論說一來果有二種謂有爲及無爲云何有爲一來果謂證一來果者於諸學法已正當得餘如前說云何無爲一來果謂證一來果者於諸結斷已正當得餘如前說不還果有二種謂有爲及無爲云何有爲不還果謂證不還果者於諸學法已正當得餘如前說云何無爲不還果謂證不還果者於諸結斷已正當得餘如前說阿羅漢果有二種謂有爲及無爲云何有爲阿羅漢果謂證阿羅漢果者於諸無學法已正當得餘如前說云何無爲阿羅漢果謂證阿羅漢果者於諸結斷已正當得餘如前說施設論中亦作是說預流果有二種謂有爲及無爲云何有爲預流果謂此果得及此得得此果得者謂有爲無爲預流果得此得得者謂此果得之得由此

果得故成就預流果由此得得故成就此果得若諸學根學力學戒學善根八學法及此種類諸學法是名有爲預流果云何無爲預流果謂三結永斷及此種類諸結法永斷八十八隨眠永斷及此種類隨眠法永斷是名無爲預流果一來果有二種謂有爲及無爲云何有爲一來果謂此果得及此得得餘如前說若諸學根學力學戒學善根八學法及此種類諸學法是名有爲一來果云何無爲一來果謂三結永斷及此種類諸結法永斷八十八隨眠永斷及此種類隨眠法永斷貪瞋癡倍斷及此種類煩惱法倍斷是名無爲一來果不還果有二種謂有爲及無爲云何有爲不還果謂此果得及此得得餘如前說若諸學根學力學戒學善根八學法及此種類諸學法是名有爲不還果云何無爲不還果謂五順下分結永斷及此種類諸結法永斷九十二隨眠永斷及此種類隨眠法永斷是名無爲不還果阿羅漢果有二種謂有爲及無爲云何有爲阿羅漢果謂此果得及此得得餘如前說若諸無學根無學力無學戒無學善根十無學法及此種類諸無學法是名有爲阿羅漢果云何無爲阿羅漢果謂貪瞋癡永斷及一切煩惱永斷越一切趣斷一切路滅三種火渡四瀑流摧諸憍慢離諸渴愛破阿賴耶無上究竟無上寂靜無上安樂及諸愛盡離滅涅槃是名無爲阿羅漢果是謂四沙門果自性我物相分本性已說自性所以今當說問何故名沙門果沙門果是何義答所有聖道是沙門性有爲無漏及諸擇

滅是此果故名沙門果問若爾此果不應惟四謂見道中八忍品是沙門性八智品是有爲沙門果八部法斷是無爲沙門果離欲界染時九無間道是沙門性九解脫道是有爲沙門果九品法斷是無爲沙門果如是乃至離非想非非想處染時應知亦爾如是便有八十九有爲沙門果八十九無爲沙門果若依世說此沙門果有二百六十七謂八十九在過去八十九在現在八十九在未來品類足論作如是說云何果法謂一切有爲法及擇滅隨諸聖道爾所剎那即有爾所有爲沙門果隨有漏法有爾所量擇滅無爲亦有爾所隨有爾所擇滅無爲即有爾所無爲沙門果若以剎那在身分別便有無量沙門果體何故惟說四沙門果有作是說此是世尊爲

受化者所宜聞故有餘略說脇尊者曰惟佛世尊能具正知諸法性相勢用分齊餘不能知若此堪立沙門果者即便立之若不堪者便不建立故不應難尊者世友作如是說此是世尊爲開智者簡要而說故不應難復次此四果位易見易施設謂此是預流果乃至此是阿羅漢果所餘諸位難見難施設故佛但說四沙門果復次此四果位諸瑜伽師於果發起增上慶悅餘位不爾如務農者於六月中修治稼穡後收子實積置場中生大慶悅此亦如是故佛惟說四沙門果復次此四果位具三因緣一捨曾得道二得未曾得道三證結斷一味得餘位不爾故佛惟說四沙門果復次此四果位具五因緣一捨曾得道二得未曾得道三證結斷一味得四頓得八

智五一時修十六行相餘位不爾故佛唯說四沙門果復次此四果位是瑜伽師最勝安隱穌息之處餘位不爾故佛唯說四沙門果復次此四果位所有聖道是功用是功用究竟所有結斷是所作是所作究竟餘位聖道是功用非功用究竟餘位結斷是所作非所作究竟故佛唯說四沙門果復次此四果位容修行者廣修聖道餘位不爾故佛惟說四沙門果復次此四果位諸瑜伽師能善了知功德過失功德者謂道及道果過失者謂生死因果餘位不爾故佛惟說四沙門果復次此四果位諸瑜伽師方能善取四聖諦相餘位不爾如人道行於四方相未能善取若坐一處方能善取此亦如是故佛惟說四沙門果復次此四果位若退失時有證知者餘位不爾如村邑中若被劫奪有證知者非兩中間故佛惟說四沙門果復次此四果位諸瑜伽師先廣加行安足堅固餘位不爾預流果先廣加行者謂彼先求解脫果故精勤修習惠施淨戒不淨觀持息念念住聞思修慧及煖頂忍世第一法并見道中十五心頃即此總名安足堅固有說從初乃至世第一法名廣加行見道十五心名安足堅固一來果先廣加行者謂即前說及離欲染諸加行道六無間道五解脫道即此名爲安足堅固有說預流果名安足堅固不還果先廣加行者謂即前說及離欲染諸加行道三無間道三解脫道即此名爲安足堅固有說一來果名安足堅固阿羅漢果先廣加行者謂即前說及離初靜慮一品染諸加行道乃至金剛喻定

即此總名安足堅固有說不還果名安足堅固故佛唯說四沙門果復次此四果位諸瑜伽師斷絕止息一切生分餘位不爾謂預流果除欲界七生及色無色界一一處一生餘一切生得非擇滅一來果除欲界二生及色無色界一一處一生餘一切生得非擇滅不還果除色無色界一一處一生餘一切生得非擇滅阿羅漢果於一切生得非擇滅故佛唯說四沙門果復次此四果位諸瑜伽師總集三界見修所斷煩惱斷得餘位不爾謂預流果位總集三界見所斷煩惱斷得一來果位總集三界見所斷及欲界修所斷前六品煩惱斷得不還果位總集三界見所斷及欲界修所斷九品煩惱斷得阿羅漢果位總集三界見修所斷一切煩惱斷得故佛唯說四沙門果復次此四果位是瑜伽師本所求處餘位不爾故佛唯說四沙門果復次此四果位諸瑜伽師說有退者若未還得必不命終餘位不爾故佛唯說四沙門果復次此四果位對治五趣得非擇滅餘位不爾謂預流果對治地獄傍生鬼趣得非擇滅一來果對治人趣一分得非擇滅不還果對治人趣全分得非擇滅阿羅漢果對治天趣得非擇滅故佛唯說四沙門果復次此四果位對治四生得非擇滅餘位不爾謂預流果對治卵生濕生得非擇滅一來果對治胎生一分得非擇滅不還果對治胎生全分得非擇滅阿羅漢果對治化生得非擇滅故佛唯說四沙門果復次此四果位對治二邊餘位不爾言二邊者謂欲界及有頂對治欲界邊故得一來不

還果對治有頂邊故得預流阿羅漢果故佛唯說四沙門果復次此四果位對治二有根本餘位不爾二有根本者謂欲界及有頂對治欲界有根本故得一來不還果對治有頂有根本故得預流阿羅漢果故佛唯說四沙門果復次此四果位能永對治二種惡思及彼異熟所依諸蘊餘位不爾二種惡思者謂斷善根思及起無間業思預流果能永對治斷善根思一來果能永對治起無間業思不還果能永對治彼異熟果阿羅漢果能永對治彼所依諸蘊故佛唯說四沙門果復次此四果位對治三法餘位不爾謂預流果對治三結一來果對治三不善根及欲漏一分不還果對治三不善根及欲漏全分阿羅漢果對治有漏無明漏故佛唯說四沙門果復次此四果位對治四法餘位不爾謂預流果對治見瀑流軛見取戒禁取及後二身繫一來果對治欲瀑流軛取及初二身繫一分不還果對治欲瀑流軛取及前二身繫全分阿羅漢果對治有無明瀑流軛及我語取故佛唯說四沙門果復次此四果位對治五法餘位不爾謂預流果對治疑蓋後三順下分結及五見一來果對治前四蓋瞋嫉慳結及前二順下分結一分不還果對治前四蓋瞋嫉慳結及前二順下分結全分阿羅漢果對治貪慢結及五順上分結故佛唯說四沙門果復次此四果位對治六愛身餘位不爾謂預流果對治見所斷意觸所生愛身一來果對治鼻舌觸所生愛身一分不還果對治鼻舌觸所生愛身全分阿羅漢果對治眼耳身觸所

生愛身及修所斷意觸所生愛身故佛唯說四沙門果復次此四果位對治七隨眠餘位不爾謂預流果對治見疑隨眠一來果對治欲貪瞋恚隨眠一分不還果對治欲貪瞋恚隨眠全分阿羅漢果對治有貪慢無明隨眠故佛唯說四沙門果復次此四果位對治九結餘位不爾謂預流果對治見取疑結一來果對治恚嫉慳結一分不還果對治恚嫉慳結全分阿羅漢果對治愛慢無明結故佛唯說四沙門果復次此四果位對治九十八隨眠餘位不爾謂預流果對治三界見所斷隨眠一來果對治欲界修所斷隨眠一分不還果對治欲界修所斷隨眠全分阿羅漢果對治色無色界修所斷隨眠故佛唯說四沙門果復次此四果位各出一種重煩惱際餘位不爾謂預流果出見所斷重煩惱際一來果出能等起五無間業重煩惱際謂欲界前六品煩惱能等起五無間業後三品不爾勢力劣故不還果出諸不善重煩惱際阿羅漢果出諸無記重煩惱際故佛唯說四沙門果問何故離欲界染立二沙門果謂一來不還果離色無色界染立一沙門果謂阿羅漢果耶脇尊者曰唯佛世尊能具正知諸法性相勢用分齊餘不能知若離此染堪立二果便即立二若離此染堪立一果便即立一故不應難復次四沙門果無不皆因離三界染而得建立謂離三界見所斷染立預流果若離三界見所斷染及離欲界修所斷前六品染立一來果若離三界見所斷染及離欲界修所斷染立不還果若離三界見修所斷染立阿

羅漢果復次以欲界是不定界非修地非離染地故離彼染立二沙門果色無色界是定界是修地是離染地故離彼染唯立一沙門果復次以欲界難斷難破難可越度故離彼染立二沙門果色無色界易斷易破易可越度故離彼染唯立一沙門果復次以欲界過患增減過患堅固過患衆多故離彼染立二沙門果色無色界與此相違故離彼染唯立一沙門果復次以欲界煩惱猶如瀑流難可越度故離彼染立二沙門果如人渡河其水深廣濤波漂急數數止息乃能度之如契經說邑主當知言瀑流者喻五妙欲色無色界與此相違故離彼染惟立一沙門果復次以欲界是險難界煩惱增重作業增重猶如重擔難可越度故離彼染立二沙門果色無色界非險難界煩惱作業設有增重而易越度故離彼染唯立一沙門果如人擔重登險難山數數止息乃能越度若至平地雖復擔重而易遠涉此亦如是復次以欲界是雜穢界猶如淤泥雜諸糞穢難可出離故離彼染立二沙門果色無色界與此相違故離彼染唯立一沙門果如糞聚上造立宮室雖復妙好人不樂住色無色界亦復如是爲居欲界雜穢法上雖復妙好賢聖不樂是故尊者僧伽筏蘇作如是說此欲界中多諸過失謂喪父母兄弟姊妹妻子眷屬亡失財位或被割截耳鼻手足及諸身分或復遭於四百四病由如是等種種因緣受諸劇苦如是欲界多諸過失若離彼染總立一切四沙門果猶少況二復次以欲界有男身女身難可越度故離

彼染立二沙門果色無色界唯有男身易可越度故離彼染唯立一沙門果復次以欲界有男根女根難可越度故離彼染立二沙門果色無色界無男女根易可越度故離彼染唯立一沙門果復次以欲界有不善無記二種煩惱難可越度故離彼染立二沙門果色無色界唯有一種無記煩惱易可越度故離彼染唯立一沙門果如不善無記二種煩惱如是有異熟無異熟生二果生一果無慚無愧相應不相應煩惱應知亦爾復次以欲界有苦根憂根無慚無愧嫉慳段食及婬欲愛五蓋五欲諸惡趣等種種過患難可出離故離彼染立二沙門果色無色界與此相違故離彼染唯立一沙門果復次欲界具有十八界十二處等多有漏法難可出離故離彼染立二沙門果色無色界有漏法少故離彼染唯立一沙門果問何故離見所斷染立初一沙門果離修所斷染立後三沙門果耶答見所斷染易可遠離故離彼時立初一沙門果修所斷染難可遠離故離彼時立後三沙門果

阿毗達磨大毗婆沙論卷第六十五　說一切有部發智

阿毗達磨大毗婆沙論卷第六十六

五百大阿羅漢等造

唐三藏法師玄奘奉　詔譯

結蘊第二中有情納息第三之四

問前說聖道是沙門性有爲無漏及諸擇滅是此果故名沙門果無漏道力所證得者可立此名世俗道力所證得者如一來不還果云何名沙門果答如無漏道離欲界染若倍若全立果分齊如是聖者以世俗道離欲界染若倍若全亦立一來及不還果故二亦得沙門果名尊者僧伽筏蘇說曰以世俗道離欲染時亦修未來諸無漏道所得二果是彼果故亦得建立沙門果名彼不應作是說所以者何未來聖道未有作用如何於彼此得果名有餘師說以世俗道離欲染時無漏道得恒相續轉所得二果是彼果故亦得建立沙門果名彼不應作是說所以者何得無斷結證斷作用如何於彼此得果名復有說者以世俗道得二果者金剛喻定現在前時總證三界見修所斷一味斷得前所得斷是此果故名沙門果此定是眞沙門性故彼亦不應作如是說所以者何得二果時未得此定若得此定失彼果名如何彼二名沙門果應作是說從多立名多是聖道所得果故謂世俗道得二果時三界一切見所斷斷皆是聖道力所得故名沙門果雖有欲界六品九品修所斷斷非聖道得然從多分亦得建立沙門果名一無漏得總所得故問如是所說四沙門果幾是假名幾是實義答二是假名謂一來不還果二是實義謂預流阿羅漢果問

何故一來不還果名假名果預流阿羅漢果名實義果耶答諸世俗道是假名道中間二果少彼所得以多從少名假名果諸無漏道是實義道初後二果全彼所得故初後果名實義果復次中間二果有漏無漏二道共得名假名果假名即是共所得義如共有者名假名物初後二果唯是無漏道力所得名實義果實義即是獨所得義如獨有者名實義物復次中間二果世俗聖道假設名言而證得故名假名果謂彼二道在未來時假作義言既同一事誓一所作一應隨喜初後二果唯聖道得非由二道假設名言而證得故名實義果有餘師說假名果者謂初二果唯聲聞乘所證得故實義果者謂後二果一切聲聞獨覺大覺皆證得故多是實義少是假名

評曰彼不應作是說少多非表假實義故此中前說於理爲善所以者何沙門果者是沙門性力所引得唯無漏道是沙門性成就彼者名真沙門故彼所得二果名實義沙門果諸世俗道非沙門性成就彼者名假沙門故彼所得二果名假名沙門果問道是有爲有下中上隨因力生可名爲果斷是無爲無下中上非因所生云何名果答斷雖不生而是所得加行證故亦名爲果謂瑜伽師住高山頂或居靜室節量飲食減省睡眠及資身具受持小七大七日法頂安定鎮行趣法杖從今日沒至明日出發起殊勝勇猛精進展轉引生無漏聖道由斯證得四沙門果時示道者讚慰彼言善哉善哉汝能精進修正加行令得此果如務農者於六月中修治畦壠耘

耨稼穡後收子實積置場中舊務農者讚慰彼曰善哉善哉汝於六月多設劬勞今得此果故道與斷俱得果名如是所說四沙門果問幾是靜慮果答四是靜慮及眷屬果問幾是無色果答一謂阿羅漢果問幾是根本靜慮果答二謂不還果阿羅漢果問幾是靜慮近分果答四謂初靜慮近分非餘靜慮中間如根本說問幾是根本無色果答一謂阿羅漢果問幾是無色近分果答無問幾是見道果答三謂除阿羅漢果問幾是修道果答三謂除預流果問幾是忍果答三謂除阿羅漢果問幾是智果答三謂除預流果問幾是法智果答三謂除預流果問幾是類智果答一謂阿羅漢果問幾是法智品果答三謂除預流果問幾是類智品果答四問幾是世俗道果答二謂一來果及不還果問幾是無漏道果答四如契經說摩揭陀主吠提呬子未生怨王來詣佛所到已頂禮世尊雙足退坐一面而白佛言爲有現見沙門果不佛言亦有王問云何世尊告曰我今問王應隨意答若王給侍或諸僮僕不自在者有時見王昇高臺殿設五伎樂與諸眷屬歡娛嬉戲彼既見已作是念言我亦是人如何不爾然王宿世多修福業故於今生受斯勝報我於今者應修勝業亦當如王衆所欽羡作是念已便捨家法剃除鬚髮被服袈裟受持三歸及清淨戒於十業道能斷能修王餘使人於外見已尋還啓白具陳上事請王追取如本驅策王聞其言如所請不王言不也若有此人我應往見禮敬供養如彼本時供事於我我於今

者而供事之盡其形壽施與衣服飲食醫藥房舍臥具及諸資緣令無匱乏佛告王曰如此之事豈非現見沙門果耶王白佛言誠如聖教問諸沙門果實惟有四何故此經復說第五答眞沙門果實惟有四此說現見沙門果者但是出家近士用果問出家既非眞沙門性如何說有沙門果耶答出家雖非眞沙門性而世假立沙門性名故諸世間見出家者便謂我見如是沙門是故出家近士用果亦得假立沙門果名此現見名表非實義師子吼經復作是說唯我法內有四沙門謂初沙門乃至第四外道法內無眞沙門及婆羅門唯有空號於如是事處大衆中正師子吼都無所畏應知此中初沙門者謂諸預流第二沙門者謂諸一來第三沙門者謂諸不還第四沙門者謂諸阿羅漢脇尊者曰應知此中佛隨勝者於先而說初沙門者謂諸阿羅漢第二沙門者謂諸不還第三沙門者謂諸一來第四沙門者謂諸預流善賢經中復作是說若此處有八支聖道當知是處有四沙門謂初沙門乃至第四此中有說趣四果向名四沙門初沙門者謂預流向第二沙門者謂一來向第三沙門者謂不還向第四沙門者謂阿羅漢向脇尊者曰此契經中說四種向及說四果若此處有八支聖道者即說四向當知是處有四沙門者即說四果准陀經中亦作是說沙門有四無有第五四沙門者一勝道沙門二示道沙門三命道沙門四汚道沙門應知此中勝道沙門者謂佛世尊自能覺故一切獨覺應知亦然示道沙門者謂

尊者舍利子無等雙故大法將故常能隨佛轉法輪故一切無學聲聞應知亦爾命道沙門者謂尊者阿難陀雖居學位而同無學多聞聞持具淨戒禁一切有學應知亦然汚道沙門者謂莫喝落迦苾芻喜盜他財物等是問如上所引三種經中所說沙門有何差別有作是說師子吼經說沙門者謂住四果善賢經中說沙門者謂行四向准陀經中說沙門者謂住四果及行諸向有餘師說師子吼經說沙門者謂住四果善賢經中說沙門者謂行四向及住四果准陀經中說沙門者謂具足攝一切沙門或有說者師子吼經及善賢經說沙門者謂住四果准陀經中說沙門者謂住果向一切沙門復有說者師子吼經及善賢經說沙門者謂學無學准陀經中說沙門者謂學無學及非學非無學有作是言師子吼經及善賢經說沙門者謂諸聖者准陀經中說沙門者謂諸聖者及諸異生復有說言師子吼經及善賢經說沙門者謂持戒者准陀經中說沙門者謂持戒者及犯戒者或復有說此三經中所說沙門義無差別問前二經說有四沙門汚道沙門豈四所攝答亦四所攝謂預流向然預流向有近有遠近謂見道遠謂此前順決擇分順解脫分乃至正信而出家者如契經說有四種預流支謂親近善士聽聞正法如理作意法隨法行支因向名義無差別問善賢經說若此處有八支聖道當知是處有四沙門汚道沙門豈此所攝答亦此所攝以聖道支有實有假實謂無漏正見等八假謂有漏正見等八汚道沙

門亦得成就有漏正見故彼亦是初沙門攝復有說者前二經說四種沙門即是第三契經所說勝道等四非預流等故此三經所說無異問初經所說當云何通唯我法內有四沙門佛於衆中正師子吼世尊豈說惟我法內有毀犯戒而師子吼答說亦無失所以者何汚道沙門雖復破戒而不破見雖破加行不破意樂設有問言汝犯戒惡爲善爲不善彼言不善爲應作爲不應作彼言不應作爲有異熟爲無異熟彼言有異熟爲得可愛果爲得不可愛果彼言得不可愛果爲惡趣受爲善趣受彼言惡趣受爲自身受爲他身受彼言自身受爲是師過爲是教過爲是自過彼言非師過亦非教過是我之過彼有如是有漏正見信有因果不愚因果如是正見九十六種外道所無故佛衆中正師子吼依彼而說亦無有過如契經說佛告苾芻我實知見有三種人於諸有情多有所作其恩難報假使盡形以諸上妙衣服飲食臥具醫藥及餘資緣而供養之亦不能報云何爲三一者有人爲他說法令捨家法趣於非家剃除鬚髮被服袈裟以正信心受持淨戒二者有人爲他說法令知集法皆是滅法遠塵離垢於諸法中生淨法眼三者有人爲他說法令盡諸漏證得無漏心慧解脫於現法中自能通達生已盡等具足而住問勸他令受近事律儀是人亦名多有所作其恩難報此契經中何故不說答應說而不說者當知此義有餘復次出家律儀是因是果故經偏說謂此是近事律儀果苾芻律儀因故復次勸出家者

即是勸人入於聖法故經偏說謂入聖法略有二種一者世俗二者勝義世俗者謂捨離家法趣於非家剃除鬚髮被服袈裟以正信心受持淨戒勝義者謂從世第一法入苦法智忍復次勸出家者即是勸人脫庸賤事故經偏說謂在家者多爲種種庸賤惡事之所逼切諸出家人解脫此故復次勸出家者即是勸人解脫衆苦故經偏說謂出家者解脫現身諸苦惱事由此展轉解脫一切生老病死憂悲苦惱生死法故復次勸出家者即是勸人受現法樂由此展轉復得畢竟自在安樂故經偏說復次勸出家者即是勸人現佛出世故經偏說現佛出世略有二種一者世俗二者勝義世俗者謂捨離家法趣於非家剃除鬚髮被服袈裟以正信心受持淨戒勝義者謂於四聖諦得眞淨覺初出家時已現世俗佛出於世旣出家已展轉修行復現勝義佛出於世復次勸出家者即是勸人學諸佛身故經偏說謂諸佛身略有二種一者生身二者法身若捨家法趣於非家剃除鬚髮被服袈裟以正信心受持淨戒當知即是學佛生身若能展轉修習止行於四聖諦趣眞淨覺當知即是學佛法身復次勸出家者即是勸人學諸佛行故經偏說然諸佛行略有二種一者世俗二者勝義世俗者謂捨離家法趣於非家剃除鬚髮被服袈裟以正信心受持淨戒勝義者謂於四聖諦能正了知初出家時已能隨學世俗佛行旣出家已精進修行復能隨學勝義佛行復次勸出家者即是勸人入佛法海故經偏說謂若有人棄捨

家法淨信出家即名初入諸佛法海若盡諸漏證般涅槃名究竟入諸佛法海復次勸出家者即是勸人決定趣入眞解脫路故經偏說如契經說諸出家者於四聖諦定得如實知見現觀復次勸出家者即是勸人決定當得三種律儀謂別解脫律儀靜慮律儀無漏律儀故經偏說復次勸出家者即是勸人決定當得三種善蘊謂戒蘊定蘊慧蘊故經偏說如三善蘊如是三學三修三淨應知亦爾復次勸出家者即是勸人決定當得三種正道謂見道修道無學道故經偏說如三正道三地亦爾復次勸出家者即是勸人決定當得三無漏根謂未知當知根已知根具知根故經偏說復次勸出家者即是勸人如應當得三種菩提謂聲聞菩提獨覺菩提無上菩提故經偏說復次勸出家者即是勸人決定當得三種牟尼謂身牟尼語牟尼意牟尼故經偏說如三寂靜三清淨亦爾復次勸出家者即是勸人身心遠離故經偏說謂出家時身便少事身少事故心亦少事由斯遠離煩惱惡業復次勸出家者即是勸人身心離垢故經偏說謂出家時身便清淨身清淨故心亦清淨身心淨故煩惱業垢速得除滅復次勸出家者即是勸人身心妙好故經偏說謂出家時身便妙好身妙好故心亦妙好復次勸出家者即是勸人身心端嚴故經偏說謂出家時身便端嚴身端嚴故心亦端嚴復次勸出家者即是勸人決定當得究竟寂靜即是涅槃故經偏說復次勸出家者即是勸人得不共法故經偏說謂出家時威儀服飾所

作事業不與一切在家者共復次勸出家者即是勸人棄煩惱業故經偏說謂出家時剃除鬚髮被服袈裟受持淨戒煩惱惡業皆漸捨離出家形飾非彼器故如香潔人臭穢不住復次勸出家者即是勸人作無盡業得無盡財作無罪業得無罪財作無害業得無害財作不共外道業得不共外道財作不共異生業得不共異生財故經偏說復次勸出家者即是勸人一向修學螺畫之行謂盡壽修清白梵行諸在家者不能如是故經偏說問螺畫之行其義云何尊者世友作是說昔此洲內有二仙人一名餉佉二名履企具足第一軌則梵行諸在家者皆不能及勸人出家即勸同彼有作是說如螺貝上雕畫文像堅固難壞風吹日曝及餘外緣卒難毀滅出家人行亦復如是在家不能修如是行雖暫受持而尋毀壞有餘師說如螺貝上雕畫文像清潔明了無諸垢穢出家人行亦復如是在家不能修如是行雖極受持而猶雜穢現見在家得不還果雖離欲染而處居家受畜生數非生數物所作事業未甚清淨況有在家得初二果與異生類無有差別出家之人雖破禁戒猶勝在俗受持戒者故經偏說勸人出家其恩難報復次勸出家者即是勸人修尊貴業所得果報勝琰魔王輪王帝釋故經偏說勸人出家其恩難報勸人受持近事戒等無如是事故經不說問何故此經唯說令得初後二果其恩難報不說令得中間二果答應說而不說者當知此義有餘復次此中具攝四沙門果所以者何遠離塵垢於諸法

中生淨法眼者說前三果謂諸具縛及離欲界五品染已入正性離生生淨法眼得預流果若離欲界六七八品染已入正性離生生淨法眼得一來果若離欲界乃至無所有處染已入正性離生生淨法眼得不還果令盡諸漏及得無漏心慧解脫者即是令得阿羅漢果故此經中具攝四果復次此經說得初後二果即具說得四沙門果現始終故始謂預流果終者即是阿羅漢果如現始終如是初入已度加行究竟應知亦爾復次此經說得初後二果即已說得中間二果謂得預流果者決定無間得一來果得阿羅漢果者決定次前得不還果故復次初後二果定由無漏道力所得故偏說之中間二果或是世俗道力所得故此不說如有漏無漏道力所得繫縛解脫道力所得應知亦爾復次初後二果俱超非想非非想處而得故偏說之謂預流果超非想非非想處見所斷得阿羅漢果超非想非非想處修所斷得復次此經略現初入門故由此但說初後二果謂諸沙門果有因見道得有因修道得若說預流果應知總說見道得者若說阿羅漢果應知總說修道得者如見道修道得如是見地修地未知當知根已知根得應知亦爾復次諸沙門果有因見所斷煩惱盡故立有因修所斷煩惱盡故立若說預流果應知總說因見所斷煩惱盡故立者若說阿羅漢果應知總說因修所斷煩惱盡故立者如因見修所斷煩惱盡故立如是因無事有事煩惱盡故忍所對治智所對治煩惱盡故立應知亦爾復次諸沙

門果有因對治見戲論故立有因對治愛戲論故立若說預流果應知總說因對治見戲論故立者若說阿羅漢果應知總說因對治愛戲論故立者如因對治二種戲論故立如是因對治二邊二箭二諍根故立應知亦爾復次諸沙門果或因頓斷煩惱故得或因漸斷煩惱故得若說預流果應知總說因頓斷煩惱故得者謂及超越得一來不還果者若說阿羅漢果應知總說因漸斷煩惱故得者謂及次第得一來不還果者由如是等種種因緣此經但說令他證得初後二果其恩難報諸預流者所成就學法此法預流果攝耶乃至廣說問何故作此論答先惟說無為沙門果今欲說有為無為沙門果故作斯論此中所問先略後廣謂先問所成就學無學法

次問所成就無漏法後問所成就一切法諸預流者所成就學法此法預流果攝耶答或攝或不攝義不定故云何攝答有為預流果已得不失已得者謂信勝解已得信勝解預流果攝種性諸根見至已得見至預流果攝種性諸根不失者謂信勝解不轉根作見至故不失信勝解預流果攝種性諸根或不退失云何不攝答諸預流者所得勝進無漏根等有為法謂離欲界修所斷前六品染諸加行道六無間道五解脫道諸勝進道如是學法預流者雖成就而非預流果所攝以勝果道非果攝故設法預流果攝此是學法耶答或學或非學非無學義不定故云何學答有為預流果謂道類智等及彼眷屬云何非學非無學答無為預流果謂三界見所斷法斷

諸一來者所成就學法此法一來果攝耶答或攝或不攝義不定故云何攝答有爲一來果已得不失已得者謂信勝解已得信勝解一來果攝種性諸根見至已得見至一來果攝種性諸根不失者謂信勝解不轉根作見至故不失信勝解一來果攝種性諸根或不退失云何不攝答諸一來者所得勝進無漏根等有爲法謂離欲界修所斷後三品染諸加行道三無間道二解脫道諸勝進道如是學法一來者雖成就而非一來果所攝以勝果道非果攝故設法一來果攝此是學法耶答或學或非學非無學義不定故云何學答有爲一來果謂道類智等或離欲染第六解脫道等及彼眷屬云何非學非無學答無爲一來果謂三界見所斷法斷及欲界前六品修所斷法斷諸不還者所成就學法此法不還果攝耶答或攝或不攝義不定故云何攝答有爲不還果已得不失已得者謂信勝解已得信勝解不還果攝種性諸根見至已得見至不還果攝種性諸根不失者謂信勝解不轉根作見至故不失信勝解不還果攝種性諸根或不退失云何不攝答諸不還者所得勝進無漏根等有爲法謂離初靜慮乃至非想非非想處染諸加行道無間道及有學解脫道勝進道如是學法不還者雖成就而非不還果所攝以勝果道非果攝故設法不還果攝此是學法耶答或學或非學非無學義不定故云何學答有爲不還果謂道類智等或離欲染第九解脫道等及彼眷屬云何非學非無學答無爲不還果謂三界見所斷

法斷及欲界修所斷法斷諸阿羅漢所成就無學法此法阿羅漢果攝耶答如是謂阿羅漢所成就一切加行無間解脱勝進道皆是阿羅漢果攝以彼無有勝果道故無有勝果可趣求故設法阿羅漢果攝此是無學法耶答或無學或非學非無學義不定故云何無學答有爲阿羅漢果謂盡智無生智無學正見及彼眷屬云何非學非無學答無爲阿羅漢果謂三界一切見修所斷法斷諸預流者所成就無漏法此法預流果攝耶答或攝或不攝義不定故云何攝答有爲無爲預流果已得不失有爲預流果者謂道類智等及彼眷屬無爲預流果者謂三界見所斷法斷已得者謂信勝解已得信勝解預流果攝種性諸根見至已得見至預流果攝種性諸根及

已得三界見所斷法斷不失者謂信勝解不轉根作見至故不失信勝解預流果攝種性諸根或不退失云何不攝答諸預流者所得勝進無漏根等有爲法及彼所證諸結盡并預流者所成就非擇滅諸預流者所得勝進無漏根等有爲法者謂離欲界修所斷前六品染諸加行道六無間道五解脱道諸勝進道如是無漏法預流者雖成就而非預流果所攝以勝果道非果攝故及彼所證諸結盡者謂欲界前五品修所斷法斷是勝果道所證斷故如勝果道非此果攝并預流者所成就非擇滅者謂預流者於三界及無漏法得非擇滅彼雖成就此非擇滅而此非擇滅非預流果攝所以者何非擇滅是無記預流果是善故設法預流果攝此是無漏法耶答如

是謂有爲及無爲預流果俱是無漏故諸一來者所成就無漏法此法一來果攝耶答或攝或不攝義不定故云何攝答有爲無爲一來果已得不失有爲一來果者謂道類智等或離欲染第六解脱道等及彼眷屬無爲一來果者謂三界見所斷法斷及欲界前六品修所斷法斷已得者謂信勝解已得信勝解一來果攝種性諸根見至已得見至一來果攝種性諸根及已得三界見所斷法斷并欲界前六品修所斷法斷不失者謂信勝解不轉根作見至故不失信勝解一來果攝種性諸根或不退失此及欲界前六品修所斷法斷云何不攝答諸一來者所得勝進無漏根等有爲法及彼所證諸結盡并一來者所成就非擇滅諸一來者所得勝進無漏根等有爲法者謂離欲界修所斷後三品染諸加行道三無間道二解脱道諸勝進道如是無漏法一來者雖成就而非一來果所攝以勝果道非果攝故及彼所證諸結盡者謂欲界第七第八品修所斷法斷是勝果道所證斷故如勝果道非此果攝并一來者所成就非擇滅者謂一來者於三界及無漏法得非擇滅彼雖成就此非擇滅而此非擇滅非一來果攝所以者何非擇滅是無記一來果是善故設法一來果攝此是無漏法耶答如是謂有爲無爲一來果俱是無漏故

阿毗達磨大毗婆沙論卷第六十六　說一切有部發智

音釋

分齊分扶問切齊才詣切分齊限量也　畦壠畦奚圭切畦畛也田間陌也壠力踵切田埒也　耨奴豆切耘也　摩揭陀梵語也此云不害揭居竭切　呎提呬梵語也比云思惟呬虛器切　匱求位切竭也　餉佉餉式亮切佉丘迦切　仚相然切山居長往也

阿毗達磨大毗婆沙論卷第六十七

五百大阿羅漢等造

唐三藏法師玄奘奉詔譯

結藴第二中有情納息第三之五

諸不還者所成就無漏法此法不還果攝耶答或攝或不攝義不定故云何攝答有爲無爲不還果已得不失有爲不還果者謂道類智等或離欲染第九解脱道等及彼眷屬無爲不還果者謂三界見所斷法斷及欲界修所斷法斷已得者謂信勝解已得信勝解不還果攝種性諸根見至已得見至不還果攝種性諸根及已得三界見所斷法斷幷欲界修所斷法斷不失者謂信勝解不轉根作見至故不失信勝解不還果攝種性諸根或不退失此及欲界修所斷法斷云何不攝答諸不還者所得勝進無漏根等有爲法及彼所證諸結盡幷不還者所成就非擇滅諸不還者所得勝進無漏根等有爲法者謂離初靜慮乃至非想非非想處染諸加行道無間道及有學解脱道勝進道如是無漏法不還者雖成就而非不還果所攝以勝果道非果攝故及彼所證諸結盡者謂初靜慮乃至無所有處各九品修所斷法斷及非想非非想處前八品修所斷法斷是勝果道所證斷故如勝果道非此果攝幷不還者所成就非擇滅者謂不還者於三界及無漏法得非擇滅彼雖成就此非擇滅而此非擇滅非不還果攝所以者何非擇滅是無記不還果是善故設法不還果攝此是無漏法耶答如是謂有爲無爲不還果俱是無漏故諸阿羅漢所成就

無漏法此法阿羅漢果攝耶答或攝或不攝義不定故云何攝答有爲無爲阿羅漢果已得不失有爲阿羅漢果者謂盡智無生智無學正見及彼眷屬無爲阿羅漢果者謂三界見修所斷法斷已得者謂時解脫已得時解脫阿羅漢果攝種性諸根不時解脫已得不時解脫阿羅漢果攝種性諸根及已得三界見修所斷法斷不失者謂時解脫不轉根作不時解脫故不失時解脫阿羅漢果攝種性諸根或不退失此及三界修所斷法斷云何不攝答阿羅漢所成就非擇滅謂阿羅漢於三界及無漏法得非擇滅彼雖成就此非擇滅而此非擇滅非阿羅漢果攝所以者何非擇滅是無記阿羅漢果是善故設法阿羅漢果攝此是無漏法耶答如是謂有爲無爲阿羅漢果俱是無漏故諸法預流者成就此法預流果攝耶答應作四句此成就果攝互有寬狹故有法預流者成就非預流果攝謂預流者所得勝進無漏根等有爲法及彼所證諸結盡幷預流者所成就非擇滅有漏法此中有四法前三如前說彼所成就有漏法者總有三種謂善染汚無覆無記善復有二謂加行善及生得善染汚謂三界修所斷染法無覆無記謂威儀路工巧處異熟生如是諸法預流者成就非預流果攝果唯無漏此有漏故有法預流果攝非預流者成就謂預流果未得已失未得者謂信勝解未得見至預流果攝種性諸根及見至不得信勝解預流果攝種性諸根已失者謂信勝解轉根作見至故失信勝解預流果攝種性諸根或有退

失有法預流者成就亦預流果攝謂預流果已得不失應知此中義如前說有法非預流者成就亦非預流果攝謂除前相此中相聲即名所表謂若法已稱已說名所表者作前三句此中除之若法未稱未說名所表者作第四句此復云何謂善染汚無覆無記善有二種謂有漏及無漏有漏善者謂預流者所不成就加行離染生得善無漏善者謂預流者所不成就下位上位一切聖道及所未得上位擇滅染汚者謂三界見所斷染法及預流者已斷欲界修所斷染法無覆無記者謂預流者所不成就威儀路工巧處異熟生及一切變化心等如是諸法是第四句諸法一來者成就此法一來果攝耶答應作四句此成就果攝互有寬狹故有法一來者成就非一來果攝謂一來者所得勝進無漏根等有爲法及彼所證諸結盡弁一來者所成就非擇滅有漏法此中有四法前三如前說彼所成就有漏法者總有三種謂善染汚無覆無記善復有二謂加行善及生得善染汚謂欲界後三品修所斷染法及色無色界修所斷染法無覆無記謂威儀路工巧處異熟生如是諸法一來者成就非一來果攝果唯無漏此有漏故有法一來果攝非一來者成就謂一來果未得已失未得者謂信勝解未得見至一來果攝種性諸根及見至不得信勝解一來果攝種性諸根已失者謂信勝解轉根作見至故失信勝解一來果攝種性諸根或有退失有法一來者成就亦一來果攝謂一來果已得不失應知此中義如前說有法非

一來者成就亦非一來果攝謂除前相此中相聲即名所表謂若法已稱已說名所表者作前三句此中除之若法未稱未說名所表者作第四句此復云何謂善染污無覆無記善有二種謂有漏及無漏有漏善者謂一來者所不成就加行離染生得善無漏善者謂一來者所不成就下位上位一切聖道及所未得上位擇滅染污者謂三界見所斷染法及一來者已斷欲界修所斷染法無覆無記者謂一來者所不成就威儀路工巧處異熟生及一切變化心等如是諸法是第四句諸法不還者成就此法不還果攝耶答應作四句此成就果攝互有寬狹故有法不還者成就非不還果攝謂不還者所得勝進無漏根等有爲法及彼所證諸結盡幷不還者所成就非擇滅有漏法此中有四法前三如前說彼所成就有漏法者總有三種謂善染污無覆無記善復有三謂加行離染生得善染污謂色無色界修所斷染法無覆無記謂威儀路工巧處異熟生及變化心等如是諸法不還者成就非不還果攝果唯無漏此有漏故有法不還果攝非不還者成就謂不還果未得已失未得者謂信勝解未得見至不還果攝種性諸根及見至不得信勝解不還果攝種性諸根已失者謂信勝解轉根作見至故失信勝解不還果攝種性諸根或有退失有法不還者成就亦不還果攝謂不還果已得不失應知此中義如前說有法非不還者成就亦非不還果攝謂除前相此中相聲即名所表謂若法已稱已說名所表者作前三句

此中除之若法未稱未説名所表者作第四句此復云何謂善染污無覆無記善有二種謂有漏及無漏有漏善者謂不還果所不成就加行離染生得善無漏善者謂不還者所不成就下位上位一切聖道及所未得上位擇滅染污者謂三界見所斷染法及欲界修所斷染法無覆無記者謂不還者所不成就威儀路工巧處異熟生及變化心等如是諸法是第四句諸法阿羅漢成就此法阿羅漢果攝耶答應作四句此成就果攝互有寬狹故有法阿羅漢成就非阿羅漢果攝謂阿羅漢所成就非擇滅有漏法彼所成就非擇滅者如前廣説彼所成就有漏法者總有二種謂善及無覆無記善有三種謂加行離染生得善無覆無記謂威儀路工巧處異熟生及

變化心等如是諸法阿羅漢成就非阿羅漢果攝果唯無漏此有漏故有法阿羅漢果攝非阿羅漢成就謂阿羅漢果未得已失未得者謂時解脱未得不時解脱阿羅漢果攝種性諸根及不時解脱不得時解脱阿羅漢果攝種性諸根已失者謂時解脱轉根作不時解脱故失時解脱阿羅漢果攝種性諸根或有退失有法阿羅漢成就亦阿羅漢果攝謂阿羅漢果已得不失應知此中義如前説有法非阿羅漢成就亦非阿羅漢果攝謂除前相此中相聲即名所表謂若法已稱已説名所表者作前三句此中除之若法未稱未説名所表者作第四句此復云何謂善染污無覆無記善有二種謂有漏及無漏有漏善者謂阿羅漢所不成就加行離染生得善無漏

善者謂諸學法染汚者謂三界見修所斷染法無覆無記者謂阿羅漢所不成就威儀路工巧處異熟生及變化心等如是諸法是第四句問信勝解爲轉根作見至不設爾何失二俱有過所以者何若信勝解轉根作見至者後根蘊中何故不説如彼説若捨無漏根得無漏根彼皆從果至果耶答若從果至果彼皆捨無漏根得無漏根有捨無漏根得無漏根非從果至果謂現觀邊道類智現在前時及時解脱阿羅漢練根作不動時此本論師有何勞倦而不説信勝解練根作見至時若信勝解不轉根作見至者此中所説當云何通如此説有法預流果攝非預流者成就謂預流果未得已失若信勝解不轉根作見至者如何預流果有得已而失耶後智蘊説復云何通如彼説預流者於三三摩地未來皆成就過去若已滅不失即成就現在若現在前即成就若信勝解不轉根作見至者如何預流者有三摩地已滅而失爲箇彼故説有已滅而不失耶識身論説復云何通如彼説有過去無學心是已了非今了非當了謂時解脱阿羅漢退阿羅漢果作信勝解彼練根作見至已還得阿羅漢果彼時解脱道所攝無學心是已成就非今成就非當成就彼於成就施設了聲是已了者是已成就非今了者非今成就非當了者非當成就若信勝解不轉根作見至者如何彼説時解脱阿羅漢退阿羅漢果作信勝解練根作見至已還得阿羅漢果耶答應作是説有信勝解轉根作見至問若爾善通後所設難後根蘊中何

故不說答後根蘊中應作是說有捨無漏根得無漏根非從果至果謂現觀邊道類智現在前時信勝解練根作見至時退法等練根作思法等時及時解脫練根作不動時而不作是說者有別意趣謂彼舉始舉終影顯中故說現觀邊道類智現在前時者即是舉始說時解脫練根作不動時者即是舉終由舉始終影顯中間有信勝解練根作見至時若學位中無練根義至無學位亦應如是如學位中無救護無勢力無學位中亦應爾故亦顯有退法等轉根作思法等如舉始終如是舉初入已度加行究竟應知亦爾尊者僧伽筏蘇說曰信勝解練根作見至即攝在根蘊所說中即是從果至果攝故謂預流者修習練根加行道已趣一來果若得一來果即名轉根得果與轉根時無差別若一來者修習練根加行道已趣不還果若得不還果即名轉根得果與轉根時無差別問何故無有得預流果阿羅漢果即名練根彼作是答出過欲界是無始來數數舊法無一有情於欲界染未曾離故由此得有求轉根者倍離全離欲界染故得二果時亦即轉根出過有頂非無始來數數舊法無一有情於有頂染曾已離故由此無有求轉根者分離全離有頂染故得二果時亦即轉根問如汝所說學位練根進得二果即是從果至果攝故不別說者無學位中有六種性轉退法作思法乃至轉安住作堪達時後根蘊中何故不說但說時解脫練根作不動耶彼作是答此亦攝在根蘊說中所以者何轉退法作思法時不捨退

法根而得思法根乃至轉安住作堪達時不捨前四根而得堪達根若轉堪達作不動時頓捨前五根得不動根故彼但說時解脱練根作不動時捨無漏根得無漏根非從果至果不說轉退法等作思法等評曰彼不應作是說所以者何尚無有一成就二根況有成就五品根者又不還者修習練根加行道已雖不能得阿羅漢果何故不能轉作見至諸異生輩雖不得果而有轉根何緣聖者離得果時無轉根義離染轉根加行各别如何離染得二果時亦即轉根故後根蘊舉始舉終影顯中故不說信勝解練根作見至亦不說退法等練根作思法等有餘師說無信勝解轉根作見至問若爾善通根蘊所說此中所說當云何通如此說有預流果未得已失若信勝解不轉根作見至者如何預流果有得已而失耶彼於此中有作是說不成就過去未來得有作是說有成就過去未來得若作是說不成就過去未來得者彼說預流果得在未來名未得在過去名已失在現在名成就若作是說有成就過去未來得者彼說預流果有三種謂下中上若初住下預流果時於中上預流果名未得於下品預流果名成就不應說已失無所已失故若初住中預流果時於上預流果名未得於下預流果名已失於中預流果名成就若於住上預流果時於中下預流果名已失於上預流果名成就不應說未得無所未得故問若初住中預流果者於下未得若初住上預流果者於中下俱未得如何說已失耶彼作是答超過彼故

說名已失謂彼先時有可得義今至勝位已超過彼更不可得故名已失由斯理趣雖信勝解無有轉根作見至者而得說預流果有未得已失義後智蘊說復云何通如彼說預流者於三三摩地未來皆成就過去若已滅不失即成就現在若現在前即成就若信勝解不轉根作見至者如何預流者有三三摩地已滅而失爲簡彼故說有已滅而不失耶彼作是答後智蘊中應作是說預流者於三三摩地未來皆成就過去已滅即成就不應說不失而說不失者是誦者錯謬識身論說復云何通如彼說時解脫阿羅漢退阿羅漢果作信勝解練根作見至已還得阿羅漢果彼作是答我不能通識身論文極明了故評曰既不能通識身論說又前損減智蘊論文雖通此文亦不應理故應信受有信勝解能轉根作見至若有學位不能轉根無學位中亦應不轉如有學位無救護無勢力無學位中亦應爾故尊者佛護作如是說信勝解轉根作見至有六事不共一者在欲界不在色無色界二者依靜慮不依無色定三者用無漏道不用世俗道四者用法智不用類智五者是已退非未退六者住果非住勝果道問彼何故在欲界非在色無色界耶彼作是答由說法力方能轉根唯欲界中有說者故問彼何故依靜慮不依無色定耶彼作是答學位練根要依得果地無依無色定得學果者故學轉根不依無色問彼何故用無漏道不用世俗道耶彼作是答要猛利道方能轉根世俗道鈍故彼不用問彼何故唯用法智不

用類智彼作是答要生欲界方能轉根欲界唯得法智自在故彼不用類智轉根問彼何故是已退者非未退者彼作是答猒患退者方求練根要曾退已而有猒患故未退者無轉根義問彼何故住果非住勝果道彼作是答若住勝果道而練根者應練根時捨多道得少道彼應名退不名爲進故唯住果有轉根義以練根時唯得果故阿毗達磨諸論師言學轉根時於彼六事三事應理三事不可謂彼所說學位轉根在欲界非在色無色界者此事應理惟欲界有轉根義故又彼所説彼依靜慮不依無色定者此亦應理唯依靜慮得學果故又彼所説彼用無漏道不用世俗道者此亦應理學位練根如見道故然彼所言彼用法智不用類智者此事不可所以者何義不定故謂生欲界或有於法智得自在非類智或有於類智得自在非法智故又彼所言是已退者非未退者此亦不可所以者何義不定故謂或已退或復未退然怖畏退或求勝根而練根故又彼所言彼住果非住勝果道者此亦不可所以者何義不定故謂學練根或住果位或住勝果道求利根故或畏退故問若住勝果道而轉根者捨多道得少豈非退耶答彼求利根不求多道故無有失如多銅鐵貿少金銀豈名失利問於欲界内何處轉根爲但人中爲亦天上答唯在人中受教勝故又畏退故問人四洲内何處轉根尊者寠沙伐摩説曰惟贍部洲有轉根義贍部洲人根猛利故評曰應作是説人三洲内皆得轉根除北俱盧無勝德故問爲依

男身有轉根義爲亦依女有作是說唯依男身有轉根義男身功德勝女人故評曰應作是說諸轉根者亦依男身亦依女身以依女身亦能發起勝功德故問隨依何地先得學果後即依彼而轉根耶有說即依彼學者轉根亦有依餘地然勝非劣謂初二果依未至定得果轉根不依餘地若不還果依彼地得即依彼地而後轉根或依餘地然勝非劣諸不還者極少成就三地果極多成就六地果謂次第者離欲界染第九解脫道時彼成就三地不還果即未至定初靜慮及靜慮中間若已離欲染即依此三地入正性離生者彼道類智時亦即成就此三地不還果若依第二靜慮入正性離生者彼道類智時成就四地不還果謂前三地及第二靜慮若依第三靜慮入正性離生者彼道類智時成就五地不還果謂前四地及第三靜慮若依第四靜慮入正性離生者彼道類智時成就六地不還果謂前五地及第四靜慮依初三地得不還果已即依此三地而轉根者彼捨三地不還果得三地不還果即彼若依第二靜慮而轉根者彼捨三地不還果得四地不還果即彼若依第三靜慮而轉根者彼捨三地不還果得五地不還果即彼若依第四靜慮而轉根者彼捨三地不還果得六地不還果若依第二靜慮得不還果已即依第二靜慮而轉根者彼捨四地不還果得四地不還果即彼若依第三靜慮而轉根者彼捨四地不還果得五地不還果即彼若依第四靜慮而轉根者彼捨四地不還果得六地不還果若依第

三靜慮得不還果已即依第三靜慮而轉根者彼捨五地不還果得五地不還果即彼若依第四靜慮而轉根者彼捨五地不還果得六地不還果若依第四靜慮得不還果已即依第四靜慮而轉根者彼捨六地不還果得六地不還果無依上地得不還果後依下地而轉根者所以者何勿捨多道得少道故應名損減不名增益或有說者有依上地得不還果後依下地而轉根者彼作是說依第四靜慮得不還果已若依第三靜慮而轉根者彼捨六地不還果得五地不還果即彼若依第二靜慮而轉根者彼捨六地不還果得四地不還果即彼若依初靜慮等三地而轉根者彼捨六地不還果得三地不還果依第三靜慮得不還果已若依第二靜慮而轉根者彼捨五地不還果得四地不還果即彼若依初靜慮等三地而轉根者彼捨五地不還果得三地不還果依第二靜慮得不還果已若依初靜慮等三地而轉根者彼捨四地不還果得三地不還果此中但說與前異者依自上地而轉根者捨得多少如前應知問若依上地得不還果後依下地而轉根者既捨多道得少道故應名損減豈是增益答彼求利根不求多道捨多得少亦無有過如多賤貨貿少貴珍乃名增益不名損減依果說已若依道說諸不還者未離初靜慮染若依初靜慮等三地而轉根者彼捨三地聖道得三地聖道已離初靜慮染未離第二靜慮染若依初靜慮等三地而轉根者彼捨四地聖道得三地聖道已離第二靜慮染未離第三靜慮

染若依初靜慮等三地而轉根者彼捨五地聖道得三地聖道已離第三靜慮染未離第四靜慮染若依初靜慮等三地而轉根者彼捨六地聖道得三地聖道已離第四靜慮染未離空無邊處染若依初靜慮等三地而轉根者彼捨七地聖道得三地聖道已離空無邊處染未離識無邊處染若依初靜慮等三地而轉根者彼捨八地聖道得三地聖道已離識無邊處染若依初靜慮等三地而轉根者彼捨九地聖道得三地聖道未離第二靜慮染若依第二靜慮而轉根者彼捨四地聖道得四地聖道已離第二靜慮染未離第三靜慮染若依第二靜慮而轉根者彼捨五地聖道得四地聖道乃至已離識無邊處染若依第二靜慮而轉根者彼捨九地聖道得四地聖道未離第三靜慮染若依第三靜慮而轉根者彼捨五地聖道得五地聖道已離第三靜慮染未離第四靜慮染若依第三靜慮而轉根者彼捨六地聖道得五地聖道乃至已離識無邊處染若依第三靜慮而轉根者彼捨九地聖道得五地聖道未離第四靜慮染若依第四靜慮而轉根者彼捨六地聖道得六地聖道已離第四靜慮染未離空無邊處染若依第四靜慮而轉根者彼捨七地聖道得六地聖道乃至已離識無邊處染若依第四靜慮而轉根者彼捨九地聖道得六地聖道已離初靜慮等染若依第二靜慮等而轉根者捨得多少如理應思無依無色而轉根者學果不依無色定故應作是說若於上地已得自在而依下地學轉根等亦得上地

無漏果道然轉根時不得無色彼定無有不還果故此中應作頗設問答頗有聖者捨九地聖道得六地聖道而名爲進不名退耶答有謂已離識無邊處染信勝解依第四靜慮而轉根時頗有聖者已離無所有處染而但成就一地聖道耶答有謂已離無所有處染依未至定入正性離生彼見道中十五心頃頗有不還者已離無所有處染惟成就三地無漏果道耶答有謂已離無所有處染信勝解於上地不得自在依未至定或初靜慮或靜慮中間轉根作見至時頗有身證者不成就無漏無色定耶答有謂身證信勝解轉根作見至時

阿毗達磨大毗婆沙論卷第六十七 說一切有部發智

阿毗達磨大毗婆沙論卷第六十八

五百大阿羅漢等造

唐三藏法師玄奘奉　詔譯

結蘊第二中有情納息第三之六

問已離無所有處染信勝解轉根作見至時旣捨三無色無漏對治道於三地斷爲亦捨不設爾何失二俱有過所以者何若捨彼斷云何不成就彼三地煩惱若不捨者云何捨彼道而不捨斷耶答應作是說不捨彼斷問旣捨彼道如何不捨三地斷耶答下三無色地有二對治道一者世俗二者無漏學轉根時雖捨彼無漏而不捨世俗由世俗得持彼斷故學轉根時不失彼斷問若世俗道有作用處學轉根時可不捨斷若世俗道無作用處學轉根時寧不捨斷如離非想非非想處一品乃至八品染已信勝解轉根作見至時彼非想非非想處修所斷法斷爲捨爲不捨若捨彼斷云何不成就彼地煩惱若不捨者云何捨彼對治而不捨斷有作是說必無分離非想非非想處染而轉根者彼若轉根或全離染或復全退復有說者亦有分離非想非非想處染而轉根者雖捨彼道而不捨斷評曰應作是說彼雖捨道亦捨彼斷而不成就彼地煩惱如諸異生已離無所有處染命終生非想非非想處彼於欲界乃至識無邊處若道若斷雖皆捨之而不成就彼地煩惱此亦如是故不應難問下地煩惱不依上身可捨道斷而不成就下地煩惱上地煩惱亦依下身學轉根時旣捨道斷云何不成就已所斷煩惱答分離非想非非想起一品乃至

八品染已而轉根者離彼染後起如見道無間解脫持彼相續不令生退如異生位已離無所有處染入正性離生得不還果已必不退起先所斷結此亦如是故不應難問信勝解轉根作見至時用幾加行道幾無間道幾解脫道而轉根耶有作是說彼用一加行道九無間道九解脫道而轉根評曰彼不應作是說學無漏根非久修習易可轉故應作是說彼但用一加行道一無間道一解脫道而轉根如見道故問時解脫阿羅漢轉根作不動時用幾加行道幾無間道幾解脫道而轉根耶有作是說彼用一加行道一無間道一解脫道而轉根評曰彼不應作是說以無學根是久修習難可捨故又捨重果更得重果多用功故如人壞舍復造舍時多用功力非如創造應作是說彼用一加行道九無間道九解脫道而轉根如修道故問信勝解轉根作見至時加行道等爲有漏爲無漏耶答彼加行道或有漏或無漏未來所修通有漏及無漏彼無間道一向無漏未來所修亦惟無漏彼解脫道一向無漏未來所修有作是說亦唯無漏復有說者爾時通修有漏無漏問時解脫阿羅漢轉根作不動時加行道等爲有漏爲無漏耶答彼加行道或有漏或無漏未來所修通有漏及無漏九無間道八解脫道一向無漏未來所修亦惟無漏第九解脫道一向無漏未來所修通有漏及無漏彼於爾時隨其所應兼修三界諸善根故問信勝解轉根作見至時加行道等爲是曾得爲未曾得耶答彼加行道或是曾得或未曾得無

間解脱道俱唯未曾得間時解脱阿羅漢轉根作不動時加行道等爲是曾得爲未曾得耶答彼加行道或是曾得或未曾得九無間道九解脱道唯未曾得信勝解轉根作見至時加行無間道是信勝解道攝解脱道是見至道攝時解脱阿羅漢轉根作不動時加行道九無間道八解脱道是時解脱道攝第九解脱道是不時解脱道攝信勝解轉根作見至時若住果而轉根者彼加行無間解脱道皆是果道攝若住勝果道而轉根者彼加行無間道是勝果道攝解脱道是果道攝時解脱阿羅漢轉根作不動時彼加行無間解脱道皆是果道攝彼無勝果道故信勝解轉根作見至時若住果而轉根者彼捨果道得果道若住勝果道而轉根者彼捨果道及勝果道唯得果道時解脱阿羅漢轉根作不動時唯捨果道得果道無學位無勝果道故阿羅漢有六種謂退法思法護法安住法堪達法不動法退法阿羅漢轉根作思法時彼捨退法根得思法根思法阿羅漢轉根作護法時彼捨思法根得護法根護法阿羅漢轉根作安住法時彼捨護法根得安住法根安住法阿羅漢轉根作堪達法時彼捨安住法根得堪達法根堪達法阿羅漢轉根作不動法時彼捨堪達法根得不動法根如是五位一一皆用一加行道九無間道九解脱道而得轉根彼加行道九無間道八解脱道起時有得無捨第九解脱道起時有得有捨謂捨退法等根得思法等根前四位加行無間解脱道及第五位加行無間八解脱道皆是時解脱

道攝第九解脱道是不時解脱道攝如無學道有六種性修道亦有此六種性謂學退法種性乃至學不動法種性問信勝解轉根作見至時若住退法種性者爲轉退法種性根即得不動法種性根爲轉退法種性根但得思法種性根漸次勝進最後方得不動法種性根乃至若住安住法種性者爲轉安住法種性根即得不動法種性根爲轉安住法種性根但得堪達法種性根復轉堪達法種性根方得不動法種性根耶有作是説若住退法種性者轉退法種性根即得不動法種性根不由漸次勝進方得乃至若住安住法種性者轉安住法種性根即得不動法種性根不由漸次勝進方得所以者何學位轉根異無學位謂無學位難捨難得要多功用漸次乃成學位不爾故頓轉得評曰彼不應作是説捨得難易但由無間解脱多少不由漸頓而有差別應作是説若住退法種性者轉退法種性根但得思法種性根漸次勝進方至不動乃至若住安住法種性者轉安住法種性根但得堪達法種性根復轉堪達法種性根方得不動法種性根如是五位一一皆用一加行道一無間道一解脱道而得轉根彼加行無間道起時有得無捨解脱道起時有得有捨謂捨退法等種性根得思法等種性根前四位加行無間解脱道及第五位加行無間道皆是信勝解道攝第五位解脱道是見至道攝如修道位有六種性見道位亦有此六種性謂學退法種性乃至學不動法種性然見道位無轉根者所以者何見道速疾

不起意樂一起相續要至修道方有更起餘加行故如見道位有六種性相應行地亦有此六種性謂相應行退法種性乃至相應行不動法種性此地中有六種性者謂煗頂忍世第一法此是聖道近加行故緣諦行相似聖道故依身及定同見道故前位不爾故不立六種性此相應行地亦有轉根義謂轉退法煗種性根起思法煗種性根轉思法煗種性根起護法煗種性根轉護法煗種性根起安住法煗種性根轉安住法煗種性根起堪達法煗種性根轉堪達法煗種性根起不動法煗種性根轉聲聞煗種性根起獨覺煗種性根轉聲聞獨覺煗種性根起佛煗種性根如說煗位頂位亦爾忍位有異謂轉退法忍種性根起思法忍種性根漸次乃至轉堪達法忍種性根起不動法忍種性根轉聲聞忍種性根起獨覺忍種性根無轉聲聞獨覺忍種性根起佛忍種性根義所以者何忍違惡趣諸得忍性者於諸惡趣得非擇滅菩薩有時乘大願力生諸惡趣饒益有情故二乘忍位無趣佛乘理有餘師說聲聞煗頂位有轉趣獨覺及佛義獨覺煗頂位無轉趣佛義所以者何如佛無師自然覺悟獨覺亦爾如佛期心一結加坐引發一切善功德聚從不淨觀乃至發起盡無生智中間相續不起異心獨覺亦爾評曰彼不應作是說麟角喻獨覺煗頂位中可無趣佛義部行喻者煗頂位中轉趣佛乘不違理故由此前說於理爲善問相應行地諸轉根者爲有無間解脫道不有說亦有謂轉退法等種性起思法等種性時

一一別有一加行道九無間道九解脫道以久修習有漏種性難捨得故如無學位轉無漏根有餘師說一一但有一加行道一無間道一解脫道修習煗等非久遠故易捨易得如有學位轉無漏根復有說者相應地中諸轉根者但起加行數數修習猒劣欣勝乃至轉得勝位種性無無間道及解脫道以得勝時不捨劣故非如聖位諸轉根者無成就二品無漏種性故得勝品時必捨劣品故須無間及解脫道評曰相應地中諸轉根者雖不捨劣得勝品根而得勝時劣品種性不現行故亦名爲捨故轉退法種性等起思法種性等時用多加行引一無間一解脫道而得轉根亦不違理修習煗等非久遠故有漏加行難成辦故若轉趣餘乘無無間解脫時經久遠乃成辦故世第一法位雖有六種性然不轉根一刹那故前預流果位亦有六種性既有轉根亦有退者故有於彼作問答言頗有退預流果而不成就見所斷結耶答有謂退勝種性時

諸在欲界死生者皆受欲有耶乃至廣說問何故作此論爲止他宗顯正理故謂或有說三界死生皆無中有爲止彼宗顯欲色界定有中有無色界無或復有說無色界中亦有色故亦有中有如欲色界爲止彼宗顯無色界無諸色故亦無中有或復有執欲色界中業猛利者即無中有業遲鈍者即有中有爲止彼宗顯欲色界皆有中有故作斯論所說有聲顯多種義一行納息已廣說之此中有聲顯屬衆同分有情數五蘊諸在欲界死生

者皆受欲有耶答應作四句在欲界死生與受欲有互有寬狹故有在欲界死生非受欲有謂欲界歿起色界中有此通異生及諸聖者色界中有在欲界起所以者何法應如是若於是處死有蘊滅即於此處中有蘊生如種滅處即有芽生法應爾故此中在欲界死者謂欲界死有在欲界滅故在欲界生者謂色界中有在欲界起故非受欲有者謂受色有即受色界中有諸蘊有受欲有非在欲界死生謂色界歿起欲界中有此唯異生欲界中有在色界起所以者何法應如是廣說如前此中受欲有者謂受欲界中有諸蘊非在欲界死者謂色界死有在色界滅故非在欲界生者謂欲界中有在色界起故有在欲界死生亦受欲有謂欲界歿起欲界中有生有此通異生及諸聖者異生於五趣皆得受生聖者唯於人天有受生義此中若從死有趣中有時在欲界死者謂欲界死有在欲界滅故在欲界生者謂欲界中有在欲界起故受欲有者謂受欲界中有諸蘊若從中有趣生有時在欲界死者謂欲界中有在欲界滅故在欲界生者謂欲界生有在欲界起故受欲有者謂受欲界生有諸蘊有非在欲界死生亦非受欲有謂色界歿生色無色界無色界歿生無色色界色界歿生色界者謂生中有及生生有此通異生及諸聖者此中若從死有趣中有時非在欲界死者謂色界死有在色界滅故非在欲界生者謂色界中有在色界起故非受欲有者謂受色有即受色界中有諸蘊若從中有趣生有時非在欲界死者

謂色界中有在色界滅故非在欲界生者謂色界生有在色界起故非受欲有者謂受色有即受色界生有諸蘊色界殁生無色界者謂生生有以無色界無中有故此通異生及諸聖者此中非在欲界死者謂色界死有在色界滅故非在欲界生者謂無色界生有在無色界起故非受欲有者謂受無色有即受無色界生有諸蘊無色界殁生無色界者謂生生有此通異生及諸聖者此中非在欲界死者謂無色界死有在無色界滅故非在欲界生者謂無色界生有在無色界起故非受欲有者謂受無色有即受無色界生有諸蘊無色界殁生色界者謂生中有此唯異生此中非在欲界死者謂無色界死有在無色界滅故非在欲界生者謂色界中有在色界起故非受欲有者謂受色有即受色界中有諸蘊諸在色界死生者皆受色有耶答應作四句在色界死生與受色有互有寬狹故有在色界死生非受色有謂色界殁起欲界中有此唯異生欲界中有在色界起此中在色界死者謂色界死有在色界滅故在色界生者謂欲界中有在色界起故非受色有者謂受欲有即受欲界中有諸蘊有受色有非在色界死生謂欲界殁起色界中有此通異生及諸聖者色界中有在欲界起此中受色有者謂受色界中有諸蘊非在色界死者謂欲界死有在欲界滅故非在色界生者謂色界中有在欲界起故有在色界死生亦受色有謂色界殁起色界中有生有此通異生及諸聖者異生生上亦生下一一處容受多生聖者

生上不生下一一處唯受一生此中若從死有趣中有時在色界死者謂色界死有在色界滅故在色界生者謂色界中有在色界起故受色有者謂受色界中有諸蘊若從中有趣生有時在色界死者謂色界中有在色界滅故在色界生者謂色界生有在色界起故受色有者謂受色界生有諸蘊有非在色界死生亦非受色有謂欲界歿生欲界無色界無色界歿生無色界欲界欲界歿生欲界者謂生中有及生生有此通異生及諸聖者此中若從死有趣中有時非在色界死者謂欲界死有在欲界滅故非在色界生者謂欲界中有在欲界起故非受色有者謂受欲有即受欲界中有諸蘊若從中有趣生有時非在色界死者謂欲界中有在欲界滅故非在色界生者謂欲界生有在欲界起故非爲色有者謂受欲有即受欲界生有諸蘊欲界歿生無色界者謂生生有此通異生及諸聖者此中非在色界死者謂欲界死有在欲界滅故非在色界生者謂無色界生有在無色界起故非受色有者謂受無色有即受無色界生有諸蘊無色界歿生無色界者謂生生有此通異生及諸聖者此中非在色界死者謂無色界死有在無色界滅故非在色界生者謂無色界生有在無色界起故非受色有謂受無色有即受無色界生有諸蘊無色界歿生欲界者謂生中有此唯異生此中非在色界死者謂無色界死有在無色界滅故非在色界生者謂欲界中有在欲界起故非受色有者謂受欲有即受欲界中有諸蘊諸在無色

界死生者皆受無色有耶答諸在無色界死生者皆受無色有謂無色界無諸色故無下中有在彼起義故不可説在彼死生不受彼有此通異生及諸聖者異生生上亦生下一一處容受多生聖者生上不生下一一處唯受一生有受無色有非在無色界死而生無色界生謂欲色界歿生無色界唯生生有此通異生及諸聖者此中受無色有者謂受無色界生有諸蘊非在無色界死者謂欲色界死有在欲色界滅故而在無色界生者謂無色界生有在無色界起故諸在欲界死生者有幾耶答四謂欲色界異生聖者此中欲界異生聖者通中有生有色界異生聖者唯中有生有不在欲界起故欲界歿生無色界者無色界生有不在欲界死處起故此唯有四

不得説六無色界生不依色處故不可言在欲界起諸在色界死生者有幾耶答三謂欲界異生色界異生聖者此中欲界異生唯中有色界異生聖者通中有生有色界歿生無色界者無色界生有不依色故不可説彼在色界起故此唯三不得説五諸在無色界死生者有幾耶答二謂無色界異生聖者中有必依色處起故無色界歿生欲色界者中有不在無色界起故此唯二不得説四諸非在欲界死生者皆非受欲有耶答應作四句乃至廣説謂前欲界四句中初句作此第二句第二句作此初句第三句作此第四句第四句作此第三句此中諸義如前應知諸非在色界死生者皆非受色有耶答應作四句乃至廣説謂前色界四句中初句作此第二句

第二句作此初句第三句作此第四句第四句作此第三句此中諸義如前應知諸非在無色界死生者皆非受無色有耶答諸非在無色界死生者皆非受無色有謂受無色有者必在無色界生故有非受無色有非不在無色界死而非在無色界生謂無色界歿生欲色界此唯異生無色界歿生欲色界中有諸蘊此中非受無色有者謂受欲色有故非不在無色界死者謂在無色界死故而非在無色界生者謂在欲色界生故諸非在欲界死生者有幾耶答五謂欲界異生色無色界異生聖者問此應有八云何說五謂色界歿生色界異生聖者色界歿生無色界異生聖者色界歿生欲界異生無色界歿生無色界異生聖者無色界歿生色界異生如是有八寧說五耶答種類同故但說有五謂色界歿生色界異生及無色界歿生色界異生此二雖別而色界異生種類同故合說爲一色界歿生無色界異生及無色界歿生無色界異生此二雖別而無色界異生種類同故合說爲一色界歿生無色界聖者及無色界歿生無色界聖者此二雖別而無色界聖者種類同故合說爲一餘有欲界異生色界聖者各爲一故足前爲五諸非在色界死生者有幾耶答六謂三界異生聖者問此應有九云何說六謂欲界歿生欲界異生聖者欲界歿生色界異生聖者欲界歿生無色界異生聖者無色界歿生無色界異生聖者無色界歿生欲界異生如是有九寧說六耶答種類同故但說有六謂欲界歿生欲界異生及無色界

歿生欲界異生此二雖別而欲界異生種類同故合說爲一欲界歿生無色界異生及無色界歿生無色界異生此二雖別而無色界異生種類同故合說爲一欲界歿生無色界聖者及無色界歿生無色界聖者此二雖別而無色界聖者種類同故合說爲一餘有欲界聖者色界異生及聖者各爲一故足前爲六諸非在無色界死生者有幾耶答四謂欲色界異生聖者問此應有七云何說四謂欲界歿生欲界異生聖者欲界歿生色界異生聖者色界歿生色界異生聖者色界歿生欲界異生如是有七寧說四耶答種類同故但說有四謂欲界歿生欲界異生及色界歿生欲界異生此二雖別而欲界異生種類同故合說爲一欲界歿生色界異生及色界歿生色界異生此二雖別而色界異生種類同故合說爲一欲界歿生色界聖者及色界歿生色界聖者此二雖別而色界聖者種類同故合說爲一餘有欲界聖者足前爲四頗有欲界死不生欲界耶乃至廣說此中所說與前異者謂遮生有故說不生設起中有亦說不生頗有欲界死不生欲界耶答有謂起欲色界中有生無色界或般涅槃起欲色界中有者謂欲界歿起欲色界中有雖在欲界起非生有故說不生欲界生無色界者謂欲界歿生無色界生有彼不在欲界故說不生欲界般涅槃者謂欲界歿諸漏盡者便般涅槃永不生故說不生欲界餘文廣釋准前應知問無色界歿生欲色界者彼二中有何處現在前有作是說在第四靜慮評曰彼不應作是

說所以者何若無色界有方處者可作是說然無色界無有方處何緣遠至第四靜慮有餘師說若從彼歿生無色界即在彼方處中有現在前彼亦不應作如是說所以者何若作是說從無色界歿生無色界者云何可爾應作是說若欲色界歿生無色界及無色歿生無色界者彼無色界歿生欲色界時彼二中有即當生處而現在前諸欲界死不生欲界者有幾耶答六謂三界異生聖者乃至廣說問何故不說般涅槃者答應說而不說者當知此義有餘復次此中說死更受生者般涅槃者死已不生故此不說復次此納息內依諸有情補特伽羅而興問答般涅槃者捨有情數墮於法數不可施設補特伽羅故此不說後准應知頗有欲界死不生三界耶答有謂起欲色界中有或般涅槃乃至廣說此中亦遮生有作論故起中有及般涅槃者皆名不生諸欲界死不生三界者有幾耶答四謂欲色界異生聖者即欲界歿生欲色界中有中者諸色界死不生三界者有幾耶答三謂欲界異生色界異生聖者即色界歿生欲色界中有中者諸無色界死不生三界者有幾耶答二謂欲色界異生即無色界歿生欲色界中有中者聖者不生下界地故唯說異生頗有未離欲染命終不生欲界耶乃至廣說問何故作此論答爲止他宗顯正理故謂或有說唯伏煩惱亦得上生如譬喻者爲遮彼意顯伏煩惱不得上生要斷下地諸煩惱盡方得上生故作斯論分別論者撥無中有於此等問極生迷惑謂未離此地染命終不

生此及下地若信中有於此等問不生迷惑遮生有故問如何得知未離下染不得生上答下地煩惱障礙上地諸功德故未得上地根本功德不生彼故若執唯伏下地煩惱即得上生諸以欲界聞思慧力伏煩惱者彼應不生三界九地聞思慧力能伏三界九地煩惱令不起故非修慧力伏諸煩惱令不現行勝聞思慧以聞思慧分別諸法伏諸煩惱勝修慧故諸未離欲染命終不生欲界者有幾耶答二謂欲界異生聖者未離欲染不上生故但有欲界住中有中異生聖者諸未離色染命終不生欲色界者有幾耶答四謂欲色界異生聖者問此應有七云何說四謂欲界没生欲界異生聖者欲界殁生色界異生聖者色界殁生色界異生聖者色界殁生欲界異生如是有七寧說四耶答種類同故但說有四謂欲界殁生欲界異生及色界殁生欲界異生此二雖別而欲界異生種類同故合說爲一欲界殁生色界異生及色界殁生色界異生此二雖別而色界異生種類同故合說爲一欲界殁生色界聖者及色界殁生色界聖者此二雖別而色界聖者種類同故合說爲一餘有欲界聖者足前爲四諸未離無色染命終不生三界者有幾耶答四謂欲色界異生聖者問此應有九云何說四謂欲界殁生欲界異生聖者欲界殁生色界異生聖者色界殁生色界異生聖者色界殁生欲界異生無色界殁生色界異生無色界殁生欲界異生如是有九寧說四耶答種類同故但說有四謂欲界殁生欲界異生及色無色殁

生欲界異生此三雖別而欲界異生種類同故合說爲一欲界歿生色界異生及色無色歿生色界異生此三雖別而色界異生種類同故合說爲一欲界歿生色界聖者及色界歿生色界聖者此二雖別而色界聖者種類同故合說爲一餘有欲界聖者足前爲四前來生言皆說中有依遮生有而作論故

阿毗達磨大毗婆沙論卷第六十八 說一切有部發智

阿毗達磨大毗婆沙論卷第六十九

五百大阿羅漢等造

唐三藏法師玄奘奉詔譯

結蘊第二中有情納息第三之七

此中欲界異生聖者幾隨眠隨增幾結繫耶答異生九十八隨眠隨增九結繫聖者十隨眠隨增六結繫此中者謂前來所說諸有情中一切有情總唯有六謂三界各有異生及聖者欲界異生具九十八隨眠隨增具九結繫欲界聖者唯有修所斷十隨眠隨增見所斷者皆已斷故六結繫者除見取疑此三聖者亦已斷故色界異生聖者幾隨眠隨增幾結繫耶答異生六十二隨眠隨增六結繫聖者六隨眠隨增三結繫異生六十二隨眠隨增者謂色無色界各三十一欲界三十六彼已斷故六結繫者除恚嫉慳定界無故聖者六隨眠隨增者謂色無色界修所斷各三彼已斷欲界修所斷四故三結繫者謂愛慢無明餘已斷故無色界異生聖者幾隨眠隨增幾結繫耶答異生三十一隨眠隨增六結繫聖者三隨眠隨增三結繫異生三十一隨眠隨增者謂無色界三十一種餘已斷故六結繫者除恚嫉慳彼界無故聖者三隨眠隨增者謂無色界修所斷三餘已斷故三結繫者謂愛慢無明餘已斷故問欲界有情非上二界隨眠隨增此何故說欲界異生具九十八隨眠隨增欲界聖者修所斷十隨眠隨增色界有情非無色界隨眠隨增此何故說色界異生有六十二隨眠隨增色界聖者修所斷六隨眠隨增答依不解脫彼得說故謂欲界

異生雖非色無色界隨眠隨增而未解脫彼隨眠得故說隨增欲界聖者雖非色無色界修所斷隨眠隨增而未解脫彼隨眠得故說隨增由此色界異生聖者說無色界隨眠隨增亦不違理復次此依彼得現行說故謂欲界異生雖非色無色界隨眠隨增而有彼得現在轉故亦說隨增欲界聖者雖非色無色界修所斷隨眠隨增而有彼得現在轉故亦說隨增由此色界異生聖者說無色界隨眠隨增亦不違理復次此依彼得已得未得正得說故亦不違理已得者說彼過去得未得者說彼未來得正得者說彼現在得謂欲色界異生聖者雖非上界隨眠隨增而有三世彼隨眠得流轉未斷故說隨增復次依容現起故作是說謂欲界異生聖者雖非色無色界隨眠隨增而容現起彼隨眠故亦說隨增謂離欲染已彼容現起故由此色界異生聖者說無色界隨眠隨增應知亦爾雖彼退已亦容現起下界隨眠而已斷故有能畢竟不復退故不說下界隨眠隨增復次顯彼等流曾現起故作如是說亦不違理謂欲界有情從不可知本際已來無不曾起色無色界諸隨眠者故說隨增色界有情從不可知本際已來無不曾起無色界諸隨眠者故說隨增問色無色界有情從不可知本際已來無不曾起欲色二界諸隨眠者何故不說亦為下界隨眠隨增答雖亦曾起而已斷故不說隨增問亦有聖者具九十八隨眠謂具縛者住苦法智忍時此中何故說欲界聖者但有十種隨眠隨增耶答雖亦有此而時少故但說

有十隨眠隨增謂初刹那具九十八此刹那後即已斷十億忽便至第十六心時間既促故但說有修所斷十隨眠隨增復次入見道者有七十三前九有情初刹那頃雖具成就九十八種而不現行以見道位善有漏心尚不得起况起染汙無覆無記此中唯依現行煩惱建立有情分位差別故說聖者極多唯十隨眠隨增唯此十種容現起故餘處亦依現行煩惱建立有情分位差別如契經說有一梵志來詣佛所問言世尊當爲天耶佛言不也復問當爲龍阿素洛健達縛揭路茶緊捺落莫呼洛伽藥叉邏刹娑非人人耶佛言不也所以者何梵志當知若有諸漏未斷未徧知以現行故當生天趣可當爲天廣說乃至當生人趣可當爲人我於諸漏已斷已徧知如斷樹根截多羅頭由此諸漏永不現行於諸後有得不生法故我決定不當爲天廣說乃至不當爲人有處亦依現行異熟建立有情分位差別如契經中有伽他曰

佛是眞人自調常定恒遊梵路心樂寂靜

若受此界異熟相續即名此界受生有情謂受欲界異熟相續即名欲界受生有情若受色界異熟相續即名色界受生有情若受無色界異熟相續即名無色界受生有情佛既受人異熟相續證眞實法故名眞人此論亦依現行異熟建立有情界地差別如十門中說誰成就眼根謂生色界若生欲界已得未失誰不成就眼根謂生無色界若生欲界未得已失此依三界異熟相續若現在前名生此界餘法不定故不依說

問何故尊者此納息中數依中有而作論耶答爲止他宗顯正理故謂或有執三界受生皆無中有如分別論者或復有說欲色界生定有中有如應理論者問分別論者依何量故執無中有答依至教量謂契經說若有一類造作增長五無間業無間必定生地獄中既言無間必生地獄故知中有決定爲無又伽他說

再生汝今過盛位　至衰將近琰魔王
欲往前路無資糧　求住中間無所止

既說中間無所止處故知中有決定爲無又說過難證無中有謂如影光中無間隙死有生有應知亦然問應理論者依何量故說有中有答依至教量如契經說入母胎者要由三事俱現在前一者母身是時調適二者父母交愛和合三健達縛正現在前除中有身何健達縛前蘊已壞何現在前故健達縛即是中有又經說有中般涅槃中有若無此依何立餘經復說此身已壞餘身未生意成有情依止於愛而施設取世尊既說此身已壞餘身未生意成有情依愛立取故知中有決定非無若無中有意成有情名何所表又說過難證有中有謂從此洲歿生北俱盧等若無中有此身既滅彼身未生中間應斷是則彼身本無而有此身亦則本有而無法亦應爾本無而有有已還無勿有斯過故有中有問應理論者云何釋通分別論者所引至教而說中有是有非無答彼所引經是不了義是假施設有別意趣所以者何且彼經說若有一類造作增長五無間業無間必定生地

獄者彼經意遮餘趣餘業不遮中有遮餘趣者謂無間業定招地獄不招餘趣有此業者命終定生捺落迦中非餘趣故遮餘業者謂無間業順次生受非順現法受非順後次受由此業力命終定墮捺落迦中受異熟故此是彼經所說意趣若如經文而取義者彼經既說造作增長五無間業無間必定生地獄中豈造四三二一餘業不生地獄而但說五又說無間生地獄中豈造業已第二刹那即墮地獄然造業已有經百年方墮地獄是故不應如文取義便執中有決定爲無所引伽他亦同此釋謂遮餘趣及遮餘業說無中間不遮中有問應理論者云何釋通分別論者所說過難而說中有定有非無答彼所設難不必須通所以者何非三藏故世俗法異賢聖法異不應引世俗法而詰難賢聖法若必須通應說喻過喻既有過爲證不成謂如影光非有情數無根無心死有生有豈同彼耶又如影光俱時而起死有生有豈俱生耶又此影光無間隙喻乃證中有是有非無謂如影光無間無隙如是死有趣中有時無間無隙復從中有趣生有時亦無間隙是故中有定有非無問分別論者云何釋通應理論者所引至教而執中有決定爲無答彼所引經是不了義是假施設有別意趣所以者何且初經說入母胎者要由三事廣說乃至三健達縛正現在前健達縛言經不應說彼無鼓等諸樂器故應說蘊行彼蘊行故應理論者便詰彼言縱說蘊行或健達縛俱證中有是有非無異此蘊行言何所表分別論者復作

責言汝說四生皆有中有胎卵可有三事入胎濕化二生云何可爾故所引經非應正理應理論者箴喻彼言三事入胎隨應而說誰令三事要徧四生非設此言便遮中有分別論者通第二經言有中天住彼入滅由此經說中般涅槃又捨欲界已未至色界而入滅者名中般涅槃或受色界衆同分已未經多時而入滅者名中般涅槃或生色界壽量未盡而入滅者名中般涅槃是故此名非證中有應理論者便詰彼言此中天名佛何處說經但說有二十八天謂四大王衆天乃至非想非非想處天不說有中天汝依何而說又經說有生般涅槃汝亦應許有天名生住彼入滅又契經說有行般涅槃乃至上流汝亦應許有天名有行乃至上流既無別天名爲生等如何別立有天名中又汝所說捨欲界已未至色界而入滅者名中般涅槃亦不應理所以者何既捨欲界未至色界若無中有依何身住而般涅槃故汝所言空無實義又汝所說或受色界衆同分已未經多時而入滅者名中般涅槃此亦非理所以者何生般涅槃依此立故又無色界亦應說有中般涅槃生彼未久有盡餘結而入滅故若爾無色亦應說有七善士趣便違契經以契經說七善士趣唯色界故又汝所說或生色界壽量未盡而入滅者名中般涅槃此亦非理所以者何一切有情多分中天唯除人趣北俱盧洲及住覩史多天一生所繫菩薩諸餘中天而入滅者皆應名爲中般涅槃是則此名非唯色界故彼所說皆不應理分別論者通第

三經言意成有情即是無色界謂有出家犢子梵志已離欲染得天眼通彼有同學已離色染先此命終生無色界犢子梵志以天眼通欲色界中徧觀不見便作是念彼斷滅耶爲決自疑來至佛所以所疑事而白佛言喬答摩尊願爲解說此身已壞餘身未生意成有情依止何法而施設取世尊告曰梵志當知此身已壞餘身未生意成有情依止於愛而施設取佛意告言汝之同學從此命終生無色界依愛立取非謂斷滅應理論者便詰彼言經說意成表多種義或表中有或表化身或表劫初人或表上二界何緣知此表無色天不表中有分別論者作如是說寧知此言唯表中有不表無色應理論者作如是言即以此經知表中有謂此經說此身已壞餘身未生意成有情依愛立取此身已壞餘身未生意成有情豈離中有非無色界可名未生故彼通經定不應理問分別論者云何釋通應理論者所設過難而執中有決定爲無答諸從死有至生有時要得生有方捨死有如折路迦緣草木等先安前足方移後足是故死生中無斷過應理論者便詰彼言若作是說則有大過謂人中死生地獄者應先得地獄諸蘊後方捨人中諸蘊若爾趣壞所依身壞有一身内二心俱生趣壞者謂彼於爾時是地獄趣亦人趣攝身壞者謂彼於爾時是地獄身亦人身攝有一身内二心俱生者謂死有生有二心俱生一有情身二心並起心既有二身應非一故彼所說非爲釋難問此二論師於一中有一說爲有一執爲無如

是二說何者爲勝答應理論者所說爲勝所引至教及設過難彼不通故然分別論者是無知果黒暗果無明果不勤加行果由此決定撥無中有然此中有是實有物與實有物性相相應如是爲止他宗所說及顯自宗所說正理故作斯論復次勿爲止他顯巳宗說然爲顯示諸法正理開悟學者故作斯論問一切中有爲是趣攝非趣攝耶設爾何失二俱有過所以者何若是趣攝施設論說當云何通如彼論說爲五趣攝四生爲四生攝五趣答四生攝五趣非五趣攝四生不攝何等不攝中有法蘊論說復云何通如彼論說云何眼界答四大種所造清淨色是眼及眼根眼處眼界地獄傍生鬼天人眼修所成眼及中有眼品類足論復云何通如彼論說云何眼根謂四大種所造淨色能視能見眼界眼處眼根所攝地獄傍生鬼天人眼或復所餘中有等眼若非趣攝尊者達羅達多所說當云何通如說中有趣向彼趣即彼趣攝如稻穀芽雖非稻穀能引彼故亦名稻穀有作是說諸趣中有即諸趣攝問若爾善通尊者達羅達多所說施設論說當云何通答施設論文應作是說四生五趣展轉相攝隨其種類而不爾者應知彼文誦者錯謬問法蘊論說復云何通答法蘊論文應作是說地獄傍生鬼天人眼修所成眼不應復說及中有眼而復說者有別意趣謂中有眼雖即趣攝以微細故復別顯之如賊軍將雖賊軍攝以罪重故訶諸賊已復別訶之又如女人雖欲具攝以過重故毀欲具已復別毀之中有亦爾雖

即趣攝以微細故復別顯之由此已通品類足說有說中有非趣所攝問若爾善通施設論等尊者達羅達多所說當云何通答彼不須通非三藏故文頌所說或然不然達羅達多是文頌者言多過實故不須通若必須通應求彼意謂諸中有似所趣形故說攝在所向諸趣地獄中有形如地獄乃至人中有形即如人而實中有非趣所攝評曰此二說中後說爲善所以者何趣謂所趣即所至處中有趣彼非至所處猶如道路故非趣攝復次趣非擾亂中有擾亂是故中有非趣所攝復次趣多安住中有不住如風陽燄故非趣攝復次諸趣是果中有是因因不即果故非趣攝如因非果作非所作取非所取向非所向應知亦爾復次諸趣相麤中有相細細不即麤故非趣攝如細非麤不現見非現見不明了非明了應知亦爾復次中有在彼二趣中間故非趣攝如田邑土世界中間非田等攝復次趣是根本善惡業招彼加行業招於中有因既有異故不相攝問何界地處有中有耶有作是說業猛利者即無中有業遲鈍者即有中有由此地獄及諸天中皆無中有業猛利故人傍生鬼或有中有或無中有業不定故復有說者化生有情即無中有業猛利故三生有情或有中有或無中有業不定故有餘師說若用順定受業而招生者即無中有若用順不定受業而招生者即有中有應作是說欲色界生定有中有連續處別死有生有令不斷故無色界生定無中有問何故無色界定無中有耶答非田器故謂色法是

中有田器無色界生無諸色故定無中有復次連續處別死有生有令不斷故而起中有無色界生無方處別可須連續而起中有故無色界定無中有復次若界地處受二種業異熟界者便有中有二種業者一順中有受業二順生有受業復有二種一順起受業二順生受業復有二種一順起異熟業二順生異熟業復有二種一順細果業二順麤果業無色界中唯受一種業異熟果故無中有一種業者謂順生有受業乃至順麤果業復次若界地處受加行根本二種業異熟果者便有中有無色界中唯受根本業異熟果故無中有復次若界地處受二種業異熟果者便有中有二種業者一有色業二無色業復有二種一相應業二不相應業復有二種一有所依業二無所依業復有二種一有所緣業二無所緣業復有二種一有行相業二無行相業復有二種一有警覺業二無警覺業無色界中唯受一種業異熟果故無中有一種業者謂無色業乃至有警覺業復次若界地處受能趣所趣業異熟果者便有中有無色界中唯受所趣業異熟果故無中有如能趣所趣能續所續應知亦爾復次若界地處受身語意三種業異熟果者復有中有無色界中唯受一種意業異熟果故無中有復次若界地處受善五蘊異熟果者便有中有無色界中唯受善無色四蘊異熟果故無中有復次若界地處受十善業道異熟果者便有中有無色界中唯受後三善業道異熟果故無中有復次若界地處受黑黑或白白或黑白

黑白業異熟果者便有中有無色界中不受此三業異熟果故無中有復次若界地處有鮮白因及鮮白果者便有中有無色界中雖有鮮白因而無鮮白果故無中有復次若界地處有去有來便有中有無色界中無去無來故無中有問若此處死還生此處如聞有死生自屍中既無去來何須中有連續二有令不斷耶答有情死已或生惡趣或生人中或生天上或般涅槃生惡趣者識在脚滅生人中者識在臍滅生天上者識在頭滅般涅槃者識在心滅諸有死已生自屍中爲蟲等者彼未死時多愛自面故彼死已生自面上既從彼脚來生自面若無中有誰能連續無此處死還生此處捨身受身必移轉故設有是事無色亦無故無色界定無中有問無色界歿生欲色界者既隨當生處中有現前彼無往來何用中有答彼先已造感中有業雖無往來亦受中有業力所引必應起故問中有可轉不可轉耶譬喻者說中有可轉以一切業皆可轉故彼說所造五無間業尚可移轉況中有業若無間業不可轉者應無有能出過有頂有頂善業最爲勝故既許有能過有頂者故無間業亦可移轉阿毗達磨諸論師言中有於界於趣於處皆不可轉感中有業極猛利故問若中有於界不可轉者無聞苾芻事當云何通有族姓子於佛法中適出家已不學多聞即便居在阿練若處堅持禁戒心樂寂靜乘宿因力修世俗定若起世俗初靜慮時便謂得預流果乃至若起世俗第四靜慮時便謂得阿羅漢果彼一生中起增

上慢未得謂得未獲謂獲未觸謂觸未證謂證不求勝進彼命終時第四靜慮中有現前便作是念一切結縛我已永斷應般涅槃更無生處何緣有此中有現前遂起邪見撥無解脱若有解脱我應得之由謗涅槃邪見力故第四靜慮中有便滅無間地獄中有現前命終後生無間地獄是則中有於界可轉寧說於界不可轉耶答住本有時有此移轉非中有位故不相違謂彼將死由業勢力第四靜慮生相現前彼既見已便作是念一切結縛我已永斷應般涅槃更無生處何緣有此生相現前遂起邪見撥無解脱若有解脱我應得之由謗涅槃邪見力故第四靜慮生相便滅無間地獄生相現前命終後生無間地獄住本有位有此移轉非中有位故不違理問若中有於趣不可轉者善惡行者事當云何通室羅筏國昔有二人一恒修善一常作惡修善行者於一身中恒修善行未甞作惡作惡行者於一身中常作惡行未甞修善修善行者臨命終時順後次受惡業力故欻有地獄中有現前便作是念我一身中恒修善行未甞作惡應生天趣何緣有此中有現前遂起念言我定應有順後次受惡業今熟故此地獄中有現前即自憶念一身已來所修善業深生歡喜由勝善思現在前故地獄中有即便隱沒天趣中有欻爾現前從此命終生於天上作惡行者臨命終時順後次受善業力故欻有天趣中有現前便作是念我一身中常作惡行未甞修善應生地獄何緣有此中有現前遂起邪見撥無善惡及異熟果

若有善惡異熟果者我不應然由謗因果邪見力故天趣中有尋即隱沒地獄中有欻爾現前從此命終生於地獄是則中有於趣可轉寧說中有不可轉耶答彼本有時有此移轉非中有位故不相違謂諸有情臨命終位有愛非愛生相現前如契經說修善行者臨命終時見妙堂閣園林池沼伎樂香華處處陳列實飾輿等似欲相迎作惡行者臨命終時見險溝壑猛火煙焰刀山劍樹毒刺稠林狐狼野干猫狸塚墓穢惡衆具似欲相迎修善行者臨命終位順後次受惡業力故有地獄趣生相現前彼既見巳便作是念我一身中恒修善行未甞作惡應生天趣何緣有此生相現前遂起念言我定應有順後次受惡業今熟故此地獄生相現前即自憶念一身巳來所修善業深生歡喜由勝善思現在前故地獄生相即便隱沒天趣生相欻爾現前從此命終生於天上作惡行者臨命終時順後次受善業力故欻有天趣生相現前彼既見巳便作是念我一身中常作惡行未甞修善應生地獄何緣有此生相現前遂起邪見撥無善惡及異熟果若有善惡異熟果者我不應然由謗因果邪見力故天趣生相便即隱沒地獄生相欻爾現前從此命終生於地獄彼本有位有此移轉非中有位故不違理問若中有於處不可轉者彼影堅王事當云何通摩揭陀國昔有大王名曰影堅恒樂修集覩史多天勝妙善業命終乘彼中有之身往彼天處至妙高山脇多聞王宮邊正遇爲王造諸飲食其色鮮潔香氣美妙見巳起愛

作是念言願且生此受斯飲食然後乃趣覩史多天作是念時彼天中有尋即隱歿多聞天子中有現前因此便生多聞天處是則中有於處可轉寧說中有不可轉耶答彼本有時有此移轉非中有位故不相違謂影堅王爲假名子未生怨王閉在囹圄斷諸飲食削足下皮飢渴所逼受諸苦惱爾時佛在鷲峯山中憐愍彼故身放慈光從窻牖入照觸王身令王少時身心安隱便作是念世尊大慈寧不垂愍救我苦厄爾時世尊知王心念便告尊者大目揵連汝可速詣影堅王所如我辭曰大王當知我於大王所應作者皆已作訖謂已永拔諸惡趣苦人中少時定受惡業佛尚不免況王小聖而得免耶宜自安心勿甚憂惱爾時尊者大目揵連承佛語已即入勝定起神境通從鷲峯山沒於王宮出如處泉池出沒自在欻然涌現影堅王前告彼王曰大王當知如來大慈所言無二深見因果能善記別故遣我來慰問於汝令告汝曰大王當知我於大王所應作者皆已作訖謂已永拔諸惡趣苦人中少時定受惡業佛尚不免況王小聖而得免耶宜自安心勿甚憂惱爾時尊者大目揵連因復爲王說種種法時王飢渴所逼惱故於所說義不能領解白目連曰諸天食中何天段食最爲美妙宜且爲說我願欲聞時大目揵連次第讚說六欲天中美妙飲食王初聞說四天王處多聞王宮美妙飲食便即捨命生彼天宮與多聞王而作太子王爲立號名最勝尊尋從彼天來詣佛所到已頂禮世尊雙足歡喜踊躍數自稱名

我最勝尊願佛垂念彼住本有臨命終時覩
史多天生相先現愛多聞室美妙食時覩史
多天生相便沒多聞天子生相現前從此命
終受彼中有乘斯中有而生彼天既本有時
有此移轉非中有位故不相違

阿毗達磨大毗婆沙論卷第六十九 說一切有部發智

音釋

儵 式竹切急疾也 閒隙 閒古晏切隔也隙綺戟切空閒也 詰難 詰苦吉切問也難奴案切責也 錯謬 錯倉各切誤也謬靡幼切差也 欻 許勿切忽也 囹圄 囹郎丁切圄魚巨切囹圄獄也

阿毗達磨大毗婆沙論卷第七十

五百大阿羅漢等造

唐三藏法師玄奘奉　詔譯

結蘊第二中有情納息第三之八

問住中有位爲經幾時答經於少時速求生故謂住中有於六處門徧求生緣速往和合問若受中有即遇生緣此彼和合可速往彼與彼緣會於中結生若遇生緣不和合者如何彼住不經多時如有父在迦濕彌羅國母在支那或有母在迦濕彌羅國父在支那如是生緣難可和合如何中有速往結生答應知有情作父母業有定不定故於父母有可轉義不可轉義若於父母俱可轉者即往餘父母和合處結生若於父可轉於母不可轉者即彼女人性雖貞潔受持五戒具足威儀而必與餘男子和合令中有者速往結生若於母可轉於父不可轉者即彼男子性雖賢良受持五戒威儀具足而必與餘女人和合令中有者速往結生若於父母俱不可轉者即彼有情未命終位由業力故令其父母雖有住緣而不顧戀必起相趣和合之心彼相趣時於所經處毒不能害刃不能傷火不能燒水不能溺及餘種種夭横因緣皆不能礙必得和合令彼有情既命終已適受中有即往結生問若諸有情欲常增者可隨中有速往結生若有欲心不常增者如何中有隨往結生如馬春時欲心增盛餘時不爾牛於夏時欲心增盛餘時不爾狗於秋時欲心增盛餘時不爾熊於冬時欲心增盛餘時不爾如何有情適受中有令彼和合而往結生答由

彼有情住中有位業增上力令其父母非時欲心亦得增盛相趣和合彼得結生有餘師說相似類中亦得結生故無有失謂馬春時欲心增盛餘時不爾驢一切時欲心增盛應生馬中者以非時故轉生驢中牛於夏時欲心增盛餘時不爾野牛恒時欲心增盛應生牛中者以非時故轉生野牛中狗於秋時欲心增盛餘時不爾野干恒時欲心增盛應生狗中者以非時故轉生野干中熊於冬時欲心增盛餘時不爾羆一切時欲心增盛應生熊中者以非時故轉生羆中雖彼形相與餘相似而衆同分如本不轉以諸中有不可轉故如是中有住經少時必往結生速求生故尊者設摩達多說曰中有極多住七七日四十九日定結生故尊者世友作如是說中有極多住經七日彼身羸劣不久住故問若七日内生緣和合彼可結生若爾所時生緣未合彼豈斷壞答彼不斷壞謂彼中有乃至生緣未和合位數死數生無斷壞故大德說曰此無定限謂彼生緣速和合者此中有身即少時住若彼生緣多時未合此中有身即多時住乃至緣合方得結生故中有身住無定限問中有形量大小云何答欲界中有如五六歲小兒形量色界中有如本有時形量圓滿問若欲界中有如五六歲小兒形量云何於父母起顛倒想生愛恚耶答形量雖小而諸根猛利如本有時能作諸事業如壁等上畫老人形其量雖小而有老相問菩薩中有其量云何答如住本有盛年時量三十二相莊嚴其身八十隨好而爲間飾身眞金色圓

光一尋由此菩薩住中有時照百俱胝四大洲等如百千日一時俱照梵音深妙令人樂聞如美音鳥其聲清亮智見無礙離諸雜染問菩薩中有若如是者法善現頌當云何通如説

白象相端嚴　具六牙四足　正知入母腹

寢如仙隱林

答此不須通非三藏故文頌所説或然不然諸文頌者言多過實若必須通應求彼意隨現夢相故作是説謂彼國中夢見此相以爲吉瑞故菩薩母夢見此事欲令占相諸婆羅門聞已咸言此相甚吉故法善現作如是説亦不違理菩薩已於九十一劫不墮惡趣況最後身受此中有而入母胎是故智者不應依彼所説文頌而言菩薩所受中有如白象形問中有諸根爲具不具答一切中有皆具諸根初受異熟必圓妙故有作是説中有諸根亦有不具隨本有位所不具根彼亦不具如印印物像現如印如是中有趣本有故如本有時有根不具此中初説於理爲善謂中有位於六處門徧求生處根必無缺此説眼等非女男根色界中有無彼根故欲界中有彼亦不定當受卵胎二類生者住中有位有女男根至卵胎中方有不具若不爾者應無當受卵胎生義問一切中有形狀云何答中有形狀如當本有謂彼當生地獄趣者所有形狀即如地獄乃至當生天趣中者所有形狀即如彼天中有本有一業引故有作是説若此命終受中有者中有形狀即如此身如印印物像現如印彼説非理所以者何無色

界歿受欲色界中有身者何所似耶豈有諸天所受中有形如地獄寧有地獄所受中有形如諸天又色界歿生欲界者所受中有應非女男欲界命終生色界者所受中有應是女男是故此中初說應理問若中有形狀如當本有一狗等腹中容有五趣中有頓起旣有地獄中有現前如何不能焚燒母腹地獄本有多爲猛火所焚燒故答彼居本有亦不恒燒如暫遊增或餘地獄施設論說有時等活捺落迦中冷風暫起有聲唱言等活等活爾時有情尋復等活本有尚然況在中有設許恒燒如不可見亦不可觸以中有身極微細故火亦應爾諸趣中有雖居一腹非互觸燒業所遮故母腹亦爾故不被燒問若在小處有情命終生色界者如何容受色界中有大形狀耶答中有色身微細無礙寧恐處小而不容受雖中有形如當本有而事業等不必皆同問諸趣中有行相云何答地獄中有頭下足上而趣地獄故伽陀言

顚墜於地獄　足上頭歸下　由毀謗諸仙
樂寂修苦行

諸天中有足下頭上如人以箭仰射虛空上昇而行往於天趣餘趣中有皆悉傍行如鳥飛空往所生處又如壁上畫作飛仙舉身傍行求當生處問中有行相皆如是耶答應作是說不必皆爾且依人中命終者說若地獄死還生地獄不必頭下足上而行若天中死還生天趣不必足下頭上而行若地獄死生於人趣應首上昇若天中死生於人趣應頭歸下鬼及傍生二趣中有隨所往處如應當

知有餘師說中有行相一切皆爾所以者何表所造業有差別故謂地獄業極穢下故初受中有頭必歸下後隨所往行相不定生諸天業極勝上故初受中有首必上昇後隨所往行相不定餘三種業非極上下故彼中有初皆傍行後隨所往行相不定復有說者一切中有初受所造業異熟故皆表所造業有差別地獄中有是極下業所得果故隨行動時足上頭下諸天中有是最上業所得果故隨行動時足下頭上餘三中有是處中業所得果故隨行動時首之與足等無上下雖彼所住上下不定而行動時頭足必爾問中有生時爲有衣不答色界中有一切有衣以色界中慙愧增故慙愧即是法身衣服如彼法身具勝衣服生身亦爾故彼中有常與衣俱欲界中有多分無衣以欲界中多無慙愧唯除菩薩及白淨苾芻尼所受中有恒有上妙衣服有餘師說菩薩中有亦無有衣唯有白淨苾芻尼等所受中有常與衣俱問何緣菩薩中有無衣而白淨等中有有衣答由白淨尼曾以衣服施四方僧故彼中有常有衣服問若爾菩薩於過去生以妙衣服施四方僧白淨尼等所施衣服碎爲微塵猶未爲比如何菩薩中有無衣而彼中有常有衣服答由彼願力異菩薩故謂白淨尼以衣奉施四方僧已便發願言願我生生常著衣服乃至中有亦不露形由彼願力所引發故所生之處常豐衣服彼最後身所受中有常有衣服入母胎位乃至出時衣不離體如如彼身漸次增長如是如是衣隨漸大後於佛法正信出

家先所著衣變爲法服受具戒已轉成五衣於佛法中勤修正行不久便證阿羅漢果乃至最後般涅槃時即以此衣纏身火葬菩薩過去三無數劫所修種種殊勝善行皆爲迴向無上菩提利益安樂諸有情故由斯行願於最後身居諸有情最尊勝位衆生遇者無不蒙益是故菩薩所受中有雖具相好而無有衣願力有殊不應爲難諸有發願如白淨尼所受中有亦有衣服應知此中前說應理菩薩功德慙愧增上諸餘有情色界中有所不及故在中有位必不露形問在中有位資段食不答色界中有不資段食欲界中有必資段食問欲界中有段食云何有作是說欲界中有至有食處便食彼食至有水處便飲彼水由彼飲食以自存濟此說非理所以者

何中有極多難周濟故謂契經說如從伱等瀉粳米等置倉鑊中數極稠容五趣有情所受中有散在處處數量過彼若彼受用諸飲食者一切世間所有飲食唯供狗犬一類中有尚不周濟況餘中有而可充足又中有身旣極輕妙受麤重食身應散壞應作是說中有食香非食麤質故無前過謂有福者歆饗清淨華果食等輕妙香氣以自存活若無福者歆饗糞穢臭爛食等輕細香氣以自存活又彼所食香氣極少中有雖多而得周濟如是中有有多種名或名中有或名健達縛或名求有或名意成問何故中有或名中有答居死有後在生有前二有中間有自體起欲色有攝故名中有問餘有亦在二有中間有自體起三有所攝寧非中有答若有居在二

有中間輕細難見難明難了立中有名餘有雖在二有中間麤重易見易明易了不名中有復次若有居在二有中間是界是生非趣所攝名爲中有餘有雖在二有中間界生趣攝故非中有復次若有居在二有中間已捨前趣未至後趣說爲中有餘有雖在二有中間而未捨前趣或已至後趣故非中有問何故中有名健達縛答以彼食香而存濟故此名唯屬欲界中有問何故中有名求有耶答於六處門求生有故如住中有求後有心相續猛利住餘不爾故獨中有立求有名問何故中有復名意成答從意生故謂諸有情或從意生或從業生或從異熟生或從婬欲生從意生者謂劫初人及諸中有色無色界幷變化身從業生者謂諸地獄如契經說地獄有情業所繫縛不能免離由業而生不由意樂從異熟生者謂諸飛鳥及鬼神等由彼異熟勢輕健故能飛行空或壁障無礙從婬欲生者謂六欲天及諸人等諸中有身從意生故乘意行故名爲意成世尊經中作如是說三事和合得入母胎父母俱有染心和合母身調適無病是時及健達縛正現在前此健達縛爾時二心展轉現前入母胎藏此中三事和合者謂父及母幷健達縛三事和合父母俱有染心和合者謂父及母俱起婬貪而共合會母身調適無病是時者謂母起貪身心悅豫名身調適持律者說由母起貪身心渾濁如春夏水渾濁而流不能自持名身渾濁母腹清淨無風熱痰互增逼切故名無病由此九月或十月中任持胎子令不損壞言

是時者謂諸母邑有穢惡事月月恒有血水流出此若過多由稀濕故不得成胎此若太少由乾稠故亦不成胎若此血水不少不多不乾不濕方得成胎名爲是時是中有者入胎時故謂母血水於最後時餘有二滴父精最後餘有一滴展轉和合方得成胎及健達縛正現在前者謂即中有此處現在前非於餘處非前非後此健達縛爾時二心展轉現前入母胎藏者謂健達縛將入胎時於父於母愛恚二心展轉現起方得入胎若男中有將入胎時於母起愛於父起恚作如是念若彼丈夫離此處者我當與此女人交會作是念巳顛倒想生見彼丈夫遠離此處尋自見與女人和合父母交會精血出時便謂父精是自所有見巳生喜而便迷悶以迷悶故中有麤重既麤重巳便入母胎自見巳身在母右脇向脊蹲坐爾時中有諸蘊便滅生有蘊生名結生巳若女中有將入胎時於父起愛於母起恚作如是念若彼女人離此處者我當與此丈夫交會作是念巳顛倒想生見彼女人遠離此處尋自見與丈夫和合父母交會精血出時便謂母血是自所有見巳生喜而便迷悶以迷悶故中有麤重既麤重巳便入母胎自見巳身在母左脇向腹蹲坐爾時中有諸蘊便滅生有蘊生名結生巳諸有情類多起如是顛倒想巳而入母胎唯除菩薩將入胎時於父父想於母母想雖能正知而於其母起親附愛乘斯愛力便入母胎餘隨所應義如前說問中有何處入於母胎有作是說中有無礙隨所樂處而便入胎問若中

有身無能障礙如何依住此母胎中答業力所拘故依此住有情業力不可思議無障礙物令有障礙是故於此不應爲難應作是說中有入胎必從生門是所愛故由此理趣諸雙生者後生爲長所以者何先入胎者必後出故問菩薩中有何處入胎答從右脇入正知入胎於母母想無婬愛故復有說者從生門入諸卵胎生法應爾故問輪王獨覺先中有位何處入胎答從右脇入正知入胎於母母想無婬愛故復有說者從生門入諸卵胎生法應爾故有餘師說菩薩福慧極增上故將入胎時無顛倒想不起婬愛輪王獨覺雖有福慧非極增上將入胎時雖無倒想亦起婬愛故入胎位必從生門施設論說若彼父母福業增上子福業劣不得入胎若彼父母福業劣薄子福業勝不得入胎要父母子三福業等方得入胎問若富貴丈夫與貧賤女合或富貴女人與貧賤男合如何中有亦得入胎答富貴男子與貧賤女人合時必於自身起下劣想於彼女人生尊勝想富貴女人與貧賤男子合時必於自身生下劣想於彼男子起尊勝想貧賤男子與富貴女人合時必於自身生尊勝想於彼女人起下劣想貧賤女人與富貴男子合時必於自身起尊勝想於彼男子生下劣想子於父母將入胎位應知亦然故入胎時皆有等義問中有微細一切墻壁山崖樹等皆不能礙此彼中有爲相礙耶有作是說此彼中有亦不相礙以極微細相觸身時不覺知故復有說者此彼中有亦互相礙以相遇時此彼展轉有語言故

問若爾寧說中有無礙答於餘無礙非謂中有問此彼中有皆相礙耶答自類相礙非於餘類謂地獄中有但礙地獄中有乃至天中有但礙天中有有作是說劣礙於勝以麤重故勝不礙劣以細輕故謂地獄中有礙五中有傍生中有礙四中有鬼界中有礙三中有人中有礙二中有天中有唯礙天中有問神境通力與中有位諸有所行何者為疾有作是言中有行疾所以者何經說業力勝神通故如是說者神境通力行勢迅速非諸中有問若爾何故經說業力勝神境通答依無障礙故作是說不依行勢謂佛神通能礙一切有情神通獨覺神通除佛能礙諸餘神通舍利子神通除佛獨覺能礙一切有情神通大目乾連神通除佛獨覺及舍利子能礙一切有情神通諸利根者神通能礙一切鈍根者神通無佛獨覺一切聲聞及餘有情呪術藥物能礙中有令不往趣應受生處然必往彼隨類結生由此契經說諸業力勝神通力若依行勢而作論者應說神通勝於中有問中有為能互相見不答能互相見問誰能見誰有作是說地獄中有唯見地獄中有乃至天中有唯見天中有有餘師說地獄中有唯見地獄中有傍生中有見二中有鬼界中有見三中有人中有見四中有天中有見五中有復有說者地獄中有見五中有乃至天中有亦見五中有問諸本有眼見中有不有作是說地獄傍生鬼人趣眼不見中有唯天趣眼能見中有問諸天趣眼誰能見誰有作是說四大王眾天眼除自上處中有見下中有乃

至他化自在天眼除自上處中有見下中有初靜慮天眼除自上處中有見下中有乃至第四靜慮天眼除自上處中有見下中有復有說者欲界天眼不見中有色界天眼能見中有唯能見下不見自上若作是說無生得眼能見第四靜慮中有應作是說住本有者諸生得眼皆無能見中有身者唯極清淨修得天眼能見中有問云何知然答契經說故謂契經說若男若女具淨尸羅修諸善法彼命終已得意成身如白衣光或如明夜極淨天眼乃能見之若男若女毀犯淨戒作諸惡法彼命終已得意成身如黑羺光或如暗夜極淨天眼乃能見之由此故知住本有者諸生得眼皆無能見中有身者毗奈耶說度使魔羅伽誅欒叉提婆達多毗盧宅迦皆即此身陷入無間大地獄中受諸劇苦問此等爲受中有身不答受中有身然以迅速難可覺知故作是說初一刹那死有蘊滅中有蘊生後一刹那中有蘊滅生有蘊生由此迅速難可覺知有作是說彼於佛等起重惡行臨命終時身極厚重故此大地不能持彼如油沃沙即便陷入既入地已方乃命終受中有身後生地獄是故說彼皆即此身陷入無間大地獄中依初陷時而作是說有餘師說彼業猛利未及命終無間地獄火焰上涌纏縛彼身牽入地獄彼於中路方乃命終受中有身後至地獄捨中有身方得生彼依初去時而作是說亦不違理

如契經說爾時天帝即於佛前說伽他曰

大仙應當知　我即於此座　還得天壽命

唯願尊憶持

問天帝爾時有死生不設爾何失二俱有過所以者何若有死生應受中有如何時衆恒見彼身若無死生如何彼說還得天壽答應作是說彼無死生問若爾善通前所設難伽他所說當云何通答依脫惡趣故作是說謂佛爲彼略說法要彼見眞諦得預流果於諸惡趣畢竟解脫隨意所樂人天受生故於佛前歡喜踊躍作諸愛語說此伽他如人因他解脫牢獄隨意所樂歡娛遊適還至他所作如是言我賴汝恩還得壽命天帝亦爾故不相違復次彼依解脫見道所斷諸煩惱病故作是說謂佛爲彼略說法要令斷一切見道所斷諸煩惱病安住第一無病聖道及道果中故於佛前歡喜踊躍說此伽他如人遇醫重病得愈隨意受用諸飲食等還至醫所作如是言我賴汝恩還得身命天帝亦爾故不相違復次彼依獲得四神足壽故於佛前說如是頌如契經說苾芻當知何等爲壽謂四神足世尊爲彼略說法要令不起座得四神足故於佛前歡喜踊躍作諸愛語說此伽他復次彼依獲得慧命根故作如是說如契經說諸命根中慧命最勝謂佛爲彼略說法要令得慧命故於佛前歡喜踊躍作諸愛語說此伽他問豈天帝釋先無慧根今聞法已方乃獲得答先雖有慧而是有漏今得無漏故作是說復次彼依解脫五種衰相故作是說謂諸天中將命終位先有二種五衰相現一小二大云何名爲小五衰相一者諸天往來轉動從嚴身具出五樂聲善奏樂人所不能

及將命終位此聲不起有說復出不如意聲二者諸天身光赫奕晝夜恒照身無有影將命終時身光微昧有說全滅身影便現三者諸天膚體細滑入香池浴纔出水時水不著身如蓮華葉將命終位水便著身四者諸天種種境界悉皆殊妙漂脫諸根如旋火輪不得暫住將命終位專著一境經於多時不能捨離五者諸天身力強盛眼當不瞬將命終時身力虛劣眼便數瞬云何名為大五衰相一者衣服先淨今穢二者華冠先盛今萎三者兩腋忽然流汗四者身體欻生臭氣五者不樂安住本座前五衰相現已猶可轉後五衰相現已不可轉時天帝釋已有五種小衰相現不久當有大衰相現心生憂怖作是念言誰能救我如是衰厄我當歸誰得免斯難

作是念已便自了知除佛世尊無能救護尋詣佛所求哀請救佛為說法便得見諦令彼衰相一時皆滅故於佛前歡喜踊躍作諸愛語說此伽他諸有欲令順現受業引衆同分彼作是說天帝即於聽法座上更新引得命等八根諸有欲令順現受業不能引得衆同分者彼作是說天帝即於聽法座上除五衰相身位如本由此理趣故無死生有餘師說時天帝釋亦有死生問若爾善通伽他所說前所設難當云何通謂有死生必受中有如何時衆恒見彼身答一切天中本有中有皆是化生諸化生者死無遺質中有迅速故衆不知天帝釋身而有間斷問施設論說天初生時如五歲等小兒形量天懷膝上欻爾化生彼天便謂是我男女此新生天亦言彼天

是我父母其量既小如何時衆皆見如本答初生雖小生已尋大時間迅速衆不覺知復有說者衆雖覺知而作是念此天帝釋神力自在於世尊前自現神變或大或小不謂死生有餘師說非一切天於初生時身量皆小如帝釋等大威德天於初生時及中有位皆如本有盛年時量故雖死生而衆不覺如是說者彼無死生故二說中初說爲善經死生者身心變故施設論說劫初時人有忽腹行身形既變共號爲蛇復有欻然生第三手身形既變共號爲象問如是轉變有死生不設爾何失二俱有過所以者何若有死生應受中有如何衆人不見間斷若無死生如何人趣即作傍生答應作是說彼無死生問若爾善通前所設難如何人趣即作傍生答非即人趣轉作傍生但彼身形前後有異於中有說彼恒是人然宿業因與衰不定初福業勝故作人形後時食惡諂曲增故人形相滅變似傍生如或有人被他呪術變似驢等而實是人復有說者彼是傍生然彼適從極光淨歿乘宿惡業受傍生趣前福餘勢初時似人後時食惡諂曲增故人形相滅復傍生形如蝦蟇身前後轉變前名蝌蚪顯黑形圓後名蝦蟇形方顯雜然彼前後俱是傍生劫初變人應知亦爾有餘師說彼有死生問若爾善通後所設難前所設難當云何通謂有死生必受中有如何衆人不見間斷答劫初時人本有中有皆是化生諸化生者死無遺質中有迅速時人不知彼所受身而有間斷如是說者彼無死生故二說中初說爲善經死生

者多忘本事既憶本事故非死生

阿毗達磨大毗婆沙論卷第七十　說一切有部發智

音釋

羆 班糜切獸也

佅 徒耐切與袋同

歆饗 歆許今切神饗氣也饗許兩切亦歆也

脇 虛業切腋下也

脊 資昔切背呂也

蹲 徂尊切踞也

羺 奴鉤切胡羊也

瞬 舒閏切目動也

蝦蟇 蝦胡加切蟇莫加切蝦蟇蛙屬

蝌蚪 蝌苦禾切蚪當口切蝌蚪蝦蟇子也

阿毗達磨大毗婆沙論卷第七十一

五百大阿羅漢等造

唐三藏法師玄奘奉詔譯

結蘊第二中十門納息第四之一

二十二根乃至九十八隨眠如是四十二章及解章義既領會已應廣分別二十二根者謂眼根耳根鼻根舌根身根女根男根命根意根樂根苦根喜根憂根捨根信根精進根念根定根慧根未知當知根已知根具知根此廣分別如後根蘊根納息中十八界者謂眼界色界眼識界耳界聲界耳識界鼻界香界鼻識界舌界味界舌識界身界觸界身識界意界法界意識界此界契經亦名略說亦名廣說名略說者對大記經如大譬喻大涅槃等名廣說者對處契經彼處契經亦名略說亦名廣說名略說者對界契經名廣說者對蘊契經彼蘊契經亦名略說亦名廣說名略說者對處契經名廣說者對諸所有受皆是苦等經彼諸所有受皆是苦等經但名略說不名廣說有作是說此界契經等亦名略說亦名廣說即依自說不對餘經謂界經中廣說色心略說心所故彼處契經亦名略說亦名廣說即依自說不對餘經謂處經中廣說色略說心心所故彼蘊契經亦名略說亦名廣說即依自說不對餘經謂蘊經中廣說心所略說色心故彼諸所有受皆是苦契經但名略說不名廣說復有說者此界契經名爲廣說亦攝一切法彼大譬喻大涅槃等經雖名廣說而不攝一切法彼處契經雖攝一切法而非廣說是處中說故彼蘊契經不名

廣說是略說故亦不攝一切法但攝有爲非無爲故彼諸所有受皆是苦等經不名廣說是極略說故於中亦有攝一切法者如說諸法空無我等有餘師說更無略說契經如世尊說施有二種一者法施二者財施經等更無廣說契經如大譬喩大涅槃經等如是諸說雖各有義然佛世尊於所知境先作廣說後作略說謂於所知境先廣說十八界後即於此略說爲十二處復即於此除無爲法略說爲五蘊是名世尊廣略說法即依如是廣略說法佛告尊者舍利子言我於法寶能廣略說而能解者甚爲難得復依如是廣略說法尊者舍利子白佛言世尊惟願如來廣略說法此定當有解法寶者於如是事應作譬喻如海龍王久處大海增長威勢上昇虛空興布大雲遍覆空界掣電晃曜震大雷音普告世間我當霔雨一切藥草卉木叢林聞如是聲皆大驚慴咸作是念此大龍王處大海中久增威勢今若霔雨未有息期我等皆當定爲漂沒爾時大地聞如是聲心不驚疑面無異色虛懷仰請海龍王言惟願恣情降霔大雨過百千歲我悉能受世尊亦爾曾於過去釋迦牟尼帝幢寶髻然燈勝觀乃至最後迦葉波佛所增長福德智慧資糧昇有餘依涅槃空界興大悲雲遍覆世間發勝慧電普照一切震空非我無畏雷音遍告所化舍利子等我於法寶能廣略說而能解者甚爲難得時諸所化除舍利子聞佛此言皆生怯懼咸作是念佛得如是昔所未得名句文身爲我等說恐不能解惟舍利子六十劫中增長

智見猛利圓滿猶如大地聞佛此言心不驚疑面無異色能無所畏而請佛言唯願如來廣略說法此定當有解法寶者問亦應有法非諸聲聞獨覺境界彼舍利子何緣無畏作如是請答彼唯請佛聲聞所知非佛所知聲聞境界非佛境界聲聞所行非佛所行聲聞根所及非佛根所及故不違理復次知佛開許故作是請謂舍利子作如是念世尊慈悲諸所說法必應稱量定有饒益要於田器而雨法雨所雨法雨終不唐捐諸所發言必依法器若非法器終不發言世尊既知我有爾所堪受法器作如是言故知世尊開許我請是故尊者請佛無畏問佛爲何等所化有情說蘊處界廣略三法答佛隨所化所愚而說謂愚於界者爲說十八界若愚於處者爲說十二處若愚於蘊者爲說五蘊復次世尊所化略有三種一初習業二已串修三超作意初習業者爲說十八界已串修者爲說十二處超作意者爲說五蘊復次世尊所化有三種根謂鈍中利爲鈍根者說十八界爲中根者說十二處爲利根者說五蘊復次世尊所化有三種智一者開智二者說智三者引智爲開智者說五蘊爲說智者說十二處爲引智者說十八界復次世尊所化有三種樂謂廣中略爲樂廣者說十八界爲樂中者說十二處爲樂略者說五蘊復次世尊所化有三憍逸一恃姓憍逸二恃財憍逸三恃命憍逸恃姓憍逸者爲說十八界謂族姓義是界義種類貴賤無差別故恃財憍逸者爲說十二處謂生門義是處義隨有所生尋散盡故恃

命憍逸者爲說五蘊謂積聚義是蘊義有爲積聚尋散滅故復次世尊所化有三種愚一者愚色心二者愚於色三者愚心所愚色心者爲說十八界於此界中廣說色心略說心所故愚於色者爲說十二處於此處中廣說色略說心心所故愚心所者爲說五蘊於此蘊中廣說心所略說色心故復次爲計我者說十八界謂一身中有多界別無一我故爲愚所依及所緣者說十二處謂分別識有六所依六所緣故爲我慢者說五蘊謂身惟有生滅五蘊不應恃怙起我慢故佛爲此等所化有情說蘊處界廣略三法問此十八界名有十八實體有幾答此界實體或有十七或有十二若說六識便失意界離六識身無別意界故十八界名有十八實體十七若說意

界便失六識離此意界無別六識故十八界名有十八實體十二如名與體名施設體施設名異相體異相名異性體異性名差別體差別名建立體建立名覺體覺應知亦爾問若十八界名有十八體或十七或十二者云何建立十八界耶答以三事故建立十八一以所依二以能依三以境界以所依故立六內界謂眼界乃至意界以能依故立六識界謂眼識界乃至意識界以境界故立六外界謂色界乃至法界問若以所依能依境界各有六故立十八界有差別者諸阿羅漢最後念心應非意界依彼不能生後識故答彼亦是意界依彼不能生後識者非彼爲障但餘緣障故後識不起設後起者亦作所依如有餘緣不生芽等豈沃壤地非芽等依此十八

界過去未來現在皆具問過去可有此十八界以六識身無間已滅名意界故未來現在如何亦有十八界耶答此十八界依相而立三世各有十八界相若未來現在識無意界相者過去識亦應無以相無轉故問等無間緣未來未有現在過去亦應不立此既得立意界應然答等無間緣依用而立未來未有等無間法故不可立等無間緣設立於誰有此緣用此十八界依相而立未來雖無識所依用而已有識可立所依故此與彼不可爲例諸阿羅漢最後念心雖非等無間緣而是意界准此應知餘契經中世尊自說惡叉聚喻說此喻已告諸苾芻有情身中有多界性彼亦攝在此十八界所依能依境界攝故又佛於彼多界經中說界差別有六十二彼亦攝在此十八界即所依等三事攝故問何故世尊爲衆說彼六十二界答爲對外道身見爲本有六十二見趣別故又世尊告天帝釋言憍尸迦當知世有種種界隨各所想而各執著隨各執著而各說之各言此實餘皆愚妄彼亦攝在此十八界即所依等三事攝故有作是說彼經諸見以界聲說皆惟攝在此法界中尊者左受作如是說以四事故立十八界一自性故二所作故三能作故四蘊差別故以自性故建立色界乃至法界以所作故建立眼識界乃至意識界以能作故建立眼界乃至意界以蘊差別故建立十八界謂色蘊差別建立十界一界少分識蘊差別建立七心界三蘊攝在一法界中如是名爲諸界自性我物自體相分本性已說界自性所

以今當說問何故名界界是何義答種族義是界義段義分義片義異相義不相似義分齊義是界義種種因義是界義聲論者說馳流故名界住持故名界長養故名界應知此中種族義是界義者如一山中有多種族謂金銀銅鐵白鑞鈆錫丹青等石白墡土等異類種族如是於一相續身中有十八界異類種族段義是界義者如有次第安布段物得種種名謂次第安布材木等段名爲宮殿臺觀舍等次第安布餘甘子等段名阿摩洛迦次第安布竹篾等段名蓋扇等次第安布骨肉等段名男女等如是次第安布眼等十八界段名爲有情摩納婆等分義是界義者謂男身中有十八分女等亦爾即十八界片義是界義者謂男身中有十八片女等亦爾即十八界異相義是界義者謂眼界相異乃至意識界相異不相似義是界義者謂眼界不似餘界乃至意識界不似餘界分齊義是界義者謂眼界分齊異餘十七界乃至意識界分齊異餘十七界種種因義是界義者謂因此故有眼界非即因此乃至有意識界乃至因此故有意識界非即因此乃至有眼界聲論者說馳流故名界者謂此諸界馳流三界五趣四生輪轉生死住持故名界者謂此諸界住持自性長養故名界者謂此諸界長養他性是故種族義是界義乃至長養故名爲界已總說界立名所因今當一一別說其相問眼界云何答諸眼於色已正當見及彼同分是名眼界已見色者謂過去眼正見色者謂現在眼當見色者謂未來眼及彼同分者

此國諸師說有四種一者過去彼同分眼謂眼界不見色已滅二者現在彼同分眼謂眼界不見色正滅三者未來彼同分眼謂眼界不見色當滅四者未來畢竟不生眼界外國諸師說有五種三如前說未來畢竟不生眼界分爲二種一有識屬眼界二無識屬眼界舊外國師同此國說舊此國師同外國說諸見色眼於自有情名同分眼於餘有情亦名同分諸不見色眼於自有情名彼同分眼於餘有情亦名彼同分有作是說諸見色眼於自有情名同分眼於餘有情名彼同分諸不見色眼於自有情名彼同分眼於餘有情亦名彼同分復有說者諸見色眼於自有情名同分眼於餘有情非同分亦非彼同分諸不見色眼於自有情名彼同分眼於餘有情非

同分亦非彼同分彼不應作是說云何有眼而非同分非彼同分應作是說於三說中初說應理問豈用他眼能見色耶答誰說能用他眼見色問若無能用他眼見色如何有情自見色眼於餘有情亦名同分答以有用眼根恒定故眼界用者謂能見色如眼於色有用已滅說爲同分於自於他此同分名恒無改轉雖無能用他眼見色而有用眼恒名同分正滅當滅應知亦爾問同分眼能見色彼同分眼不能見色云何見色眼是不見色眼之同分不見色眼是彼見色眼之同分耶答彼此二眼互爲因故謂見色眼與不見色眼爲因不見色眼亦與見色眼爲因復次彼此二眼互相生故謂見色眼能生不見色眼不見色眼復能生見色眼復次彼此二眼互相

引故謂見色眼能引不見色眼不見色眼復能引見色眼復次彼此二眼互相轉故謂見色眼能轉不見色眼不見色眼復能轉見色眼復次彼此二眼互相續故謂見色眼能續不見色眼不見色眼復能續見色眼復次見色眼與不見色眼俱一界攝俱一處攝俱一根攝同一見性故見色眼是不見色眼之同分不見色眼復是彼見色眼之同分如眼界耳鼻舌身界亦爾同分彼同分品類差别皆相似故問色界云何答諸色爲眼已正當見及彼同分是名色界已所見者謂過去色正所見者謂現在色當所見者謂未來色及彼同分者謂有四種彼同分色一者過去彼同分色謂色界不爲眼所見已滅二者現在彼同分色謂色界不爲眼所見正滅三者未來彼同分色謂色界不爲眼所見當滅四者未來畢竟不生色界或有色界於一有情是同分於二三四乃至百千諸有情等亦是同分謂此色界是一有情眼所見亦是二三四乃至百千諸有情等眼所見故如百千人同觀初月然此色界於諸緣彼生眼識者名同分於不緣彼生眼識者名彼同分又如衆中有一妓女形容端正衆具莊嚴諸有緣之起眼識者彼色界名同分諸有不緣起眼識者即彼色界名彼同分又如法師昇座説法言辭清辯形貌端嚴諸有緣之起眼識者彼色界名同分諸有不緣起眼識者即彼色界名彼同分或有色界於一有情名彼同分於二三四乃至百千諸有情等亦名彼同分謂彼色界在隱映處無量有情不能見故或有色界

一切有情眼所不見即彼色界於一切時名彼同分如妙高山中心之色及大地中大海下色一切有情無有見者問彼色豈非天眼境界答彼色雖是天眼境界而無用故此不觀之復次非一切時天眼現起故有彼色天眼不見問彼色豈非佛眼境界答彼色雖是佛眼境界而無用故佛不觀之復次非一切時有佛出世如今無佛既無佛眼故有彼色非佛眼見問何故見色眼於自有情名同分於餘有情亦名同分而所見色於見者名同分於不見者名彼同分耶答容一色界多有情見無一眼界二有情用故謂有色界一有情見容二三四乃至百千有情亦見是共見故諸有見者此色界於彼名同分諸不見者此色界於彼名彼同分無一眼界二有情用況多有情是不共故諸用此眼能見色者此眼於彼名同分諸餘有情眼若見色若不見色此眼於彼亦名有作用眼既是不共於一切時相恒定故如色界聲香味觸界亦爾同分彼同分品類差別皆相似故然於此義或有欲令惟齅甞覺各自身中諸香味觸彼作是說香味觸界依世俗理如色界說謂諸世間作如是語汝所齅香我等亦齅汝所甞味我等亦甞汝所覺觸我等亦覺依勝義理香味觸界如眼界說謂一有情所齅香界餘不能齅若一有情所甞味界餘不能甞若一有情所覺觸界餘不能覺問若一觸界二有情身各在一邊共所逼觸豈非勝義如色界說答如是觸界有多極微和集一處二身逼觸各得一邊無共得者故勝義理如眼界說香

味二界准此應知復有欲令亦鼻嘗覺他及非情諸香味觸彼作是說香味觸界若已受用及受用時依世俗理如色界說謂諸世間說共得故依勝義理如眼界說一所受用餘不得故若未受用香味觸界依勝義理亦有共得如色界說義謂在未來當至現在有多人等共得義故若依前義應作是說香味觸界依世俗理如色界說依勝義理如眼界說若依後義應作是說香味觸界若已受用及受用時依世俗理如色界說依勝義理如眼界說若未受用依勝義理亦可得言如色界說是故諸論皆作是說如色界聲香味觸界亦爾以香味觸可共得故問眼識界云何答眼及色爲緣所生眼識是名眼識界問眼識生時除自性餘一切法皆作緣何故但眼色爲緣答此中且說增勝緣故謂若法是眼識所依所緣者此中說之眼是眼識所依色是眼識所緣是故偏說餘法不爾復次若法是眼識近增上緣者此中說之眼及色與眼識作近增上緣勝眼識上生住異滅是故偏說復次若法是眼識不共勝緣者此中說之眼及色與眼識作不共勝緣勝眼識生住異滅是故偏說問眼識亦以色爲緣生何故名眼識不名色識耶答亦有經說此名色識如說色界爲緣生色識乃至法界爲緣生法識問但有一經作如是說餘一切經皆說眼識如何不說名色識耶答眼是內故但名眼識色是外故不名色識復次眼是所依故但名眼識色是所緣故不名色識復次眼是根故但名眼識色是根義故不名色識復次眼是有

境故但名眼識色是境故不名色識復次眼是不共故但名眼識色是共故不名色識復次諸立名者皆就所依顯所立名有差別故眼是識所依根故但名眼識乃至意是意識所依根故但名意識如聲惟就所依立名顯所立名有差別故如依鼓起但名鼓聲若依貝起但名貝聲依箜篌等應知亦爾問眼等六識皆依意生何緣前五不名意識答若法是識不雜不共不亂所依識名依彼眼是眼識不雜不共不亂所依故名眼識廣說乃至身是身識不雜不共不亂所依故名身識意是五識雜共亂依是故前五不名意識問若爾意識亦應不說名意識耶答意識更無不雜不共不亂所依如前五識是故但說名爲意識以是因緣應作四句有法是眼識所依非等無間緣謂俱生眼有法是眼識等無間緣非所依謂無間已滅諸心所法有法是眼識所依亦是等無間緣謂無間已滅意界有法非眼識所依亦非等無間緣謂除前相乃至身識四句亦爾若法是意識所依亦是等無間緣有法是意識等無間緣而非所依謂無間已滅諸心所法尊者世友亦作是說眼識亦以色爲緣生何緣眼識不名色識答眼是眼識所依色不爾故復次眼是眼識勝緣色不爾故復次眼惟隨自相續色不定復次眼惟在近色不定故復次眼惟在內色不定故復次眼是不共色不爾故復次眼惟有執受色不定故復次眼有損益識隨損益色不爾故問色若有損益識亦隨損益若無色者眼識不生亦應名色識何緣但說名眼識耶

答此不應例所以者何有眼根者雖一色壞更緣餘色眼識可生若無眼根雖有多色恒現在轉眼識不生是故眼識損益隨根不隨於色復次眼有下中上識隨下中上色不爾故復次眼是不共色不定故有緣一界色生二界眼識無依一界眼生二界眼識故有緣一趣色生五趣眼識無依一趣眼生二趣眼識況有多故有緣一生色生四生眼識無依一生眼生二生眼識況有多故復次眼是眼識勝增上緣色不爾故大德說曰若眼有留難識亦有留難若眼無留難識亦無留難故名眼識不名色識問若色有留難眼識亦有留難無所緣色眼識不生故答色有衆多眼惟有一不應爲例謂若有眼雖一色壞而緣第二眼識得生若第二壞緣第三色眼識得生餘壞緣餘生識亦爾若一身中眼根壞者設有無量那庾多色正現在前緣彼眼識皆不得生是故眼識不名色識乃至身識應知亦爾問有契經言眼所識色此有何意諸色但是眼識所識眼根不能了別色故答彼於所依顯能依事故不違理謂佛世尊或於所依顯能依事或於能依顯所依事於所依顯能依事者如彼經言眼所識色於能依顯所依事者如有處說眼識所受眼識所了說名所見復次彼經應言眼識所識色誦者錯謬故彼但言眼所識色復次彼經應言眼識所識色略去中間故但說眼所識色如說牛車擇滅等故復次彼契經中依勝具說故不違理如伎滦書依勝具說此亦如是如作伎樂時雖有樂具及諸子女并餘助伴而伎樂主

偏得其名是勝具故又如染衣等時非無水器染師助伴而彼染色偏得其名是勝具故又如書時非無水墨盛貯墨器及人葉等而筆勝故偏得其名此亦如是雖識色時有多識具謂空明等而眼勝故偏得其名故彼經說眼所識色復次眼是識色所依止故彼契經言眼所識色如言道路是商侶等所應行處然彼道路但是脚足所應行處彼商侶等是彼脚足所依止故偏得其名此亦如是如眼識界耳鼻舌身識界亦爾緣生立名釋通經義皆相似故問意界云何答諸意於法已正當了及彼同分是名意界已了法者謂過去意界正了法者謂現在意界當了法者謂未來意界及彼同分者謂未來畢竟不生意界無有過去現在意界是彼同分心心所法必託所緣方能起故由此未來當生意界亦必是同分問意界若緣十七界起是同分不答亦是同分如眼界等有見等用必是同分意界亦爾有了用者即名同分問法界云何答諸法爲意已正當了是名法界已爲意了者謂諸法界已爲過去意界所了正爲意了者謂諸法界正爲現在意界所了當爲意了者謂諸法界當爲未來意界所了問法界爲有彼同分不答無所以者何以無有法非去來今無量意識所了別故有意識起一刹那中惟除自性相應俱有了別所餘一切法故問餘十七界亦是意識所了別境應皆是同分便無彼同分如何說有彼同分耶答餘十七界不依意識立爲同分及彼同分但依各別根境相對謂眼對色色對眼乃至身對觸

觸對身問若爾意界及意識界惟應對法界立同分彼同分是則緣餘十七界者應非同分答理應如是然以意界及意識界能通了別一切法故依自作用立爲同分如眼等根有見等用必不立爲彼同分故有餘師說法界總攝一切法盡以十七界亦名法故無斯過失彼不應作是說法名雖通而法界別故由此前說於理爲善此中應作頌設問答頌有俱有法有是同分有是彼同分耶答有謂彼同分十七界上生住異滅法界攝故恒名同分頗有相應俱有法有是同分有是彼同分耶答有謂未來不生意界意識界等是彼同分彼相應心所法及彼隨轉色不相應行法界攝故恒名同分

阿毗達磨大毗婆沙論卷第七十一 說一切有部發

智

音釋

慴 之涉切怖也 髻 古詣切綰髮也 怯 乞業切畏也 串 古患切與慣同 恃 音市賴也 沃壤 沃烏酷切潤澤也壤如兩切柔土也 鑞 盧合切錫也 鉛 與專切黑錫也 墡 常演切白土也 篾 莫結切析竹也 齅 許救切以鼻攬氣也 錯謬 錯七各切誤也謬靡幼切差也 盛貯 盛時征切受也貯丁呂切積也

阿毗達磨大毗婆沙論卷第七十二

五百大阿羅漢等造

唐三藏法師玄奘奉詔譯

結蘊第二中十門納息第四之二

問意識界云何答意及法爲緣所生意識是名意識界此中問答分别如眼識界應知問何緣六識界不說彼同分答應說而不說者當知此義有餘復次六識界是生所顯依生建立彼同分心是不生故惟說同分復次六識界是用所顯依用建立彼同分心無作用故惟說同分復次六識界皆是意界攝已說意界有彼同分應知即已說六識界故不復說問若爾不應立六識界此六即是意界攝故答雖即意界而爲建立根境識三各有六故復别說有六識差别問諸契經中說心意識如是三種差别云何或有說者無有差别心即是意意即是識此三聲别義無異故如火名火亦名焰頂亦名熾然亦名生明亦名受祀亦名能熟亦名無路亦名鑽息亦名煙幢亦名金相如是一火有十種名聲雖有異而體無别如天帝釋亦名鑠羯羅亦名補爛達羅亦名莫伽梵亦名婆颯縛亦名憍尸迦亦名設芝夫亦名印達羅亦名千眼亦名三十三天尊如是一主有十種名聲雖有異而體無别如對法中說受名受亦名等受亦名别受亦名覺受亦名受趣如是一受有五種名聲雖有異而體無别故契經說心意識三聲雖有異而無差别復有說者心意識三亦有差别謂名即差别名心名意名識異故復次世亦差别謂過去名意未來名心現在名

識故復次施設亦有差別謂界中施設心處中施設意蘊中施設識故復次義亦有差別謂心是種族義意是生門義識是積聚義復次業亦有差別謂遠行是心業如有頌言

能遠行獨行　無身寐於窟　調伏此心者
解脫大怖畏

前行是意業如有頌言

諸法意前行　意尊意所引　意染淨言作
苦樂如影隨

續生是識業如契經說入母胎時識若無者羯剌藍等不得成就故知續生是識業用復次彩畫是心業如契經說苾芻當知諸傍生趣由心彩畫有種種色歸趣是意業如契經說苾芻當知如是五根各別所行各別境界意根總領受彼所行境界意歸趣彼作諸事業了別是識業如契經說苾芻當知識能了別種種境事復次滋長是心業思量是意業分別是識業脇尊者言滋長分割是心業思量思惟是意業分別解了是識業應知此中滋長者是有漏心分割者是無漏心思量者是有漏意思惟者是無漏意分別者是有漏識解了者是無漏識心意識三是謂差別問眼色眼識界爲必同繫爲亦有異繫耶答曰如是三種或有同繫或有異繫云何同繫謂生欲界以欲界眼見欲界色時彼欲界眼欲界色生欲界眼識即彼以初靜慮眼見初靜慮色時彼初靜慮眼初靜慮色生初靜慮眼識若生初靜慮以初靜慮眼見初靜慮色時彼初靜慮眼初靜慮色生初靜慮眼識是名同繫云何異繫謂生欲界以初靜慮眼見欲

界色時彼初靜慮眼欲界色生初靜慮眼識即彼以第二靜慮眼見欲界色時彼第二靜慮眼欲界色生初靜慮眼識見初靜慮色時彼第二靜慮眼初靜慮色生初靜慮眼識見第二靜慮色時彼第二靜慮眼第二靜慮色生初靜慮眼識即彼以第三靜慮眼見欲界色時彼第三靜慮眼欲界色生初靜慮眼識見初靜慮色時彼第三靜慮眼初靜慮色生初靜慮眼識見第二靜慮色時彼第三靜慮眼第一靜慮色生初靜慮眼識見第三靜慮色時彼第三靜慮眼第三靜慮色生初靜慮眼識即彼以第四靜慮眼見欲界色時彼第四靜慮眼欲界色生初靜慮眼識見初靜慮色時彼第四靜慮眼初靜慮色生初靜慮眼識見第二靜慮色時彼第四靜慮眼第二靜慮色生初靜慮眼識見第三靜慮色時彼第四靜慮眼第三靜慮色生初靜慮眼識見第四靜慮色時彼第四靜慮眼第四靜慮色生初靜慮眼識若生初靜慮以初靜慮眼見欲界色時彼初靜慮眼欲界色生初靜慮眼識所餘廣說如生欲界若生第二第三第四靜慮廣說隨相應知頗有異繫眼異繫色生異繫眼識耶答有謂以第二靜慮眼見欲界色時彼第二靜慮眼欲界色生初靜慮眼識以第三靜慮眼見欲界色時彼第三靜慮眼欲界色生初靜慮眼識見第二靜慮色時彼第三靜慮眼第二靜慮色生初靜慮眼識以第四靜慮眼見欲界色時彼第四靜慮眼欲界色生初靜慮眼識見第二靜慮色時彼第四靜慮眼第二靜慮色生初靜慮眼識見第三

靜慮色時彼第四靜慮眼第三靜慮色生初靜慮眼識如是三種各異地繫是謂眼色識同繫異繫義問身眼色眼識界爲必同繫爲亦有異繫耶答如是四種或有同繫或有異繫云何同繫謂生欲界以欲界眼見欲界色時彼欲界身欲界眼欲界色生欲界眼識若生初靜慮以初靜慮眼見初靜慮色時彼初靜慮身初靜慮眼初靜慮色生初靜慮眼識是謂同繫云何異繫謂生欲界以初靜慮眼見欲界色時彼欲界身初靜慮眼欲界色生初靜慮眼識見初靜慮色時彼欲界身初靜慮眼初靜慮色生初靜慮眼識即彼以第二靜慮眼見欲界色時彼欲界身第二靜慮眼欲界色生初靜慮眼識見初靜慮色時彼欲界身第二靜慮眼初靜慮色生初靜慮眼識見第二靜慮色時彼欲界身第二靜慮眼第二靜慮色生初靜慮眼識即彼以第三靜慮眼見欲界色時彼欲界身第三靜慮眼欲界色生初靜慮眼識見初靜慮色時彼欲界身第三靜慮眼初靜慮色生初靜慮眼識見第二靜慮色時彼欲界身第三靜慮眼第二靜慮色生初靜慮眼識見第三靜慮色時彼欲界身第三靜慮眼第三靜慮色生初靜慮眼識即彼以第四靜慮眼見欲界色時彼欲界身第四靜慮眼欲界色生初靜慮眼識見初靜慮色時彼欲界身第四靜慮眼初靜慮色生初靜慮眼識見第二靜慮色時彼欲界身第四靜慮眼第二靜慮色生初靜慮眼識見第三靜慮色時彼欲界身第四靜慮眼第三靜慮色生初靜慮眼識見第四靜慮色時彼

欲界身第四靜慮眼第四靜慮色生初靜慮眼識若生初靜慮以初靜慮眼見欲界色時彼初靜慮身初靜慮眼欲界色生初靜慮眼識即彼以第二靜慮眼見欲界色時彼初靜慮身第二靜慮眼欲界色生初靜慮眼識見初靜慮色時彼初靜慮身第二靜慮眼初靜慮色生初靜慮眼識見第二靜慮色時彼初靜慮身第二靜慮眼第二靜慮色生初靜慮眼識即彼以第三靜慮眼見欲界色時彼初靜慮身第三靜慮眼欲界色生初靜慮眼識見初靜慮色時彼欲界身第三靜慮眼初靜慮色生初靜慮眼識見第二靜慮色時彼初靜慮身第三靜慮眼第二靜慮色生初靜慮眼識見第三靜慮色時彼初靜慮身第三靜慮眼第三靜慮色生初靜慮眼識即彼以第四靜慮眼見欲界色時彼初靜慮身第四靜慮眼欲界色生初靜慮眼識見初靜慮色時彼初靜慮身第四靜慮眼初靜慮色生初靜慮眼識見第二靜慮色時彼初靜慮身第四靜慮眼第二靜慮色生初靜慮眼識見第三靜慮色時彼初靜慮身第四靜慮眼第三靜慮色生初靜慮眼識見第四靜慮色時彼初靜慮身第四靜慮眼第四靜慮色生初靜慮眼識如生初靜慮生第二第三第四靜慮廣說隨相應知有差別者若生第二靜慮應一切時說第二靜慮身若生第三靜慮應一切時說第三靜慮身若生第四靜慮應一切時說第四靜慮身頗有異繫身異繫眼異繫色生異繫眼識耶答有謂生欲界以第三靜慮眼見第二靜慮色時彼欲界身第三靜慮眼

第二靜慮色生初靜慮眼識即彼以第四靜慮眼見第二靜慮色時彼欲界身第四靜慮眼第二靜慮色生初靜慮眼識見第三靜慮色時彼欲界身第四靜慮眼第三靜慮色生初靜慮眼識若生第二靜慮以第三靜慮眼見欲界色時彼第二靜慮身第三靜慮眼欲界色生初靜慮眼識即彼以第四靜慮眼見欲界色時彼第二靜慮身第四靜慮眼欲界色生初靜慮眼識見第三靜慮色時彼第二靜慮身第四靜慮眼第三靜慮色生初靜慮眼識若生第三靜慮以第四靜慮眼見欲界色時彼第三靜慮身第四靜慮眼欲界色生初靜慮眼識見第二靜慮色時彼第三靜慮身第四靜慮眼第二靜慮色生初靜慮眼識如是四種各異地繫是謂身眼色識同繫異繫義如說眼界色界眼識界及與身同繫異繫如是耳界聲界耳識界及與身同繫異繫廣說隨相應知問鼻香鼻識界爲必同繫爲亦有異繫耶答如是三種惟有同繫謂欲界鼻欲界香生欲界鼻識雖有餘繫鼻而無香鼻識故此不說問身鼻香鼻識界爲必同繫爲亦有異繫耶答如是四種惟有同繫謂欲界身欲界鼻欲界香生欲界鼻識雖有餘繫身及鼻界而無香鼻識故此不說如鼻界香界鼻識界及與身惟同繫如是舌界味界舌識界及與身惟有同繫廣說隨相應知問身觸身識界爲必同繫爲亦有異繫耶答如是三種或有同繫或有異繫云何同繫謂生欲界彼欲界身欲界觸生欲界身識若生初靜慮彼初靜慮身初靜慮觸生初靜慮身識是

謂同繫云何異繫謂生第二靜慮彼第二靜慮身第二靜慮觸生初靜慮身識若生第三靜慮彼第三靜慮身第三靜慮觸生初靜慮身識若生第四靜慮彼第四靜慮身第四靜慮觸生初靜慮身識是謂異繫身觸必無異地繫義以根境合方生識故根境麤細必相似故此中無四相對同異身界無別所依身故問意法意識界爲必同繫爲亦有異繫耶答如是三種或有同繫或有異繫云何同繫謂欲界意欲界法生欲界意識乃至非想非非想處意非想非非想處法生非想非非想處意識是謂同繫云何異繫有作是說欲界善心無間惟有未至定現在前未至定無間欲界善心現在前或有說者欲界善心無間有未至定或初靜慮現在前彼二無間欲界善心現在前復有說者欲界善心無間有未至定或初靜慮或靜慮中間現在前彼三無間欲界善心現在前尊者妙音作如是說欲界善心無間有未至定或初靜慮或靜慮中間或第二靜慮現在前彼四無間欲界善心現在前如超定時初靜慮等無間超第二靜慮等而第三靜慮等現在前故評曰彼不應作是說定不定心相生異故應作是說欲界善心無間有未至定或初靜慮現在前彼二無間欲界善心現在前彼無間勢力惟能至此故謂欲界善心無間或未至定或初靜慮現在前時彼欲界意初靜慮地意識法或三界繫或不繫彼二無間欲界善心現在前時彼初靜慮地意欲界意識法或三界繫或不繫初靜慮無間順次入第二靜慮時彼初靜

慮意第二靜慮意識法或三界繫或不繫第二靜慮無間逆次入初靜慮時彼第二靜慮意初靜慮意識法或三界繫或不繫第二靜慮無間順次入第三靜慮時彼第二靜慮意第三靜慮意識法或三界繫或不繫第三靜慮無間逆次入第二靜慮時彼第三靜慮意第二靜慮意識法或三界繫或不繫第三靜慮無間順次入第四靜慮時彼第三靜慮意第四靜慮意識法或三界繫或不繫第四靜慮無間逆次入第三靜慮時彼第四靜慮意第三靜慮意識法或三界繫或不繫第四靜慮無間順次入空無邊處時彼第四靜慮意空無邊處意識法或無色界繫或不繫空無邊處無間逆次入第四靜慮時彼空無邊處意第四靜慮意識法或三界繫或不繫空無

邊處無間順次入識無邊處時彼空無邊處意識無邊處意識法或識無邊處繫或無所有處繫或非想非非想處繫或不繫識無邊處無間逆次入空無邊處時彼識無邊處意空無邊處意識法或無色界繫或不繫識無邊處無間順次入無所有處時彼識無邊處意無所有處意識法或無所有處繫或非想非非想處繫或不繫無所有處無間逆次入識無邊處時彼無所有處意識無邊處意識法或識無邊處繫或無所有處繫或非想非非想處繫或不繫無所有處無間順次入非想非非想處時彼無所有處意非想非非想處意識法或非想非非想處繫或不繫非想非非想處無間逆次入無所有處時彼非想非非想處意無所有處意識法或無所有處

繫或非想非非想處繫或不繫初靜慮無間順超入第三靜慮時彼初靜慮意第三靜慮意識法或三界繫或不繫第三靜慮無間逆超入初靜慮時彼第三靜慮意初靜慮意識法或三界繫或不繫乃至識無邊處無間順超入非想非非想處時彼識無邊處意非想非非想處意識法或非想非非想處繫或不繫非想非非想處無間逆超入識無邊處時彼非想非非想處意識無邊處意識法或識無邊處繫或無所有處繫或非想非非想處繫或不繫餘地隨相皆應廣說

如是已說順逆入定次復應說入定定果此中定果者十四變化心謂欲界初靜慮各有四第二靜慮有三第三靜慮有二第四靜慮有一且欲界有四變化心者謂初靜慮果乃至第四靜慮果此四變化心無間淨四靜慮現在前淨四靜慮無間此四變化心現在前欲界初靜慮果變化心無間淨初靜慮現在前時彼欲界意初靜慮意識法或三界繫或不繫淨初靜慮無間欲界初靜慮果變化心現在前時彼初靜慮意欲界意識法即所變化或四處或二處如是乃至欲界第四靜慮果變化心無間淨第四靜慮現在前時彼欲界意第四靜慮意識法或三界繫或不繫淨第四靜慮無間欲界第四靜慮果變化心現在前時彼第四靜慮意欲界意識法即所變化或四處或二處餘十靜慮果變化心對淨靜慮廣說隨相應知

如是已說入定定果次復應說命終受生謂欲界歿生初靜慮時彼欲界意初靜慮意識

法或上八地繫或不繫初靜慮歿生欲界時彼初靜慮意欲界意識法或三界繫或不繫欲界歿乃至生非想非非想處時彼欲界意非想非非想處意識法或非想非非想處繫或不繫非想非非想處歿乃至生欲界時彼非想非非想處意欲界意識法或三界繫或不繫乃至無所有處歿生非想非非想處時彼無所有處意非想非非想處意識法或非想非非想處繫或不繫非想非非想處歿生無所有處時彼非想非非想處意無所有處意識法或無所有處繫或非想非非想處繫或不繫是謂異繫此中無四相對同異以意界等通在九地不必依止色身起故問此六識身幾有分別幾無分別答前五識身惟無分別第六識身或有分別或無分別且在定者皆無分別不在定者容有分別計度分別遍與不定意識俱故此中且説眼識後起分別意識問以欲界眼見欲界色及以色界眼見欲色界色時於彼色起幾種眼識此後於彼復起幾種分別意識答已斷善根者眼見色時於彼色起二種眼識謂染汚無覆無記此後於彼復起三種分別意識謂善染汚無覆無記不斷善根者若諸異生未離欲界染眼見色時於彼色起三種眼識謂善染汚無覆無記此後於彼復起欲界三種分別意識謂善染汚無覆無記即彼若生欲界已離欲界染未離初靜慮染以欲界眼見諸色時於彼色起二種眼識謂除染汙此後於彼復起分別意識若退法者欲界三種初靜慮二種不退法者欲界初靜慮各二種謂除染汙即

彼以初靜慮眼見欲界色時於彼色起無覆無記眼識此後於彼復起分別意識初靜慮二種除染汙欲界若退法者三種不退法者二種見初靜慮色時於彼色起無覆無記眼識此後於彼復起分別意識初靜慮三種欲界若退法者二種除無記不退法者惟善即彼已離初靜慮染未離第二靜慮染以初靜慮眼見欲界色時於彼色起無覆無記眼識此後於彼復起分別意識若退法者欲界三種初靜慮二種不退法者欲界二種初靜慮惟善見初靜慮色時於彼色起無覆無記眼識此後於彼復起分別意識若退法者欲界二種初靜慮三種不退法者欲界初靜慮各惟善即彼以第二靜慮眼見欲界色時於彼色起無覆無記眼識此後於彼復起分別意識若退法者欲界三種前二靜慮各二種不退法者欲界第二靜慮各二種初靜慮惟善見初靜慮色時於彼色起無覆無記眼識此後於彼復起分別意識若退法者欲界第二靜慮各二種初靜慮三種不退法者欲界初靜慮各惟善第二靜慮二種見第二靜慮色時於彼色起無覆無記眼識此後於彼復起分別意識若退法者欲界初靜慮各二種第二靜慮三種不退法者欲界初靜慮各惟善第二靜慮三種即彼已離第二靜慮染未離第三靜慮染以初靜慮眼見欲界色時於彼色起無覆無記眼識此後於彼復起分別意識若退法者欲界三種前三靜慮各二種不退法者欲界及第三靜慮各二種前二靜慮各惟善見初靜慮色時於彼色起無覆無記

眼識此後於彼復起分別意識若退法者欲界第二第三靜慮各二種初靜慮三種不退法者欲界及前二靜慮各惟善第三靜慮二種即彼以第二靜慮眼見欲界色時於彼色起無覆無記眼識此後於彼復起分別意識若退法者欲界三種前二靜慮各二種不退法者欲界二種前二靜慮各惟善見初靜慮色時於彼色起無覆無記眼識此後於彼復起分別意識若退法者欲界第二靜慮各二種初靜慮三種不退法者欲界及前二靜慮各惟善見第二靜慮色時於彼色起無覆無記眼識此後於彼復起分別意識若退法者欲界初靜慮各二種第二靜慮三種不退法者欲界及前二靜慮各惟善即彼以第三靜慮眼見欲界色時於彼色起無覆無記眼識此後於彼復起分別意識若退法者欲界三種前三靜慮各二種不退法者欲界第三靜慮各二種前二靜慮各惟善見初靜慮色時於彼色起無覆無記眼識此後於彼復起分別意識若退法者欲界第二第三靜慮各二種初靜慮三種不退法者欲界及前二靜慮各惟善第三靜慮二種見第二靜慮色時於彼色起無覆無記眼識此後於彼復起分別意識若退法者欲界及初第三靜慮各二種第二靜慮三種不退法者欲界及前二靜慮各惟善第三靜慮二種見第三靜慮色時於彼色起無覆無記眼識此後於彼復起分別意識若退法者欲界及前二靜慮各二種第三靜慮三種不退法者欲界及前二靜慮各惟善第三靜慮三種即彼已離第三靜慮染

未離第四靜慮染以初靜慮眼見欲界色時於彼色起無覆無記眼識此後於彼復起分別意識若退法者欲界三種四靜慮各二種不退法者欲界及第四靜慮各二種前三靜慮各惟善見初靜慮色時於彼色起無覆無記眼識此後於彼復起分別意識若退法者欲界及後三靜慮各二種初靜慮三種不退法者欲界及前三靜慮各惟善第四靜慮二種即彼以第二靜慮眼見欲界色時於彼色起無覆無記眼識此後於彼復起分別意識若退法者欲界三種四靜慮各二種不退法者欲界第四靜慮各二種前三靜慮惟善見初靜慮色時於彼色起無覆無記眼識此後於彼復起分別意識若退法者欲界及後三靜慮各二種初靜慮三種不退法者欲界及

前三靜慮各惟善第四靜慮二種見第二靜慮色時於彼色起無覆無記眼識此後於彼復起分別意識若退法者欲界及初第三第四靜慮各二種第二靜慮三種不退法者欲界及前三靜慮各惟善第四靜慮二種即彼以第三靜慮眼見欲界色時於彼色起無覆無記眼識此後於彼復起分別意識若退法者欲界三種四靜慮各二種不退法者欲界第四靜慮各二種前三靜慮惟善見初靜慮色時於彼色起無覆無記眼識此後於彼復起分別意識若退法者欲界及後三靜慮各二種初靜慮三種不退法者欲界及前三靜慮各惟善第四靜慮二種見第二靜慮色時於彼色起無覆無記眼識此後於彼復起分別意識若退法者欲界及初第三第四靜慮

各二種第二靜慮三種不退法者欲界及前三靜慮各惟善第四靜慮二種見第三靜慮色時於彼色起無覆無記眼識此後於彼復起分別意識若退法者欲界及初第二第四靜慮各二種第三靜慮三種不退法者欲界及前三靜慮各惟善第四靜慮二種

阿毗達磨大毗婆沙論卷第七十二 說一切有部發智

音釋

鑽 借官切穿也 鑠羯 鑠式灼切羯吉列切 颰 悉合切 羯剌藍 梵語此云凝滑亦云和合羯吉列切剌郎葛切 評 平符兵切品論也

阿毗達磨大毗婆沙論卷第七十三

五百大阿羅漢等造
唐三藏法師玄奘奉詔譯

結蘊第二中十門納息第四之三

即彼以第四靜慮眼見欲界色時於彼色起無覆無記眼識此後於彼復起分別意識若退法者欲界三種四靜慮各二種不退法者欲界第四靜慮各二種前三靜慮各惟善見初靜慮色時於彼色起無覆無記眼識此後於彼復起分別意識若退法者欲界及後三靜慮各二種初靜慮三種不退法者欲界及前三靜慮各惟善第四靜慮二種見第二靜慮色時於彼色起無覆無記眼識此後於彼復起分別意識若退法者欲界及初第三第四靜慮各二種第二靜慮三種不退法者欲界及前三靜慮各惟善第四靜慮二種見第三靜慮色時於彼色起無覆無記眼識此後於彼復起分別意識若退法者欲界及初第二第四靜慮各二種第三靜慮三種不退法者欲界及前三靜慮各惟善第四靜慮二種見第四靜慮色時於彼色起無覆無記眼識此後於彼復起分別意識若退法者欲界及前三靜慮各二種第四靜慮三種不退法者欲界及前三靜慮各惟善第四靜慮三種即彼若已離第四靜慮染以四靜慮眼見五地色於彼色起無覆無記眼識及五地分別意識多少隨相應知此中已離初靜慮染等以易了故不復說若諸異生生初靜慮未離初靜慮染見欲界色時於彼色起二種眼識除

淤汙此後於彼復起分別意識欲界三種初靜慮二種見初靜慮色時於彼色起三種眼識此後於彼復起分別意識欲界二種初靜慮三種即彼已離初靜慮淤未離第二靜慮淤以初靜慮眼見欲界色時於彼色起眼識分別廣說如前見初靜慮色時於彼色起二種眼識所起分別如前應知即彼以第二靜慮眼見欲界色時於彼色起無覆無記眼識此後於彼復起分別意識欲界三種前二靜慮二種見初靜慮色時於彼色起無覆無記眼識此後於彼復起分別意識欲界及第二靜慮各二種初靜慮各二種初靜慮三種見第二靜慮色時於彼色起無覆無記眼識此後於彼復起分別意識欲界及初靜慮各二種第二靜慮三種即彼已離第二靜慮淤未

離第三靜慮淤以三地眼見四地色或已離第三靜慮淤未離第四靜慮淤或已離第四靜慮淤以四地眼見五地色於彼色起眼識分別准前應知如說異生生初靜慮如是即彼生第二第三第四靜慮一一廣說隨相應知已說異生若諸聖者未離欲界淤見欲界三種分別即彼若生欲界已離欲界淤未離初靜慮淤以欲界眼見諸色時於彼色起色時於彼色起三種眼識此後於彼復起欲界三種分別即彼若生欲界已離欲界淤未離初靜慮淤以欲界眼見諸色時於彼色起二種眼識此後於彼復起分別意識若退法者欲界三種初靜慮二種不退法者欲界初靜慮各二種即彼以初靜慮眼見欲界色時於彼色起無覆無記眼識此後於彼復起分別意識初靜慮二種欲界若退法者三種不退法者二種見初靜慮色時於彼色起無覆

無記眼識此後於彼復起分別意識初靜慮三種欲界惟善即彼已離初靜慮染未離第二靜慮染以初靜慮眼見欲界色時於彼色起無覆無記眼識此後於彼復起分別意識若退法者欲界三種初靜慮二種不退法者欲界二種初靜慮惟善見初靜慮色時於彼色起無覆無記眼識此後於彼復起分別意識欲界惟善初靜慮若退法者三種不退法者惟善即彼以第二靜慮眼見欲界色時於彼色起無覆無記眼識此後於彼復起分別意識若退法者欲界三種前二靜慮各二種不退法者欲界第二靜慮各二種初靜慮惟善見初靜慮色時於彼色起無覆無記眼識此後於彼復起分別意識欲界惟善第二靜慮二種初靜慮若退法者三種不退法者惟善見第二靜慮色時於彼色起無覆無記眼識此後於彼復起分別意識欲界初靜慮各惟善第二靜慮三種即彼已離第二靜慮染未離第三靜慮染以三地眼見四地色或已離第三靜慮染未離第四靜慮染或已離第四靜慮染以四地眼見五地色於彼色起眼識分別隨相應知此中已離初靜慮染等以欲界眼見諸色時於彼色起眼識分別准前易了故不復說已說聖者生欲界即彼若生初靜慮未離初靜慮染見欲界色時於彼色起二種眼識此後於彼復起初靜慮二種分別見初靜慮色時於彼色起三種眼識此後於彼復起初靜慮三種分別即彼已離初靜慮染未離第二靜慮染以初靜慮眼見欲界色時於彼色起眼識分別准前應知見初靜

慮色時於彼色起二種眼識此後於彼復起前二靜慮二種分別即彼以第二靜慮眼見欲界初靜慮色時於彼色起無覆無記眼識此後於彼復起前二靜慮各二種分別見第二靜慮色時於彼色起無覆無記眼識此後於彼復起分別意識初靜慮惟善第二靜慮三種即彼已離第二靜慮染未離第三靜慮染以初靜慮眼見欲界初靜慮色時於彼色起眼識分別准前應知即彼以第二靜慮眼見欲界初靜慮色時於彼色起無覆無記眼識此後於彼復起分別意識初及第三靜慮各二種第二靜慮惟善見第二靜慮色時於彼色起無覆無記眼識此後於彼復起分別意識前二靜慮各惟善第三靜慮二種即彼以第三靜慮眼見欲界初靜慮色時於彼色起無覆無記眼識此後於彼復起分別意識初及第三靜慮各二種第二靜慮惟善見第三靜慮色時於彼色起無覆無記眼識此後於彼復起分別意識前二靜慮各惟善第三靜慮二種見第三靜慮色時於彼色起無覆無記眼識此後於彼復起分別意識前二靜慮各惟善第三靜慮三種即彼已離第三靜慮染未離第四靜慮染或已離第四靜慮染以四地眼見五地色時於彼色起眼識分別隨相應知如說聖者生初靜慮如是即彼生第二第三第四靜慮一一廣說隨相應知此中眼識依自地眼緣下地色容有二種謂除染汙緣自地色容有三種若依上地眼惟無覆無記善染汙眼識惟生自地容現在前由此心定繫屬生故善分別意識能緣一切自

上下地染汙分別意識惟能緣自上地無覆無記分別意識惟能緣自下地善及染汙分別意識生自下地容現在前非生上地無覆無記分別意識惟生自地容現在前由此必定繫屬生故眼識後起分別意識非惟一生設經多生緣所見色亦得起故問何緣生在後三靜慮而得現起初靜慮眼識耶譬喻者說誰說生在後三靜慮而能現起初靜慮地眼等諸識然後三靜慮自有眼等識依自地根了自下境若不爾者云何生上作巧方便引初靜慮眼等諸識令現在前評曰彼不應作是說應作是說後三靜慮無眼等識所以者何無尋伺故眼等五識恒與尋伺相應起故問何緣生在後三靜慮不引欲界眼等諸識令現在前而但引起初靜慮識有作是說欲界劣故生在勝地不欲引彼眼等諸識令現在前有餘師說彼界別故謂欲界繫眼等諸識與上地根不同界繫初靜慮識與上地根雖不同地而界同故亦依彼起或有說者欲界眼等識非修果非通果故依上地根不得現起初靜慮眼等識是修果是通果故依上地根亦得現起復有說者欲界眼等識非定界非修地非離染地故依上地根不得現起初靜慮眼等識是定界是修地是離染地故依上地根亦得現起由如是等種種因緣生後三靜慮得起初靜慮眼等諸識不起欲界如說眼識依諸地根了諸地色引意識中三種分別數有多少耳等諸識准此應知問諸成就眼界亦成就色界耶答若成就眼界亦成就色界有成就色界不成就眼界謂生

欲界若未得眼或得已失未得眼者謂羯剌藍等位及生盲者得已失者謂得眼已或腐爛或被挑或蟲食或餘緣壞問諸成就眼界亦成就眼識界耶答應作四句有成就眼界不成就眼識界謂生第二第三第四靜慮眼識界不現在前有成就眼識界不成就眼界謂生欲界若未得眼或得已失有成就眼界亦成就眼識界謂生欲界已得眼而不失或生初靜慮或生第二第三第四靜慮眼識界現在前有不成就眼界亦不成就眼識界謂生無色界問諸成就色界亦成就眼識界耶答若成就眼識界亦成就色界有成就色界不成就眼識界謂生第二第三第四靜慮眼識界不現在前問若不成就眼界亦不成就色界耶答若不成就色界亦不成就眼界有不成就眼界非不成就色界謂生欲界若未得眼或得已失問諸不成就眼界亦不成就眼識界耶答應作四句有不成就眼界非不成就眼識界謂生欲界若未得眼或得已失有不成就眼識界非不成就眼界謂生第二第三第四靜慮眼識界不現在前有不成就眼界亦不成就眼識界謂生無色界有非不成就眼界亦非不成就眼識界謂生欲界已得眼而不失或生初靜慮或生第二第三第四靜慮眼識界現在前問諸不成就色界亦不成就眼識界耶答若不成就色界亦不成就眼識界有不成就眼識界非不成就色界謂生第二第三第四靜慮眼識界不現在前問諸眼界不成就得成就亦色界耶答若色界不成就得成就眼界亦爾有眼界不成就

得成就非色界謂生欲界漸得眼界問諸眼界不成就得成就亦眼識界耶答應作四句有眼界不成就得成就非眼識界謂無色界歿生第二第三第四靜慮或生欲界漸得眼界有眼識界不成就得成就非眼界謂生第二第三第四靜慮眼識界現在前或從彼歿生欲界及初靜慮有眼界不成就得成就亦眼識界謂無色界歿生欲界及初靜慮有眼界非不成就得成就亦非不成就得成就亦非眼識界謂除前相問諸色界不成就得成就亦眼識界耶答應作四句有色界不成就得成就非眼識界謂無色界歿生第二第三第四靜慮有眼識界不成就得成就非色界謂生第二第三第四靜慮眼識界現在前或從彼歿生欲界及初靜慮有色界不成就得成就亦眼識界謂無色界歿生欲界及初靜慮有色界非不成就得成就亦非眼識界謂除前相問諸眼界成就得不成就亦色界耶答應作四句有眼界成就得不成就非色界謂生欲界已得眼而失有色界成就得不成就非眼界謂欲界無眼者歿生無色界有眼界成就得不成就亦色界謂欲界有眼者歿生無色界或色界歿生無色界有眼界非成就得不成就亦非色界謂除前相問諸眼界成就得不成就亦眼識界耶答應作四句有眼界成就得不成就非眼識界謂生欲界已得眼而失或第二第三第四靜慮歿生無色界有眼識界成就得不成就非眼界謂欲界無眼者歿生無色界或欲界初靜慮歿生第二第三第四靜慮或即住彼眼識界已現在

前而斷有眼界成就得不成就亦眼識界謂欲界有眼者歿生無色界或初靜慮歿生無色界有眼界非成就得不成就亦非眼識界謂除前相問諸色界成就得不成就亦眼識界耶答應作四句有色界成就得不成就非眼識界謂第二第三第四靜慮歿生無色界有眼識界成就得不成就非色界謂欲界初靜慮歿生第二第三第四靜慮或即住彼眼識界已現在前而斷有色界成就得不成就亦眼識界謂欲界初靜慮歿生無色界有色界非成就得不成就亦非眼識界謂除前相如眼界色界眼識界展轉相對有十二論如是耳界聲界耳識界展轉相對乃至意界法界意識界展轉相對亦各應有十二論如是則說同分對同分若不同分對不同分應作是說眼界色界眼識界有五種三論耳界聲界耳識界有四種三論鼻界香界鼻識界有三種三論舌界味界舌識界有三種三論身界觸界身識界有一種三論如是一一隨相應知十二處者謂眼處色處耳處聲處鼻處香處舌處味處身處觸處意處法處問何故作此論答爲廣分別契經義故謂契經說有生聞婆羅門來詣佛所到已頂禮世尊雙足合掌恭敬慰問佛已退坐一面而白佛言憍答摩尊常爲衆說一切一切云何一切齊何施設此一切言佛告生聞婆羅門曰我說一切即十二處所謂眼處乃至法處如來齊此施設一切若有沙門婆羅門等作如是說我能捨佛所說一切別更施設有一切言彼但有語而無實義若還問之便不能了後自思

審轉生迷悶所以者何非彼境故契經雖作是說而不分別其義經是此論所依根本彼不說者今欲說之故作斯論問若作是說言一切者謂十八界或作是說言一切者謂五蘊及無爲或作是說言一切者謂四諦及虛空非擇滅或作是說言一切者謂名與色如是等說豈但有語而無實義答此中遮義不遮於文但遮義施設不遮文施設佛意說言一切法性皆攝入此十二處中若有說言我能施設別更有法不攝在此十二處中彼但有語而無實義非佛意說十二處外無名色等差別法門然佛所說十二處教最上勝妙非餘法門問何故此教最上勝妙答此是處中說攝一切法故十八界教雖攝一切法而是廣說難可受持五蘊教非惟略說難可解了而亦不能攝一切法以蘊不攝三無爲故惟佛所說十二處教攝諸法盡非廣非略是故說爲最上勝妙故作是言若欲觀察諸法性相當依如是十二處教若依如是十二處教觀察諸法所有性相便生十二爾焰智光復現十二實義影像如人瑩拭十二明鏡懸在諸方若入其中便現十二自身影像一一有情身中有十二處可得問若一身中有十二處云何建立十二處耶答以彼自性作用別故謂十二處雖在一身而十二種自性作用有差別故非互相雜如一室內有十二人伎藝各別雖同一室而有十二自性作用復次以二事故立十二處一以所依即眼等六二以所緣即色等六復次以三事故立十二處一以自性二以所依三以所緣自性故者

謂立眼處乃至法處所依故者謂立眼處乃至意處所緣故者謂立色處乃至法處如是名爲諸處自性我物自體相分本性已說處自性所以今當說問何故名處處是何義答生門義是處義生路義藏義倉義經義殺處義田義池義流義海義白義淨義是處義應知此中生門義是處義者如城邑中出生諸物由此長養諸有情身如是所依及所緣內出生種種心心所法由此長養染淨相續生路義是處義者如道路中通生諸物由此長養諸有情身如是所依及所緣內通生種種心心所法由此長養染淨相續藏義是處義者如庫藏中有金銀等寶物積集如是所依及所緣內有心心所諸法積集倉義是處義者如篅倉中有稻麥等諸穀積集如是所依及所緣內有心心所諸法積集經義是處義者如織經上編布諸緯如是所依及所緣上徧布種種心心所法殺處義是處義者如戰場中斷百千頭令墮於地如是所依及所緣內有無量種心心所法爲無常滅之所滅壞田義是處義者如在田中有無量種苗稼生長如是所依及所緣內生長種種心心所法池義是處義者如有問言

水從何池出　何處道不通　何處攝世間
苦樂等皆盡

世尊告曰

眼耳鼻舌身　意及諸餘處　此攝名及色
能令無有餘　水從此池出　此處道不通
此處攝世間　苦樂等皆盡

流義是處義者如有問言

諸處將流泄　如何能制防　若從彼已流
誰復能偃塞
世尊告曰
諸處將流泄　正念能制防　若從彼已流
淨慧能偃塞
海義是處義者如世尊說苾芻當知諸有情類以眼爲海現前諸色是彼濤波於色濤波自制抑者能度眼海得免迴復邏刹娑等種種險難乃至意法廣說亦爾白義是處義者謂眼等處麤顯明了淨義是處義者謂眼等處貞實澄潔是謂生門乃至淨義外論說此名勃路拏如摩健地迦出家外道說憍答摩說諸勃路拏皆來入我呪術章句勃路拏聲舍二種義一根本義二能作義以十二處與心心所爲根本故及能作動心心所故已總說處立名所因今當一一別說其相問眼處云何答諸眼於色已正當見及彼同分是名眼處已見色等言如界中已釋乃至意處應知亦爾問色處云何答諸色爲眼已正當見及彼同分是名色處已所見等言如界中已釋乃至法處應知亦爾問若十色處法處少分皆體是色何故惟一名色處耶答惟此一處色相麤顯易了故名色處餘處不爾故立別名復次惟此一處是二眼境謂肉天眼故名色處餘處不爾故立別名復次惟此一處是三眼境謂肉天聖慧眼故名色處餘處不爾故立別名復次惟此一處是二眼境眼識所緣故名色處是故尊者妙音說曰若二眼境眼識所緣立色處名餘處不爾復次若有麤細長短此彼方處可了立色處名餘

處不爾故非色處復次若形相大及可積聚易了知者立色處名餘處不爾故非色處復次若可種植增長易了立色處名餘處不爾故非色處種植增長通內外分外分種植謂下種時增謂萌芽時長謂莖葉花果時內分種植謂羯刺藍位增謂頞部曇位長謂閉尸鍵南鉢羅奢佉等位復次若可施設爲方隅性立色處名餘處不爾故非色處惟於色處施設一切方隅自性非餘處故復次若可施設踰繕那性立色處名餘處不爾故非色處惟於色處施設一切踰繕那性非餘處故復次若能覆蓋諸餘色法如巾帽者立色處名餘處不爾故非色處惟有色處能總覆蓋諸餘色法非餘處故復次若處具有形色顯色立色處名餘處不爾故非色處復次若處具有二十種色或二十一立色處名餘處不爾故非色處問何故名觸處爲是可觸故名觸處爲體是觸故名觸處爲觸所緣故名觸處設爾何失三皆有過所以者何若是可觸故名觸處極微展轉既不相觸如何觸處是可觸耶若體是觸故名觸處大種造色非觸自性如何觸處體是觸耶若觸所緣故名觸處此亦是餘心心所境如何但說觸所緣耶答應作是說此是可觸故名觸處問極微展轉既不相觸如何觸處是可觸耶答依世俗說不依勝義謂世共說眼所受境名可見耳所受境名可聞鼻所受境名可齅舌所受境名可嘗身所受境名可觸意所受境名可知是故可觸故名觸處復次緣生身識故名觸處如契經說身觸爲緣生於身識此是勝義了

別境心故此所緣名爲觸處復次此名觸處亦名養處由此長養諸餘色法令增盛故如能增喜名爲喜處此能長養故名養處尊者世友作如是說極微展轉互相觸不答互不相觸若相觸者即應住至第二剎那大德說曰一切極微實不相觸但由無間假立觸名有作是說極微展轉實不相觸亦非無間但和合住彼此相近假立觸名問十二處體無非是法何故惟一立法處名答雖十二處體皆是法而但於一立法處名亦無有失有譬喻故如十八界體雖皆法而但於一立法界名又如十智雖皆緣法而但於一立法智名又如七覺支雖皆能擇法而但於一立擇法覺支名又如六隨念雖皆緣法而但於一立法隨念名又如四念住雖皆緣法而但於一

立法念住名又如四證淨雖皆緣法而但於一立法證淨名又如四無礙解雖皆緣法而但於一立法無礙解名又如三寶三歸雖體皆法而但於一立法寶法歸名此亦如是雖十二處體皆是法而但於一立法處名亦無有失復次法處有一名餘處有二名一名者謂共名以十二處皆是法故二名者謂共不共名共名如前不共名者謂眼處等欲令易了顯不共名法處更無不共名故但顯共名故名法處復次生有爲法生相惟在此處攝故獨名法處復次四有爲相是一切法印封幖幟簡別有爲異無爲故彼相惟在此處攝故獨名法處復次名句文身詮表顯示諸法性相令易解了彼三惟在此處攝故獨名法處復次如諸窻牖通風行故名風行處法處

亦爾通生諸法故名法處諸煩惱業及定慧等能生一切有爲法故及能通證無爲法故復次達一切法皆空非我空解脫門在此處攝故名法處問能執諸法爲我我所薩迦耶見亦此處攝如何此處不名我處答薩迦耶見是虛妄執不稱諸法實相而解是故此處不立我名空解脫門證法實相是故此處依彼名法復次擇滅涅槃是常是善不變不易生老病死所不能壞是勝義法彼法惟在此處攝故獨名法處復次分別諸法自相共相安立諸法自相共相破自性愚及所緣愚於一切法不增不減如實解慧惟此處攝故名法處餘處不爾故別立名復次此攝多法故名法處攝多法者謂於此處有色非色法相應不相應法有所依無所依法有所緣無所緣法有行相無行相法有警覺無警覺法有爲無爲法餘處不爾故別立名復次此處對意故名法處謂眼等處惟對色等惟有意處對一切法故對意者別得通名由如是等種種因緣十二處中一名法處別說諸處一一相已今應復說諸處次第問何故世尊先說內處後說外處答以依六識所依所緣次第說故問何故世尊於六內處先說眼處乃至後說意處於六外處先說色處乃至後說法處答隨順文詞詮表相故復次隨順說者受者持者次第法故復次隨順麤細次第法故謂六內處眼處最麤是故前說乃至意處最細是故後說六外處中色處最麤是故前說乃至法處最細是故後說復次依定不定次第說故六內處中前五定取現在境故前說

意處取境不決定故後說謂以三世及無爲法或總或別爲所取故前五處中前四定取所造色故前說身處取境不決定故後說謂以能造及所造色或總或別爲所取故前四處中於所取境速速明者前說此相違者後說依内六處前後次第說外六處次第亦爾復次依處上下次第說故謂一身中眼處最上耳處次下鼻處次下舌處次下身多在下意無方處故最後說依六内處前後次第說六外處應知亦爾復次依諸有情展轉相遇禮儀次第故作是說謂相遇時先互相見次與言論次奉香華次設飲食次授細妙卧具等事由此最後互相得意故十二處次第如是

阿毗達磨大毗婆沙論卷第七十三 說一切有部發智

音釋

腐爛 腐奉甫切朽也 爛盧肝切糜也　挑 吐凋切撥也　伎藝 伎渠紀切巧也 藝魚祭切才也　篅 市緣切竹器也　緯 于貴切横縷也

阿毗達磨大毗婆沙論卷第七十四

五百大阿羅漢等造

唐三藏法師玄奘奉詔譯

結蘊第二中十門納息第四之四

問云何建立內處外處爲依於法爲依於我設爾何失二俱有過所以者何若依於法法無作用於無作用一切法中云何建立內處外處若依於我我實性無如何依我立內外處答惟依法立然非一切謂六識身是染淨法所依止處若與六識作所依者名爲內處作所緣者名爲外處故依法立內外處名復次若法是根立爲內處若法是根義立爲外處復次若法是有境立爲內處若法是境立爲外處有說依我立內外處我即是心我執依故於此心上假立我名如契經說

由善調伏我　智者得生天　應善調伏心
心調能引樂

既善調心即善調我故知心上假立我名此我所依立爲內處我所緣者立爲外處然內外名非圓成實謂於我是內者於他名外於我是外者於他名內故而且依一立內外非名非不決定如契經說汝等苾芻於內六處應如實知問於外六處亦應如實知何故世尊惟勸知內處答世尊欲令諸弟子輩多於內門修靜慮故如契經說汝等苾芻應觀內根不應緣外復次世尊欲令諸弟子輩內修靜慮無所增益如契經說汝等苾芻應內修定勿妄增益常樂我淨汝等苾芻應內修定如實觀察諸行無常苦空非我因集生緣由此八種聖慧行相於一切時應觀諸有復次

世尊欲令諸弟子輩於内修習不共靜慮如世尊說汝等苾芻應内修定不應修習諸共靜慮謂麤苦障靜妙離觀汝等苾芻應内修定謂應修習不共靜慮觀察諸有如病如癰如箭惱害無常有苦是空非我由此八種勝尋思杖能徧摧伏一切有生復次此契經中惟勸觀察内六處者以内是外所依止故亦勸觀彼所以者何以有我故便有我所有我見故有我所見有五我見故有十五我所見有我執故有我所執有我癡故有我所癡有我愛故有我所愛爲養内我求外資具復次世尊欲令諸弟子等先於内法修念住故謂修行者先緣内法修習念住既成滿已方緣於外由如是等種種因緣是故世尊惟勸知内如契經說有六内處契經復說有六觸處

問此二六處有何差別或有說者此二無別所以者何六内處即六觸處六觸處即六内處聲雖有異而義無別復有說者亦有差別謂名即差別名内六處名六觸處故復次諸同分者名六觸處彼同分者名六内處復次諸可生法名六觸處不可生法名六内處復次有業用者名六觸處無業用者名六内處若作是說諸現在者名六觸處過去未來者名六内處復次諸已生者名六觸處未已生者名六内處若作是說過去現在名六觸處未來名六内處復次心心所法正依住者名六觸處心心所法不正依住惟空轉者名六内處復次眼等六處作觸所依義名六觸處作餘心心所法所依義名六内處脇尊者言眼等六處自性名内六處若有所作名六觸

處如苾芻盋若說自性但名爲盋苾芻用時名苾芻盋尊者望滿作如是言眼等六處自體名內六處若與觸作所依名六觸處如鐵酥盋若說自體但名鐵盋若盛酥時名鐵酥盋問眼等六處亦爲受等之所依止何故但名觸處不名受等處耶答亦應說受等處而不作是說者當知此義有餘復次契經舉勝兼顯劣者謂於一切心心所中觸最爲勝若說觸處當知兼顯名受等處復次心心所法以觸爲命觸所任持觸所引發由觸力故能現在前故名觸處謂心心所於境流散由觸攝持令得和合又若無觸諸心心所應如死屍不能觸對自所緣境皆由觸力有觸境用如有命根身能覺觸是故眼等但名觸處如契經說六內處名此岸六外處名彼岸問六內外處與此彼岸有何相似而作是說答與心心所作所依緣有近有遠似此彼岸故作是說如河兩岸近者名此遠者名彼如是六處與心心所作所依者近故如此岸作所緣者遠故如彼岸復次是心心所初入已度如此彼岸故作是說如諸有情初入河處名爲此岸已度河處名爲彼岸如是與心心所法作所依者如初入故名此岸作所緣者如已度故名彼岸故內外處名此彼岸復次契經中說寂滅涅槃名爲彼岸涅槃惟是外處所攝既名彼岸故內六處得此岸名如契經說薩迦耶生是此岸薩迦耶滅是彼岸薩迦耶者即是生死於生死中六內處勝故六內處得此岸名既六內處名爲此岸故六外處得彼岸名問此中何法如河而說六內外處如

此彼岸耶答心心所法如河故內外處如此彼岸如有瀑河漂此彼岸情非情物同趣大海心心所法亦復如是漂內外處所攝有情同趣生老病死大海問於此河中誰爲船栰答八支聖道如有船栰百千衆生之所依止從河此岸度至彼岸隨意遊適如是無量無邊有情依止聖道從生死此岸至涅槃彼岸自在遊賞故八聖道猶如船栰

如契經說有八勝處有十徧處問彼八與十既亦名處何故但有十二處耶答彼八與十皆攝在此十二處中謂彼自性俱有相應即此意處法處攝故如契經說有四無色處謂空無邊處識無邊處無所有處非想非非想處問何故世尊於四無色以處聲說答爲破外道解脫執故謂諸外道執四無色爲四涅槃一執空無邊處名無身涅槃二執識無邊處名無邊意涅槃三執無所有處名淨聚涅槃四執非想非非想處名世間窣堵波涅槃爲破如是外道涅槃執故說四無色名爲生處非眞解脫眞解脫者乃名涅槃如契經說復有二處一無想有情處二非想非非想處問何故世尊說此二處答爲破外道解脫想故謂諸外道於此二處起解脫想爲破彼想佛說此二名爲生處非眞解脫復次爲破外道不還想故謂諸外道於此二處起不還想爲破彼想佛說此二名退還處謂彼處沒退還諸界諸趣諸生流轉生死無息期故復次爲破外道不散想故謂諸外道執此二處是眞解脫不復散壞爲破彼執佛說此二是散壞處謂從彼歿散向諸界諸趣諸生流轉生

死無息期故若從無想有情天歿決定散墮欲界受生若從非想非非想歿非聖散墮下地受生復次觀此二處壽量長遠諸外道等執爲解脫惟諸異生所受生處壽量長遠無有過於無想天者謂彼壽量五百大劫一切有情所受生處壽量長遠無過非想非非想處謂彼壽量八萬大劫爲遣外道此解脫執佛說此二名爲生處非真解脫復次佛於餘處以二名說一名有情居二名爲識住於此二處亦二名說一名有情居二名爲處故於此二以處聲說謂受生處復次佛說諸識住定是有情居有有情居而非識住謂此二處顯非無此故說處名即是有情所居處義如契經說尊者舍利子往詣佛所作如是言大德世尊施設諸處爲無有上謂十二處攝一切法此是世尊無餘智見過此更無所知見法若有沙門婆羅門等覺所知法過世尊者無有是處問尊者舍利子如何能知此十二處攝一切法而讚佛言施設諸處爲無有上答由教故知謂舍利子得四證淨於佛所說決定信受曾聞世尊說十二處攝一切法由此故知問尊者舍利子於十二處惟有教智無證智耶答亦有證智謂舍利子於十二處亦能一一無倒證知問佛舍利子於十二處俱能一一無倒證知佛舍利子有何差別答佛能於此十二處法一一證知自相共相尊者舍利子於此十二處法惟能一一證知共相於彼自相未能一一如實證知謂有無量諸處差別皆攝入此十二處中而舍利子須他顯示乃能知故復次尊者舍利子於十二

處一一證知由他教引佛施十二處一一證知皆能自覺不由他教復次佛於十二處具一切智一切種智尊者舍利子於十二處惟有一切智無一切種智復次佛於十二處不依六識而能證知惟有爾所尊者舍利子於十二處要依六識方能證知惟有爾所謂舍利子作是念言一切識身惟有六種識身定有所依所緣此所依緣定有十二故十二處不增不減復次尊者舍利子雖於十二處一一證知而要先思惟佛所說法謂佛先說十二處名後隨此名一一分別世尊分別十一處已時舍利子作是念言前十一處所不攝法必應攝在最後法處故作是說大德世尊施設諸處爲無有上謂十二處攝一切法世尊證知十二處相不由思惟他所說教故舍利子雖能證知十二處相而與佛智極有差別是故號佛爲無上尊

五蘊者謂色蘊受蘊想蘊行蘊識蘊問何故作此論答爲廣分別契經義故謂契經中說有五蘊色乃至識雖作是說而不廣釋經是此論所依根本彼不說者今欲說之故作斯論問色蘊云何答如契經說諸所有色皆是四大種及四大種所造餘經復說云何色蘊諸所有色若過去若未來若現在若内若外若麤若細若劣若勝若遠若近如是一切略爲一聚說名色蘊乃至識蘊廣說亦爾阿毗達磨作是說言云何色蘊謂十色處及法處所攝色是名色蘊問此三處說義有何異答各爲遮止他宗所說問如契經說諸所有色皆是四大種及四大種所造此爲遮止何宗

所説答此爲遮止覺天等説謂佛觀察未來世中有覺天等當作是説四大種外無别所造爲遮彼意故作是説諸所有色皆是四大種及四大種所造顯離大種有所造色問餘經復説諸所有色若過去若未來若現在乃至廣説此爲遮止何宗所説答此爲遮止外道所説謂佛在世有出家外道名爲杖髻撥無過去未來爲遮彼意故世尊説諸所有色若過去若未來若現在乃至廣説顯有過去未來色等問阿毗達磨作如是言云何色蘊謂十色處及法處所攝色此爲遮止何宗所説答此爲遮止譬喻者説謂譬喻者撥無法處所攝諸色故此尊者法救亦言諸所有色皆五識身所依所緣如何是色非五識身所依所緣爲遮彼意故作是説云何色蘊謂十色處及法處所攝色問若法處所攝諸色是實有者尊者法救所説當云何通答不必須通非三藏故若必須通當正彼説諸所有色皆五識所依及六識所緣法處所攝色雖非五識所依所緣而是意識所緣色攝復次法處所攝色依四大種而得生故從所依説在身識所緣中故彼尊者説亦無失問受蘊云何答六受身謂眼觸所生受乃至意觸所生受契經及阿毗達磨皆作是説問想蘊云何答六想身謂眼觸所生想乃至意觸所生想契經及阿毗達磨皆作是説問行蘊云何答契經説此是六思身謂眼觸所生思乃至意觸所生思阿毗達磨説此行蘊略有二種謂相應行不相應行乃至廣説問世尊何故於相應不相應行蘊中偏説思爲行蘊非餘行

耶答思於施設行蘊法中最爲上首思能導引攝養諸行故佛偏說如愛施設集諦法中最爲上首愛能導引攝養諸集故佛偏說復次造作有爲故名爲行思是造性餘法不爾故佛偏說思爲行蘊問識蘊云何答六識身謂眼識乃至意識契經及阿毗達磨皆作是說如是名爲諸蘊自性我物自體相分本性已說自性所以今當說問何故名蘊蘊是何義答聚義是蘊義合義是蘊義積義是蘊義略義是蘊義若世施設即蘊施設若多增語即蘊增語聚義是蘊義者謂諸所有色若過去若未來若現在廣說乃至若遠若近如是一切總爲一聚立爲色蘊乃至識蘊聚義亦爾合義是蘊義者謂諸所有色若過去若未來若現在廣說乃至若遠若近如是一切總爲一合立爲色蘊乃至識蘊合義亦爾積義是蘊義者如種種物總爲一積名雜物蘊如是諸色總爲一積立爲色蘊乃至識蘊積義亦爾略義是蘊義者謂諸所有色若過去若未來若現在廣說乃至若遠若近如是一切總略一處立爲色蘊乃至識蘊略義亦爾問過去未來現在諸色可略聚耶答雖不可略聚其體而可得略聚其名乃至識蘊應知亦爾問若爾無爲亦應立蘊諸無爲名可略聚故答諸有爲法有作用故有略聚義雖體有時不可略聚者而略聚其名立色等蘊諸無爲法無作用故無略聚義雖可略聚其名而不可立爲蘊若世施設即蘊施設者謂色蘊可施設有三世乃至識蘊亦可施設有三世故若多增語即蘊增語者如多財名財蘊多

穀名穀蘊多軍名軍蘊雖多人衆不相疊肩
而同一事故名爲軍如是俱胝那庾多等諸
極微色雖相去遠以相同故合立色蘊乃至
識蘊無量剎那雖相去遠而相同故合立識
蘊問若多增語是蘊增語者爲有一極微名
色蘊不有作是說非一極微可立色蘊若立
色蘊要多極微復有說者一一極微有蘊相
故亦可各别立爲色蘊若一極微無色蘊相
衆多聚集亦應非蘊阿毗達磨諸論師言若
觀假蘊應作是說一極微是一界一處一蘊
少分若不觀假蘊應作是說一極微是一界
一處一蘊如人於穀聚上取一粒穀他人問
言汝何所取彼人若觀穀聚應作是答我於
穀聚取一粒穀若不觀穀聚應作是答我今
取穀乃至識蘊一一剎那問答亦爾

如是已釋諸蘊總名今應分别諸蘊次第問
何故世尊先說色蘊乃至最後說識蘊耶答
隨順文詞詮表相故復次隨順說者受者持
者次第法故復次隨順麤細次第法故謂五
蘊内色蘊最麤故佛先說於四蘊内受蘊最
麤故次色說問受等四蘊無有方處無形質
故如何可說有麤有細耶答雖無方處亦無
形質而依行相立麤細名如世有言我手足
痛我頭腹痛我肢節痛痛即是受以受如色
可施設故於無色蘊說受最麤於三蘊内想
最爲麤女男等想易了知故次受後說於二
蘊内行蘊相麤貪瞋癡等相易了故次想後
說識蘊最細總取境相難了知故最在後說
復次從無始來男女於色更相愛樂故先說
色更相愛色由貪受味故次說受此貪受味

由顛倒想故次說想此顛倒想由煩惱生故次說行一切煩惱依識而生染汙諸識故後說識復次二種色觀於入佛法爲甘露門謂不淨觀及持息念故先說色既觀色已能見受過故次說受見受過已想不顛倒故次說想想無倒已煩惱不生故次說行無煩惱故識便清淨故後說識復次色蘊如器爲無色蘊所依所緣是故先說受如飲食是正所貪故次說受想如助味由顛倒想貪著諸受故次說想行如廚人諸煩惱業能有造作故次說行識如食者能了別境故後說識復次依界地故說五先後謂欲界中有諸妙欲色相顯了故先說色諸靜慮中有喜樂等受相顯了故次說受前三無色取空等相想相顯了故次說想有頂地中思最爲勝行相顯了故次說行色等四種即四識住識是能依故最後說問五蘊有爲皆應名行何緣於一獨立行名答如十八界雖皆是法而但於一立法界名廣說乃至三寶三歸雖皆是法而但立一法寶法歸如是五蘊雖皆是行而但於一立行蘊名亦無有過復次行蘊有一名餘蘊有二名一名者謂共名謂五種蘊皆是行故二名者謂共不共名共名如前不共名者謂餘四蘊欲令易了顯不共名行蘊更無不共名故但顯共名故名行蘊復次生一切行生相惟在此蘊攝故獨名行蘊復次四有爲相是一切行印封幖幟簡別有爲異無爲故彼相惟在此蘊攝故獨名行蘊復次名句文身詮表顯示諸行性相作用差別令易解了彼三惟在此蘊攝故獨名行蘊復次覺一切行

皆空非我空解脫門此蘊攝故獨名行蘊問能執諸行爲我我所薩迦耶見亦此蘊攝如何此蘊不名我蘊答薩迦耶見是虛妄執不稱諸行實相而解是故此蘊不立我名空解脫門覺行實相是故此蘊依彼名行復次分別諸行自相共相安立諸行自相共相破自性愚及所緣愚於一切行不增不減如實解慧惟此蘊攝故名行蘊餘蘊不爾故別立名復次此攝多行故名行蘊攝多行者謂此蘊中有相應不相應行有所依無所依行有所緣無所緣行有行相無行相行有警覺無警覺行餘蘊不爾故立別名復次行謂造作有爲法中能造作者思最爲勝思但攝在此行蘊中故此行蘊獨名爲行問大地法等諸心所中何故別立受想爲蘊餘心所法不別立耶脇尊者言惟佛通達諸法性相作用差別若法堪任獨立蘊者便獨立蘊若不堪任獨立蘊者便共立蘊故不應責復次世尊欲以異相異文莊嚴於義故作是說謂佛若以異相異文莊嚴於義則受化者欣樂受持不生猒倦復次世尊欲現二門二略二階二蹬二炬二明二光二影故作是說謂如受想各別立蘊餘心所法亦應別立如餘心所合立行蘊受想亦應合立爲蘊如是則應蘊有無量或但有三以現二門乃至二影故蘊有五不減不增復次世尊欲顯二門法要是故別立受想爲蘊謂諸心所有是根性有非根性若說受別立蘊當知已說是根心所若說想別立蘊當知已說非根心所如根性非根性明性非明性現見性非現見性喜觀性非喜觀

性妙性非妙性勝性非勝性有勢力性無勢力性增上性非增上性應知亦爾復次受想二法三界所顯故別立蘊謂受蘊色界所顯喜樂等受色界增故想蘊無色界所顯空識等想無色界增故復次由二法故謂瑜伽師於二界勞倦故別立蘊謂受力故諸瑜伽師於色界勞倦想力故諸瑜伽師於無色界勞倦復次諸有情類耽著樂受執顛倒想生死輪迴受諸劇苦欲令了知此二過患故別立蘊復次受想二法爲因發起二諍根本勝餘法故別立爲蘊謂受能發起愛諍根本想能發起見諍根本如能發起二諍根本如是能發起二雜染二邊二箭二戲論二我所應知亦爾復次受想二法別立識住故獨立蘊餘心所法總立識住故共立蘊復次諸瑜伽師

猒惡受想入滅盡定故別立蘊如施設論說云何加行得滅盡定以何方便起滅盡定謂初修業者於一切行不作功用亦不思惟但作是念誰未生故受想得生誰已生故受想便滅作是念已能如實知滅定未生故受想得生若滅定生受想便滅知已猒離受想二法乃至不生得滅盡定由如是等種種因緣別立受想各爲一蘊問無爲何故不立蘊耶答無蘊相故不立爲蘊謂蘊是聚積相無爲無此相故不立爲蘊復次無爲是蘊究竟滅處故不立蘊如瓶衣等究竟滅處非瓶衣等復次諸有爲法生滅相應有因有緣得有爲相可立爲蘊諸無爲法生滅不相應無因無緣不得有爲相故不立蘊復次諸有爲法屬因屬緣因緣和合可立爲蘊諸無爲法與此

相違故不立蘊復次諸有爲法爲生所起爲老所衰爲無常所滅可立爲蘊諸無爲法與此相違故不立蘊復次諸有爲法流行於世取果與果有諸作用能了所緣可立爲蘊諸無爲法與此相違故不立蘊復次諸有爲法墮在三世與苦相應有前後際有下中上可立爲蘊諸無爲法與此相違故不立蘊復次諸無爲法無五蘊相不可立在此五蘊中亦不可立爲第六蘊無聚積等諸蘊相故復次蘊是作相諸無爲法無有作相故不立蘊復次蘊從他生諸無爲法不從他生故不立蘊由如是等種種因緣無爲非蘊

如契經說有五種功德蘊謂戒蘊定蘊慧蘊解脫蘊解脫智見蘊問蘊應有十如何說五答彼戒等蘊皆攝在此色等五中故蘊惟五

如契經說尊者阿難告諸苾芻作如是語我親從佛邊受八萬法蘊從諸苾芻所傳受得二千問世尊既說衆多法蘊如何但說有色等五答彼多法蘊皆攝在此色等五中故蘊惟五問彼諸法蘊是何蘊攝有作是說一切法蘊語爲自性彼說攝在此色蘊中有餘師說一切法蘊名爲自性彼說攝在此行蘊中是故世尊惟說五蘊問一一法蘊其量云何有作是說有法蘊論六千頌成一一法蘊各如彼量復有說者如世尊說蘊處界食緣起諦實念住正斷神足根力覺支道支如是等類一一法門名一法蘊不可定說有爾所頌尊者妙音作如是說一一法蘊有五十萬五千五百五十頌文有餘師說一一法蘊有十五萬五千五百五十頌文有餘復言一一法

蘊惟有一萬五千五百五十頌文評曰彼皆不應作如是說應作是說受化有情有八萬行爲對治彼八萬行故世尊爲說八萬法蘊彼諸有情依佛所說八萬法蘊入佛法中作所應作各得究竟

阿毗達磨大毗婆沙論卷第七十五 說一切有部發智

音釋

廱於容切癰也 脇虛業切腋下也 盋北末切食器也 瀑薄報切疾流也 漂紕招切浮也 栰房越切簰也 窣堵波梵語也此云方墳又云圓冢窣蘇沒切堵音覩 胝張尼切 粒力入切米顆也

阿毗達磨大毗婆沙論卷第七十五

五百大阿羅漢等造

唐三藏法師玄奘奉詔譯

結蘊第二中十門納息第四之五

五取蘊者謂色取蘊受取蘊想取蘊行取蘊識取蘊問何故作此論荅爲欲分別契經義故謂契經說有五取蘊謂色取蘊乃至識取蘊契經雖作是說而不廣辯其義經是此論所依根本彼不說者今應分別故作斯論問色取蘊云何荅若色有漏有取彼色在過去未來現在或起欲或起貪或起瞋或起癡或起怖或復隨起一心所隨煩惱是名色取蘊此中起欲起貪者謂起愛結起瞋者謂起恚結起癡者謂起無明結起怖者有作是說此中不應說或起怖所以者何怖即煩惱若說煩惱即已說怖問若爾此怖以何煩惱爲自性有作是說以有身見爲自性所以者何執有我者多怖畏故若說有身見即已說怖有餘師說以愛爲自性所以者何若有愛者多怖畏故復有說者以無智爲自性所以者何諸無智者多怖畏故若說無明即已說怖評曰應作是說此所起中應別說怖所以者何有別心所與心相應是怖自性此即攝在復有所餘如是類法與心相應心所法內非諸煩惱問此怖自性於何處有荅在欲界有非上二界問若怖自性色界中無云何釋通契經所說如契經說苾芻當知有極光淨光生諸天見後生者覩劫火焰心生恐怖而慰喻言大仙勿怖大仙勿怖我數曾見此劫火焰燒空梵宮即於彼滅伽他所說復云何通如

說
聞諸長壽天　有妙色名譽　深心懷猒怖
如鹿對師子
荅經頌於猒以怖聲說問若爾猒怖有何差別荅名即差別謂彼名猒此名爲怖尊者世友作如是說怖唯欲界猒通三界復作是說怖在煩惱品猒在善根品復作是說怖通染汙無覆無記猒唯是善大德說曰於衰損事深心疑慮欲得遠離說名爲怖已得遠離深心憎惡說名爲猒如是名爲猒怖差別問異生聖者誰有怖耶有作是說異生有怖聖者無怖所以者何聖者已離五怖畏故五怖畏者一不活畏二惡名畏三怯衆畏四命終畏五惡趣畏評曰應作是說異生聖者二皆有怖問聖者已離五種怖畏如何有怖荅聖者雖無五種大怖而有所餘暫時小怖問何等聖者有餘小怖爲有學位無學位耶有作是說唯有學位有餘小怖以怖唯是煩惱品故評曰應作是說學無學位皆容有怖學謂預流一來不還者無學謂阿羅漢獨覺除佛世尊佛無恐怖毛竪等事於一切法如實通達得無畏故或復隨起一心所隨煩惱者謂緣色生謂餘徧行及修所斷餘煩惱等問受取蘊云何荅若受有漏有取彼受在過去未來現在或起欲或起貪或起瞋或起癡或起怖或復隨起一心所隨煩惱是名受取蘊此中廣釋如前應知有差別者謂隨起一隨煩惱中緣此受生諸餘徧行及見所斷餘非徧行如受取蘊如是想行及識取蘊廣說應知是名取蘊自性我物自體相分本性已說自性

所以今當說問何故名取蘊取蘊是何義荅此從取生復能生取故名取蘊復次此從取轉復能轉取故名取蘊復次此由取引復能引取故名取蘊復次此由取長養復能長養取故名取蘊復次此中取增廣復能增廣取故名取蘊復次此由取流泒復能流泒取故名取蘊復次此蘊屬取故名取蘊如臣屬王故名王臣諸有漏行都無有我設有問言汝屬於誰應正荅言我屬於取復次諸取於此應生時生應住時住應執時執故名取蘊復次諸取於此增長廣大故名取蘊復次諸取於此長養攝受故名取蘊復次諸取於此染著難捨猶如塵垢染著衣服故名取蘊復次諸取於此深生樂著如魚鼈等樂著河池故名取蘊復次此是諸取巢穴舍宅故名取蘊謂依此故貪瞋癡慢見疑纏垢皆得生長應知此中依同分取立取蘊名謂依欲界取名欲界取蘊依色界取名色界取蘊依無色界取名無色界取蘊如依三界同分取立取蘊名依九地取應知亦爾此於界地無雜亂故若於相續容有雜亂謂依自取他蘊名取蘊亦依他取自蘊名取蘊若於相續無雜亂者一切外物應非取蘊以外物中無諸取故然諸外物依有情取立取蘊名互生長故問蘊與取蘊有何差別荅名即差別彼名爲蘊此名取蘊復次蘊通有漏無漏取蘊惟有漏復次蘊攝三諦取蘊攝二諦復次蘊攝十七界一界少分取蘊攝十五界三界少分復次蘊攝十一處一處少分取蘊攝十處二處少分復次蘊攝五蘊取蘊攝五蘊各少分復次於

蘊中有流轉者受訶責有還滅者受讚嘆於取蘊中有流轉者受訶責無還滅者受讚嘆蘊與取蘊是謂差別

六界者謂地界水界火界風界空界識界問何故作此論荅是作論者意欲爾故謂本論師隨自意欲而作此論不違法相故不應責復次不應詰問此本論師所以者何世尊施設十八界已復於此中略出少分施設六界故此六界十八界中攝五界全四界少分五界全者謂前五識界四界少分者謂色觸意及意識界此中空界攝色界少分地水火風界攝觸界少分識界攝意界意識界少分以此二界通有漏無漏識界惟攝有漏分故由此六界十八界中攝五界全四界少分問置本論師世尊何故十八界中略出少分施設六界荅觀受化者所宜差別謂有所化於所知境但愚少分或有所化於所知境愚於一切愚少分者爲說六界愚一切者爲說十八界復次世尊所化有利根者有鈍根者爲利根者說六界爲鈍根者說十八界復次世尊所化有開智者有說智者爲開智者說六界爲說智者說十八界復次世尊所化有樂略者有樂廣者爲樂略者說六界爲樂廣者說十八界復次於十八界爲略現門故說六界謂十八界中有是色有非色若說前五界當知已說諸是色界若說識界當知已說諸非色界復次十八界中有有見有無見若說空界當知已說諸有見者若說餘五界當知已說諸無見者復次十八界中有有對有無對若說前五界當知已說諸有對者若說識界

當知已說諸無對者復次十八界中有相應有不相應若說識界當知已說諸相應者若說餘五界當知已說不相應者如相應不相應如是有所依無所依有所緣無所緣有行相無行相有警覺無警覺應知亦爾復次由此六界能生能養能長有情色無色身故復施設能生者謂識界能養者謂地水火風界能長者謂空界復次由此六界能引能持能增有情色無色身故復施設能引者謂識界能持者謂地水火風界能增者謂空界復次由此六界是根本有情事是徧行有情事是無始有情事是無分別有分別有情事故復施設根本有情事者謂欲色界受生有情從結生心乃至死有無此六界無勢用時徧行有情事者謂欲色界一切有情從結生心乃至死有無此六界不增上時無始有情事者謂不可知本際已來諸有情類從結生心乃至死有無此六界不作用時無分別有分別有情事者謂有有情未可分別是男是女如羯剌藍頞部曇閉尸鍵南位如是六界亦有勢用或有有情已可分別是男是女鉢羅奢佉等位如是六界亦有勢用尊者妙音作如是說由此六界得入母胎勢用增上故復施設由如是等種種因緣故佛世尊於十八界略出少分施設如是六界差別問地界云何荅堅性雖此地界總是堅性而此堅性差別無邊謂內外分堅性各異內分中堅性者謂髮毛爪齒塵垢皮肉筋骨脉心脾腎肝肺膶肚腸糞生藏熟藏手足肢節如是等中所有堅性此諸堅性有勝有劣謂足堅性勝手堅

性若諸有情少時手行手皮血肉即便壞盡若以足行盡衆同分足皮血肉都無損壞由此故知内分堅性有勝有劣外分中堅性者謂地山礫石塼瓦草木螺蚌螺蛤銅鐵金銀白鑞鈆錫末尼眞珠珊瑚琥珀珂貝璧玉帝青大青末羅羯多杵藏石藏颯頗胝迦及紅玻瓈吠瑠璃等所有堅性此内外分種種堅性以相同故略爲一聚總名地界問水界云何荅濕性雖此水界總是濕性而此濕性差別無邊謂内外分濕性各異内分中濕性者謂淚汗洟唾肪膏髓腦涎膽痰飲膿血尿等所有濕性外分中濕性者謂江河池沼泉井溝渠四大海等所有濕性此内外分種種濕性以相同故略爲一聚總名水界問火界云何荅煖性雖此火界總是煖性而此煖性差別無邊謂内外分煖性各異内分中煖性者謂身中熱等熱徧熱由此所飲所食所噉皆易消熟令身安隱此若增時便成熱病外分中煖性者謂炬燈燭陶竈爐等火聚炎焰燒諸城村山林曠野及諸藥草日輪末尼天龍宮殿所出光焰并地獄等諸火煖性應作是説内火煖性熱於外火所以者何若以飲食置釜鑊中下然熾火經一日夜猶不能令形色變易如在腹中經須臾頃此内外分種種煖性以相同故略爲一聚總名火界問風界云何荅輕等動性雖此風界總是動性而此動性差別無邊謂内外分動性各異内分中動性者謂有上行風有下行風有住脇風有住腹風有住背風有如鍼風有如刀風有華鉢羅風有婆呾瑟恥羅風有婆呾窶拉摩風

有入息風有出息風有隨身分肢節行風所有動性外分中動性者謂有四方風或有塵風或無塵風或毗濕縛風或吠嵐婆風或小風或大風或風輪風等所有動性此内外分種種動性以相同故略爲一聚總名風界問空界云何荅如契經說有眼穴空有耳穴空有鼻穴空有面門空有咽喉空有心中空有心邊空有通飲食處空有貯飲食處空有弃飲食處空有諸肢節毛孔等空是名空界阿毗達磨作如是說云何空界謂隣礙色礙謂積聚即墻壁等有色近此名隣礙色如墻壁間空叢林間空樹葉間空窻牖間空往來處空指間等空是名空界有作是說此文應言云何空界謂隣難除色然色有二種一者易除謂有情數二者難除謂無情數此空界色多近非情墻壁樹等而施設故名隣難除色舊對法者及此國師俱說空界處處皆有謂骨肉筋脉皮血身分晝夜明暗形顯等處皆有此色問緣空界色眼識生不有說緣此眼識不生謂空界色雖眼識境而此眼識畢竟不生復有說者緣空界色眼識亦生問若爾何故見不明了荅此空界色晝爲明所覆夜爲暗所覆故眼雖見而不明了問虛空空界有何差別荅虛空非色空界是色虛空無見空界有見虛空無對空界有對虛空無漏空界有漏虛空無爲空界有爲問若此虛空是無爲者契經所說當云何通如契經說世尊以手摩捫虛空告苾芻衆豈佛以手摩捫無爲而告弟子荅彼於空界說虛空聲非謂虛空手可摩捫餘經亦說佛告苾芻若有畫師

或彼弟子持諸彩色來作是言我能彩畫虛空作種種文像有是事不苾芻曰佛無有是事彼亦於空界說虛空聲又伽他說

獸歸林藪　鳥歸虛空　聖歸涅槃　法歸分別

彼亦於空界說虛空聲復有頌言

虛空無鳥跡　外道無沙門　愚夫樂戲論　如來則無有

彼亦於空界說虛空聲有餘經說鳥步虛空跡難可現亦不可尋彼亦於空界說虛空聲有處問虛空而荅以空界如品類足作如是言云何虛空謂有虛空無障無礙色於中行周遍增長問何故問虛空而荅以空界荅虛空微細難可顯說空界相麤易可開示以麤顯細故作是說問以何緣故知有虛空尊者世友作如是說以佛說故知有虛空謂契經中佛處處說虛空虛空故知實有問爲但信教知有虛空爲此虛空亦現量得荅亦現量得若無虛空一切有物應無容處既有容受諸有物處知有虛空復作是說以有往來聚集處故知有虛空若無彼因彼亦不有言彼因者即是虛空虛空是彼容受因故復作是說容有礙物知有虛空若無虛空應無容處復作是說若無虛空應一切處皆有障礙既現見有無障礙處故知虛空決定實有無障礙相是虛空故大德說曰虛空不可知非所知事故所知事者色非色性虛空與彼俱不相應所知事者謂此彼性虛空與彼俱不相應此虛空名但是世間分別假立評曰應作是說實有虛空非彼不知即謂非有由前教理實有虛空問若爾虛空有何作用荅虛空

無爲無有作用然此能與種種空界作近增上縁彼種種空界能與種種大種作近增上縁彼種種大種能與有對造色等作近增上縁彼有對造色能與心心所法作近增上縁若無虛空如是展轉因果次第皆不成立勿有此失是故虛空體相實有不應撥無問識界云何荅五識身及有漏意識問何故無漏識不立識界耶荅與識界相不相應故若法能長養諸有攝益諸有任持諸有者立六界中無漏意識能損減諸有散壞諸有破滅諸有是故不立在六界中復次若法能令諸有相續生老病死流轉不絕者立六界中無漏意識與此相違是故不立在六界中復次若法是趣苦集行亦是趣有世間生老病死集行者立六界中無漏意識與此相違是故不立在六界中復次若法是有身見事顚倒事愛事隨眠事與貪瞋癡爲安足處有垢有毒有穢有刺有過有濁墮在諸有苦集諦攝者立六界中無漏意識與此相違是故不立在六界中尊者世友作是問言此六界中何故不攝無漏意識即自荅言如是六界從諸漏生無漏意識不從漏生復作是說如是六界能生諸漏無漏意識不生諸漏復作是說如是六界是我執縁無漏意識非我執縁復作是說如是六界是有情依無漏意識非有情依復作是說如是六界是異熟依無漏意識非異熟依復作是說如是六界是入胎縁無漏意識非入胎縁復作是說如是六界無始來有無漏意識非無始有大德說曰如是六界是自體分無漏意識非自體分脇尊者言

如是六界是生死依無漏意識非生死依由如是等種種因緣無漏意識不立識界問蘊取蘊界有何差別答名即差別謂名爲蘊名爲取蘊名爲界故復次於有爲法施設蘊於有漏法施設取蘊於有情數法施設界復次蘊有流轉還滅作用取蘊惟有流轉作用界有結生入胎作用如是名爲蘊取蘊界三種差別

有二法謂有色無色法問何故作此論答爲欲遮遣補特伽羅及爲顯示智殊勝故爲欲遮遣補特伽羅者謂顯惟有有色無色法畢竟無實補特伽羅故及爲顯示智殊勝者謂有聰慧殊勝智者由此二法通達一切此二徧攝一切法故由此二緣故作斯論問有色法云何答謂十處一處少分十處者謂眼耳鼻舌身色聲香味觸處一處少分者謂法處少分問無色法云何答謂一處一處少分一處者謂意處一處少分者謂法處少分問此中何等名有色法無色法耶答若法有色名體是色者名有色法若法有非色名體非色者名無色法或有法雖有色名而體非色如契經說寂靜解脫超有色法至無色法應知此中有色法者即有色定又契經說身證色定具足而住又如有言我今正受如是色受又如佛說我以如是色經典句付囑汝等應正受持如是等處雖有色名而體非色若有色名體是色者名有色法或色體有色用或色用有色體或體與相互相有故立有色名復次若法體是四大種或是四大種所造者名有色法若法體非四大種或非四大種所

造者名無色法復次若法大種爲因及體是所造色者名有色法若法非大種爲因及體非所造色者名無色法復次若法可種植可增長者名有色法若法不可種植及不可增長者名無色法尊者世友作如是說有色相者名有色法何等名有色相謂有漸次積集相者名有色相復作是說若有漸次散壞相者名有色相復作是說若有形質可取相者名有色相復作是說若有方所可取相者名有色相復作是說若有大小所取相者名有色相復作是說若有障礙可取相者名有色相復作是說若有怨害可取相者名有色相復作是說若有損害可取相者名有色相復作是說若增益可取相者名有色相復次若有三種色相可得名有色相謂或有色有見有對或復有色無見有對或復有色無見無對復作是說若有牽來引去相者名有色相復作是說有變礙相名有色相問若有變礙相名有色相者過去未來極微無表既無變礙應無色相若無色相體應非色答彼亦是色得色相故謂過去色雖今無變礙而曾有變礙未來色雖今無變礙而當有變礙極微一一雖無變礙而多積集即有變礙無表自體雖無變礙而彼所依有變礙故亦名變礙所依者何謂四大種所依有變礙故無表亦可說有變礙如樹動時影亦隨動復作是說若有容受障礙相者名有色相復作是說若有大種爲因相者名有色相復作是說無一切色同一色相所以者何眼處色相異乃至法處所攝色相異大德說曰若有能壞有對

色相是有色相與前所說色相相違名無色相若法有此無色相者名無色法問隨法處色何不攝在十色處中答若色可以刹那極微而分析者立十色處隨法處色雖有刹那可分析義而無極微可分析義故不攝在十色處中復次若色可作五識所依及所緣者立十色處隨法處色不與五識作所依緣故不攝在十色處中復次若色有障礙可立十色處隨法處色既無障礙故不攝在十色處中問爲欲界色多色界色多耶答若依處說欲界色多色界色少所以者何以欲界色攝二處全九處少分色界色惟攝九處少分若依體說色界色多欲界色少所以者何以色界身處俱廣大故謂色界身形量廣大過於欲界色界處所亦復如是施設論說如從此

處至梵衆天從梵衆天至梵輔天其量亦爾廣說乃至如從此處至善見天從善見天至色究竟其量亦爾故色界色多於欲界復有二法謂有見無見法問何故作此論答爲欲遮遣補特伽羅及爲顯示智殊勝故爲欲遮遣補特伽羅者謂顯惟有有見無見法畢竟無實補特伽羅故及爲顯示智殊勝者謂有聰慧殊勝智者由此二法通達一切此二徧攝一切法故復次爲止他宗顯正理故謂或有執一切法皆是有見如尊者妙音彼作是說一切法皆是有見慧眼境故爲止彼意顯一切法或是有見或是無見由此三緣故作斯論問有見法云何答一處謂色處問無見法云何答十一處謂餘十一處問有見無見是何義耶尊者世友作如是說能現所現及

可示現在此在彼是有見義與此相違是無見義大德說曰是眼所照是眼所行是眼境界是有見義與此相違是無見義脇尊者言若有影像明了可見是有見義與此相違是無見義問何故有色十一處中惟一色處說名有見荅惟一色處麤顯易了廣說如前十一色內惟一色處立色處名此有見法有二十種謂長短方圓正不正高下青黃赤白影光明暗雲煙塵霧復有說此有二十一謂前二十種加空一顯色問此二十色內幾有顯無形幾有顯有形荅二十色內八有顯無形謂青黃赤白影光明暗餘十二色有顯有形有說此中應作四句或有色有顯無形謂青黃赤白影光明暗此八種色有顯可知無形可知故或有色有形無顯謂身表色此有形可知無顯可知故或有色有顯有形謂長短方圓正不正高下雲煙塵霧此十二種有顯有形而可知故或有色無顯無形謂除前相即空界色問水鏡等中所有影像爲是實有非實有耶譬喻者說此非實有所以者何面不入鏡鏡不在面如何鏡上有面像生阿毗達磨諸論師言此是實有是眼所見眼識所緣色處攝故問面不入鏡鏡不在面云何實有荅生色因緣有多種理非一種理故彼非難如緣月光月愛珠器得有水生非不實有彼所生水有水用故如緣日光及日愛珠牛糞末等而有火生非不實有彼所生火有火用故如緣鑽燧及人功力而有火生非不實有彼所生火有火用故如是緣水鏡等及人面等有影像生非不實有所生影像能爲所

緣生覺念故問世間所聞諸谷響等爲是實有非實有耶譬喻者說此非實有所以者何一切音聲剎那性故於此處生即此處滅剎那頃生自然即滅如何能至谷等生響阿毗達磨諸論師言此是實有是耳所聞耳識所緣聲處攝故問聲剎那生即此處滅如何能至谷等生響荅生聲因緣非一種理有多種理故彼非難如緣脣齒舌齶喉等相擊出聲彼所出聲非不實有生耳識故如是緣聲及緣谷等而有響生非不實有能爲所緣生覺念故

阿毗達磨大毗婆沙論卷第七十五 說一切有部發智

音釋

鼈 必列切介蟲也
筋脉 筋擧欣切骨絡也脉莫白切幕也
脾腎 脾頻彌切土藏也腎時忍切水藏也
肝肺 肝古寒切木藏也肺芳廢切金藏也
胃 于貴切穀府也
礫 郎擊切小石也
螺蚌 螺落戈切蚌屬蚌步項切
螺蛤 螺呼典切小蛤也蛤古荅切
鞨 吉列切
肪膏 肪敷房切膏古勞切並脂也
涎 夕連切口液也
痰飲 痰徒含切病液也飲於禁切
蓽 畢吉切
呾 當割切
窶拉 窶其矩切拉盧合切
吠嵐 吠符廢切嵐魯甘切
捫 莫奔切模也
析 先擊切分也
鑽燧 鑽則官切燧徐醉切穿木取火也
齶 五各切齒齗也

阿毗達磨大毗婆沙論卷第七十六

五百大阿羅漢等造

唐三藏法師玄奘奉詔譯

結蘊第二中十門納息第四之六

復有二法謂有對無對法問何故作此論答爲欲遮遣補特伽羅及爲顯示智殊勝故爲欲遮遣補特伽羅者謂顯惟有有對無對法畢竟無實補特伽羅及爲顯示智殊勝者謂有聰慧殊勝智者由此二法通達一切此二徧攝一切法故復次爲止他宗顯正理故謂或有執若與對俱說名有對不與對俱說名無對若作是說五識身等名爲有對所依所緣俱對礙故或復有執若與瞋俱說名有對不與瞋俱說名無對若作是說瞋相應品心心所法說名有對爲止彼意顯有礙色說名有對此所餘法說名無對由此三緣故作斯論問有對法云何答十處謂五內色處及五外色處問無對法云何答二處謂意處及法處問有對無對是何義耶答諸極微積聚是有對義非極微積聚是無對義復次諸可分析是有對義不可分析是無對義復次諸可積集是有對義不可積集是無對義復次諸有障礙是有對義若無障礙是無對義復次諸有形質是有對義若無形質是無對義復次若能容受及能障礙是有對義若不能容受及不能障礙是無對義脇尊者言若可分析則可積集若可積集則有障礙若有障礙則有形質若有形質則能容受及能障礙若能容受及能障礙是有對義與上相違是無對義尊者世友作如是說有細分相有障礙

相是有對相無細分相無障礙相是無對相大德說曰若能容受及能障礙相是有對相若不能容受及不能障礙是無對相尊者妙音作如是說若可施設極微積聚性顯色長短性隨生音響性者是有對相與此相違是無對相此中極微積聚性者說八處顯色長短性者說色處隨生音響性者說聲處尊者世友作如是說極微雜合積集住相是有對相與此相違是無對相尊者覺天作如是說能據處所展轉相礙是有對相與此相違是無對相應知有對總有三種一障礙有對二境界有對三所緣有對障礙有對者如以手擊手以手擊石以石擊石以石擊手以杵擊鍾此等展轉更相障礙如是名爲障礙有對境界有對者如眼根等諸有境法各於自境界有所拘礙如是名爲境界有對所緣有對者如心心所有所緣法各於自所緣有所拘礙如是名爲所緣有對如是三種有對法中此中但說障礙有對問障礙有對十色處中幾處展轉有相礙義有作是說惟有觸處有相礙義餘十一處無相礙義非所觸故或有說者惟有五處有相礙義謂內處中惟有身處若外處中色香味觸彼作是說若以手擊手即以五擊五若以手擊石即以五擊四若以石擊石即以四擊四若以石擊手即以四擊五若以杵擊鍾亦以四擊四復有說者惟有九處有相礙義十色處中惟除聲處若不爾者有以手等擊眼處等時應不生苦評曰應作是說十種色處皆有礙義若聲處無礙者此應無積聚義又不應名障礙有對施設

論說眼定對色色定對眼廣說乃至意定對法法定對意彼師但依境界有對而造彼論故作是說或有眼於水有礙於陸無礙如魚等眼或有眼於陸有礙於水無礙如人等眼或有眼於水於陸二俱有礙如水邏刹娑捕魚人等眼或有眼於水於陸二俱無礙謂除前相即被翳眼或有眼於夜有礙於晝無礙如鵂鶹等眼或有眼於晝有礙於夜無礙如人等眼或有眼於晝於夜二俱有礙如馬鹿猫狸等眼或有眼於晝於夜二俱無礙謂除前相即被翳眼此中有礙者謂境界有對復有二法謂有漏無漏法問何故作此論答為欲遮遣補特伽羅及為顯示智殊勝故為欲遮遣補特伽羅者謂顯惟有有漏無漏法畢竟無實補特伽羅及為顯示智殊勝者謂有聰慧殊勝智者由此二法通達一切此二徧攝一切法故復次為止他宗顯正理故謂或有衆執佛身無漏如大衆部問彼何故作此執答依契經故如契經說苾芻當知如來生在世間長在世間出世間住不為世法之所染汙彼作是說既言如來出世間住不為世法之所染汙由此故知佛身無漏為止彼意顯佛生身性是有漏若佛生身是無漏者便違契經如契經說無明所覆愛結所縛愚夫智者咸有識身世尊亦是智者所攝身定應是無明愛果是故佛身定應有漏又若佛身是無漏者無比女人不應於佛生身起愛指鬘於佛不應生瞋諸憍慠者不應生慢鄔盧頻螺迦葉波等不應生癡於佛生身既有發起貪瞋癡慢故知佛身定非無漏問若佛

生身是有漏者云何通彼所别契經答彼説法身故不成證謂彼經説如來生在世間長在世間者説佛生身出世間住不爲世法所染汙者説佛法身復次依佛不隨世法轉義説彼契經故無有失謂世八法隨世間轉世間亦隨世八法轉雖世八法隨世尊轉而佛不隨世八法轉復次依佛解脱世八法義説彼契經故無有失問佛亦曾遇此世八法如何説佛解脱此耶謂一日中勇猛長者曾奉施佛三百千衣諸如是等名佛遇利佛入娑羅婆羅門邑乞食不得空盋而還諸如是等名佛遇衰佛於生時名譽上至他化自在得菩提時名譽上至色究竟天轉法輪時名譽上至大梵王宫諸如是等名佛遇譽佛爲旃遮婆羅門女孫陀利女惡心毀謗惡名流布十六大國諸如是等名佛遇毀佛爲跋羅墮闍梵志以五百頌現前譏罵諸如是等名佛遇譏即此梵志須臾迴此五百頌言現前讚佛如是論力及鄔波離以妙伽他現前讚佛尊者舍利子以衆多頌現前讚佛無上功德尊者阿難陀以衆多頌現前讚佛希有妙法諸如是等名佛遇稱佛有輕安及勝受樂一切有情所不能及名佛遇樂佛有頭痛背痛腹痛及有傷足出血等事名佛遇苦既有此事如何解脱答雖遇此事而不生染故説世尊於此解脱謂佛雖遇利等四法而心不生高歡喜愛又佛雖遇衰等四法而心不生下感憂恚如妙高山據金輪上八方猛風不能傾動世尊亦爾住戒金輪此世八法所不能動是故名爲於此解脱解脱此故説爲不染

非謂生身亦是無漏然佛生身從漏生故說爲有漏能生他漏故名有漏是故爲止他宗所說及顯巳宗無顚倒理并前二緣故作斯論問有漏法云何答十處二處少分謂意處法處少分問無漏法云何答二處少分謂即意處法處少分問有漏無漏其義云何答若法能長養諸有攝益諸有任持諸有是有漏義與此相違是無漏義復次若法能令諸有相續生老病死流轉不絕是有漏義與此相違是無漏義復次若法是趣苦集行及是趣諸有世間生老病死行是有漏義與此相違是無漏義復次若法是有身見事若集諦攝是有漏義與此相違是無漏義復次若法能令諸漏增長是有漏義若法能令諸漏損減是無漏義尊者世友作如是說有漏相者從漏生相是有漏相能生漏相是有漏相無漏相者與此相違大德說曰若離此事諸漏不有應知此事是有漏相若離此事諸漏得有應知此事是無漏相尊者覺天作如是說若法是漏生長依處是有漏相與此相違是無漏相

復有二法謂有爲無爲法問何故作此論答爲欲遮遣補特伽羅及爲顯示智殊勝故爲欲遮遣補特伽羅者謂顯惟有有爲無爲法畢竟無實補特伽羅故及爲顯示智殊勝者謂有聰慧智殊勝者由此二法通達一切此二徧攝一切法故復次爲止他宗顯正理故謂或有執有對法是有爲無對法是無爲或復有執有漏法是有爲無漏法是無爲爲止彼意顯無對法及無漏法俱通有爲無爲由

此三緣故作斯論問有爲法云何答十一處一處少分謂法處少分問無爲法云何答一處少分謂法處少分問有爲無爲是何等義答若法有生有滅有因有果得有爲相是有爲義若法無生無滅無因無果得無爲相是無爲義復次若法依屬因緣和合作用是有爲義若法不依屬因緣和合作用是無爲義復次若法爲生所起爲老所衰爲無常所滅是有爲義與此相違是無爲義復次若法流轉於世能取果有作用分別所緣是有爲義與此相違是無爲義復次若法墮世墮蘊與苦相續前後變易有下中上是有爲義與此相違是無爲義尊者世友作如是說何等有爲相謂墮世相墮蘊相是有爲相何等無爲相謂不墮世相不墮蘊相是無爲相大德說曰若法由有情加行而有聚散是有爲相若法由有情加行而無聚散是無爲相尊者覺天作如是說若法由因緣作是有爲相若法不由因緣作是無爲相尊者妙音作如是說若法與有爲相合是有爲相若法不與有爲相合是無爲相

有三法謂過去未來現在法問何故作此論答爲止他宗顯正理故謂或有執世與行異如譬喻者分別論師彼作是說世體是常行體無常行行世時如器中果從此器出轉入彼器亦如多人從此舍出轉入彼舍諸行亦爾從未來世入現在世從現在世入過去世爲止彼意顯世與行體無差別謂世即行行即是世故大種蘊作如是說世名何法謂此增語所顯諸行復有愚於三世自性謂撥無

過去未來執現在是無爲法爲止彼意顯過去未來體相實有及顯現在是有爲法所以者何若過去未來非實有者應無成就及不成就如第二頭第三手第六蘊第十三處第十九界無有成就及不成就過去未來法亦應爾說有成就及不成就故知實有過去未來又應詰彼撥無過去未來體者若有異熟因在現在世時彼所得果當言在何世過去耶未來耶現在耶若言在過去應說有過去若言在未來應說有未來若言在現在應說異熟因果同時如是便違伽他所說

作惡不卽受　非如乳成酪　猶灰覆火上
愚蹈久方燒

若言彼果不在三世彼應無果以異熟果非無爲故若無果者因亦應無如第二頭第三手等若有異熟果在現在世時彼所酬因當言在何世過去耶未來耶現在耶若言在過去應說有過去若言在未來應說有未來若言在現在應說異熟因果同時如是便違前所引頌若言彼因不在三世彼應無因以異熟因非無爲故若無因者果亦應無如第二頭第三手等復次若過去未來非實有者應無出家受具戒義如有頌言

若執無過去　應無過去佛　若無過去佛
無出家受具

復次若過去未來非實有者應出家衆皆有正知而虛誑語如有頌言

若執無過去　而言歲少多　彼應日日增
正知虛誑語

復次若過去未來非實有者彼現在世應亦

是無觀過去未來施設現在故若無三世便無有爲若無有爲亦無無爲觀有爲法立無爲故若無有爲無爲應無一切法若無一切法應無解脫出離涅槃如是便成大邪見者勿有斯過故知實有過去未來又現在世非無爲法因緣生故有作用故無爲不爾如是爲遮他宗所説及顯正理故作斯論問過去法云何答五蘊十二處十八界各一分問未來法云何答五蘊十二處十八界各一分問現在法云何答五蘊十二處十八界各一分問如是三世以何爲自性答以一切有爲法爲自性如説自性我物自體相分本性應知亦爾已説自性所以今當説問何故名世世是何義答行義是世義問諸行無來無去云何行義是世義所以者何諸行若來不應有去來相合故諸行若去不應有來去相合故復次諸行若來則來處應空缺諸行若去則去處應盈礙是故尊者世友説言諸行無來亦無有去刹那性故住義亦無諸行既無來去等相如何立有三世差別答以作用故立三世別即依此理説有行義謂有爲法未有作用名未來正有作用名現在作用已滅名過去復次色未變礙名未來正有變礙名現在變礙已滅名過去受未領納名未來正能領納名現在領納已滅名過去想未取相名未來正能取相名現在取相已滅名過去行未造作名未來正有造作名現在造作已滅名過去識未了别名未來正能了别名現在了别已滅名過去復次眼未見色名未來正能見色名現在見色已滅名過去廣説乃至

意未了法名未來正能了法名現在了法已滅名過去問現在眼等若彼同分無見等用應非現在答彼雖無有見等作用而決定有取果作用是未來法同類因故諸有爲法在現在時皆能爲因取等流果此取果用徧現在法無雜亂故依之建立過去未來現在差別復次諸有爲法三有爲相未已作用名未來一已作用二正作用名現在三已作用名過去復次諸有爲法未有四緣作用名未來正有四緣作用名現在四緣作用已滅名過去復次諸有爲法未有六因作用名未來正有六因作用名現在六因作用已滅名過去復次諸有爲法未取未與士用果名未來正取正與士用果名現在取與士用果名滅名過去復次諸有爲法未取未與等流果名未來正取或與等流果名現在取或與等流果已滅名過去復次不善善有漏法未取未與異熟果名未來正取未與異熟果名現在取異熟果已滅名過去復次諸有爲法未酬相應俱有因名未來正酬相應俱有因名現在酬相應俱有因已滅名過去復次諸有爲法未已酬同類徧行因名未來已酬未滅名現在已酬已滅名過去復次異熟無記法未已酬異熟因名未來已酬未滅名現在已酬已滅名過去復次諸有爲法未已起滅名未來已起未已滅名現在已起已滅名過去復次諸有爲法未已起壞名未來已起未已壞名現在已起已壞名過去復次諸有爲法未已起離名未來已起未已離名現在已起已離名過去如起對滅壞離生對滅壞離亦爾然

契經中未來亦說已生等者依彼種類故作是說如說有法已生已有已作有爲有所作緣已生有盡法有費法有離法有滅法有壞法欲令不壞無有是處此中已生者惟說生所生法已有者顯有自性已作者顯有過患有爲者顯有造作有所作者顯業有果緣已生者顯因緣合有盡費離滅壞法者顯定當有欲令不壞無有是處者顯不自在復次諸有爲法在二世前名過去在二世後名未來在二世中名現在復次諸有爲法爲三世因名過去爲二世因名現在爲一世因名未來復次諸有爲法是三世果名未來是二世果名現在是一世果名過去復次諸有爲法觀過去現在故施設未來不觀未來故施設未來無第四世故觀未來現在故施設過去不觀過去故施設過去無第四世故觀過去未來故施設現在不觀現在故施設現在無第四世故如是名爲三世差別依此建立諸行行義由此行義世義得成問諸有爲法未來生時爲已生而生爲未已生而生設爾何失二俱有過所以者何若已生而生者云何諸行非轉還耶若未已生而生者云何諸行非本無而有耶答應作是說有因緣故已生而生謂一切法已有自性本來各住自體相故已有體故說名已生非從因緣已生自體因緣和合起故名生有因緣故未已生而生謂未來法名未已生有從因緣正得生故問諸有爲法未來生時爲已有故而生爲未已有故而生設爾何失二俱有過所以者何若已有故而生者自體已有復何用生若未已有

故而生者應一切法本無今有說一切有應不得成答應作是說已有而生問若爾善通後所設難前所設難當云何通答體雖已有而無作用令遇因緣而生作用問作用與體爲一爲異答不可定說爲一爲異如有漏法一一體上有無常等衆多義相不可定說爲一爲異此亦如是故不應責問爲此法生即此法滅爲餘法生餘法滅耶設爾何失二俱有過所以者何若此法生即此法滅者應未來生即未來滅若餘法生餘法滅者應色等生餘受等滅答應作是說有因緣故說此法生即此法滅謂色蘊生即色蘊滅乃至識蘊生即識蘊滅有因緣故說餘法生餘法滅謂未來世生現在世滅問諸有爲法未來生時爲世體生爲世中生設爾何失二俱有過所以者何若世體生者一法生時應未來世一切法生此既生已應無未來此復已滅應無現在便壞三世一切有義若世中生者云何諸行非異世耶答應作是說有因緣故說世體生以一剎那行生時即是未來世生故有因緣故說世中生未來世行有多剎那於中惟一剎那生故問諸有爲法未來生時爲自性生爲他性生設爾何失二俱有過所以者何若自性生者云何非本無自性今有自性本無實物今有實物若他性生者云何不捨自性成無性相答應作是說非自性生亦非他性生然於自性有如是法生已而滅問若法是色性彼法是過去性耶答應作四句有法是色性非過去性謂未來現在色性有法是過去性非色性謂過去四蘊性有法是色

性亦過去性謂過去色性有法非色性亦非過去性謂未來現在四蘊性及無爲性如以色性對過去性有四句以色性對未來現在性亦各有四句如色蘊對三世有三四句受想行識蘊對三世亦爾如是便有十五四句問若法是色性彼法是方處性耶答若法是方處性彼定是色性有法是色性非方處性謂過去未來色及現在極微無表色性問若法是受性彼法非方處性耶答若法是受性彼定非方處性有法非方處性而非是受性謂想行識蘊及極微無表色無爲性如受蘊想乃至識蘊應知亦爾問若法是色彼法有變礙耶答若法有變礙彼定是色有法是色而無變礙謂過去未來色及現在極微無表色問若法是受彼法能領納耶答若法能領納彼定是受有法是受非能領納謂過去未來受問若法是想彼法能取像耶答若法能取相彼定是想有法是想非能取相謂過去未來想問若法是行彼法能造作耶答若法能造作彼定是行有法是行非能造作謂過去未來行問若法是識彼法能了別耶答若法能了別彼定是識有法是識非能了別謂過去未來識問未來諸法有出無入過去諸法有入無出如何未來不施設減如何過去不施設增尊者世友作如是說爲已計數而言未來不施設減復言過去不施設增耶既未計數如何可言不可施設未來有減過去有增然過去未來法無邊量故不可施設有增有減如大海水無量無邊取百千瓶不知其減投百千瓶不知其增復作是說未來諸

法未已起未已滅故不施設滅過去諸法已起已滅故不施設增復作是說未來諸法未已起已壞故不施設滅過去諸法已起已壞故不施設增復作是說未來諸法未已起已離故不施設滅過去諸法已起已離故不施設增如起對滅壞離以生對滅壞離廣說亦爾大德說曰若有礙物流行世者可言施設有滅有增然有爲法緣合故生生已即滅如何施設過去有增未來有減脇尊者曰過去未來法無作用如何施設有增有減問過去未來爲有積聚如現在世墻壁等物爲無積聚各離散耶設爾何失二俱有過所以者何若有積聚如現在世墻壁等者云何施主造所捨物功不唐捐云何去來非有方所云何壁等不皆是常云何去來非可現見若無積聚各離散者云何可說有過去事如契經說過去有王名大善見都香茅城居善法殿如是等事無量無邊云何可說有未來事如契經說未來有佛號慈氏尊爾時有王名曰蠰佉所都大城名雞覩末如是等事無量無邊云何宿住隨念智觀過去事死生智觀未來事妙願智觀過去未來事未來諸法來集現在時如何聚物非本無今有現在諸法散往過去時如何聚物非有已還無有作是說過去未來亦有積聚如現在世墻壁等物問若爾善通後所設難前所設難當云何通且諸施主造所捨物所設功力寧不唐捐答爲現見故謂未造時物雖已有而未現見施主造已方可現見故不唐捐云何去來非有方所答許有方所復有何過云何壁等不皆是常

答刹那無常與彼合故云何去來非可現見答彼非現在五識境故非可現見要與現在五識爲境方可現見評曰過去未來非有積聚如現在物但各離散問若爾善通前所設難後所設難當云何通且云何說有過去事答如曾現在說亦無失云何可說有未來事答如當現在說亦無失云何宿住隨念智等觀察過去未來事耶答如曾所受如當所受而觀過去未來世事此有何過而不能通復有說者如呼諸字次第相續引生名句顯所說義雖彼諸字不可積集而能引生名句顯義如是過去未來世法雖無積聚而能生智隨其所應知所知境復有說者以現在事類觀去來猶如農夫以現稼穡類知前後未來諸法來集現在時如何聚物非本無今有現在諸法散往過去時如何聚物非有已還無答三世諸法因性果性隨其所應次第安立體實恒有無增無減但依作用說有說無諸積聚事依實有物假施設有時有時無如是此宗許有無義有何過難而不能通分位有無是所許故

阿毗達磨大毗婆沙論卷第七十六　說一切有部發智

音釋

翳　於計切蔽也　鵂鶹　鵂許尤切鶹力求切鳥名也　猫貍　猫莫交切捕鼠獸也貍呂支切狐也　譏罵　譏居依切責也罵莫駕切詈也　蹈　徒到切踐也　費　芳味切耗也　蠰　汝陽切

阿毗達磨大毗婆沙論卷第七十七

五百大阿羅漢等造

唐三藏法師玄奘奉詔譯

結蘊第二中十門納息第四之七

說一切有部有四大論師各別建立三世有異謂尊者法救說類有異尊者妙音說相有異尊者世友說位有異尊者覺天說待有異說類異者彼謂諸法於世轉時由類有異非體有異如破金器等作餘物時形雖有異而顯色無異又如乳等變成酪等時捨味勢等非捨顯色如是諸法從未來世至現在世時雖捨未來類得現在類而彼法體無得無捨復從現在世至過去世時雖捨現在類得過去類而彼法體亦無得無捨說相異者彼謂諸法於世轉時由相有異非體有異一一世法有三世相一相正合二相非離如人正染一女色時於餘女色不名離染如是諸法住過去世時正與過去相合於餘二世相不名爲離住未來世時正與未來相合於餘二世相不名爲離住現在世時正與現在相合於餘二世相不名爲離說位異者彼謂諸法於世轉時由位有異非體有異如運一籌置一位名一置十位名十置百位名百雖歷位有異而籌體無異如是諸法經三世位雖得三名而體無別此師所立世無雜亂以依作用立三世別謂有爲法未有作用名未來世正有作用名現在世作用已滅名過去世說待異者彼謂諸法於世轉時前後相待立名有異如一女人待母名女待女名母體雖無別由待有異得女母名如是諸法待後名過去

待前名未來俱待名現在彼師所立世有雜亂所以者何前後相待一一世中有三世故謂過去世前後刹那名過去未來中間名現在未來三世類亦應然現在世法雖一刹那待後待前及俱待故應成三世豈應正理說相異者所立三世亦有雜亂一一世法彼皆許有三世相故說類異者離法自性說何爲類故亦非理諸有爲法從未來世至現在時前類應滅從現在世至過去時後類應生過去有生未來有滅豈應正理故惟第三立世爲善諸行容有作用時故復有三法謂善不善無記法問善法云何答善五蘊及擇滅問不善法云何答不善五蘊問無記法云何答無記五蘊及虛空非擇滅餘義廣說如前不善納息復有三法謂欲界色界無色界繫法問欲界繫法云何答欲界繫五蘊問色界繫法云何答色界繫五蘊問無色界繫法云何答無色界繫四蘊餘義廣說亦如前不善納息復有三法謂學無學非學非無學法問學法云何答學五蘊問無學法云何答無學五蘊問非學非無學法云何答有漏五蘊及三無爲問學等三法其義云何答以無貪瞋癡道學斷貪瞋癡是學義以無貪瞋癡道不學斷貪瞋癡已學斷故是無學義與二相違是非學非無學義復次以無愛道學斷愛非愛事是學義以無愛道學斷愛者遮無學道非愛事者遮世俗道以無愛道不學斷愛已學斷故亦非愛事是無學義以無愛道不學斷愛者遮學道非愛事者遮世俗道與二相違是非學非無學義復次學斷煩惱學諦現觀

是學義不學斷煩惱已學斷故亦不學諦現觀已學諦現觀故是無學義與二相違是非學非無學義復次學斷二求謂欲求有求學滿一求謂梵行求是學義不學斷二求已學斷故不學滿一求已學滿故是無學義與二相違是非學非無學義復次若相續中有煩惱得亦有無漏道得而學斷煩惱是學義若相續中無煩惱得而有無漏道得不學斷煩惱已學斷故是無學義與二相違是非學非無學義復次若相續中未離貪愛有無漏道得而學斷貪愛是學義若相續中已離貪愛而有無漏道得不學斷貪愛已學斷故是無學義與二相違是非學非無學義復次見修道攝是學義無學道攝是無學義與二相違是非學非無學義復次見修地攝是學義無學地攝是無學義與二相違是非學非無學義復次未知當知已知根攝是學義具知根攝是無學義與二相違是非學非無學義復次隨信行隨法行信勝解見至身證五聖者身中諸無漏道是學義慧解脫俱解脫二聖者身中諸無漏道是無學義與二相違是非學非無學義復次四向及前三果七聖者身中諸無漏道是學義第四果一聖者身中諸無漏道是無學義與二相違是非學非無學義復次十八學聖者身中諸無漏道是學義九無學聖者身中諸無漏道是無學義與二相違是非學非無學義問住學果者乃至未起勝果道時諸無漏道云何名學答學阿世耶猶未息故彼無漏道亦得名學復有三法謂見所斷修所斷無斷法問見所斷法云何

答隨信隨法行現觀邊忍所斷此復云何謂見所斷八十八隨眠及彼相應心心所法彼所等起不相應行是名見所斷法問修所斷法云何答學見迹修所斷此復云何謂修所斷十隨眠及彼相應彼所等起身語二業彼所等起不相應行并不染汙諸有漏法是名修所斷法問無斷法云何答無漏五蘊及三無爲餘義廣說如前不善納息四諦者謂苦諦集諦滅諦道諦問何故作此論答爲廣分別契經義故謂契經說有四聖諦雖作是說而不廣辯經是此論所依根本彼未說者今欲說之故作斯論問如是四諦自性云何阿毗達磨諸論師言五取蘊是苦諦有漏因是集諦彼擇滅是滅諦學無學法是道諦譬喻者說諸名色是苦諦業煩惱是集諦業煩惱盡是滅諦奢摩他毗鉢舍那是道諦分別論者作如是說若有八苦相是苦是苦諦餘有漏法是苦非苦諦招後有愛是集是集諦餘愛及餘有漏因是集非集諦招後有愛盡是滅是滅諦餘愛盡及餘有漏因盡是滅非滅諦學八支聖道是道是道諦餘學法及一切無學法是道非道諦若作是說諸阿羅漢但成就苦滅二諦不成就集道二諦所以者何招後有愛諸阿羅漢已斷盡故學八支聖道得阿羅漢果時皆已捨故尊者妙音作如是說若墮自相續五蘊若墮他相續五蘊若有情數及無情數諸蘊如是一切皆是苦是苦諦修觀行者起現觀時惟觀墮自相續五蘊爲苦不觀墮他相續五蘊及無情數諸蘊爲苦所以者何逼切行相是苦現觀墮他相續

及無情數蘊於自相續非遍切故彼生智論作如是說自相續蘊極自遍切非他相續及無情數蘊非離自身他及非情能相遍切無自身者他及非情何所遍切故現觀時惟觀墮自相續五蘊爲苦非餘若墮自相續五蘊因若墮他相續五蘊因若有情數及無情數諸蘊因如是一切皆是集是集諦修觀行者起現觀時惟觀墮自相續五蘊因爲集不觀墮他相續五蘊因及無情數諸蘊因爲集若墮自相續五蘊盡若墮他相續五蘊盡若有情數及無情數諸蘊盡如是一切皆是滅是滅諦修觀行者起現觀時惟觀墮自相續五蘊盡爲滅不觀墮他相續五蘊盡及無情數諸蘊盡爲滅若墮自相續五蘊對治若墮他相續五蘊對治若有情數及無情數諸蘊對治如是一切皆是道是道諦修觀行者起現觀時惟觀墮自相續五蘊對治爲道不觀墮他相續及無情數諸蘊對治爲道如是說者若墮自相續五蘊若墮他相續五蘊若有情數及無情數諸蘊如是一切皆是苦是苦諦修觀行者起現觀時皆觀爲苦問遍切行相是苦現觀墮他相續及無情數蘊於自相續既非遍切修觀行者起現觀時何故亦觀爲苦答設彼於自不能遍切亦觀爲苦所以者何無始時來於一切苦皆起無智爲對治彼皆應起智無始時來於一切苦皆起猶豫爲對治彼皆應起決定無始時來於一切苦皆起誹謗爲對治彼皆應起信故應徧觀一切爲苦況彼於自亦能遍切所以者何若有爲他所打觸者亦生大苦豈非遍切若有空中

木石瓦等墮自身上亦生大苦豈非遍切既有遍切自相續義故現觀時亦觀爲苦若墮自相續五蘊因若墮他相續五蘊因若有情數及無情數諸蘊因如是一切皆是集是集諦修觀行者起現觀時皆觀爲集若墮自相續五蘊盡若墮他相續五蘊盡若有情數及無情數諸蘊盡如是一切皆是滅是滅諦修觀行者起現觀時皆觀爲滅若墮自相續五蘊對治若墮他相續五蘊對治若有情數及無情數諸蘊對治如是一切皆是道是道諦修觀行者起現觀時皆觀爲道如是名爲四諦自性我物自體相分本性已說諦自性所以今當說問何故名諦諦是何義答實義是諦義眞義如義不顚倒義無虛誑義是諦義問若實義是諦義乃至無虛誑義是諦義者虛空非擇滅亦有實義乃至無虛誑義何故世尊不立爲諦答若法是苦是苦因是苦盡是苦對治者世尊立爲諦虛空非擇滅非苦非苦因非苦盡非苦對治是故世尊不立爲諦復次若法是蘊是蘊因是蘊盡是蘊對治者立爲諦虛空非擇滅非蘊非蘊因非蘊盡非蘊對治故不立爲諦復次若法是疾病是疾病因是疾病盡是疾病對治者立爲諦虛空非擇滅非疾病非疾病因非疾病盡非疾病對治故不立爲諦復次若法是癰箭惱害過患是癰箭惱害過患因是癰箭惱害過患盡是癰箭惱害過患對治者立爲諦虛空非擇滅於彼皆非故不立爲諦復次若法是重擔是能荷重擔是重擔盡是重擔對治者立爲諦虛空非擇滅於彼皆非故不立爲諦復

次若法是此岸是彼岸是河是船栰者立爲諦虚空非擇滅於彼皆非故不立爲諦復次若法是苦是苦因是道是道果者立爲諦虚空非擇滅非苦非苦因非道非道果故不立爲諦復次若法有因性果性者立爲諦虚空非擇滅無因性果性故不立爲諦復次虚空非擇滅無漏故非苦集諦無記故非滅諦無爲故非道諦復次虚空非擇滅不墮世故非三諦無記故非滅諦復次虚空非擇滅非藴自性故非三諦無記故非滅諦復次虚空非擇滅不墮苦故非三諦無記故非滅諦復次若法是邪見及無漏慧所緣者立爲諦虚空非擇滅非邪見及無漏慧所緣故不立爲諦復次若法是無明及明所緣者立爲諦虚空非擇滅非無明及明所緣故不立爲諦復次若法是雜染事及清淨事者立爲諦虚空非擇滅非雜染事及清淨事故不立爲諦復次若法是可欣事及可猒事者立爲諦虚空非擇滅非可欣事及可猒事故不立爲諦復次若法是欣作意事及猒作意事者立爲諦虚空非擇滅非欣作意事及猒作意事故不立爲諦問若不顛倒義是諦義者四種顛倒應非諦攝所以者何顛倒轉故答以餘緣故立爲顛倒以餘緣故是諦所攝謂三緣故立爲顛倒一決度故二增益故三一向倒故是有是實實相相應故是諦攝復次彼於無常計常苦計爲樂不淨計淨無我計我故立爲倒以有因性果性故是諦攝問若無虚誑義是諦義者諸虚誑語應非諦攝所以者何虚誑轉故答以餘緣故立虚誑語謂違自想誑惑

他故以餘緣故是諦所攝謂是有是實實相相應復次以餘緣故立虛誑語謂不見言見見言不見不聞言聞聞言不聞不覺言覺覺言不覺不知言知知言不知以餘緣故是諦所攝謂有因性果性是故實義是諦義乃至無虛誑義是諦義問此四聖諦云何建立爲依實事爲依因果爲依現觀而建立耶設爾何失三皆有過所以者何若依實事而建立者諦應有三謂苦集諦無別體故應合爲一滅爲第二道爲第三故有三諦若依因果而建立者諦應有五謂有漏法因果別故既立爲二諸無漏道亦有因果應分爲二滅爲第五故有五諦若依現觀而建立者諦應有八謂瑜伽師入現觀位先別觀欲界苦後合觀色無色界苦先別觀欲界諸行因後合觀色無色界諸行因先別觀欲界諸行滅後合觀色無色界諸行滅先別觀欲界諸行對治後合觀色無色界諸行對治故有八諦答應作是說此四聖諦依因果立問若爾應有五諦非四答聖道因果合立一故諦四非五謂無漏道因性果性皆是能趣苦有世間生老病死究竟滅行故合立一問若爾有漏因性果性皆是能趣苦有世間生老病死流轉集行亦應合一諦應惟三答雖爾行相有別有總是故建立聖諦惟四謂於有漏果性有四行相一苦二非常三空四非我於有漏因性有四行相一因二集三生四緣於無漏道因性果性總惟有四行相一道二如三行四出有作是說以三緣故建立四諦一實事故二因果故三謗信故實事故者謂此四諦實事有

二一者有漏二者無漏因果故者謂有漏事有因果性果性立苦諦因性立集諦無漏事中有二種類一有因性有果性二有果性無因性有因性有果性者立道諦有果性無因性者立滅諦問何故有漏事因性果性各立一諦無漏道因性果性合立一諦耶答緣彼謗信有別總故謂於有漏因性果性各別起謗一於果性謗實非苦二於因性謗實非集又於有漏因性果性各別生信一於果性信實是苦二於因性信實是集於無漏道因性果性總起一謗謂謗非道總生一信謂信是道是故三緣建立四諦復有說者依現觀故建立四諦問若爾聖諦應八非四答諦行相同故四非八謂欲界苦及色無色界苦雖別現觀而同是苦諦及同苦等行相所觀故合立一欲界諸行因及色無色界諸行因雖別現觀而同是集諦及同因等行相所觀故合立一欲界諸行滅及色無色界諸行滅雖別現觀而同是滅諦及同滅等行相所觀故合立一欲界諸行對治及色無色界諸行對治雖別現觀而同是道諦又同道等行相所觀故合立一故依現觀建立四諦不增不減問苦集滅道各有何相脇尊者曰逼迫是苦相生長是集相寂靜是滅相出離是道相尊者世友作如是說流轉是苦相能轉是集相止息是滅相還滅是道相復作是說生依流轉是苦相能轉生依是集相生依止息是滅相能滅生依是道相大德說曰於實有事建立諦名謂五取蘊如從爐出極熱鐵團三苦所隨順苦流轉没在苦海雜苦而住如苦合成

猶如鐵團與火合故火勢隨逐極熱如火此五取蘊亦復如是與苦合故如苦合成故與苦合是苦諦相如是苦蘊從煩惱生由業轉變諸趣流轉無始相續故能生轉是集諦相此煩惱業究竟離故於諸趣生不復流轉故不流轉是滅諦相修淨戒定正觀生滅能斷有因能證有盡故能斷證是道諦相問若諦有四何故世尊說有一諦如伽他說

一諦無有二　衆生於此疑　別說種種諦

我說無沙門

此頌意言惟有一諦外道猶豫別說有多佛說彼法中無沙門道果沙門道果依一諦故脇尊者曰言一諦者謂四聖諦各惟有一惟一苦諦無第二苦惟一集諦無第二集惟一滅諦無第二滅惟一道諦無第二道故說一諦不違說四復次言一諦者謂一滅諦爲欲遮遣餘解脫故謂諸外道說四解脫一無身解脫即空無邊處二無邊意解脫即識無邊處三淨聚解脫即無所有處四世窣堵波解脫即非想非非想處佛作是說彼非眞實解脫出離是無色有眞解脫者惟一滅諦究竟涅槃復次言一諦者謂一道諦爲欲遮遣餘道諦故謂諸外道說多道諦如執自餓爲道或執卧灰爲道或執隨日轉爲道或執飲風飲水食果食菜爲道或執露形爲道或執卧刺棘等爲道或執不卧爲道或執著弊故衣爲道或執服諸藥物斷食爲道佛作是說彼非眞道是邪僻道是虛僞道是矯詐道如是諸道非諸善士所應習行是諸惡人所應遊履眞淨道者謂一道諦即正見等八支聖道

復次言一諦者謂一滅諦永捨一切生死苦故又一諦者謂一道諦能斷一切生死因故餘契經中說有二諦一世俗諦二勝義諦問世俗勝義二諦云何有作是說於四諦中前二諦是世俗諦男女行住及瓶衣等世間現見諸世俗事皆入苦集二諦中故後二諦是勝義諦諸出世間眞實功德皆入滅道二諦中故復有說者於四諦中前三諦是世俗諦苦集諦中有世俗事義如前說佛說滅諦如城如宮或如彼岸諸如是等世俗施設滅諦中有是故滅諦亦名世俗惟一道諦是勝義諦世俗施設此中無故或有說者四諦皆是世俗諦攝前三諦中有世俗事義如前說道諦亦有諸世俗事佛以沙門婆羅門名說道諦故惟一切法空非我理是勝義諦空非我

中諸世俗事絶施設故評曰應作是說四諦皆有世俗勝義苦集中有世俗諦者義如前說苦諦中有勝義諦者謂苦非常空非我理集諦中有勝義諦者謂因集生緣理滅諦中有世俗諦者佛說滅諦如園如林如彼岸等滅諦中有勝義諦者謂滅靜妙離理道諦中有世俗諦者謂佛說道如船栰如石山如梯隥如臺觀如華如水道諦中有勝義諦者謂道如行出理由說四諦皆有世俗勝義諦故世俗勝義俱攝十八界十二處五蘊虛空非擇滅亦二諦攝故問世俗中世俗性爲勝義故有爲勝義故無設爾何失二俱有過所以者何若世俗中世俗性勝義故有者應惟有一諦謂勝義諦若世俗中世俗性勝義故無者亦應惟有一諦謂勝義諦答應作是說世

俗中世俗性勝義故有若世俗中世俗性勝義故無佛說二諦言應非實佛說二諦言既是實故世俗中世俗性勝義故有問若爾惟應有一諦謂勝義諦答實惟有一諦謂勝義諦問若爾何故立有二諦答依差別緣立有二諦不依實事若依實事惟有一諦謂勝義諦依差別緣建立二種若依此緣立世俗諦不依此緣立勝義諦若依此緣立勝義諦不依此緣立世俗諦譬如一受有四緣性若依此緣立因緣性不依此緣乃至立增上緣性若依此緣乃至立增上緣性不依此緣乃至立因緣性又如一受有六因性若依此緣立相應因性不依此緣乃至立能作因性若依此緣乃至立能作因性不依此緣乃至立相應因性二諦亦爾依別緣立不依實事問世俗勝義亦可施設各是一物不相雜耶答亦可施設其事云何尊者世友作如是說能顯名是世俗所顯法是勝義復作是說隨順世間所說名是世俗隨順賢聖所說名是勝義大德說曰宣說有情瓶衣等事不虛妄心所起言說是世俗諦宣說緣性緣起等理不虛妄心所起言說是勝義諦尊者達羅達多說曰名自性是世俗此是苦集諦少分義自性是勝義此是苦集諦少分及餘二諦二無爲如契經說出家梵志總有三種婆羅門諦云何爲三謂有出家梵志作如是說一切有情皆不應害如是所說是諦非虛是名第一婆羅門諦復有出家梵志作如是說我非彼所有彼非我所有如是所說是諦非虛是名第二婆羅門諦復有出家梵志作如是說諸有

集法皆有滅法如是所說是諦非虛是名第三婆羅門諦問此中何者是婆羅門何者是諦答此中意說出家外道名婆羅門彼所說中前三是諦餘皆虛妄一切有情皆不應害者謂諸有情皆不應殺我非彼所有彼非我所有者謂我不屬彼彼不屬我諸有集法皆有滅法者謂諸有生皆歸於滅復有說者此中意說住佛法者名婆羅門即前所說三種名諦爲對外道佛說此經謂有外道自謂我是眞婆羅門而爲祠祀殺諸牛羊及多聚集雜類衆生而斷其命佛對彼故作如是說損害他者非眞婆羅門眞婆羅門者於諸有情皆不應害復有外道自謂我是眞婆羅門而爲生天受諸欲樂勤修梵行佛對彼故作如是說爲天欲樂修梵行者非眞婆羅門眞婆羅門者於諸所有志無繫屬而修行梵行復有外道自謂我是眞婆羅門而執斷常乖於中道佛對彼故作如是說執斷常者非眞婆羅門眞婆羅門者知有集法皆有滅法集故非斷滅故非常非斷非常契於中道復次此經意說三解脫門所有加行一切有情皆不應害者說空解脫門加行我非彼所有彼非我所有者說無願解脫門加行諸有集法皆有滅法者說無相解脫門加行有作是說此經意說三解脫門如其次第或有說者此經意說三三摩地謂空無願無相三種如其次第復有說者此經意說戒蘊定蘊慧蘊三種如其次第如說三蘊如是三學三修三淨應知亦爾如契經說佛告苾芻觀四方者謂觀四諦問世尊何故於四聖諦以方聲說答觀

所化者宜聞説故諸有所化聞以方聲説四聖諦即易悟入故佛於諦説四方聲如餘契經佛爲所化於八解脱説八方聲所化聞之即易悟入此經亦爾故於四諦説四方聲問四諦四方有何相似而於四諦説四方聲答四諦四方四數等故問佛於何諦説何方聲答佛於苦諦説東方聲於彼集諦説西方聲以現觀時先觀苦諦次觀集故有作是説東方如集西方如苦先因後果次第説故佛於道諦説南方聲道諦南方俱應供故佛於滅諦説北方聲滅諦北方俱最勝故如契經説於四聖諦應知慧根問此爲依攝爲依所縁若依攝者四諦慧根互不相攝如何於四諦説應知慧根若依所縁即一切法皆是所縁何獨四諦答應作是説此不依攝不依所縁而作是説然於建立四聖諦時慧用最勝故作是説於四聖諦應知慧根如於建立四證淨時信用最勝故作是説於四證淨應知信根如於建立四正勝時精進用最勝故作是説於四正勝應知精進根如於建立四念住時念用最勝故作是説於四念住應知念根如於建立四神足時定用最勝故作是説於四神足應知定根此中亦爾有作是説此依所縁問慧根既能縁一切法何獨四諦作是説耶答若法有漏無漏慧縁此中偏説虛空非擇滅惟有漏慧縁故此不説

阿毗達磨大毗婆沙論卷第七十七　説一切有部發智

音釋

籌直由切筭也　刺棘刺七自切芒刺也棘紀力切小棗叢生曰棘　斃毘祭切耿也　僻矯僻芳辟切偏也矯居夭切詐也

阿毗達磨大毗婆沙論卷第七十八

五百大阿羅漢等造

唐三藏法師玄奘奉　詔譯

結蘊第二中十門納息第四之八

如契經說尊者舍利子作如是言諸善法生皆四聖諦攝趣四聖諦問三諦有爲說生可爾滅諦無爲既無生義如何可說諸善法生攝在四諦答此經意說諸善法生無不攝在四聖諦中不言四諦一一皆攝所生善法於理何違復次生有二種一有自性故名爲生二從緣起故名爲生有自性故名爲生者生言顯體非滅壞義從緣起故名爲生者生言欲顯從緣起義諸善法中具二生者三諦所攝惟有自性故名生者滅諦所攝故經所說示不違理復次生有二種一作用生二彼得生諸善法中具二生者三諦所攝惟彼得生者滅諦所攝擇滅雖不生而得生故脇尊者曰此契經中說諸忍智名所生善此諸忍智隨應攝在四聖諦中不言徧攝言趣諦者是緣諦義謂苦忍苦智道諦攝緣苦諦集忍集智道諦攝緣集諦滅忍滅智道諦攝緣滅諦道忍道智道諦攝緣道諦如契經說佛告苾芻一切如來應正等覺說拔濟法謂四聖諦宣說開示四聖諦法拔濟有情出生死故問何故說此拔濟法耶答欲顯要由自勤修道有拔濟義不由他修云何知然契經說故如契經說有婆羅門名道德迦來詣佛所到已頭禮世尊雙足合掌恭敬而說頌言

稽首此人間　勇猛眞梵志　淨眼普觀照
願能除我疑

問今此頌中欲顯何義答彼婆羅門稟性懶惰謂他修道能除自惑故對佛說愛語伽他欲顯世尊是天梵志秉勇猛願來生人間爲濟有情已修聖道惟願哀愍除我疑惑世尊於是爲說頌言

我於脫汝疑　必無自在力　要汝見勝法
方能越瀑流

今此頌中世尊欲顯無他修道斷自惑義若有此義我坐樹下修聖道時一切有情煩惱應斷我於一切具大慈悲而諸有情惑未頓斷故無他道斷自惑義如他服藥自病不除要自服藥其病方愈由此故知要自修道有拔濟義不由他修是故世尊說拔濟法此拔濟法即四聖諦欲令有情依此修道見四聖諦斷自疑惑問言拔濟者是何義耶答從險難處引諸有情置平坦處故名拔濟險難處者謂異生性如深坑谷及山巖等諸可畏處平坦處者謂諸聖性如大王路由佛宣說四聖諦法從異生性極險難處引諸有情置諸聖性極平坦處謂令入道及得道果故名拔濟復次從平等處引入正性故名拔濟平等處者謂世第一法正性者謂苦法智忍由佛宣說四聖諦法引諸有情從世第一法入苦法智忍故名拔濟復次從大苦處引諸有情置大樂處故名拔濟大苦處者謂生死大樂處者謂涅槃由佛宣說四聖諦法引諸有情令出生死得大涅槃故名拔濟問何故四諦名拔濟法非界處蘊答觀四聖諦入道得果離染盡漏觀界處蘊不如是故復次觀四聖諦令所化者近入聖道近證法身觀界處蘊

是遠加行謂修行者遠加行中初習業位觀十八界已串修位觀十二處超作意位觀於五蘊煖頂忍等近加行中方觀四諦能入聖道證果法身故惟四諦名拔濟法問言聖諦者是何義耶爲是善故名爲聖諦爲無漏故名爲聖諦爲聖者成就故名聖諦耶設爾何失三皆有過所以者何若是善故名聖諦者四中後二可名聖諦惟是善故前二既通三種如何亦名聖諦若無漏故名聖諦者四中後二可名聖諦是無漏故前二既有漏如何名聖諦若聖者成就故名聖諦者非聖者亦成就如何獨名聖諦如說誰成就苦集諦謂一切有情誰成就滅諦謂不具縛者答應作是說聖者成就故名聖諦問若爾善通前二種難第三難云何通答聖具成四故名聖諦異生不爾問亦有聖者不具成四如具縛者見道初心滅諦爾時猶未成故答時分少故非如異生謂具縛者見道初心雖未成四此後必具成就四種異生恒時不具成四是故苦等獨名聖諦復次聖者品中有具成四故名聖諦異生品中無成四者故非彼諦復次若聖法印印相續者得聖者名彼所有諦故名聖諦復次若已得聖所愛戒名爲聖者彼所有諦故名聖諦復次若已得聖慧名爲聖者彼所有諦故名聖諦復次若已得聖奢摩他毗盋舍那名爲聖者彼所有諦故名聖諦復次若已得聖財名爲聖者彼所有諦故名聖諦復次若已入聖胎名爲聖者彼所有諦故名聖諦復次若已得聖覺支道支名爲聖者彼所有諦故名聖諦尊者僧伽筏蘇說曰

佛在世時異生聖者共興諍論諸異生說諸行是常樂淨有我諸聖者說諸行無常苦空非我諸異生說我言是諦聖者復說我言是諦爲滅諍故共詣佛所請佛決之佛作是言聖言是諦餘言非諦所以者何聖於苦等現知見覺所言是諦異生不爾是故四諦惟屬聖者非諸異生故名聖諦尊者世友作如是說如是四諦惟諸聖者聖慧通達故名聖諦問苦聖諦云何答如契經說生苦老苦病苦死苦非愛會苦愛別離苦求不得苦略說一切五取蘊苦是名苦聖諦應知此中與生相合故名生苦與住異相合故名老苦與逼惱相合故名病苦與滅相合故名死苦與非愛會相合故名非愛會苦與愛別離相合故名愛別離苦與不自在不隨所欲相合故名求不得苦如是諸苦皆是有漏取蘊所攝故名略說一切五取蘊苦復次生是一切苦安足處苦之良田故名生苦老能衰變可愛盛年故名老苦病能損壞可愛安適故名病苦死能斷滅可愛壽命故名死苦不可愛境與身合時引生衆苦故名非愛會苦諸可愛境遠離身時引生衆苦故名愛別離苦求如意事不果遂時引生衆苦故名求不得苦如是諸苦皆是有漏取蘊所攝故名略說一切五取蘊苦問五取蘊苦其量廣大何故名略答若雖廣大而略說之故名爲略謂五取蘊苦患極多不可廣說欲令所化總生猒離故略說之譬如有人多諸過惡不可廣說有問彼過但可總答是極惡人言雖是略而過甚廣此亦如是故名略說五取蘊苦問於諸蘊中爲

有樂不設爾何失二俱有過所以者何若諸蘊中亦有樂者何故名苦諦而不名樂諦若諸蘊中全無樂者契經所說當云何通如契經說大名當知色若一向有苦無樂非樂所隨不生喜樂遠離樂者有情不應爲樂於色起貪起著以諸色中有苦有樂亦樂所隨亦生喜樂不離樂故有情爲樂於諸色中起貪起著乃至於識廣說亦爾又說三受各定建立不相雜亂謂樂及苦不苦不樂又契經說道依資糧涅槃依道以道樂故得涅槃樂道既是樂如何蘊中可說無樂答應作是說於諸蘊中亦有少樂以諸蘊中苦多樂少少從多故但名苦蘊如毒瓶中置一滴蜜少從多故但名毒瓶諸蘊亦爾樂少苦多惟名苦諦有作是說於諸蘊中全無樂故但名苦諦問若爾經說當云何通答相待立名假說有樂謂受上苦時於中苦起樂想受中苦時於下苦起樂想受地獄苦時於傍生苦起樂想受傍生苦時於鬼界苦起樂想受鬼界苦時於人苦起樂想受人苦時於天苦起樂想受有漏苦時於無漏道亦生樂想故說有樂復有說者若依世間施設於諸蘊中亦說有樂謂諸世間飢時得食渴時得飲寒時得煖熱時得冷行疲倦時得車馬等皆言得樂若依賢聖施設於諸蘊中應說無樂謂諸聖者從無間獄乃至有頂諸蘊界處皆等觀見如熱鐵團評曰應知此中初說爲善苦多樂少但名苦諦

問苦集聖諦云何答如契經說諸所有愛及後有愛喜俱行愛彼彼喜愛是名苦集聖諦

問諸有漏法能爲因義皆是集諦何故世尊但說集諦是愛非餘答愛於施設集聖諦中勢用增強非餘有漏故偏說愛是集非餘然有漏法皆是集諦如施設行蘊中思最勝故說思非餘而實相應不相應行皆是行蘊是故偏說愛爲集諦復次愛是三世衆苦因本道路由緒能作生緣集起勝故偏說集諦復次愛能數數招集苦果勝故偏說如有頌言

如樹根未拔　斫斫還復生　未斷愛隨眠
數數感衆苦

復次愛於有情能燒能潤是故偏說因時能潤果時能燒如熱油滴墮在身時能燒能潤愛於有情亦復如是復次以愛能起如起尸鬼能招生業是故偏說如有水處有起尸鬼能起死尸有愛身中有招生業能招生死復次以愛能攝有情無情內外諸事是故偏說攝有情者由愛勢力攝愛妻子奴婢作使象馬牛羊駝驢等事攝無情者由愛勢力攝受宮殿舍宅珍財及穀麥等復次愛能長養男身女身是故偏說謂諸有情由愛勢力能正供養父母師長及能養育妻子作使朋友眷屬乃至禽獸由愛勢力從一谷中殘害生類持至餘谷養育其子復次以愛勢力欲得未來生趣自體由欲得故便起希望由希望故即便求覓由求覓故得生趣體故偏說愛復次愛能滋潤諸有生死令不萎枯是故偏說如水能潤樹木藥草令不萎枯復次愛能潤識生後有芽謂由愛力得入母胎滋潤精血令住胎藏是故偏說復次若有所依所緣行

相能起愛者即此所依所緣行相起餘煩惱猶如魚王所遊止處小魚皆隨此亦如是由此說愛名煩惱王是故偏說復次若相續中有貪愛者諸餘煩惱皆集其中如潤濕衣塵垢易著是故偏說愛爲集諦復次若相續中有貪愛水諸餘煩惱皆悉樂住如有水處魚蝦蟆等皆悉樂住是故偏說復次愛如熾火能燒一切又如醎水飲無足時是故偏說如熾火中投諸物類悉皆燒盡無充足時又如渴人飲以醎水隨飲隨渴無猒足時如是身中未離愛者貪著境界無滿足時復次愛能和合別異有情令不別異是故偏說如水和合別異砂等令不相離復次愛令有情善法生澁無所堪能愛潤有情令有住著不能出離是故偏說謂諸有情由愛勢力所修善法生澁無能又潤有情令於生死所在執著不能超昇如蠅蜂等至酥油蜜濕皮等上膠粘翅足不能飛空復次愛於有情因位果位所作有異是故偏說謂所起愛於諸有情因時隨順如善親友果時違害如惡怨家如諸商人入海採寶至一洲渚遇邏刹斯先現善顏作諸愛語以禮供事請以爲夫後知委信方便誘引禁鐵城中飲食血肉漸至都盡惟有餘骨愛邏刹斯亦復如是先令有情嬉戲造惡後令墮惡趣受種種劇苦復次愛是起因是故偏說如契經說業爲生因愛爲起因生死流轉復次愛難斷離是故偏說如人忽遇二邏刹斯一作毋形難可免離二作怨形易可免離如是有情未離欲染有二煩惱數數現行一者貪欲難可斷離二者瞋恚易可斷

離復次愛數現行微細難覺是故偏說如善旋師所用利器所有斷晝微細難知復次愛於有支漸立三種是故偏說謂初起時說名爲愛次增廣位說名爲取死後得果說名無明復次有十染法愛爲上首是故偏說如契經說佛告阿難緣愛故求緣求故得緣得故集緣集故貪緣貪故著緣著故慳緣慳故攝受緣攝受故守護緣守護故執持刀杖鬪諍欺誑諂詐輕侮生無量種惡不善法復次愛於染汙八等至中勢力增強是故偏說如說味相應初靜慮爲在定時味爲出定已味應言出定已味非在定時味乃至味相應非想非非想處廣說亦爾復次佛說貪愛縛諸異生如繩繫鳥是故偏說復次佛說貪愛如網如藤籠縛難免是故偏說復次佛說貪愛深廣難渡猶如大海是故偏說復次佛說貪愛長遠如河難可尋壥是故偏說如契經說言長河者喻三種愛謂欲愛色愛無色愛復次佛說貪愛難斷難破難可越度是故偏說復次佛說貪愛多諸過患熾盛堅牢是故偏說復次佛說貪愛能令界別地別部別及能生長一切煩惱是故偏說由如是等種種因緣有漏法中惟愛一種世尊偏說爲集聖諦而集聖諦非惟愛攝

問苦滅聖諦云何答如契經說即諸所有愛及後有愛喜俱行愛彼彼喜愛無餘斷棄吐盡離滅靜沒是名苦滅聖諦問既說諸愛無餘斷等名滅聖諦即集亦滅如何但說苦滅聖諦答此亦應說集滅聖諦而不說者是有餘說復次已說苦滅當知即說集諦亦滅以

苦與集是一物故復次若說苦滅應知已說集諦亦滅要滅其因果乃滅故復次爲所化者欣樂滅故但說苦滅謂所化者於苦猒心勝於猒集無始時來爲苦逼故今聞佛說苦滅聖諦便生歡喜言此弊惡衆苦滅盡甚爲快哉由此喜心速求證滅由如是等種種因緣世尊但說苦滅聖諦而不說爲集滅聖諦

問趣苦滅道聖諦云何答如契經說八支聖道謂正見乃至正定是名趣苦滅道聖諦問此亦應說趣集滅道如何但說趣苦滅道答此亦應說趣集滅道而不說者是有餘說復次已說趣苦滅道當知即說趣集滅道以苦與集非別物故復次若說趣苦滅道應知已說趣集滅道要滅因已果方滅故復次爲所化者欣樂滅道故作是說謂所化者猒苦情深聞說此道能趣苦滅極生歡喜由此速能修道加行是故但說趣苦滅道復次欲顯聖道惟能遮苦令永不生故作是說謂設問道汝爲有力令因非因果非果不道答不能然諸因緣能生苦者我能對治令不生苦是故但說趣苦滅道復次爲欲遮遣於道誹謗是故但說趣苦滅道謂有幼年七八歲等證無學果乃至百歲壽命方盡於其中間受種種苦如受四百四病等苦世人見之便誹謗道言此聖道不能盡苦是故世尊作如是說聖道能滅後有衆苦由如是等種種因緣世尊但說趣苦滅道而不說爲趣集滅道

問何故世尊先說苦諦乃至最後說道諦耶答隨順文詞故作是說謂作是說文詞隨順復次若作是說隨順說者受者持者非餘次

第復次依現觀時故作是說謂次第法略有三種一生起次第二易說次第三現觀次第生起次第者謂四念住四靜慮四無色等諸瑜伽師先起身念住是故先說乃至後起法念住是故後說靜慮無色廣說亦爾易說次第者謂四正勝四神足五根五力七等覺支八道支等雖四正勝俱時而有而易說故先說斷惡後說修善於斷惡中先說斷已生惡後說遮未生惡於修善中先說起未生善後說增已生善若作是說言詞輕便四神足等廣說亦爾現觀次第者謂四聖諦諸瑜伽師於現觀位先現觀苦故佛先說次現觀集故佛次說次現觀滅故佛次說後現觀道故佛後說問因論生論何故行者入現觀時先現觀苦乃至最後現觀道耶答依麤細故謂四諦中苦諦最麤故先現觀漸次乃至道諦最細故後現觀如學射時先射麤物漸次乃至能射毛端復次以迷苦愚能持迷集愚乃至迷滅愚能持迷道愚若未除迷苦愚終不能除迷集愚乃至若未除迷滅愚終不能除迷道愚故先現觀苦乃至最後現觀道復次以迷苦愚能引迷集愚乃至迷滅愚能引迷道愚若未遮迷苦愚必不能遮迷集愚乃至若未遮迷滅愚必不能遮迷道愚故先現觀苦乃至最後現觀道復次以苦諦觀能引集諦觀乃至滅諦觀能引道諦觀若未起苦諦觀必不能起集諦觀乃至若未起滅諦觀必不能起道諦觀故先現觀苦乃至最後現觀道復次以苦諦觀是集諦觀因本道路由緒能作生緣集起乃至滅諦觀是道諦觀因本道

路由緒能作生縁集起若未起苦諦觀必不能起集諦觀乃至若未起滅諦觀必不能起道諦觀故先現觀苦乃至最後現觀道復次苦諦觀是集諦觀加行所依門安足處乃至滅諦觀是道諦觀加行所依門安足處若未起苦諦觀必不能起集諦觀乃至若未起滅諦觀必不能起道諦觀故先現觀苦乃至最後現觀道脇尊者言修觀行者知五取蘊如病如癰如箭等已次求其因知是集諦次求無處知是滅諦後求對治知是道諦如耎弱人身遭病等爲苦所逼便起念言我此病等因何而生知因風熱痰飲等起復作是念何當得愈知除滅時復作是念由何當愈知服藥等由此因縁故先現觀苦乃至最後現觀道復次修觀行者知五取蘊多諸過患次求其因次求其滅後求對治如人有子專行刼盜作如是念我子因誰而作此惡知因惡友復作是念子所行惡何時當止知調善時復作是念誰令調善知由善友由此因縁故先現觀苦乃至最後現觀道問先因後果隨順次第何故行者先現觀苦後現觀集答知苦斷集次第順故問知苦斷集順何次第答此順世間伐樹次第謂伐樹者先斷枝等然後拔根伐生死樹次第亦爾先知苦者如斷枝等後斷集者如拔樹根問先道後滅隨順次第何故行者先現觀滅後現觀道答證滅修道次第順故問證滅修道順何次第答此順所趣能趣次第若先説修道後説證滅者不知此道爲是誰道若先説證滅後説修道者即知此道是趣滅道如人問他當示我道他

反詰言汝問何道其人報言問某城道他遂答言此是彼道先說證滅後說修道應知亦爾舉滅示道順次第故復次諸瑜伽師先以緣三諦道斷迷三諦愚後以緣道諦道斷迷道諦愚故先現觀滅後乃現觀道譬如有人先觀他面知其好醜後欲自知面好醜故取鏡照之由此因緣先現觀滅後現觀道問現觀諦時為觀自相為觀共相設爾何失二俱有過所以者何若觀自相諸法自相差別無邊應無觀諦得究竟者且地自相無邊差別觀未窮盡而便命終況更能觀諸餘自相若觀共相如何四諦不頓現觀復於何時以如實智觀諦自相於諦自相若不能觀云何名為現觀諦者答應作是說觀於共相問如何四諦不頓現觀答現觀諦時雖觀共相而不現觀一切共相謂但現觀少分共相然自共相差別無邊且地大種亦名自相亦名共相名自相者對三大種名共相者一切地界皆堅相故大種造色合成色蘊如是色蘊亦名自相亦名共相名自相者對餘四蘊名共相者謂色皆有變礙相故即五取蘊合成苦諦如是苦諦亦名自相亦名共相名自相者對餘三諦名共相者諸蘊皆有逼迫相故思惟如是有逼迫相即是思惟苦及非常空非我相亦即名為苦諦現觀如是現觀若對諸諦名自相觀若對諸蘊名共相觀由對諸蘊名共相觀故現觀時名觀共相由對諸諦名自相觀故於四諦不頓現觀復次一諦非四四諦非一故於四諦不頓現觀復次一行相非四四行相非一故於四諦不頓現觀復次有

漏無漏相各差別故於四諦不頓現觀復次有爲無爲相各差別故於四諦不頓現觀復次果因所證能證各別故於四諦不頓現觀復次以四聖諦或相有異或性相異故無一時頓現觀義復次能覺所覺根與根義行相所緣境與有境相各有別故於四諦不頓現觀復次於一一諦尚不頓觀況有一時頓觀四諦謂現觀位先別觀欲界苦後合觀色無色界苦先別觀欲界集後合觀色無色界集先別觀欲界滅後合觀色無色界滅先別觀欲界道後合觀色無色界道故無頓觀四聖諦義問因論生論何故行者先別觀欲界苦後合觀色無色界苦耶答依麤細相而起現觀欲界苦麤故先現觀色無色界苦細故後現觀問若爾色界苦麤應先現觀無色界苦細應後現觀如何一時觀二界苦答俱定地攝故合現觀謂欲界苦非定地攝故先別觀色無色界苦俱定地攝故後合觀復次欲界苦與身俱現執受故先別觀色無色苦不與身俱非現執受故後合觀復次欲界苦現病逼迫如荷重擔故先別觀色無色界苦非現病逼迫如荷重擔故後合觀復次欲界苦現惱行者如現怨敵故先別觀色無色界苦非現惱行者如現怨敵故後合觀復次欲界苦近故先別觀色無色界苦遠故後合觀如近遠如是隣逼非隣逼和合非和合此身衆同分餘身衆同分應知亦爾復次欲界苦現見故先別觀色無色界苦不現見故後合觀問入現觀位於色無色界苦若不現見云何名現觀耶答現見有二種一執受現見二離染

現見入現觀位於欲界苦具二現見故名現觀於色無色界苦惟有離染現見故名現觀如商賈者有兩擔財一自身擔二使他擔自身擔者具二現見一知重現見二知財現見使他擔者惟一現見謂知財現見復次欲界苦有善不善無記三種故先別觀色無色界苦惟有善無記二種故後合觀復次行者成就欲界異生性故先別觀欲界苦不成就色無色界異生性故後合觀色無色界苦謂法應爾若成就此界異生性者即先觀此界苦復次於欲界苦先起誹謗故先別現觀而生於信於色無色界苦後起誹謗故後合現觀而生於信由如是等種種因緣先別觀欲界苦後合觀色無色界苦三諦現觀准此應知問若以共相現觀諦者復於何時以如實智觀諦自相於諦自相若不能觀云何名爲現觀諦者答非如實智於諸自相以自相觀名諦現觀而如實智於諸自相以共相觀名諦現觀復次於諦自相共相無知現觀諦時一切頓斷雖觀共相而亦得名如實現觀諸諦自相復次苦非常等名諦自相此於諸蘊即名共相故於諸諦觀苦等時即名現觀自相共相蘊等自相差別無邊觀之不能斷諸煩惱故現觀位不各別觀問入現觀時既總觀蘊如何於諦不總觀耶答入現觀時觀四諦理斷迷四諦別相煩惱無一煩惱總迷四諦故於四諦不總現觀於諸蘊中有總迷惑故於諸蘊得總現觀又蘊自相非諸諦理無始已了故不復觀四諦自相無始未了故今於彼各別現觀

阿毗達磨大毗婆沙論卷第七十八 說一切有部發智

音釋

難奴寨切阸也 坦他但切夷也 滴丁歷切點也 數數所角切頻也 駞驢駞徒何切驢力居切並獸名也 萎於爲切枯也 蝦蟇蝦胡加切蟇莫加切蛙屬

阿毗達磨大毗婆沙論卷第七十九

五百大阿羅漢等造

唐三藏法師玄奘奉詔譯

結蘊第二中十門納息第四之九

如契經說苦聖諦應以慧徧知阿毗達磨說智所徧知謂一切法問若一切法是所徧知如阿毗達磨說何故契經惟說以慧應徧知苦答契經惟依出世間慧說苦聖諦是應徧知阿毗達磨總依世間出世間慧說一切法是所徧知如世間出世間有漏無漏縛解繫不繫應知亦爾復次契經惟依近徧知慧說苦聖諦是應徧知阿毗達磨依近遠慧說一切法是所徧知如近遠隣逼非隣逼和合非和合應知亦爾復次契經惟依觀共相慧說苦聖諦是應徧知阿毗達磨總依觀自相共相慧說一切法是所徧知如自相共相慧自相共相覺自相共相作意應知亦爾復次契經惟依不共慧說苦聖諦是應徧知阿毗達磨總依共不共慧說一切法是所徧知復次契經依現觀時說苦聖諦是應徧知阿毗達磨依行諦時說一切法是所徧知復次契經依施設覺說苦聖諦是應徧知阿毗達磨依勝義覺說一切法是所徧知問施設覺者義何謂耶答依果麤顯易見方便說徧知苦依生死因不續方便說永斷集依具三德不在身方便說應證滅依能永斷諸煩惱道方便說應修道如是名爲施設覺義非盡理故立施設名脇尊者言世尊惟說應徧知苦或謂惟苦是應徧知故對法中說一切法是所徧知世尊惟說集應永斷或謂惟集是應永斷

故對法中說有漏法皆應永斷世尊惟說滅應作證或謂惟滅是應作證故對法中依得作證說諸善法皆應作證世尊惟說道應修習或謂惟道是應修習故對法中總說一切善有爲法皆應修習此則顯示經義不了阿毗達磨是了義說復次爲令永斷生死道路故佛惟說應徧知苦謂有身見是六十二見趣根本見趣是餘煩惱根本諸餘煩惱是業根本諸業復是異熟根本依止異熟生長一切善不善無記法由此輪轉生死無窮徧知苦時斷有身見身見斷故生死路絕故佛惟說應徧知苦復次爲令永斷五我見十五我所見故佛惟說應徧知苦復次爲令永斷有身見邊執見及爲證得空無願三摩地故佛惟說應徧知苦復次從無始來諸有情類於五取蘊起我有情命者生者及養育者數取趣想誰能斷此諸惡倒想令得法想謂苦徧知故佛惟說應徧知苦復次從無始來於苦非常空非我蘊起常樂我淨想誰能斷此諸顛倒想令得無顛倒想謂苦徧知故佛惟說應徧知苦復次從無始來諸有情類雖爲諸蘊損惱逼切如荷重擔而於諸蘊希求貪著如諸嬰兒雖爲乳母打罵逼切而歸附之欲令有情斷蘊貪者故佛惟說應徧知苦復次從無始來諸有情類由諸煩惱惡行顛倒令心心所於境邪曲誰令正直謂苦徧知故佛惟說應徧知苦復次諸瑜伽師若徧知苦便能安住無倒想心設彼現觀苦聖諦已於餘聖諦不復現觀有人問言此五取蘊爲苦爲樂答言惟苦如熱鐵團復問取蘊爲常非常

答言非常一刹那後決定不住復問取蘊爲淨不淨答言不淨如糞穢聚復問取蘊有我無我答言無我作者受者皆不可得惟空行聚此無顛倒由苦徧知故佛惟說應徧知苦復次取蘊如病性不調適取蘊如癰性能逼惱取蘊如箭性能損害取蘊如刀性能傷切取蘊如毒性能殺害取蘊如火性能焚燒取蘊如怨性不饒益取蘊如邊城恒爲種種業煩惱賊之所侵擾能知此者謂苦徧知故佛惟說應徧知苦復次諸瑜伽師若徧知苦名遇眞佛出現世間名入勝義如理正法名眞出家名眞受用正法財寶得無障礙故佛惟說應徧知苦復次諸瑜伽師若徧知苦名捨曾緣得未曾緣名捨共得不共名捨世間得出世間故佛惟說應徧知苦復次諸瑜伽師若徧知苦開未曾開聖道門故能捨未曾捨異生性能得未曾得聖性故佛惟說應徧知苦復次諸瑜伽師若徧知苦捨名得名捨界得界捨性得性捨名得名者謂捨異生名得聖者名捨界得界者謂捨異生界分得聖者界分捨性得性者謂捨異生種性得聖者種性故佛惟說應徧知苦復次諸瑜伽師若徧知苦得心不得心因得苦不得苦因得明不得明因故佛惟說應徧知苦復次諸瑜伽師若徧知苦捨五同分得八同分五同分者謂五無間業同分八同分者謂四向四果同分故佛惟說應徧知苦復次諸瑜伽師若徧知苦則捨如柳絮異生性住如帝幢佛法性故佛惟說應徧知苦復次諸瑜伽師若徧知苦名爲最初得法證淨故佛惟說應徧知苦復

次諸瑜伽師若徧知苦名最初得無有是處如契經說無有是處見聖諦者故斷他命越所學處乃至廣說故佛惟說應徧知苦復次諸瑜伽師若徧知苦名爲最初入大法海登大法山摧大怨敵昇大法座故佛惟說應徧知苦復次苦應徧知非皆永斷集應永斷不應惟徧知滅應作證不應惟徧知道應修習不應惟徧知故佛惟說應徧知苦復次於四聖諦皆應徧知苦在最初故惟說苦如契經說若集聖諦應以慧永斷阿毗達磨說應永斷者謂有漏法若說惟愛是集諦者應問彼言諸有漏法皆應永斷如對法說何故世尊惟說愛應永斷非餘一切有漏法耶彼應如前愛爲集答若說一切有漏法因是集諦者應問苦諦亦應永斷何故惟說集應永斷答佛爲捨苦故作是說汝等若欲捨衆苦者應永斷集集永斷故苦則不生名眞捨苦復次佛爲捨果故作是說汝等若欲捨苦果者應永斷因因永斷故苦果不生名眞捨果復次爲止苦流故作是說如止流者當堰水源欲止苦流應永斷集復次永斷集故便害俱因離俱繫得無漏離繫得滅有頂徧行因故佛惟說集應永斷復次若斷因者果即隨斷若滅因者果即隨滅若棄因者果即隨棄若吐因者果即隨吐故佛惟說集應永斷復次世尊欲令諸有情類捨蘊重擔故作是說謂如有人荷負重擔經險難處而復顛蹶爲擔逼切欲脫無由有人語言欲脫此擔當斷擔索乃可脫之如是有情荷蘊重擔經歷生死諸險難處爲蘊重擔之所逼切故佛告言汝等

若欲脱蘊重擔當永斷集集既斷已蘊擔便脱復次爲對外道故作是說謂諸外道苦果所逼雖猒苦果而不斷因如愚癡狗捨人逐塊故佛告彼汝等猒苦當永斷集集因斷已苦果不生便得解脱復次集引三界下中上果若永斷集苦果不生是故世尊告有情類汝等猒苦當永斷集復次集能生長三種苦界若永斷集彼不生長是故世尊告有情類若猒三苦當永斷集復次集能生長四種苦生若永斷集彼不生長是故世尊告有情類若猒四苦當永斷集復次集能生長五種苦趣若永斷集彼不生長是故世尊告有情類若猒五苦當永斷集復次苦但應捨不應斷之故佛惟說集應永斷由如是等種種因緣世尊惟說集應永斷如契經說苦滅聖諦應以慧作證阿毗達磨說得作證者謂諸善法問若諸善法皆應作證如對法說何故世尊惟作是說滅應作證答滅是解脱離繫爲相故佛惟說滅應作證復次滅無處所亦無所依故佛惟說滅應作證復次滅雖是因而無有果滅雖是果而無有因故佛惟說滅應作證復次滅雖是因而無有因滅雖是果而無有果故佛惟說滅應作證復次滅是能作非有能作是緣非有緣是離非有離故佛惟說滅應作證復次滅令蘊無而不變法故佛惟說滅應作證復次滅能息三墮四遮五故佛惟說滅應作證復次滅是一味廣大道果能淨四姓及諸名言名無上法故佛惟說滅應作證復次滅惟無漏得通二種滅惟非學非無學得通三種滅一諦攝得三諦攝滅惟不

繫得通三種滅惟不斷得通二種故佛惟說滅應作證復次滅是善亦是常是善亦離世是善亦離蘊是善無三品是善無前後故佛惟說滅應作證復次滅是沙門果非沙門是婆羅門果非婆羅門是梵行果非梵行是道果非道故佛惟說滅應作證復次爲證滅故證有爲善故佛惟說滅應作證由如是等種種因緣故佛惟說滅應作證如契經說趣苦滅道聖諦應以慧修習阿毗達磨說應修習法者謂有爲善法問諸有爲善皆應修習如對法說何故世尊惟作是說應修聖道答聖道應修不應永斷非如餘善應斷應修故佛惟說應修聖道復次聖道惟有得修習修非如餘善具四種修所謂得習對治除遣故佛惟說應修聖道復次聖道具善無漏二聖非如餘善惟有善聖故佛惟說應修聖道復次聖道應修不斷緣彼貪等煩惱非如餘善亦修亦斷緣彼煩惱故佛惟說應修聖道復次聖道應修是出非没非如餘善雖是應修亦出亦没謂出欲界没初靜慮乃至出無所有處没非想非非想處故佛惟說應修聖道問得聖道者離欲染已生初靜慮乃至離無所有處染已生非想非非想處如何聖道是出非没答雖有是事而諸聖道不招異熟非如餘善能招異熟故諸聖道惟名爲出復次修習聖道能損諸有能害諸有能破諸有修習餘善長養諸有攝益諸有任持諸有故佛惟說應修聖道復次修習聖道斷有流轉生老病死令不相續修習餘善續有流轉生老病死不令間斷故佛惟說應修聖道復次修習

聖道是趣苦有世間生老病死滅行修習餘善是趣苦有世間生老病死集行故佛惟說應修聖道復次修習聖道非有身見事乃至不墮苦集諦攝修習餘善是有身見事乃至墮在苦集諦攝故佛惟說應修聖道復次修習聖道非界趣生生老病死流轉之因修習餘善是界趣生生老病死流轉之因故佛惟說應修聖道復次修習聖道令界趣生生老病死流轉都盡修習餘善令界趣生生老病死流轉無盡故佛惟說應修聖道復次聖道惟是可愛可愛果可喜可喜果可意可意果可欣可欣果可樂可樂果餘善不爾故佛惟說應修聖道復次聖道是沙門是沙門果是婆羅門是婆羅門果是梵行是梵行果是道是道果故佛惟說應修聖道復次修習聖道定趣涅槃修習餘善所趣不定故佛惟說應修聖道由如是等種種因緣故佛惟說應修聖道

有十六行相緣四聖諦起謂緣苦諦有四行相一苦二非常三空四非我緣集諦有四行相一因二集三生四緣緣滅諦有四行相一滅二靜三妙四離緣道諦有四行相一道二如三行四出問十六行相名有十六實體有幾有作是說名有十六實體有七謂緣苦諦四種行相名有四種實體亦四緣餘三諦各四行相名雖有四實體惟一問何故緣苦有四行相名有四種實體亦四緣餘三諦而不爾耶答緣苦行相是四顛倒近對治故如四顛倒名體各四緣餘三諦所起行相非四顛倒近對治故名雖有四實體惟一評曰應作

是說十六行相名與實體俱有十六如名與體名施設體施設名異相體異相名異性體異性名差別體差別名建立體建立名覺了體覺了應知亦爾問言行相者自性是何答自性是慧應知此中慧是行相亦是能行亦是所行與慧相應心心所法雖非行相而是能行亦是所行與慧俱有不相應行及餘有法雖非行相亦非能行而是所行有作是說言行相者總以一切心心所法爲其自性若作是說諸心心所皆是行相亦是能行亦是所行餘一切法雖非行相亦非能行而是所行復有說者所言行相以一切法爲其自性若作是說諸相應法亦是行相亦是能行亦是所行不相應法雖是行相亦是所行而非能行評曰應作是說言行相者自性是慧如初所說如是名爲行相自性我物自體相分本性已說自性所以今當說問何故名行相行相是何義答於諸境相簡擇而轉是行相義問何故名苦廣說乃至何故名出答傷痛逼迫如荷重擔違逆聖心故名爲苦由二緣故說名非常一由所作二由屬緣由所作者諸有爲法一刹那頃能有所作第二刹那不復能作由屬緣者諸有爲法繫屬衆緣方有所作違我所見故名爲空違於我見故名非我如種子法故名爲因能等出現故名爲集令有續起故名爲生能有成辦故名爲緣譬如泥團輪繩水等衆緣和合成辦缾等取蘊永盡故名爲滅有爲相息故名爲靜是善是常故名爲妙最極安隱故名爲離是離自體非有離故違害邪道故名爲道違害非理故

名爲如趣涅槃宫故名爲行能永超度故名爲出是能出性非没性故復次麤重所逼故名爲苦性不究竟故名非常内離士夫作者受者遣作受者故名爲空性不自在故名非我引發諸有故名爲因令有等現故名爲集能有滋産故名爲生有所造作故名爲縁性不相續盡諸相續故名爲滅三火永寂故名爲静脱諸災横故名爲妙出衆過患故名爲離是出要路故名爲道能契正理故名爲如能正趣向故名爲行永超生死故名爲出問有四行相觀生死果何故此果但名苦諦不名非常空非我諦答亦應説爲非常等諦而不説者是有餘説復次既説爲苦諦當知已説爲非常空及非我諦以相同故復次苦相不共惟有漏法是苦非餘故名苦諦非常等三是餘共相謂非常相三諦皆有空非我相徧一切法故此不名非常等諦復次苦違諸有有情聞之能捨生死故名苦諦美妙飲食持與小兒若語是苦彼便遠棄語非常等彼無捨心是故不名非常等諦復次生死有苦愚智同信外道聞之亦不誹謗聞非常等有不生信故名苦諦非非常等復次能知所知易分别故但名苦諦非非常等謂佛世尊説有苦智故此所知但名苦諦如智所知覺所覺根根義行相所縁有境及境應知亦爾復次此苦諦名舊所傳説是舊文句過去諸佛過殑伽沙皆以苦名表示此諦今佛亦爾故不應責復次此諦四相苦相最初是故世尊但名苦諦問有四行相觀生死因何故此因但名集諦不名因等三種諦耶答亦應説爲

因生緣諦而不說者是有餘說復次既說爲集諦當知已說因生緣諦以相同故復次能知所知易分別故但名集諦非因生緣謂佛世尊說有集智故此所知但名集諦如智所知覺所覺等應知亦爾復次此集諦名舊所傳說是舊文句過去諸佛過殑伽沙皆以集名表示此諦今佛亦爾故不應責復次集相但於有漏法有招集生死非無漏故因生緣相無漏亦有聖道亦名因生緣故集不共故立以諦名是故世尊但名集諦問有四行相觀於涅槃何故涅槃惟名滅諦不名靜等三種諦耶答亦應說爲靜妙離諦而不說者是有餘說復次既說爲滅諦當知已說靜妙離諦以相同故復次能知所知易分別故但名滅諦非靜妙離謂佛世尊說有滅智故此所知但名滅諦如智所知覺所覺等應知亦爾復次滅名不共故立諦名滅名惟顯究竟滅故靜名濫定妙離濫道故不名爲靜妙離諦復次此滅諦名舊所傳說是舊文句過去諸佛過殑伽沙皆以滅名表示此諦今佛亦爾故不應責復次此諦四相滅相最初是故世尊但名滅諦問有四行相觀於聖道何故聖道但名道諦不名如等三種諦耶答亦應說爲如行出諦而不說者是有餘說復次既說爲道諦當知已說如行出諦以相同故復次能知所知易分別故但名道諦非如行出謂佛世尊說有道智故此所知但名道諦如智所知覺所覺等應知亦爾復次道名惟顯趣涅槃路故立諦名如濫正理行通有漏出通涅槃故此不名如行出諦復次此道諦名舊

所傳說是舊文句過去諸佛過殑伽沙皆以道名表示此諦今佛亦爾故不應責復次此諦四相道相最初是故世尊但名道諦毗柰耶說世尊有時爲四天王先以聖語說四聖諦四天王中二能領解二不領解世尊憐愍饒益彼故以南印度邊國俗語說四聖諦謂瑿泥迷泥蹋剖達喋剖二天王中一能領解一不領解世尊憐愍饒益彼故復以一種篾戾車語說四聖諦謂摩奢覩奢僧攝摩薩縛怛羅毗剌遲時四天王皆得領解問佛以聖語說四聖諦能令所化皆得解不設爾何失二俱有過所以者何若言能者後二天王聞聖語說何故不解若不能者伽他所說當云何通如有頌言

佛以一音演說法　衆生隨類各得解
皆謂世尊同其語　獨爲我說種種義

一音者謂梵音若致那人來在會坐謂佛爲說致那音義如是磔迦葉筏那達剌陀末喋婆佉沙覩貨羅博喝羅等人來在會坐各各謂佛獨爲我說自國音義聞已隨類各得領解又貪行者來在會坐聞佛爲說不淨觀義若瞋行者來在會坐聞佛爲說慈悲觀義若癡行者來在會坐聞佛爲說緣起觀義憍慢行等類此應知此伽他中既作是說如何可說佛以聖語說四聖諦不令一切所化有情皆得領解有作是說佛以聖語說四聖諦能令一切所化有情皆得領解問若爾何故後二天王聞聖語說而不能解答彼四天王意樂有異爲滿彼意故佛異說謂二天王作如是念若佛爲我以聖語說四聖諦者我能受

行第三天王作如是念若佛爲我以南印度邊國俗語說四諦者我能受行第四天王作如是念若佛爲我隨以一種蔑戾車語說四諦者我能受行是故世尊隨彼意說復次世尊欲顯於諸言音皆能善解故作是說謂有生疑佛惟能作聖語說法於餘言音未必自在爲決定疑佛以種種言音說法顯於諸方言音自在所說法要聞皆受行復次有所化者依佛不變形言而得受化有所化者依佛轉變形言而得受化依佛不變形言得受化者若變形言而爲說法彼不能解如說佛在摩揭陀國爲度池堅步行十二踰繕那故七萬衆生皆得見諦彼皆依佛不變形言而得受化若變形言爲說法者彼諸衆生應不見諦依佛轉變形言得受化者若不變形言而爲說法彼不能解是故世尊作三種語爲四天王說四聖諦復有說者佛以一音說四聖諦不令一切所化有情皆能領解世尊雖有自在神力而於境界不能改越如不能令耳見諸色眼聞聲等問若爾前頌當云何通答不必須通非三藏故諸讚佛頌言多過實如分別論者讚說世尊心常在定善安住念及正知故又讚說佛恒不睡眠離諸蓋故如彼讚佛實不及言前頌亦然故不須釋復次如來言音徧諸聲境隨所欲語皆能作之謂佛若作致那國語勝在致那中華生者乃至若作博喝羅語勝在彼國中都生者以佛言音徧諸聲境故彼伽他作如是說復次佛語輕利速疾迴轉雖種種語而謂一時謂佛若作至那語已無間復作磔迦國語乃至復作博

喝羅語以速轉故皆謂一時如旋火輪非輪輪想前頌依此故亦無違復次如來言音雖有多種而同有益故說一音

如契經說佛告苾芻此苦聖諦我昔未聞於此法中如理作意由此便生眼智明覺此苦聖諦慧應徧知我昔未聞乃至廣說此苦聖諦慧已徧知我昔未聞乃至廣說集滅道諦廣說亦爾此苦聖諦我昔未聞等顯未知當知根此苦聖諦慧應徧知等顯已知根此苦聖諦慧已徧知等顯具知根集滅道諦各顯三根應知亦爾大德法救作如是說我思此經舉身毛竪以佛所說必不違義定有次第今此契經越次第說具知根後復說未知當知根故非佛獨覺及諸聲聞得有如是觀行次第具知根後如何復起初無漏根若捨此經必不應理佛初說故以五苾芻而爲上首八萬諸天聞此所說皆證法故若欲不捨復違次第故思此經舉身毛竪然彼大德雖作是言而不捨經但迴文句彼作是說此經應言此苦聖諦我昔未聞乃至廣說集滅道諦廣說亦爾此苦聖諦慧應徧知此集聖諦慧應永斷此滅聖諦慧應作證此道聖諦慧應修習昔未聞等廣說如前此苦聖諦慧已徧知此集聖諦慧已永斷此滅聖諦慧已作證此道聖諦慧已修習昔未聞等廣說如前若作是說不失次第隨順現觀非如經說阿毗達磨諸論師言不應輒迴此經文句過去無量諸大論師利根多聞過於大德尚不敢迴此經文句況今大德而可輒迴但應尋求此經意趣謂說法者依二次第一依隨順說法

次第如此經說二依隨順現觀次第如大德說脇尊者言此經不說三無漏根但說菩薩菩提樹下欲界聞思所成慧力修行四諦問世尊既說我由此觀證得無上正等菩提豈有聞思證菩提義答菩薩由此聞思慧力伏除一切四聖諦愚由此定當證無上覺故說由此證得菩提如人先時濕皮覆面後得除去以縠覆之其障輕微可言無障故此非說三無漏根

如契經說佛告苾芻我於四聖諦三轉十二行相生眼智明覺問此應有十二轉四十八行相何故但說三轉十二行相耶答雖觀一一諦皆有三轉十二行相而不過三轉十二行相故作是說如預流者極七反有及七處善并二法等此中眼者謂法智忍智者謂諸法智明者謂類智忍覺者謂諸類智復次眼是觀見義智是決斷義明是照了義覺是警察義問此四聖諦若自性斷者亦所緣斷耶答應作四句有自性斷非所緣斷謂緣無漏苦集及無所緣諸有漏法有所緣斷非自性斷謂緣有漏聖道有自性斷亦所緣斷謂緣有漏苦集有非自性斷亦非所緣斷謂緣無漏聖道及無所緣聖道滅諦

阿毗達磨大毗婆沙論卷第七十九　說一切有部發智

音釋

擾　而沼切亂也　蹎蹶　蹎都年切蹶居月切僵也　殑伽　梵語也此云天堂來殑渠矜切伽求迦切　瑿　於計切　蹋剖　蹋吐盍切剖普后切　瞸　胡夾切　蔑戾車　梵語也亦云彌離車此云惡見蔑彌列切戾郎計切　縠　胡谷切縐紗也

阿毗達磨大毗婆沙論卷第八十

五百大阿羅漢等造

唐三藏法師玄奘奉詔譯

結蘊第二中十門納息第四之十

四靜慮者謂初靜慮第二靜慮第三靜慮第四靜慮問何故作此論答欲令疑者得決定故謂品類足說云何初靜慮謂初靜慮攝善五蘊乃至云何第四靜慮謂第四靜慮攝善五蘊彼惟說善靜慮或有生疑靜慮惟善非染亦非無覆無記為決彼疑顯四靜慮通善及染無覆無記故作斯論問此四靜慮自性云何答各以自地五蘊為自性是名靜慮自性我物自體相分本性已說自性所以今當說問何故名靜慮為能斷結故名靜慮為能正觀故名靜慮若能斷結故名靜慮則無色定亦能斷結應名靜慮若能正觀故名靜慮則欲界三摩地亦能正觀應名靜慮有作是說以能斷結故名靜慮問諸無色定亦能斷結應名靜慮答若定能斷不善無記二種結者名為靜慮諸無色定惟斷無記非不善故不名靜慮問若作是說惟未至定可名靜慮上地不斷不善結故答上地雖無彼斷對治而有不善猒壞對治以能猒壞亦名能斷問若作是說上地滅道法智品及彼一切類智品應非靜慮皆非欲界斷及猒壞二對治故答彼於欲界雖無全界全地對治而彼界地容有不善猒壞對治由此勢力餘亦得名復次四靜慮中有能對治不善結者無色全無故靜慮名不通無色尊者妙音作如是說色界六地於欲界結皆有斷對治及猒壞對治

然未至定已斷彼結餘地對治無彼可斷雖無彼可斷而有對治用如日三分皆能破暗初分已破餘無可破又如六人共一怨家一人已殺餘無可殺又如六燈皆能破暗持一入室其暗已除餘五入時無暗可破如是六地於欲界結皆有斷能非惟未至若不爾者依上五地入見道時應不證得欲見所斷諸結離繫既能證得故知六地於欲界結有斷對治復次若定能斷見修所斷二結盡者名爲靜慮諸無色定惟能斷修所斷結盡故非靜慮復次若能斷結五蘊俱生能爲所依起多功德能具攝受四支五支能發六通具四通行三種變現三明三根三道三地四沙門果九徧知道見修二道法類二智及忍智者名爲靜慮諸無色定雖能斷結而不具上所說功德故非靜慮復有說者以能正觀故名靜慮問若爾欲界有三摩地亦能正觀應名靜慮答若能正觀亦能斷結名爲靜慮欲界三摩地雖有能正觀而不能斷結故不名靜慮復次若能正觀堅固難壞相續久住於所緣境長時注意而不捨者名爲靜慮欲界三摩地無如是德故非靜慮復次若三摩地具有定名定用能正觀者名爲靜慮欲界三摩地雖有定名而無定用如泥椽梁有名無用故非靜慮復次若三摩地非散亂風之所搖動如密室燈能正觀者名爲靜慮欲界三摩地多散亂風之搖動如四衢燈故非靜慮如是說者要具二義方名靜慮謂能斷結及能正觀欲界三摩地雖能正觀而不能斷結諸無色定雖能斷結而不能正觀故非靜慮復

次若能徧觀徧斷結者名爲靜慮欲界三摩地雖能徧觀而不能徧斷結諸無色定二義俱無故非靜慮復次若能靜息一切煩惱及能思慮一切所緣名爲靜慮欲界三摩地雖能思慮一切所緣不能靜息一切煩惱諸無色定兩義都無故非靜慮復次諸無色定有靜無慮欲界三摩地有慮無靜色定俱有故名靜慮靜謂等引慮謂徧觀故名靜慮四靜慮支總有十八謂初靜慮有五支一尋二伺三喜四樂五心一境性第二靜慮有四支一内等淨二喜三樂四心一境性第三靜慮有五支一行捨二正念三正慧四受樂五心一境性第四靜慮有四支一不苦不樂受二行捨清淨三念清淨四心一境性問四靜慮支名有十八實體有幾答惟有十一謂初靜慮支名與實體俱有五種第二靜慮支雖有四而三如前增内等淨第三靜慮支雖有五而第五如前但增前四第四靜慮支雖有四而後三如前但增第一故靜慮支名有十八實體十一復有說者實體惟十謂三靜慮樂合爲一評曰彼不應作是說初二靜慮是輕安樂第三靜慮別是受樂初二靜慮樂行蘊攝第三靜慮樂受蘊攝故前所說於理爲善如名實體名施設體施設名異相體異相名異性體異性名差別體差別名建立體建立名覺體覺應知亦爾問此中何者是靜慮何者是靜慮支答心一境性是靜慮以三摩地爲自性故此及所餘是靜慮支問若三摩地是靜慮者初第三靜慮應各惟四支第二第四靜慮應各惟三支則靜慮支應惟十四云何

乃說十八支耶答三摩地是靜慮亦是靜慮支餘是靜慮支非靜慮故有十八如擇法是覺亦是覺支餘是覺支非覺正見是道亦是道支餘是道支非道離非時食是齋亦是齋支餘是齋支非齋此亦如是如是名爲靜慮支自性我物自體相分本性已說自性所以今當說問何故名靜慮支靜慮支是何義答寂靜思慮故名靜慮隨順此靜慮故名靜慮支以隨順義負重擔義成大事義堅勝義分別義是支義故隨順義者若法隨順此地靜慮名此地靜慮支負重擔義者若法能引此地靜慮名此地靜慮支成大事義者若法能辦此地靜慮名此地靜慮支堅勝義者若法助成此地靜慮令其堅勝名此地靜慮支分別義者如軍車等諸分別異故名軍車等支

如是靜慮諸分別異名靜慮支如是已釋靜慮支名次應分別離無離相問若是初靜慮支亦是第二靜慮支耶答應作四句有是初支非第二支謂尋伺有是第二支非初支謂內等淨有是初支亦是第二支謂喜樂心一境性有非初支亦非第二支謂除前相問若是初靜慮支亦是第三靜慮支耶答應作四句有是初支非第三支謂尋伺喜樂有是第三支非初支謂捨念慧樂有是初支亦是第三支謂心一境性有非初支亦非第三支謂除前相問若是初靜慮支亦是第四靜慮支耶答應作四句有是初支非第四支謂尋伺喜樂有是第四支非初支謂不苦不樂捨念有是初支亦是第四支謂心一境性有非初支亦非第四支謂除前相問若是第二靜慮

支亦是第三靜慮支耶答應作四句有是第二支非第三支謂内等淨喜樂有是第三支非第二支謂捨念慧樂有是第二支亦是第三支謂心一境性有非第二支亦非第三支謂除前相問若是第二靜慮支亦是第四靜慮支耶答應作四句有是第二支非第四支謂内等淨喜捨有是第四支非第二支謂不苦不樂捨念有是第二支亦是第四支謂心一境性有非第二支亦非第四支謂除前相問若是第三靜慮支亦是第四靜慮支耶答應作四句有是第三支非第四支謂慧樂有是第四支非第三支謂不苦不樂有是第三支亦是第四支謂捨念心一境性有非第三支亦非第四支謂除前相問輕安行捨一切地有何故初二靜慮立輕安爲支非行捨第三第四靜慮立行捨爲支非輕安耶答先說隨順是支義故謂輕安惟隨順初二靜慮故立爲支行捨惟隨順第三第四靜慮故立爲支復次互相覆故謂初二靜慮輕安用勝能覆行捨故立爲支第三第四靜慮行捨用勝能覆輕安故立爲支問何故此二能互相覆答此二行相更相違故謂輕安相輕舉行捨相沉靜俱時而有更互相違如人一時亦行亦住亦睡亦舉一向相違而善心中對治各異故得俱起謂輕安能對治惛沉行捨能對治掉舉復次爲對治欲界五識身及所引身麤重故初靜慮立輕安爲支爲對治初靜慮三識身及所引身麤重故第二靜慮立輕安爲支第二第三靜慮無麤識身及所引身麤重可對治故第三第四靜慮不立輕安爲支

彼既不立輕安爲支故立行捨爲支復次初二靜慮有染汙喜擾動身心故世尊說應習輕安不應住捨是故初二靜慮惟立輕安爲支第三第四靜慮無染汙喜擾動身心故世尊說但應住捨勿習輕安是故第三第四靜慮惟立行捨爲支復次初二靜慮輕安有因謂諸善喜如契經說心有喜故身則輕安是故初二靜慮惟立輕安爲支第三第四靜慮輕安無因謂無善喜惟應住捨故彼但立行捨爲支復次第三靜慮棄捨極喜第四靜慮棄捨極樂故此惟立行捨爲支初二靜慮既不立行捨爲支故立輕安爲支無相違故問内等淨即是信諸地皆有何故惟在第二靜慮立爲支耶答前說隨順是支義故謂信惟順第二靜慮是故惟此立信爲支復次初靜慮中尋伺如火身識如泥令心相續熱惱濁亂信不明淨如熱泥中面像不現第二靜慮無尋伺火及識身泥心相續中信相明淨如清冷水面像得現故於此立内等淨支第三靜慮有極悅受第四靜慮有勝捨受覆心相續信相不顯故彼及初皆不建立内等淨支復次第二靜慮諸瑜伽師於離染中初生信勝故惟此立内等淨支謂瑜伽師離欲界染起初靜慮現在前時作是思惟我雖已離不定界染諸定地染爲可離耶彼後復離初靜慮染第二靜慮現在前時於界地染俱可離中初生大信如欲界染我既能離色無色染亦必可離如初靜慮染既可離乃至非想非非想處染定可離彼初靜慮現在前時未生定信後二靜慮現在前時雖有定信而非初

故信相不顯故皆不立内等淨支復次起增上信必依大喜因喜信者信必堅固第二靜慮有極勝喜故惟此立内等淨支問慧徧諸地何故惟於第三靜慮立爲支耶答前說隨順是支義故謂慧惟順第三靜慮故但於彼立正慧支復次第三靜慮有適悦受諸適悦中此最爲勝耽著此故諸瑜伽師不欲欣求上地勝法此受即是自地留難對治此故立正慧支是故世尊作如是說應以正慧覺了此樂勿固貪著不求上地上下地中無有自地極樂留難如此地者故彼不立正慧爲支復次初靜慮中有麤尋伺覆障正慧第二靜慮有極喜躍覆障正慧第四靜慮有勝捨受覆障正慧以勝捨受是無明分正慧是明明無明分互相違害故皆不立正慧爲支第三靜慮無有如彼覆正慧法故立爲支問念徧諸地何故惟在後二靜慮立念爲支答前說隨順是支義故謂念惟順後二靜慮故但於彼立念爲支復次後二靜慮俱有他地增上留難對治彼故立念爲支餘地不爾謂第二靜慮有極勝喜輕躁漂溺如邏刹斯諸瑜伽師由此衰退不能堅固離自地染爲對治彼第三靜慮立念爲支是故世尊作如是說應住正念勿爲下地喜所漂溺退失自地第三靜慮有極勝樂生死樂中此爲最上留礙行者如詐親怨諸瑜伽師由此衰退不能堅固離自地染爲對治彼第四靜慮立念爲支是故世尊作如是說應住正念勿爲下地樂所留礙退失自地復次初靜慮中有麤尋伺猶如暴風覆障正念第二靜慮有極喜躍如水

濤波覆障正念故俱不立正念爲支後二靜慮無此過失是故俱立正念爲支問若是靜慮支亦是菩提分耶答應作四句有是靜慮支非菩提分謂伺樂受捨受有是菩提分非靜慮支謂精進正語正業正命有是靜慮支亦是菩提分謂餘菩提分法有非靜慮支亦非菩提分謂除前相問何故伺樂受捨受不立菩提分耶答被覆損故謂伺被正思惟之所覆損樂受被輕安樂之所覆損捨受被行捨之所覆損故不立爲菩提分法問若爾何故立靜慮支答菩提分中爲策正見立正思惟爲菩提分伺行相細策正見中爲尋覆損立靜慮支爲遮下地惡不善法不相覆損菩提分中輕安樂受同一刹那有相覆損靜慮支中地別建立無覆損義菩提分中行捨受捨同一刹那有相覆損靜慮支中對治利益支用各別不相覆損問何故精進非靜慮支答諸靜慮支順自地勝精進於順他地爲勝謂初靜慮精進順第二靜慮爲勝乃至無所有處精進順非想非非想處爲勝故彼不立爲靜慮支復次精進損害三摩地因三摩地因即是勝樂如契經說樂故心定勤精進者身心多苦修三摩地身心多樂是故精進非靜慮支問何故正語正業正命非靜慮支答靜慮支者謂與靜慮相應住境必有所依所緣行相及有警覺乃名相應正語業命無如是義是故不立爲靜慮支由此四相及諸得等不相應法皆不應立爲靜慮支非助等持住一境故問何故慚愧無貪無瞋不放逸不害等非靜慮支耶答非極隨順諸靜慮故此

諸善法多於欲界散地惡法爲近對治勢力增強非於定地是故不立爲靜慮支問心想思等何故不立爲靜慮支答非極隨順諸靜慮故心順流轉定順還滅故心不立爲靜慮支復次心勝如王諸心所法皆如臣佐定是心所故心不立爲靜慮支如諸國王不事臣佐想思觸欲皆順流轉作用偏勝定順還滅故彼不立爲靜慮支作意惟在欲界散地對境用勝非諸定地故亦不立爲靜慮支勝解惟於無學位勝靜慮徧於一切位勝故彼不立爲靜慮支復次此中應以諸靜慮支對四念住四正斷四神足五根五力七等覺支八聖道支展轉相攝復應以初靜慮支乃至第四靜慮支對菩提分法展轉相攝復應以初靜慮支乃至第四靜慮支對四念住乃至八聖道支展轉相攝應隨其相一一廣說問靜慮近分及無色定爲立支不若立支者此何不說若不立者施設論說當云何通如說頗有空無邊處定於空無邊處定根勝道勝定勝而支等耶答有謂從空無邊處定起無間復入空無邊處定有作是說靜慮近分及無色定亦建立支問若爾善通施設論說今於此中何故不說答理亦應說而不說者應知此中是有餘說謂初靜慮近分如根本亦有五支然除喜受增捨受第二靜慮近分如根本亦有四支亦除喜受增捨受第三靜慮近分如根本亦有五支然除樂受增捨受第四靜慮近分及無色定如根本第四靜慮皆亦有四支評曰應作是說靜慮近分及無色定皆不立支功德少故苦道攝故問若爾善通

此中所說施設論說當云何通答依因長養故說為勝言支等者謂覺道支問何故初及第三靜慮俱立五支第二第四靜慮俱立四支耶答前說隨順是支義故謂四靜慮各有爾所能隨順法不增不減復次欲界諸惡難斷難破難可越度故初靜慮建立五支為牢強對治第二靜慮重地極喜難斷難破難可越度第三靜慮建立五支為牢強對治初及第三靜慮俱無如是難斷難破難越度法是故第二第四靜慮惟立四支以彼俱不假牢強對治故復次為對治欲界增上五欲境貪故初靜慮立五支為對治第二靜慮五部重地喜愛故第三靜慮亦立五支初及第三靜慮俱無如是所對治故第二第四靜慮俱惟立四支復次為欲隨順趣定法故謂從五支定超入五支定復從四支定超入四支定以支等者易可超入問若從第三靜慮超入空無邊處復從第四靜慮超入識無邊處彼俱無支云何隨順答諸外內事初作時難後成辦時不假隨順且外事者如遮諾迦與臣懷月十二年中學造金法初成一粒如穬麥量便師子吼我等今者能造金山言內事者如瑜伽師修神境通初學離地如半巨勝次復離地如一巨勝如是漸漸半麥一麥半指一指半搩一搩半肘一肘半尋一尋彼後成時隨心欲往色究竟天自在能往起定亦爾初時難故假支齊等後時易故設不立支亦能超入故初第三各立五支第二第四各立四支

如契經說苾芻當知有四天道能令有情未

淨者淨淨者轉明問何故世尊作如是說答欲令有情於生天道深生猒怖欣求安住勝義天道生天者謂三十三天彼有四苑莊嚴殊妙一名衆車二名麤惡三名歡喜四名雜林如是四苑有四衢道天諸婇女遊集其中諸勝美人於中遊止種種音樂恒時擊奏安置種種餚饍飲食寶樹行列枝條蔭映花葉茂盛香氣氛氳果實繁多光淨甘美隨欲變鳥雅韻和鳴諸天於中受諸欲樂遊戲既畢相與入苑於此正法毗奈耶中擇滅涅槃如彼天苑四妙靜慮如四衢道通明婇女遊集其中解脫無礙美人遊止三藏音樂恒時擊奏安置淨喜餚膳飲食菩提分法寶樹行列無量解脫勝處徧處枝條蔭映覺支道支花葉茂盛諸妙淨戒香氣氛氳諸沙門果光淨

甘美學與無學隨欲變鳥雅韻和鳴衆聖於中受勝定樂遊戲既畢俱入涅槃云何名爲四種天道謂離欲惡不善法有尋有伺離生喜樂初靜慮具足住是名第一天道離欲惡不善法者問得初靜慮時總離欲界一切法何故但說離欲惡不善法耶答惡不善法以爲上首總離欲界故作是說復次惡不善法違害聖道自性應斷彼若斷已不復成就是故偏說諸有漏善無覆無記不違聖道非自性斷彼若斷已猶可成就是故不說然有漏善無覆無記斷惡不善時亦隨說斷同一對治故一時斷故如燈違暗非炷油器而破暗時亦能燒炷盡油熱器復次惡不善法難斷難破難可越度是故偏說復次惡不善法多諸過患熾盛堅牢是故偏說復次惡不善法

離欲染時極爲障礙留難繫縛如暴獄卒故偏說之復次諸瑜伽師專爲斷彼惡不善法修初靜慮是故偏說復次諸瑜伽師憎惡彼故總捨欲界故偏說離惡不善法復次惡不善法上地所無故偏說離由如是等種種因緣惟說離欲惡不善法問此中何者是欲何者是惡不善法耶答事具欲是欲煩惱欲是惡不善法復次欲謂五欲惡不善法謂五蓋復次欲謂欲愛惡不善法謂欲界諸餘煩惱復次欲謂欲尋惡不善法謂恚害尋復次欲謂欲界惡不善法謂恚害界復次欲謂欲想惡不善法謂恚害想復次欲謂欲愛惡不善法謂即欲愛此即說離種種欲愛有尋有伺者與尋俱法名有尋與伺俱法名有伺離生者問上地中離勝妙清淨過初靜慮何故惟說此名離生答此中舉初以顯後故作如是說世尊有處舉後顯初如說云何非自他害謂在非想非非想處如舉初後始入已度加行究竟應知亦爾復次初得離生發希奇想後時不爾故作是說復次以初靜慮惟從離生後諸靜慮亦從定生從離生故名爲離生如水生者說名水生陸地生者說名陸生復次初靜慮離二無漏定爲眷屬故獨名離生謂未至靜慮中間復次初靜慮離是後離門所依加行因本道路及安足處獨得離名復次初靜慮離牽引住持長養後離獨得離名復次初靜慮離是後諸離生緣集起獨得離名復次上地諸離決定依止初靜慮離得及前起故初靜慮獨得離名復次諸瑜伽師離欲界染起初靜慮現在前時歡喜踊躍勝於

後時故獨名離如飢渴人初得飲食雖復麤惡而生歡喜勝於後時得美飲食復次三種行者依初靜慮得入離生得果練根及盡諸漏故獨名離三種行者謂具縛者分離欲者全離欲者復次爲令疑者得決定故獨立離名如欲界中有尋有伺有諸識身尊卑眷屬初靜慮中亦有此事或有生疑如欲界無離初靜慮亦爾爲决此疑説初靜慮有離非欲復次欲界無離近對治彼故初靜慮獨立離名復次惟初靜慮能離三界一切煩惱獨立離名復次惟初靜慮有四沙門果道九徧知果道具三十七菩提分法故獨名離復次惟初靜慮能離所有苦根憂根男根女根無慚無愧貪愛婬愛五蓋五欲慳貪嫉恚五蘊十二處及十八界等故獨名離由如是等種種

因緣惟初靜慮獨名離生喜樂者喜謂喜根樂謂輕安樂復次喜受蘊攝樂行蘊攝初靜慮具足住者謂得獲成就初靜慮善五蘊得獲成就名具足住復次尋伺滅内等淨心一趣無尋無伺定生喜樂第二靜慮具足住是名第二天道尋伺滅者問得第二靜慮時總滅初靜慮一切法何故但説尋伺滅耶答以尋伺爲上首總滅初靜慮故作是説復次尋伺難斷難破難可越度是故偏説復次尋伺多諸過患熾盛堅牢是故偏説復次尋伺離初靜慮染時極爲障礙留難繫縛如暴獄卒故偏説之復次諸瑜伽師專爲斷尋伺修第二靜慮是故偏説復次諸瑜伽師憎惡尋伺故總捨初靜慮故偏説之復次尋伺上地所無是故偏説由如是等種種因緣但説尋伺

滅内等淨者内謂心等淨謂信由信平等令内心淨故名内等淨尊者世友作如是說尋伺躁動擾亂定心信能除彼令心等淨如波浪息水則澄清是故說信名内等淨復作是說涂喜騰躍渾濁定心信能除彼令心等淨如離泥濁水則澄清是故說信名内等淨大德法救作如是說行者將入第二靜慮心於定境信向樂住不流馳散久住一境得第二定斯有是處此由信力是故說信名内等淨心一趣者謂一門轉非如欲界心六門轉初靜慮中心四門轉第二靜慮心一門轉故名一趣即是心行一境界義無尋無伺者謂尋伺已滅定生者問初靜慮亦有定何故惟說第二靜慮名定生耶答第二靜慮等持增盛勝妙清淨過初靜慮是故偏說復次第二靜慮定所引發定所長養初靜慮後現在前故名爲定生非如初靜慮非定所引發非定所長養欲界心後現在前故不名定生復次初靜慮心有定不定有内門轉有外門轉有緣内事有緣外事第二靜慮心多在定多惟内門轉惟緣内事故名定生復次第二靜慮滅語言本語言本者謂尋與伺如契經說要尋伺已能發語言非不尋伺第二靜慮尋伺已滅無語言本故說定生復次第二靜慮名聖嘿然故名定生如契經說佛告目連汝等勿輕第二靜慮此是聖者嘿然法故由如是等種種因緣定生惟在第二靜慮喜樂者喜謂喜根樂謂輕安樂復次喜受蘊攝樂行蘊攝第二靜慮具足住者得獲成就第二靜慮善五蘊得獲成就名具足住

阿毗達磨大毗婆沙論卷第八十　說一切有部發智

音釋

躁則到切不安靜也　漂溺漂撫招切浮也溺奴歷切沒也　穬古猛切麥也　㯳陟革切正作磔張仲曰磔　肘陟柳切臂節也　餚饍餚胡交切凡非穀而食曰餚饍時戰切具食也　氛氲氛敷文切氲於云切氛氲香氣也

阿毗達磨大毗婆沙論卷第八十一

五百大阿羅漢等造

唐三藏法師玄奘奉　詔譯

結蘊第二中十門納息第四之十一

復次離喜住捨正念正慧身受樂聖應說捨第三靜慮具足住是名第三天道離喜者問得第三靜慮時總離第二靜慮諸有漏法何故但說離喜耶答以喜爲上首總離第二靜慮諸有漏法故偏說喜復次以喜難斷難破難可越度故偏說之復次以喜多諸過患熾盛堅牢是故偏說復次以喜離第二靜慮染時極爲障礙繫縛留難如暴獄卒故偏說之復次諸瑜伽師專爲對治喜故修第三靜慮是故偏說復次諸瑜伽師憎猒喜故總捨第二靜慮故偏說之復次喜上地無餘法容有故偏說喜由如是等種種因緣惟說離喜住捨正念正慧者捨謂行捨正念謂勝善念正慧謂勝善慧身受樂者身謂意身有作是說意有樂時亦令大種所造色身有適悅樂此即意識相應樂受名身受樂聖應說捨者聖謂諸佛及聖弟子應爲他說應自住捨問聖於諸地皆應說捨何故惟說第三靜慮答第三靜慮具自他地二種留難故偏說之他地留難者謂第二靜慮喜漂沒輕躁如邏刹斯能令瑜伽師於第二靜慮離染衰退故說應捨勿爲此喜之所留難自地留難者謂第三靜慮樂生死樂中此樂最勝諸瑜伽師染著此樂不求上地勝妙功德故說道者爲初習業諸瑜伽師說此樂受是留難處不應染著復次佛及弟子應爲他說第三靜慮自地他

地留難過失勸他令捨是故爲聖應説捨謂爲他説第三靜慮有勝樂受能令衆生染著迷悶不求上地勝妙功德汝等應住正念正知勿爲此樂之所留難亦爲他説第二靜慮有勝喜受能令衆生漂溺輕躁退失第二靜慮離染汝等應住正念及捨勿爲此喜之所留難如舊商主爲新商人説諸國邑所有過患謂如是國如是邑中多諸婬女博戲矯詐酒肆賊難應遠防之勿令汝等喪失財貨第三靜慮具足住者謂得獲成就第三靜慮善五蘊得獲成就名具足住復次斷樂斷苦先喜憂沒不苦不樂捨念清淨第四靜慮具足住是名第四天道斷樂者問得第四靜慮時總離第三靜慮諸有漏法何故但説斷樂耶答以樂爲上首總離第三靜慮諸有漏法故偏説樂復次以樂難斷難破難可越度故偏説之復次以樂多諸過患熾盛堅牢是故偏説復次以樂離第三靜慮染時極爲障礙繫縛留難如暴獄卒故偏説之復次諸瑜伽師專爲對治樂故修第四靜慮是故偏説復次諸瑜伽師憎猒樂故總離第三靜慮故偏説之復次樂上地無餘法容有故偏説樂由如是等種種因緣惟説斷樂斷苦者問離欲染時修觀行者已斷苦根何故今離第三靜慮染時乃説斷苦答此於已斷説名爲斷謂於遠事而説近聲如已來者亦説今來如説大王從何處來如已解脱説解脱聲如説由此知見心解脱欲漏有漏無明漏離欲染時心已解脱欲漏離非想非非想處染時心解脱有漏無明漏如於已入而説入聲如説菩薩

入正性離生得現觀邊世俗智如於已受而說受聲如說受樂受時如實知受樂受無有自知現在受者故知已受而說受聲此中亦爾已斷說斷謂於遠事而說近聲復次依雙法盡俱說斷聲言雙法者謂苦與樂離欲染時雖苦已盡而樂未盡今離第三靜慮染已苦樂俱盡俱說斷聲復次斷樂者謂斷第三靜慮樂根斷苦者謂斷彼相應心心所法復次斷樂者謂斷第三靜慮樂根斷苦者謂斷第三靜慮入出息諸賢聖者於入出息生於苦想過諸異生於無間獄所起苦想復次斷樂者謂斷第三靜慮樂根斷苦者謂即斷彼樂根如說無常故苦先喜憂沒者離欲染時憂根已沒離第二靜慮染時喜根已沒是故說今先喜憂沒不苦不樂者謂不苦不樂受

捨清淨者謂行捨念清淨者謂善念問下地亦有無漏捨念何故但說第四靜慮捨念清淨答第四靜慮捨念俱離八擾亂事故名清淨苦樂憂喜入息出息尋伺名爲八擾亂事此中皆無獨名清淨復次第四靜慮無內外災故名清淨下三靜慮有內外災不名清淨謂初靜慮內有尋伺火故外爲火災所燒第二靜慮內有極喜水故外爲水災爛第三靜慮內有出入息風故外爲風災飄第四靜慮無此三災故說清淨復次第四靜慮所依身器三災不及念無忘失捨無諠雜非如下地故說清淨復次第四靜慮離諸煩惱及隨煩惱故說捨念清淨非餘謂有捨念離諸煩惱非隨煩惱謂下三靜慮無漏捨念或有捨念離隨煩惱非諸煩惱謂第四靜慮有漏捨念

或有捨念離諸煩惱及隨煩惱謂第四靜慮無漏捨念或有捨念非離煩惱及隨煩惱謂下三靜慮有漏捨念及欲界一切捨念應知此中隨煩惱者即上所說八擾亂事復次第四靜慮所依色身澄潔明淨譬如燈光捨念依彼故亦清淨復次第四靜慮是圓滿依諸依中勝是究竟地諸地中尊故彼捨念亦名清淨復次第四靜慮定名不動定之勢力徧所依身故彼捨念亦名清淨復次第四靜慮是七依定齊內下上俱有三無漏定故由此捨念亦名清淨復次第四靜慮有二事廣一處所廣二善根廣故彼捨念亦名清淨復次第四靜慮過殑伽沙菩薩依之入正性離生證得無上正等菩提故彼捨念亦名清淨復次第四靜慮三瑜伽師依之得入正性離生得果盡漏謂佛獨覺及諸聲聞故彼捨念亦名清淨復次第四靜慮大種造色顯色形色皆極勝妙故彼捨念亦名清淨復次依第四靜慮宿住隨念智能緣欲界及四靜慮諸宿住事故彼捨念亦名清淨由如是等種種因緣第四靜慮所有捨念獨名清淨第四靜慮具足住者謂得獲成就第四靜慮善五蘊得獲成就名具足住如契經說有四種增上心所現法樂住問何故名爲增上心所答此中心所即三摩地無三摩地具大勢力有大功用能成大事能如根本四靜慮者故此獨名增上心所復次四靜慮中有無量種增上心所殊勝功德如無量解脫勝處徧處無礙解無諍願智邊際定等是故獨名增上心所復次依四靜慮諸瑜伽師以無量門受心所樂

謂前所說諸功德門及空空等三三摩地是故獨名增上心所復次此四靜慮樂通行攝是故獨名增上心所問四靜慮中亦有能引後樂功德何故但說現法樂住答亦應說爲後法樂住而不說者應知此經是有餘說復次若說此爲現法樂住應知已說後法樂住以後法樂用現法樂爲說因得故如契經說先於此間修彼等至後方生彼復次後法樂住依止繫屬現法樂住現法樂住不依止繫屬後法樂住是故但說現法樂住即已說彼復次現法樂住與後法樂住爲加行門若已說此即已說彼復次現法樂住是因後法樂住是果若已說因即已說果如因果如是能作所作能生所生能成所成能續所續能引所引能轉所轉能相所相應知亦爾復次現法樂近後法樂遠若已說近即已說遠如近遠如是隣逼非隣逼和合非和合此身衆同分餘身衆同分應知亦爾復次現法樂住若愚若智內道外道正觀邪觀皆共信有故偏說之後法樂住有不住者如諸外道是故不說復次諸愚夫類多貪現樂不求後樂於現樂中貪少欲樂不求廣大離欲妙樂世尊欲令捨小欲樂得四靜慮廣大妙樂作如是說汝等若求廣大樂者當捨欲樂修四靜慮是故但說現法樂住復次以四靜慮現在前時必受現樂故偏說之後樂不定或退生下或進生上或般涅槃是故不說由如是等種種因緣世尊但說四種靜慮名現法樂近分無色雖亦有樂義而苦通行攝故不說之如契經說如是四種增上心所現法樂住諸修定

者數數入出應正了知寂靜解脫超過諸色四無色定諸修定者數數入出應正宣示問何故世尊於四靜慮勸應了知於四無色勸應宣示答靜慮麤顯明了易見諸修定者從彼出已復樂欲入故佛告言若欲復入應正了知入出定相勿有謬失無色微細相隱難見諸修定者從彼出已不樂復入故佛告言若不樂復入應正宣示他入出定相勿令忘失復次四靜慮中多有種種異相功德諸修定者從彼出已復樂欲入故佛告言若樂復入應正了知入出定相勿有謬失無色定中無有多種異相功德諸修定者從彼出已不樂復入故佛告言若不樂復入應正宣示他入出定相勿令忘失復次四靜慮中根受心所有多異相諸修定者從彼出已復樂欲入故佛告言若樂復入應正了知入出定相勿有謬失無色定中根受心所無多異相諸修定者從彼出已不樂復入故佛告言若不樂復入應正宣示他入出定相勿令忘失復次四靜慮中有無量種功德勝利諸修定者從彼出已復樂欲入故佛告言若樂復入應正了知入出定相勿有謬失無色定中無無量種功德勝利諸修定者從彼出已不樂復入故佛告言若不樂復入應正宣示他入出定相勿令忘失復次四靜慮中有徧照智緣自上下諸修定者從彼出已復樂欲入故佛告言若樂復入應正了知入出定相勿有謬失無色定中無徧照智能緣自上不緣下地諸修定者從彼出已不樂復入故佛告言若不樂復入應正宣示他入出定相勿令忘失由

如是等種種因緣佛於靜慮勸應了知於四無色勸應宣示如契經說四種靜慮有四勝利四無色定有一勝利問何故靜慮勝利有四無色定中勝利惟一答即由前說種種因緣靜慮無色勝利有異此中復有二不共答謂靜慮中有三種定一有尋有伺二無尋惟伺三無尋無伺無色定中惟有一種無尋無伺復次四靜慮中有三種受謂喜樂捨無色定中惟有捨受故四靜慮勝利有四無色定中勝利惟一問靜慮勝利有何差別答名即差別謂名靜慮名勝利故復次靜慮三種謂善染污無覆無記勝利惟善復次靜慮二種謂有漏無漏勝利惟無漏復次靜慮或色界繫或不繫勝利惟不繫復次靜慮或學或無學或非學非無學勝利惟學無學復次靜慮或見所斷或修所斷或非所斷勝利惟非所斷復次靜慮通染不染勝利惟不染復次靜慮通有異熟無異熟勝利惟無異熟復次靜慮三諦攝除滅諦勝利惟道諦攝是謂靜慮勝利差別如契經說初靜慮憂根滅第二靜慮苦根滅問離欲染時斷憂及苦契經何故作是說耶答依過對治故作是說謂離欲染位雖斷苦根而未名爲過苦對治於初靜慮得離染時過苦對治故說苦滅苦對治者謂初靜慮復次依過族姓及苦所依故作是說謂離欲染位雖斷苦根而未過苦所依族姓於初靜慮得離染時過苦所依及苦族姓故說苦滅所依族姓謂諸識身問離欲染位雖斷憂根而未過彼對治所依及彼族姓不應說憂初靜慮滅答憂根對治所依族姓皆在

意識既與憂根同在意識故正斷時即說彼滅苦根所依及苦族姓不與對治同在一識故過對治所依族姓方說苦滅有作是說第二靜慮苦根滅者諸尋伺滅以諸賢聖於尋伺中發生苦想過諸異生猒地獄苦能生苦想故名苦根有契經中說四靜慮猶如牀座問世尊何故說四靜慮如牀座耶答是高勝性攝受性故高勝性者對欲界說以四靜慮出欲界故攝受性者對善法說靜慮攝受多善法故復次諸賢聖者於無始來生死長途極生疲猒故於靜慮暫時憩息如倦長途暫居牀座故於靜慮說牀座聲有契經說四種靜慮譬如涼風問世尊何故說四靜慮如涼風耶答此能止業煩惱熱故謂初靜慮能止欲界種種不善業煩惱熱第二靜慮能止初

靜慮尋伺相應業煩惱熱第三靜慮能止第二靜慮極喜相應業煩惱熱第四靜慮能止第三靜慮極樂相應業煩惱熱故說靜慮譬如涼風有契經中說四靜慮如妙飲食問世尊何故說四靜慮如飲食耶答有能任持法身義故如村邑中諸妙飲食皆送王城長養尊勝如是種種勝妙善根皆集靜慮長養法身故說靜慮如妙飲食有契經中佛為梵志說第四靜慮名究竟跡問世尊何故為婆羅門捨前三靜慮說第四靜慮名究竟跡答有婆羅門聞佛具有一切智見復聞諸佛無不皆依第四靜慮證得無上正等菩提一切施設第四靜慮為究竟跡彼作是念若佛施設第四靜慮是究竟跡決定具有一切智見作是念已來問世尊佛知彼意故但為說第四

靜慮是究竟跡彼聞決定信佛具有一切智見佛又告彼婆羅門言第四靜慮是如來跡是佛所行佛所習近如野龍象夏日中時從稠林出見地方所其地沃潤華果茂盛流泉浴池其水清美雜華映發甚可愛樂見已歡喜以牙掘地而安其足世尊亦爾第四靜慮行捨現前掘爾燄地而安智足應知此中如來跡者說第四靜慮究竟奢摩他佛所行者說第四靜慮究竟毗鉢舍那佛所習近者總說第四靜慮究竟止觀有契經中說四靜慮皆是樂住問世尊何故說四靜慮是樂住耶答根本靜慮易現在前故名樂住非如近分及無色定難現在前所以者何諸有情類爲欲界業煩惱繫縛引未至定令現在前極爲艱難如被反縛甚難自解有情亦爾既爲欲界業煩惱縛爲解自縛引未至定極爲艱難修不淨觀或持息念經於十年或十二年有能引起未至定者有不能引故極艱難若離欲染起初靜慮不由功用故易現前從初靜慮復欲引起靜慮中間多用功力異心所滅異心所生麤心所滅細心所生尋俱者滅伺俱者生故定中間亦難現起譬如有人以木破木多用功力然後乃破以初靜慮自地心所有滅有生亦復如是後三靜慮近分難起根本易起如初應知問已離下染起無色定亦不艱難寧非樂住答雖離下染以無色定極微細故起亦艱難起靜慮時易於彼故又無色界既無諸色非皆信有故修行者欲起彼定亦甚艱難如苾長者來白具壽阿難陀言我等在家長夜貪著色等五境聞無色界

極生驚恐如臨深坑云何有情而都無色故難信有以難信故起極艱難復次依四靜慮易可離染非近分等故名樂住譬如二人俱往一處一從陸路一別乘船雖俱到彼而乘船者不爲艱難非陸路者如是有情有依靜慮而離染者有依近分或依無色而離染者雖俱離染而依靜慮不爲艱難非近分等故惟靜慮得樂住名復次惟靜慮中具二種樂故名樂住一樂受樂二輕安樂前三靜慮皆具二樂第四靜慮雖無受樂而輕安樂勢用廣大勝前二樂近分無色雖有輕安而不廣大故不名樂復次樂有二種一者主樂二者客樂主樂者謂依靜慮起靜慮客樂者謂依靜慮起無色住靜慮地具起二樂故名樂住住無色地不具二樂故非樂住近分非勝故不得名復次四靜慮中無惱害樂勢用廣大非近分等故名樂住如契經說若於是處無諸惱害說名爲樂復次根本靜慮現在前時長養大種徧身中生令身充悅故名樂住近分定等現在前時長養大種惟心邊生非極充悅故非樂住有作是說近分定等現在前時長養大種雖徧身生而長養用不及靜慮現在前時長養大種故非樂住譬如二人同一池浴一身入水一用手澆雖俱洗浴而入水者潤益爲勝非手澆者復次四靜慮中止觀力等故名樂住近分定中觀强止劣無色定中止强觀劣俱非樂住復次四靜慮中精進與止平等而轉故名樂住雖一切地精進力强而靜慮中爲止所制故平等轉餘地不爾故非樂住復次四靜慮中增上捨斷離染

可得故名樂住謂離染時有二種斷一增上捨斷二有功用斷依近分無色離諸染時名有功用斷極艱難故依根本靜慮離諸染時名增上捨斷任運轉故譬如二人俱詣一方一乘良馬一乘惡馬乘良馬者甚不艱難至所詣處乘惡馬者甚爲艱難方得至彼復次四靜慮中無功用道離染可得故名樂住近分無色有功用道而得離染故非樂住如多人衆俱度大河有依草束有依浮瓠有依簰筏有依船舫依船舫者任運安樂得至彼岸依餘物者怖畏艱難而到彼岸有情亦爾度煩惱河有依靜慮有依餘地雖俱從生死此岸度至涅槃彼岸而依靜慮者安樂易到故名樂住非依近分無色者由如是等種種因緣惟四靜慮名爲樂住如名樂住如是亦名觸住俱住

四無量者一慈二悲三喜四捨問何故靜慮無間說無量耶答靜慮引起四無量故復次靜慮無量更相引故復次以四無量是靜慮中勝功德故問此四無量自性是何答慈悲俱以無瞋善根爲自性對治瞋故若兼取相應隨轉則四蘊五蘊爲自性欲界者四蘊色界者五蘊問若慈悲俱以無瞋善根爲自性對治瞋者慈對治何等瞋悲對治何等瞋耶答慈對治斷命瞋悲對治捶打瞋復次慈對治應瞋處瞋悲對治不應瞋處瞋有作是說慈無量以無瞋善根爲自性對治瞋故悲無量以不害爲自性對治害故喜以喜根爲自性若兼取相應隨轉則欲界者四蘊爲自性色界者五蘊爲自性問若喜無量以喜根爲

自性者品類足說當云何通如說云何喜無量謂喜及喜相應受想行識若彼所起身語二業若彼所起心不相應行皆名為喜豈有喜受與受相應答彼文應說謂喜及喜相應想行識不應言受而言受者是誦者謬復次彼論總說五蘊為喜無量自性雖喜受與受不相應而餘心心所法與受相應故作是說亦不違理有餘師說此喜無量欣為自性欣體非受別有心所與心相應有說欣在喜根相應聚中可得有作是說喜根後生欣由喜力所引起故若作是說此喜無量與受相應亦不違理捨以無貪善根為自性對治貪故若兼取相應隨轉則欲界者四蘊為自性色界者五蘊為自性如是名為無量自性問此四無量其相云何答自性即是相相即是自性自性與相不相離故尊者世友作如是說授與饒益是慈相除去衰損是悲相慶慰得捨是喜相忘懷平等是捨相已說無量自性及相所以今當說問何故名無量無量是何義答普緣有情對治無量戲論煩惱故名無量問戲論有二種一愛戲論二見戲論何無量對治何戲論耶答無量不能斷諸煩惱但能制伏或令轉遠有時四種皆對治愛有時四種皆對治見若依四種近對治說應言慈悲近對治見戲論以見行者多瞋恚故喜捨近對治愛戲論以愛行者多親附故有作是說慈悲近對治愛戲論喜捨近對治見戲論復次普緣有情對治無量放逸煩惱故名無量謂四無量能近對治欲界放逸諸煩惱故復次如是四種是諸賢聖廣遊戲處故名無

量如富貴人有無量種廣遊戲處謂諸園苑宮殿臺閣遊獵等處復次如是四種能緣無量有情為境生無量福引無量果故名無量此四無量界者在欲色界地者慈悲捨三在七地謂欲界四靜慮及未至定靜慮中間有說在七地謂四靜慮四近分靜慮中間及欲界喜無量在三地謂欲界初二靜慮有餘師說初二靜慮無悲無量所以者何初二靜慮有勝喜受歡行相轉悲無量慼行相轉初二靜慮若有悲者則一心中有歡有慼便違正理問若爾初二靜慮如何有無漏猒答無漏猒與真實作意相應不違於喜如如於境覺真實相如是如是深生喜慰如如於境深生喜慰如是如是復欣彼覺如人求寶而掘於地如如掘地如是如是得諸寶物如如得寶如是如是復欣掘地悲無量與勝解作意相應故違於喜評曰應作是說初二靜慮有悲無量云何知然有至教故如定蘊說初二靜慮攝初二靜慮四無量等故知有悲此四無量所依者惟依欲界身而得現起行相者慈有與樂行相悲有拔苦行相喜有喜慰行相捨有捨置行相所緣者惟緣欲界惟緣聚集惟緣和合惟緣有情謂緣欲界五蘊二蘊有情為境若諸有情住自地心者則緣彼五蘊若諸有情住他地心或無心者則緣彼二蘊有作是說初靜慮無量緣欲界有情第二靜慮無量緣欲界及初靜慮有情第三靜慮無量緣欲界及初二靜慮有情第四靜慮無量緣欲界及下三靜慮有情復有說者初靜慮無量緣欲界及初靜慮有情第二靜慮無量

緣欲界及初二靜慮有情第三靜慮無量緣欲界及下三靜慮有情第四靜慮無量緣欲界及四靜慮有情有餘師說慈無量緣欲界及下三靜慮所以者何慈無量與樂行相轉惟四地中有樂受故悲無量惟緣欲界所以者何悲無量拔苦行相轉惟欲界中有苦受故喜無量緣欲界及初二靜慮所以者何喜無量喜慰行相轉惟三地中有喜受故捨無量緣欲界四靜慮所以者何捨無量捨置行相轉一切地中有捨受故評曰此諸說中初說爲善謂四但緣欲界爲境念住者此四惟與法念住俱智者此四惟與世俗智俱三摩地者此四不與三摩地俱惟有漏故根相應者慈悲捨三與喜樂捨三根相應喜全不與受根相應若兼說彼相應隨轉則喜亦與喜根相應過去未來現在者此四無量皆通三世過去緣過去現在緣現在未來可生法緣未來不可生法緣三世善不善無記者此四無量惟是善緣三種欲界色界無色界繫者此四無量欲色界繫惟緣欲界繫學無學非學非無學者此四無量惟非學非無學惟緣非學非無學見所斷修所斷非所斷者此四無量惟修所斷緣見修所斷緣名緣義者此四無量通緣二種緣自相續緣他相續者此四無量惟緣他相續加行得離染得者此四無量皆通二種應知此中離染得者謂初靜慮無量離欲界染故得第二靜慮無量離初靜慮染故得第三靜慮無量離第二靜慮染故得第四靜慮無量離第三靜慮染故得或離自地上地染時修得無量加行得者謂四

無量多由加行而現在前佛不由加行而現在前獨覺由下加行而現在前聲聞由中上加行而現在前異生不定種性多故曾得未曾得者此四無量皆通二種一切聖者及住後有異生皆通二種諸餘異生惟是曾得有作是說一切聖者及住內法異生皆通二種外法異生惟是曾得

阿毗達磨大毗婆沙論卷第八十一 說一切有部發智

音釋

漂紕招切浮也流也 躁則到切不安靜也 邏剎斯梵語也此云速疾鬼邏郎佐切 矯詐矯吉了切妄也詐側駕切僞也 稠林稠直由切密也 沃潤沃烏酷切灌也潤儒順切濕也 掘其月切穿地也 苽古胡切 浮瓠浮縛謀切瓠洪孤胡故二切大匏也 箄筏箄步皆切筏房越切 舫甫妄切方船也 獵力涉切逐禽也 評符兵切品論也

阿毗達磨大毗婆沙論卷第八十二

五百大阿羅漢等造

唐三藏法師玄奘奉詔譯

結蘊第二中十門納息第四之十二

問此四無量加行云何答緣七有情而起加行七有情者謂分欲界一切有情爲怨親中三品差別怨親二品復各分三謂下中上中品有情總爲一種無差別故於此七品有情境中若欲修慈先緣親品於親品中先緣上品上品親者謂自父母軌範親教或餘隨一可尊重處智慧多聞同梵行者於此上品親有情境作是思惟云何當令此有情類得如是樂然心剛強難可調伏從無始來慣習成故於極有恩諸有情所惡阿世耶任運生長善阿世耶雖作意起而不能住復應勇勵思其重恩制心令住如以芥子投於錐鋒雖有著時而難可住久習不已加行乃成由善巧力投之方住如是行者於上品親要勤修習與樂意樂經於多時乃得堅住於上品親與樂意樂得堅住已次於中親復修如是與樂意樂此既成已次於下親復修如是與樂意樂此既成已次於中品次於下怨次於中怨後於上怨各修如是與樂意樂漸次修習至成滿時普於欲界一切有情與樂意樂平等相續如於上親上怨亦爾齊此名爲修慈究竟修悲修喜次第亦然拔苦慶慰意樂有別云何當令此有情類離如是苦是悲意樂此有情類得樂離苦豈不快哉是喜意樂欲修捨時先緣中品謂於彼起捨置意樂中品有情最易捨故緣親發愛緣怨發瞋故緣處中

初修於捨捨中品已次捨下怨次捨中怨次捨上怨次捨下親次捨中親次捨上親先捨其怨後捨親者瞋心易捨非愛心故漸次修習至成滿時普於欲界一切有情捨置意樂平等相續無異分别猶如持秤緣有情類如總觀林齊此名爲修捨究竟問何等有情能修無量答有情種性略有二種一於有情樂求過失二於有情樂求功德若於有情樂求失者於四無量多不能修所以者何阿羅漢等欲求其失亦可得故彼於先時亦有瑕隙故令我等今輕毀之誰能於彼作饒益事若於有情樂求德者於四無量多分能修所以者何斷善根者欲求其德亦可得故彼於先時多修善業故今感得尊貴家生形貌端嚴衆所樂見言詞威肅聞皆敬受智慧多聞人皆推仰我應於彼作饒益事問此四無量次第云何爲如説而生爲别有次第有作是説如説而生謂瑜伽師先於欲界諸有情類欲與饒益與饒益者即是慈相故佛説慈以爲第一次於欲界諸有情類欲除衰損除衰損者即是悲相故佛説悲以爲第二彼諸有情既得饒益復離衰損次應於彼而生慶慰慶慰彼者即是喜相故佛説喜以爲第三既於有情生慶慰已次應於彼平等捨置等捨置者即是捨相故佛説捨以爲第四故四無量如説而生復有説者此四無量先悲次慈次喜後捨謂瑜伽師先於欲界諸有情類欲除衰損次復於彼欲與饒益次復於彼深生慶慰最後於彼平等捨置尊者僧伽筏蘇説曰悲喜二種互相制御若先起悲次必生喜悲

令心下須喜策故若先生喜次必起悲喜令心舉須悲制故評曰應作是說非四無量如說而生所以者何修觀行者隨樂生故有觀行者先起於慈次悲次喜後起於捨廣說乃至有觀行者先起於捨次喜次悲後起於慈或有不定有觀行者得慈悲餘廣說乃至有觀行者得捨非餘或有不定非四無量有順次入或逆次入或順超入或逆超入或通解脫勝處徧處問若未起初靜慮無量能起第二靜慮無量不乃至若未起第三靜慮無量能起第四靜慮無量不有說不能初靜慮無量與第二靜慮無量爲加行門依梯隥故乃至第三靜慮無量與第四靜慮無量爲加行門依梯隥故有說亦能謂觀行者若依此地得自在力即依此地先起無量未起下地無漏聖道尚起上地無漏聖道況四無量而不能起問爲下地無量後起上地無量速疾爲上地無量後起下地無量速疾耶答上地無量後起下地無量速疾非下地無量後起上地無量速疾如學梵書後學佉盧瑟吒書速疾非學佉盧瑟吒書後學梵書速疾問初靜慮無量無間即能起第二靜慮無量不乃至第三靜慮無量無間即能起第四靜慮無量不依逆次第爲間亦爾有說不能必修自地加行引發方現前故有說亦能已熟修者起一加行或無加行能歷諸地或上或下起無量故問慈無量等無間即能起悲無量等不答如定蘊說思惟何等入慈等至謂樂有情乃至思惟何等入捨等至謂捨有情有作是說彼說無量俱生行相復有說者彼說無量

等無間緣若作是說彼說無量俱生行相慈無量等無間能生悲無量等若作是說彼說無量等無間緣慈無量等無間不能生悲無量等四種加行各有差別自加行後現在前故應知作意略有三種一自相作意二共相作意三勝解作意自相作意者如有思惟地爲堅相水爲濕相火爲煖相風爲動相如是一切共相作意者如十六聖行相俱生作意等勝解作意者如不淨觀持息念解脫勝處遍處等俱生作意問此四無量於三種中爲與何等作意俱生答唯與勝解作意俱生假想起故問且慈無量欲與他樂緣何等樂與有情耶有作是說彼緣第三靜慮中樂欲與有情生死樂中此最勝故若作是說諸有未得第三靜慮彼應不能起慈無量或有說者彼餘生中曾受第三靜慮中樂今復依止第三靜慮起宿住隨念智緣曾受樂欲與有情若作是說諸有未得第三靜慮宿住智者彼應不能起慈無量復有說者彼緣無間所受諸樂欲與有情謂飲食樂或車乘樂或衣服樂或臥具樂或餘種種近所受樂緣此諸樂欲與有情尊者世友作如是說彼緣有情所受樂相欲令有情恒受此樂若作是說慈應不能普緣有情所以者何非諸有情皆有樂故復作是說彼緣有情起樂根相欲令有情恒受此樂若作是說慈應不能普緣有情所以者何非諸有情於一切位恒起樂根現在前故復作是說彼緣有情所受飲食車乘衣服及臥具等種種樂相欲令有情恒受此樂若作是說慈應不能普緣有情所以者何非

諸有情皆得如是諸樂具故大德說曰先加行時緣曾所見諸有情樂以憐愍心起勝解想欲令一切欲界有情平等皆得如是樂具由此因緣皆受勝樂此中意說諸瑜伽師居近村城阿練若處於日初分著衣持鉢入近村城如法乞食於所經處見諸有情純受勝樂謂乘象馬輦輿等行衆寶嚴身僮僕侍衛音樂讚詠陳列香花受極快樂如諸天子見諸有情唯受劇苦謂無衣服頭髮蓬亂身體臭穢手足皴裂執破瓦盂巡行乞匃飢窮苦逼如諸餓鬼見是事已速還住處收衣洗足結加趺坐柔軟身心令其調適離諸障蓋有所堪能憶想先時所見苦樂於有情類等起憐愍欲令皆受所見勝樂問所緣有情非皆得樂如何慈觀非顛倒耶答利益意樂所等起故安樂意樂所等起故調善意樂所等起故憐愍意樂所等起故如理作意所等起故善根相應故慚愧相應故自性是善故伏諸煩惱故遠離煩惱故不名顛倒復有說者設名顛倒亦無有失問若名顛倒應成不善答顛倒有二種一自性二所緣具二顛倒乃名不善慈無量觀雖有所緣顛倒而非自性顛倒故非不善尊者世友作如是說慈無量觀雖不能令所緣有情皆得勝樂而亦緣彼諸有情類樂具爲境故非顛倒復作是說緣諸有情樂相爲境故非顛倒復作是說修此加行能伏瞋纏故非顛倒大德說曰如是慈觀能違瞋心故非顛倒問此慈無量爲緣一有情欲與其樂爲緣多有情欲與其樂答此慈無量初修習時緣多有情欲與其樂總緣有

情修慈心故後成滿已緣一緣多欲與其樂隨意自在如慈無量問答分別悲亦應爾如契經說慈俱行心無怨無對無惱無害廣大無量善修習故與樂勝解遍緣一方二方三方四方上下若竪若横緣此世間遍一切分遍一切處一切有情慈俱行心與樂勝解遍具足住乃至廣說問此慈無量緣諸有情何故經說緣一方等答此經應言緣東方等諸有情類而言遍緣一方等者於有情類以方聲說如舉其器示器中物此經復說緣此世間遍一切分遍一切處一切有情慈俱行心與樂勝解遍具足住者問此慈無量緣諸有情爲以方域邊際而觀爲以有情邊際而觀設爾何失二俱有過所以者何若以方域邊際觀者何故經說緣此世間遍一切分遍一切處一切有情若以有情邊際觀者何故非別得有情海邊際有作是說此以方域邊際而觀問若爾善通後所設難前所設難當云何通答應知此說少分一切謂一切言略有二種一少分一切二一切一切此經但說少分一切故不違理復有說者此以有情邊際而觀問若爾善通前所設難後所設難當云何通答雖無別得有情邊際而有總得有情邊際如四生攝一切有情無一有情非四生攝或有說者佛以有情邊際而觀餘以方域邊際而觀有餘師說佛及獨覺俱以有情邊際而觀聲聞異生但以方域邊際而觀評曰應作是說此不決定以四無量皆是假想皆與勝解作意相應或有一切皆以有情邊際而觀或有一切皆以方域邊際而觀如世尊

說苾芻當知我七歲中修慈心故七成壞劫不來生此世界壞時生極光淨世界成巳生空梵宮作大梵王威德自在於千世界我為獨尊復於後時來生欲界三十六反作天帝釋於無量世作轉輪王具四種兵成就七寶以法御世亦號法王此經所言七歲中者佛意正說經七雨時謂昔勝時有一菩薩名大威勇於中印度作大國王以大威恩統攝一切然彼國土時多暑熱去城不遠有一大林其地高涼花果茂盛草木青翠泉池清冷時彼國人於雨四月多捨城邑來此避暑各隨所樂作諸事業時菩薩王以國事務及諸城邑委任大臣亦往此林居高靜處離欲界染修四無量雨四月中無時懈廢既度雨際節氣漸涼林中諸人各還城邑作諸事業爾時菩薩亦從林出還詣王都設大法祀廣修施福以諸飲食衣服香華象馬輦輿房舍僮僕燈明卧具及醫藥等奉施沙門并婆羅門貧病孤獨遠行羇客諸乞求者既修施巳受持淨戒如是往還經於六反至第七反過雨際時有說壽終生極光淨有作是說壞劫時至菩薩命終生極光淨故知七歲謂七雨時問菩薩所修四無量定是色界繫可由此故生極光淨及生梵天云何復作帝釋輪王豈色界業招欲界果答菩薩爾時起三無量一欲界繫由此得作帝釋輪王二初靜慮繫由此得作大梵天王三第二靜慮繫由此得生極光淨天復次欲界雖無根本無量而有無量入出定心此招輪王帝釋異熟根本無量感極光淨或大梵王復次欲界雖無究竟無量

而有加行由此得作帝釋輪王究竟無量能招梵王或極光淨復次欲界具有一切善根相似種子乃至亦有相似滅定由有無量相似善根得作輪王或天帝釋由有無量真實善根得生梵天或極光淨復次菩薩林中修無量故生極光淨或作梵王由還王都設大施會作轉輪王由受持戒作天帝釋復次此經中說三福業事謂施戒修如彼經說苾芻當知我念過去造三種業得三種果由彼我今具大威德所謂布施調伏寂靜布施即是施福業事調伏即是戒福業事寂靜即是修福業事施福業事能感輪王戒福業事感天帝釋修福業事感大梵王或極光淨如契經說有三種福業事一施性福業事謂以諸飲食衣服香華廣說乃至及醫藥等奉施沙門婆羅門等二戒性福業事謂離斷生命離不與取離欲邪行離虛誑語離飲酒等三修性福業事謂慈俱行心無怨無對無惱無害廣說如前悲喜捨俱行心廣說亦爾問色無色界有多善根何故唯說此四無量爲修性福業事耶答世間唯於饒益他事起福業想色無色界諸善根中無欲饒益他如四無量者是故偏說此爲修福業事復次世於福果起於福想諸善根中無有能感廣饒益果如無量者是故偏說復次此四無量及所得果堅牢難壞故獨名福如伽他說

福非火所燒　風亦不能碎　福非水所爛
能淨持世間　福能與王賊　勇猛相抗拒
不爲人非人　之所能侵奪　福終無損失
如堅固伏藏　以決定能招　此世他世樂

問非福亦非火所燒等此中何故唯說福耶答非福雖非火所燒等而非福果爲火等壞四無量福及所得果於去來今非火等壞如契經說佛告苾芻妙眼弟子於諸學處若有一切及一切種善圓滿者身壞命終生於梵世於諸學處若有一切及一切種不善圓滿者身壞命終或生他化自在天或生樂變化天或生覩史多天或生夜摩天或生三十三天或生四大王衆天或生大剎帝利家或生大婆羅門家或生大長者家或生隨一大富貴家生如是等諸尊勝家豐饒財寶倉庫盈溢具大宗葉多諸眷屬僮僕作使象馬輦輿恒受快樂問若爾妙眼應勝世尊所以者何妙眼弟子於諸學處善圓滿者得生梵世不善圓滿者生六欲天及生人中受富貴快樂世尊弟子於諸學處善圓滿者生天解脫不善圓滿者墮諸惡趣受諸劇苦理豈爾耶答不應以佛格量妙眼所以者何佛弟子中最卑小者謂預流果尚勝妙眼況餘尊者又即世尊昔菩薩位作梵志師名爲妙眼不應以彼格量世尊問豈菩薩時勝已成佛答非彼勝佛但有別意謂彼妙眼樂修梵住彼諸弟子求生梵世故爲開示修梵住法彼弟子中樂修梵住若已圓滿起梵住者身壞命終生於梵世彼弟子中樂修梵住若未圓滿起梵住者身壞命終隨福多少生六欲天及生人趣諸尊勝家受大快樂又彼勝時人皆純善不修無量加行善根亦得生天人中受樂況修無量加行善根而不生天人中受樂佛爲弟子證得涅槃制別解脫律儀學處若有弟

子不犯律儀不破學處不越軌則不踰界分彼得生天及證解脫若有弟子犯律儀破學處越軌則踰界分彼命終已墮諸惡趣妙眼弟子於四梵住諸學處中修滿未滿世尊弟子於別解脫律儀學處有持有犯彼故與佛不應格量又彼經說爾時妙眼作如是念吾今不應與諸弟子同生一處應修上慈生極光淨作是念已便速修起第二靜慮勝慈無量於此命終生極光淨問妙眼菩薩既近佛地決定應離財法二慳何緣自修第二靜慮勝慈無量生彼上天但爲弟子說初靜慮四梵住法令生梵世答彼觀弟子根器所宜故但爲彼說初靜慮復次彼諸弟子是婆羅門長夜期心希求梵世故但爲說生梵世因復次世無佛時無有能起後三靜慮諸無量者唯除隣近佛地菩薩問上地無量明淨勝妙過於下地何故彼說第二靜慮名上慈耶答觀初靜慮說彼爲上復次勝彼弟子所修無量故名上慈復次妙眼所修是未曾得過曾得者故名上慈復次世無佛時無有能起後三靜慮諸無量者唯有妙眼能起第二靜慮無量故名爲上是故尊者妙音說曰異生無能起上三地諸無量者由佛說力世尊弟子亦能起之問何故無量名梵住耶答梵世在初具可得故謂未至定雖在最初而非具有彼無喜故第二靜慮雖復具有而非最初上地俱闕唯初靜慮梵天所居最初具有故名梵住復次對治非梵故名梵住非梵即是欲界煩惱初靜慮中慈悲喜捨近對治彼故名梵住復次對治非梵行故名梵住非梵行者

謂婬欲事初靜慮中慈悲喜捨近對治彼故名梵住復次修梵行者身中可得故名梵住復次梵謂世尊慈悲喜捨佛所施設故名梵住復次梵謂梵音慈悲喜捨梵音所說故名梵住復次修此四種得生梵天爲大梵王故名梵住復次以四無量於梵福中最勝最尊故名梵住問梵住無量有何差別有作是說無有差別謂四梵住即四無量復有說者亦有差別謂名即差別此名梵住彼名無量故復次對治非梵名爲梵住對治戲論名爲無量復次對治非梵行名爲梵住對治戲論行名爲無量復次修梵行者身可得名爲梵住離戲論者身中可得名爲無量復次對治不信名爲梵住對治放逸名爲無量復次在梵世者名爲梵住在上地者名爲無量復次在未至定及梵世者名爲梵住在上地者名爲無量復次在未至定及梵世者名爲梵住亦名無量在上地者唯名無量復次曾所得者名爲梵住未曾得者名爲無量復次內道所得名爲梵住亦名無量外道所得唯名梵住復次共所得者名爲梵住不共得者名爲無量是故尊者妙音說曰梵住是共異生與聖者共競此法故無量是不共聖者與異生不共競此法故梵住無量是謂差別

佛說有四補特伽羅能生梵福云何爲四謂有一類補特伽羅於未曾立窣堵波處爲佛舍利起窣堵波是名第一補特伽羅能生梵福復有一類補特伽羅於未曾立僧伽藍處爲佛弟子起僧伽藍是名第二補特伽羅能生梵福復有一類補特伽羅佛弟子衆既破

壞已還令和合是名第三補特伽羅能生梵福復有一類補特伽羅修四梵住是名第四補特伽羅能生梵福譬喻者説如是契經非皆佛説此中前三亦非一切皆生梵福彼所得果不相似故謂若有人在佛生處得菩提處轉法輪處般涅槃處起大制多衆寶嚴飾復有餘人更於諸處聚砂石等作小制多彼二生福豈得相似又若有人爲佛弟子造僧伽藍高廣嚴飾如逝多林竹林大林闇林寺等復有餘人爲佛弟子隨宜造立小僧伽藍彼二生福豈得相似又若有人令彼天授所破僧衆還得和合復有餘人能善和息憍餉彌等僧鬪諍事彼二生福豈得相似故知彼經非皆佛説亦非一切皆生梵福四梵住經是佛所説此四梵住皆是梵福阿毗達磨諸論師言如是契經皆佛所説此中四種皆生梵福問彼所得果豈相似耶答所爲等故皆生梵福謂未曾立窣堵波處爲佛世尊眞實大梵起窣堵波若大若小皆生梵福於未曾立僧伽藍處爲佛弟子修梵行者起僧伽藍若大若小皆生梵福佛弟子衆若大若小既破壞已不得同修清淨梵行若令和合還得同修清淨梵行故和合者皆生梵福所爲既等故前三中事雖有異而福無別復次饒益等故皆生梵福如修無量爲欲饒益無量有情如是未立窣堵波處爲佛舍利起窣堵波亦爲饒益無量有情謂於是處無量百千諸有情類以諸香華寶幢旛蓋及伎樂等諸供養具而供養之由此起善身語意業或種豪族多饒財寶形貌端嚴衆所愛敬具大威德

勝善種子或種輪王及天帝釋并魔王等諸善種子或種聲聞獨覺及佛菩提種子如是饒益無量有情如修無量爲欲饒益無量有情如是未立僧伽藍處爲佛弟子起僧伽藍亦爲饒益無量有情謂於是處無量百千諸有情類以諸飲食卧具醫藥種種資具奉施供養或經一日或經七日半月一月或經五年或常相續由此起善身語意業佛弟子衆由此因縁受持讀誦思惟解說三藏文義起不淨觀或持息念別總念住或煖頂忍世第一法入正決定得果漏盡由此因縁令施主等或種豪族廣說乃至或種聲聞獨覺及佛菩提種子如是饒益無量有情如修無量爲欲饒益無量有情如是和合佛弟子衆亦爲饒益無量有情若僧破已應入見道得果盡漏受持讀誦思惟解說三藏文義住阿練若修不淨觀持息念等所有善品皆不得成應種三乘菩提種者亦不能種由此三千大千世界法輪不轉乃至淨居諸天亦有異心現起佛弟子衆還和合時應入見道得果盡漏乃至應種三乘種者皆能成辦由此三千大千世界法輪復轉乃至淨居諸天皆無異心現起如是饒益無量有情饒益等故皆生梵福尊者世友作如是說若未曾立窣堵波處爲佛舍利起窣堵波由四因縁能生梵福一以廣大思願捨多財故二令無量有情種善根故三諸所營造善究竟故四安置如身界藏故若未曾立僧伽藍處爲佛弟子起僧伽藍由四因縁能生梵福一以廣大思願捨多財故二令無量有情種善根故三諸所營造

善究竟故四無所依止佛弟子衆令得依止修善業故若僧破已還令和合由四因緣能生梵福一捨離四種語惡行故二攝受四種語妙行故三破壞非法故四建立正法故若有修習四無量者由四因緣能生梵福一離違順故二斷諸蓋故三得梵果故四繫屬梵故由此四種皆生梵福問此四梵福其量云何有作是說若業能招轉輪王果齊此名爲一梵福量有餘師說若業能招天帝釋果齊此名爲一梵福量或有說者若業能招他化自在天王勝果齊此名爲一梵福量復有說者若業能招梵天王果齊此名爲一梵福量或復有說世界成時一切有情能感世界增上果業齊此名爲一梵福量有餘復說除近佛地菩薩善業諸餘有情能招財富增上果業齊此名爲一梵福量復有餘說大梵天王最初請佛轉正法輪所得梵福齊此名爲一梵福量問梵王何時得此梵福有作是說彼初發心欲往請佛當於爾時即得梵福彼師不應作如是說若作是說應未作業而便得福復有說者正請佛時得此梵福彼亦不應作如是說正請佛時心是欲界無覆無記無覆無記無異熟果豈名梵福應作是說大梵天王既請佛已還歸梵宮世尊於後轉正法輪五苾芻衆八萬諸天皆得見諦諸神傳唱聲至梵宮梵王聞已歡喜踊躍作是念言由我請佛轉正法輪饒益無邊諸有情類我所應作今已作訖梵王爾時乃得梵福評曰如是諸說一梵福量無量無邊是廣大思所引發故

阿毗達磨大毗婆沙論卷第八十二 說一切有部發智

音釋

軌範 軌居洧切法也範音范模也
慣 古患切習也
錐鋒 錐職垂切鑽也鋒數容切芒也
持秤 秤昌孕切權衡也
梯隥 梯天黎切木階也隥丁鄧切登陟之道也
佉盧瑟吒 梵語也佉丘迦切吒陟嫁切
皴裂 皴七倫切皮細起也裂良傑切破也
乞匃 匃居太切亦乞也
苾芻 苾音弼芻楚俱切草名具舍五義以比立之德似之故名比丘曰苾芻
輦輿 輦力展切步挽車也輿羊諸切乘也
羈客 羈居宜切旅寓也
抗拒 抗覩浪切抵也拒其呂切捍也
窣堵波 梵語也此云圓塚又云方墳窣蘇沒切堵音覩

阿毗達磨大毗婆沙論卷第八十三

五百大阿羅漢等造
唐三藏法師玄奘奉詔譯

結蘊第二中十門納息第四之十三

如契經說住慈定者刀毒水火皆不能害必無災橫而致命終問何故爾耶尊者世友作如是說以慈三摩地是不害法故復作是說慈三摩地威勢大故復作是說慈三摩地爲饒益他諸天善神皆擁衛故復作是說修靜慮者靜慮境界具神通者神通境界所有威德不思議故復作是說住慈定者起勝分心非勝分心有死生故大德說曰若住慈定色界大種徧身分生令所依身堅密如石故不可害問悲喜捨定爲可害不若可害者何故慈定與悲喜捨俱無量攝而獨慈定不可害耶若不可害者經何故不說答應作是說悲喜捨定亦不可害問若爾此經何故不說答應說而不說者當知此義有餘復次既說慈定應知亦說悲喜捨定種類同故復次慈定在初若說慈定應知已說悲喜捨定復次住悲等定雖不可害而出定時身有微苦慈定不爾是故偏說復次住悲等定雖不可害而皮有損慈定不爾是故偏說復次悲等根本雖不可害而加行時則可傷害慈則不爾是故偏說曾聞有人雖得欲界慈定加行而犯王法時法司者執送見王白言此人犯應死罪時王乘象欲出城遊見已遣人檢王法律知其所犯王應手害王遂大瞋以矛穳彼其人見已便起慈心令所穳矛還趣王所去王不遠而投於地王見驚怖問罪人言汝有何

術能爲此事其人答言我無異術見王瞋故遂起慈心令惡心者不能爲害王因懺謝遂釋放之由此故知修慈加行亦不可害悲等不爾如契經說修慈斷瞋修悲斷害修喜斷不樂修捨斷貪瞋問既說慈捨俱對治瞋所對治瞋有何差別答慈對治斷命瞋捨對治捶打瞋復次慈對治是處瞋捨對治非處瞋問無量爲能斷煩惱不若能斷者定蘊所說當云何通如說慈悲喜捨皆不能斷諸結若不能斷者此經云何通答應作是說無量不能斷諸煩惱問若爾善通定蘊所說此經所說當云何通答斷有二種一暫時斷二畢竟斷依暫時斷此經說能斷依畢竟斷定蘊說不斷如是經論二說善通如暫斷畢竟斷如是有片斷無片斷有影斷無影斷有餘斷無餘斷有隨縛斷無隨縛斷有分斷無分斷制伏斷拔根斷伏諸纏斷害隨眠斷應知亦爾問若四無量不斷煩惱餘經所說復云何通如說苾芻修慈心定若不勝進住不還果廣說乃至修捨心定應知亦爾答彼經說聖道名慈等心定如諸經中佛於聖道或說爲想或說爲受或說爲思或說爲意或說爲燈或說爲信精進念定慧或說爲船筏或說爲山石或說爲水華一一引經如餘處說彼經亦爾於無漏道說慈等聲亦不違理復次爲求慈等四種梵住離欲染者或是異生或是聖者若是異生先離欲染得慈等定於後得入正性離生證不還果若彼先時於欲界染未得全離後時得入正性離生證預流果或一來果彼後證得不還果者是慈等力若是聖

者離欲染時得慈等定及不還果依此故說修慈等定得不還果亦不違理
如契經說修不淨觀能斷欲貪修捨無量亦斷欲貪此二何別答修不淨觀對治婬欲貪修捨無量對治境界貪復次修不淨觀對治顯色貪修捨無量對治形色貪復次修不淨觀對治細觸貪修捨無量對治容儀貪復次修不淨觀對治形貌貪修捨無量對治有情貪是謂差別
如契經說與慈俱修念等覺支依止離依止無欲依止滅迴向於捨悲喜捨三說亦如是問無量有漏覺支無漏云何有漏與無漏俱尊者世友作如是說由四無量調伏其心令心質直有所堪能從此無間引起覺支覺支無間引起無量無量覺支相離而起故說爲俱而實不並問四無量中何者最勝有作是說慈最爲勝所以者何不可害故有餘師說悲最爲勝所以者何佛以大悲說正法故或有說者喜最爲勝所以者何斷不樂故復有說者捨最爲勝所以者何斷貪瞋故大德說曰由二因緣捨最爲勝一由所作謂若修捨能斷貪瞋二由寂靜謂於有情無分別轉故捨最勝問世尊何故但說大悲不說大慈大喜大捨答皆應說大以佛身中一切功德皆是大故爲欲饒益無量有情心所起故爲欲拔濟無量有情心所起故爲欲哀愍無量有情心所起故於諸有情善心平等相續轉故然於此中不應爲問所以者何若悲自性即是大悲可爲此問然悲大悲自性各別故不應問而諸經中亦有處說大慈大喜及大捨

言問悲與大悲有何差別答名即差別謂名爲悲名大悲故復次悲以無瞋善根爲自性大悲以無癡善根爲自性復次悲對治瞋不善根大悲對治癡不善根復次悲在四靜慮大悲惟在第四靜慮復次悲是無量攝大悲非無量攝復次悲在異生聖者身中成就大悲惟在聖者身中成就復次悲在聲聞獨覺及佛身中成就大悲惟在佛身成就復次悲但能悲而不能救大悲能悲亦復能救如有二人住大河岸見有一人爲水所溺一惟扼手悲嗟而已不能救之悲亦如是第二悲念投身入水而救濟之大悲亦爾尊者世友作如是說悲但緣欲界苦所苦有情大悲緣三界苦所苦有情復作是說悲但緣麤苦所苦有情大悲緣麤細苦所苦有情復作是說悲但緣苦苦所苦有情大悲緣三苦所苦有情復作是說悲但緣身苦所苦有情大悲緣身心苦所苦有情復作是說悲但緣現法苦所苦有情大悲緣現法及後法苦所苦有情復作是說悲但緣近苦所苦有情大悲緣近遠苦所苦有情復作是說悲但緣現在苦所苦有情大悲緣三世苦所苦有情大德說曰大悲是佛第四靜慮不共住法能遠隨行能細隨行能徧隨行普於一切怨親中品諸有情類平等而轉悲與異生聲聞獨覺皆等成就定不能緣色無色界悲與大悲是謂差別問以何義故名爲大悲答拔濟大苦諸有情類故名大悲大苦者謂地獄傍生鬼界中苦復次拔濟沉溺三毒淤泥諸有情類安置聖道及聖道果故名大悲復次以大利益大安樂

事攝有情類故名大悲謂令有情修身語意三種妙行感大尊貴多饒財寶形貌端嚴衆所愛敬輪王帝釋魔王等果及種三乘菩提種子如是等事皆由大悲復次大價所得故名大悲非如獨覺聲聞菩提於一齋日以一團食施與一人發勝思願便名樹彼菩提種子由斯展轉得彼菩提大悲要由經多時分於一切處以一切種上妙樂具施諸有情乃至身命都無悋惜發勝思願方名樹彼大悲種子由斯展轉乃得大悲復次大加行得故名大悲非如聲聞菩提惟六十劫修加行得獨覺菩提惟經百劫修加行得如來大悲三無數劫修習百千難行苦行然後乃得故名大悲復次依大身住故名大悲非如獨覺聲聞菩提依下劣身亦得現起大悲要依具三十二大丈夫相所莊嚴身八十隨好間飾支體身真金色圓光一尋觀無猒足依如是身方得現起故名大悲復次捨大法樂故名大悲謂佛棄捨最上勝妙圓滿清淨不共法樂數數踰越無量百千俱胝輪圍山等爲他說法不辭勞倦故名大悲復次由此勢力能令大士作難作事故名大悲謂佛世尊爲衆生故捨尊貴位或作陶師或作力士或作樂人或作獵師或作婬女或作乞人或引難陀徧遊五趣或現近遠而化指鬘雖具慙愧爲化女人現陰藏相雖離掉舉爲化衆生現廣長舌作如是等極難作事故名大悲復次由此勢力動大捨山令不安住故名大悲佛有二種不共住法一者大捨二者大悲若佛大捨現在前時假使一切世界有情皆被燒然如

乾薪聚雖佛前住而不視之若起大悲乃至見一衆生受苦那羅延身雖極堅固難可揺動而猶猛風吹芭蕉葉由此等義故名大悲毗柰耶說佛以普慈蔭有情而爲說法問諸有情類由佛普慈慈蔭之時爲得樂不若得樂者何故地獄傍生鬼界及餘苦厄諸有情類由佛慈蔭而不離苦若不得樂伽他所說當云何通如說

鬼神以惡意　欲來趣向人　雖未觸害身而已生苦怖

惡意向人即令苦怖佛心慈蔭寧不得樂有作是說佛以普慈慈蔭有情亦令得樂問若爾善通伽他所說前所設難當云何通答佛觀有情業可轉者普慈緣彼即令得樂若觀彼業不可轉者佛不緣彼而起普慈復有說者佛雖以普慈慈蔭有情而諸有情不即得樂問若爾善通前所設難伽他所說當云何通答佛以普慈慈蔭他故現種種事乃令得樂鬼神亦應現可畏事方令苦怖非惟惡心世尊所現種種事者或現神通或現愛事或現妙藥或現妙觸或現樂影如是所現其類極多現神通者曾聞佛住王舍大城鷲鷺池邊竹林精舍時有居士請佛及僧欲往其家設大施會佛日初分著衣持鉢與苾芻衆入王舍城未生怨王惡友天授所教化故縱極狂醉護財大象欲害如來爾時如來伸舉右手於五指端化五師子象見驚怖反顧避之佛於其後化作大坑其坑深廣各百千肘象見轉怖便顧左右佛於左右化作高墻俱欲頹壓象見惶懼仰視虛空佛於空中化作大

石周匝猛焰將欲墮落象見驚惶周慞徧顧佛又處處化作猛火惟佛足邊清涼安靜象旣見已醉心醒悟佛知調伏滅五師子象前以鼻摩世尊足佛以百福莊嚴相手摩彼象頂便以象語而爲說法諸行無常諸法無我涅槃寂靜汝應於我起敬信心不久必得脫傍生趣象聞法已起敬信心猒離象身不復飲食命終生妙三十三天念荷佛恩來詣佛所佛爲說法見四聖諦禮敬佛已還自天宮時世皆言護財大象佛慈蔭故狂醒生天此中慈蔭謂現神通佛於餘處復現神通曾聞佛欲般涅槃時遊力士邑至波波村住彼村邊尸蠖林内力士聞已共集議言我等皆應同詣佛所若不往者當罰五百古大金錢充邑家用時有力士名曰盧遮豪望多財心不信佛竊作是念我不惜錢但不能違親友制約遂與邑人同詣佛所頂禮佛足却住一面爾時阿難謂盧遮曰汝來見佛甚爲善哉無上福田不久當往娑羅林間入大寂滅盧遮性直白阿難言我來見佛非自心願但不能違親友制約阿難以手牽盧遮臂前詣佛所而白佛言盧遮力士不信三寶惟願世尊爲說法要佛作是念此愛行人貪著五欲若爲說法卒未能解佛愍彼故爲現神通化作一坑屍糞充滿臭煙熢焞猛火洞然其中出聲盧遮力士若不信佛聽受法者彼命終已定生此中盧遮見聞身心戰懼便歸投佛佛爲說法心生信已即受三歸時世皆言盧遮力士佛慈蔭故令信三寶此中慈蔭謂現神通現愛事者曾聞佛住彌絺羅邑大自在天菴

羅林内有梵志婦名婆斯搋喪失六子心遂狂亂追念子故露形馳走遇來入此菴羅林中遥見世尊多百千衆前後圍繞而爲說法狂者見佛法爾便醒彼既羞慙曲躬而坐爾時佛告尊者阿難汝可取衣與梵志婦吾欲爲彼說正法要阿難受教取衣與之彼著衣已禮佛而坐佛作是念此婆斯搋心没憂海假使令者過殑伽沙佛爲說法亦不能解佛愍彼故爲現神通化作六子在其前住彼見歡喜憂惱便息佛爲說法見四聖諦時世皆言此婆斯搋佛慈蔭故狂醒見諦此中慈蔭謂現愛事佛於餘處復現愛事曾聞佛住室羅筏國住逝多林給孤獨園有一梵志稻田成熟垂當收刈令一子守忽遇災雹田壞子亡梵志發狂露形馳走遇來入此逝多林中遥見世尊多百千衆前後圍繞而爲說法狂者見佛法爾便醒前禮佛足退坐一面佛作是念此婆羅門心没憂海假使令者過殑伽沙佛爲說法亦不能解佛愍彼故爲現神通化作稻田及所愛子彼見歡喜憂惱便息佛爲說法見四聖諦時世皆言此婆羅門佛慈蔭故狂醒見諦此中慈蔭謂現愛事現妙藥者曾聞世尊遊迦尸邑展轉來至婆羅痆斯住施鹿林仙人墮處有一居士名曰大軍彼居士婦亦名大軍夫婦二人俱信三寶恒以資具恣佛及僧有一苾芻服吐下藥吐下過量因致風虚醫人處方須服肉汁時看病者往居士家具以上事告居士婦彼居士婦遣使持錢向市買肉時彼國王名爲梵授生子歡喜普勑城中一日斷殺使者徧城求肉不

得時居士婦知已念言我惣佛僧諸資身具彼病苾芻藥須肉汁今既不獲或因致死復念世尊昔菩薩位爲救他命數捨身肉今我亦應學菩薩行即入靜室手執利刀自割髀肉持與使者令辦肉汁施病苾芻病者得已不作憶念因即服之所患便愈時居士婦苦痛所逼呻吟在室不任自在居士外來問其所在家人因以先事具白居士入室見婦呻吟遂發瞋忿沙門釋子極無慚愧如何受施不知時宜施雖無猒受應知量尋往佛所欲白世尊正值如來爲衆說法瞻仰尊顔瞋心便止竊作是念未應白佛先當請佛及苾芻僧因至家中乃可具白遂前禮佛退坐一面佛說法竟即從坐起請佛及僧明當受供佛知請意默然許之居士還家夜辦供具晨朝敷座遣使白佛營供已訖惟聖知時爾時世尊以日初分著衣持鉢將苾芻僧往居士家敷座而坐知而故問家母在何居士荅言在室病苦佛告居士汝可語之大悲世尊今令喚汝佛非惟解內緣起法亦善能知外緣起事即以神力引香山中療刀瘡藥封塗其瘡令止苦痛平復如本居士入室告其妻言大悲世尊令我喚汝妻曰佛力不可思議纔聞世尊令仁喚我瘡苦痛止平復如故夫妻喜躍倍加敬信共詣佛所頂禮雙足佛爲說法俱見聖諦時世皆言大軍夫妻佛慈蔭故瘡愈見諦此中慈蔭謂現妙藥佛於餘處復現妙藥昔勝軍王斷賊手足棄城塹中世尊爾時著衣持鉢爲乞食故將欲入城彼賊見佛舉聲大喚惟願世尊垂哀救苦佛非惟解內

緣起法亦善能知外緣起事即以神力引香山中療刀瘡藥封塗其瘡令止苦痛因爲說法賊聞法已見四聖諦時世皆言乃至惡賊佛慈蔭故苦止見諦此中慈蔭謂現妙藥現妙觸者曾聞佛住鷲峯山南提婆達多居鷲峯北晝夜頭痛不能寢食阿難慇彼具白世尊佛伸右手如象王鼻穿鷲峯山摩天授頂現細妙觸發誠諦言我於天授慈心憐愍與羅怙羅等無異者當令天授頭痛即止天授頭痛應聲便止遂顧念言誰手見觸既知佛手而作是言善達醫方可用自活時人皆曰乃至天授佛慈蔭故頭痛得除此中慈蔭謂現妙觸佛於餘處復現妙觸曾聞世尊巡行房舍至一房內見一苾芻病卧糞中不能起動彼見佛已悲號白佛世尊我今無歸無救

世尊告曰汝本出家豈不歸依三界慈父彼言如是佛復告言汝何乃言無歸無救汝曾瞻養病苾芻耶答言不曾佛言故宜他不看汝世尊便自扶病苾芻脫彼身衣安置一處復以竹片刮去彼身所著糞穢以白土泥塗摩肢體天帝注水而沐浴之復以牛糞塗其房中更敷新草扶令安坐浣所汙衣曝乾令著佛分半食而與食之以福莊嚴細妙觸手摩其頂上令彼病苦應時即愈因爲說法成阿羅漢時世皆言乃至病者佛慈蔭故病除得果此中慈蔭謂現妙觸現樂影者昔聞世尊與舍利子一處經行時有一鳥爲鷹所逐怖急便趣舍利子影怖猶不止舉身戰慄復趣佛影身心坦然時舍利子合掌白佛如何此鳥至我影中猶有恐懼纔至佛影心無驚

怖身不戰慄世尊告言汝六十劫修不害意我於三大無數劫中修不害意汝有害習我已永斷故令如是時世皆言乃至小鳥佛慈蔭故令怖畏除此中慈蔭謂現樂影佛於餘處復現樂影曾聞愚暴毗盧宅迦壞如天宮劫比羅國誅戮釋種劫奪珍財將五百釋女還室羅筏國共昇臺觀而自矜誇釋種豪慢我已誅訖釋女語言釋種爲戒所防制故令汝誅殺毗盧宅迦聞已大忿此諸釋女猶懷傲慢皆截手足棄城塹中釋女爾時苦痛所逼各專念佛請垂哀愍佛知彼念大悲所牽屈伸臂頃尋至其所念天帝釋令持衣覆自放身光照諸釋女時諸釋女蒙光影覆苦痛皆除身心安隱因爲說法皆見聖諦命終生妙三十三天世人皆言佛慈蔭故乃至釋女皆獲利樂此中慈蔭謂現樂影由如是等種種因緣故非慈蔭即令得樂如契經說修慈究竟極至徧淨天修悲究竟極至空無邊處修喜究竟極至識無邊處修捨究竟極至無所有處問修慈究竟極至徧淨是事可爾得彼果故繫屬彼故修三無量究竟極至下三無色云何可爾豈有色界善招無色果耶有作是說此說甚深彌勒下生當解此義復有說者尊者寂授能解此義此本論師當造論時逢彼在定不獲請問有餘師說佛觀所化宜於無色說無量聲乃能悟解故作是說如於解脫說八方聲或有說者此中佛於第三靜慮下三無色對治覺支說爲慈等故不違理有餘復言與彼相似故作是說謂慈無量樂行相轉樂受極至第三靜慮悲無量苦行

相轉有色便有斷手足等種種苦事空無邊處訶責諸色似悲行相喜無量歡行相轉識無邊處於識歡悅似喜行相捨無量捨行相轉無所有處多所棄捨似捨行相故依相似說無量聲復次至彼樂住故作是說謂樂修慈者離欲界染起初靜慮心不樂住更求勝進離初靜慮染起第二靜慮亦復如是離第二靜慮染起第三靜慮時心便樂住樂修悲者離欲界乃至第三靜慮染起第四靜慮心不樂住更求勝進離第四靜慮染起空無邊處時心便樂住樂修喜者離欲界乃至第四靜慮染起空無邊處心不樂住更求勝進離空無邊處染起識無邊處時心便樂住樂修捨者離欲界乃至空無邊處染起識無邊處心不樂住更求勝進離識無邊處染起無所有處時心便樂住故依樂住說無量聲復次依相隨順故作是說謂慈所起欲界等流順慈廣第三靜慮第三靜慮所起欲界等流順無所有處說乃至捨所起欲界等流順無所有處無所有處所起欲界等流順捨故依相順說無量聲復次為對外道於無色界起解脫想故於無色說無量聲顯無色界皆如無量非眞解脫是故尊者妙音說曰諸外道輩愚無色界執為解脫故佛於彼說無量聲顯似無量非眞解脫

四無色者謂空無邊處識無邊處無所有處非想非非想處問何故作此論答為止他宗顯正義故謂或有說無色界有色如分別論者或復有說無色界無色如應理論者問分別論者依何教理說無色界亦有色耶答依

契經故謂契經說名色緣識識緣名色無色界既有識亦應有名色餘經復說壽煖識三恒和合不相離不可施設離別殊異無色界中既有壽識亦應有煖餘經復說離色受想行不應說識有去來住有死有生無色界中既得有識亦應具足有四識住復有過難若無色界全無色者欲色界死生無色界或二萬劫或四萬劫或六萬劫或八萬劫諸色斷已後死還生欲色界時色云何起若色斷已還得起者般涅槃已諸行既斷亦應後時還起諸行勿有此失故無色界決定有色問應理論者依何教理說無色界全無色耶答依契經故謂契經說色界出離欲無色界出離色寂滅涅槃出離有爲既說無色界出離色故無色界定無諸色餘經復說入靜慮時觀一切色受想行識如病如癰乃至廣說入無色定時觀一切受想行識如病如癰乃至廣說由此故知無色界中定無諸色餘經復說無色諸定寂靜解脱超過諸色由此故知無色界中定無諸色餘經復說超諸色想滅有對想不思惟種種想入無邊空空無邊處具足住故無色界定無諸色復有過難若無色界猶有色者應無漸次滅法若無漸次滅法應無究竟滅法若無究竟滅法應無解脱出離涅槃勿有此過故無色界決定無色問此二說中何者爲善答應理論師所說爲善問應理論者云何釋通分別論者所引契經答彼所引經是不了義是假施設有別意趣所以者何如來說法或依欲界或依色界或依無色界或依欲色界或依色無色界或依三

界或依離三界依欲界者如說三界三尋三想謂欲恚害依色界者如說四靜慮依無色界者如說四無色依欲色界者如彼所引經依色無色界者如說修定意所成等依三界者如說三界及三有等依離三界者如說涅槃及聖道等且彼所引第一契經名色與識互爲緣者依欲色界說若無色界惟名與識更互爲緣若即如文而取義者即彼經說六處緣觸豈無色界具有六處又彼所引第二契經壽煖識三不相離者亦依欲色界說若無色界惟壽與識互不相離若即如文而取義者即彼經說壽煖識三不可施設離別殊異豈此三種蘊界處問不可施設離別殊異又彼所引第三契經離色受想行不應說識有去來等者亦依欲色界說若無色界應說離受想行不應說識有去來等若即如文而取義者如餘經說一切有情皆依食住豈上二界亦資段食問云何通彼所說過難答此不須通非三藏故若必須通應示義趣謂於三界死生往來或色續色或色續無色或無色續無色或無色續色故不應說諸色斷已復云何起無斷義故問若離色已復還生色般涅槃已應還起行答離有二種一暫時離二究竟離暫時離者復可還生究竟離者必不復起故不應難問分別論者云何釋通應理論者所引契經彼作是說此所引經是不了義是假施設有別意趣所以者何謂彼經說無色界出離色者出離麤色非無細色如說色界出離諸欲而色界中猶許有色說無色界出離諸色無色界中應許有色彼不應

作是說不說色界出離色故可猶有色說無色界出離色故應定無色又如色界說出離欲細欲亦無說無色界出離色故亦無細色又無色界無麤受等亦應說爲無受等界又色界色細於欲界應說色界亦名無色下三無色麤於有頂應說下三名有色界故彼所說定不應理彼於餘經及說過難皆不能通是故應知分別論者是無知果黑暗果無明果不勤加行果說無色界猶有細色然無色界諸色皆無爲止如是他宗所說顯示已宗所有正義非但止他顯己所說亦爲顯示諸法正理令他解了故作斯論

阿毗達磨大毗婆沙論卷第八十三 說一切有部發智

音釋

矛穳 矛音牟鉤兵也穳七丸切擲也
扼 於革切握也
鶖鷺 鶖音秋禿鶖也鷺音路也
肘 陟柳切二尺曰肘
頽壓 頽徒回切下墜也壓烏甲切壞也
尺蠖 蠖烏郭切尺蠖屈伸蟲也
熢焞 熢音蓬焞音孛熢焞煙起貌
絺 抽知切
搋 丑皆切
刈 牛制切割也
雹 蒲角切雨冰也
疕 女黠切
䏶 部禮切股也
療 力弔切治也
塹 七豔切遶城水也
寢 七稔切卧也
刮 古滑切削也
浣 胡管切洗垢也
曝 步木切日乾也
戰慄 戰之膳切恐也慄力質切懼也
誅戮 誅陟輸切戮力竹切誅戮殺也
矜誇 矜居陵切驕矜也誇苦瓜切大言也

阿毗達磨大毗婆沙論卷第八十四

五百大阿羅漢等造

唐三藏法師玄奘奉詔譯

結蘊第二中十門納息第四之十四

云何空無邊處品類足說空無邊處總有二種謂定及生若生彼處無覆無記受想行識如是總名空無邊處乃至非想非非想處說亦如是此中定者謂無色定生者即說無色界生若生彼處無覆無記受想行識此言說彼四蘊異熟契經中說超諸色想滅有對想不思惟種種想入無邊空空無邊處具足住是名空無邊處此中超諸色想者謂超眼識相應想問離初靜慮染時已超此想何故今說超諸色想耶答過所依故過有二種一過自性二過所依離初靜慮染時過彼自性說名爲超離第四靜慮染時過彼所依說名超彼復次過現行故過有二種一者斷過二者不現行過離初靜慮時斷諸色想說名爲超離第四靜慮染時彼不現行說名起彼復次過住處故過有二種一過欲貪二過住處離初靜慮染時過彼欲貪說名爲超離第四靜慮染時過彼住處說名超彼復次若生第四靜慮眼識引彼色貪現前故離第四靜慮染時亦說超諸色想不復引起緣色貪故滅有對想者謂滅耳鼻舌身識相應想問離欲界染時已滅鼻舌識相應想離初靜慮染時已離耳身識相應想何故今說滅有對治想耶答前諸答中隨其所應亦通此問有餘師說瞋相應想名有對想問離欲界染時已滅一切瞋相應想何故今說滅有對想耶答過依

處故謂諸依處能起瞋想令離第四靜慮染時皆超過彼故名爲滅問何故不名滅諸色想超有對想答亦應互説欲現異文令生愛樂復次欲現二門乃至廣説不思惟種種想者謂不現起第四靜慮意識相應諸雜亂想問種種想者義何謂耶答此想縁種種處差別相故謂染汚者縁十處差別相不染汚者縁十二處差別相是故此想名種種想問何故説不思惟種種想耶答以種種想離第四靜慮染時極作留難繫縛障礙如暴獄卒故世尊説離第四靜慮染時不應思惟起種種想如是便能速離此染入無邊空空無邊處者問此何故名空無邊處爲以自性爲以所縁設爾何失二俱有過所以者何若以自性空無邊處以四蘊爲自性不應名空若以所縁空無邊處縁四聖諦及虚空非擇滅云何但名空無邊處答應作是説此不以自性亦不以所縁但以加行故名空無邊處如施設論説以何加行修空無邊處定由何加行入空無邊處定謂初業者先應思惟墻上樹上崖上舍上等諸虚空相取此相已假想勝解觀察照了無邊空相以先思惟無邊空相而修加行展轉引起初無色定故説此名空無邊處復次法爾初遠離色地名空無邊處復次法爾初解脱色地名空無邊處謂瑜伽師先攀上色地離下色地染若離第四靜慮染時攀空無邊處四蘊而離第四靜慮染先縁上地作虚空想後方引起離下染道如人上樹先攀上枝而捨下枝若至樹端更無上枝而可攀故但起空想復次依等流故説此定

名空無邊處謂瑜伽師從此定出必起相似空想現前曾聞苾芻出此定已便舉兩手捫摸虛空有見問言汝何所覓苾芻答曰我覓自身彼言汝身即在牀上如何餘處更覓自身故從此出起虛空想此想即是前定等流具足住者謂得獲成就空無邊處善四蘊於得獲成就說具足住聲是故名爲空無邊處

云何識無邊處如契經說超一切空無邊處入無邊識識無邊處具足住是名識無邊處

問此何故名識無邊處爲以自性爲以所緣設爾何失二俱有過所以者何若以自性識無邊處以四蘊爲自性不應但名識無邊處若以所緣識無邊處緣四聖諦及虛空非擇滅亦不應但名識無邊處答應作是說此不以自性亦不以所緣但以加行名識無邊處如施設論說以何加行修識無邊處定由何加行入識無邊處定謂初業者先應思惟清淨眼等六種識相取此相已假想勝解觀察照了無邊識相以先思惟無邊識相而修加行展轉引起第二無色定故說此名識無邊處復次依等流故說此定名識無邊處謂瑜伽師從此定出必起相似識想現前謂於識相歡悅而住具足住者謂得獲成就識無邊處善四蘊於得獲成就說具足住聲是故名爲識無邊處

云何無所有處如契經說超一切識無邊處入無所有無所有處具足住是名無所有處

問此何故名無所有處答此中無我無我所故問一切地中無我我所何獨此名無所有處答無有餘地能令我執及我所執羸劣穿

薄勢力滅少如此地者故此獨名無所有處復次此地無有眞實常恒不變易法損伏常見勝諸餘地故此獨名無所有處復次此地無所有趣所歸屋舍室宅能爲救護摧伏憍慢懈怠放逸勝諸餘地故此獨名無所有處復次此地中無無邊行相初捨彼相故此獨名無所有處尊者世友作如是說於此定中無能所攝行相轉故如說非我有處有時有所屬物亦無處時物屬我者故此獨名無所有處具足住者謂得獲成就無所有處善四蘊於得獲成就說具足住聲是故說名無所有處問佛何故說無所有處獨名捨耶答捨謂聖道能盡捨故有聖道地此最爲後故於此地獨立捨名尊者世友作如是說此地近捨假想勝解無邊行相麤觀解故獨立捨名大德說曰此地棄捨作意功用無邊行相心心所法無功用住故獨名捨

云何非想非非想處如契經說超一切無所有處入非想非非想處具足住是名非想非非想處問此何故名非想非非想處答此地中無明了想相亦無無想相故名非想非非想處無明了想相者非如七地有想定故亦無無想相者非如無想及滅定故由此地想暗鈍羸劣不明了不決定故名非想非非想處具足住者謂得獲成就非想非非想處善四蘊於得獲成就說具足住聲是故名爲非想非非想處問欲界非想非非想處何緣無有無漏道耶答非田器故謂彼二地非無漏道所依田器故無漏道二地中無復次斷有根故謂彼二地是有根本諸無漏道斷有根

本故無漏道二地中無復次斷二邊故謂彼二地是下上邊諸無漏道能斷二邊住於中道故彼地無復次欲界無定亦非修地非離染地有頂暗鈍不決似疑諸無漏道必依定界修離染地明利決定故二地無復次欲界地中掉舉增上有頂地中寂止增上非無漏道所依止處問何故世尊於無色定皆說超言靜慮不爾答佛於靜慮亦說超言如世尊告鄔陀夷言苾芻離欲惡不善法有尋有伺離生喜樂入初靜慮具足而住我說是火亦是所斷亦是應超乃至第四靜慮亦爾問惟一經說靜慮應超餘經皆說無色是超此有何意答靜慮中有種種異相不相似法故不說超無色不爾故獨說超復次靜慮中有異相諸根異相諸受及有異相心心所法故不說超無色不爾故獨說超復次靜慮中有多種功德多種勝利故不說超無色不爾故獨說超復次靜慮麤顯明了現見故不說超無色細隱不明了不現見故獨說超復次靜慮徧緣自上下地故不說超無色惟能緣自上地故獨說超復次以諸靜慮與上下地雖不死生而有往來謂神通力從下往上從上來下故不說超無色地中無如是義故獨說超復次以諸靜慮與上下地中有交雜下地中有上地現前上地中有下地現前既有交雜故不說超無色地中無如是義故獨說超復次生上靜慮起下地法如諸識身變化心等故不說超生上無色必不超下諸有漏法故獨說超復次生上靜慮有下地法得常隨轉如變化心等故不說超生上無色必無下地

諸有漏法得隨轉義故獨説超由如是等種種因緣佛於無色説有超言靜慮不爾如契經説空無邊處二萬劫壽識無邊處四萬劫壽無所有處六萬劫壽非想非非想處八萬劫壽問何故無色壽量有倍增者有增半者有增少分者耶答如異熟因有爾所力還受爾所異熟果故復次空識無邊處有無邊行相亦有餘行相謂空無邊處無邊行相招萬劫壽餘行相亦招萬劫壽識無邊處無邊行相招二萬劫壽餘行相亦招二萬劫壽此上更無無邊行相惟有餘行相故彼壽量不倍增下然無所有處别有摧伏我我所等勝善觀行異於餘地由彼善招二萬劫壽故餘行相所招壽量亦倍倍增復次空識無邊處有奢摩他毗鉢舍那謂空無邊處奢摩他招萬劫壽毗鉢舍那亦招萬劫壽識無邊處奢摩他招二萬劫壽毗鉢舍那亦招二萬劫壽此上無勝毗鉢舍那惟有奢摩他故彼壽量不倍增下餘如前説復次四無色地皆無多種功德法故一一等有二萬劫壽上三無色離下地染有少多故倍倍增壽謂識無邊處已離下一無色地染招二萬劫壽并本二萬爲四萬劫無所有處已離下二無色地染招四萬劫壽并本二萬爲六萬劫非想非非想處已離下三無色地染招六萬劫壽并本二萬爲八萬劫

八解脱者一内有色想觀諸色解脱二内無色想觀外色解脱三淨解脱身作證具足住四超諸色想滅有對想不思惟種種想入無邊空空無邊處具足住解脱五超一切空無

邊處入無邊識識無邊處具足住解脫六超一切識無邊處入無所有無所有處具足住解脫七超一切無所有處入非想非非想處具足住解脫八超一切非想非非想處入想受滅身作證具足住解脫問此八解脫自性是何答初三解脫以無貪善根爲自性皆對治貪故若兼取相應隨轉則欲界者以四蘊爲自性色界者以五蘊爲自性四無色處解脫皆以四蘊爲自性想受滅解脫以不相應行蘊爲自性如是名爲解脫自性我物自體相分本性已說自性所以今當說問何故名解脫解脫是何義答棄背義是解脫義問若棄背故名解脫者何等解脫棄背何心答初二解脫棄背色貪心第三解脫棄背不淨觀心四無色處解脫各自棄背次下地心想受滅解脫棄背一切有所緣心故棄背義是解脫義尊者世友作如是說心於煩惱解脫清淨故名解脫大德說曰由勝解力而得解脫故名解脫脇尊者言有所背捨故名解脫此八解脫界者初三解脫是色界前三無色處解脫有漏者是無色界無漏者是不繫後二解脫是無色界地者初二解脫在初二靜慮及未至定靜慮中間餘地亦有相似善根而不立爲初二解脫所以者何欲界散亂棄背力劣故不建立初三解脫棄背欲界及初靜慮識身所引緣色貪心故初二靜慮立初二不淨解脫第二第三靜慮無識身所引緣色貪心故第三第四靜慮不立初二不淨解脫第三解脫在第四靜慮下地亦有相似善根而立不爲第三解脫所以者何立淨解脫

爲欲棄背不淨觀心若在下地爲不淨觀力所摧伏不廣不明故不建立第三靜慮雖無初二不淨解脫而爲勝樂所迷亂故不廣不明故不建立第四解脫在空無邊處問於此地中何法是解脫何法非解脫答離第四靜慮染諸加行道九無間道八解脫道及生得善等非解脫餘有爲善是解脫第五解脫在識無邊處問於此地中何法是解脫何法非解脫答離空無邊處染諸加行道九無間道八解脫道及生得善等非解脫餘有爲善是解脫第六解脫在無所有處問於此地中何法是解脫何法非解脫答離識無邊處染諸加行道九無間道八解脫道及生得善等非解脫餘有爲善是解脫第七解脫在非想非非想處問於此地中何法是解脫何法非解脫答離無所有處染諸加行道九無間道八解脫道及生得善等非解脫餘有爲善是解脫想受滅解脫在非想非非想處所依者初三解脫依欲界身起想受滅解脫依欲色界身起餘四解脫依三界身起行相者初二解脫作不淨行相第三解脫作淨行相四無色處解脫作十六行相或餘行相想受解脫不作行相所緣者初三解脫緣欲界色處第四解脫緣四無色及彼因彼滅一切類智品若四無色及類智品非擇滅并虛空若謂一物若謂多物一切皆緣第五解脫緣後三無色及彼因彼滅一切類智品若後三無色及類智品非擇滅并虛空若謂一物若謂多物一切皆緣第六解脫緣後二無色及彼因彼滅一切類智品若後二無色及類智品非擇滅

并虛空若謂一物若謂多物一切皆緣第七解脫緣非想非非想處及彼因彼滅一切類智品若非想非非想處及類智品非擇滅并虛空若謂一物若謂多物一切皆緣想受滅解脫無所緣有作是說空無邊處解脫亦緣第四靜慮非擇滅餘所緣如前說乃至非想非非想處解脫亦緣無所有處非擇滅餘所緣如前說念住者初三解脫身念住俱四無色處解脫四念住俱想受滅解脫若依自性相雜念住應言非念住俱若依所緣念住應言是法念住智者初三解脫世俗智俱前三無色處解脫六智俱謂苦集滅道智類智世俗智非想非非想解脫世俗智俱想受滅解脫不與智俱三摩地者初三及後二解脫非三摩地俱前三無色處解脫三三摩地俱或

非三摩地俱根相應者初二解脫喜捨根相應想受滅解脫非根相應餘五解脫皆捨根相應三世者皆通三世緣三世者初三解脫過去緣過去現在緣現在未來若生法緣未來若不生法緣三世四無色處解脫緣三世及離世想受滅解脫無所緣善不善無記者皆惟是善緣善不善無記者初三解脫緣三種四無色處解脫惟緣善無記想受滅解脫無所緣三界繫及不繫者初三解脫惟色界繫後二解脫惟無色界繫前三無色處解脫有漏者無色界繫無漏者是不繫緣三界繫及不繫者初三解脫惟緣欲界繫四無色處解脫緣無色界繫及不繫想受滅解脫無所緣學無學非學非無學者初三及後二解脫惟非學非無學前三無色處解脫通三種緣

學無學非學非無學者初三解脫惟緣非學非無學四無色處解脫緣三種想受滅解脫無所緣見所斷修所斷非所斷者初三及後二解脫惟修所斷前三無色處解脫有漏者修所斷無漏者非所斷緣見所斷修所斷非所斷者初三解脫惟緣修所斷四無色處解脫緣三種想受滅解脫無所緣緣名緣義者初三解脫惟緣義四無色處解脫若謂無色界亦有名者彼說通緣名義若謂無色界無名者彼說惟緣義想受滅解脫無所緣緣自相續他相續非相續者初解脫緣自他相續第二第三解脫有說惟他相續有說通緣自他相續四無色處解脫緣三種想受滅解脫無所緣加行得離染得者想受滅解脫惟加行得餘七解脫亦加行得亦離染得離染得者初靜慮地解脫離欲界染時得乃至非想非非想處解脫離無所有處染時得彼後由加行現在前加行得者由加行故得亦由加行故現在前聲聞或由中加行或由上加行獨覺由下加行佛不由加行得及現前曾得未曾得者想受滅解脫惟未曾得餘七解脫通曾得未曾得謂諸聖者及內法異生皆通曾得及未曾得外法異生惟是曾得如是已說解脫總相一一別相今應廣說有色觀諸色是初解脫有色者謂有內各別色想未離未捨未除觀諸色者謂爲離捨除內各別色想由勝解作意觀外諸色若青瘀若膿爛若胮脹若骨瑣是初解脫者初謂名數次第在初或入此定次第在初解脫謂入此定時所有善色受想行識總名解脫內無色想觀外

色是第二解脫內無色想者謂內各別色想已離已捨已除觀外色者謂不爲離捨除內各別色想而由勝解作意觀外諸色若青瘀等廣說如前第二及解脫亦如前說問爲觀外色時有內無色想爲觀外色時無內無色想耶設爾何失二俱有過所以者何若觀外色時有內無色想者云何一心不作二解若作二解應有二體一心二體與理相違若觀外色時無內無色想者此中所說當云何通謂內無色想觀外色是第二解脫答應作是說若觀外色時無內無色想問若爾善通前所設難此中所說當云何通答依觀行者期心說故謂觀行者先作期心我若於內無色想時應觀外色世尊依彼故作是說內無色想觀外色復次依觀行者先起分別循行說故謂觀行者先作如是分別循行我若於內無色想時應觀外色故作是說復次此中文句依義惟說謂若內無色想時義准必應觀外諸色若觀外色時義准必應內無色想復次此中文句兼加行善根說內無色想者說加行善根觀外色者說究竟善根復次內無色想者約所依說觀外色者約所緣說淨解脫身作證具足住是第三解脫問此淨解脫爲即有色觀諸色爲即內無色想觀外色耶若即有色觀諸色者此與初解脫有何差別若即內無色想觀外色者此與第二解脫有何差別答應作是說此淨解脫即內無色想觀外色問若爾此與第二解脫有何差別答名即差別謂彼名第二此名第三復次地亦有差別謂彼在初二靜慮此在第四靜慮復

次相續亦有差別謂第二解脫通依內外道相續淨解脫惟依內道相續復次第二解脫作不淨行相淨解脫作淨行相復次第二解脫對治色貪淨解脫對治不淨觀復次第二解脫少加行少功用得淨解脫多加行多功用得復次第二解脫自性明淨所緣不明淨自性勝妙所緣非勝妙淨解脫自性所緣俱明淨俱勝妙是謂第二第三差別問修觀行者何故修此淨解脫耶答欲試善根滿未滿故謂觀行者作是念言雖觀不淨相不起煩惱而未知善根為成滿不若觀淨相煩惱不生乃知善根已得成滿故觀淨相修淨解脫復次修觀行者觀不淨相心沉慼故善品不增為令善品更增進故復觀淨相修淨解脫如遊冢間數觀屍穢心沉慼故善品不增為令善品更增進故觀妙園林流泉池沼或遊城邑觀諸妙事令心欣悅能修勝善此亦應然故觀淨相復次修觀行者久觀不淨心便樂著善品不增為令善品得增進故捨不淨觀修淨解脫復次修觀行者欲顯自心堅牢不退謂緣淨境煩惱不生況緣餘境故觀淨相修淨解脫復次修觀行者顯自善根有大勢力謂緣淨境煩惱不生況緣餘境故觀淨相修淨解脫復次顯淨解脫生諸有情皆能修起惟妙勝解樂淨天沒來生人中乃能修起故修行者修淨解脫曾聞苾芻於日後分來詣佛所求好房舍佛勅阿難與好房舍阿難受勅而授與之彼苾芻言宜淨掃灑懸繒旛蓋燒香散華敷軟牀褥安置好枕我乃受之不爾不用阿難於是具以白佛佛言隨索

皆應與之爾時阿難具辦授與苾芻受已於夜初分起淨解脫因是次第起餘解脫諸漏永盡成阿羅漢復修加行引起神通於晨朝時乘通而去阿難於後往詣彼房不見苾芻但見牀座尋往白佛佛告阿難汝勿輕彼彼於昨夜起淨解脫及餘解脫成阿羅漢引起神通晨朝已去然彼苾芻從妙勝解樂淨天沒來生人中彼若不得淨妙房舍便不能修第三解脫乃至不得極果神通由是故知此淨解脫非諸有情皆能修起惟樂淨者乃能起之第三與解脫亦如前說四無色解脫如四無色說想受滅解脫如後根蘊當廣分別數及解脫准前應知問何故靜慮少分善根立爲解脫無色地一切皆立解脫耶答靜慮麤顯明了現見故少善根立爲解脫無色細隱不明了不現見故根本地皆立解脫復次靜慮中有種種異相不相似法故少善根立爲解脫無色不爾是故總立復次靜慮中有異相根受心心所法故少善根立爲解脫無色不爾是故總立復次靜慮有多功德勝利故少善根立爲解脫無色不爾是故總立復次靜慮徧緣自上下地故少善根立爲解脫無色惟緣自上非下是故總立復次靜慮解脫惟是有漏故別建立無色解脫亦通無漏是故總立問因論生論何故靜慮解脫惟有漏無色解脫通有漏無漏耶答前說五門亦通答此中復有一不共答謂靜慮中所有解脫惟與勝解作意相應諸無色中所有解脫多與眞實作意相應故不相似問何故世尊於八解脫以方聲說答觀所化故如於四諦

說四方聲問解脫與方有何相似答解脫與方俱有八故問方乃有十如何相似答如調象法惟依八方非上下方是故相似復次如人平面惟視八方如是正心修八解脫復次如依八方能調龍象解脫亦爾依八加行而現在前除解脫障尊者妙音作如是說方與解脫三同三異言三同者一如調象者要趣於方乃能調象世尊亦爾要趣解脫能調所化二如調象者於一時間惟趣一方而調一象世尊亦爾一時惟依一種解脫調一所化三如調象者令所調象趣一方時去餘方遠世尊亦爾令所化生起一解脫現在前時餘解脫遠不現行故言三異者一如調象者要趣於方乃能調象世尊不爾端坐一處亦令所化能起解脫二如調象者於一時間惟趣一方而調一象世尊不爾於一時間令多所化起多解脫三如調象者令所調象趣一方時去餘方遠世尊不爾令所化生起一解脫現在前時餘解脫近由成就故復次佛欲自顯是勝調御故於解脫說以方聲曾聞憍薩羅王勝軍大王勑捕象人捕大野象令調象者依調象法善調御之象既調已王與象師共乘遊獵時所乘象見雌象羣欲心熾盛即便奔逐象師盡術制不能迴王與象師俱被傷損遇因攀樹命濟還宮王責象師付法刑罰時調象者白大王言彼象實調願王許驗時象貪息便速還宮象師見之將詣王所遂於象頂置熱鐵丸徐語之言此是最後調伏汝法應忍受之若不忍受必以先來調汝苦事次第調汝象聞便忍不動如山時熱鐵丸

燒然象頂如燒樺皮王見嗟恠令去鐵丸告象師曰此象既調先何故爾象師跪白我能調身不能調心王言頗有能調心者象師曰有謂佛世尊能調衆生身心諸病王聞歡喜尋與象師乘所調象往詣佛所見佛世尊多百千衆圍繞說法前禮佛足退坐一面佛即爲王說甚深法非諸獨覺聲聞所知因告苾芻如調象者正調象時於八方内但取一方而調於象調馬牛等亦復如是無上調御調所化時頓依八方而調所化言八方者喻八解脫故顯世尊是勝調御於八解脫說以方聲

阿毗達磨大毗婆沙論卷第八十四（說一切有部發智）

音釋

捫摸（捫音門摸末各切謂捫搎摸捺也）羸劣（羸倫爲切瘦也劣力輟切弱也）奢摩他（梵語也此云止又云定相奢式車切）瘀（依倨切氣血壅也）膖脹（膖匹絳切脹臭也脹知亮切脹滿也）璅（蘇果切連璅也）樺皮（樺胡化切木也）

阿毗達磨大毗婆沙論卷第八十五

五百大阿羅漢等造　唐三藏法師玄奘奉　詔譯

結蘊第二中十門納息第四之十五

如契經說有一苾芻來詣佛所頂禮佛足退坐一面而白佛言世尊說有明界淨界空無邊處界識無邊處界無所有處界非想非非想處界滅界如是七界緣何施設世尊告曰緣暗故施設明界緣不淨故施設淨界緣色趣故施設空無邊處界緣邊際故施設識無邊處界緣所有故施設無所有處界緣有身故施設非想非非想處界緣有身滅故施設滅界問此中苾芻依何事問世尊復以何事而答答此中苾芻依八解脫覆相而問佛亦以此覆相而答明界者謂初二解脫淨界者謂第三解脫四無色處界者謂四無色解脫滅界者謂想受滅解脫問何故苾芻依八解脫覆相而問答以彼苾芻少欲喜足覆藏已善不欲令他知自有德故作此問問何故世尊以八解脫覆相而答答欲令苾芻意樂滿故謂彼苾芻作如是念若佛爲我覆相而答八解脫者豈不善哉由此世尊覆相而答此中緣暗故施設明界者暗謂欲界緣色處貪初二解脫是彼對治故緣彼立緣不淨故施設淨界者不淨謂初二解脫第三解脫是彼對治故緣彼立緣色趣故施設空無邊處界者色趣謂第四靜慮第四解脫是彼對治故緣彼立緣邊際故施設識無邊處界者邊際謂空無邊處彼住色邊際故第五解脫是彼對治故緣彼立緣所有故施設無所有處界者所有謂識無邊處彼有無邊行相轉故第

六解脱是彼對治故緣彼立緣有身故施設非想非非想處界者有身謂無所有處此猶有生死身非全無所有故第七解脱是彼對治故緣彼立緣有身滅故施設滅界者有身滅謂非想非非想處以彼能滅無所有處有身法故第八解脱是彼對治故緣彼立有作是說此中苾芻依略廣離三界染覆相而問世尊亦以此覆相而答明界者略顯離欲界染加行道此緣暗施設者暗謂欲界緣五欲貪色界加行是彼對治故緣彼立淨界者略顯離欲界染空無邊處界者略顯離色界染識無邊無所有非想非非想處界者廣顯離無色界染滅界者略顯離無色界染此中有說明界者略顯離欲界染惟未至定斷欲暗故淨界者廣顯離色界染以四靜慮等皆名淨故空無邊處界者略顯離色界染後三無色處界者廣顯離無色界染滅界者略顯離無色界染欲界惟有一地染故略顯對治色無色界各有四地染故廣略顯彼對治譬喻者說此中苾芻依八等至覆相而問佛亦以此覆相而答然此經文誦者增減謂增滅界而減廣界明界者謂初二靜慮此緣暗施設者暗謂外緣諸蓋初二靜慮是彼對治故緣彼立淨界者謂第三靜慮廣界者謂第四靜慮四無色處界即四無色處即此經說時彼苾芻聞佛所說歡喜敬受復白佛言世尊明界乃至滅界由何定得佛告苾芻如是諸界由自行餘定得苾芻聞已歡喜敬受禮佛而去此中有說彼問得界復有說者彼問得斷若問得界彼問意言如是諸界由何定得彼

體佛答意言明界乃至非想非非想處界由自行定得自行定者謂自近分由自近分離下地染得自地解脱謂由初靜慮近分離欲界染得初二解脱由第四靜慮近分離第三靜慮染得淨解脱由空無邊處近分離第四靜慮染得空無邊處解脱乃至由非想非非想處近分離無所有處染得非想非非想處解脱惟有滅界由餘定得餘定者謂有所依定即是非想非非想處彼是諸有根本定故或有說此名有勝定於諸有中此最勝故或說此名想受滅定是想受滅入出定故由此定得第八解脱若問得斷彼問意言如是諸界由何定得彼斷佛答意言明界乃至無所有處界由自行餘定得自行定者謂自近分即有漏定餘定者謂諸無漏定欲界乃至無所有處皆由此二定離染得彼斷非想非非想處界但由餘定得惟無漏定能離非想非非想處染得彼斷故滅界但由餘得餘謂有身滅即是涅槃般涅槃時捨滅盡定說名爲斷由餘涅槃而得彼斷故說彼由餘得

八勝處者一内有色想觀外色少二内有色想觀外色多三内無色想觀外色少四内無色想觀外色多内無色想觀外諸色青黄赤白復爲四種如是八種名八勝處問此八勝處自性是何答無貪善根以爲自性對治貪故若兼取相應隨轉則欲界者以四蘊爲自性色界者以五蘊爲自性如是名爲勝處自性我物自體相分本性已說自性所以今當說問何故名勝處勝處是何義答勝所縁境故名勝處復次勝諸煩惱故名勝處雖觀行

者非一切能勝所緣境而於所緣不起煩惱亦名爲勝如契經說於此處勝故名勝處此八勝處界者皆是色界地者前四勝處在初二靜慮及未至定靜慮中間後四勝處在第四靜慮所依者皆依欲界身起行相者一切皆非分明行相所緣者皆緣欲界一切色處問若爾經說當云何通尊者無滅在室羅筏住一精舍爾時有四悅意天女來至尊者座前而立白言我等於四色處轉變自在隨所愛色皆能化作以相娛樂隨心所玩衣服嚴具皆能現之願垂納受以充供侍尊者無滅作是念言我應緣彼起不淨觀作是念已入初靜慮緣彼不能起不淨想乃至後入第四靜慮緣亦不能起不淨想復作是念此天女身有種種色惑亂人意若彼純作一種色者我能於彼起不淨觀念已語言姊等前說於四色處轉變自在願能爲我皆現青色天女奉教即爲現青緣亦不能起不淨想復作是念彼於四色轉變自在若作餘色或能緣之起不淨觀念已語言願現黃色天女即爲皆現黃色緣亦不能起不淨想復請天女皆現赤色緣亦不能起不淨想復作是念於諸色中白色最能順不淨觀我當令彼皆現白色念已語言願現白色天女復爲皆現白色緣亦不能起不淨想尊者無滅作是念言天色殊妙不可勝伏於是閉目默然而坐天知尊者都無染心相顧既慙忽然不現時尊者定不勝彼境境亦不能勝尊者定如二力士展轉力齊不能相勝此亦如是此經所說當云何通答尊者無滅於天色境雖不能勝舍利

子等利根勝定皆能勝之問緣佛身色頗有能起不淨觀不有說不能以佛身色光明赫曜清淨無垢無有能緣起不淨想有作是說一切異生聲聞獨覺皆不能緣諸佛身色起不淨想惟佛世尊於佛身色容有能緣起不淨想或有說者不淨觀有二種一觀色過患二觀色緣起觀色過患者不能緣佛起不淨想觀色緣起者亦能緣佛起不淨想復有說者不淨觀有二種一於自相轉二於共相轉於自相轉者不能緣佛起不淨想於共相轉者亦能緣佛起不淨想問諸不淨觀爲在意地爲在五識答在意地非五識問若爾經說當云何通如說眼見色已隨觀不淨如理思惟廣說乃至身覺觸已隨觀不淨如理思惟答由五識身方便引起諸不淨觀故作是說如意近行實惟意地五識引起此亦應爾問諸不淨觀惟緣色處但應說言眼見色已隨觀不淨如理思惟何故亦言耳聞聲已廣說乃至身覺觸已如理思惟答如不淨觀能伏色貪亦能伏餘四境貪故作如是說亦不違理有作是說眼見色已廣說乃至身覺觸已一一皆能引起緣色不淨觀故作如是說或有說者非不淨觀緣聲等起別有殊勝不淨行相能緣聲等不淨相生復有說者諸瑜伽師先緣色處修不淨觀得成熟已後緣聲等起猒患想勝伏彼境能伏者善若不能伏復緣色處起不淨觀如習鬬戰而活命者從木栅出與他鬬戰得勝者善若不得勝還入木栅此亦如是故不相違有餘師說此契經中不說緣色起不淨觀但說於色等起猒患想

觀此成滿已乃至能猒心心所法故彼經說意知法已隨觀不淨如理思惟故不淨言顯猒患想非不淨觀故八勝處惟以欲界一切色處爲所緣境念住者此八惟與身念住俱智者一切惟與世俗智俱三摩地者一切不與三摩地俱根相應者總說但與喜捨相應三世者皆通三世緣三世者此八勝處過去緣過去現在緣現在未來若生法緣未來若不生法緣三世善不善無記者皆惟是善緣善不善無記者皆緣三種三界繫及不繫者皆惟色界繫緣三界繫及不繫者皆惟緣欲界繫學無學非學非無學者皆惟非學非無學緣學無學非學非無學者皆惟緣非學非無學見所斷修所斷非所斷者皆惟修所斷緣見所斷修所斷非所斷者皆惟緣修所斷緣名緣義者皆惟緣義緣自相續他相續非相續者初二緣自他相續後六有說惟緣他相續有說通緣自他相續加行得離染得者皆通二種離染得者在初靜慮者離欲界染時得在第二靜慮者離初靜慮染時得在第四靜慮者離第三靜慮染時得彼後由加行現在前加行得者由加行故得亦由加行故現在前聲聞或由中加行或由上加行獨覺由下加行佛不由加行得及現在前曾得未曾得者皆通曾得未曾得謂諸聖者及內法異生皆通二種外法異生惟是曾得

如是已說勝處總相一一別相今應廣說內有色想觀外色少若好若惡於彼諸色勝知勝見是初勝處此中內有色想者謂有內各別色想未離未捨未除觀外色者謂爲離捨

除各别内色想由勝解作意觀外諸色少者謂二種少一所縁少二自在少若好者謂不弊壞青黄赤白色若惡者謂弊壞青黄赤白色於彼諸色勝知勝見者謂爲調伏欲貪故斷壞欲貪故超越欲貪故於彼諸色起勝知見勝伏彼色謂攝受彼及調伏彼猶如大家及大家子攝受調伏自諸僕使是故名爲勝知勝見是初勝處者初謂名數次第在初或入彼定次第在初勝處謂入彼定時所有善色受想行識總名勝處如初勝處應知第二勝處亦爾有差别者謂此第二觀外色多多有二種一所縁多二自在多餘如前説内無色想觀外色少若好若惡於彼諸色勝知勝見是第三勝處此中内無色想者謂内各别色想已離已捨已除觀外色者謂不爲離捨除内各别色想而由勝解作意觀外諸色餘如前説如第三勝處應知第四勝處亦爾有差别者謂第四勝處觀外色多内無色想觀外色青青顯青現青光無量無量淨妙可喜可樂不可違逆如嗚莫迦華或婆羅疪斯染青衣色於彼諸色勝知勝見有如是想是第五勝處此中内無色想外觀色義如前説青者謂諸青色若大若小總説爲青青顯者謂彼青色眼所照了眼所行境故名青顯青現者謂彼青色如爲眼識所了别已引生意識亦分别之故名青現青光者謂彼青色光明照曜故名青光無量者謂彼青色廣無邊際故名無量無量淨妙者謂如青色廣無邊際彼淨妙相亦無邊際是故名爲無量淨妙可喜者謂彼青色可欣可悦令意悦豫故名可

喜可樂者謂彼青色可愛可玩若緣於此不復希餘故名可樂不可違逆者謂彼青色令心堪忍隨順趣向是故名爲不可違逆如隖莫迦華或婆羅痆斯染青衣色者謂彼極青故引爲喻於彼諸色勝知勝見義如前說有如是想者謂於彼青色有如前說青想現前是第五勝處義亦如前如說青勝處說黃赤白勝處應知亦爾有差別者黃勝處應說如羯尼迦羅華赤勝處應說如槃度時縛迦華白勝處應說如隖殺私星婆羅痆斯黃赤白衣隨類應說問四顯色中何者最勝尊者世友作如是說白色最勝世共說此是吉祥故如四方中東方最勝是吉祥故白色亦爾大德說曰緣白色時令心明淨以不隨順惛沉睡眠能任持身故最爲勝

十徧處者謂青黃赤白地水火風空無邊處識無邊處徧處問此十徧處自性是何答前八徧處以無貪善根爲自性對治貪故若兼取相應隨轉即欲界者以四蘊爲自性色界者以五蘊爲自性後二徧處俱以四蘊爲自性如是名爲徧處自性我物自體相分本性已說自性所以今當說問何故名徧處徧處是何義答由二緣故名爲徧處一由無間二由廣大由無間者謂純青等勝解作意不相間雜故名無間由廣大者謂緣青等勝解作意境相無邊故名廣大大德說曰所緣寬廣無有間隙故名徧處此十徧處界者前八徧處是色界後二徧處是無色界地者前八徧處在第四靜慮第九徧處在空無邊處第十徧處在識無邊處所以者何以淨解脫在第

四靜慮由此能入後四勝處此後四勝處復
能入前八徧處此中解脫惟於所緣總取淨
相未能分別青黃赤白後四勝處雖能分別
青黃赤白而未能作無邊行相前四徧處非
惟分別青黃赤白而亦能作無邊行相謂觀
青等一一無邊復思青等爲何所依知依大
種故次觀地等一一無邊復思此所覺色由
何廣大知由虛空故次起空無邊處復思此
能覺誰爲所依知依廣識故次復起識無邊
處此所依識無別所依故更不立上爲徧處
所依者前八徧處惟依欲界身起後二徧處
通依三界身起行相者此十皆作無邊行相
所緣者前八徧處惟緣欲界色處後二徧處
各緣自地四蘊念住者前八徧處身念住俱
後二徧處法念住俱智者一切皆與世俗智
俱三摩地者一切不與三摩地俱根相應者
一切惟與捨根相應三世者皆通三世緣三
世者前八徧處過去緣過去現在緣現在未
來若生法緣未來若不生法緣三世後二徧
處俱緣三世善不善無記者皆惟善緣善不
善無記者前八徧處緣三種後二徧處緣善
無記三界繫及不繫者前八徧處惟色界繫
後二徧處惟無色界繫緣三界繫及不繫者
前八徧處惟緣欲界繫後二徧處惟緣無色
界繫學無學非學非無學者皆惟緣非學非
無學緣學無學非學非無學者皆惟緣非學
非無學見所斷修所斷非所斷者皆惟修所
斷緣見所斷修所斷非所斷者前八徧處惟
緣修所斷後二徧處緣見修所斷緣名緣義
者皆緣義緣自相續他相續非相續者前八

徧處有說惟緣他相續有說通緣自他相續後二徧處俱緣自他相續加行得離染得者皆通加行得及離染得離染得者前八徧處離第三靜慮染時得第九徧處離第四靜慮染時得第十徧處離空無邊處染時得彼後由加行現在前加行得者由加行故得亦由加行故現在前聲聞或由中加行或由上加行獨覺由下加行佛不由加行得及現前曾得未曾得者皆通曾得未曾得謂諸聖者及內法異生通曾得未曾得外法異生惟是曾得

問此十徧處加行云何答前四徧處以眼識爲加行至成滿時緣青黃赤白四色處爲境中四徧處以身識爲加行至成滿時緣地水火風四觸處爲境有作是說前七徧處以眼識爲加行中一徧處以身識爲加行所以者何地水火徧處以形顯色爲所緣故風徧處以動性觸爲所緣故復有說者前八徧處皆以眼識爲加行所以者何風徧處亦以色爲所緣故如世間說東風南風西風北風有塵風無塵風毗濕縛風吠嵐婆風風輪風等故風徧處亦緣色處空無邊處以空爲加行識無邊處以識爲加行

如是已說徧處總相一一別相今應略說於一切青若上若下若傍無二無量起一青想是初徧處一切青者謂諸青色若小若大總名爲青上者謂上方下者謂下方傍者謂四方四維無二者謂純青相無餘間雜無量者謂無邊際起一青想者謂由勝解作意於一切處起一青想是初徧處者初謂名數次第

在初或入此定次第在初徧處謂入此定時所有善色受想行識總名徧處如青徧處廣說乃至識無邊處徧處亦爾有差別者後二徧處不應說色惟應說受想行識蘊問前八徧處可有上下彼所緣境有方處故後二徧處緣空緣識所緣既無方處上下云何可說有上下耶答後二徧處所緣雖無上下方所而所依定有三品故可說上下上謂依上品定下謂依下品定復言傍者依中品定復次修觀行者身所居處有上下故可言上下傍謂處等其事云何下者住人中中者住四大王衆天上者住三十三天如是乃至他化自在展轉相望爲下中上上者名上下者名下中者名傍

問何故第三靜慮無解脫勝處徧處耶答非田器故乃至廣說復次對治欲界初靜慮中識身所引緣色貪故初二靜慮立緣不淨解脫勝處第二第三靜慮無識身所引緣色貪故第三第四靜慮不立緣色不淨解脫勝處前三靜慮有尋伺喜樂及入出息擾亂事故無淨解脫後四勝處前八徧處緣淨妙境能伏煩惱其事甚難是故必依無擾亂地乃得成就復次第三靜慮去欲界遠於靜慮中又非最勝故無解脫勝處徧處復次第三靜慮如第三無色無多功德故無解脫等謂空識無邊處有無邊行相功德非想非非想處有滅定功德無所有處無無邊行相又無滅定是故此地功德減少第三靜慮如彼亦無解脫勝處徧處功德復次第三靜慮有生死中最勝受樂能令行者耽著迷亂故無解脫勝

處徧處問若爾應無無量通等諸餘功德答言功德少不說全無若此地中無無量等應此靜慮空無功德復次無量總緣通慧遊戲此地得有解脫勝處徧處功德別緣色等伏諸煩惱以難成故此地中無

如契經說得地徧處定者作如是念地即是我我即是地地之與我無二無別得餘徧處定者隨自所緣廣說亦爾問得徧處定者必已離第三靜慮染彼所起我見必是第四靜慮若第四靜慮我見必惟緣第四靜慮地等前八徧處但緣欲界色處爲境如何可說與彼我見同緣地等有作是說此中於未得彼定者說得彼定者聲如非沙門說名沙門非婆羅門說名婆羅門謂以欲界聞思所成初學修習地等徧處猶未能斷欲界煩惱未得根本地等徧處故緣地等容起我見或有說者仍舊名說亦不相違如有國王雖失王位仍舊名說亦呼爲王如是先得地徧處等今雖退失仍名得者彼起欲界我見緣欲界地等計我於理無違復有說者依速入出徧處我見作如是說亦不相違謂彼先得地徧處等後速退起欲界我見緣執欲界地等爲我速復還得第四靜慮地徧處等彼緣欲界地等爲境如提婆達多先得靜慮以神境通力變作小兒著金縷俗衣作五華頂在未生怨太子膝上宛轉而戲仍令太子知是尊者提婆達多時未生怨憐愛抱弄嗚而復以唾置口中提婆達多貪利養故遂咽其唾故佛訶曰汝是死屍食人唾者彼咽唾時便退靜慮速復還得令所變身在太子膝如故而戲徧

處我見應知亦爾有餘師說此中有身見執第四靜慮地等爲我前八徧處亦緣第四靜慮地等問豈不前八徧處緣欲界色耶答亦緣欲界色亦緣第四靜慮色問色界諸天純一白色云何緣彼作青等耶答色界有情純一白色彼非情數亦有青等評曰彼不應作是說若有身見與八徧處相應俱有可設難言如何相應俱有法或緣第四靜慮或緣欲界然有身見前八徧處非相應非俱有不應爲難而一有情名計我者亦名得定者以有身見故名計我者以徧處故名得定者有身見執第四靜慮地等爲我前八徧處緣欲界色非俱時故善通此經此有身見與八徧處所依身同所緣境異

如契經說有地等定有地等徧處問此地等定與地等徧處有何差別答地等定在欲界四靜慮地等徧處惟在第四靜慮復次加行時名地等定成滿時名地等徧處復次因時名地等定果時名地等徧處復次若作少分解時名地等定若作周徧解時名地等徧處是謂差別

問解脫勝處徧處有何差別答名即差別謂此名解脫此名勝處此名徧處復次下品善根名解脫中品善根名勝處上品善根名徧處復次小善根名解脫大善根名勝處無量善根名徧處復次惟因名解脫惟果名徧處通因果名勝處復次能有棄背名解脫能勝伏境名勝處能廣所緣名徧處復次惟作勝解名解脫能伏煩惱名勝處於所緣境無二無量名徧處復次若得解脫未必已得勝處

徧處若得勝處必已得解脫未必已得徧處若得徧處必已得解脫及勝處所以者何從解脫入勝處從勝處入徧處故是謂解脫勝處徧處差別

此中八智三三摩地三重三摩地如後智蘊當廣分別三結乃至九十八隨眠如此蘊初已廣分別

阿毗達磨大毗婆沙論卷第八十五 說一切有部發智

音釋

柵 楚革切編木為柵也
閒隙 閒古晏切隔也隙綺戟切空閑也
吠嵐婆 梵語也此云迅猛風吠房廢切嵐盧含切
唾 湯臥切口液也

阿毗達磨大毗婆沙論卷第八十六

五百大阿羅漢等造

唐三藏法師玄奘奉詔譯

結蘊第二中十門納息第四之十六

眼根乃至無色界修所斷無明隨眠於九十八隨眠中一一有幾隨增耶問何故作此論答爲依前章顯門義故謂依前說四十二章顯隨眠等十種門義復次爲止他宗顯正理故謂或有執無學身中眼根等法亦是無漏爲遮彼執顯眼根等惟是有漏是諸隨眠所隨增故或復有執煩惱顛倒無實所緣爲遮彼執顯諸煩惱有實所緣或復有執無有所緣相應縛義若於所緣有縛義者緣無漏法應有縛義若於相應有縛義者彼得斷已亦應有縛爲遮彼執顯有所緣相應縛義所緣縛者惟於有漏隨眠緣彼必隨增故雖緣無漏而不隨增故無縛義相應縛者要彼相應煩惱未斷煩惱斷已雖有相應而無縛義復次爲遮有縛而於自身起增上慢謂已解脱謂彼暫時伏諸煩惱而稱自身已得解脱欲令彼知於自眼等猶有貪等隨眠隨增復次爲廣分别契經義故謂契經中説眼根等有諸貪等隨眠隨增雖有此言不廣分别今欲分别故作斯論

應知此中有五部法即爲五部隨眠隨增五部法者謂見苦所斷法乃至修所斷法五部隨眠應知亦爾此中見苦所斷法爲見苦所斷一切隨眠及見集所斷徧行隨眠之所隨增見集所斷法爲見集所斷一切隨眠及見苦所斷徧行隨眠之所隨增見滅所斷法爲

見滅所斷一切隨眠及徧行隨眠之所隨增見道所斷法爲見道所斷一切隨眠及徧行隨眠之所隨增修所斷法爲修所斷一切隨眠及徧行隨眠之所隨增復次有十種法復爲九種隨眠隨增十種法者謂見苦集滅道所斷各有二種法一相應二不相應修所斷亦有二種法一染汚二不染汚九種隨眠者謂見苦集所斷隨眠各有二種一徧行二不徧行見滅道所斷隨眠各有二種一有漏緣二無漏緣及修所斷隨眠總爲九種此中見苦所斷相應法爲見苦所斷一切隨眠及見集所斷徧行隨眠之所隨增自部者隨其所應有所緣相應縛他部者惟有所緣縛見苦所斷不相應法爲見苦所斷一切隨眠及見集所斷徧行隨眠之所隨增皆惟有所緣縛見集所斷相應法爲見集所斷一切隨眠及見苦所斷徧行隨眠之所隨增自部者隨其所應有所緣相應縛他部者惟有所緣縛見集所斷不相應法爲見集所斷一切隨眠及見苦所斷徧行隨眠之所隨增皆惟有所緣縛見滅所斷相應法爲見滅所斷一切隨眠及徧行隨眠之所隨增自部有漏緣者隨其所應有所緣相應縛無漏緣者惟有相應縛他部者惟有所緣縛見滅所斷不相應法爲見滅所斷有漏緣隨眠及徧行隨眠之所隨增皆惟有所緣縛見道所斷相應法爲見道所斷一切隨眠及徧行隨眠之所隨增自部有漏緣者隨其所應有所緣相應縛無漏緣者惟有相應縛他部者惟有所緣縛見道所斷不相應法爲見道所斷有漏緣隨眠及徧

行隨眠之所隨增皆惟有所緣縛修所斷染污法爲修所斷一切隨眠及徧行隨眠之所隨增自部者隨其所應有所緣相應縛他部者惟有所緣縛修所斷不染污法爲修所斷一切隨眠及徧行隨眠之所隨增皆惟有所緣縛應知此中見苦所斷徧行隨眠於見苦所斷徧行隨眠相應法隨其所應爲所緣相應縛於餘自地自部他部諸有漏法但爲所緣縛見苦所斷不徧行隨眠於見苦所斷不徧行隨眠相應法隨其所應爲所緣相應縛於餘自地自部他部諸有漏法但爲所緣縛見集所斷徧行隨眠於見集所斷徧行隨眠相應法隨其所應爲所緣相應縛於餘自地自部他部諸有漏法但爲所緣縛見集所斷不徧行隨眠於見集所斷不徧行隨眠相應法隨其所應爲所緣相應縛於餘自地自部諸有漏法但爲所緣縛見滅所斷有漏緣隨眠於見滅所斷有漏緣隨眠相應法隨其所應爲所緣相應縛於餘自地自部諸有漏法但爲所緣縛見滅所斷無漏緣隨眠於見滅所斷無漏緣隨眠相應法隨其所應但爲相應縛見道所斷有漏緣隨眠於見道所斷有漏緣隨眠相應法隨其所應有所緣相應縛於餘自地自部諸有漏法但爲所緣縛見道所斷無漏緣隨眠於見道所斷無漏緣隨眠相應法但爲相應縛修所斷隨眠於修所斷隨眠相應法隨其所應爲所緣相應縛於餘自地自部諸有漏法但爲所緣縛

復次有四十一種法復爲三十六種隨眠隨增四十一種法者謂見苦所斷有十一法即

十隨眠相應法并不相應法爲十一見集所斷有八法即七隨眠相應法并不相應法爲八見滅所斷亦爾見道所斷有九法即八隨眠相應法并不相應法爲九修所斷有五法即四隨眠相應法并不相應法爲五三十六種隨眠者謂見苦所斷有十見集滅所斷各七見道所斷有八修所斷有四惟依部說不依界故此中有身見相應法爲有身見及彼相應無明隨眠之所隨增隨其所應爲所緣相應縛此即總說若別說者若於彼爲所緣縛即於彼非相應縛若於彼爲相應縛即於彼非所緣縛餘應准此此復爲餘見苦所斷一切隨眠及見集所斷徧行隨眠之所隨增但爲所緣縛如有身見相應法邊執見及見苦所斷邪見乃至慢相應法隨應亦爾見苦所斷不共無明相應法爲見苦所斷不共無明隨眠之所隨增隨其所應爲所緣相應縛此復爲餘見苦所斷一切隨眠及見集所斷徧行隨眠之所隨增但爲所緣縛見苦所斷不相應法爲見苦所斷一切隨眠及見集所斷徧行隨眠之所隨增但爲所緣縛如見苦所斷十一法見集所斷八法隨應亦爾見滅所斷邪見相應法爲見滅所斷邪見及彼相應無明隨眠之所隨增但爲相應縛此復爲餘見滅所斷有漏緣隨眠及徧行隨眠之所隨增但爲所緣縛如見滅所斷邪見相應法見滅所斷疑相應法隨應亦爾見滅所斷見取相應法爲見滅所斷見取及彼相應無明隨眠之所隨增隨其所應爲所緣相應縛此復爲餘見滅所斷有漏緣隨眠及徧行隨眠

之所隨增但爲所緣縛如見滅所斷見取相應法見滅所斷貪瞋慢相應法隨應亦爾見滅所斷不共無明相應法爲見滅所斷不共無明隨眠之所隨增但爲相應縛此復爲餘見滅所斷有漏緣隨眠及徧行隨眠之所隨增但爲所緣縛見滅所斷不相應法爲見滅所斷有漏緣隨眠及徧行隨眠之所隨增但爲所緣縛如見滅所斷八法見道所斷九法隨應亦爾修所斷貪相應法爲修所斷貪及彼相應無明隨眠之所隨增隨其所應爲所緣相應縛此復爲餘修所斷隨眠及徧行隨眠之所隨增但爲所緣縛如修所斷貪相應法修所斷瞋慢相應法隨應亦爾修所斷不共無明相應法爲修所斷不共無明隨眠之所隨增隨其所應爲所緣相應縛此復爲餘修所斷隨眠及徧行隨眠之所隨增但爲所緣縛修所斷不相應法爲修所斷一切隨眠及徧行隨眠之所隨增但爲所緣縛若說攝法應依十八界若說諸識應依十二處若說諸智應依四聖諦若說諸隨眠應依五部今說隨眠故依五部分別隨眠隨增差別

眼根欲色界徧行及修所斷隨眠隨增者眼根通欲色界惟修所斷故有爾所隨眠隨增然此眼根通在五地謂欲界四靜慮此五各爲自地徧行及修所斷隨眠隨增耳鼻舌身根亦爾者亦通欲色界五地惟修所斷如眼根故女根欲界徧行及修所斷隨眠隨增者女根惟欲界修所斷故有爾所隨眠隨增男苦根亦爾者亦惟欲界修所斷如女根故命根三界徧行及修所斷隨眠隨增者命根通

三界惟修所斷故有爾所隨眠隨增然此命根通在九地謂欲界四靜慮四無色此九各爲自地徧行及修所斷隨眠隨增信等五根亦爾者信等五根通有漏無漏有漏者亦通三界九地惟修所斷如命根故無漏者非隨眠隨增意根一切隨眠隨增者意根通有漏無漏有漏者通三界五部故有爾所隨眠隨增然此意根在九地謂欲界四靜慮四無色此九各爲自地一切隨眠隨增無漏者非隨眠隨增捨根亦爾者亦通有漏無漏有漏者亦通三界九地五部如意根故樂根色界一切欲界徧行及修所斷隨眠隨增者樂根通欲色界惟三地有謂欲界初及第三靜慮欲界者在五識初靜慮者在三識此二俱惟修所斷故一一各爲自地徧行及修所斷隨眠隨增第三靜慮者在意識通有漏無漏有漏者通五部及通一切隨眠相應故自地一切隨眠隨增無漏者非隨眠隨增喜根色界一切欲界除無漏緣疑及彼相應無明餘一切隨眠隨增者喜根通欲色界惟三地有謂欲界初二靜慮欲界者通五部不與瞋疑隨眠相應由喜根歡行相轉瞋疑慼行相轉歡慼相違不相應故欲界喜根除見滅道所斷疑及彼相應無明爲餘一切欲界隨眠隨增見滅道所斷疑及彼相應無明於喜根非所緣縛緣無漏故非相應縛不相應故餘疑及瞋雖不相應而於喜根有緣縛義故說喜根欲界除無漏緣疑及彼相應無明餘一切隨眠隨增初二靜慮喜根俱通有漏無漏有漏者俱通五部及通一切隨眠相應定地疑亦與

喜樂相應故各自地一切隨眠隨增故說喜根色界一切隨眠隨增無漏者非隨眠隨增憂根欲界一切隨眠隨增者憂根惟欲界通五部及一切隨眠相應故有爾所隨眠隨增三無漏根無隨眠隨增者一切無漏法非諸隨眠隨增事故所以者何若法是有身見事是顛倒事是隨眠事是貪瞋癡所安足處有垢有穢有濁者爲諸隨眠之所隨增無漏法不爾故非隨眠之所隨增復次若處有愛是處即爲隨眠隨增如濕膩處塵穢易著無漏法不爾故非隨眠之所隨增復次若法有身見執爲我我所是處即爲隨眠隨增無漏法不爾復次若法是隨眠所緣事及隨增事者即爲隨眠之所隨增無漏法雖是隨眠所緣事而非隨增事故非隨眠之所隨增復次若法是隨眠所緣處亦是隨增處者即爲隨眠之所隨增無漏法雖是隨眠所緣處而非隨增處故非隨眠之所隨增脇尊者曰無漏滑淨非諸隨眠能安其足是故不爲隨眠隨增如吠瑠璃極清淨者蚊蝱蠅等不能安足大德說曰無漏燄熱非諸隨眠能安其足是故不爲隨眠隨增如燄熱地不可安足尊者妙音作如是說無漏威猛隨眠緣彼而不隨增如旃荼羅子觀威猛王面心搖戰怯尊者世友作如是說緣有漏法起隨眠時隨眠漸增如人觀月眼根增長故有漏法隨眠隨增緣無漏法起隨眠時隨眠漸減如人觀日眼根損減故無漏法不爲隨眠之所隨增

眼耳鼻舌身色聲觸眼耳身識界欲色界徧行及修所斷隨眠隨增者此十一界通欲色

界惟修所斷故有爾所隨眠隨增此依界說然地有異謂眼等八通在五地故爲五地徧行及修所斷隨眠隨增眼耳身識惟在二地謂欲界初靜慮故惟二地徧行及修所斷隨眠隨增眼耳鼻舌身色聲觸處色蘊色取蘊前五界有色有見有對法亦爾者如是諸法亦通欲色界五地惟修所斷如眼界等故香味鼻舌識界欲界徧行及修所斷隨眠隨增者如是四界惟欲界修所斷故有爾所隨眠隨增香味處亦爾者亦惟欲界修所斷如香界等故意法意識界一切隨眠隨增者如是三界皆通有漏無漏有漏者通三界九地五部及通一切隨眠相應故爲一切隨眠隨增無漏者非隨眠隨增意法處後四蘊四取蘊識界無色無見無對有漏有爲法過去未來現在非學非無學法亦爾者此諸法中有惟有漏有通有漏無漏諸有漏者皆通三界九地五部及通一切隨眠相應故爲一切隨眠隨增無漏者非隨眠隨增無漏無爲法無隨眠隨增學無學無斷法亦爾者皆無漏故義如前說善及修所斷法三界徧行及修所斷隨眠隨增者此中善法通有漏無漏修所斷法惟有漏諸有漏者皆通三界九地惟修所斷故有爾所隨眠隨增無漏者非隨眠隨增不善及欲界繫法欲界一切隨眠隨增者如是二法惟欲界通五部故有爾所隨眠隨增無記法色無色界一切欲界二部及見集所斷徧行隨眠隨增者無記法謂色無色界諸染污法及無覆無記法欲界有身見邊執見品諸染污法及無覆無記法并虛空非擇滅

若色無色界無記法通二界八地五部故爲色無色界一切隨眠隨增若欲界無記法染污者惟見苦所斷故爲欲界見苦所斷一切及見集所斷徧行隨眠隨增不染污者惟修所斷故爲欲界修所斷一切及徧行隨眠隨增虛空非擇滅非隨眠隨增色界繫法色界一切隨眠隨增者此惟色界通四地五部故有爾所隨眠隨增無色界繫法無色界一切隨眠隨增者此惟無色界通四地五部故有爾所隨眠隨增見所斷法見所斷一切隨眠隨增者此通三界九地及前四部故有爾所隨眠隨增修所斷隨眠不能緣見所斷法故非修所斷隨眠隨增

苦集諦一切隨眠隨增者苦集二諦總攝三界九地五部諸有漏法故爲一切隨眠隨增滅道諦無隨眠隨增法類苦集滅道智三三摩地亦爾者皆無漏故一切不爲隨眠隨增三三摩地惟無漏者此中惟説三解脱門所攝定故四靜慮色界一切隨眠隨增者此四靜慮通有漏無漏有漏者惟色界通五部通染污不染污若定若生皆是此四靜慮所攝是故總爲色界一切隨眠隨增無漏者非隨眠隨增四無量色界徧行及修所斷隨眠隨增者此中惟説成滿無量惟在色界然喜無量惟在初二靜慮餘三無量通在四靜慮皆惟修所斷是故總説色界徧行及修所斷隨眠隨增前三解脱八勝處前八徧處他心智亦爾者此中亦説成滿解脱勝處徧處故惟色界修所斷攝依地差别如前應知他心智通有漏無漏有漏者惟在色界通四靜慮惟

修所斷故此及前三種有漏如無量說四無色無色界一切隨眠隨增者四無色中前三通有漏無漏第四惟有漏諸有漏者惟無色界通五部通染污不染污若定若生皆是此四無色所攝是故總爲無色界一切隨眠隨增無漏者非隨眠隨增後五解脫後二徧處無色界徧行及修所斷隨眠隨增者此中有漏者隨地差別皆惟無色界惟修所斷故有爾所隨眠隨增無漏者非隨眠隨增世俗智除無漏緣見餘一切隨眠隨增者此世俗智通三界九地五部染污不染污一切有漏慧故有爾所隨眠隨增除無漏緣見者謂除見滅道所斷邪見彼於世俗智非所緣縛緣無漏故非相應縛自性與自性不相應故邪見即是世俗智故然諸隨眠於世俗智所緣相

應二縛差別應作四句或有隨眠於世俗智爲所緣縛非相應縛謂除有漏緣見或有隨眠於世俗智爲相應縛非所緣縛謂除無漏緣見諸餘無漏緣隨眠或有隨眠於世俗智爲所緣縛亦相應縛謂除有漏緣見諸餘有漏緣縛眠此即總說若別說者若於彼爲所緣縛即於彼非相應縛若於彼爲相應縛即於彼非所緣縛或有隨眠於世俗智非所緣縛亦非相應縛謂無漏緣見於此義中霧尊者說四句有異或有隨眠於世俗智爲所緣縛亦相應縛謂自地緣世俗智見隨眠未斷或有隨眠於世俗智爲相應縛非所緣縛謂除自地他界緣或他地緣或自界他界緣或自地餘法緣或無漏緣見隨眠諸餘自地他界緣或他地緣或自界他界緣或自地餘法

緣或無漏緣隨眠未斷或有隨眠於世俗智爲所緣縛亦相應縛謂除自地緣世俗智見隨眠諸餘自地緣世俗智隨眠未斷此即總說若別說者若於彼爲所緣縛即於彼非相應縛若於彼爲相應縛即於彼非所緣縛或有隨眠於世俗智非所緣縛亦非相應縛謂一切他地隨眠及自地隨眠已斷設未斷者而是他界緣或他地緣或自界他界緣或自地餘法緣或無漏緣見隨眠三重三摩地三界徧行及修所斷隨眠隨增者重三摩地通三界九地惟修所斷故有爾所隨眠隨增有身見結見苦所斷一切及見集所斷徧行隨眠隨增者謂三結中有身見結通三界九地惟見苦所斷故有爾所隨眠隨增有身見順下分結有身見邊執見亦爾者謂五順下分

結中有身見及五見中有身見邊執見亦通三界九地惟見苦所斷如三結中有身見故戒禁取結見苦所斷一切及見集所斷徧行見道所斷有漏緣隨眠隨增者謂三結中戒禁取結通三界九地惟見苦道所斷惟有漏緣故有爾所隨眠隨增見道所斷無漏緣隨眠於戒禁取非所緣縛緣無漏故非相應縛不相應故戒禁取及戒禁取身繫順下分結戒禁取亦爾者謂四取中戒禁取四身繫中戒禁取五順下分結中戒禁取五見中戒禁取亦通三界九地惟見苦道所斷惟有漏緣如三結中戒禁取故疑結見所斷有漏緣及疑相應無漏緣無明隨眠隨增者謂三結中疑結通三界九地前四部通有漏無漏緣故有爾所隨眠隨增見所斷有漏緣者謂見苦

集所斷一切及見滅道所斷有漏緣隨眠見滅道所斷無漏緣隨眠於疑結非所緣縛緣無漏故非相應縛或異聚故或自性與自性不相應故疑順下分結疑隨眠疑結亦爾者謂五順下分結中疑結七隨眠中疑隨眠九結中疑結亦通三界九地前四部有漏無漏緣如三結中疑結故貪瞋不善根欲界有漏緣隨眠隨增者謂三不善根中貪瞋惟欲界通五部惟有漏緣故有爾所隨眠隨增無漏緣隨眠於貪瞋非所緣縛緣無漏故非相應縛異聚故餘准應知前二身繫前二蓋瞋結前二順下分結前二隨眠恚結亦爾者謂四身繫中貪瞋五蓋中貪瞋五結中瞋結五順下分結中貪瞋七隨眠中欲貪瞋恚九結中恚結亦惟欲界通五部惟有漏緣如貪瞋不善根故癡不善根欲界除無漏緣無明餘一切隨眠隨增者謂三不善根中癡惟欲界通五部有漏無漏緣故有爾所隨眠隨增除無漏緣無明者見滅道所斷無漏緣相應不共無明於癡不善根非所緣縛緣無漏故非相應縛自性與自性不相應故欲漏欲界一切隨眠隨增者謂三漏中欲漏惟欲界通五部有漏無漏緣故有爾所隨眠隨增欲瀑流軛取惛沉睡眠掉舉蓋亦爾者謂四瀑流中欲瀑流四軛中欲軛四取中欲取五蓋中惛沉睡眠掉舉蓋亦惟欲界通五部有漏無漏緣如欲漏故有漏色無色界一切隨眠隨增者謂三漏中有漏通色無色界八地五部有漏無漏緣故有爾所隨眠隨增有瀑流軛我語取亦爾者謂四瀑流中有瀑流四軛中有軛

四取中我語取亦通色無色界八地五部有漏無漏緣如有漏故無明漏除無漏緣無明餘一切隨眠隨增者謂三漏中無明漏通三界九地五部有漏無漏緣故有爾所隨眠隨增除無漏緣無明者彼於無明漏非所緣縛緣無漏故非相應縛自性與自性不相應故無明瀑流軛無明隨眠無明結亦爾者謂四瀑流中無明瀑流四軛中無明軛七隨眠中無明隨眠九結中無明結亦通三界九地五部有漏無漏緣如無明漏故見瀑流軛見所斷有漏緣及見相應無漏緣無明隨眠隨增者謂四瀑流中見瀑流四軛中見軛通三界九地前四部有漏無漏緣故有爾所隨眠隨增除無漏緣邪見疑及彼疑相應無明并無漏緣不共無明以彼於見瀑流軛非所緣縛緣無漏故非相應縛自性與自性不相應故或他聚故見取邪見見隨眠見結亦爾者謂四取中見取五見中邪見七隨眠中見隨眠九結中見結亦通三界九地前四部有漏無漏緣如見瀑流軛故此實執身繫見所斷有漏緣隨眠隨增者謂四身繫中此實執身繫通三界九地前四部惟有漏緣故有爾所隨眠隨增見取取結亦爾者謂五見中見取九結中取結亦通三界九地前四部惟有漏緣如此實執身繫故惡作蓋欲界徧行及修所斷隨眠隨增者謂五蓋中惡作蓋惟欲界修所斷故有爾所隨眠隨增嫉慳結鼻舌觸所生愛身嫉慳結亦爾者謂五結中嫉慳結六愛身中鼻舌觸所生愛身九結中嫉慳結亦惟欲界修所斷如惡作蓋故疑蓋欲界見所

斷有漏緣及疑相應無漏緣無明隨眠隨增者謂五蓋中疑蓋惟欲界通前四部有漏無漏緣故有爾所隨眠隨增除欲界無漏緣疑邪見及彼邪見相應無明并無漏緣不共無明以彼於疑蓋非所緣縛緣無漏故非相應縛自性與自性不相應故或他聚故貪慢結三界有漏緣隨眠隨增者謂五結中貪慢結通三界九地五部惟有漏緣故有爾所隨眠隨增意觸所生愛身慢隨眠愛慢結亦爾者謂六愛身中意觸所生愛身七隨眠中慢隨眠九結中愛慢結亦通三界九地五部惟有漏緣如五結中貪慢結故色貪色界徧行及修所斷隨眠隨增者謂五順上分結中色貪惟色界四地修所斷不還者身中現行故有爾所隨眠隨增異生位中色界徧行已於彼

貪有所緣縛故無色貪無色界徧行及修所斷隨眠隨增者謂五順上分結中無色貪惟無色界四地修所斷不還者身中現行故有爾所隨眠隨增餘如前說後三順上分結色無色界徧行及修所斷隨眠隨增者謂五順上分結中掉舉慢無明通色無色界八地惟修所斷不還者身中現行故有爾所隨眠隨增餘如前說眼耳身觸所生愛身欲色界徧行及修所斷隨眠隨增者謂六愛身中眼耳身觸所生愛身通欲界初靜慮惟修所斷故有爾所隨眠隨增有貪隨眠色無色界有漏緣隨眠隨增者謂七隨眠中有貪隨眠通色無色界八地五部惟有漏緣故有爾所隨眠隨增

欲界見苦所斷隨眠欲界見苦所斷一切及

見集所斷徧行隨眠隨增者謂九十八隨眠中欲界見苦所斷十隨眠一一皆爲欲界見苦所斷一切隨眠及見集所斷徧行隨眠隨增欲界見集所斷隨眠欲界見集所斷一切及見苦所斷徧行隨眠隨增者謂九十八隨眠中欲界見集所斷七隨眠一一皆爲欲界見集所斷一切隨眠及見苦所斷徧行隨眠隨增欲界見滅所斷隨眠欲界見滅所斷除無漏緣不共無明餘一切及徧行隨眠隨增者謂九十八隨眠中欲界見滅所斷七隨眠一一皆爲爾所隨眠隨增欲界見道所斷隨眠欲界見道所斷除無漏緣不共無明餘一切及徧行隨眠隨增者謂九十八隨眠中欲界見道所斷八隨眠一一皆爲爾所隨眠隨增見滅道所斷中俱說除無漏緣不共無明者彼於隨眠非所緣縛緣無漏故非相應縛不與隨眠相應故欲界修所斷隨眠欲界修所斷一切及徧行隨眠隨增者謂九十八隨眠中欲界修所斷四隨眠一一皆爲爾所隨眠隨增色無色界五部隨眠廣說亦爾等者謂九十八隨眠中色界五部三十一無色界五部三十一一一皆爲自界自部及徧行隨眠隨增廣如欲界說以相同故

阿毗達磨大毗婆沙論卷第八十六　說一切有部發智

音釋

濕膩（濕失入切膩女利切肥也）　蚊蝱（蚊音文蝱眉庚切蚊蝱並齧人飛蟲也）　怯（乞業切畏懦也）　瀑流（瀑蒲報切疾流也）　軛（音厄）

阿毗達磨大毗婆沙論卷第八十七

五百大阿羅漢等造

唐三藏法師玄奘奉詔譯

結蘊第二中十門納息第四之十七

此中隨眠於諸隨眠爲所緣縛及相應縛寬狹不等應作四句或有隨眠於諸隨眠爲所緣縛非相應縛謂有漏緣不共無明或有隨眠於諸隨眠爲相應縛非所緣縛謂除無漏緣縛不共無明諸餘無漏緣隨眠或有隨眠於諸隨眠爲所緣縛亦相應縛謂除有漏緣不共無明諸餘有漏緣隨眠此即總說若別說者若於彼爲所緣縛即於彼非相應縛若於彼爲相應縛即於彼非所緣縛或有隨眠於諸隨眠非所緣縛亦非相應縛謂無漏緣不共無明於此義中霧尊者說四句有異或有隨眠於諸隨眠爲所緣縛非相應縛謂自地不共無明緣彼未斷或有隨眠於諸隨眠爲相應縛非所緣縛謂除自地他界緣或他地緣或自界他界緣或自地餘法緣或無漏緣不共無明諸餘自地他界緣或他地緣或自界他界緣或自地餘法緣或無漏緣隨眠未斷或有隨眠於諸隨眠爲所緣縛亦相應縛謂除自地緣彼不共無明諸餘自地緣彼隨眠未斷此即總說若別說者若於彼爲所緣縛即於彼非相應縛若於彼爲相應縛即於彼非所緣縛或有隨眠於諸隨眠非所緣縛亦非相應縛謂諸隨眠已斷設未斷者若他地隨眠若自地他界緣或他地緣或自界他界緣或自地餘法緣或無漏緣不共無明

問若諸隨眠有尋有伺彼於有尋有伺法爲

所緣縛耶答應作四句有諸隨眠有尋有伺而於有尋有伺法非所緣縛謂諸隨眠有尋有伺而已斷設未斷而他界緣或他地緣或自界他界緣或自地餘法緣或無漏緣有諸隨眠於有尋有伺法爲所緣縛而非有尋有伺謂諸隨眠無尋惟伺是有漏緣緣彼未斷有諸隨眠有尋有伺亦於有尋有伺法爲所緣縛謂諸隨眠有尋有伺是自地有漏緣緣彼未斷有諸隨眠非有尋有伺亦於有尋有伺法非所緣縛謂諸隨眠無尋惟伺而已斷設未斷而他界緣或他地緣或自界他界緣或自地餘法緣或無漏緣及諸隨眠無尋無伺問若諸隨眠無尋惟伺彼於無尋惟伺法爲所緣縛耶答應作四句有諸隨眠無尋惟伺而於無尋惟伺法非所緣縛謂諸隨眠無尋惟伺而已斷設未斷而他界緣或他地緣或自界他界緣或自地餘法緣或無漏緣有諸隨眠於無尋惟伺法爲所緣縛而非無尋惟伺謂諸隨眠有尋有伺是自地有漏緣緣彼未斷有諸隨眠無尋惟伺亦於無尋惟伺法爲所緣縛謂諸隨眠無尋惟伺是有漏緣緣彼未斷有諸隨眠非無尋惟伺亦於無尋惟伺法非所緣縛謂諸隨眠有尋有伺而已斷設未斷而他界緣或他地緣或自界他界緣或自地餘法緣或無漏緣若諸隨眠有尋有伺而是他地及諸隨眠無尋無伺問若諸隨眠無尋無伺彼於無尋無伺法爲所緣縛耶答應作四句有諸隨眠無尋無伺而於無尋無伺法非所緣縛謂諸隨眠無尋無伺而已斷設未斷而他界緣或他地緣或自界他

界緣或無漏緣有諸隨眠於無尋無伺法爲所緣縛而非無尋無伺謂諸隨眠有尋有伺或無尋唯伺是自地有漏緣緣彼未斷有諸隨眠無尋無伺亦於無尋無伺法爲所緣縛謂諸隨眠無尋無伺是自地有漏緣緣彼未斷有諸隨眠非無尋無伺亦於無尋無伺法非所緣縛謂諸隨眠有尋有伺或無尋唯伺而已斷設未斷而他界緣或他地緣或自界他界緣或自地餘法緣或無漏緣問若諸隨眠有尋有伺彼於有尋有伺法爲相應縛耶答若諸隨眠於有尋有伺法爲相應縛彼必有尋有伺或有隨眠有尋有伺而於有尋有伺法非相應縛謂諸隨眠有尋有伺而已斷問若諸隨眠無尋唯伺彼於無尋唯伺法爲相應縛耶答應作四句有諸隨眠無尋唯伺

而於無尋唯伺法非相應縛謂諸隨眠無尋唯伺而已斷有諸隨眠於無尋唯伺法爲相應縛而非無尋唯伺謂諸隨眠有尋有伺於無尋唯伺法爲相應縛有諸隨眠無尋唯伺亦於無尋唯伺法爲相應縛謂諸隨眠無尋唯伺而未斷有諸隨眠非無尋唯伺亦於無尋唯伺法非相應縛謂諸隨眠有尋有伺而已斷及諸隨眠無尋無伺問若諸隨眠無尋無伺彼於無尋無伺法爲相應縛耶答應作四句有諸隨眠無尋無伺而於無尋無伺法非相應縛謂諸隨眠無尋無伺而已斷有諸隨眠於無尋無伺法爲相應縛而非無尋無伺謂諸隨眠無尋唯伺於無尋無伺法爲相應縛有諸隨眠無尋無伺亦於無尋無伺法爲相應縛謂諸隨眠無尋無伺而未斷有諸

隨眠非無尋無伺亦於無尋無伺法非相應縛謂諸隨眠無尋惟伺而已斷及諸隨眠有尋有伺頗有法是有漏是心所無尋惟伺未斷未徧知而非無尋惟伺隨眠隨增耶答有謂欲界尋頗有法是有漏是心所無尋惟伺未斷未徧知而爲有尋有伺隨眠隨增耶答有謂欲界初靜慮尋頗有法是有漏是心所無尋無伺而非無尋無伺隨眠隨增耶答有謂靜慮中間伺頗有聚一時生一時住一時滅一所依一所緣同行相生時俱生滅時俱滅而隨眠於彼有是相應縛有非相應縛耶答有謂不共無明聚無明於彼有是相應縛謂於無明相應法有非相應縛謂於無明自性

眼根乃至無色界修所斷無明隨眠緣識及緣緣識於九十八隨眠中一一有幾隨眠隨增耶問何故作此論答爲止他宗顯正義故謂譬喻者作如是說眼等六識身所緣境各別彼說意識別有所緣不緣眼等五識所緣又說六識惟緣外境不緣內根亦不緣識爲遮彼意顯前五識各別所緣惟緣外境不緣根識意識所緣與五識境有同有異亦緣內根亦緣諸識復次爲欲顯示諸法正理令他了知故作斯論應知此中所緣諸法有十六種謂三界各五部及無漏法能緣諸識亦有如是十六種異問此中何法幾識所緣答欲界見苦所斷法五識所緣一欲界見苦所斷一切隨眠相應識二欲界見集所斷徧行隨眠相應識三欲界修所斷善及無覆無記識四色界修所斷善及無覆無記識五法智品

無漏識欲界見集所斷法五識所緣亦爾有差別者謂見集所斷一切隨眠相應識見苦所斷徧行隨眠相應識欲界見滅所斷法六識所緣一欲界見苦所斷徧行隨眠相應識二欲界見集所斷徧行隨眠相應識三欲界見滅所斷有漏緣隨眠相應識四欲界修所斷善及無覆無記識五色界修所斷善及無覆無記識六法智品無漏識欲界見道所斷法六識所緣亦爾有差別者謂見道所斷有漏緣隨眠相應識欲界修所斷法五識所緣一欲界見苦所斷徧行隨眠相應識二欲界見集所斷徧行隨眠相應識三欲界修所斷善及染汚無覆無記識四色界修所斷善及無覆無記識五法智品無漏識色界見苦所斷法八識所緣一欲界見苦所斷他界緣徧

行隨眠相應識二欲界見集所斷他界緣徧行隨眠相應識三欲界修所斷善識四色界見苦所斷一切隨眠相應識五色界見集所斷徧行隨眠相應識六色界修所斷善及無覆無記識七無色界修所斷善識八類智品無漏識色界見集所斷法八識所緣亦爾有差別者謂色界見集所斷一切隨眠相應識見苦所斷徧行隨眠相應識色界見滅所斷法九識所緣一欲界見苦所斷他界緣徧行隨眠相應識二欲界見集所斷他界緣徧行隨眠相應識三欲界修所斷善識四色界見苦所斷徧行隨眠相應識五色界見集所斷徧行隨眠相應識六色界見滅所斷有漏緣隨眠相應識七色界修所斷善及無覆無記識八無色界修所斷善識九類智品無漏識

色界見道所斷法九識所緣亦爾有差別者謂色界見道所斷有漏緣隨眠相應識色界修所斷法八識所緣一欲界見苦所斷他界緣徧行隨眠相應識二欲界見集所斷他界緣徧行隨眠相應識三欲界修所斷善識四色界見苦所斷徧行隨眠相應識五色界見集所斷徧行隨眠相應識六色界修所斷善及染汚無覆無記識七無色界修所斷善識八類智品無漏識無色界見苦所斷法十識所緣一欲界見苦所斷他界緣徧行隨眠相應識二欲界見集所斷他界緣徧行隨眠相應識三欲界修所斷善識四色界見苦所斷他界緣徧行隨眠相應識五色界見集所斷他界緣徧行隨眠相應識六色界修所斷善識七無色界見苦所斷一切隨眠相應識八無色界見集所斷徧行隨眠相應識九無色界修所斷善及無覆無記識十類智品無漏識無色界見集所斷法十識所緣亦爾有差別者謂無色界見集所斷一切隨眠相應識見苦所斷徧行隨眠相應識無色界見滅所斷法十一識所緣一欲界見苦所斷他界緣徧行隨眠相應識二欲界見集所斷他界緣徧行隨眠相應識三欲界修所斷善識四色界見苦所斷他界緣徧行隨眠相應識五色界見集所斷他界緣徧行隨眠相應識六色界修所斷善識七無色界見苦所斷徧行隨眠相應識八無色界見集所斷徧行隨眠相應識九無色界見滅所斷有漏緣隨眠相應識十無色界修所斷善及無覆無記識十一類智品無漏識無色界見道所斷法十一識

所緣亦爾有差別者謂無色界見道所斷有漏緣隨眠相應識無色界修所斷法十識所緣一欲界見苦所斷他界緣徧行隨眠相應識二欲界見集所斷他界緣徧行隨眠相應識三欲界修所斷善識四色界見苦所斷他界緣徧行隨眠相應識五色界見集所斷他界緣徧行隨眠相應識六色界修所斷善識七無色界見苦所斷徧行隨眠相應識八無色界見集所斷徧行隨眠相應識九無色界修所斷善及染汚無覆無記識十類智品無漏識無漏法十識所緣一欲界見滅所斷無漏緣隨眠相應識二欲界見道所斷無漏緣隨眠相應識三欲界修所斷善識四色界見滅所斷無漏緣隨眠相應識五色界見道所斷無漏緣隨眠相應識六色界修所斷善識七無色界見滅所斷無漏緣隨眠相應識八無色界見道所斷無漏緣隨眠相應識九無色界修所斷善識十法類智品無漏識問此十六識一一有幾隨眠隨增答欲界見苦所斷識欲界見苦所斷一切及見集所斷徧行隨眠隨增欲界見集所斷識欲界見集所斷一切及見苦所斷徧行隨眠隨增欲界見滅所斷識欲界見滅所斷一切及徧行隨眠隨增欲界見道所斷識欲界見道所斷一切及徧行隨眠隨增欲界修所斷識欲界修所斷一切及徧行隨眠隨增色無色界各五部識亦爾有差別者謂各應說自界無漏識非隨眠隨增義如前說復次此中所緣法有三十二種謂前十六法各有二種前四部二種者一相應二不相應修所斷二種者一染汚二

不染污無漏法二種者一有爲二無爲有爲無漏謂法類智品無爲無漏謂三無爲能緣識亦有三十二種謂前十六識各有二種見苦集所斷二者一徧行隨眠相應識二不徧行隨眠相應識見滅所斷二者一有爲緣隨眠相應識二無爲緣隨眠相應識見道所斷二者一有漏緣隨眠相應識二無漏緣隨眠相應識修所斷二者一染污識二不染污識無漏有二者一法智品無漏識二類智品無漏識此中一一法有爾所識所緣一一識有爾所隨眠隨增各隨所應准前應說復次此中所緣法有百二十謂三界五部染污法有九十八即九十八隨眠品此中若彼自性若彼相應若彼等起皆名彼品三界修所斷不染污法有十七謂欲界七色界六無色界四欲界七者謂善有二一生得善法二加行善法無記有五一異熟生法二威儀路法三工巧處法四通果無記法五自性無記法色界六者謂善有二如欲界說無記有四除工巧處餘如欲界說無色界四者謂善有二如欲界說無記有二一異熟生二自性無記無漏法有五謂法智品類智品及三無爲能緣識有百一十四謂三界五部染污識有九十八即九十八隨眠相應識三界修所斷不染污識有十四謂欲界有六一生得善識二加行善識三異熟生識四威儀路識五工巧處識六通果無記識色界有五除工巧處識餘如欲界說無色界有三一生得善識二加行善識三異熟生識無漏識有二一法智品無漏識二類智品無漏識此中一一法有爾所識

所緣一一識有爾所隨眠隨增各隨所應准前應說問生得善識能緣何法答欲色界者能緣三界及無漏一切法無色界者能緣自上地有漏無漏一切法及虛空問加行善識能緣何法答欲色界者能緣三界及無漏一切法無色界者能緣自上地有漏無漏一切法及虛空并次下地有漏法問異熟生無記識能緣何法答欲界不善果者惟緣欲界修所斷法善果者惟緣欲界五部法色界者緣自下地一切有漏法有說惟緣何地五部法無色界者惟緣自地五部法問威儀路識能緣何法答欲界者惟緣欲界五部法色界者惟緣欲色界五部法問工巧處識能緣何法答惟緣欲界五部法問通果無記識能緣何法答欲界者惟緣欲界修所斷法色界者惟緣欲色界修所斷法問虛空非擇滅何識所緣答三界修所斷善識所緣眼根緣識欲色界三部無色界徧行及修所斷緣緣識三界四部者眼根通欲色界五地惟修所斷十六識內八識所緣一欲界見苦所斷徧行隨眠相應識此識欲界見苦所斷一切及見集所斷徧行隨眠隨增二欲界見集所斷徧行隨眠相應識此識欲界見集所斷一切及見苦所斷徧行隨眠隨增三欲界修所斷善及染污無覆無記識此識欲界修所斷一切及徧行隨眠隨增四色界見苦所斷徧行隨眠相應識此識色界見苦所斷一切及見集所斷徧行隨眠隨增五色界見集所斷徧行隨眠相應識此識色界見集所斷一切及見苦所斷徧行隨眠隨增六色界修

所斷善及染汚無覆無記識此識色界修所斷一切及徧行隨眠隨增七無色界修所斷善識即空無邊處近分善心此識無色界修所斷一切及徧行隨眠隨增八無漏識謂苦集法類智品此識非隨眠隨增故說眼根緣識欲色界三部無色界徧行及修所斷隨眠隨增眼根緣識十六識內十三識所緣一欲界見苦所斷一切隨眠相應識是眼根緣緣識緣緣眼根欲界見苦所斷徧行隨眠相應識等故此識欲界見苦所斷一切及見集所斷徧行隨眠隨增二欲界見集所斷一切隨眠相應識是眼根緣緣識緣緣眼根欲界見集所斷徧行隨眠相應識等故此識欲界見集所斷一切及見苦所斷徧行隨眠隨增三欲界見道所斷無漏緣隨眠相應識是眼根緣緣識緣緣眼根苦集法智品相應識故此識欲界見道所斷一切及徧行隨眠隨增四欲界修所斷善及染汚無覆無記識是眼根緣緣識緣緣眼根欲界修所斷識等故此識欲界修所斷一切及徧行隨眠隨增五色界見苦所斷一切隨眠相應識是眼根緣緣識緣緣眼根色界見苦所斷徧行隨眠相應識等故此識色界見苦所斷一切及見集所斷徧行隨眠隨增六色界見集所斷一切隨眠相應識是眼根緣緣識緣緣眼根色界見集所斷徧行隨眠相應識等故此識色界見集所斷一切及見苦所斷徧行隨眠隨增七色界見道所斷無漏緣隨眠相應識是眼根緣緣識緣緣眼根苦集類智品相應識故此識色界見道所斷一切及徧行隨眠隨增八色

界修所斷善及染污無覆無記識是眼根緣緣識緣緣眼根色界修所斷識等故此識色界修所斷一切及徧行隨眠隨增九無色界見苦所斷徧行隨眠相應識是眼根緣緣識緣緣眼根無色界修所斷善識故此識無色界見苦所斷一切及見集所斷徧行隨眠隨增十無色界見集所斷徧行隨眠相應識是眼根緣緣識緣緣眼根無色界修所斷善識故此識無色界見集所斷一切及見苦所斷徧行隨眠隨增十一無色界見道所斷無漏緣隨眠相應識是眼根緣緣識緣緣眼根苦集類智品相應識故此識無色界見道所斷一切及徧行隨眠隨增十二無色界修所斷善及染污無覆無記識是眼根緣緣識緣緣眼根無色界修所斷善識等故此識無色界

修所斷一切及徧行隨眠隨增十三苦集道智品無漏識是眼根緣緣識緣緣眼根有漏無漏識故此識非隨眠隨增故說眼根緣緣識三界四部隨眠隨增耳鼻舌身根亦爾者謂耳等根亦通欲色界五地惟修所斷如眼根故女根緣識欲界三部色界徧行及修所斷緣緣識欲界四部色界三部無色界徧行及修所斷者女根惟欲界修所斷十六識內五識所緣一欲界見苦所斷徧行隨眠相應識此識欲界見苦所斷一切及見集所斷徧行隨眠隨增二欲界見集所斷徧行隨眠相應識此識欲界見集所斷一切及見苦所斷徧行隨眠隨增三欲界修所斷善及染污無覆無記識此識欲界修所斷一切及徧行隨眠隨增四色界修所斷善及無覆無記識此

識色界修所斷一切及徧行隨眠隨增五無漏識謂苦集法智品此識非隨眠隨增故說女根緣識欲界三部色界徧行及修所斷隨眠隨增女根緣識十六識内九識所緣一欲界見苦所斷一切隨眠相應識是女根緣緣識緣緣女根欲界見苦所斷徧行隨眠相應識等故此識欲界見苦所斷一切及見集所斷徧行隨眠隨增二欲界見集所斷一切隨眠相應識是女根緣緣識緣緣女根欲界見集所斷徧行隨眠相應識等故此識欲界見集所斷一切及見苦所斷徧行隨眠隨增三欲界見道所斷無漏緣隨眠相應識是女根緣緣識緣緣女根苦集法智品相應識故此識欲界見道所斷一切及徧行隨眠隨增四欲界修所斷善及染污無覆無記識是女根緣緣識緣緣女根欲界修所斷識等故此識欲界修所斷一切及徧行隨眠隨增五色界見苦所斷徧行隨眠相應識是女根緣緣識緣緣女根色界修所斷善及無覆無記識故此識色界見苦所斷一切及見集所斷徧行隨眠隨增六色界見集所斷徧行隨眠相應識是女根緣緣識緣緣女根色界修所斷善及無覆無記識故此識色界見集所斷一切及見苦所斷徧行隨眠隨增七色界修所斷善及染污無覆無記識是女根緣緣識緣緣女根色界修所斷善及無覆無記識等故此識色界修所斷一切及徧行隨眠隨增八無色界修所斷善識是女根緣緣識緣緣女根無色界修所斷善及無覆無記識故此識無色界修所斷一切及徧行隨眠隨增九苦集

道智品無漏識是女根緣緣識緣緣女根有漏無漏識故此識非隨眠隨增故說女根緣緣識欲界四部色界三部無色界徧行及修所斷隨眠隨增男苦根亦爾者謂男苦根亦惟欲界修所斷如女根故

命根緣緣識三界三部緣緣識三界四部者命根通三界九地惟修所斷十六識內十識所緣一欲界見苦所斷徧行隨眠相應識此識欲界見苦所斷一切及見集所斷徧行隨眠隨增二欲界見集所斷徧行隨眠相應識此識欲界見集所斷一切及見苦所斷徧行隨眠隨增三欲界修所斷善及染汚無覆無記識此識欲界修所斷一切及徧行隨眠隨增如欲界三部識色無色界各三部識亦爾合爲九識十無漏識謂苦集法類智品此識非隨眠隨增故說命根緣識三界三部隨眠隨增命根緣識十六識內十三識所緣一欲界見苦所斷一切隨眠相應識是命根緣緣識緣緣命根欲界見苦所斷徧行隨眠相應識等故此識欲界見苦所斷一切及見集所斷徧行隨眠隨增二欲界見集所斷一切隨眠相應識是命根緣緣識緣緣命根見集所斷徧行隨眠相應識等故此識欲界見集所斷一切及見苦所斷徧行隨眠隨增三欲界見道所斷無漏緣隨眠相應識是命根緣緣識緣緣命根苦集法智品相應識故此識欲界見道所斷一切及徧行隨眠隨增四欲界修所斷善及染汚無覆無記識是命根緣緣識緣緣命根欲界修所斷識等故此識欲界修所斷一切及徧行隨眠隨增如欲界四部

識色無色界各四部識亦爾有差別者謂見道所斷無漏緣隨眠相應識緣緣命根苦集類智品相應識後准應知合爲十二識十三苦集道智品無漏識是命根緣緣識緣緣命根有漏無漏識故此識非隨眠隨增故說命根緣緣識三界四部隨眠隨增

阿毗達磨大毗婆沙論卷第八十七 說一切有部發智

阿毗達磨大毗婆沙論卷第八十八

五百大阿羅漢等造

唐三藏法師玄奘奉詔譯

結蘊第二中十門納息第四之十八

意根緣識緣緣識有爲緣者意根通三界九地五部有漏及無漏法類智品故十六識所緣一欲界見苦所斷一切隨眠相應識此識欲界見苦所斷一切及見集所斷徧行隨眠隨增二欲界見集所斷一切隨眠相應識此識欲界見集所斷一切及見苦所斷徧行隨眠隨增三欲界見滅所斷有爲緣隨眠相應識此識欲界見滅所斷有爲緣及徧行隨眠隨增四欲界見道所斷一切隨眠相應識此識欲界見道所斷一切及徧行隨眠隨增五欲界修所斷善及染汚無覆無記識此識欲界修所斷一切及徧行隨眠隨增如欲界五部有爲緣識色無色界各五部有爲緣識亦爾合爲十五識十六無漏識謂苦集道法類智品此識非隨眠隨增故說意根緣識有爲緣隨眠隨增意根緣識亦十六識所緣此意根緣緣識隨眠隨增亦如意根緣識說故說意根緣緣識有爲緣隨眠隨增捨根亦爾者捨根亦通三界九地五部有漏及無漏法類智品如意根故樂根緣識欲界四部色界有爲緣無色界二部及徧行緣緣識欲無色界四部色界有爲緣者樂根通欲界初及第三靜慮欲界者五識身相應初靜慮者三識身相應此二惟有漏修所斷第三靜慮者意識相應通有漏無漏有漏者通五部無漏者通法類智品故此樂根十六識內十二識所緣

一欲界見苦所斷徧行隨眠相應識此識欲界見苦所斷一切及見集所斷徧行隨眠隨增二欲界見集所斷徧行隨眠相應識此識欲界見集所斷一切及見苦所斷徧行隨眠隨增三欲界見道所斷無漏緣隨眠相應識此識欲界見道所斷一切及徧行隨眠隨增四欲界修所斷善及染汚無覆無記識此識欲界修所斷一切及徧行隨眠隨增五色界見苦所斷一切隨眠相應識此識色界見苦所斷一切及見集所斷徧行隨眠隨增六色界見集所斷一切隨眠相應識此識色界見集所斷一切及見苦所斷徧行隨眠隨增七色界見滅所斷有爲緣隨眠相應識此識色界見滅所斷有爲緣及徧行隨眠隨增八色界見道所斷一切隨眠相應識此識色界見道所斷一切及徧行隨眠隨增九色界修所斷善及染汚無覆無記識此識色界修所斷一切及徧行隨眠隨增十無色界見道所斷無漏緣隨眠相應識此識無色界見道所斷一切及徧行隨眠隨增十一無色界修所斷善識此識無色界修所斷一切及徧行隨眠隨增十二無漏識謂苦集道法類智品此識非隨眠隨增故說樂根緣識欲界四部色界有爲緣無色界二部及徧行隨眠隨增樂根緣識十六識內十四識所緣一欲界見苦所斷一切隨眠相應識是樂根緣緣識緣緣樂根欲界見苦所斷徧行隨眠相應識等故此識欲界見苦所斷一切及見集所斷徧行隨眠隨增二欲界見集所斷一切隨眠相應識是樂根緣緣識緣緣樂根見集所斷徧行隨

眼相應識等故此識欲界見集所斷一切及見苦所斷徧行隨眼隨增三欲界見道所斷一切隨眼相應識是樂根緣緣識緣緣樂根欲界見道所斷無漏緣隨眼相應識及苦集道法智品相應識故此識欲界見道所斷一切及徧行隨眼隨增四欲界修所斷善及染污無覆無記識是樂根緣緣識緣緣樂根欲界修所斷識等故此識欲界修所斷一切及徧行隨眼隨增五無色界見苦所斷徧行隨眼相應識是樂根緣緣識緣緣樂根無色界見道所斷無漏緣隨眼相應識等故此識無色界見苦所斷一切及見集所斷徧行隨眼隨增六無色界見集所斷徧行隨眼相應識是樂根緣緣識緣緣樂根無色界見道所斷無漏緣隨眼相應識等故此識無色界見集所斷一切及見苦所斷徧行隨眼隨增七無色界見道所斷一切隨眼相應識是樂根緣緣識緣緣樂根無色界見道所斷無漏緣相應識及道類智品無漏識故此識無色界見道所斷一切及徧行隨眼隨增八無色界修所斷善及染污無覆無記識是樂根緣緣識緣緣樂根無色界修所斷善識等故此識無色界修所斷一切及徧行隨眼隨增及色界五部有爲緣識是樂根緣緣識緣緣樂根隨其所應有漏無漏識故此識隨其所應色界有爲緣隨眼隨增此五并前八合爲十三識十四苦集道智品無漏識是樂根緣緣識緣緣樂根有漏無漏識故此識非隨眼隨增故說樂根緣緣識欲無色界四部色界有爲緣隨眼隨增喜根緣識欲色界有爲緣無色界

二部及徧行緣緣識欲色界有爲緣無色界四部者喜根通欲界及初二靜慮惟意識相應欲界者惟有漏通五部初二靜慮者通有漏無漏有漏者通五部無漏者通法類智品故此喜根十六識内十三識所緣一欲界見苦所斷一切隨眠相應識此識欲界見苦所斷一切及見集所斷徧行隨眠隨增二欲界見集所斷一切隨眠相應識此識欲界見集所斷一切及見苦所斷徧行隨眠隨增三欲界見滅所斷有爲緣隨眠相應識此識欲界見滅所斷有爲緣及徧行隨眠隨增四欲界見道所斷一切隨眠相應識此識欲界見道所斷一切及徧行隨眠隨增五欲界修所斷善及染汚無覆無記識此識欲界修所斷一切及徧行隨眠隨增如欲界五部有爲緣識色界五部有爲緣識亦爾合爲十識十一無色界見道所斷無漏緣隨眠相應識此識無色界見道所斷一切及徧行隨眠隨增十二無色界修所斷善識此識無色界修所斷一切及徧行隨眠隨增十三無漏識謂苦集道法類智品此識非隨眠隨增故說喜根緣識欲色界有爲緣無色界二部及徧行隨眠隨增喜根緣識十六識内十五識所緣一欲界見苦所斷一切隨眠相應識是喜根緣緣識緣緣喜根自部他部隨其所應有漏識故此識欲界見苦所斷一切及見集所斷徧行隨眠隨增二見集所斷一切隨眠相應識是喜根緣緣識緣緣喜根自部他部隨其所應有漏識故此識欲界見集所斷一切及見苦所斷徧行隨眠隨增三欲界見滅所斷有爲緣

隨眠相應識是喜根緣緣識緣緣喜根自部有爲緣隨眠相應識故此識欲界見滅所斷有爲緣及徧行隨眠隨增四欲界見道所斷一切隨眠相應識是喜根緣緣識緣緣喜根自部一切隨眠相應識及苦集道法智品相應識故此識欲界見道所斷一切及徧行隨眠隨增五欲界修所斷善及染汚無覆無記識是喜根緣緣識緣緣喜根欲界修所斷識等故此識欲界修所斷一切及徧行隨眠隨增如欲界五部有爲緣識色界五部有爲緣識亦爾合爲十識十一無色界見苦所斷徧行隨眠相應識是喜根緣緣識緣緣喜根無色界見道所斷無漏緣隨眠相應識等故此識無色界見苦所斷一切及見集所斷徧行隨眠隨增十二無色界見集所斷徧行隨眠相應識是喜根緣緣識緣緣喜根無色界見道所斷無漏緣隨眠相應識等故此識無色界見集所斷一切及見苦所斷徧行隨眠隨增十三無色界見道所斷一切隨眠相應識是喜根緣緣識緣緣喜根無色界見道所斷無漏緣隨眠相應識及苦集道類智品相應識故此識無色界見道所斷一切及徧行隨眠隨增十四無色界修所斷善及染汚無覆無記識是喜根緣緣識緣緣喜根無色界修所斷善識等故此識無色界修所斷一切及徧行隨眠隨增十五苦集道智品無漏識是喜根緣緣識緣緣喜根有漏無漏識故此識非隨眠隨增故說喜根緣緣識欲色界有爲緣無色界四部隨眠隨增憂根緣識欲界有漏緣色界徧行及修所斷緣緣識欲界有爲

緣色界三部無色界徧行及修所斷者憂根惟欲界有漏意識相應通五部十六識内七識所緣一欲界見苦所斷一切隨眠相應識此識欲界見苦所斷一切及見集所斷徧行隨眠隨增二欲界見集所斷一切隨眠相應識此識欲界見集所斷一切及見苦所斷徧行隨眠隨增三欲界見滅所斷有爲緣隨眠相應識此識欲界見滅所斷有爲緣及徧行隨眠隨增四欲界見道所斷有漏緣隨眠相應識此識欲界見道所斷有漏緣及徧行隨眠隨增五欲界修所斷善及染污無覆無記識此識欲界修所斷一切及徧行隨眠隨增六色界修所斷善及無覆無記識此識色界修所斷一切及徧行隨眠隨增七無漏識謂苦集法智品此識非隨眠隨增故說憂根緣識欲界有漏緣色界徧行及修所斷隨眠隨增憂根緣識十六識内十識所緣一欲界見苦所斷一切隨眠相應識是憂根緣緣識緣緣憂根自部他部隨其所應有漏識故此識欲界見苦所斷一切及見集所斷徧行隨眠隨增二欲界見集所斷一切隨眠相應識是憂根緣緣識緣緣憂根自部他部隨其所應有漏識故此識欲界見集所斷一切及見苦所斷徧行隨眠隨增三欲界見滅所斷有爲緣隨眠相應識是憂根緣緣識緣緣憂根自部有爲緣隨眠相應識故此識欲界見滅所斷有爲緣及徧行隨眠隨增四欲界見道所斷有漏緣隨眠相應識是憂根緣緣識緣緣憂根自部有漏緣隨眠相應識故此識欲界見道所斷有漏緣及徧行隨眠隨增五欲界

修所斷善及染污無覆無記識是憂根緣緣識緣緣憂根欲界修所斷識等故此識欲界修所斷一切及徧行隨眠隨增六色界見苦所斷徧行隨眠相應識是憂根緣緣識緣緣憂根色界修所斷善及無覆無記識故此識色界見苦所斷一切及徧行隨眠隨增七色界見集所斷徧行隨眠相應識是憂根緣緣識緣緣憂根色界修所斷善及無覆無記識故此識色界見集所斷一切及見苦所斷徧行隨眠隨增八色界修所斷善及染污無覆無記識是憂根緣緣識緣緣憂根色界修所斷善及無覆無記識等故此識色界修所斷一切及徧行隨眠隨增九無色界修所斷善識是憂根緣緣識緣緣憂根無色界修所斷善及無覆無記識故此識無色界修所斷一切及徧行隨眠隨增十苦集道智品無漏識是憂根緣緣識緣緣憂根有漏無漏識故此識非隨眠隨增故說憂根緣緣識欲界有爲緣色界三部無色界徧行及修所斷隨眠隨增信等五根緣識緣緣識三界四部者信等五根通有漏無漏有漏者通三界九地惟修所斷無漏者通九地法類智品故此信等五根十六識內十三識所緣一欲界見苦所斷徧行隨眠相應識此識欲界見苦所斷一切及見集所斷徧行隨眠隨增二欲界見集所斷徧行隨眠相應識此識欲界見集所斷一切及見苦所斷徧行隨眠隨增三欲界見道所斷無漏緣隨眠相應識此識欲界見道所斷一切及徧行隨眠隨增四欲界修所斷善及染污無覆無記識此識欲界修所斷一切

及徧行隨眠隨增如欲界四部識色無界各四部識亦爾合爲十二識十三無漏識謂苦集道法類智品此識非隨眠隨增故說信等五根緣識三界四部隨眠隨增信等五根緣識十六識內亦十三識所緣一欲界見苦所斷一切隨眠相應識是信等五根緣緣識緣緣信等五根自部他部隨其所應有漏識故此識欲界見苦所斷一切及見集所斷徧行隨眠隨增二欲界見集所斷一切隨眠相應識是信等五根緣緣識緣緣信等五根自部他部隨其所應有漏識故此識欲界見集所斷一切及見苦所斷徧行隨眠隨增三欲界見道所斷一切隨眠相應識是信等五根緣緣識緣緣信等五根自部無漏緣隨眠相應識及苦集道法智品相應識故此識欲界見道所斷一切及徧行隨眠隨增四欲界修所斷善及染污無覆無記識是信等五根緣緣識緣緣信等五根欲界修所斷識等故此識欲界修所斷一切及徧行隨眠隨增如欲界四部識色無色界各四部識亦爾合爲十二識十三苦集道智品無漏識是信等五根緣緣識緣緣信等五根有漏無漏識故此識非隨眠隨增故說信等五根緣緣識三界四部隨眠隨增三無漏根緣識三界二部及徧行緣緣識三界四部者三無漏根通苦集滅道法類智品十六識內七識所緣一欲界見道所斷無漏緣隨眠相應識此識欲界見道所斷一切及徧行隨眠隨增二欲界修所斷善識此識欲界修所斷一切及徧行隨眠隨增如欲界二部識色無色界各二部識亦爾

合爲六識七無漏識謂道法類智品此識非隨眠隨增故說三無漏根緣識三界二部及徧行隨眠隨增三無漏根緣識十六識內十三識所緣一欲界見苦所斷徧行隨眠相應識是三無漏根緣緣識緣緣三無漏根欲界見道所斷無漏緣隨眠相應識等故此識欲界見苦所斷一切及見集所斷徧行隨眠隨增二欲界見集所斷徧行隨眠相應識是三無漏根緣緣識緣緣三無漏根欲界見道所斷無漏緣隨眠相應識等故此識欲界見集所斷一切及見苦所斷徧行隨眠隨增三欲界見道所斷一切隨眠相應識是三無漏根緣緣識緣緣三無漏根欲界見道所斷無漏緣隨眠相應識及道法智品相應識故此識欲界見道所斷一切及徧行隨眠隨增四欲界修所斷善及染污無覆無記識是三無漏根緣緣識緣緣三無漏根欲界修所斷善識等故此識欲界修所斷一切及徧行隨眠隨增如欲界四部識色無色界各四部識亦爾合爲十二識十三苦集道智品無漏識是三無漏根緣緣識緣緣三無漏根有漏無漏識故此識非隨眠隨增故說三無漏根緣緣識三界四部隨眠隨增眼耳鼻舌身色聲觸界緣識欲色界三部無色界徧行及修所斷緣緣識三界四部眼耳鼻舌身色聲觸處色取蘊前五界有見有對法亦爾者如是諸法皆通欲色界五地惟修所斷故如眼根等應知其相香味鼻舌識界緣識欲界三部色界徧行及修所斷緣緣識欲界四部色界三部無色界徧行及修所斷香味處亦爾者如是諸

法皆惟欲界修所斷故如女根等應知其相眼耳身識界緣識欲色界三部緣緣識欲色界四部無色界二部及徧行者如是諸法通欲界及初靜慮惟修所斷十六識內七識所緣一欲界見苦所斷徧行隨眠相應識二欲界見集所斷徧行隨眠相應識三欲界修所斷善及染汚無覆無記識如欲界三部識色界三部識亦爾合爲六識七無漏識謂苦集法類智品故眼耳身識界緣識欲色界三部隨眠隨增如是緣識十六識內十一識所緣一欲界見苦所斷一切隨眠相應識二欲界見集所斷一切隨眠相應識三欲界見道所斷無漏緣隨眠相應識四欲界修所斷善及染汚無覆無記識如欲界四部識色界四部識亦爾合爲八識九無色界見道所斷無漏緣隨眠相應識十無色界修所斷善識十一苦集道法類智品無漏識故眼耳身識界緣緣識欲色界四部無色界二部及徧行隨眠隨增意界意識界緣識緣緣識有爲緣意處後四蘊有爲法過去未來現在法亦爾者如是諸法皆通三界九地五部有漏及無漏法類智品如意根等應知其相法界緣識三界一切緣緣識有爲緣法處無色無見無對善法亦爾者此諸法中除善餘法皆通三界九地五部有漏及無漏法類智品并三無爲故十六識所緣此諸緣識亦十六識所緣惟除無爲緣識善法通有漏無漏有漏者通三界九地惟修所斷無漏者通法類智品并擇滅故此善法亦十六識所緣然見苦集所斷中惟取徧行隨眠相應識見滅道所斷中惟取

無漏緣隨眠相應識此善法緣識亦十六識所緣惟除無爲緣識故此諸法緣識三界一切隨眠隨增緣緣識有爲緣隨眠隨增色蘊緣識欲色界四部無色界二部及徧行緣緣識三界四部有色法亦爾者色蘊及有色法俱通有漏無漏有漏者通欲色界五地惟修所斷無漏者通六地法類智品故十六識內十一識所緣一欲界見苦所斷徧行隨眠相應識二欲界見集所斷徧行隨眠相應識三欲界見道所斷無漏緣隨眠相應識四欲界修所斷善及染汙無覆無記識如欲界四部識色界四部識亦爾合爲八識九無色界見道所斷無漏緣隨眠相應識十無色界修所斷善識十一無漏識謂苦集道法類智品故色蘊等緣識欲色界四部無色界二部及徧行隨眠隨增此色蘊等緣識十六識內十三識所緣謂三界各四部識除見滅所斷識然無色界見苦集所斷中惟取徧行隨眠相應識合爲十二識十三苦集道智品無漏識故色蘊等緣緣識三界四部隨眠隨增後四取蘊緣識有漏緣緣緣識有爲緣識界有漏法見所斷法亦爾者此諸法中除見所斷餘法皆通三界九地五部惟有漏見所斷法通三界九地前四部惟有漏故皆十六識所緣然除見滅道所斷無漏緣識此諸緣識亦十六識所緣然除見滅所斷無爲緣識故此諸法緣識有漏緣隨眠隨增緣緣識有爲緣隨眠隨增無漏法緣識三界三部及徧行緣緣識有爲緣無斷法亦爾者無漏及無斷法謂滅道諦及虛空非擇滅故十六識內十識所緣

一欲界見滅所斷無爲緣隨眠相應識二欲界見道所斷無漏緣隨眠相應識三欲界修所斷善識如欲界三部識色無色界各三部識亦爾合爲九識十無漏識謂滅道法類智品故此二法緣識三界三部及徧行隨眠隨增此二法緣識十六識所緣於中惟除無爲緣識故此二法緣緣識有爲緣隨眠隨增無爲法緣識三界二部及徧行緣緣識有爲緣者三無爲法十六識内七識所緣一欲界見滅所斷無爲緣隨眠相應識二欲界修所斷善識如欲界二部識色無色界各二部識亦爾合爲六識七無漏識謂滅法類智品故無爲法緣識三界二部及徧行隨眠隨增無爲法緣識十六識所緣於中惟除無爲緣識故無爲法緣緣識有爲緣隨眠隨增不善法緣識欲界有漏緣色界徧行及修所斷緣緣識欲界有爲緣色界三部無色界徧行及修所斷欲界繫法亦爾者不善等法惟欲界通五部故如前憂根應知其相無記法緣識欲界三部色無色界有漏緣緣緣識欲界四部色無色界有爲緣者無記法通三界欲界者修所斷及見苦所斷中有身邊執見品色無色界者通五部并二無爲故無記法十六識内十四識所緣一欲界見苦所斷一切隨眠相應識二欲界見集所斷徧行隨眠相應識三欲界修所斷善及染污無覆無記識及色無色界各五部識於中惟除無漏緣識合爲十三識十四無漏識謂苦集法類智品故無記法緣識欲界三部色無色界有漏緣隨眠隨增無記法緣識十六識内十五識所緣除欲

界見滅所斷識色無色界各五部識中除無爲緣識故無記法緣緣識欲界四部色無色界有爲緣隨眠隨增色界繫法緣識欲界三部色界有漏緣無色界徧行及修所斷緣緣識欲界三部色界有爲緣無色界四部者色界繫法通五部故十六識內十識所緣一欲界見苦所斷他界緣徧行隨眠相應識二欲界見集所斷他界緣徧行隨眠相應識三欲界修所斷善識及色界五部有漏緣識合爲八識九無色界修所斷善識十無漏識謂苦集類智品故色界繫法緣識欲界三部色界有漏緣無色界徧行及修所斷隨眠隨增色界繫法緣識十六識內十三識所緣一欲界見苦所斷一切隨眠相應識二欲界見集所斷一切隨眠相應識三欲界修所斷善及染污無覆無記識及色界五部有爲緣識合爲八識九無色界見苦所斷徧行隨眠相應識十無色界見集所斷徧行隨眠相應識十一無色界見道所斷無漏緣隨眠相應識十二無色界修所斷善及染污無覆無記識十三苦集道智品無漏識故色界繫法緣緣識欲界三部色界有爲緣無色界四部隨眠隨增無色界繫法緣識欲色界三部無色界有漏緣緣緣識欲界三部色界四部無色界有爲緣者無色界繫法通五部故十六識內十二識所緣一欲界見苦所斷他界緣徧行隨眠相應識二欲界見集所斷他界緣徧行隨眠相應識三欲界修所斷善識如欲界三部識色界三部識亦爾合爲六識及無色界五部有漏緣識合爲十一識十二無漏識謂苦集

類智品故無色界繫法緣緣識欲色界三部無色界有漏緣隨眠隨增無色界繫法緣識十六識内十三識所緣謂欲界見苦集修所斷三部識色界四部識除見滅所斷識於見道所斷識中惟取無漏緣隨眠相應識無色界五部有爲緣識合爲十二識十三苦集道智品無漏識故無色界繫法緣緣識欲界三部色界四部無色界有爲緣隨眠隨增學無學法緣識三界二部及徧行緣緣識三界四部者學無學法惟無漏通四諦法類智品故如三無漏根應知其相非學非無學法緣識三界四部及見道所斷有漏緣緣識有爲緣者此法通三界五部惟有漏故十六識所緣惟除見道所斷無漏緣識故非學非無學法緣識三界四部及見道所斷有漏緣隨眠隨增此法緣識亦十六識所緣然除無爲緣識故此法緣緣識有爲緣隨眠隨增修所斷法緣識三界三部緣緣識三界四部者修所斷法通三界九地故如命根應知其相

阿毗達磨大毗婆沙論卷第八十八　說一切有部發智

阿毗達磨大毗婆沙論卷第八十九

五百大阿羅漢等造

唐三藏法師玄奘奉詔譯

結蘊第二中十門納息第四之十九

苦集諦緣識有漏緣緣識有爲緣世俗智亦爾者苦集諦等皆通三界九地五部惟有漏故如後四取蘊等應知其相滅諦緣識三界二部及徧行緣緣識有爲緣者如無爲法應知其相道諦緣識三界二部及徧行緣緣識三界四部苦集滅道智及三三摩地亦爾者如三無漏根應知其相四靜慮緣識欲界四部色界有爲緣無色界二部及徧行緣緣識欲無色界四部色界有爲緣者四靜慮通有漏無漏有漏者惟色界通五部無漏者通四諦法類智品故四靜慮十六識內十二識所緣一欲界見苦所斷他界緣徧行隨眠相應識二欲界見集所斷他界緣徧行隨眠相應識三欲界見道所斷無漏緣隨眠相應識四欲界修所斷善識此及色界五部有爲緣識合爲九識十無色界見道所斷無漏緣隨眠相應識十一無色界修所斷善識十二無漏識謂苦集類智品道法類智品故四靜慮緣識欲界四部色界有爲緣無色界二部及徧行隨眠隨增四靜慮緣識十六識內十四識所緣除欲無色界各見滅所斷識及除色界無爲緣識無漏識中取苦集道智品故四靜慮緣緣識欲界色界四部色界有爲緣隨眠隨增慈悲捨無量緣識欲色界三部無色界徧行及修所斷緣緣識欲界三部色無色界四部淨解脫後四勝處前八徧處亦爾者三

無量通色界四地淨解脫等惟第四靜慮皆惟有漏修所斷故十六識内八識所緣一欲界見苦所斷他界緣徧行隨眠相應識二欲界見集所斷他界緣徧行隨眠相應識三欲界修所斷善識四色界見苦所斷徧行隨眠相應識五色界見集所斷徧行隨眠相應識六色界修所斷善及染污無覆無記識七無色界修所斷善識八無漏識謂苦集類智品故三無量等緣識欲色界三部無色界徧行及修所斷隨眠隨增三無量等緣識十六識内十二識所緣謂欲界見苦集修所斷識及色無色界各四部識除見滅所斷識於見道所斷中惟取無漏緣隨眠相應識無色界見苦集所斷中惟取徧行隨眠相應識合爲十一識十二苦集道智品無漏識故三無量等緣緣識欲界三部色無色界四部隨眠隨增喜無量緣識欲色界三部緣緣識欲界三部色界四部無色界二部及徧行初二解脫前四勝處亦爾者喜無量等惟初二靜慮有漏修所斷故十六識内七識所緣一欲界見苦所斷他界緣徧行隨眠相應識二欲界見集所斷他界緣徧行隨眠相應識三欲界修所斷善識四色界見苦所斷徧行隨眠相應識五色界見集所斷徧行隨眠相應識六色界修所斷善及染污無覆無記識七無漏識謂苦集類智品故喜無量等緣識欲色界三部隨眠隨增喜無量等緣識十六識内十識所緣謂欲界見苦集修所斷識及色界四部識除見滅所斷識於見道所斷中惟取無漏緣隨眠相應識合爲七識八無色界見道所斷

無漏緣隨眠相應識九無色界修所斷善識十苦集道智品無漏識故喜無量等緣緣識欲界三部色界四部無色界二部及徧行隨眠隨增前三無色緣識緣緣識欲界三部色界四部無色界有爲緣者前三無色通有漏無漏有漏者惟無色界通五部無漏者通四諦類智品故十六識内十三識所緣一欲界見苦所斷他界緣徧行隨眠相應識二欲界見集所斷他界緣徧行隨眠相應識三欲界修所斷善識如欲界三部識色界三部識亦爾及色界見道所斷無漏緣隨眠相應識并無色界五部有爲緣識合爲十二識十三無漏識謂苦集道類智品前三無色緣識亦十六識内十三識所緣謂欲界見苦集修所斷識及色界四部識除見滅所斷識并無色界五部有爲緣識合爲十二識十三苦集道智品無漏識故前三無色緣識及緣緣識俱欲界三部色界四部無色界有爲緣隨眠隨增非想非非想處緣識欲色界三部無色界有漏緣緣緣識欲界三部色界四部無色界有爲緣者非想非非想處惟有漏通五部故十六識内十二識所緣一欲界見苦所斷他界緣徧行隨眠相應識二欲界見集所斷他界緣徧行隨眠相應識三欲界修所斷善識如欲界三部識色界三部識亦爾及無色界五部有漏緣識合爲十一識十二無漏識謂苦集類智品故非想非非想處緣識欲色界三部無色界有漏緣隨眠隨增非想非非想處緣識十六識内十三識所緣謂欲界見苦集修所斷識及色界四部識除見滅所斷識於

見道所斷中惟取無漏緣隨眠相應識并無色界五部有爲緣識合爲十二識十三苦集道智品無漏識故非想非非想處緣緣識欲界三部色界四部無色界有爲緣隨眠隨增空識無邊處無所有處解脫緣識緣緣識欲界三部色無色界四部者此三解脫通有漏無漏有漏者惟無色界修所斷加行善攝無漏者惟類智品故十六識内十二識所緣一欲界見苦所斷他界緣徧行隨眠相應識二欲界見集所斷他界緣徧行隨眠相應識三欲界修所斷善識如欲界三部識色界三部識亦爾及色界見道所斷無漏緣隨眠相應識合爲七識八無色界見苦所斷徧行隨眠相應識九無色界見集所斷徧行隨眠相應識十無色界見道所斷無漏緣隨眠相應識十一無色界修所斷善及染污無覆無記識十二無漏識謂苦集道類智品此三解脫緣識亦十二識所緣謂欲界見苦集修所斷識色無色界各四部識除見滅所斷識合爲十一識十二苦集道智品無漏識故此三解脫緣識緣緣識俱欲界三部色無色界四部隨眠隨增後二解脫及後二徧處緣識三界三部緣緣識欲界三部色無色界四部者此四法惟無色界修所斷加行善攝故十六識内十識所緣一欲界見苦所斷他界緣徧行隨眠相應識二欲界見集所斷他界緣徧行隨眠相應識三欲界修所斷善識如欲界三部識色界三部識亦爾合爲六識七無色界見苦所斷徧行隨眠相應識八無色界見集所斷徧行隨眠相應識九無色界修所斷善及

染汚無覆無記識十無漏識謂苦集類智品故此四法緣識三界三部隨眠隨增此四法緣識十六識內十二識所緣謂三界各見苦集修所斷識及色無色界各見道所斷無漏緣隨眠相應識幷苦集道智品無漏識故此四法緣緣識欲界三部色無色界四部隨眠隨增法智緣識欲界二部及徧行色界徧行及修所斷緣緣識欲界四部色界三部無色界徧行及修所斷者法智在六地故十六識內四識所緣一欲界見道所斷無漏緣隨眠相應識二欲界修所斷善識三色界修所斷善識四無漏識謂道法智品故法智緣識欲界二部及徧行色界徧行及修所斷隨眠隨增法智緣識十六識內九識所緣一欲界見苦所斷徧行隨眠相應識二欲界見集所斷徧行隨眠相應識三欲界見道所斷一切隨眠相應識四欲界修所斷善及染汚無覆無記識五色界見苦所斷徧行隨眠相應識六色界見集所斷徧行隨眠相應識七色界修所斷善及染汚無覆無記識八無色界修所斷善識九苦集道智品無漏識故法智緣緣識欲界四部色界三部無色界徧行及修所斷隨眠隨增類智緣識色無色界二部及徧行欲界徧行及修所斷緣緣識欲界三部色無色界四部者類智在九地故十六識內六識所緣謂色無色界各見道所斷無漏緣隨眠相應識及三界修所斷善識合爲五識六無漏識謂道類智品故類智緣識色無色界二部及徧行欲界徧行及修所斷隨眠隨增此類智緣識十六識內十二識所緣謂三界

各見苦集所斷徧行隨眠相應識及修所斷善及染汚無覆無記識并色無色界各見道所斷一切隨眠相應識合爲十一識十二苦集道智品無漏識故類智緣緣識欲界三部色無色界四部隨眠隨增問何界何地見道所斷邪見緣何品何地聖道耶有作是說彼邪見但緣斷對治聖道若作是說欲界邪見但緣未至定所攝聖道初靜慮邪見但緣三地所攝聖道第二靜慮邪見但緣四地所攝聖道第三靜慮邪見但緣五地所攝聖道第四靜慮及無色界邪見皆但緣六地所攝聖道復有說者彼邪見亦緣猒壞對治聖道若作是說欲色界邪見皆緣六地所攝聖道空無邊處邪見緣七地所攝聖道識無邊處邪見緣八地所攝聖道無所有處及非想非非想處邪見俱緣九地所攝聖道評曰應作是說欲界見道所斷邪見緣六地一切法智品聖道色無色界見道所斷邪見皆緣九地一切類智品聖道以種類同故他心智緣識欲色界四部無色界二部及徧行緣緣識三界四部者他心智通有漏無漏有漏者通色界四地惟修所斷加行善攝無漏者通四靜慮地道法類智品故他心智十六識內十一識所緣一欲界見苦所斷他界緣徧行隨眠相應識二欲界見集所斷他界緣徧行隨眠相應識三欲界見道所斷無漏緣隨眠相應識四欲界修所斷善識五色界見苦所斷徧行隨眠相應識六色界見集所斷徧行隨眠相應識七色界見道所斷無漏緣隨眠相應識八色界修所斷善及染汚無覆無記識九無

色界見道所斷無漏緣隨眠相應識十無色界修所斷善識十一無漏識謂苦集類智品及道法類智品故他心智緣識欲色界四部無色界二部及徧行隨眠隨增他心智緣識十六識内十三識所緣謂三界各四部識除見滅所斷無色界見苦集所斷識中惟取徧行隨眠相應識合爲十二識十三苦集道智品無漏識故他心智緣緣識三界四部隨眠隨增三重三摩地緣識三界三部緣緣識三界四部者三重三摩地通三界九地惟修所斷加行善攝故十六識内十識所緣一欲界見苦所斷徧行隨眠相應識二欲界見集所斷徧行隨眠相應識三欲界修所斷善及染汚無覆無記識如欲界三部識色無色界各三部識亦爾合爲九識十無漏識謂苦集法類智品故三重三摩地緣識三界三部隨眠隨增三重三摩地緣識十六識内十三識所緣謂三界各四部識除見滅所斷合爲十二識十三苦集道智品無漏識故三重三摩地緣緣識三界四部隨眠隨增

有身見結緣識三界三部者謂此結緣識三界各見苦集修所斷三部隨眠隨增緣緣識三界四部者謂此結緣緣識三界各四部隨眠隨增除見滅所斷有身見順下分結有身見邊執見亦爾者謂五順下分結中有身見五見中有身見邊執見緣識緣緣識隨眠隨增亦如三結中有身見結說戒禁取結緣識三界三部及見道所斷有漏緣者謂此結緣識三界各見苦集修所斷三部及見道所斷有漏緣隨眠隨增緣緣識三界四部者謂此

結緣緣識三界各四部隨眠隨增除見滅所斷戒禁取及戒禁取身繫戒禁取順下分結戒禁取亦爾者謂四取中戒禁取四身繫中戒禁取五順下分結中戒禁取五見中戒禁取緣識緣緣識隨眠隨增亦如三結中戒禁取結說疑結緣識有漏緣者謂此結緣識三界各五部有漏緣隨眠隨增緣緣識有爲緣者謂此結緣緣識三界各五部有爲緣隨眠隨增無明漏瀑流軛見取此實執身繫貪慢結疑順下分結邪見見取意觸所生愛身慢無明見疑隨眠愛慢無明見取疑結亦爾者謂三漏中無明四瀑流軛中無明四取中見取四身繫中此實執五結中貪慢五順下分結中疑五見中邪見見取六愛身中意觸所生愛七隨眠中慢無明見疑九結中愛慢無明見及取疑緣識緣緣識隨眠隨增亦如三結中疑結說三不善根及欲漏緣識欲界有漏緣色界徧行及修所斷者謂此四法緣識欲界五部有漏緣色界徧行及修所斷隨眠隨增緣緣識欲界有爲緣色界三部無色界徧行及修所斷者謂此四法緣緣識欲界五部有爲緣色界見苦集修所斷三部無色界徧行及修所斷隨眠隨增欲瀑流軛取前二身繫除惡作餘蓋瞋結前二順下分結欲貪瞋恚隨眠恚結亦爾者謂四瀑流軛取中欲四身繫中前二五蓋中除惡作餘五結中瞋五順下分結中前二七隨眠中欲貪瞋恚九結中恚緣緣識隨眠隨增亦如三不善根及欲漏說有漏緣識欲界三部色無色界有漏緣者謂有漏緣識欲界見苦集修所斷三部

色無色界各五部有漏緣隨眠隨增緣緣識欲界三部色無色有爲緣者謂有漏緣緣識欲界見苦集修所斷三部色無色界各五部有爲緣隨眠隨增有瀑流軛我語取有貪隨眠亦爾者謂四瀑流軛中有四取中我語七隨眠中有貪緣識緣緣識隨眠隨增亦如三漏中有漏説惡作蓋緣識欲界三部色界徧行及修所斷者謂此蓋緣識欲界見苦集修所斷三部色界徧行及修所斷隨眠隨增緣緣識欲界四部色界三部無色界徧行及修所斷者謂此蓋緣識欲界四部除見滅所斷色界見苦集修所斷三部無色界徧行及修所斷隨眠隨增嫉慳結鼻舌觸所生愛身嫉慳結亦爾者謂五結中嫉慳六愛身中鼻舌觸所生愛九結中嫉慳緣識緣緣識隨眠隨增亦如惡作蓋説色貪順上分結緣識欲色界三部無色界徧行及修所斷者謂此結緣識欲色界見苦集修所斷三部無色界徧行及修所斷隨眠隨增緣緣識欲界三部色無色界四部者謂此結緣緣識欲界見苦集修所斷三部色無色界各四部隨眠隨增除見滅所斷後四順上分結緣識三界三部者謂此結緣識三界各見苦集修所斷三部隨眠隨增緣緣識欲界三部色無色四部者謂此結緣緣識欲界見苦集修所斷三部色無色界各四部除見滅所斷隨眠隨增眼耳身觸所生愛身緣識欲色界三部者謂此愛身緣識欲色界各見苦集修所斷三部隨眠隨增緣緣識欲色界四部無色界徧行及修所斷者謂此愛身緣緣識欲色界各四部除見滅

所斷無色界徧行及修所斷隨眠隨增欲界見苦集及修所斷隨眠緣識欲界三部色界徧行及修所斷者謂此隨眠緣識欲界見苦集修所斷三部色界徧行及修所斷隨眠隨增緣緣識欲界四部色界三部無色界徧行及修所斷者謂此隨眠緣緣識欲界四部除見滅所斷色界見苦集修所斷三部無色界徧行及修所斷隨眠隨增欲界見滅所斷隨眠緣識欲界三部及見滅所斷有漏緣色界徧行及修所斷者謂此隨眠緣識欲界見苦集修所斷三部及見滅所斷有漏緣色界徧行及修所斷隨眠隨增緣緣識欲界有爲緣色界三部無色界徧行及修所斷者謂此隨眠緣緣識欲界五部有爲緣色界見苦集修所斷三部無色界徧行及修所斷隨眠隨增

欲界見道所斷隨眠緣識欲界三部及見道所斷有漏緣色界徧行及修所斷者謂此隨眠緣識欲界見苦集修所斷三部及見道所斷有漏緣色界徧行及修所斷隨眠隨增緣緣識欲界四部色界三部無色界徧行及修所斷者謂此隨眠緣緣識欲界四部除見滅所斷色界見苦集修所斷三部無色界徧行及修所斷隨眠隨增色界見苦集及修所斷隨眠緣識欲色界三部無色界徧行及修所斷者謂此隨眠欲色界各見苦集修所斷三部無色界徧行及修所斷隨眠隨增緣緣識欲界三部色無色界四部者謂此隨眠緣緣識欲界見苦集修所斷三部色無色界各四部除見滅所斷隨眠隨增色界見滅所斷隨眠緣識欲色界三部及色界見滅所斷有漏

緣無色界徧行及修所斷者謂此隨眠緣識欲色界各見苦集修所斷三部及色界見滅所斷有漏緣無色界徧行及修所斷隨眠隨增緣緣識欲界三部色界有爲緣無色四部者謂此隨眠緣緣識欲界見苦集修所斷三部色界五部有爲緣無色界四部除見滅所斷隨眠隨增色界見道所斷隨眠緣識欲色界三部及色界見道所斷有漏緣無色界徧行及修所斷者謂此隨眠緣識欲色界各見苦集修所斷三部及色界見道所斷有漏緣無色界徧行及修所斷隨眠隨增緣緣識欲界三部色無色界四部者謂此隨眠緣緣識欲界見苦集修所斷三部色無色各四部除見滅所斷隨眠隨增無色界見苦集及修所斷隨眠緣識三界三部者謂此隨眠緣識三

界各見苦集修所斷三部隨眠隨增緣緣識欲界三部色無色界四部者謂此隨眠緣緣識欲界見苦集修所斷三部色無色界各四部除見滅所斷隨眠隨增無色界見滅所斷隨眠緣識三界三部及無色界見滅所斷有漏緣者謂此隨眠緣識三界各見苦集修所斷三部及無色界見滅所斷有漏緣隨眠隨增緣緣識欲界三部色界四部無色界有爲緣者謂此隨眠緣緣識欲界見苦集修所斷三部色界四部除見滅所斷無色界五部有爲緣隨眠隨增無色界見道所斷隨眠緣識三界三部及無色界見道所斷有漏緣者謂此隨眠緣識三界各見苦集修所斷三部及無色界見道所斷有漏緣隨眠隨增緣緣識欲界三部色無色界四部者謂此隨眠緣緣

識欲界見苦集修所斷三部色無色界各四部除見滅所斷隨眠隨增問何故此中但說緣識及緣緣識不說緣緣緣識等耶答爲遮展轉無窮過故謂若更說第三緣識復應更說第四緣識如是展轉即爲無窮復次如等無間緣但應思惟至第二轉不應思惟第三轉等所緣緣亦應爾復次諸法緣識與緣緣識隨眠隨增多分有異故定應說第三轉等隨眠隨增多分無異故不復說復次阿毗達磨略示方隅令開智者展轉悟入故不復說第三轉等

意根乃至無色界修所斷無明隨眠於三界十五部心中一一等無間生幾心耶問何故作此論答爲止他宗顯正理故謂或有說心與心爲等無間緣非心所心所與心所爲等無間緣非心如譬喻者爲遮彼意顯心心所展轉能作等無間緣非惟相似故作斯論此中欲顯等無間緣是故惟問心心所法問此中何故但問生有漏心不問生無漏心耶答此是結蘊惟有漏心能增長結故偏說之問分別說結但依五部今何故問十五心耶答今此蘊中非惟顯結亦顯結事此通三界故問三界十五部心心所中心最爲勝故此獨問不問心所此中生者說正生時等無間緣作用時故說一切心總有十六即前十五及無漏心問此十六心展轉相望各從幾生復各生幾答欲界前四部心各從十五心生除無漏心惟能生欲界五部心非下地染污心能生上地心故亦非染污心能生無漏心故欲界修所斷心從十六心生復能生十六

心色界前四部心從十一心生除欲界前四部心及無漏心惟能生欲色界十心色界修所斷心從十二心生除欲界前四部心復能生十六心無色界前四部心從七心生謂自界五部心及欲色各修所斷心復能生十五心除無漏心無色界修所斷心從八心生謂自界五部心欲色界各修所斷心及無漏心復能生十六心無漏心從四心生復能生四心謂三界各修所斷心及無漏心非無漏心與染汚心相入出故此中總據一切有情或一切時容有而說非但說一補特伽羅於一刹那有如是事意根等無間生十五心者十六心中除無漏心非所說故此則總說有差别者若未離欲界染欲界意根等無間容生六心謂欲界五及色界修所斷心即未至定加行善心共已離欲界染未離色界染欲界意根等無間容生十心謂欲界五如退等時及色界五如續生等時若已離色界染欲界意根等無間容生十一心謂欲界五如退等時色界一如入定時無色界五如續生時若未離色界染色界意根等無間容生十一心謂欲界五如續生或退等時色界五無色界修所斷心即空無邊處近分加行善心等如入定時若已離色界染色界意根等無間容生十一心謂欲界修所斷心即通果心等色界五如退等時無色界五如續生等時無色界意根等無間容生十五心謂欲界五如續生時色界五如續生退等時及無色界五捨及信等五根亦爾者生十五心如意根故樂根等無間生十一心者謂欲色界各五及無

色界修所斷心即第三靜慮樂根等無間超入空無邊處有漏定故樂等四受及五識身必不命終故等無間不生無色前四部心苦根等無間生五心者謂欲界五憂根亦爾者亦生五心如苦根故非從憂苦能入定心彼與定心極相違故喜根等無間生十心者謂欲色界各五部心欲界喜根生欲界五色界喜根生色界五非欲界喜根等無間生色界染汚喜俱心亦非色界喜根等無間生欲界染汚喜俱心喜根惟能引自地煩惱故此中有說色界喜根等無間生欲界善無記心欲界喜根等無間不生色界善無記心要欲界捨根等無間能生色界心等故未知當知根等無間不生心者不生三界十五心故即由此義經說見道名無相者無間不生有漏心

故已知俱知根等無間生三心者謂三界修所斷善心此中得預流一來果已或以欲界心出或以未至定心出得不還果已若依未至定者亦以此二心出若依餘五地者皆以自地出得阿羅漢果已若依未至定者或以欲界心出或以未至定心出若依無所有處者或以無所有處心出或以非想非非想處心出若依餘地者皆以自地心出眼耳身識界生十心者謂欲色界各五部惟生自界鼻舌識界生五心者謂欲界五部無漏法生三心者謂三界修所斷過去法生二心者謂色無色界修所斷即出滅定無想異熟無想定心至生用時過去能入心心所法爾時方有等無間緣取與果用問出無想異熟心爲通色界五部爲但修所斷耶設爾何

失二俱有過所以者何若通色界五部此中何故不說謂此中應說過去生六心何故但言過去生二若但修所斷根蘊所說當云何通如說彼想起已彼諸有情從彼處歿彼想應言或善或無記於彼想色界有漏緣隨眠隨增答應作是說出無想異熟心通色界五部問若爾此中何故不說答應說而不說者當知此義有餘復次此中但說出無想滅定心加行功用力所引故出無想異熟心非加行功用力所引起故此不說復次此中但說惟是善心出無想異熟心或善或染或無記故此不說有作是說出無想異熟心惟修所斷問根蘊所說當云何通答彼文應作是說於彼想色界徧行及修所斷隨眠隨增然遮無漏緣故說有漏緣隨眠隨增評曰此二說中前說爲善問何故彼想非無漏緣隨眠隨增答彼執無想爲涅槃執無想定爲聖道是故爾時不起邪見撥無滅道從此以後容起邪見未來法不生心者非等無間緣故四無量生六心者謂色界五部及欲界修所斷緣欲界故緣有情故不能引起無色界心前二解脫前四勝處應知亦爾緣欲界故第四第五解脫生六心者謂無色界五部及色界修所斷他心智生六心者謂色界五部及欲界修所斷五通等無間不能引起無色界心第三解脫後四勝處前八徧處生五心者謂色界五部皆事別觀不能引起無色界心後二徧處生五心者謂無色界五部是假想觀不能引起色界定心第八解脫不生心者雖是心等無間而非心等無間緣故法智生三心

者謂欲色界修所斷心緣欲界四諦故不能
引起無色界心色無色貪順上分結生二心
者謂欲色界色無色界修所斷心下地染心
不生上故後三順上分結生三心者謂三界
修所斷心由此五結不還身中方現行故餘
文易了故不分別

阿毗達磨大毗婆沙論卷第八十九說一切有部發智

阿毗達磨大毗婆沙論卷第九十

五百大阿羅漢等造

唐三藏法師玄奘奉　詔譯

結蘊第二中十門納息第四之二十

眼根乃至無色界修所斷無明隨眠一一所增隨眠當言有尋有伺無尋惟伺無尋無伺耶問何故作此論答爲止他宗顯正理故謂或有說尋伺是心麤細相故乃至有頂諸染汚心皆有尋伺是故尋伺三界皆有如譬喻者爲遮彼執顯惟欲界及初靜慮未至定中有尋有伺靜慮中間無尋惟伺第二靜慮乃至有頂無尋無伺由此因緣故作斯論眼根所增隨眠具三者謂緣眼根所增隨眠通欲界四靜慮五地徧行及修所斷如是隨眠若在欲界及初靜慮有尋有伺若在靜慮中間無尋惟伺若在第二第三第四靜慮無尋無伺故說具三後說具三者皆准此應知然無尋無伺地或多或少女根所增隨眠有尋有伺者彼所增隨眠惟在欲界故眼耳身識界所增隨眠或有尋有伺或無尋惟伺者眼等五識雖有尋有伺而在初靜慮者亦爲靜慮中間隨眠作所緣縛故彼所增隨眠亦通無尋惟伺初靜慮所增隨眠或有尋有伺或無尋惟伺者初靜慮言總顯未至根本靜慮中間三地諸法故說有二設惟顯根本亦必有二靜慮中間初靜慮等所有隨眠緣三地故餘文易了故不分別眼根乃至無色界修所斷無明隨眠一一所增隨眠當言樂根苦根喜根憂根捨根相應耶問何故作此論答爲止他宗顯正理故謂或有執樂苦二受隨所

依身從欲界乃至第四靜慮皆有喜憂二受隨所依心從欲界乃至非想非非想處皆有爲遮彼意欲顯樂受惟在欲界初及第三靜慮苦憂二受惟在欲界喜受惟在欲界初二靜慮惟有捨受徧在諸地或復有執心心所法次第而起互不相應如譬喻者爲遮彼意顯心心所俱時而生有相應義由此因緣故作斯論眼根所增隨眠四根相應除苦根者眼根所增隨眠通欲色界五地徧行及修所斷若在欲界喜憂捨根相應若在初二靜慮喜捨根相應若在第三靜慮樂捨根相應若在第四靜慮惟捨根相應是故總說四根相應苦根惟與五識相應五識中無緣眼根等諸隨眠故彼定不與苦根相應女根所增隨眠三根相應除樂苦根者女根所增隨眠惟

在欲界欲界樂苦俱在五識故彼不與樂苦相應意根所增隨眠五根相應者意根通與五受相應故相應縛五根相應若所緣縛有四除苦三重三摩地所增隨眠四根相應除苦根者苦根惟緣色等五境非定等故三三摩地惟無漏故不增隨眠非此所說餘文易了不復分別恐諸智者生猒倦故眼根乃至無色界修所斷無明隨眠誰成就誰不成就問何故作此論答爲止他宗顯正理故謂或有執無實成就不成就性惟假建立欲顯成就不成就性是實有物若不爾者便違契經如契經說應知如是補特伽羅成就善法及不善法又契經說我成就十力四無所畏等若無成就不成就性異生聖者有學無學斷善根者不斷善者決定建立皆不得成決定

因緣不可得故然成就者不成就者是世俗有若成就性不成就性是勝義有如死生者是世俗有諸死生法是勝義有入出定者是世俗有所入出定是勝義有作者受者是世俗有業異熟果是勝義有如是成就不成就性是勝義有施設成就不成就者是世俗有謂若身中有成就性名成就者若彼身中有不成就性名不成就者如樹等是假色等四塵是實如是補特伽羅是假色等五蘊是實於此假者身相續中依得非得說有成就不成就法由此因緣故作斯論

眼根色界及欲界已得不失成就者色界諸天皆具根故決定成就眼等五根此具根言依顯者說女男根不顯無亦名具根又容有者彼皆成就故說具根非一切有匆憂苦等彼亦有故及欲界已得者謂鉢羅奢佉位以後不失者謂不爛壞不墮落不蟲食不被害無色界及欲界未得已失不成就者無色界無色故不成就眼等根及欲界未得者謂羯剌藍頞部曇閉尸鍵南位已失謂爛壞墮落蟲食被害耳鼻舌根亦爾者如眼根說身根欲色界成就者有色界生必有身根故無色界不成就者彼無色故女男根欲界已得不失成就者如眼根說色無色界及欲界未得已失不成就者色無色界無女男根無婬愛故猒捨此根生彼界故色無色界無段食故必因段食有此根故因無慚愧有此根故又女男根彼無用故問若爾鼻舌彼亦應無彼無齅香嘗味事故答鼻舌二根於彼有用謂莊嚴身及起言說女男二根令身醜陋有慙

愧者必隱覆之尊者妙音作如是說上二界無招彼業故問色無色界既無男根應非丈夫答色無色界有丈夫用故名丈夫丈夫用者謂能離欲能成善事故名丈夫如契經說四向四果皆名丈夫非諸女人皆無向果如契經說此大生主雖是女人而入聖道得果盡漏亦名丈夫於此義中應作四句或有丈夫不成就男根謂生色無色界等或有成就男根而不名丈夫如扇搋半擇迦等或有丈夫亦成就男根謂具男根離欲染等或有非丈夫亦不成就男根謂除前相胎卵濕生漸命終者漸捨眼等六種色根於身根中亦有漸捨謂手足等若捨一切身根極微即便命終若地獄中解諸支節乃至糜爛亦有身根有說爾時亦有眼等若全無者後應不生異熟斷已後不續故有作是說諸地獄中眼等六根斷已更續業所引故趣法爾故如人等中支節斷壞不可還續地獄等中支節斷已尋復續生諸趣法爾不可相例故彼眼等斷已還生身根必無全分斷者若全分斷無更續義是諸色根所依止故彼有少分身根極微依此後時還生支節諸支節內所有身根斷已還生如眼根等有餘師說諸地獄中雖解身支為百千分而諸分內皆有身根諸分中間有連續故如碎杜仲及藕根莖亦如破苽蔕不相離若相離者身根即無非一有情有二身故而世現見斷諸蟲身為多分已猶行動者風勢所轉非有身根命意捨根一切有情皆成就者皆通三界九地諸位恒成就故樂根徧淨以下及聖者生上成就異生生

上不成就者樂根惟在欲界初及第三靜慮通有漏無漏欲界初靜慮者惟有漏第三靜慮者通二種諸有漏者生上捨下故不成就諸無漏者生上地時不捨下地無漏惟有得果轉根退時捨故問若生第二靜慮未離第二靜慮染彼成就何地樂根答彼成就第三靜慮染污樂根若彼已離第二靜慮染復得第三靜慮無染樂根是故若生徧淨以下皆成就樂根此徧淨言總顯自地舉後顯前餘皆准此問頗有聖者生在第四靜慮以上不成就樂根耶有說亦有謂已離第三靜慮染依第二靜慮及下三地入正性離生得不還果已不起後向命終往生第四靜慮以上諸地彼不成就樂根評曰彼不應作是說若已離上地染依下地入正性離生者彼得果已必起勝果道修上地無漏得上地滅然後命終如已離欲界三四品或七八品染入正性離生彼得果已必起勝果道修勝品無漏得勝品滅然後命終問若已離第三靜慮染依第二靜慮及下三地信勝解練根作見至彼不起後向命終往生第四靜慮以上諸地彼成就何樂根答彼於上地若得自在當練根時亦能修上無漏樂根設於上地不得自在彼得果已亦必起勝果道修上無漏然後命終是故聖者生徧淨上決定成就無漏樂根成就喜根准此應說苦根欲界成就色無色界不成就者欲界有情乃至佛亦成就苦根違境逼時不由分別而生苦故色無色界無苦根者由勝定力所滋潤故無違境故無有不善業煩惱故又色無色是勝界故謂劣界

中勝身亦有苦受如欲界聲聞及獨覺大覺若勝界中劣身亦無苦受如色無色界異生如有災秋時嘉苗亦遭蟲食等事無災秋時穢草亦無蟲食等事憂根未離欲染成就已離欲染不成就者憂根必由分別而起未離欲者分別生憂已離欲者起分別時不生憂慼是故憂根是善性者若離欲染亦不成就欲界煩惱所引發故三無漏根已得不失成就未得已失不成就者謂未知當知根已入見道名已得道類智未現在前名不失苦法智忍未現在前名未得道類智現前以後名已失已知根已起道類智或退阿羅漢果名已得盡智未現在前名不失道類智未現在前或未退阿羅漢果名未得盡智現前以後名已失具知根盡智現在前名已得不退阿羅漢果名不失盡智未現在前名未得退阿羅漢果名已失身色聲觸界欲色界成就無色界不成就者問身色觸界可爾聲界云何恒時成就有作是說大種合離必生聲界有情若在欲色界中大種恒有故常發聲評曰彼不應作是說若四大種必恒生聲此所生聲何大種造若即此造應多有對色一四大種生若說餘造餘四大種復必生聲如是展轉有無窮過應作是說生欲色界有情身中多四大種在一身內有相擊者便發生聲不相擊者即無聲起雖一身中必有聲界非諸身分皆徧發聲尊者覺天作如是說非欲色界恒成就聲此本論文依多分說眼耳身識界梵世以下及生上三靜慮現在前成就不現在前及無色界不成就者謂生欲界及初

靜慮隨其所應成就染污或善三識諸無記中有慣習者亦恒成就如勝威儀工巧通果若生第二靜慮以上惟無記者時有現前即便成就若不現前則不成就以五識身性羸劣故他地現起勢不堅強若意識中變化心等設生他地勢亦堅強故不現前亦得成就無漏無爲如意界等恒成就者謂非擇滅一切有情無不成就非擇滅故後無斷法准此應知三重三摩地如道諦等已得成就未得不成就者得已必無退捨事故將般涅槃方修得故般涅槃已非有情數故不可說不成就言餘文易了故不分別

眼根乃至無色界修所斷無明隨眠一一得徧知時於九十八隨眠中幾隨眠得徧知於九結中幾結盡問何故作此論答爲止他宗顯正理故謂或有執色法亦有見所斷者爲遮彼意顯諸色法非見所斷或復有執異生不能斷見所斷隨眠有餘復執異生不能斷諸隨眠惟能制伏爲遮彼意顯諸異生能斷欲界乃至無所有處見修所斷隨眠惟除有頂故作斯論然諸徧知略有二種一知徧知二斷徧知此中但依斷徧知而作論斷是擇滅雖非徧知是徧知果故名徧知如六觸處說名故業果立因名徧知亦爾又此中說得徧知者謂斷彼盡隨斷何法究竟盡時名得徧知非要惟依九徧知說眼根得徧知時色愛盡者謂眼根在五地即欲界四靜慮欲愛盡時欲界眼根得徧知乃至第四靜慮愛盡時第四靜慮眼根得徧知今依究竟得徧知說故色愛盡名得徧知餘皆准此異生三十

一隨眠得徧知者異生爾時斷色界見修所斷三十一隨眠盡故無結盡者謂九結中爾時無一究竟盡故雖諸隨眠亦名爲結而此中說差別法門謂說隨眠依九十八說結依九餘例應知聖者三隨眠得徧知者聖者爾時惟色界修所斷三隨眠得徧知故無結盡者謂九結中無一結盡女男根得徧知時欲愛盡者謂女男根惟在欲界故欲愛盡名得徧知異生三十六隨眠得徧知者異生爾時斷欲界見修所斷三十六隨眠盡故三結盡者謂九結中爾時恚嫉慳結究竟盡故聖者四隨眠得徧知者聖者爾時惟欲界修所斷四隨眠得徧知故三結盡者如異生說然恚結中惟修所斷命根得徧知時無色愛盡者謂命根在九地欲愛盡時欲界命根得徧知乃至非想非非想處愛盡時非想非非想處命根得徧知今依究竟得徧知說故無色愛盡名得徧知三隨眠得徧知者爾時斷無色界修所斷三隨眠盡故三結盡者謂九結中愛慢無明三結盡故樂根得徧知時徧淨愛盡即樂根得徧知者爾時不得九十八隨眠中一隨眠究竟盡故作是說餘例應知然得徧知有十七位謂四法忍智四類忍智時惟得見所斷諸法徧知欲界乃至無所有處八地愛盡時通得見修所斷諸法徧知非想非非想處一地愛盡時惟得修所斷諸法徧知諸法於此十七位中名得徧知隨相應說恐文繁廣不別顯示眼根乃至無色界修所斷無明隨眠一一滅作證時於九十八隨眠中幾隨眠滅作證於九結中幾結盡問何故作

此論答爲止他宗顯正理故謂或有執金剛喻定現在前時頓斷一切三界見修所斷煩惱此前諸位惟能伏纏於諸隨眠皆未能斷如頓斷沙門彼說頓覺得無學果如夢覺時頓捨惛睡爲遮彼意顯斷隨眠分位差別有八十九此諸位中皆證滅故或復有執惟無間道斷隨眠得惟解脫道能證彼滅如西方沙門彼作是說非無間道不斷煩惱非解脫道不證彼滅爲遮彼意顯無間道能斷煩惱隔煩惱得令不續故亦能證滅引離繫得令正起故諸解脫道惟名證滅與離繫得俱現前故又爲顯示滅作證理令智者知故作斯論於法作證略有二種一智作證二得作證智作證者謂一切法智能證知得作證者謂諸善法通果無記得能證獲此中惟依得作證說於中但依滅作證說滅謂擇滅於諸位中起得證滅名滅作證此滅作證隨位差別有八十九謂四法忍智四類忍智時及九地各九無間解脫道時曰法類忍智時惟證見所斷法滅非想非非想處前八無間解脫道時惟證修所斷法滅餘七十三時通證見修所斷法滅又滅作證總有五位謂各自品對治道時及證得四沙門果時并練根時應說有六而練根時必得果故即四果攝故說五時三界見修所斷煩惱於此五位滅作證時有具不具或有煩惱惟有一時謂非想非非想處第九品修所斷即證得阿羅漢果時或有煩惱惟有二時謂非想非非想處前八品修所斷及下七地各九品修所斷即各自品對治道時及證得阿羅漢果時欲界第九品

修所斷亦二時謂證得後二果時或有煩惱唯有三時謂欲界第七八品修所斷即各自品對治道時及證得後二沙門果時欲界第六品修所斷亦三時謂證得後三沙門果時或有煩惱惟有四時謂色無色界見道所斷即證得四沙門果時欲界前五品修所斷亦四時謂各自品對治道時及證得後三沙門果時或有煩惱具有五時謂三界見苦集滅所斷及欲界見道所斷即各自品對治道時及證得四沙門果時此依聖者滅作證說若依異生八地見修所斷煩惱皆惟自品對治道時名滅作證餘有漏法滅作證時准前煩惱應知分位歷眼根等四十二章辯滅作證如本論說

問前徧知門與此滅作證門有何差別答前徧知門顯眼根等究竟盡時得斷差別滅作證門顯眼根等究竟盡時及後諸位證滅差別謂後諸位復數證得眼根等滅一味得故西方諸師作如是說前徧知門顯無間道斷煩惱得滅作證門顯解脱道證離繫得此國諸師作如是說前徧知門惟顯無間道斷煩惱得滅作證門通顯無間解脱道證離繫得復次前徧知門惟顯初位得斷徧知滅作證門通顯初後於滅作證是謂徧知與滅作證二門差別此十門中通前所說四十二章有五位別謂前所說四十二章總有三類謂二十二根乃至見修所斷無斷法名境界類四聖諦乃至三重三摩地名功德類三結乃至九十八隨眠名過失類境界類中二十二根最初多故別作一位過失類中九十八隨眠

最後多故別作一位餘三類法各作一位故合有五於五位中有相似者各略相類不相似者各廣分別智者於此應善了知

此中尊者略以十門通前所說四十二章於中差別復有多種謂眼根乃至無色界修所斷無明隨眠滅緣識及緣緣識於九十八隨眠中一一有幾隨眠隨增眼根乃至無色界修所斷無明隨眠斷道緣識及緣緣識一一有幾隨眠隨增眼根乃至無色界修所斷無明隨眠緣識及緣緣識所增隨眠幾爲所緣縛非相應縛幾爲相應縛非所緣縛幾爲所緣縛亦相應縛幾非所緣縛亦非相應縛眼根乃至無色界修所斷無明隨眠滅緣識及緣緣識所增隨眠幾爲所緣縛非相應縛幾爲相應縛非所緣縛幾爲所緣縛亦相應縛幾非所緣縛亦非相應縛眼根乃至無色界修所斷無明隨眠斷道緣識及緣緣識所增隨眠幾爲所緣縛非相應縛幾爲相應縛非所緣縛幾爲所緣縛亦爲相應縛幾非所緣縛亦非相應縛眼根乃至無色界修所斷無明隨眠緣識及緣緣識於三界十五部心中一一等無間生幾心眼根乃至無色界修所斷無明隨眠緣識及緣緣識所增隨眠一一等無間生幾心眼根乃至無色界修所斷無明隨眠滅緣識及緣緣識一一等無間生幾心眼根乃至無色界修所斷無明隨眠滅緣識及緣緣識所增隨眠一一等無間生幾心眼根乃至無色界修所斷無明隨眠斷道緣識及緣緣識一一等無間生幾心眼根乃至無色界修所斷無明隨眠斷道緣識及緣緣

識所增隨眠一一等無間生幾心眼根乃至無色界修所斷無明隨眠緣識及緣緣識當言有尋有伺無尋惟伺無尋無伺耶眼根乃至無色界修所斷無明隨眠緣識及緣緣識所增隨眠當言有尋有伺無尋惟伺無尋無伺耶眼根乃至無色界修所斷無明隨眠滅緣識及緣緣識當言有尋有伺無尋惟伺無尋無伺耶眼根乃至無色界修所斷無明隨眠滅緣識及緣緣識所增隨眠當言有尋有伺無尋惟伺無尋無伺耶眼根乃至無色界修所斷無明隨眠斷道緣識及緣緣識當言有尋有伺無尋惟伺無尋無伺耶眼根乃至無色界修所斷無明隨眠斷道緣識及緣緣識所增隨眠當言有尋有伺無尋惟伺無尋無伺耶眼根乃至無色界修所斷無明隨眠

緣識及緣緣識當言樂苦喜憂捨根相應耶眼根乃至無色界修所斷無明隨眠緣識及緣緣識所增隨眠當言樂乃至捨根相應耶眼根乃至無色界修所斷無明隨眠滅緣識及緣緣識當言樂乃至捨根相應耶眼根乃至無色界修所斷無明隨眠滅緣識及緣緣識所增隨眠當言樂乃至捨根相應耶眼根乃至無色界修所斷無明隨眠斷道緣識及緣緣識當言樂乃至捨根相應耶眼根乃至無色界修所斷無明隨眠斷道緣識及緣緣識所增隨眠當言樂乃至捨根相應耶眼根乃至無色界修所斷無明隨眠緣識及緣緣識誰成就誰不成就眼根乃至無色界修所斷無明隨眠緣識及緣緣識所增隨眠誰成就誰不成就眼根乃至無色界修所斷無明

隨眠滅緣識及緣緣識誰成就誰不成就眼根乃至無色界修所斷無明隨眠滅緣識及緣緣識所增隨眠誰成就誰不成就眼根乃至無色界修所斷無明隨眠斷道緣識及緣緣識誰成就誰不成就眼根乃至無色界修所斷無明隨眠斷道緣識及緣緣識所增隨眠誰成就誰不成就眼根乃至無色界修所斷無明隨眠緣識及緣緣識得徧知時於九十八隨眠中幾隨眠得徧知於九結中幾結盡眼根乃至無色界修所斷無明隨眠緣識及緣緣識所增隨眠得徧知時幾隨眠得徧知幾結盡眼根乃至無色界修所斷無明隨眠滅緣識及緣緣識得徧知時幾隨眠得徧知幾結盡眼根乃至無色界修所斷無明隨眠滅緣識及緣緣識所增隨眠得徧知時幾

隨眠得徧知幾結盡眼根乃至無色界修所斷無明隨眠斷道緣識及緣緣識得徧知時幾隨眠得徧知幾結盡眼根乃至無色界修所斷無明隨眠斷道緣識及緣緣識所增隨眠得徧知時幾隨眠得徧知幾結盡眼根乃至無色界修所斷無明隨眠緣識及緣緣識滅作證時於九十八隨眠中幾隨眠滅作證於九結中幾結盡眼根乃至無色界修所斷無明隨眠緣識及緣緣識所增隨眠滅作證時幾隨眠滅作證幾結盡眼根乃至無色界修所斷無明隨眠滅緣識及緣緣識滅作證時幾隨眠滅作證幾結盡眼根乃至無色界修所斷無明隨眠滅緣識及緣緣識所增隨眠滅作證時幾隨眠滅作證幾結盡眼根乃至無色界修所斷無明隨眠斷道緣識及緣

緣識滅作證時幾隨眠滅作證幾結盡眼根乃至無色界修所斷無明隨眠斷道緣識及緣緣識所增隨眠滅作證時幾隨眠滅作證幾結盡眼根乃至無色界修所斷無明隨眠各九結中幾結所繫三縛中幾縛所縛十隨眠中幾隨眠隨增六垢中幾垢所染十纏中幾纏所纏眼根乃至無色界修所斷無明隨眠緣識及緣緣識幾結所繫乃至幾纏所纏眼根乃至無色界修所斷無明隨眠滅緣識及緣緣識幾結所繫乃至幾纏所纏眼根乃至無色界修所斷無明隨眠斷道緣識及緣緣識幾結所繫乃至幾纏所纏成就眼根乃至無色界修所斷無明隨眠者幾結所繫乃至幾纏所纏成就眼根乃至無色界修所斷無明隨眠緣識及緣緣識者幾結所繫乃至幾纏所纏成就眼根乃至無色界修所斷無明隨眠滅者幾結所繫乃至幾纏所纏成就眼根乃至無色界修所斷無明隨眠滅緣識及緣緣識者幾結所繫乃至幾纏所纏成就眼根乃至無色界修所斷無明隨眠斷道者幾結所繫乃至幾纏所纏成就眼根乃至無色界修所斷無明隨眠斷道緣識及緣緣識者幾結所繫乃至幾纏所纏不成就眼根乃至無色界修所斷無明隨眠者幾結所繫乃至幾纏所纏不成就眼根乃至無色界修所斷無明隨眠緣識及緣緣識者幾結所繫乃至幾纏所纏不成就眼根乃至無色界修所斷無明隨眠滅者幾結所繫乃至幾纏所纏不成就眼根乃至無色界修所斷無明隨眠滅緣識及緣緣識者幾結所繫乃至幾纏所

纏不成就眼根乃至無色界修所斷無明隨眠斷道者幾結所繫乃至幾纏所纏不成就眼根乃至無色界修所斷無明隨眠斷道緣識及緣緣識者幾結所繫乃至幾纏所纏如是種類有無量門通前所說四十二章諸有智者應隨決擇

阿毗達磨大毗婆沙論卷第九十 說一切有部發智

音釋

鉢羅奢佉 梵語也此云形位佉丘迦切 羯剌藍 梵語也此云凝滑羯居謁切剌郎達切 頞部曇 梵語也此云疱謂狀如瘡疱也頞阿葛切曇徒含切 閉尸 梵語也此云凝結 鍵南 梵語也此云凝厚鍵其偃切 扇搋 梵語也此云生謂男根生來不滿也搋丑皆切 半擇迦 梵語也此云變謂今生變作也 糜爛 糜靡爲切亦爛也爛郎旰切腐也

阿毗達磨大毗婆沙論卷第九十一

五百大阿羅漢等造
唐三藏法師玄奘奉　詔譯

結藴第二中十門納息第四之二十一

眼根乃至無色界修所斷無明隨眠滅緣識及緣緣識於九十八隨眠中一一有幾隨眠隨增答眼根滅緣識欲色界二部及徧行隨眠隨增緣緣識欲色界有爲緣無色界二部及徧行隨眠隨增耳鼻舌身樂喜根滅緣識及緣緣識亦爾女根滅緣識欲界二部及徧行色界徧行及修所斷隨眠隨增緣緣識欲界有爲緣色界三部無色界徧行及修所斷隨眠隨增男苦憂根滅緣識及緣緣識亦爾命根滅緣識三界二部及徧行隨眠隨增緣緣識三界有爲緣隨眠隨增意捨信等五根滅緣識及緣緣識亦爾通餘章義准此應知眼根乃至無色界修所斷無明隨眠斷道緣識及緣緣識一一有幾隨眠隨增答眼根斷道緣識及緣緣識三界四部隨眠隨增耳鼻舌身命意捨信等五根斷道緣識及緣緣識亦爾女根斷道緣識欲界四部色界三部隨眠隨增緣緣識欲色界四部無色界二部及徧行隨眠隨增男苦憂根斷道緣識及緣緣識亦爾樂根斷道緣識欲色界四部無色界二部及徧行隨眠隨增緣緣識三界四部隨眠隨增喜根斷道緣識及緣緣識亦爾通餘章義准此應知眼根乃至無色界修所斷無明隨眠緣識及緣緣識所增隨眠幾爲所緣縛非相應縛幾爲相應縛非所緣縛幾爲所緣縛亦相應縛幾非所緣縛亦非相應縛答

眼根緣識所增隨眠有爲所緣縛非相應縛謂欲色界見苦集所斷不徧行無色界徧行及修所斷隨眠有爲相應縛非所緣縛謂緣眼根欲色界他界地緣徧行隨眠有爲所緣縛亦相應縛謂欲色界徧行及修所斷隨眠眼根緣識所增隨眠非所緣縛亦非相應縛者無也若非此所增隨眠而於此非所緣縛亦非相應縛者謂三界二部及無色界見苦集所斷不徧行隨眠眼根緣緣識所增隨眠有爲所緣縛非相應縛謂三界見道所斷有漏緣及無色界見苦集所斷不徧行隨眠有爲相應縛非所緣縛謂三界見道所斷無漏緣及欲色界他界地緣徧行隨眠有爲所緣縛亦相應縛謂欲色界三部無色界徧行及修所斷隨眠眼根緣緣識所增隨眠非所緣縛亦非相應縛者無也若非此所增隨眠而於此非所緣縛亦非相應縛者謂三界見滅所斷一切隨眠耳鼻舌身根緣識及緣緣識所增隨眠亦爾女根緣識所增隨眠有爲所緣縛非相應縛謂欲界見苦集所斷不徧行色界徧行及修所斷隨眠有爲相應縛非所緣縛者無也有爲所緣縛亦相應縛謂欲界徧行及修所斷隨眠女根緣識所增隨眠非所緣縛亦非相應縛者無也若非此所增隨眠而於此非所緣縛亦非相應縛者謂欲色界二部色界見苦集所斷不徧行及無色界一切隨眠女根緣緣識所增隨眠有爲所緣縛非相應縛謂欲界見道所斷有漏緣色界見苦集所斷不徧行無色界徧行及修所斷隨眠有爲相應縛非所緣縛謂欲界見道所

斷無漏緣及欲色界他界地緣偏行隨眠有
爲所緣縛亦相應縛謂欲界三部色界偏行
及修所斷隨眠女根緣緣識所增隨眠非所
緣縛亦非相應縛者無也若非此所增隨眠
而於此非所緣縛亦非相應縛者謂欲界見
滅所斷一切色無色界二部及無色界見苦
集所斷不偏行隨眠男苦根緣識及緣緣識
所增隨眠亦爾命根緣識所增隨眠有爲所
緣縛非相應縛謂三界見苦集所斷不偏行
隨眠有爲相應縛非所緣縛謂緣命根三界
他界地緣偏行隨眠有爲所緣縛亦相應縛
謂三界偏行及修所斷隨眠命根緣識所增
隨眠非所緣縛亦非相應縛者無也若非此
所增隨眠而於此非所緣縛亦非相應縛者
謂三界二部隨眠命根緣緣識所增隨眠有
爲所緣縛非相應縛謂三界見道所斷有漏
緣隨眠有爲相應縛非所緣縛謂三界見道
所斷無漏緣及三界他界地緣偏行隨眠有
爲所緣縛亦相應縛謂三界三部隨眠命根
緣緣識所增隨眠非所緣縛亦非相應縛者
無也若非此所增隨眠而於此非所緣縛亦
非相應縛者謂三界見滅所斷一切隨眠意
根緣識及緣緣識所增隨眠有爲所緣縛非
相應縛者無也有爲相應縛非所緣縛謂三
界見道所斷無漏緣及緣意根三界他界地
緣偏行隨眠有爲所緣縛亦相應縛謂三界
有漏緣隨眠意根緣識所增隨眠非所緣縛
亦非相應縛者無也若非此所增隨眠而於
此非所緣縛亦非相應縛者謂三界無爲緣
隨眠捨根緣識及緣緣識所增隨眠亦爾樂

根緣識所增隨眠有爲所緣縛非相應縛謂欲無色界見道所斷有漏緣欲界見苦集所斷不徧行無色界徧行及修所斷隨眠有爲相應縛非所緣縛謂三界見道所斷無漏緣及緣樂根欲色界他界地緣徧行隨眠有爲所緣縛亦相應縛謂欲界徧行修所斷及色界有漏緣隨眠樂根所增隨眠非所緣縛亦非相應縛者無也若非此所增隨眠而於此非所緣縛亦非相應縛者謂欲無色界見滅所斷一切色界見滅所斷無爲緣無色界見苦集所斷不徧行隨眠樂根緣緣識所增隨眠有爲所緣縛非相應縛謂無色界見苦集所斷不徧行隨眠有爲相應縛非所緣縛謂三界見道所斷無漏緣及三界他界地緣徧行隨眠有爲所緣縛亦相應縛謂欲界三部

見道所斷有漏緣色界一切有漏緣無色界徧行修所斷見道所斷有漏緣隨眠樂根緣緣識所增隨眠非所緣縛亦非相應縛者無也若非此所增隨眠而於此非所緣縛亦非相應縛者謂欲無色界見滅所斷一切及色界見滅所斷無爲緣隨眠喜根緣識所增隨眠有爲所緣縛非相應縛謂無色界徧行修所斷及見道所斷有漏緣隨眠有爲相應縛非所緣縛謂三界見道所斷無漏緣及緣喜根欲色界他界地緣徧行隨眠有爲所緣縛亦相應縛謂欲色界一切有漏緣隨眠喜根緣識所增隨眠非所緣縛亦非相應縛者無也若非此所增隨眠而於此非所緣縛亦非相應縛者謂欲色界見滅所斷無爲緣無色界見滅所斷一切及見苦集所斷不徧行隨

眠喜根緣緣識所增隨眠有爲所緣縛非相應縛謂無色界見苦集所斷不徧行隨眠有爲相應縛非所緣縛謂三界見道所斷無漏緣及三界他界地緣徧行隨眠有爲所緣縛亦相應縛謂欲色界一切有漏緣無色界徧行修所斷見道所斷有漏緣隨眠喜根緣緣識所增隨眠非所緣縛亦非相應縛者無也若非此所增隨眠而於此非所緣縛亦非相應縛者謂欲色界見滅所斷無爲緣及無色界見滅所斷一切隨眠憂根緣識所增隨眠有爲所緣縛非相應縛謂色界徧行及修所斷隨眠有爲相應縛非所緣縛者無也有爲所緣縛亦相應縛謂欲界一切有漏緣隨眠憂根緣識所增隨眠非所緣縛亦非相應縛者無也若非此所增隨眠而於此非所緣縛

亦非相應縛者謂欲界一切無漏緣色界二部及苦集所斷不徧行及無色界一切隨眠憂根緣緣識所增隨眠有爲所緣縛非相應縛謂色界見苦集所斷不徧行無色界徧行及修所斷隨眠有爲相應縛非所緣縛謂欲界見道所斷無漏緣欲色界他界地緣徧行隨眠有爲所緣縛亦相應縛謂欲界一切有漏緣色界徧行及修所斷隨眠憂根緣緣識所增隨眠非所緣縛亦非相應縛者無也若非此所增隨眠而於此非所緣縛亦非相應縛者謂欲界見滅所斷無爲緣色無色界二部及無色界見苦集所斷不徧行隨眠信等五根緣識所增隨眠有爲所緣縛非相應縛謂三界見苦集所斷不徧行及見道所斷有漏緣隨眠有爲相應縛非所緣縛謂三界見

道所斷無漏緣及緣信等五根三界他界地緣徧行隨眠有爲所緣縛亦相應縛謂三界徧行及修所斷隨眠信等五根緣識所增隨眠非所緣縛亦非相應縛者無也若非此所增隨眠而於此非所緣縛亦非相應縛者謂三界見滅所斷一切隨眠信等五根緣緣識所增隨眠有爲所緣縛非相應縛者無也有爲相應縛非所緣縛謂三界見道所斷無漏緣及他界地緣徧行隨眠有爲所緣縛亦相應縛謂三界三部及見道所斷有漏緣隨眠信等五根緣緣識所增隨眠非所緣縛亦非相應縛者無也若非此所增隨眠非所緣縛亦相應縛者謂三界見滅所斷一切隨眠三無漏根緣識所增隨眠有爲所緣縛非相應縛謂三界徧行修所斷及見道所斷有漏緣隨眠有爲相應縛非所緣縛謂三界見道所斷無漏緣隨眠有爲所緣縛亦相應縛者無也三無漏根緣識所增隨眠非所緣縛亦非相應縛者無也若非此所增隨眠而於此非所緣縛亦非相應縛者謂三界見滅所斷一切及見苦集所斷不徧行隨眠三無漏根緣緣識所增隨眠有爲所緣縛非相應縛謂三界見苦集所斷不徧行隨眠有爲相應縛非所緣縛謂三界見道所斷無漏緣及他界地緣徧行隨眠有爲所緣縛亦相應縛謂三界徧行修所斷及見道所斷有漏緣隨眠三無漏根緣緣識所增隨眠非所緣縛亦非相應縛者無也若非此所增隨眠而於此非所緣縛亦非相應縛者謂三界見滅所斷一切隨眠通餘章義准此應知眼根乃至無色界修

所斷無明隨眠滅緣識及緣緣識所增隨眠幾爲所緣縛非相應縛幾爲相應縛非所緣縛幾爲所緣縛亦相應縛幾非所緣縛亦非相應縛答眼根滅緣識所增隨眠有爲所緣縛非相應縛謂欲色界徧行修所斷及見滅所斷有爲緣隨眠有爲相應縛非所緣縛謂欲色界見滅所斷無爲緣隨眠有爲所緣縛亦相應縛者無也眼根滅緣識所增隨眠非所緣縛亦非相應縛者無也若非此所增隨眠而於此非所緣縛亦非相應縛者謂欲色界見道所斷一切見苦集所斷不徧行及無色界一切隨眠緣緣識所增隨眠有爲所緣縛非相應縛謂三界見道所斷有漏緣欲色界見苦集所斷不徧行及無色界徧行修所斷隨眠有爲相應縛非所緣縛謂三界見道所斷無漏緣及欲色界他界地緣徧行隨眠有爲所緣縛亦相應縛謂欲色界徧行修所斷及見滅所斷有爲緣隨眠眼根滅緣緣識所增隨眠非所緣縛亦非相應縛者無也若非此所增隨眠而於此非所緣縛亦非相應縛者謂欲色界見滅所斷無爲緣無色界見滅所斷一切及見苦集所斷不徧行隨眠耳鼻舌身樂喜根滅緣識及緣緣識所增隨眠亦爾女根滅緣識所增隨眠有爲所緣縛非相應縛謂欲色界徧行修所斷及欲界見滅所斷有爲緣隨眠有爲相應縛非所緣縛謂欲界見滅所斷無爲緣隨眠有爲所緣縛亦相應縛者無也女根滅緣識所增隨眠非所緣縛亦非相應縛者無也若非此所增隨眠而於此非所緣縛亦非相應縛者謂欲界見

道所斷一切見苦集所斷不徧行色界二部見苦集所斷不徧行及無色界一切隨眠緣緣識所增隨眠有爲所緣縛非相應縛謂欲界見道所斷有漏緣欲色界見苦集所斷不徧行無色界徧行及修所斷隨眠有爲相應縛非所緣縛謂欲界見道所斷無漏緣及欲色界他界地緣徧行隨眠有爲所緣縛亦相應縛謂欲色界徧行修所斷及欲界見滅所斷有爲緣隨眠女根滅緣緣識所增隨眠非所緣縛亦非相應縛者無也若非此所增隨眠而於此非所緣縛亦非相應縛者謂欲界見滅所斷無爲緣色無色界二部及無色界見苦集所斷不徧行隨眠男苦憂根滅緣識及緣緣識所增隨眠亦爾命根滅緣識所增隨眠有爲所緣縛非相應縛謂三界徧行修所斷及見滅所斷有爲緣隨眠有爲相應縛非所緣縛謂三界見滅所斷無爲緣隨眠有爲所緣縛亦相應縛者無也命根滅緣識所增隨眠非所緣縛亦非相應縛者無也若非此所增隨眠而於此非所緣縛亦非相應縛者謂三界見道所斷一切及見苦集所斷不徧行隨眠緣緣識所增隨眠有爲所緣縛非相應縛謂三界見道所斷有漏緣及見苦集所斷不徧行隨眠有爲相應縛非所緣縛謂三界見道所斷無漏緣及他界地緣徧行隨眠有爲所緣縛亦相應縛謂三界徧行修所斷及見滅所斷有爲緣隨眠命根滅緣緣識所增隨眠非所緣縛亦非相應縛者無也若非此所增隨眠而於此非所緣縛亦非相應縛者謂三界見滅所斷無爲緣隨眠意捨信

等五根滅緣識及緣緣識所增隨眠亦爾通餘章義准此應知眼根乃至無色界修所斷無明隨眠斷道緣識及緣緣識所增隨眠幾爲所緣縛非相應縛幾爲相應縛非所緣縛幾爲所緣縛亦相應縛幾非所緣縛亦非相應縛答眼根斷道緣識所增隨眠有爲所緣縛非相應縛謂三界見道所斷有漏緣見苦集所斷不徧行隨眠有爲相應縛非所緣縛謂三界見道所斷無漏緣及欲色界他界地緣徧行隨眠有爲所緣縛亦相應縛謂三界徧行及修所斷隨眠眼根斷道緣識所增隨眠非所緣縛亦非相應縛者無也若非此所增隨眠而於此非所緣縛亦非相應縛者謂三界見滅所斷一切隨眠緣緣識所增隨眠有爲所緣縛非相應縛者無也有爲相應縛

非所緣縛謂三界見道所斷無漏緣及他界地緣徧行隨眠有爲所緣縛亦相應縛謂三界三部及見道所斷有漏緣隨眠眼根斷道緣緣識所增隨眠非所緣縛亦非相應縛者無也若非此所增隨眠而於此非所緣縛亦非相應縛者謂三界見滅所斷一切隨眠耳鼻舌身相斷道緣識及緣緣識所增隨眠亦爾女根斷道緣識所增隨眠有爲所緣縛非相應縛謂欲界見道所斷有漏緣及欲色界見苦集所斷不徧行隨眠有爲相應縛非所緣縛謂欲界見道所斷無漏緣及欲色界他界地緣徧行隨眠有爲所緣縛亦相應縛謂欲色界徧行及修所斷隨眠女根斷道緣識所增隨眠非所緣縛亦非相應縛者無也若非此所增隨眠而於此非所緣縛亦非相應

縛者謂欲色界見滅所斷一切色界見道所斷一切及無色界一切隨眠緣緣識所增隨眠有爲所緣縛非相應縛謂色無色界見道所斷有漏緣無色界徧行及修所斷隨眠有爲相應縛非所緣縛謂三界見道所斷無漏緣及欲色界他界地緣徧行隨眠有爲所緣縛亦相應縛謂欲色界三部及欲界見道所斷有漏緣隨眠女根斷道緣緣識所增隨眠非所緣縛亦非相應縛者無也若非此所增隨眠而於此非所緣縛亦非相應縛者謂三界見滅所斷一切及無色界見苦集所斷不徧行隨眠男苦憂根斷道緣識及緣緣識所增隨眠亦爾命根斷道緣識所增隨眠有爲所緣縛非相應縛謂三界見道所斷有漏緣及見苦集所斷不徧行隨眠有爲相應縛非所緣縛謂三界見道所斷無漏緣及他界地緣徧行隨眠有爲所緣縛亦相應縛謂三界徧行及修所斷隨眠命根斷道緣識所增隨眠非所緣縛亦非相應縛者無也若非此所增隨眠而於此非所緣縛亦非相應縛者謂三界見滅所斷一切隨眠緣緣識所增隨眠有爲所緣縛非相應縛者無也有爲相應縛非所緣縛謂三界見道所斷無漏緣及他界地緣徧行隨眠有爲所緣縛亦相應縛者謂三界三部及見道所斷有漏緣隨眠命根斷道緣緣識所增隨眠非所緣縛亦非相應縛者無也若非此所增隨眠而於此非所緣縛亦非相應縛者謂三界見滅所斷一切隨眠意捨信等五根斷道緣識及緣緣識所增隨眠亦爾樂根斷道緣識所增隨眠有爲所緣

縛非相應縛謂三界見道所斷有漏緣欲色界見苦集所斷不徧行無色界徧行及修所斷隨眠有爲相應縛非所緣縛謂三界見道所斷無漏緣及欲色界他界地緣徧行隨眠有爲所緣縛亦相應縛謂欲色界徧行及修所斷隨眠樂根斷道緣識所增隨眠非所緣縛亦非相應縛者無也若非此所增隨眠而於此非所緣縛亦非相應縛者謂三界見滅所斷一切及無色界見苦集所斷不徧行隨眠緣緣識所增隨眠有爲所緣縛非相應縛謂無色界見苦集所斷不徧行隨眠有爲相應縛非所緣縛謂三界見道所斷無漏緣及他界地緣徧行隨眠有爲所緣縛亦相應縛謂欲色界三部無色界徧行修所斷及三界見道所斷有漏緣隨眠樂根斷道緣緣識所增隨眠非所緣縛亦非相應縛者無也若非此所增隨眠而於此非所緣縛亦非相應縛者謂三界見滅所斷一切隨眠喜根斷道緣識及緣緣識所增隨眠亦爾通餘章義准此應知眼根乃至無色界修所斷無明隨眠緣識及緣緣識於三界十五部心中一一等無間生幾心答眼根緣識及緣緣識一一等無間生十五心耳乃至三無漏根緣識及緣緣識亦爾通餘章義准此應知眼根乃至無色界修所斷無明隨眠緣識及緣緣識所增隨眠一一等無間生幾心答眼根緣識及緣緣識所增隨眠一一等無間生十五心耳鼻舌身命意樂喜捨信等五三無漏根緣識及緣緣識所增隨眠亦爾女根緣識所增隨眠等無間生十心緣緣識所增隨眠等無間生十

五心男苦憂根緣識及緣緣識所增隨眠亦爾通餘章義准此應知眼根乃至無色界修所斷無明隨眠滅緣識及緣緣識一一等無間生幾心答眼根滅緣識及緣緣識一一等無間生十五心耳乃至信等五根滅緣識及緣緣識亦爾通餘章義准此應知眼根乃至無色界修所斷無明隨眠滅緣識及緣緣識所增隨眠一一等無間生幾心答眼根滅緣識所增隨眠等無間生十心緣緣識所增隨眠等無間生十五心耳乃至信等五根滅緣識及緣緣識所增隨眠亦爾通餘章義准此應知眼根乃至無色界修所斷無明隨眠斷道緣識及緣緣識一一等無間生幾心答眼根斷道緣識及緣緣識一一等無間生十五心耳乃至信等五根斷道緣識及緣緣識亦

爾通餘章義准此應知眼根乃至無色界修所斷無明隨眠斷道緣識及緣緣識所增隨眠一一等無間生幾心答眼根斷道緣識及緣緣識所增隨眠一一等無間生十五心耳鼻舌身命意樂喜捨信等五根斷道緣識及緣緣識所增隨眠亦爾女根斷道緣識所增隨眠等無間生十心緣緣識所增隨眠等無間生十五心男苦憂根斷道緣識及緣緣識所增隨眠亦爾通餘章義准此應知眼根乃至無色界修所斷無明隨眠緣識及緣緣識當言有尋有伺無尋唯伺無尋無伺耶答眼根緣識及緣緣識各具三耳乃至三無漏根緣識及緣緣識亦爾通餘章義准此應知眼根乃至無色界修所斷無明隨眠緣識及緣緣識所增隨眠當言有尋有伺無尋唯伺無

尋無伺耶答眼根緣識及緣緣識所增隨眠各具三耳乃至三無漏根緣識及緣緣識所增隨眠亦爾通餘章義准此應知眼根乃至無色界修所斷無明隨眠滅緣識及緣緣識當言有尋有伺無尋唯伺無尋無伺耶答眼根滅緣識及緣緣識各具三耳乃至信等五根滅緣識及緣緣識亦爾通餘章義准此應知眼根乃至無色界修所斷無明隨眠滅緣識及緣緣識所增隨眠當言有尋有伺無尋唯伺無尋無伺耶答眼根滅緣識及緣緣識所增隨眠各具三耳乃至信等五根滅緣識及緣緣識所增隨眠亦爾通餘章義准此應知眼根乃至無色界修所斷無明隨眠斷道緣識及緣緣識當言有尋有伺無尋唯伺無尋無伺耶答眼根斷道緣識及緣緣識各具三耳乃至信等五根斷道緣識及緣緣識亦爾通餘章義准此應知眼根乃至無色界修所斷無明隨眠斷道緣識及緣緣識所增隨眠當言有尋有伺無尋唯伺無尋無伺耶答眼根斷道緣識及緣緣識所增隨眠各具三耳乃至信等五根斷道緣識及緣緣識所增隨眠亦爾通餘章義准此應知眼根乃至無色界修所斷無明隨眠緣識及緣緣識當言樂苦喜憂捨根相應耶答眼根緣識及緣緣識四根相應除苦根耳乃至三無漏根緣識及緣緣識亦爾通餘章義准此應知眼根乃至無色界修所斷無明隨眠緣識及緣緣識所增隨眠當言樂乃至捨根相應耶答眼根緣識及緣緣識所增隨眠四根相應除苦根耳乃至三無漏根緣識及緣緣識所增隨眠

亦爾通餘章義准此應知眼根乃至無色界修所斷無明隨眠滅緣識及緣緣識當言樂乃至捨根相應耶答眼根滅緣識及緣緣識四根相應除苦根耳乃至信等五根滅緣識及緣緣識亦爾通餘章義准此應知眼根乃至無色界修所斷無明隨眠滅緣識及緣緣識所增隨眠當言樂乃至捨根相應耶答眼根滅緣識及緣緣識所增隨眠四根相應除苦根耳乃至信等五根滅緣識及緣緣識所增隨眠亦爾通餘章義准此應知眼根乃至無色界修所斷無明隨眠斷道緣識及緣緣識當言樂乃至捨根相應耶答眼根斷道緣識及緣緣識四根相應除苦根耳乃至信等五根斷道緣識及緣緣識亦爾通餘章義准此應知眼根乃至無色界修所斷無明隨眠斷道緣識及緣緣識所增隨眠當言樂乃至捨根相應耶答眼根斷道緣識及緣緣識所增隨眠四根相應除苦根耳乃至信等五根斷道緣識及緣緣識所增隨眠亦爾通餘章義准此應知眼根乃至無色界修所斷無明隨眠緣識及緣緣識誰成就誰不成就答眼根緣識空無邊處以下及聖者生上成就異生生上不成就緣緣識一切有情皆成就耳鼻舌身根緣識及緣緣識亦爾女根緣識欲色界及聖者生無色界成就異生生無色界不成就緣緣識空無邊處以下及聖者生上成就異生生上不成就男苦憂根緣識及緣緣識亦爾命根緣識及緣緣識一切有情皆成就意樂喜捨信等五三無漏根緣識及緣緣識亦爾通餘章義准此應知眼根乃至無

色界修所斷無明隨眠緣識及緣緣識所增隨眼誰成就誰不成就答眼根緣識所增隨眠未離空無邊處染成就已離空無邊處染不成就緣緣識所增隨眠未離無色界染成就已離無色界染不成就耳鼻舌身根緣識及緣緣識所增隨眠亦爾女根緣識所增隨眠未離色界染成就已離色界染不成就緣緣識所增隨眠未離空無邊處染成就已離空無邊處染不成就男苦憂根緣識及緣緣識所增隨眠亦爾命根緣識及緣緣識所增隨眠未離無色界染成就已離無色界染不成就意樂喜捨信等五三無漏根緣識及緣緣識所增隨眠亦爾通餘章義准此應知眼根乃至無色界修所斷無明隨眠滅緣識及緣緣識誰成就誰不成就答眼根滅緣識欲色界及聖者生無色界成就異生生無色界不成就緣緣識一切有情皆成就耳鼻舌身樂喜根滅緣識及緣緣識亦爾女根滅緣識欲色界及聖者生無色界成就異生生無色界不成就緣緣識空無邊處以下及聖者生上成就異生生上不成就男苦憂根滅緣識及緣緣識亦爾命根滅緣識及緣緣識一切有情皆成就意捨信等五根滅緣識及緣緣識亦爾通餘章義准此應知眼根乃至無色界修所斷無明隨眠滅緣識及緣緣識所增隨眠誰成就誰不成就答眼根滅緣識所增隨眠未離色界染成就已離色界染不成就緣緣識所增隨眠未離無色界染成就已離無色界染不成就耳鼻舌身樂喜根滅緣識及緣緣識所增隨眠亦爾女根滅緣識所增

隨眠未離色界染成就已離色界染不成就緣緣識所增隨眠未離空無邊處染成就已離空無邊處染不成就男苦憂根滅緣識及緣緣識所增隨眠亦爾命根滅緣識及緣緣識所增隨眠未離無色界染成就已離無色界染不成就意捨信等五根滅緣識及緣緣識所增隨眠亦爾通餘章義准此應知

阿毗達磨大毗婆沙論卷第九十一 說一切有部發智

阿毗達磨大毗婆沙論卷第九十二

五百大阿羅漢等造

唐三藏法師玄奘奉詔譯

結蘊第二中十門納息第四之二十二

眼根乃至無色界修所斷無明隨眠斷道緣識及緣緣識誰成就誰不成就答眼根斷道緣識及緣緣識一切有情皆成就耳鼻舌身命意樂喜捨信等五根斷道緣識及緣緣識亦爾女根斷道緣識欲色界及聖者至無色界成就異生生無色界不成就此緣緣識一切有情皆成就男苦憂根斷道緣識及緣緣識亦爾通餘章義准此應知眼根乃至無色界修所斷無明隨眠斷道緣識及緣緣識所增隨眠誰成就誰不成就答眼根斷道緣識及緣緣識所增隨眠未離無色界染成就已離無色界染不成就耳鼻舌身命意樂喜捨信等五根斷道緣識及緣緣識所增隨眠亦爾女根斷道緣識所增隨眠未離色界染成就已離色界染不成就此緣緣識所增隨眠未離空無邊處染成就已離空無邊處染不成就男苦憂根斷道緣識及緣緣識所增隨眠亦爾通餘章義准此應知眼根乃至無色界修所斷無明隨眠緣識及緣緣識得徧知時於九十八隨眠中幾隨眠得徧知於九結中幾結盡答眼根緣識得徧知時空無邊處愛盡即眼根緣識得徧知無結盡此緣緣識得徧知時無色愛盡三隨眠得徧知三結盡耳鼻舌身根緣識及緣緣識得徧知時亦爾女根緣識得徧知時色愛盡異生三十一隨眠得徧知無結盡聖者三隨眠得徧知無結

盡此緣緣識得徧知時空無邊處愛盡即女根緣緣識得徧知無結盡男苦憂根緣識及緣緣識得徧知時亦爾命根緣識及緣緣識得徧知時無色愛盡三隨眠得徧知三結盡意樂喜捨信等五三無漏根緣識及緣緣識得徧知時亦爾通餘章義准此應知眼根乃至無色界修所斷無明隨眠緣識及緣緣識所增隨眠得徧知時幾隨眠得徧知幾結盡答眼根緣識所增隨眠得徧知時空無邊處愛盡即眼根緣識所增隨眠得徧知無結盡此緣緣識所增隨眠得徧知時無色愛盡三隨眠得徧知三結盡耳鼻舌身根緣識及緣緣識所增隨眠得徧知時亦爾女根緣識所增隨眠得徧知時色愛盡異生三十一隨眠得徧知無結盡聖者三隨眠得徧知無結盡

此緣緣識所增隨眠得徧知時空無邊處愛盡即女根緣緣識所增隨眠得徧知無結盡男苦憂根緣識及緣緣識所增隨眠得徧知時亦爾命根緣識及緣緣識所增隨眠得徧知時無色愛盡三隨眠得徧知三結盡意樂喜捨信等五三無漏根緣識及緣緣識所增隨眠得徧知時亦爾通餘章義准此應知眼根乃至無色界修所斷無明隨眠滅緣識及緣緣識得徧知時幾隨眠得徧知幾結盡答眼根滅緣識得徧知時色愛盡異生三十一隨眠得徧知無結盡聖者三隨眠得徧知無結盡此緣緣識得徧知時無色愛盡三隨眠得徧知三結盡耳鼻舌身樂喜根滅緣識及緣緣識得徧知時亦爾女根滅緣識得徧知時色愛盡異生三十一隨眠得徧知無結盡

聖者三隨眠得徧知無結盡此緣緣識得徧知時空無邊處愛盡即女根滅緣緣識得徧知無結盡男苦憂根滅緣識及緣緣識得徧知時亦爾命根滅緣識及緣緣識得徧知時無色愛盡三隨眠得徧知三結盡意捨信等五根滅緣識及緣緣識得徧知時亦爾通餘章義准此應知眼根乃至無色界修所斷無明隨眠滅緣識及緣緣識所增隨眠得徧知時幾隨眠得徧知幾結盡答眼根滅緣識所增隨眠得徧知時色愛盡異生三十一隨眠得徧知無結盡聖者三隨眠得徧知無結盡此緣緣識所增隨眠得徧知時無色愛盡三隨眠得徧知三結盡耳鼻舌身樂喜根滅緣識及緣緣識所增隨眠得徧知時亦爾女根滅緣識所增隨眠得徧知時色愛盡異生三十一隨眠得徧知無結盡聖者三隨眠得徧知無結盡此緣緣識所增隨眠得徧知時空無邊處愛盡即女根滅緣緣識所增隨眠得徧知無結盡男苦憂根滅緣識及緣緣識所增隨眠得徧知時亦爾命根滅緣識及緣緣識所增隨眠得徧知時無色愛盡三隨眠得徧知三結盡意捨信等五根滅緣識及緣緣識所增隨眠得徧知時亦爾通餘章義准此應知眼根乃至無色界修所斷無明隨眠斷道緣識及緣緣識得徧知時幾隨眠得徧知幾結盡答眼根斷道緣識及緣緣識得徧知時無色愛盡三隨眠得徧知三結盡耳鼻舌身命意樂喜捨信等五根斷道緣識及緣緣識得徧知時亦爾女根斷道緣識得徧知時色愛盡異生三十一隨眠得徧知無結盡聖

者三隨眠得徧知無結盡此緣緣識得徧知時無色愛盡三隨眠得徧知三結盡男苦憂根斷道緣識及緣緣識得徧知時亦爾通餘章義准此應知眼根乃至無色界修所斷無明隨眠斷道緣識及緣緣識所增隨眠得徧知時幾隨眠得徧知幾結盡答眼根斷道緣識及緣緣識所增隨眠得徧知時無色愛盡三隨眠得徧知三結盡耳鼻舌身命意樂喜捨信等五根斷道緣識及緣緣識所增隨眠得徧知時亦爾女根斷道緣識所增隨眠得徧知時色愛盡異生三十一隨眠得徧知無結盡聖者三隨眠得徧知無結盡此緣緣識所增隨眠得徧知時無色愛盡三隨眠得徧知三結盡男苦憂根斷道緣識及緣緣識所增隨眠得徧知時亦爾通餘章義准此應知

眼根乃至無色界修所斷無明隨眠緣識及緣緣識滅作證時於九十八隨眠中幾隨眠滅作證於九結中幾結盡答眼根緣識滅作證時空無邊處愛盡即眼根緣識滅作證無結盡至阿羅漢九十八隨眠滅作證九結盡此緣緣識滅作證時得阿羅漢果九十八隨眠滅作證九結盡耳鼻舌身根緣識及緣緣識滅作證時亦爾女根緣識滅作證時色愛盡異生三十一隨眠滅作證無結盡聖者三隨眠滅作證無結盡至阿羅漢九十八隨眠滅作證九結盡此緣緣識滅作證時空無邊處愛盡即女根緣緣識滅作證無結盡至阿羅漢九十八隨眠滅作證九結盡男苦憂根緣識及緣緣識滅作證時亦爾命根緣識及緣緣識滅作證時得阿羅漢果九十八隨眠

滅作證九結盡意樂喜捨信等五三無漏根緣識及緣緣識滅作證時亦爾通餘章義准此應知眼根乃至無色界修所斷無明隨眠緣識及緣緣識所增隨眠滅作證時幾隨眠滅作證幾結盡答眼根緣識所增隨眠滅作證時空無邊處愛盡即眼根緣識所增隨眠滅作證無結盡至阿羅漢九十八隨眠滅作證九結盡此緣緣識所增隨眠滅作證時得阿羅漢果九十八隨眠滅作證九結盡耳鼻舌身根緣識及緣緣識所增隨眠滅作證時亦爾女根緣識所增隨眠滅作證時色愛盡異生三十一隨眠滅作證無結盡聖者三隨眠滅作證無結盡至阿羅漢九十八隨眠滅作證九結盡此緣緣識所增隨眠滅作證時空無邊處愛盡即女根緣緣識所增隨眠滅作證無結盡至阿羅漢九十八隨眠滅作證九結盡男苦憂根緣識及緣緣識所增隨眠滅作證時亦爾命根緣識及緣緣識所增隨眠滅作證時得阿羅漢果九十八隨眠滅作證九結盡意樂喜捨信等五三無漏根緣識及緣緣識所增隨眠滅作證時亦爾通餘章義准此應知眼根乃至無色界修所斷無明隨眠滅緣識及緣緣識滅作證時幾隨眠滅作證幾結盡答眼根滅緣識滅作證時色愛盡異生三十一隨眠滅作證無結盡聖者三隨眠滅作證無結盡至阿羅漢九十八隨眠滅作證九結盡此緣緣識滅作證時得阿羅漢果九十八隨眠滅作證九結盡耳鼻舌身樂喜根滅緣識及緣緣識滅作證時亦爾女根滅緣識滅作證時色愛盡異生三十一隨

眠滅作證無結盡聖者三隨眠滅作證無結盡至阿羅漢九十八隨眠滅作證九結盡此緣緣識滅作證時空無邊處愛盡即女根滅緣緣識滅作證無結盡至阿羅漢九十八隨眠滅作證九結盡男苦憂根滅緣識及緣緣識滅作證時亦爾命根滅緣識及緣緣識滅作證時得阿羅漢果九十八隨眠滅作證九結盡意捨信等五根滅緣識及緣緣識滅作證時亦爾通餘章義准此應知眼根乃至無色界修所斷無明隨眠滅緣識及緣緣識所增隨眠滅作證時幾隨眠滅作證幾結盡答眼根滅緣識所增隨眠滅作證時色愛盡異生三十一隨眠滅作證無結盡聖者三隨眠滅作證無結盡至阿羅漢九十八隨眠滅作證九結盡此緣緣識所增隨眠滅作證時得

阿羅漢果九十八隨眠滅作證九結盡耳鼻舌身樂喜根滅緣識及緣緣識所增隨眠滅作證時亦爾女根滅緣識所增隨眠滅作證時色愛盡異生三十一隨眠滅作證無結盡聖者三隨眠滅作證無結盡至阿羅漢九十八隨眠滅作證九結盡此緣緣識所增隨眠滅作證時空無邊處愛盡即女根滅緣緣識所增隨眠滅作證無結盡至阿羅漢九十八隨眠滅作證九結盡男苦憂根滅緣識及緣緣識所增隨眠滅作證時亦爾命根滅緣識及緣緣識所增隨眠滅作證時得阿羅漢果九十八隨眠滅作證九結盡意捨信等五根滅緣識及緣緣識所增隨眠滅作證時亦爾通餘章義准此應知眼根乃至無色界修所斷無明隨眠斷道緣識及緣緣識滅作證時

幾隨眠滅作證幾結盡答眼根斷道緣識及緣緣識滅作證時得阿羅漢果九十八隨眠滅作證九結盡耳鼻舌身命意樂喜捨信等五根斷道緣識及緣緣識滅作證時亦爾女根斷道緣識滅作證時色愛盡異生三十一隨眠滅作證無結盡聖者三隨眠滅作證無結盡至阿羅漢九十八隨眠滅作證九結盡此緣緣識滅作證時得阿羅漢果九十八隨眠滅作證九結盡男苦憂根斷道緣識及緣緣識滅作證時亦爾通餘章義准此應知眼根乃至無色界修所斷無明隨眠斷道緣識及緣緣識所增隨眠滅作證時幾隨眠滅作證幾結盡答眼根斷道緣識及緣緣識所增隨眠滅作證時得阿羅漢果九十八隨眠滅作證九結盡耳鼻舌身命意樂喜捨信等五

根斷道緣識及緣緣識所增隨眠滅作證時亦爾女根斷道緣識所增隨眠滅作證時色愛盡異生三十一隨眠滅作證無結盡聖者三隨眠滅作證無結盡至阿羅漢九十八隨眠滅作證九結盡此緣緣識所增隨眠滅作證時得阿羅漢果九十八隨眠滅作證九結盡男苦憂根斷道緣識及緣緣識所增隨眠滅作證時亦爾通餘章義准此應知眼根乃至無色界修所斷無明隨眠各九結中幾結所繫三縛中幾縛所縛十隨眠中幾隨眠隨增六垢中幾垢所染十纏中幾纏所纏答眼根九結所繫三縛所縛十隨眠隨增六垢所染十纏所纏耳乃至信等五根亦爾通餘章義准此應知眼根乃至無色界修所斷無明隨眠緣識及緣緣識幾結所繫乃至幾纏所

纏答眼根緣識及緣緣識九結所繫三縛所
縛十隨眠隨增六垢所染十纏所纏耳乃至
信等五根緣識及緣緣識亦爾通餘章義准
此應知眼根乃至無色界修所斷無明隨眠
滅緣識及緣緣識幾結所繫乃至幾纏所纏
答眼根滅緣識及緣緣識九結所繫三縛所
縛十隨眠隨增六垢所染十纏所纏耳乃至
信等五根滅緣識及緣緣識亦爾通餘章義
准此應知眼根乃至無色界修所斷無明隨
眠斷道緣識及緣緣識幾結所繫乃至幾纏
所纏答眼根斷道緣識及緣緣識九結所繫
三縛所縛十隨眠隨增六垢所染十纏所纏
耳乃至信等五根斷道緣識及緣緣識亦爾
通餘章義准此應知成就眼根乃至無色界
修所斷無明隨眠者幾結所繫乃至幾纏所

纏答成就眼根者若異生未離欲染九結所
繫三縛所縛十隨眠隨增六垢所染十纏所
纏已離欲染未離初靜慮染六結所繫二縛
所縛九隨眠隨增三垢所染二纏所纏已離
初靜慮染六結所繫二縛所縛九隨眠隨增
一垢所染二纏所纏若聖者未離欲染入正
性離生苦類智未已生九結所繫三縛所縛
十隨眠隨增六垢所染十纏所纏苦類智已
生道類智未已生九結所繫三縛所縛八隨
眠隨增六垢所染十纏所纏道類智已生未
離欲染六結所繫三縛所縛四隨眠隨增六
垢所染十纏所纏已離欲染未離初靜慮染
入正性離生苦類智未已生六結所繫二縛
所縛九隨眠隨增三垢所染二纏所纏苦類
智已生道類智未已生六結所繫二縛所縛

七隨眠隨增三垢所染二纏所纏道類智已生未離初靜慮染三結所繫二縛所縛三隨眠隨增三垢所染二纏所纏已離初靜慮染入正性離生苦類智未已生六結所繫二縛所縛九隨眠隨增一垢所染二纏所纏苦類智已生道類智未已生六結所繫二縛所縛七隨眠隨增一垢所染二纏所纏道類智已生未離無色染三結所繫二縛所縛三隨眠隨增一垢所染二纏所纏已離無色染無結繫乃至無纏纏成就耳鼻舌身女男命意樂苦喜捨信等五根者亦爾成就憂根者若異生九結所繫三縛所縛十隨眠隨增六垢所染十纏所纏若聖者苦類智未已生九結所繫三縛所縛十隨眠隨增六垢所染十纏所纏苦類智已生道類智未已生九結所繫三縛所縛八隨眠隨增六垢所染十纏所纏道類智已生六結所繫三縛所縛四隨眠隨增六垢所染十纏所纏成就未知當知根者未離欲染入正性離生苦類智未已生九結所繫三縛所縛十隨眠隨增六垢所染十纏所纏苦類智已生九結所繫三縛所縛八隨眠隨增六垢所染十纏所纏已離欲染未離初靜慮染入正性離生苦類智未已生六結所繫二縛所縛九隨眠隨增三垢所染二纏所纏苦類智已生六結所繫二縛所縛七隨眠隨增三垢所染二纏所纏已離初靜慮染入正性離生苦類智未已生六結所繫二縛所縛九隨眠隨增一垢所染二纏所纏苦類智已生六結所繫二縛所縛七隨眠隨增一垢所染二纏所纏成就已知根者若未離欲染

六結所繫三縛所縛四隨眠隨增六垢所染十纏所纏若已離欲染未離初靜慮染三結所繫二縛所縛三隨眠隨增三垢所染二纏所纏若已離初靜慮染三結所繫二縛所縛三隨眠隨增一垢所染二纏所纏成就具知根者無結繫乃至無纏纏通餘章義准此應知成就眼根乃至無色界修所斷無明隨眠縁識及縁縁識者幾結所繫乃至幾纏所纏答成就眼乃至具知根縁識及縁縁識者諸結所繫乃至諸纏所纏如前成就眼根者說通餘章義准此應知成就眼根乃至無色界修所斷無明隨眠滅者幾結所繫乃至幾纏所纏答成就眼根滅者若異生未離初靜慮染六結所繫二縛所縛九隨眠隨增三垢所染二纏所纏已離初靜慮染六結所繫二縛所縛九隨眠隨增一垢所染二纏所纏若聖者未離初靜慮染入正性離生苦類智未已生六結所繫二縛所縛九隨眠隨增三垢所染二纏所纏苦類智已生道類智未已生六結所繫二縛所縛七隨眠隨增三垢所染二纏所纏道類智已生未離初靜慮染三結所繫二縛所縛三隨眠隨增三垢所染二纏所纏已離初靜慮染入正性離生苦類智未已生六結所繫二縛所縛九隨眠隨增一垢所染二纏所纏苦類智已生道類智未已生六結所繫二縛所縛七隨眠隨增一垢所染二纏所纏道類智已生未離無色染三結所繫二縛所縛三隨眠隨增一垢所染二纏所纏已離無色染無結繫乃至無纏纏成就耳鼻舌身女男命信等五根滅者亦爾成就意根

滅者若異生未離欲染九結所繫三縛所縛十隨眠隨增六垢所染十纏所纏已離欲染未離初靜慮染六結所繫二縛所縛九隨眠隨增三垢所染二纏所纏已離初靜慮染六結所繫二縛所縛九隨眠隨增一垢所染二纏所纏若聖者未離欲染入正性離生苦類智未已生九結所繫三縛所縛十隨眠隨增六垢所染十纏所纏苦類智已生道類智未已生九結所繫三縛所縛八隨眠隨增六垢所染十纏所纏道類智已生未離欲染六結所繫三縛所縛四隨眠隨增六垢所染十纏所纏已離欲染未離初靜慮染入正性離生苦類智未已生六結所繫二縛所縛九隨眠隨增三垢所染二纏所纏苦類智已生道類智未已生六結所繫二縛所縛七隨眠隨增

三垢所染二纏所纏道類智已生未離初靜慮染三結所繫二縛所縛三隨眠隨增三垢所染二纏所纏已離初靜慮染入正性離生苦類智未已生六結所繫二縛所縛九隨眠隨增一垢所染二纏所纏苦類智已生道類智未已生六結所繫二縛所縛七隨眠隨增一垢所染二纏所纏道類智已生未離無色染三結所繫二縛所縛三隨眠隨增一垢所染二纏所纏已離無色染無結繫乃至無纏纏成就樂苦喜憂捨根滅者亦爾通餘章義准此應知成就眼根乃至無色界修所斷無明隨眠滅緣識及緣緣識者幾結所繫乃至幾纏所纏答成就眼根乃至信等五根滅緣識及緣緣識者諸結所結乃至諸纏所纏如前成就意根滅者說通餘章義准此應知成

就眼根乃至無色界修所斷無明隨眠斷道者幾結所繫乃至幾纏所纏答成就眼根乃至信等五根斷道者諸結所繫乃至諸纏所纏亦如前成就意根滅者說成就眼根乃至無色界修所斷無明隨眠斷道緣識及緣緣識者諸結所繫乃至諸纏所纏如前成就意根滅緣識及緣緣識者說通餘章義准此應知不成就眼根乃至無色界修所斷無明隨眠者幾結所繫乃至幾纏所纏答不成就眼耳鼻舌女男根者諸結所繫乃至諸纏所纏如前成就眼根者說不成就身根者若異生六結所繫二縛所縛九隨眠隨增一垢所染二纏所纏若聖者未離無色染三結所繫二縛所縛三隨眠隨增一垢所染二纏所纏已離無色染無結繫乃至無纏纏不成就樂喜根者六結所繫二縛所縛九隨眠隨增一垢所染二纏所纏不成就苦根者若異生未離初靜慮染六結所繫二縛所縛九隨眠隨增三垢所染二纏所纏已離初靜慮染六結所繫二縛所縛九隨眠隨增一垢所染二纏所纏若聖者未離初靜慮染三結所繫二縛所縛三隨眠隨增三垢所染二纏所纏已離初靜慮染未離無色染三結所繫二縛所縛三隨眠隨增一垢所染二纏所纏已離無色染無結繫乃至無纏纏不成就憂根者諸結所繫乃至諸纏所纏如前成就眼根滅者說不成就信等五根者九結所繫三縛所縛十隨眠隨增六垢所染十纏所纏不成就未知當知根者若異生諸結所繫乃至諸纏所纏如前成就眼根異生說若聖者未離欲染六結

所繫三縛所縛四隨眠隨增六垢所染十纏所纏已離欲染未離初靜慮染三結所繫二縛所縛三隨眠隨增三垢所染二纏所纏已離初靜慮染未離無色染三結所繫二縛所縛三隨眠隨增一垢所染二纏所纏已離無色染無結繫乃至無纏纏不成就已知根者若異生諸結所繫乃至諸纏所纏如前不成就未知當知根異生說若聖者在見道未離欲染苦類智未已生九結所繫三縛所縛十隨眠隨增六垢所染十纏所纏苦類智已生九結所繫三縛所縛八隨眠隨增六垢所染十纏所纏已離欲染未離初靜慮染苦類智未已生六結所繫二縛所縛九隨眠隨增三垢所染二纏所纏苦類智已生六結所繫二縛所縛七隨眠隨增三垢所染二纏所纏已離初靜慮染苦類智未已生六結所繫二縛所縛九隨眠隨增一垢所染二纏所纏苦類智已生六結所繫二縛所縛七隨眠隨增一垢所染二纏所纏在無學道無結繫乃至無纏纏不成就具知根者若異生諸結所繫乃至諸纏所纏如前不成就已知根異生說若聖者在見道諸結所繫乃至諸纏所纏如前不成就已知根者在見道說在修道諸結所繫乃至諸纏所纏如前不成就未知當知根者在修道說通餘章義准此應知不成就眼根乃至無色界修所斷無明隨眠緣識及緣緣識者幾結所繫乃至幾纏所纏答不成就眼根緣識者六結所繫二縛所縛九隨眠隨增一垢所染二纏所纏不成就耳鼻舌身女男苦憂根緣識者及不成就女男苦憂根緣

緣識者亦爾通餘章義准此應知不成就眼根乃至無色界修所斷無明隨眠滅者幾結所繫乃至幾纏所纏答不成就眼根滅者若異生在欲界九結所繫三縛所縛十隨眠隨增六垢所染十纏所纏在識無邊處以上六結所繫二縛所縛九隨眠隨增一垢所染二纏所纏若聖者在見修道諸結所繫乃至諸纏所纏如前未離欲染在見修道聖者說不成就耳鼻舌身女男樂苦根滅者亦爾有差別者不成就女男苦根滅者應言在第二靜慮以上不成就樂根滅者應言在第三靜慮具縛及在空無邊處以上不成就喜根滅者若異生在欲界具縛九結所繫三縛所縛十隨眠隨增六垢所染十纏所纏在第四靜慮以上六結所繫二縛所縛九隨眠隨增一垢所染二纏所纏若聖者具縛入正性離生初刹那頃九結所繫三縛所縛十隨眠隨增六垢所染十纏所纏不成就憂根滅者亦爾有差別者應言在第二靜慮以上不成就命及信等五根滅者諸結所繫乃至諸纏所纏若異生如前未離欲染諸異生說若聖者在見修道如前未離欲染在見修道諸聖者說不成就意捨根滅者若異生具縛若聖者具縛入正性離生初刹那頃俱九結所繫三縛所縛十隨眠隨增六垢所染十纏所纏通餘章義准此應知不成就眼根乃至無色界修所斷無明隨眠滅緣識及緣緣識者幾結所繫乃至幾纏所纏答不成就眼根滅緣識者六結所繫二縛所縛九隨眠隨增一垢所染三纏所纏不成就耳鼻舌身樂喜根滅緣識者

及不成就女男苦憂根滅縁識及縁縁識者亦爾通餘章義准此應知不成就眼根乃至無色界修所斷無明隨眠斷道者幾結所繫乃至幾纏所纏答不成就眼根斷道者若異生在欲界九結所繫三縛所縛十隨眠隨增六垢所染十纏所纏在識無邊處以上六結所繫二縛所縛九隨眠隨增一垢所染二纏所纏若聖者在見修道諸結所繫乃至諸纏所纏如未離欲染在見修道諸聖者說不成就耳鼻舌身女男樂苦根斷道者亦爾有差別者不成就女男苦根斷道者應言在第二靜慮以上不成就樂根斷道者應言在第三靜慮未起加行道及在空無邊處以上不成就喜根斷道者若異生在欲界九結所繫三縛所縛十隨眠隨增六垢所染十纏所纏在第四靜慮以上六結所繫二縛所縛九隨眠隨增一垢所染二纏所纏若聖者在見修道諸結所繫乃至諸纏所纏如未離欲染在見修道諸聖者說不成就憂根斷道者亦爾有差別者應言在第二靜慮以上不成就命信等五根斷道者若異生若聖者諸結所繫乃至諸纏所纏如前在欲界不成就眼根斷道異生聖者說不成就意捨根斷道者若異生若聖者諸結所繫乃至諸纏所纏如前在欲界不成就喜根斷道異生聖者說通餘章義准此應知不成就眼根乃至無色界修所斷無明隨眠斷道縁識及縁縁識者幾結所繫乃至幾纏所纏答不成就女根斷道縁識者六結所繫二縛所縛九隨眠隨增一垢所染二纏所纏不成就男苦憂根斷道縁識者亦

爾通餘章義准此應知決擇餘門准前應說

阿毗達磨大毗婆沙論卷第九十二 說一切有部發智

阿毗達磨大毗婆沙論卷第九十三

五百大阿羅漢等造

唐三藏法師玄奘奉詔譯

智蘊第三中學支納息第一之一

如世尊說學行迹成就學八支彼成就過去幾未來幾現在幾如是等章及解章義既領會已次應廣釋問何故作此論答爲欲解釋契經義故如契經說學行迹成就學八支漏盡阿羅漢成就十無學支契經雖作是說而不說彼成就過去幾未來幾現在幾契經是此論所依根本彼未說者今應說之復次爲止他宗顯正理故謂或有執過去未來無實自性現在雖有而是無爲爲遮彼意顯示實有過去未來可成就故若彼非有應不成就如第二頭第六蘊等既可成就故知實有又爲顯示現在世法定是有爲有生滅故或復有執無實成就不成就性如譬喻者彼說有情不離諸法說名成就離諸法時名不成就俱假施設如五指合假說爲拳離即非拳此亦如是問彼何故作是執答彼依契經故作是執謂契經說有轉輪王成就七寶若成就性是實有者成就輪寶神珠寶故應法性壞所以者何亦是有情亦非情故成就象寶及馬寶故復應趣壞所以者何亦是傍生亦是人故成就女寶故復應身壞所以者何亦是男身亦女身故成就主兵主藏臣故復應業壞所以者何君臣雜故勿有此失故成就性定非實有爲遮彼意顯成就性定是實有若不爾者便違契經如說學行迹成就學八支漏盡阿羅漢成就十無學支聖者現起有漏

心時應不成就過去未來諸無漏法云何成就八支十支復違餘經如說如是補特伽羅成就善法及不善法若彼善法現在前時應不成就不善法若不善法現在前時應不成就善法若無記法現在前時應不成就善不善法云何說成就善不善法耶復違餘經如說成就七善法者彼現法中多住喜樂如理勤修必能盡漏七善法者知法知義乃至廣說七中若一現在前時應不成就餘六善法若起餘法現在前時應不成就七云何成就七善法耶復違餘經如說如來成就十力若起一力現在前時應不成就九若起餘法現在前時應不成就十云何如來成就十力復有餘失謂諸異生不染汚心現在前位應成無學不成就三界一切煩惱故諸無學者起有漏心現在前位應成異生不成就一切學無學法故勿有此失故成就性決定實有問若成就性是實有者前譬喻者所引契經當云何通答輪王於彼有自在力隨意受用如成就故立成就名若全撥無實成就性如何於彼立成就名復有餘師許有成就撥不成就彼立是說諸成就性有作用故可是實有不成就性既無作用云何實有爲遮彼執顯不成就亦是實有若不成就非實有者亦應非有實成就性相待立故如影與光明暗晝夜寒熱等事相待而立闕一不成此亦如是復次不成就性與成就性近互相違故俱實有如貪無貪瞋無瞋癡無癡等近互相違故俱實有復次若不成就非實有性應不施設煩惱斷法所以者何非聖道生斷諸煩惱如

刀斷物如石磨香然諸聖道現在前時令諸煩惱成就得滅亦令彼煩惱不成就得生爾時說爲斷諸煩惱有餘復執道是無爲如分別論者彼作是說惟一無上正等菩提常住不滅隨彼彼佛出現世間能證者雖異而所證無別如一龍象妙飾莊嚴雖有多人次第乘御而彼龍象前後是一問彼何故作此執答彼依契經如契經說佛告苾芻我證舊道故知聖道定是無爲爲遮彼執欲顯聖道墮三世故定是有爲非無爲法墮三世故又執聖道體是無爲便違契經如契經說有一近事名毗舍佉來詣法授苾芻尼所問言聖道爲是有爲爲是無爲苾芻尼言聖道有爲墮三世故問若聖道是有爲分別論者所引契經當云何通答由五事相似故說名舊道一

地相似諸佛皆依第四靜慮得菩提故二加行相似諸佛皆經三無數劫修習六種波羅蜜多得圓滿故三所緣相似諸佛皆緣四聖諦理證菩提故四行相相似諸佛皆以苦非常等十六行相修聖道故五所作相似諸佛皆以無漏道力斷自身中一切煩惱亦令無量無邊有情得涅槃樂故若不依此釋舊道名而執無爲是舊義者即彼經說舊城舊都豈舊城都是無爲法又若經說證舊聖道即執聖道是無爲法契經亦說蛇退舊皮豈蛇舊皮是無爲法如伽他說

若斷愛無餘　如蓮華處水　苾芻捨此彼

如蛇脱舊皮

如舊城等皆是有爲舊聖道言理亦應爾爲止此等他宗所說及爲顯示諸法正理故作

斯論如世尊說學行迹成就學八支此中云何學八支謂學正見乃至正定成就者問誰成就爲法成就爲補特伽羅成就耶設爾何失二俱有過所以者何若法成就者一切法旣無作用於無作用一切法中何法能成就何法所成就若補特伽羅成就者諦義勝義補特伽羅都不可得旣無眞實補特伽羅云何說彼能成就法答應作是說非法成就亦非補特伽羅成就然有眞實成就性及不成就性而無眞實成就者及不成就者如有眞實雜染清淨繫縛解脫流轉還滅因果死生諸業異熟道及道果而無眞實雜染清淨者乃至修道證道果者有作是說法成就問若爾法無作用云何成就答諸法雖無作用而有功能問若爾眼處應成就十一處十一處亦應成就眼處答依此理說亦無有過皆有功能互相引故評曰應作是說能成就者非法亦非補特伽羅無眞實作用故補特伽羅非實有故然有四蘊五蘊生時與如是類諸得俱轉說名成就與如是類非得俱轉名不成就問若爾經說當云何通如說如是補特伽羅成就善法及不善法答此是世尊於諸蘊中依世俗說不言實有補特伽羅成就諸法問此中何者是成就義尊者世友作如是說不斷義是成就義問若爾具縛補特伽羅於一切法皆名不斷應皆成就答非皆成就有未得故復作是說已得義是成就義問若爾無學已得學法應成就彼答非成就彼已捨彼故復作是說不棄捨義是成就義問若爾學位不棄捨無學法應成就彼答非成就

彼未得彼故復作是說已得未捨義是成就義此言應理若法已得而未捨時必成就故大德說曰世俗有情不離諸法假說成就勝義中無成就性故問何故名學爲學所學爲得學法設爾何失二俱有過所以者何若學所學故名學者定蘊所說當云何通如說有學非學所學謂有學者安住自性若得學法故名學者契經所說當云何通如說佛告尸縛迦言學所學故說名爲學答應作是說學所學故說名爲學問若爾定蘊所說當云何通答彼說世俗共稱學者謂於所學學不學時世共稱彼以爲學者故本論師說彼爲學而實非學復次彼於所學希望不止依彼期心故說爲學有作是說得學法故說名爲學問若爾契經所說當云何通答契經依彼不息期心不捨加行故作是說謂有學者雖或起善心或起不善心或起無記心而恒不捨趣涅槃心及彼加行故一切時名學所學然亦有時不學所學如人在路暫憩息時有人問言欲何所趣其人答曰欲趣某方以不捨趣心雖住亦言趣是學者行迹故名學行迹問無學行迹明淨勝妙過於有學何緣但說學行迹耶答亦應說有無學行迹而不說者是有餘說復次既已說始則已說終故已說學迹則亦說無學復次欲顯各別有殊勝事謂有學位行迹殊勝無學位中解脫殊勝如王與臣各有勝事謂王尊貴威伏殊勝臣於事業勇戰殊勝復次有學行迹能斷煩惱勝煩惱怨無學不爾復次有學行迹爲斷煩惱勤修加行無學不爾復次數數行義是行迹

義有學數行無學不爾是故不說無學行迹彼成就過去幾未來幾現在幾答若依有尋有伺定初學見現在前過去無未來現在八此中有尋有伺定者謂未至定及初靜慮依者有說俱生是依復有說者等無間緣是此依義評曰應作是說即彼二地總說爲依初有四種一入正性離生初謂依彼地初入正性離生故二得果初謂依彼地初得學果故三轉根初謂依彼地信勝解初練根作見至故四離染初謂世俗道離諸染已初依彼地起無漏道現在前故此中總依四初作論而歷諸位有具不具隨其所應當審思擇學見現在前者問學者亦有非學非無學見現在前彼亦是學見是諸學者所起見故何故此中不說學者學見現在前耶答應作是說而不說者當知此中是有餘說復次此中學見即說學見非學者見故不應責過去無者謂如前說諸初刹那現在前時全無過去未有一念已生滅故設已生滅得果轉根或退捨故未來八者謂即初時具修未來學八支故現在八者爾時八支現在前故彼滅已不失若復依有尋有伺定學見現在前過去未來現在八此中彼者謂彼八支滅已者謂無常滅已不失者謂由三因緣失無漏道一得果故二轉根故三退捨故無此三緣故言不失若復依等者謂彼第二刹那以去復依有尋有伺定學見現在前問何故復起此地學見答念報恩故謂依此地破煩惱怨念報彼恩故復重起如因鎧仗伏怨敵已復數修治愛重藏護復次由四緣故復重起彼一爲現法

樂住二爲遊戲功德三爲觀本所作四爲受用聖財過去八者爲從第二刹那以後成就過去初刹那時已起滅者未來現在各有八者如前應知彼滅已不失若依無尋無伺定學見現在前過去未來八現在七此中無尋無伺定者謂第二第三第四靜慮問何故不說靜慮中間答應說而不説者當知此義有餘復次靜慮中間與後三地支無增減是故不說過去未來各有八者如前應知現在七者除正思惟彼無尋故彼滅已不失若依無色定學見現在前過去未來八現在四此中無色定者謂前三無色定問何故不說第四無色定耶答彼地無聖道故後當說起世俗心故過去未來各有八者如前應知現在四者除正思惟正語業命彼地無故彼滅已不失若入滅定或世俗心現在前過去未來八現在無此中入滅定者謂正住滅受想定世俗心者謂出滅定有漏定心或復起餘有漏定心過去未來各有八者謂前最初所起有尋有伺定八支及未來修者現在無者在滅定時無聖道故世俗心時不起無漏八道支故若依無尋無伺定初學見現在前過去無未來八現在七此中依義如前應知無尋無伺定即後三靜慮初者具四如前廣說釋學見義亦如前說過去無者初刹那時未有一念已生滅故設已生滅三緣捨故未來八者謂即初時具修未來學八支故現在七者彼地無有正思惟故彼滅已不失若復依無尋無伺定學見現在前過去七現在七未來八此中彼滅已不失等如前釋過去七者謂從第

二剎那以後成就過去初剎那時已起滅七彼滅已不失若依無色定學見現在前過去七未來八現在四此中過去七者謂初剎那已起滅者餘如前釋彼滅已不失若入滅定或世俗心現在前過去七未來八現在無此中一切如前應知彼滅已不失若依有尋有伺定學見現在前過去七未來現在八此中過去七者謂前最初所起無尋無伺定七支未來八者即最初位未來所修從入滅定世俗心後說起有尋有伺定者後當分別若依無色定初學見現在前過去無未來八現在四此中無色定者謂前三無色定初者惟依離染作論以世俗道離諸染已初起無漏三無色定現在前故無依無色入見道義故無第一入正性離生初無依無色得學果義亦無依無色學位練根義故無得果及轉根初餘如前釋問有漏無色定必依無漏靜慮爲加行起無漏無色定亦應必依無漏靜慮爲加行起何故此中說依無色定初學見現在前過去不成就八支耶答無漏道支有屬靜慮有屬無色屬靜慮者雖過去成就而屬無色者過去不成就故說過去無有八支有作是說有依世俗道得不還果已不起無漏道復以世俗道離四靜慮染或復離三無色染已初起無漏無色定時彼過去無八支聖道故作是說過去全無彼滅已不失若復依無色定學見現在前過去現在四未來八此中過去四者謂前所起初念四支未來八者謂前所修未來八支餘如前釋彼滅已不失若入滅定或世俗心現在前過去四未來八現

在無此中一切如前應知彼滅已不失若依有尋有伺定學見現在前過去四未來現在八此中過去四者謂無色定初起四支未來八者即彼時修未來八支問無色定無間必無能起有尋有伺定何故此中作如是說答當知此中是說次第非定次第依説隨順説不依定隨順説彼滅已不失若依無尋無伺定學見現在前過去四未來八現在七此中過去四者謂先依無色定最初所起四支未來八者即彼所修未來八支問次前所起有尋有伺定八支入過去皆應不失如何但説過去四耶答此中所説過去未來皆顯最初起及修者不顯後位所起所修故無有失現在隨時現在前故隨起而説問今於此中説何學者答若諸學者於一切定次第徧入如有次第蹬上階梯是此所説謂有學者先入有尋有伺定次入無尋無伺定次入無色定次入滅定後起世俗心如是學者是此所説若有學者先入有尋有伺定次入無尋無伺定次入無色定次入滅定後起無漏心此等學者非此所説如雜蘊説若有一類補特伽羅具十二支緣起法者是此所説若不具者非此所説如契經説先見女人形貌端嚴衆所樂見次見衰老次見疾病次見命終次見死後諸位變壞如是女人是經所説若不爾者非經所説此中學者應知亦然評曰應作是説此中總説一切學者隨諸學者於諸位中所起學支皆攝盡故應知行迹差别有四一苦遲通行二苦速通行三樂遲通行四樂速通行然諸行迹應説一種謂趣苦滅行趣

有世間生老病死滅行或應説二謂趣名滅行及趣色滅行或應説三謂趣三界滅行或應説五謂趣五蘊滅行或應説十二謂趣十二支緣起滅行或應説無量謂在相續刹那差別無邊際故問世尊何故廣一二三略十二等建立如是四通行耶答以三事故一以地故二以根故三以補特伽羅故此則總説若別説者但以二事謂地故根故或地故補特伽羅故地故根故者謂未至定靜慮中間三無色定諸鈍根者所有聖道名苦遲通行即此諸地諸利根者所有聖道名苦速通行四根本靜慮諸鈍根者所有聖道名樂遲通行即此諸地諸利根者所有聖道名樂速通行地故補特伽羅故者謂未至定靜慮中間三無色定隨信行信勝解時解脫者所有聖道名苦遲通行即此諸地隨法行見至不時解脫者所有聖道名苦速通行四根本靜慮隨信行信勝解時解脫者所有聖道名樂遲通行即此諸地隨法行見至不時解脫者所有聖道名樂速通行問此四通行自性是何答五蘊四蘊以爲自性謂在靜慮及近分者五蘊爲自性在無色者四蘊爲自性如是名爲通行自性我物自體相分本性已説自性所以今當説問何故名通行通行是何義答通謂通達行謂行迹能正通達趣向涅槃是通行義苦遲通行者問聖道非苦受自性亦非苦受相應何故名苦答近分無色難成辦故所起聖道説名爲苦根本靜慮易成辦故所起聖道説名爲樂此廣分別如前結蘊四靜慮中問何故聖道説名爲遲答由鈍根者

所起聖道不能速趣究竟涅槃故說名遲諸利根者所起聖道疾趣涅槃故說名速問有信勝解疾至涅槃勝於見至如信勝解精勤修行速證涅槃見至懈怠不能速證如有頌言

不放逸放逸　多覺寤睡眠　如乘利鈍馬
勤行者先至

如有二人俱趣一方一乘利馬一乘鈍馬乘利馬者不勤行故不能速至乘鈍馬者以勤行故便能速至如是見至與信勝解俱趣涅槃若信勝解精勤修行速證涅槃見至懈怠不能速證如何乃說鈍根聖道不能速趣說名爲遲答此中意說等勤行者若等勤行見至速證非信勝解故說爲遲問此四種行五蘊四蘊以爲自性何故名通通惟顯慧非餘蘊故答以慧增故但說名通如見道中雖具五蘊以慧增故但立見名如現觀邊諸世俗智雖以四蘊五蘊爲性而慧增故但立智名金剛喻定雖以四蘊五蘊爲性等持增故但立定名通行亦爾故不應責如契經說云何苦遲通行謂諸苾芻於五取蘊訶毀厭惡問苦遲通行緣四諦境何故世尊但說緣苦答亦應說此緣餘三諦而不說者是有餘說復次苦諦在初既說緣苦應知亦說緣餘三諦復次彼契經中但顯加行未顯根本謂加行時緣五取蘊起厭行相至根本時緣四聖諦集異門論作如是說云何苦遲通行謂靜慮所不攝鈍信等五根云何苦速通行謂靜慮所不攝利信等五根云何樂遲通行謂靜慮所攝鈍信等五根云何樂速通行謂靜慮所

攝利信等五根問此四通行五蘊四蘊以爲自性何故彼論惟說利鈍信等五根答依勝說故謂於五蘊四蘊行中五根最勝復次信等五根於所作事方便善巧能速成辦勝於餘蘊故偏說之問諸有情類有中根不若有者彼論何故不說若無者契經當云何通如契經說有諸有情在世間生在世間長有利根者有中根者有鈍根者乃至廣說有作是說無有中根所以者何見道有二一隨信行道二隨法行道修道亦有二一信勝解道二見至道無學道亦有二一時解脫道二不時解脫道無第三道故無中根問若爾契經當云何通答受佛化者有先見諦有中見諦有後見諦先見諦者說名利根中見諦者說名中根後見諦者說名鈍根復次受佛化者有近見諦有遠見諦有不近不遠見諦近見諦者說名利根如阿若多憍陳那等遠見諦者說名鈍根如善賢等不近不遠見諦者說名中根如護國等復有說者亦有中根問若爾彼論何故不說答應說而不說者當知此義有餘復次中根即在利鈍中攝所以者何說鈍根時中根名利勝鈍根故說利根時中根名鈍劣利根故由此尊者世友說曰中根應言在利根攝勝鈍根故此復可言在鈍根攝劣利根故大德說曰中根可言利鈍根攝而不可言上下根攝所以者何利鈍根者各三品故云何知然大覺獨覺舍利子等皆隨法行種性中攝此三種根豈得相似利根性中既有三品故知鈍根性亦得有三品利鈍二道各三品故契經中說有三品根以第三道

不可得故阿毗達磨說無中根如是善通經論二說集異門論復作是說苦遲通行若習若修若多所作能滿苦速通行樂遲通行若習若修若多所作能滿樂速通行問說何所滿爲滿於根爲滿離染若滿於根苦遲通行若習若修若多所作理應能滿二速通行樂遲通行若習若修若多所作亦應能滿二速通行若滿離染遲應滿遲速應滿速何故彼論作是說耶答應作是說彼說滿根且說相似非不相似苦與苦相似非樂樂與樂相似非苦故問誰成就幾通行答或有成就一謂未離欲染者或有成就二謂已離欲染者尊者僧伽筏蘇說曰有具成就四通行者謂依根本靜慮練根者住無間道時未捨二遲通行而得二速通行評曰彼不應作是說若作是說便應壞根補特伽羅壞根者爾時應是鈍根亦是利根壞補特伽羅者爾時應亦是信勝解等亦是見至等勿有此失是故前說於理爲善有成就一二無成就三四無一成就利鈍根故問誰用幾通行作所作事耶答有但用一或有用二或有用三有具用四而不一時有用一者謂或惟用苦遲通行作所作事如鈍根者依未至定靜慮中間三無色定隨其所應入正性離生得果離染修餘功德而般涅槃或復惟用苦速通行作所作事如利根者依未至定靜慮中間三無色定隨其所應入正性離生得果離染修餘功德而般涅槃或復惟用樂遲通行作所作事如鈍根者離欲染已依四根本靜慮隨其所應入正性離生得果離染修餘功德而般涅槃或

復惟用樂速通行作所作事如利根者離欲染已依四根本靜慮隨其所應入正性離生得果離染修餘功德而般涅槃有用二者謂或有用苦遲通行及樂遲通行作所作事如鈍根者依未至定等及依初靜慮等隨其所應入正性離生得果離染修餘功德而般涅槃或復有用苦遲通行及苦速通行作所作事如鈍根者惟依未至定等隨其所應入正性離生得果練根離染修餘功德而般涅槃或復有用樂遲通行及苦速通行作所作事如鈍根者依初靜慮等及依未至定等隨其所應入正性離生得果練根離染修餘功德而般涅槃或復有用樂遲通行及樂速通行作所作事如鈍根者惟依初靜慮等隨其所應入正性離生得果練根離染修餘功德而般涅槃或復有用苦速通行及樂速通行作所作事如利根者依未至定等及依初靜慮等隨其所應入正性離生得果離染修餘功德而般涅槃有用三者謂或有用苦遲通行及樂遲苦速通行作所作事如鈍根者依未至定等及依初靜慮等隨其所應入正性離生得果練根離染修餘功德而般涅槃或復有用苦遲通行及苦速樂速通行作所作事如鈍根者依未至定等及初靜慮等隨其所應入正性離生得果練根離染修餘功德而般涅槃或復有用苦遲通行及樂遲樂速通行如鈍根者依未至定等及依初靜慮等隨其所應入正性離生得果練根離染修餘功德而般涅槃或復有用樂遲通行及苦速樂速通行作所作事如鈍根者依初靜慮等及

依未至定等隨其所應入正性離生得果練根離染修餘功德而般涅槃有用四者謂鈍根者依未至定等及依初靜慮等隨其所應入正性離生得果練根離染修餘功德而般涅槃

阿毗達磨大毗婆沙論卷第九十三 說一切有部發智

音釋

毗佉 毗頻彌切 佉丘迦切

苾芻 苾薄必切 芻窓俞切 苾芻草名具含五義以比丘之德似之故名比丘爲苾芻

補特伽羅 梵語也此云數取趣謂數數往來諸趣也伽求迦切

數數 色角切數數頻屢也

鎧仗 鎧苦亥切鎧甲也 仗直亮切兵器也

鈍 徒困切不利也

劣 力輟切弱也

阿毗達磨大毗婆沙論卷第九十四

五百大阿羅漢等造
唐三藏法師玄奘奉詔譯

智蘊第三中學支納息第一之二

問誰於如是四種通行得幾捨幾答諸異生位無得無捨此四通行惟無漏故世第一法現在前時得一或二未有所捨問此中不依異生作論惟依聖者答亦有聖者於四通行無得無捨謂自性住進退位中有得捨義且進位中若未離欲染入正性離生住苦法智忍乃至道法智時皆無捨得一道類智忍時捨一得一若已離欲染依未至定入正性離生住苦法智忍乃至道法智時亦皆無捨得一道類智忍時捨一得二若依上地入正性離生住苦法智忍乃至道法智時皆無捨得二道類智忍時捨二得二若預流者趣一來果諸加行道五無間道五解脫道時皆無捨得一第六無間道時捨一得一若一來者趣不還果諸加行道二無間道二解脫道時無捨得一第九無間道時捨一得二若不還者趣阿羅漢果離初靜慮乃至無所有處染諸加行無間解脫道時皆無捨得二離非想非非想處染諸加行道八無間道八解脫道時亦皆無捨得二第九無間道時捨二得二是說離染位若未離欲染信勝解練根作見至諸加行道時無捨得一無間道時捨一得一若已離欲染信勝解練根作見至諸加行道時無捨得二無間道時捨二得二若時解脫阿羅漢練根作不動諸加行道八無間道八解脫道時皆無捨得二第九無間道時捨二

得二是說轉根位若未離欲染聖者起諸相似無量解脫勝處徧處及不淨觀持息念念住等諸功德時皆無捨得一若已離欲染聖者起無量解脫勝處徧處不淨觀持息念諸念住無礙解無諍願智邊際定三三摩地三重三摩地雜修靜慮引發五通諸加行道五無間道三解脫道等時皆無捨得二若入滅定想微細心時亦無捨得二微微心時無捨無得諸如是等是說修功德位若退位中阿羅漢及已離欲染有學退勝根住劣根時皆捨二得二未離欲染有學退勝根住劣根時皆捨一得一是說退根住若阿羅漢起色無色界纏退時捨二得二起欲界纏退時捨二得一若不還者已離色等染起色界等纏退時捨二無得即不還者起欲界纏退時捨二得一若一來者退勝果道時捨一無得退一來果時捨一得一若預流者退勝果道時捨一無得是說退離染位退餘功德義准應知

如施設論說有四種補特伽羅謂有補特伽羅現法中遲身壞後速或有補特伽羅現法中速身壞後遲或有補特伽羅現法中遲身壞後亦遲或有補特伽羅現法中速身壞後亦速問後二可爾前二云何聖者轉生決定不退亦不轉根欲界經生決定不入色無色界如何可說現遲後速復如何說現速後遲豈有見至經生退爲信勝解者答彼論不說轉根及退但說精進及懈怠者若現身懈怠後身精進者名現法中遲身壞後速若現身精進後身懈怠者名現法中速身壞後遲若現身懈怠後身亦懈怠者名現法中遲身壞

後亦遲若現身精進後身亦精進者名現法中速身壞後亦速如是名爲彼論說意如契經說有四種行一不堪忍行二堪忍行三調伏行四寂靜行云何不堪忍行謂不堪忍寒熱飢渴蚊蝱風曝蛇蝎惡觸惡人侵惱非理語言身中所生種種苦痛於此等事不能堪忍是名不堪忍行云何堪忍行謂能堪忍如前所說寒熱等事是名堪忍行云何調伏行謂根律儀是名調伏行云何寂靜行謂無漏道是名寂靜行問爲四通行攝彼四行爲彼四行攝四通行耶答彼四行攝四通行非四通行攝彼四行不攝何等謂彼前三如契經說有四種斷一苦遲通斷二苦速通斷三樂遲通斷四樂速通斷此中苦遲通斷苦故遲故說名爲劣苦速通斷但以苦故說名爲劣

樂遲通斷但以遲故說名爲劣樂速通斷不能正顯廣大饒益天人衆者不廣大故亦名爲劣世尊通斷能正顯示廣大饒益天人衆故獨名爲妙問爲四通行攝四通斷爲四通斷攝四通行耶答展轉相攝各隨其事謂苦遲通斷即苦遲通行乃至樂速通斷即樂速通行故隨其事展轉相攝復有說者四通斷惟無學四通行通學無學若作是說四通行攝四通斷非四通斷攝四通行不攝何等謂有學四通行問聖道是妙不應名劣如品類足說云何劣法謂不善有覆無記法何故契經說四種斷有名爲劣答劣有二種一染汚劣二滅少劣四種通斷雖非染汚劣而有減少劣有作是說苦遲通斷是未至定靜慮中間三無色定時解脫聖道攝苦速通斷即是

彼地諸聲聞乘不時解脫聖道攝樂遲通斷是四根本靜慮時解脫聖道攝樂速通斷中不能正顯廣大饒益天人衆者即是四根本靜慮諸聲聞乘不時解脫聖道攝樂速通斷中能正顯示廣大饒益天人衆者是佛乘聖道攝問獨覺聖道是何品攝有作是說聲聞品攝復有說者佛品中攝所以者何如佛無師自能覺故有餘師說前三通斷如前應知樂速通斷中不能正顯廣大饒益天人衆者是獨覺聖道攝樂速通斷中能正顯示廣大饒益天人衆者是世尊聖道攝問根本靜慮聲聞不時解脫聖道是何品攝有作是說獨覺品攝復有說者佛品所攝所以者何彼無漏根依佛得故有作是言前三通斷是外異生樂速通斷中不能正顯廣大饒益天人衆

者是獨覺聖道攝樂速通斷中能正顯示廣大饒益天人衆者是世尊聖道攝問聲聞聖道是何品攝有作是說獨覺品攝復有說者佛品所攝所以者何彼無漏根依佛得故或有說者前三通斷是諸外道樂速通斷中不能正顯廣大饒益天人衆者是聲聞聖道攝樂速通斷中能正顯示廣大饒益天人衆者是世尊聖道攝問獨覺聖道是何品攝有作是說聲聞品攝復有說者佛品所攝所以者何如佛無師自能覺故評曰如是諸說雖各自生弟子覺意而實義者四種通斷即四通行二四通攝三乘聖道然第四中不能正顯廣大饒益天人衆者聲聞獨覺二聖道攝能正顯示廣大饒益天人衆者佛聖道攝此通二斷非惟第四彼契經中不說此惟是樂速

通斷故在佛身者皆是妙故問四通行中世尊依何通行入正性離生得果離染盡漏獨覺依何通行聲聞依何通行耶答世尊依樂速通行入正性離生得果離染盡漏云何知然經爲量故如契經說鬘母一時來詣佛所作如是問世尊依何通行證得阿耨多羅三藐三菩提耶佛告鬘母一切如來應正等覺皆依樂速通行證得無上正等菩提爾時鬘母便設二難世尊徃因六年苦行乃證無上正等菩提云何言依樂速通行佛言愚人我不因彼六年苦行證大菩提棄捨彼已受食乳糜然後依止樂速通行證得無上正等菩提由此故知世尊依止樂速通行入見道等以依第四靜慮入正性離生乃至得菩提故獨出獨覺如佛世尊衆出獨覺所依不定如諸聲聞聲聞乘中尊者舍利子依苦速通行入正性離生得果離染依樂速通行盡漏所以者何彼依未至定入正性離生得果離染依第四靜慮盡漏故尊者大目連依苦速通行入正性離生得果離染及盡漏所以者何彼依未至定入正性離生得果離染依無色定盡漏故問何故舍利子與大目連俱依未至定入正性離生得果離染而舍利子依第四靜慮得阿羅漢果大目連依無色定得阿羅漢果耶答此二尊者俱是到究竟聲聞故決定漸次得四沙門果是故俱依未至定入正性離生而尊者舍利子是毗盋舍那行故依第四靜慮得阿羅漢果尊者大目連是奢摩他行故依無色定得阿羅漢果問一切到究竟聲聞爲皆決定漸次得四沙門果不答

皆決定漸次得四沙門果所以者何一切到究竟聲聞皆是隨佛轉法輪者若不漸次得四沙門果云何於彼入住出心能善解說問能善解說四沙門果入住出心無如佛者佛豈漸次得四沙門果耶答於此義中不應難佛以佛往昔爲菩薩時已能善說四沙門果勝舍利子住無學位故不應以聲聞難佛諸聲聞人非自證處不能爲他自在說故有作是說一切到究竟聲聞非皆決定漸次得四沙門果所以者何若彼在異生位先已離欲染豈遇佛說法要退已後方趣預流果耶問若爾云何能善解說四沙門果答此不應難如阿難陀是鈍根者雖住學位而能善說四沙門果能令無量百千有情成阿羅漢況利根者超越趣證住無學地而不能說評曰應作是說一切到究竟聲聞皆決定漸次得四沙門果不以能說故但以法爾謂過殑伽沙數如來應正等覺所有到究竟聲聞弟子皆漸次證得四沙門果是故法爾不應爲難如世尊說漏盡阿羅漢成就十無學支此中云何十無學支謂無學正見乃至正定及無學正解脫正智問學位爲有正解脫正智不若有者此中何故不說若無者契經所說當云何通如契經說尊者舍利子慰喻給孤獨長者言勿怖勿怖無聞異生成就不信惡戒少聞慳悋惡慧邪見邪思惟邪勝解邪解脫邪智故怖墮地獄傍生鬼界汝已永斷不信惡戒乃至邪解脫邪智成就信戒聞捨慧正見正思惟正勝解正解脫正智故不應怖答應作是說學位亦有正解脫正智問若爾此中

何故不説答有有二種一者有體二者有支學位雖有正解脱正智體而不立爲正解脱正智支問何故無學位立正解脱正智爲支學位不立答依勝立故謂諸法中無學法勝非學法補特伽羅中無學補特伽羅勝非學補特伽羅是故學位雖有此二不立爲支復次惟無學位正解脱正智勢用多故自性勝故離過患故建立爲支復次惟無學位正解脱正智已斷一切有根本故建立爲支復次惟無學心具二解脱一者自性二者相續故彼相應勝解與智建立爲支二解脱心是非差別應作四句或有心自性解脱非相續解脱謂有學無漏心或有心相續解脱非自性解脱謂無學有漏心或有心自性解脱亦相續解脱謂無學無漏心或有心非自性解脱亦非相續解脱謂有學有漏心及一切異生心復次有學正解脱正智爲邪解脱邪智所覆損故不立爲支問有學正見正思惟等亦爲邪見邪思惟等之所覆損何故立支答有學正見正思惟等親斷邪見邪思惟等一切煩惱害煩惱怨猶如鎧仗故立爲支問有學正解脱正智豈不能害諸煩惱耶答解脱非正害諸煩惱害煩惱已得解脱故正智雖能害修所斷一切煩惱而不能害見所斷者故不立支復次惟無學位解脱正智無相違法故立爲支相違法者謂邪解脱邪智復次惟無學心全分解脱故心相應勝解與智建立爲支非如學心少分解脱謂見所斷一切煩惱少分不解脱謂修所斷一切煩惱復次惟無學心一切解脱一切離繫故心相應勝解

與智建立爲支一切解脫者謂於五部煩惱一切離繫者謂於五部所緣復次惟無學心解脫一切障遠離一切障故心相應勝解與智建立爲支解脫一切障者謂於五部障遠離一切障者謂於五部所緣復次惟無學位斷如竹藤愛離諸繫縛故彼二法建立爲支復次惟無學位斷依有頂煩惱重髻故彼二法建立爲支復次惟無學位已剪三界煩惱鬚髮故彼二法建立爲支復次惟無學位解脫圓滿故彼二法建立爲支復次惟無學位輕安樂勝非煩惱熱所損害故惟無學位受輕安樂廣大殊勝所作事業已成辦故如王已害一切怨敵所受快樂廣大殊勝惟無學位已滅一切煩惱意言牟尼滿故惟無學位棄捨染汚蘊擔得純淨蘊擔故惟無學位棄捨熱惱界處得清涼界處故惟無學位棄捨不善根所依得善根所依故惟無學位棄捨煩惱自體得清淨自體故惟無學位是諸世間功德田故如世尊說

若有貪等者　如有穢草田　故離貪等田
施者獲大果

惟無學位損害便獲無間罪故惟無學位破一切著斷一切縛離一切障故惟無學位徧知四食及四識住超越九種有情居故惟無學位功德現行無雜穢故謂惟有妙行無諸惡行惟有善根無不善根由如是等種種因緣惟無學位正解脫正智建立爲支問若有學位有邪解脫及邪智者契經所說當云何通如說長者勿怖勿怖汝已永斷不信惡戒乃至邪解脫邪智耶答邪解脫邪智有二種

一者能令有情墮三惡趣即見所斷彼已永斷二者不令有情墮三惡趣即修所斷彼猶成就如契經說佛告阿難舍利子是聰慧苾芻能爲給孤獨長者善分別四預流支十種義問云何分別四預流支十種義脇尊者曰於一一預流支皆以十義分別故謂以十義分別親近善士乃至以十義分別法隨法行尊者望滿作如是說以信分別親近善士以聞分別聽聞正法以正見分別如理作意以餘分別法隨法行尊者妙音作如是說以信戒分別親近善士以聞分別聽聞正法以正見分別如理作意以餘分別法隨法行阿毗達磨諸論師言以信戒分別親近善士以聞及慧分別聽聞正法以正見分別如理作意以餘分別法隨法行尊者世友作如是說以信戒捨分別親近善士以聞及慧分別聽聞正法以正見分別如理作意以餘分別法隨法行大德說曰尊者舍利子爲給孤獨長者善分別四預流支及四證淨四預流支者即是分別四預流支十種義者即是分別四證淨謂以三事分別四證淨一自性故二等起故三等流故自性故者謂信與戒等起故者謂聞捨慧正見正思惟由聞慧故等起於信由正思惟等起於戒由捨正見信戒增長等流故者謂正勝解正解脫及正智問正勝解正解脫有何差別答因名正勝解果名正解脫復次加行時名正勝解究竟時名正解脫問聞慧正見正智有何差別答聞謂聞所成慧慧謂思所成慧正見正智謂修所成慧因名正見果名正智尊者左受作如是說以十

種義分別四預流支及彼等流果謂以信戒捨分別親近善士以聞分別聽聞正法以正思惟正勝解分別如理作意以慧正見分別法隨法行以正解脫正智分別彼等流果霧尊者曰此中以十義爲五事分別四證淨一自性故謂信戒二相似故謂捨正勝解三加行故謂聞及慧四隨順故謂正見正思惟五果故謂正解脫正智尊者覺天作如是說此中以十義分別四預流支謂以信戒捨分別親近善士以聞及慧分別聽聞正法以正思惟分別如理作意以餘分別法隨法行問何故名阿羅漢答應受世間勝供養故名阿羅漢謂世無有清淨命緣非阿羅漢所應受者復次阿羅者謂一切煩惱漢名能害用利慧刀害煩惱賊令無餘故名阿羅漢復次羅漢名生阿是無義以無生故名阿羅漢彼於諸界諸趣諸生生死法中不復生故復次漢名一切惡不善法言阿羅者是遠離義遠離諸惡不善法故名阿羅漢此中惡者謂不善業不善者謂一切煩惱障善法故說爲不善是違善義如有頌言

遠離惡不善　安住勝義中　應受世上供
故名阿羅漢

漏盡者謂諸漏永盡問順諸漏法亦得永盡何故但說彼漏盡耶答彼以漏盡而爲上首應知亦說順漏法盡復次諸漏難斷難破難越非順漏法故偏說之復次諸漏過失多勝堅牢非順漏法故偏說之復次諸漏自性斷斷已不成就與聖道相違故偏說盡諸聖道起正與一切煩惱相違非有漏善無覆無記

然諸聖道斷煩惱時亦兼斷彼如明燈起與闇相違非油炷器然破闇時亦令油盡炷燋器熱問何故但說漏盡不說暴流軛等答三漏在前攝煩惱盡是故偏說暴流軛等雖有攝煩惱盡而不在前三結三不善根雖在前而攝煩惱不盡故阿羅漢但說漏盡非暴流等彼成就過去幾未來幾現在幾答若依有尋有伺定初無學智現在前過去無未來十現在九此中有尋有伺定者謂未至定及初靜慮依者有說俱生是依復有說者等無間縁是此依義評曰應作是說即彼二地總說為依初有四種如前廣說此中但依二初作論一得果初謂依彼地初得阿羅漢果二轉根初謂依彼地時解脫初練根作不動無學智現在前者謂盡智問無學者亦有非學非無學智見現在前彼亦是無學智見是諸無學者所起智見故何故此中不說無學者無學智見現在前耶答應作是說而不說者當知此中是有餘說復次此中無學智見即說無學智見非無學者智見故不應責過去無者謂如前說二初刹那現在前時全無過去未有一念已生滅故設已生滅得果轉根或退捨故未來十者謂即初時具修未來無學十支故現在九者爾時九支現在前故謂除正見此刹那中無容起故彼滅已不失若復依有尋有伺定無學智現在前過去現在九未來十此中彼者謂彼九支滅已者謂無常滅已不失者謂無三因縁失彼聖道如前說若復依等者謂彼第二刹那已去復依有尋有伺定盡無生智隨一現在前問何故復起

此地智耶答念報恩故由四緣故如前廣說過去九者謂從第二刹那以去成就過去初刹那時已起滅者餘如前說彼滅已不失若依無尋無伺定無學智現在前過去九未來十現在八此中無尋無伺定者謂後三靜慮不說靜慮中間義如前說現在八者除正思惟彼無尋故餘如前說彼滅已不失若依無色定無學智現在前過去九未來十現在五此中無色定者謂前三無色定不說第四義如前說現在五者除正思惟正語業命彼地無故餘如前說彼滅已不失若入滅定或世俗心現在前過去九未來十現在無此中入滅定者謂住滅受想定世俗心者謂出滅定有漏定心或復起餘有漏定心過去九者謂前最初所起有尋有伺定九支未來十者即彼初時所修十支現在無者爾時聖道不現前故彼滅已不失若依有尋有伺定初無學見現在前過去現在九未來十此中初無學見者謂無學正見過去九者謂初所起有尋有伺定無學智俱生聚九支現在九者謂除正智以見與智不俱起故未來十者是先初智及今初見所修十支餘如前說彼滅已不失若復依有尋有伺定無學若智若見現在前過去未來十現在九此中若智者盡無生智隨一若見者無學正見過去十者謂前初智初見俱生聚十支未來十者即彼所修現在九者智時除見見時除智餘九支餘如前說彼滅已不失若依無尋無伺定若智若見現在前過去未來十現在八此中現在八者除正思惟智見隨一餘八支餘如前說彼滅

已不失若依無色定無學若智若見現在前過去未來十現在五此中現在五者除正思惟正語業命智見隨一餘五支餘如前說彼滅已不失若入滅定或世俗心現在前過去未來十現在無此中過去未來十者是前初智初見時所起所修十支餘如前說若依無尋無伺定初無學智現在前過去無未來十現在八此中初無學智現在前者謂盡智過去無者初刹那時未有一念已生滅故設已生滅三緣捨故未來十者謂即初時具修未來無學十支現在八者除正思惟及正見餘如前說彼滅已不失若復依無尋無伺定無學智現在前過去現在八未來十此中無學智現在前者謂盡無生智隨一餘如前說彼滅已不失若依無色定無學智現在前過去八未來十現在五此中過去八者謂前無尋無伺定初無學智俱生聚八支餘如前說彼滅已不失若入滅定或世俗心現在前過去八未來十現在無此中過去八者謂初智俱生聚八支餘如前說彼滅已不失若依有尋有伺定無學智現在前過去八未來十現在九此中現在九者謂除正見餘如前說彼滅已不失若依無尋無伺定初無學見現在前過去現在八未來十此中初無學見現在前者謂無學正見過去八者謂初智俱生聚八支未來十者謂前初智及今初見所修十支餘如前說彼滅已不失若復依無尋無伺定展轉乃至若依有尋有伺定無學若智若見現在前等皆隨所應准前應說若依無色定初無學智現在前過去無未來十現在五此

中初無學智現在前者謂盡智過去無者初刹那時未有一念已生滅故設已生滅三緣捨故未來十者謂即初時具修未來無學十支現在五者除正思惟正語業命及正見餘如前說彼滅已不失若復依無色定無學智現在前過去現在五未來十此中無學智現在前者謂盡無生智隨一未來十者謂初智時所修十支餘如前說彼滅已不失若入滅定或世俗心現在前過去五未來十現在無此中過去五者謂初智俱生聚五支餘如前說彼滅已不失若依有尋有伺定乃至若依無尋無伺定無學智現在前等皆隨所應准前應說若依無色定初無學見現在前過去現在五未來十此中初無學見現在前者謂無學正見過去五者謂前初智俱生聚五支未來十者謂前初智及今初見所修未來十支彼滅已不失若復依無色定無學若智若見現在前過去六未來十現在五此中過去六者謂前初智俱生聚五支及前初見俱生聚五支合爲六餘如前說彼滅已不失若入滅定或世俗心現在前展轉乃至若依無尋無伺定無學若智若見現在前等皆隨所應准前應說此中一切過去未來皆說最初起及修者不說後位所起所修現在隨起現前者說所說無學亦通一切非惟次第徧入定者問何故得學果時見爲無間道見爲解脫道得無學果時見爲無間道智爲解脫道耶答無學果位所應作業一切已辦加行止息不復尋求故不名見學果不爾故得見名問何故無學位初說智後說見學位初後皆說

見耶答無學位初必起盡智故初說智後若更起勝功德時亦有推度故後說見學位先起苦法智忍惟見非智故初說見後無漏智所作未辦推度不息亦得見名故後說見

阿毗達磨大毗婆沙論卷第九十四說一切有部發智

音釋

練連彥切精熟也　補特伽羅梵語也或云福伽羅此云數取趣謂數數往來諸趣也伽求迦切　曝步木切日乾也　蛇蠍蛇食遮切蠍許竭切蛇蠍皆毒蟲也　乳糜糜靡爲切乳糜酪粥也　殑伽梵語也此云天堂來河名也以從高處來故殑其陵其拯二切　慳悋慳苦閑切悋也固也悋良刃切鄙也又靳惜也　鎧仗鎧可亥切甲也仗直亮切兵器也　藤徒登切藟也凡草蔓莚如藟者皆曰藤　鬠古詣切　擔都濫切　脇虛業切　軛於革切即四軛也

阿毗達磨大毗婆沙論卷第九十五

五百大阿羅漢等造

唐三藏法師玄奘奉詔譯

智蘊第三中學支納息第一之三

云何爲見乃至廣說問何故作此論答爲止他宗顯正理故謂或有說諸有爲法皆是見性所以者何行相猛利說名爲見諸有爲法皆有作用行相猛利故有爲法皆是見性爲遮彼意顯惟眼根及決度慧是見非餘或復有說現觀邊忍亦是智性如譬喻者彼作是說無漏智眼初隨境時說名爲忍後安住境說名爲智如涉路者於平坦處初念止息後便安住大德亦說下智名忍上智名智爲遮彼意顯無漏忍是見非智有餘復說盡無生智亦是見性爲遮彼意顯彼息求不復推度是智非見復次此智蘊中應具分別見智慧三自性差別故作斯論云何爲見答眼根五見世俗正見學無學見問何故眼根說名爲見答由四事故一賢聖說故二世俗說故三契經說故四世現見故賢聖世俗說故者謂諸賢聖及諸世俗俱作是言我眼見彼往來行住坐卧等事又若見人顛蹶迷謬俱作是說汝既眼見何故爾耶契經說故者謂契經說眼見色已不應取相及取隨好復作是說眼見色已應觀不淨如理思惟復作是說眼見色已好不應愛惡不應憎復作是說眼見色已起喜憂捨三意近行復作是說眼見色已不應歡慼惟應住捨正念正知世現見故者謂世現見眼明淨者所見無謬不明淨者所見有謬又世現見有眼根者能見諸色無

眼根者不能見色又世現見眼所對方能見彼色所不對方便不能見又世現見多不能見被障諸色眼有障故尊者世友作如是說何故眼根說名爲見謂世現見有淨眼者言我見淨有不淨眼者言我見不淨大德說曰何故眼根說名爲見謂契經說眼根所得眼識所了說名所見世俗亦然是故眼根說名爲見五見者謂有身見邊執見邪見見取戒禁取問何故此五說名爲見答以四事故一觀視故謂能觀視所應取境問此五邪僻顛倒觀視如何名見答此雖邪僻顛倒觀視而是慧性故名爲見如人眼根雖不明了而能觀視故亦名見二決度故謂能決度所應取境問既一刹那如何決度答性猛利故立決度名三堅執故謂於自境堅固僻執非聖道劒不能令捨佛及弟子以聖道劒斷彼見牙後方捨故如有海獸名室獸摩羅凡所銜物堅執不捨要以利劒斷截其牙然後乃捨五見亦然四深入故謂於所緣銳利深入如針墮泥復次以二事故此五名見一照矚故二推求故復次以三事故此五名見一見相相應故二能成見事故三於緣無礙故復次以三事故此五名見一意樂故二執著故三尋求故復次以三事故說名爲見一意樂故二加行故三無知故意樂故者謂得定者見加行故者謂尋思者見無知故者謂隨聞者見復次意樂故者謂意樂壞者見加行故者謂加行壞者見無知故者謂俱壞者見是故此五亦說名見世俗正見者謂善意識相應慧是見性故說名爲見學見者謂學無漏慧無

學見者謂無學正見此二亦俱是見性故名爲見應知此中五見於境如陰夜見色世俗正見於境如晴夜見色學見於境如陰晝見色無學見於境如晴晝見色云何爲智答五識相應慧除無漏忍餘意識相應慧此中五識相應慧有三種一善二染汚三無覆無記善者謂惟生得善染汚者謂惟修所斷貪瞋癡相應無覆無記者謂異熟生亦有少分威儀路工巧處及通果心俱生餘意識相應慧亦有三種一善二染汚三無覆無記善有二種一有漏二無漏有漏善有三種一加行得二離染得三生得加行得者謂聞所成慧思所成慧修所成慧聞所成慧者謂於文義如理決擇思所成慧者謂不淨觀持息念及念住等修所成慧者謂煖頂忍世第一法現觀邊世俗智無量解脫勝處徧處等離染得者謂靜慮無量無色解脫勝處徧處等生得者謂生彼地法爾所得善無漏有二種一學二無學學謂學八智無學謂盡智無生智無學正見智染汚者謂見修所斷煩惱隨煩惱相應無覆無記者謂異熟生威儀路工巧處通果心俱生云何爲慧答六識相應慧此有三種謂善染汚無覆無記廣如前說有差別者無漏八忍亦是慧攝擇法通故一切心俱皆得有慧已說見智慧三種自性復應分別此三雜不雜相諸見是智耶答應作四句見與智自性互有廣狹故有見非智謂眼根及無漏忍問何故眼根不名爲智答眼根是色智非色故復次眼根不相應無所依無所緣無行相無警覺智不爾故問何故無漏忍非智

耶答以無漏忍於所觀諦雖忍而未決雖觀而未審雖尋求而未究竟雖伺察而未了知雖現觀而未重審惟作功用加行不息故不名智復次決定義是智義忍與所斷疑得俱生於所見境未極決定故不名智尊者世友作如是說忍於聖諦雖正堪忍而未審知故不名智大德說曰見事究竟乃立智名非初忍時見事究竟故無漏忍雖不名智而實是智霧尊者曰重觀名智從無始來於四聖諦未有一念聖慧曾觀忍起創觀故未名智五識俱慧雖於所緣不能重觀而色等境從無始來已起無量有漏慧觀依種類說既名重觀故亦名智餘有漏智不重緣者准此應知不應爲難有智非見謂五識身相應慧盡無生智除五見及世俗正見餘意識相應有漏慧問何故五識身相應慧非見耶答行相猛利深入所緣說名爲見五識身相應慧行相不猛利不能深入所緣故不名見復次見能分別彼慧不能分別故見能緣自相共相彼慧惟能緣自相故見能緣三世及無爲彼慧惟能緣現在故見能數數取境彼慧惟能一刹那取境故見於所緣籌量觀察彼慧不爾由如是等種種因緣五識身相應慧不名爲見問盡智無生智何故非見耶答此二智行相不猛利故不深入所緣故復次見作功用加行不息二智不爾如安住鳥故不名見復次尋求伺察說名爲見二智不爾故不名見由此尊者妙音說曰盡無生智所作已辦更無勝事而可追求故不名見有作是說諸無漏慧總有二種一能對治惡見二能對治無

知能對治惡見者名見盡無生智惟能對治無知故不名見復有說者諸無漏慧總有三種一惟能對治惡見二惟能對治無知三能對治惡見無知惟能對治惡見者是見非智謂現觀邊無漏忍惟能對治無知者是智非見謂盡智無生智能俱對治者是智亦是見謂餘無漏慧尊者世友作如是說推度名見盡無生智所作究竟不復推度故不名見復作是說尋求名見盡無生智所作已辦不復尋求故不名見復作是說若盡無生智是見性者諸阿羅漢惟應成就九無學支除正智支然世尊說諸阿羅漢成就十無學支故盡無生智非見問如世俗正見學見無學見雖亦是智而名爲見若盡無生智雖亦是見而名爲智斯有何失答如初修習加行觀時世俗正見雖具智見性而立正見支非正智支已入學位諸學八智雖具智見性而立正見支非正智支已至無學位無學正見雖具智見性而立正見支非正智支若盡智無生智亦具智見性者亦應立正見支非正智支是則諸阿羅漢惟應成就九無學支如是便違世尊所說諸阿羅漢成就十支大德說曰盡無生智定是見性決度性故問若爾阿羅漢應惟成就九支答二支惟無學地有謂正解脫正智八支通學無學地有謂餘八支盡無生智雖亦是見而所作事已得究竟異前學位故別立支不應爲難評曰應作是說盡無生智是智非見所作已辦於四聖諦不復推求加行息故除五見及世俗正見餘意識相應有漏慧者此有二種一染汙二無覆無記

染污者謂貪瞋慢疑及不共無明相應慧無覆無記者謂異熟生威儀路工巧處通果心俱生慧問何以故意地貪等相應慧非見耶答彼慧行相不猛利故不能深入所緣境故復次彼二煩惱所覆損故二煩惱者謂貪瞋慢疑隨一及彼相應無明問若爾不共無明相應慧應是見惟一煩惱相應起故答彼無明有二種一見所斷不共無明覆障尤重過二煩惱二修所斷不共無明與自力起纏垢相應彼獨立故能覆損慧如貪瞋等故彼相應慧如貪等相應亦不名見問何故無覆無記慧非見耶答彼慧行相不猛利故不能深入所緣境故復次彼慧勢力極羸劣故不名爲見要有勢力於境堅强方名見故問諸異熟生威儀路慧勢力羸劣於理可爾工巧處慧及通果心相應之慧勢力强盛寧非見耶答工巧處慧雖有勢力最强盛者如毗濕縛羯磨天等彼所造作如願智生而爲邪命所覆損故不名爲見謂工巧事皆欲活命爲因起故雖工巧處心心所法現在前時是不染污而爲邪命力所引生故説彼由邪命覆損即是爲貪所覆損義設不爲貪所覆損者勢力浮淺行相劣鈍於所緣境不能深入故不名見復次工巧處慧如疑而轉於所緣境不能決定所以者何雖極巧者作工巧事若爲他人之所彈斥便猶豫故諸通果慧於所緣境亦不猛利不能深入所緣境故但由前定勢力所引任運轉故於所緣境不推求故不名爲見復次諸通果慧由先串習所變化事爲因引生如習工巧故不名見復次異熟生

等四無記慧皆勢力劣如不成善不成染污故不成見有見亦智謂五見世俗正見除無漏忍及盡無生智餘無漏慧即學八智及無學正見此無漏慧及前五見世俗正見皆具見智二種相故第三句攝有非見非智謂除前相相謂所名若法是前三句所表皆名爲相除此餘法爲第四句是第四句所表之法此復是何謂色蘊中除眼餘色於行蘊中除慧餘行及三蘊全并無爲法爲第四句諸見是慧耶答應作四句見與慧自性互有廣狹故有見非慧謂眼根能觀視故色自性故有慧非見謂五識身相應慧盡無生智除五見及世俗正見餘意識相應有漏慧擇法性故非推度故廣說如前有見亦慧謂除盡無生智餘無漏慧及五見世俗正見即無漏忍學八智及無學正見等能推度故擇法性故具二種相有非見非慧謂除前相相謂所名如前廣說諸智是慧耶答諸智皆是慧能審決者皆擇法故有慧非智謂無漏忍創觀諦境未審決故見攝智智攝見耶乃至廣說此中有二種四句一種二句准前問定應知其相諸成就見彼智耶乃至廣說此中見智慧三若成就一必有餘二是故皆作如是句答問誰成就見智慧耶答一切有情此即總說然有多少謂斷善根者成就三界見所斷見智慧成就三界修所斷染污智慧成就欲界無覆無記智慧不斷善根未得色界善心者成就三界見所斷見智慧成就三界修所斷染污智慧成就欲界善見智慧成就欲界無覆無記智慧已得色界善心未離欲染者成就

三界見所斷見智慧成就三界修所斷染汚智慧成就欲色界善見智慧成就欲界無覆無記智慧已離欲染未得無色界善心者若生欲界成就色無色界見所斷見智慧成就色無色界修所斷染汚智慧成就欲色界善見智慧成就欲色界無覆無記智慧若生色界不成就欲界善見智慧成就餘如生欲界說已得無色界善心未離色染者若生欲界成就色無色界見所斷見智慧成就色無色界修所斷染汚智慧成就三界善見智慧成就欲色界無覆無記智慧若生色界不成就欲界善見智慧成就餘如生欲界說已離色染生欲界者成就無色界見所斷見智慧成就無色界修所斷染汚智慧成就三界善見智慧成就欲色界無覆無記智慧若生色界不成就欲界善見智慧成就餘如生欲界說若生無色界不成就欲色界善見智慧及不成就欲色界無覆無記智慧若異熟生心現在前則成就無色界無覆無記智慧若異熟生心不現在前則亦不成就無色界無覆無記智慧成就餘如生欲界說異生如是若聖者隨信隨法行苦智未已生未離欲染者成就三界見所斷見智慧成就三界修所斷染汚智慧成就欲色界善見智慧成就欲界無覆無記智慧成就無漏見慧即彼已離欲染未離色染者成就色無色界見所斷見智慧成就色無色界修所斷染汚智慧未得無色界善心者成就欲色界善見智慧已得無色界善心者成就三界善見智慧成就欲色界無覆無記智慧成就無漏見慧即彼已離色

染者成就無色界見所斷見智慧成就無色界修所斷染汚智慧成就三界善見智慧成就欲色界無覆無記智慧成就無漏見慧苦智已生集智未已生未離欲染者成就三界見集滅道見智慧成就三界修所斷染汚智慧成就欲色界善見智慧成就欲界無覆無記智慧成就無漏見智慧即彼已離欲染未離色染者成就色無色界見集滅道所斷見智慧成就色無色界修所斷染汚智慧未得無色界善心者成就欲色界善見智慧已得無色界善心者成就三界善見智慧成就欲色界無覆無記智慧成就無漏見智慧即彼已離色染者成就無色界見集滅道所斷見智慧成就無色界修所斷染汚智慧成就三界善見智慧成就欲色界無覆無記智慧成就無漏見智慧集智已生滅智未已生未離欲染者成就三界見滅道所斷見智慧成就三界修所斷染汚智慧成就欲色界善見智慧成就欲界無覆無記智慧成就無漏見智慧即彼已離欲染未離色染成就色無色界見滅道所斷見智慧成就色無色界修所斷染汚智慧未得無色界善心者成就欲色界善見智慧已得無色界善心者成就三界善見智慧成就欲色界無覆無記智慧成就無漏見智慧滅智已生道智未已生未離欲染者成就三界見道所斷見智慧成就三界修所斷染汚智慧成就欲色界善見智慧成就欲界無覆無記智慧成就無漏見智慧即彼已離欲染未離色染者成就色無色界見道所斷見智慧成就色無色界修所斷染汚智

慧未得無色界善心者成就欲色界善見智慧已得無色界善心者成就三界善見智慧成就欲色界無覆無記智慧成就無漏見智慧即彼已離色染成就無色界見道所斷見智慧成就無色修所斷染汚智慧成就三界善見智慧成就欲色界無覆無記智慧成就無漏見智慧信勝解見至未離欲染者成就三界修所斷染汚智慧成就欲色界善見智慧成就欲界無覆無記智慧成就無漏見智慧即彼已離欲染未得無色界善心者若生欲界成就色無色界修所斷染汚智慧成就欲色界善見智慧成就欲色界無覆無記智慧成就無漏見智慧若生色界不成就欲界善見智慧成就餘如生欲界說即彼已得無色界善心未離色染者若生欲界成就色無色界修所斷染汚智慧成就三界善見智慧成就欲色界無覆無記智慧成就無漏見智慧若生色界不成就欲界善見智慧成就餘如生欲界說即彼已離色染若生欲界成就無色界修所斷染汚智慧成就三界善見智慧成就欲色界無覆無記智慧成就無漏見智慧若生色界不成就欲界善見智慧成就餘如生欲界說若生無色界不成就欲色界善見智慧及不成就欲色界無覆無記智慧若異熟生心現在前則成就無色界無覆無記智慧若異熟生心不現在前則亦不成就無色界無覆無記智慧成就餘如生欲界說阿羅漢若生欲界成就三界善見智慧成就欲色界無覆無記智慧成就無漏見智慧若生色界成就色無色界善見智慧成就欲色

界無覆無記智慧成就無漏見智慧若生無色界異熟生心不現在前成就無色界善見智慧成就無漏見智慧若異熟生心現在前亦成就無色界無覆無記智慧諸見已斷已徧知彼智耶答如是設智已斷已徧知彼見耶答如是諸見已斷已徧知彼慧耶答如是設慧已斷已徧知彼見耶答如是諸智已斷已徧知彼慧耶答如是設慧已斷已徧知彼智耶答如是所以者何見智慧三斷徧知位皆相似故問誰於見智慧已斷已徧知答諸阿羅漢此說究竟斷徧知者有學異生多少不定謂阿羅漢三界見智慧皆已斷已徧知諸不還者若已離無所有處染三界見所斷見智慧及八地修所斷見智慧已斷已徧知乃至若未離初靜慮染三界見所斷見智慧及欲界修所斷見智慧已斷已徧知諸一來預流者三界見所斷見智慧已斷已徧知隨信隨法行苦滅智已生道智未已生三界見苦集滅所斷見智慧已斷已徧知苦集智已生滅智未已生三界見苦集所斷見智慧已斷已徧知若苦智已生集智未已生三界見苦所斷見智慧已斷已徧知聖者如是若諸異生已離無所有處染八地見修所斷見智慧已斷已徧知乃至已離欲界染未離初靜慮染一地見修所斷見智慧已斷已徧知是名見智慧三門定攝成就斷五門分別諸正見是擇法覺支耶乃至廣說問何故作此論答前論是此所依根本謂前作是說云何爲見云何爲智云何爲慧雖作是說而未分別正見正智與擇法覺支互有廣狹今欲分別

故作斯論然今於此阿毗達磨發智論中有決定相若覺支後分別道支則道支惟無漏以七覺支惟無漏故若覺支前分別道支則道支通有漏無漏此中覺支前分別道支故應知道支通有漏無漏是謂此處略毗婆沙諸有智者應隨分別諸正見是擇法覺支耶答應作四句正見與擇法覺支互有廣狹故有正見非擇法覺支謂世俗正見以諸覺支助如實覺惟無漏故有擇法覺支非正見謂盡無生智非見性故有正見亦擇法覺支謂除盡無生智餘無漏慧即現觀邊八忍及學八智無學正見如是三種具二相故有非正見亦非擇法覺支謂除前相相謂所名如前廣說此復是何謂行蘊中除意識相應善慧諸餘行蘊及四蘊全并無爲法作第四句諸

正智是擇法覺支耶答應作四句正智與擇法覺支亦互有廣狹故有正智非擇法覺支謂世俗正智彼無覺支相故有擇法覺支非正智謂無漏忍彼無智相故有正智亦擇法覺支謂除無漏忍餘無漏慧即學八智及盡無生智無學正見具二相故有非正智亦非擇法覺支謂除前相相謂所名如前廣說此復是何謂行蘊中除六識相應善慧諸餘行蘊及四蘊全并無爲法作第四句問何故此中惟說正見正智與擇法覺支互有廣狹不說餘道支與餘覺支互有廣狹耶答是作論者意欲爾故乃至廣說復次此中亦應說諸是正勤亦是精進覺支耶答諸是精進覺支亦是正勤有是正勤非精進覺支謂世俗正精進乃至諸是正定亦是定覺支耶答諸是

定覺支亦是正定有是正定非定覺支謂世俗正定應作是說而不說者應知此中是有餘說復次此中所說現始現終略去中間故作是說始謂正見終謂正智如現始終初入巳度方便究竟應知亦爾復次若法相對滿四句者此中說之若法相對惟有順後句者此中不說復次此智蘊中若法是見智慧自性者則分別之是智類故精進念定非智類故此中不說七覺支八道支一一現在前時幾覺支幾道支現在前耶問何故作此論答爲止他宗顯正理故謂或有說諸心所法次第而生非一時生如譬喻者大德亦說諸心所法次第而生非一時生如多商侶過一狹路要一一過非二非多諸心所法亦復如是一一各別生相所生必無一時和合生義問彼依何量作如是說答依至教量謂契經說若於爾時心沉恐沉修三覺支名非時修謂輕安定捨修三覺支名是時修謂擇法精進喜若於爾時心掉恐掉修三覺支名非時修謂擇法精進喜修三覺支名是時修謂輕安定捨彼作是說覺支既有時非時修故知心所次第而生非一時起又餘經說舍利子言我於七覺支定能隨意自在住謂我欲於此覺支定日初分住即便能住若我欲於此覺支定日中分住即便能住若我欲於此覺支定日後分住即便能住彼作是說既舍利子於七覺支隨所欲住故知心所次第而生非一時起其理決定爲遮彼意顯諸心所有一時生故作斯論問若諸心所有一時生云何通彼所引契經答前契經說時非時修三覺

支者乃證心所非要次第一一而生說三覺支一時修故證諸心所有俱時生問若諸覺支隨所依地或六或七一時而生何故經說時非時修各惟三種答依止觀品覺支勢用有增減故作如是說謂三覺支是奢摩他品三覺支是毗盋舍那品若奢摩他品覺支增時令心沉下爾時應修觀品覺支策心令舉而修止品故說非時若毗盋舍那品覺支增時令心浮舉爾時應修止品覺支抑心令下而修觀品故說非時雖諸覺支一時而起而用有增減故各惟說三復次入聖道時依止觀品有差別故作如是說謂若依奢摩他品覺支入聖道者應修止品覺支抑心令下而修觀品故說非時若依毗盋舍那品覺支入聖道者應修觀品覺支策心令舉而修止品故說非時有餘師說與上相違謂若依奢摩他品覺支入聖道者心多沉下應修觀品覺支策心令舉而修止品故說非時若依毗盋舍那品覺支入聖道者心多浮舉應修止品覺支抑心令下而修觀品故說非時雖諸覺支體俱時起而彼作用有增減時故經所說不違俱起但違次第一一而生

阿毗達磨大毗婆沙論卷第九十五 說一切有部發智

音釋

顛蹶 顛都年切仆也蹶居月切僵也 迷謬 謬靡幼切迷謬謂迷惑而言妄也 慼 倉歷切憂慼也 邪僻 僻芳辟切偏側也邪哆也 銜 胡監切口中含物曰銜 銳利 銳以芮切銳利謂鋒銳銛利也 矚 朱欲切視也 狹 胡夾切隘也 羸劣 羸力追切劣力輟切羸劣謂羸瘦劣弱也

阿毗達磨大毗婆沙論卷第九十六

五百大阿羅漢等造

唐三藏法師玄奘奉　詔譯

智蘊第三中學支納息第一之四

彼後所引舍利子經亦不定遮一時生義謂舍利子善知入出覺支定心於覺支定隨心所欲能自在住此依時分說住覺支隨意自在不說別起一一覺支故不成證復次彼經依住三地覺支故作是說亦不違理謂於日初分欲住有尋有伺地覺支即便能住於日中分欲住無尋有伺地覺支即便能住於日後分欲住無尋無伺地覺支即便能住故作是說不違俱起復次彼經依住三根相應覺支而說亦不違理謂於日初分欲住樂根相應覺支即便能住於日中分欲住喜根相應覺支即便能住於日後分欲住捨根相應覺支即便能住故作是說不違俱起復次彼經依住三三摩地俱生覺支而說亦不違理謂於日初分欲住空三摩地俱生覺支即便能住於日中分欲住無願三摩地俱生覺支即便能住於日後分欲住無相三摩地俱生覺支即便能住故作是說不違俱起復次彼經依住三智俱生覺支而說亦不違理謂於日初分欲住盡智俱生覺支即便能住於日中分欲住無生智俱生覺支即便能住於日後分欲住無學正見智俱生覺支即便能住故作是說不違俱起復次彼經依住九地覺支而說亦不違理謂於日初分欲住未至定等三地覺支即便能住於日中分欲住後三靜慮地覺支即便能住於日後分欲住前三無

色地覺支即便能住故作是說不違俱起或復有執靜慮近分有喜無戒或復有執靜慮中間以上諸地有正思惟或復有執無色地中亦得有戒爲遮此等種種異執及顯正理故作斯論答若依未至定念覺支現在前時學六覺支八道支現在前無學六覺支九道支現在前此中六覺支者除喜覺支九道支者正見正智隨除一種餘皆具有此說即遮靜慮近分有喜無戒亦有誦言若依有尋有伺未至定念覺支現在前者雖於義無益而爲除疑故作是誦如餘處說依未至言通靜慮中間及上地近分皆未至彼根本定故立未至名今爲簡去靜慮中間及上近分故說若依有尋有伺未至定言此顯惟依初靜慮前未至定念覺支現在前若依初靜慮念覺支現在前時學七覺支八道支現在前無學七覺支九道支現在前此中九道支者如前說餘皆具有若依靜慮中間念覺支現在前時學六覺支七道支現在前無學六覺支八道支現在前依第三第四靜慮亦爾此中六覺支者除喜覺支學七道支者除正思惟無學八道支者除正思惟及正見正智隨一此說便止上地亦有正思惟執若依第二靜慮念覺支現在前時學七覺支七道支現在前無學七覺支八道支現在前彼地有喜無正思惟餘如前說若依無色定念覺支現在前時學六覺支四道支現在前無學六覺支五道支現在前此中六覺支者除喜覺支學四道支者除正思惟及正語業命無學五道支者即除前四及正見正智隨一此說便止無

色定中亦有戒執擇法精進輕安定捨覺支正見正勤正念正定道支亦爾皆通一切地如念覺支故此即總說有差別者若正見道支現在前時定除正智若依初靜慮喜覺支現在前時學七覺支八道支現在前無學七覺支九道支現在前此中九道支者正見正智隨除一種餘皆具有若依第二靜慮喜覺支現在前時學七覺支七道支現在前無學七覺支八道支現在前此中學七道支者除正思惟無學八道支者除正思惟及正見正智隨一問何故近分地無喜覺支耶答非田器故復次諸近分地已離下染未離下染俱得現前未甚希奇故不生喜如人被縛及解脫時所得勝事心於此事不以爲奇故不生喜復次若近分地亦有喜者與根本地應無差別復次若近分地亦有喜者應躭著此喜不求根本地若爾便應障離下染如人中路有所躭著於所趣方不能速至故諸近分無喜覺支若依未至定正思惟現在前時學六覺支八道支現在前無學六覺支九道支現在前此中六覺支者除喜覺支九道支者正見正智隨除一種餘皆具有若依初靜慮正思惟現在前時學七覺支八道支現在前無學七覺支九道支現在前此中無學九道支者如前應知問何故上地無正思惟答非田器故復次爲對治尋希求上地若上地中亦有尋者應不希求起勝加行復次若下地法上地皆有是則應無漸次滅法若無漸滅法應無究竟滅法若無究竟滅法應無解脫出離涅槃勿有此失是故上地無正思惟復次

正思惟麤上地微細復次正思惟者是尋求相上無尋求故彼非有復次若地中有身語表業及五識中隨有一種可於此地有正思惟上地中無身語表業及五識身故彼非有若依未至定正語現在前時學六覺支八道支現在前無學六覺支九道支現在前此中六覺支者除喜覺支餘如前說若依初靜慮正語現在前時學七覺支八道支現在前無學七覺支九道支現在前此中無學九道支者如前應知若依靜慮中間正語現在前時學六覺支七道支現在前無學六覺支八道支現在前依第三第四靜慮亦爾此中六覺支者除喜覺支學七道支者除正思惟無學八道支者除正思惟及正見正智隨一若依第二靜慮正語現在前時學七覺支七道支

現在前無學七覺支八道支現在前此中學七道支無學八道支俱如前說正業正命亦爾者俱惟六地有故問何故無色無正語等三種戒耶答非田器故復次戒是色一分無色無色故彼無戒復次戒是大種所造無色無大種故亦無戒問既無無漏大種亦應無無漏戒耶答戒由大種而得成色不由大種而成無漏但由心力成無漏故復次厭患諸色入無色定戒是色故彼地中無復次若無色定猶有色者則應無有漸次滅法乃至廣說故彼無戒復次對治惡戒故有善戒無色界定不能對治諸惡戒法故無善戒所以者何諸惡戒法惟欲界有無色於欲具四遠故不能對治云何四遠一所依遠二所緣遠三行相遠四對治遠故無色定無正語等三種

戒支

有三十七菩提分法謂四念住四正勝四神足五根五力七覺支八道支世尊雖說菩提分法而不說有三十七種但說七覺支名菩提分法云何知然經爲量故謂契經說有一苾芻來詣佛所頂禮雙足却住一面而白佛言如世尊說七覺支者何謂七覺支世尊告曰即七種菩提分法名七覺支問菩提分法有三十七何故世尊惟說七覺支名菩提分法答佛隨苾芻所問而答苾芻惟問七覺支故佛惟說七菩提分法若彼苾芻問四念住乃至若問八道支者佛亦應隨彼所問一一而答復次彼契經中惟說無漏菩提分法惟七覺支一向無漏故偏說之餘通有漏故彼不說有作是說餘契經中亦具說有三十七種菩提分法時既久遠彼經滅沒云何知然如彼尊者達羅達多作如是說世尊有時說一道支有時說二乃至有時說三十七即三十七菩提分法如斧柯喻契經中說於三十七修道法中若惟取決定者則應說七種修道法謂七覺支惟無漏故若惟取不決定者則應說餘六位修道法謂四念住乃至八道支通有漏無漏故若通取決定不決定者則應說三十七種修道法謂前六位及七覺支故三十七菩提分法亦是世尊契經所說問菩提分法名有三十七實體有幾耶答此實體有十一或十二若以一切攝入覺支即七覺支名既有七實體亦七信正思惟各惟一種正語業命有說爲二正命即是正語業故有說爲三正語業外有正命故若說爲二即

惟十一若說爲三則有十二所以者何謂四念住慧根慧力正見攝入擇法覺支四正勝精進根精進力正勤攝入精進覺支四神足定根定力正定攝入定覺支念根念力正念攝入念覺支信根信力合爲信故若以一切攝入道支即八道支名雖有八實體不定若說正命即正語業實體惟七若說正命非正語業實體有八復有信喜輕安捨四故亦十一或有十二所以者何謂四念住慧根慧力擇法覺支攝入正見四正勝精進根精進力精進覺支攝入正勤四神足定根定力定覺支攝入正定念根念力念覺支攝入正念信根信力合爲一信故有作是說正語業命戒自性故應合爲一若作是說菩提分法名有三十七實體惟十如名實體如是名施設體

施設名異相體異相名異性體異性名差別體差別名分別體分別名覺體覺應知亦爾如是名爲菩提分法自性我物相分本性已說自性所以今當說問何故名爲菩提分法菩提分法是何義耶答盡無生智說名菩提已究竟覺四聖諦故若法隨順此究竟覺勢用增上此中說爲菩提分法已釋總名一一所以今應別說問何故名念住乃至道支耶答由念勢力析除自體故名念住自體即是有漏五蘊要由念住析除彼故於正持策身語意中此最爲勝故名正勝或名正斷於正修習斷修法時能斷懈怠故名正斷能爲神妙功德所依故名神足勢用增上故名爲根難可摧制故名爲力助如實覺故名覺支助正求趣故名道支問言覺支者是何義耶爲

能覺悟故名覺支爲覺之支故名覺支若能
覺悟故名覺支則應一是六非若覺之支故
名覺支則應六是一非有作是說此能覺悟
故名覺支問若爾則應一是六非答六是覺
分能隨順覺從勝而說亦名覺支復有說者
是覺之支故名覺支問若爾則應六是一非
答擇法是覺亦是覺支餘六是覺支而非覺
如正見是道亦是道支餘七是道支而非道
心一境性是靜慮亦是靜慮支餘是靜慮支
而非靜慮離非時食是齋亦是齋支餘是齋
支而非齋此亦如是問言道支者是何義耶
爲能求趣故名道支爲道之支故名道支若
能求趣故名道支則應一是七非若道之支
故名道支則應七是一非有作是說此能求
趣故名道支問若爾則應一是七非答七是
道分能隨順道從勝而説亦名道支復有説
者是道之支故名道支問若爾則應七是一
非如正見是道亦是道支餘七是道支而非
道答擇法是覺亦是覺支餘六是覺支而非
覺餘如前說已說菩提分法所以次第今當
說問何故先說四念住乃至後說八道支耶
答隨順文詞巧妙次第法故復次隨順說者
受者輕便次第法故復次四念住從初業地
乃至盡無生智勢用常勝是故先說四正勝
從煖乃至盡無生智勢用常勝是故次說四
神足從頂乃至盡無生智勢用常勝是故次
說五根從忍乃至盡無生智勢用常勝是故
次說五力從世第一法乃至盡無生智勢用
常勝是故次說八道支見道中勝七覺支修
道中勝問何故八道支見道中勝七覺支修

道中勝耶答求趣義是道支義見道速疾不越期心順求趣義故見道中八道支勝覺悟義是覺支義修道九品數數覺悟順覺悟義故修道中七覺支勝問若爾何故先說七覺支後說八道支耶答隨順文詞巧妙次第法故復次隨順說者受者輕便次第法故復次隨順增數次第法故謂先說四次說五次說七後說八故復次顯清淨法漸增長故謂先修四次修五次修七後修八故有餘師說諸修行者先由念住於身等境自相共相如實了知除自相愚及所緣愚導起諸善如有目者引導盲徒是故最初說四念住由念住力了知境已於斷修事能發正勤故於第二說四正勝由正勝力令相續中過失損減功德增盛於殊勝定能正修習故於第三說四神

足由神足力令信等五與出世法爲增上緣故於第四說五根根義既成能招惡趣煩惱惡業不能屈伏故於第五說於五力力義既成能如實覺四聖諦境無有猶豫故於第六說七覺支既如實覺四聖諦已厭捨生死欣趣涅槃故於第七說八道支評曰應知此中前說爲勝以修道位鄰近菩提順覺義勝故說覺支又修道位九地九品數數能覺覺支勝故如是已總說菩提分法七位次第令當別說覺支道支二位次第問何故七覺支中先說念覺支乃至後說捨覺支耶答隨順文詞巧妙次第法故復次隨順說者受者輕便次第法故尊者妙音作如是說已見諦者憶念先時所現觀事而爲上首修習覺支令漸圓滿如契經說彼於此法繫念思惟令不

迷謬起念覺支修令圓滿念圓滿已於法簡擇籌量觀察起擇法覺支修令圓滿擇法滿已發勤精進心不退屈起精進覺支修令圓滿精進滿已發生勝喜心不染著起喜覺支修令圓滿喜圓滿已身心猗適離惛沉故起輕安覺支修令圓滿輕安滿已身心悅樂得三摩地起定覺支修令圓滿定圓滿已遠離貪憂心便住捨起捨覺支修令圓滿故七覺支如是次第問何故八道支中先說正見支乃至後說正定支耶答隨順文詞巧妙次第法故復次隨順說者受者輕便次第法故尊者妙音作如是說求見諦者於現觀事正見爲先修習道支令漸圓滿如契經說由正見故起正思惟由正思惟故得正語由正語故復得正業由正業故復得正命由正命故發起正勤由正勤故便起正念由正念故能起正定故八道支如是次第已說次第所依地今當說問何地有幾菩提分法答未至定中有三十六除喜覺支初靜慮中具三十七靜慮中間及第三第四靜慮各惟有三十五除喜覺支及正思惟第二靜慮有三十六除正思惟前三無色有三十二除喜覺支及正思惟正語業命欲界有頂各有二十二除覺支道支惟無漏故若覺支前說道支者欲界有頂亦有道支通有漏故已說依地現在前今當說問何地有幾菩提分法俱時現前答未至定中有三十六菩提分法惟三十三俱時現前除三念住所以者何以四念住所緣各別尚無有二俱時現前況有三四初靜慮中具三十七惟三十四俱時現前除三念住靜

慮中間及第三第四靜慮各三十五唯三十二俱時現前除三念住第二靜慮有三十六唯三十三俱時現前除三念住前三無色有三十二唯二十九俱時現前除三念住欲界有頂有二十二唯有十九俱時現前除三念住餘隨義說非要別體已說現在前雜不雜相今當說問此三十七菩提分法中諸是覺支者亦是道支耶答應作四句有是覺支非道支謂喜輕安捨有是道支非覺支謂正思惟正語業命有是覺支亦是道支謂除信諸餘菩提分法有非覺支亦非道支謂信問何故立喜爲覺支耶答順覺悟義是覺支義喜順彼勝故立覺支問云何喜順彼勝答以修道中九地九品數修勝覺如如於諦能如實覺如是如是發生勝喜如如生喜如是如是復樂於諦起如實覺如人掘地得諸珍寶如如掘地如是如是得寶生喜如如得寶生喜如是如是復樂掘地此亦如是問何故不立喜爲道支答順求趣義是道支義喜非順彼勝故不立道支問云何喜非順彼勝答如如於諦發生勝喜如是如是樂住不去故於求趣喜非隨順如人在路有所樂著於所趣方不能速至此亦如是問何故輕安捨俱立爲覺支答順覺悟義是覺支義輕安與捨順彼勝故俱立覺支問云何輕安捨俱順彼勝耶答由輕安力息諸事務住平等捨便能於諦起如實覺故順彼勝問何故輕安捨不立爲道支答順求趣義是道支義輕安與捨非順彼勝故不立爲道支問云何此二非順彼勝答輕安息求捨不樂趣與求趣義一向相違

如去與住睡眠與覺一向相違此亦如是問正思惟何故立爲道支非覺支耶答順求趣義是道支義彼策正見求出生死速趣涅槃如杖捶牛速有所至故立道支求趣不息是正思惟覺支安静義不相順諸安静者能如實覺是故不立彼爲覺支問何故正語業命立爲道支非覺支耶答順求趣義是道支義正語業命如轂能成見道輪故順求趣義立爲道支順覺悟義是覺支義覺悟非色是相應有所依有所緣有行相有警覺正語業命與彼相違故不立爲覺支問何故信不立覺支道支耶答初發趣時信用增上已入聖位修覺道支時分不同故俱不立復次諸清淨法於清淨品相有圓滿者有不圓滿者圓滿者謂具有根力覺道支相與此相違名不圓滿不圓滿中有覺支相無道支相者立爲覺支非道支如喜輕安捨有道支相無覺支相者立爲道支非覺支如正思惟正語業命相圓滿者立覺道支如念定慧等不圓滿中無覺道支相者俱不立如信問何不立心爲菩提分法答心無菩提分法相故復次心於雜染清淨品中勢用均等菩提分法於清淨品勢用偏增是故不立復次菩提分法多緣共相心多緣自相是故不立復次菩提分法對治煩惱一切煩惱皆是心所故能對治亦非是心復次菩提分法輔佐菩提心王不應輔佐於覺如王無有輔佐臣義復次心令生死輪轉無窮菩提分法能斷生死義不相應是故不立復次菩提分法能調伏心不可所調即能調攝諸有欲令定即心者説心亦是菩

提分法彼違理故非此所論問大地法中何故但立念定慧受爲菩提分答念定慧三順清淨品勢用增上菩提分法亦復如是故攝此三受於雜染清淨品中勢用俱勝故亦立爲菩提分法有餘師說受於雜染勢用雖勝而於淨品作饒益事如旃荼羅性雖鄙劣而與豪族作饒益事故亦立爲菩提分法想思觸欲於雜染品勢用偏增故不立爲菩提分法於假想觀勝解偏增菩提分法順真實觀是故勝解非彼所攝有餘師說菩提分法學位偏增至無學位勝解方勝故不立爲菩提分法作意於境令心發覺易脫不定菩提分法令心住境義不相應故亦不立有餘師說初取境時作意力勝至境相續彼力漸微菩提分法要取境已多時方有義不相應故亦不立問何故三受皆通無漏惟立喜爲菩提分法答樂捨二受無彼相故復次菩提分法行相猛利樂捨遲鈍故俱不立復次無漏樂受爲輕安樂所覆損故捨爲行捨所覆損故相不明了故不立爲菩提分法問何故尋伺俱通無漏惟立尋爲菩提分法答伺無彼相是故不立復次菩提分法行相猛利伺用微劣是故不立復次伺用爲尋所覆損故於策正見尋用偏增故伺不立菩提分法問大善地法中何故但立信精進輕安捨四種爲菩提分法耶答由此四種順菩提勝故偏立爲菩提分法謂趣菩提信爲上首將起衆行信爲初基故立信爲菩提分法精進徧策趣菩提行令速趣向三乘菩提故亦立爲菩提分法輕安調適對治惛沉助觀品勝行捨平等

對治掉舉助止品勝菩提分中止觀爲主故俱立爲菩提分法慙愧等六散善品中勢用雖勝而於定善勢用微劣故不立爲菩提分法以菩提分定善攝故有餘師說大善法中若所治强自性勝者立爲覺分餘則不爾所治强者謂與一切染心相應自性勝者謂衆行本策發衆行助止觀勝信精進輕安捨皆具二義慙愧等六無具二者謂慙等五二義並無不放逸一種惟闕自性勝故不立爲菩提分法問何故欣厭亦體是善而不立爲菩提分法答欣厭二法不能徧緣一心品中無容俱起助覺非勝是故不立問何故一切色等法中惟無表色有立覺分非餘法耶答正語業命隨順聖道勢用偏增故立覺分餘法不爾是故不立問何故聖種不立覺分答若於在家及出家衆二事勝者立爲覺分一期心勝二受行勝彼四聖種於出家衆有二事勝於在家者惟一事勝謂有期心無受行義如天帝釋坐寶華座有十二那庾多諸天美女恒自圍繞常有六萬音樂而爲娛樂於四聖種雖有期心無受行義影堅王等諸大國王給孤獨等諸大長者亦復如是故四聖種不立覺分有作是說前三聖種無貪善根以爲自性第四聖種即是精進樂斷樂修精進攝故若作是說第四聖種亦是覺分分別論者立四十一菩提分法謂四聖種足三十七不應理故非此所論品類足說云何念覺支謂聖弟子於苦集滅道思惟苦集滅道起能助菩提念乃至廣說是未知當知根或諸學者見生死過患涅槃勝利起能助菩提念乃

至廣說是已知根或阿羅漢觀心解脫起能助菩提念乃至廣說是具知根是名念覺支乃至捨覺支廣說亦爾云何正見謂聖弟子於苦集滅道思惟苦集滅道起擇法乃至廣說是未知當知根或諸學者見生死過患涅槃勝利起擇法乃至廣說是已知根或阿羅漢觀心解脫起擇法乃至廣說是具知根是名正見乃至正定廣說亦爾問何故覺支中說起能助菩提念等言道支中不說起能助菩提擇法等言答應說而不說者當知此義有餘復次欲現異說異文由異說異文故說者受者俱生欣樂復次欲現二門二略二階二蹬二炬二明二光二影故作是說復次先作是說盡無生智名曰菩提修道位中覺支義顯近菩提故說助菩提見道位中道支義顯去菩提遠是故不說如契經說不淨觀俱修念覺支依止厭依止離依止滅迴向於捨乃至捨覺支廣說亦爾問不淨觀是有漏七覺支是無漏云何有漏法與無漏法俱尊者世友作如是說以不淨觀攝伏其心令極調柔有堪能已無間能起覺支現前從此復能起不淨觀依如是義故說俱言如契經說諸聖弟子若以一心矚耳聽法能斷五蓋修七覺支速令圓滿問要在意識修所成慧能斷煩惱非在五識生得聞思能斷煩惱如何乃說若以一心矚耳聽法能斷五蓋答依展轉因故作是說謂善耳識無間引生善意識此善意識無間引生聞所成慧此聞所成慧無間引生思所成慧此思所成慧無間引生修所成慧此修所成慧修習純熟能斷五蓋故

不違理問斷五蓋時未能圓滿修七覺支何故契經作如是說能斷五蓋修七覺支速令圓滿答離欲染時名能斷五蓋離色染時名修七覺支離無色染時名速令圓滿故無有失有作是說離欲染時名能斷五蓋離無色染時名修七覺支速令圓滿此說初後略去中間故無有失復有說者無間道時名能斷五蓋解脫道時名修七覺支速令圓滿相隣近故說名爲速

阿毗達磨大毗婆沙論卷第九十六 說一切有部發智

音釋

躭 都甘切樂也過樂謂之躭 斧柯 斧方矩切鉞也柯古俄切斧柄也 析 先擊切分析也 盲 莫耕切目無童子也 猶豫 猶以周切豫羊茹切猶豫獸名性多疑故以事不決者爲猶豫也 猗適 猗於其切適施隻切猗適輕安也 覺 古孝切夢醒也 轂 古祿切車轂也 那庾多 梵語也亦名那由他此云萬億庾戈渚切 娛 五俱切樂也

阿毗達磨大毗婆沙論卷第九十七

五百大阿羅漢等造

唐三藏法師玄奘奉詔譯

智蘊第三中學支納息第一之五

諸法念覺支相應彼法擇法覺支相應耶乃至廣說問何故作此論答爲止他宗顯正理故謂或有執無實相應諸心心所法不俱起故爲遮彼意欲顯相應是實有物故作斯論答應作四句此中念及擇法覺支俱徧一切地一切無漏心故應作小四句有法念相應非擇法謂擇法覺支者謂念俱生擇法覺支自性彼與念相應非擇法覺支由三緣故自性不與自性相應一無二體俱時起故二前與後不和合故三一切法不觀自體必以他體爲緣生故有法擇法相應非念謂念覺支者謂擇法俱生念覺支自性彼與擇法相應非念覺支自性不與自性相應義如前說有法念相應亦擇法謂二相應法者謂念擇法覺支俱生除二自性餘相應法即八大地法十大善地法隨地位亦有尋伺等及心有法非念相應亦非擇法謂餘心心所法色無爲心不相應行者謂除無漏心心所法諸餘有漏心心所法及一切色無爲心不相應行作第四句如對擇法覺支對精進輕安定捨覺支正勤正定亦爾者如念覺支對擇法覺支作小四句對精進覺支乃至正定應知亦爾諸法念覺支相應彼法喜覺支相應耶答應作四句此中念覺支徧一切地一切無漏心喜覺支徧一切無漏心非一切地故應作中四句有四法念相應非喜謂喜覺支及喜不

相應念覺支相應法者謂念俱生喜覺支自性彼與念相應非喜覺支自性不與自性相應義如前說及喜不相應念覺支相應法即未至定靜慮中間後二靜慮前三無色念覺支相應法彼與念相應非喜覺支彼諸地中皆無喜故有法喜相應非念謂喜覺支相應念者謂喜俱生念覺支自性彼與喜相應非念覺支自性不與自性相應義如前說有法念相應亦喜謂二相應法者謂念喜覺支俱生除二自性餘相應法即八大地法十大善地法隨地位亦有尋伺等及心有法非念相應亦非喜謂喜不相應念覺支及餘心心所法色無爲心不相應行者謂未至定靜慮中間後二靜慮前三無色念覺支自性彼非念覺支相應自性與自性不相應故亦非喜覺支相應彼謂地中皆無喜故除無漏心心所法諸餘有漏心心所法及一切色無爲心不相應行作第四句如對喜覺支對正見正思惟亦爾者如念覺支對喜覺支作中四句對正見正思惟應知亦爾諸法念覺支相應彼法正念相應耶答如是設法正念相應彼法念覺支相應耶答如是者謂念覺支即是正念故應作如是句諸法擇法覺支相應彼法精進覺支相應耶答應作四句此中擇法精進覺支俱徧一切地一切無漏心故應作小四句有法擇法相應非精進謂精進覺支者謂擇法俱生精進覺支自性彼與擇法相應非精進覺支自性與自性不相應故有法精進相應非擇法謂擇法覺支者謂精進俱生擇法覺支自性彼與精進相應非擇法覺支

自性與自性不相應故有法擇法相應亦精進謂二相應法者謂擇法精進覺支俱生除二自性餘相應法即九大地法九大善地法隨地位亦有尋伺等及心有法非擇法相應亦非精進謂餘心心所法色無爲心不相應行者謂除無漏心心所法諸餘有漏心心所法及一切色無爲心不相應行作第四句如對精進覺支對輕安定捨覺支正勤正念正定亦爾者如擇法覺支對精進覺支作小四句對輕安定捨覺支正勤正念正定應知亦爾諸法擇法覺支相應彼法喜覺支相應耶答應作四句此中擇法覺支徧一切地一切無漏心喜覺支徧一切無漏心非一切地故應作中四句有法擇法相應非喜謂喜覺支及喜不相應擇法覺支相應法者謂擇法俱生喜覺支自性彼與擇法相應非喜覺支自性與自性不相應故及喜不相應擇法覺支相應法即未至定靜慮中間後二靜慮前三無色擇法覺支相應法彼與擇法相應非喜覺支彼諸地中皆無喜故有法喜相應非擇法謂喜覺支相應擇法者謂喜俱生擇法覺支自性彼與喜相應非擇法覺支自性與自性不相應故有法擇法相應亦喜謂二相應法者謂擇法喜覺支俱生除二自性餘相應法即八大地法十大善地法隨地位亦有尋伺等及心有非擇法相應亦非喜謂喜不相應擇法覺支及餘心心所法色無爲心不相應行者謂未至定靜慮中間後二靜慮前三無色擇法覺支自性彼非擇法覺支相應自性與自性不相應故亦非喜覺支相應彼諸

地中皆無喜故除無漏心心所法諸餘有漏心心所法及一切色無爲心不相應行作第四句如對喜覺支對正思惟亦爾者如擇法覺支對喜覺支作中四句對正思惟應知亦爾諸法擇法覺支相應彼法正見相應耶答諸法正見相應亦擇法相應有法擇法相應非正見相應謂正見所不攝擇法覺支相應法者謂盡無生智相應法彼與擇法覺支相應非正見盡無生智非見性故由擇法寬正見狹故作順後句諸法精進覺支相應彼法喜覺支相應耶答應作四句此中精進覺支徧一切地一切無漏心喜覺支徧一切無漏心非一切地故應作中四句廣釋四句准前應知如對喜覺支對正見正思惟亦爾者如精進覺支對喜覺支作中四句對正見正思惟應知亦爾諸法精進覺支相應彼法輕安覺支相應耶答應作四句此中精進與輕安覺支俱徧一切地一切無漏心故應作小四句廣釋四句准前應知如對輕安覺支對定捨覺支正念正定亦爾者如精進覺支對輕安覺支作小四句對定捨覺支正念正定應知亦爾諸法精進覺支相應彼法正勤相應耶答如是設法正勤相應彼法精進覺支相應耶答如是者謂精進覺支即是正勤故應作如是句諸法喜覺支相應彼法輕安覺支相應耶答應作四句此中喜覺支徧一切無漏心非一切地輕安覺支徧一切無漏心亦徧一切地故應作中四句廣釋四句准前應知如對輕安覺支對定捨覺支正勤正念正定亦爾者如喜覺支對輕安覺支作中四句

對定捨覺支正勤正念正定應知亦爾諸法喜覺支相應彼法正見相應耶答應作四句此中喜覺支徧一切無漏心非一切地正見徧一切地非一切無漏心故應作大四句有法喜相應非正見謂喜覺支相應正見及正見不相應喜覺支相應法者謂喜覺支俱生正見自性彼與喜覺支相應非正見自性與自性不相應故及正見不相應喜覺支相應法即初二靜慮盡無生智俱生喜覺支相應法彼與喜覺支相應非正見是他聚故有法正見相應非喜謂正見相應喜覺支及喜覺支不相應正見相應法者謂正見相應喜覺支自性彼與正見相應非喜覺支自性與自性不相應故及喜覺支不相應正見相應法即未至定靜慮中間後二靜慮前三無色正見相應法彼與正見相應非喜覺支彼諸地中皆無喜故有法喜相應亦正見謂二相應法者謂喜覺支正見俱生除二自性餘相應法即八大地法十大善地法隨地位亦有尋伺等及心有法非喜相應亦非正見謂喜覺支不相應正見不相應喜覺支及餘心心所法色無爲心不相應行者謂喜覺支不相應正見即未至定靜慮中間後二靜慮前三無色正見自性彼非喜覺支相應彼諸地中皆無喜故亦非正見相應自性與自性不相應故正見不相應喜覺支即初二靜慮盡無生智俱生喜覺支自性彼非正見相應是他聚故亦非喜覺支相應自性與自性不相應故及餘心心所法即未至定靜慮中間後二靜慮前三無色盡無生智俱生聚心心所

法及一切有漏心心所法并一切色無爲心不相應行作第四句如對正見對正思惟亦爾者如喜覺支對正見作大四句對正思惟應知亦爾諸法輕安覺支相應彼法定覺支相應耶答應作四句此中輕安定覺支俱徧一切地一切無漏心故應作小四句廣釋四句准前應知如對定覺支對捨覺支正勤正念正定亦爾者如輕安覺支對定覺支作小四句對捨覺支乃至正定應知亦爾諸法輕安覺支相應彼法正見相應耶答應作四句此中輕安覺支徧一切地一切無漏心正見徧一切地非一切無漏心故應作中四句廣釋四句准前應知如對正見對正思惟亦爾者如輕安覺支對正見作中四句對正思惟應知亦爾諸法定覺支相應彼法捨覺支相應耶答應作四句此中定捨覺支俱徧一切地一切無漏心故應作小四句廣釋四句准前應知如對捨覺支對正勤正念應知亦爾諸法定覺支相應彼法正見相應耶答應作四句此中定覺支徧一切地一切無漏心正見徧一切地非一切無漏心故應作中四句廣釋四句准前應知如對正見對正思惟亦爾者如定覺支對正見作中四句對正思惟應知亦爾諸法定覺支相應彼法正定相應耶答如是設法正定相應彼法定覺支相應耶答如是者謂定覺支即是正定故應作如是句諸法捨覺支相應彼法正見相應耶乃至廣說此中捨覺支對正見正思惟作中四句對正勤正念正定作小四句正見

對正思惟作大四句對正勤正念正定作中四句正思惟對正勤正念正定作中四句正勤對正念正定作小四句正念對正定作小四句如是一切准前應知云何世俗正見乃至廣說問何故作此論答爲欲分别諸契經中深隱義故如契經說若成就增上世俗正見者設經百千生終不墮惡趣如是等經雖說種種世俗正見而不廣釋經是此論所依根本彼未釋者今應分别復次前雖總說見智慧三而未别說云何世俗正見云何世俗正智前論是此所依根本彼未說者今應說之復次爲止他宗顯正理故謂或有說意識相應善有漏慧非皆是見如譬喻者彼作是說五識所引能發表業及命終時意地善慧皆非見性所以者何見有分别五識所引意地善慧如五識身不能分别故非見性見内門起能發表業意地善慧依外門轉故非見性見用强猛命終善慧勢用微劣故非見性問彼云何通契經所說如契經說彼命終時善心心所法與正見俱行彼作是答世尊說彼將命終時相續善心正見俱起非正死位有正見行爲遮彼執顯意識俱一切善慧皆見性攝由如是等種種因緣故作斯論云何世俗正見答意識相應有漏善慧此有三種一加行得二離染得三生得加行得者謂聞所成慧思所成慧修所成慧此中差别有不淨觀持息念等及諸念住并煖頂忍世第一法等俱生慧離染得者謂靜慮無量無色解脫勝處徧處等俱生慧生得者謂生彼地所得善慧諸如是等世俗正見差别無邊如四

大海水滴無量今於此中略説麤顯世俗正見云何世俗正智答五識相應善慧及意識相應有漏善慧五識相應善慧者謂眼識相應善慧乃至身識相應善慧眼識相應善慧者謂觀父母諸佛獨覺菩薩聲聞親教軌範及餘尊重同梵行等所起眼識相應善慧耳識相應善慧者謂聽父母親教軌範及餘尊重同梵行等所有善語及聽諸佛聖弟子等三藏法教所起耳識相應善慧鼻舌身識相應善慧者謂受用段食時所起三識相應善慧此非一切皆能起之要觀行者觀察段食而受用時方能發起意識相應有漏善慧廣如前説已説世俗正見正智自性雜不雜相今當説諸世俗正見是世俗正智耶答諸世俗正見亦是世俗正智有世俗正智非世俗正見謂五識相應善慧此中世俗正見必於所緣重審決故五識俱慧不名爲見如前已説世俗正見攝世俗正智世俗正智攝世俗正見耶答世俗正智攝世俗正見非世俗正見攝世俗正智不攝何等謂五識相應善慧此中正智體寬正見狹故如大攝小非小攝大諸成就世俗正見彼世俗正智耶答如是設成就世俗正智彼世俗正見耶答如是問誰成就世俗正見正智耶答不斷善根者此則總説若別説者有多有少謂或有惟成就欲界世俗正見正智或有惟成就色界或有惟成就無色界或有成就欲色界或有成就色無色界或有成就三界世俗正見正智如説三界九地亦爾或少或多如理應説諸世俗正見已斷已徧知彼世俗正智耶答如是

設世俗正智已斷已徧知彼世俗正見耶答如是問誰於世俗正見正智已斷已徧知耶答諸阿羅漢此則總說若別說者有多有少謂已離無所有處染異生聖者八地世俗正見正智已斷已徧知乃至已離欲染未離初靜慮染異生聖者一地世俗正見正智已斷已徧知此世俗正見正智是有漏故具問定攝成就斷五門分別問何故名世俗爲可變壞故名世俗爲貪依處故名世俗若可變壞故名世俗者聖道亦可變壞應名世俗若貪依處故名世俗者亦是瞋癡依處何獨說貪答應作是說是可變壞故名世俗問若爾聖道亦可變壞應名世俗答若可變壞能續諸有增長有者名爲世俗聖道雖可變壞而不能續諸有乃令諸有損減故非世俗復次若可變壞能令生死流轉無窮生老病死恒相續者名爲世俗聖道雖可變壞而不令生死流轉無窮乃斷生老病死令不相續故非世俗復次若可變壞是趣苦集行亦是趣有世間生老病死集行者名爲世俗聖道雖可變壞而非趣苦集行亦非趣有世間生老病死集行故非世俗復次若可變壞是有身見處是顛倒處愛處隨眠處是貪恚癡安立足處有垢有毒有過有刺有濁有染隨有世間隨苦集諦者名爲世俗聖道雖可變壞而與彼相違故非世俗復有說者是貪依處故名世俗問若爾亦是瞋癡依處何獨說貪答彼雖亦是瞋癡依處而貪初勝是故偏說然契經中說可變壞故名世俗如契經言具壽豐瞻來詣佛所頂禮雙足而白佛言世尊所說世

俗世俗義何謂耶佛告豐瞻是可變壞故名世俗具壽豐瞻復白佛言何謂可變壞佛告豐瞻眼處可變壞色處可變壞乃至意處可變壞法處可變壞由可變壞故名世俗問何故世尊說十二處是可變壞故名世俗非餘法耶答觀受化者宜聞諸處是世俗言而得悟解故偏說處如餘經中說取蘊等名爲世俗此經亦然復次十二處教是處中說而攝法盡故偏說之問諸變壞者皆世俗耶答應作四句有是世俗而非變壞謂過去未來苦集二諦有是變壞而非世俗謂現在道諦有是世俗亦是變壞謂現在苦集二諦有非世俗亦非變壞謂過去未來道諦及一切無爲問變與壞有何差別答變者顯示細無常法壞者顯示麤無常法復次變者顯示剎那無常壞者顯示衆同分無常復次變者顯示內分無常壞者顯示外分無常復次變者顯示有情數無常壞者顯示非情數無常如說舍壞倉庫等壞云何無漏見乃至廣說問何故作此論答前雖總說見智慧三而未別說云何無漏見云何無漏智前論是此所依根本彼未說者今應說之復次前雖已說世俗見智今欲顯彼近對治法故作斯論云何無漏見答除盡無生智餘無漏慧此復是何謂現觀邊八無漏忍及學八智無學正見云何無漏智答除無漏忍餘無漏慧此復是何謂學無學八智已說無漏見智自性今當顯示雜不雜相諸無漏見是無漏智耶答應作四句有無漏見非無漏智謂無漏忍此有見相無智相故有無漏智非無漏見謂盡無生智此

有智相無見相故有無漏見亦無漏智謂除無漏忍盡無生智餘無漏慧此復是何謂學八智無學正見此有見相及智相故有非無漏見亦非無漏智謂除前相相謂所名廣如前說此復是何謂行蘊中除無漏慧諸餘行蘊及四蘊全并無爲法作第四句無漏見智相攝四句准定應知諸成就無漏見彼無漏智耶答諸成就無漏智亦無漏見有成就無漏見非無漏智謂苦法智忍現在前時爾時未修無漏智故此本論師善知諸法性相差別若應說者乃至一念亦別說之不應說者乃至量過四大海水而亦不說所說廣略要觀有用問何故此中但說問定攝成就四不說斷耶答有垢者斷無漏無垢故不說斷如衣器等要有垢者須浣滌之非無垢者是故無漏不應說斷問若無漏法不應斷者契經所說當云何通如說苾芻汝等若解我之所說筏喻法門法尚應斷何況非法此法應知即無漏道答斷有二種一斷愛斷二棄捨斷聖道雖無斷愛斷而有棄捨斷般涅槃時棄捨此故謂諸苾芻先依聖道得盡諸漏念報恩故數復修起聖道現前後爲世間四百四病衆苦逼切故佛告曰汝等苾芻已依聖道作所應作當應棄捨入無餘依涅槃如人依筏得度河已念報其恩而猶荷戴他人告曰汝先依比已得度河今可棄捨自在而去苾芻亦爾問此中云何是法非法答内道言教是法外道言教是非法内道言教顯空非我隨順涅槃能令永斷生老病死尚應斷之何況外道所有言教皆空非我違逆涅槃能令

世間生老病死增長相續而不應斷復有說者若善受持名句文身者是法不善受持名句文身者是非法善受持者尚應斷之況不善者而不應斷尊者妙音作如是說若善受持阿笈摩者是法不善受持阿笈摩者是非法善受持者尚應斷之況不善者而不應斷脇尊者曰如理作意是法不如理作意是非法如理作意者尚應斷之況不如理者而不應斷復次慚愧是法無慚無愧是非法三善根是法三不善根是非法四念住是法四顛倒是非法五根是法五蓋是非法六隨念是法六愛身是非法七覺支是法七隨眠是非法八道支是法八邪支是非法九次第定是法九結是非法十善業道是法十不善業道是非法此等清淨法尚應斷之況彼等雜染法而不應斷

智蘊第三中五種納息第二之一

云何邪見如是等章及解章義既領會已次應廣釋問何故作此論答爲欲分別契經義故如契經說苾芻當知諸邪見者如其所見起身語業思求願行皆是彼類如是諸法一切能招不可愛樂不可欣喜不隨所欲不如意果所以者何由此邪見是勃惡見故契經雖有是說而不分別其義經是此論所依根本彼未說者今應說之復次前雖總說見智慧三而未別說云何邪見云何邪智前論是此所依根本彼未說者今應說之故作斯論

云何邪見答若不安立則五見皆名邪見謂若不安立薩迦耶等五見名及行相差別即彼五見皆名邪見皆於所緣邪推度故若安

立即惟無施與無愛樂無祠祀無妙行無惡行無妙惡行業果異熟等見名邪見謂若安立薩迦耶等五見名及行相差別則惟作無行相轉者獨名邪見邪中極故如說臭蘇及惡旃荼羅等云何邪智答六識相應染汚慧此中五識相應染汚慧者謂貪瞋相應慧意識相應染汚慧者謂五見及貪瞋慢疑不共無明并餘纏垢相應慧如是一切皆名邪智已說邪見邪智自性雜不雜相今當說諸邪見是邪智耶答諸邪見是邪智謂邪推求者必邪審決故有邪智非邪見謂五識相應染汚慧即貪瞋相應慧及除五見餘意識相應染汚慧即貪瞋慢疑及不共無明并餘纏垢相應慧邪見攝邪智邪智攝邪見耶答邪智攝邪見非邪見攝邪智不攝何等謂五識相應染汚慧及除五見餘意識相應染汚慧有審決相無推度相故諸成就邪見彼邪智耶答諸成就邪見亦邪智邪智多故見亦智故即道類智未已生位有成就邪智非邪見謂學見迹即道類智已生諸有學位名學見迹已具見四聖諦迹故此則總說若別說者有多有少謂或成就九地邪智乃至或有成就一地邪智一一地中或有成就九品邪智乃至或有成就一品邪智諸邪見已斷已徧知彼邪智耶答諸邪智已斷已徧知亦邪見謂阿羅漢有邪見已斷已徧知非邪智謂學見迹此則總說若別說者有多有少謂或有九地邪智非已斷已徧知乃至或有一地邪智非已斷已徧知一一地中或有九品邪智非已斷已徧知乃至或有一品邪智非已斷已

徧知染汚邪智九品斷故云何正見乃至廣說問何故作此論答爲欲分別契經義故如契經說諸正見者如其所見起身語業思求願行皆是彼類如是一切能招可愛可樂可欣可喜隨所欲如意果所以者何由此正見是賢善見故契經雖有是說而不分別其義經是此論所依根本彼未說者今應說之復次前雖總說見智慧三而未別說云何正見云何正智前論是此所依根本彼未說者今應說之復次前雖已說邪見邪智今欲說彼近對治法故作斯論云何正見答盡無生智所不攝意識相應善慧此有二種一有漏二無漏有漏者即世俗正見如前廣說無漏者謂無漏忍及學八智無學正見云何正智答五識相應善慧及無漏忍所不攝意識相應

善慧此有二種一有漏即世俗正見二無漏即學無學八智已說正見正智自性雜不雜相今當說諸正見是正智耶答應作四句有正見非正智謂無漏忍此有見相無智相故有正智非正見謂五識相應善慧及盡無生智此有智相無見相故有正見亦正智謂無漏忍盡無生智所不攝意識相應善慧此有二種一有漏即世俗正見二無漏即學八智無學正見此二皆具見智相故有非正見亦非正智謂除前相相即所名廣如前說謂行蘊中除諸善慧諸餘行蘊及四蘊全并無爲法作第四句此攝四句准定應知諸成就正見彼正智耶答如是設成就正智彼正見耶答如是問誰成就正見正智耶答不斷善根者此則總說若別說有多有少謂或有惟成

就欲界二或有惟成就色界二或有惟成就無色界二或有惟成就色界無漏二或有惟成就無色界無漏二或有惟成就欲色界二或有惟成就色無色界二或有成就欲色無色界二或有成就欲色界無漏二或有成就色無色界無漏二或有成就三界無漏二諸正見已斷已徧知彼正智耶答如是設正智已斷已徧知彼正見耶答如是問誰於正見正智已斷已徧知耶答阿羅漢此則總說若別說者有多有少謂已離無所有處染有學異生八地正見正智已斷已徧知乃至已離欲染未離初靜慮染有學異生一地正見正智已斷已徧知依究竟說惟阿羅漢

阿毗達磨大毗婆沙論卷第九十七　說一切有部發智

音釋

軌範　軌居洧切範音范軌範謂軌則模範也
浣滌　浣胡管切濯也滌徒歷切洗也
筏　房越切簰筏也
阿笈摩　梵語也亦云阿達婆西域外道書名笈極曄切
勃惡　勃正作悖蒲昧切逆也勃惡猶暴惡也

阿毗達磨大毗婆沙論卷第九十八

五百大阿羅漢等造

唐三藏法師玄奘奉詔譯

智蘊第三中五種納息第二之二

如契經說云何邪見謂無施與無愛樂無祠祀乃至廣說云何正見謂有施與有愛樂有祠祀乃至廣說問施與愛樂祠祀有何差別有作是說無有差別施與愛樂祠祀三聲同顯一義無差別故如有頌言

若施僧福田　名善施愛祀　世間解所讚

彼當獲大果

復有說者亦有差別謂名即差別此名施與此名愛樂此名祠祀三名別故有說此三義亦差別外論者言無施與者謂無施三類福無愛樂者謂無施別婆羅門福無祠祀者謂無施衆婆羅門福復次無施與者謂無施三類福無愛樂者謂無施非大祠中婆羅門福無祠祀者謂無施大祠中婆羅門福復次無施與者謂無施三類福無愛樂者謂無施不住天寺婆羅門福無祠祀者謂無施住天寺婆羅門福復次無施與者謂無施三類福無愛樂者謂無施非祀火婆羅門福無祠祀者謂無施祀火婆羅門福復次無施與者謂無施三類福無愛樂者謂無施在家婆羅門福無祠祀者謂無施出家婆羅門福復次無施與者謂無施三類福無愛樂者謂無施不修定婆羅門福無祠祀者謂無施修定婆羅門福復次無施與者謂無施三類福無愛樂者謂無施不修苦行婆羅門福無祠祀者謂無施修苦行婆羅門福復次無施與者謂無施

三類福無愛樂者謂無施非善習誦吠陀及吠陀支論婆羅門福無祠祀者謂無施善習誦吠陀及吠陀支論婆羅門福復次無施與者謂無施三類福無愛樂者謂無施不具解行婆羅門福無祠祀者謂無施具解行婆羅門福復次無施與者謂無施三類等福無愛樂者謂無施婆羅門福無祠祀者謂無祠天福内論者言無施與者謂無過去福無愛樂者謂無未來福無祠祀者謂無現在福復次無施與者謂無身業福無愛樂者謂無語業福無祠祀者謂無意業福復次無施與者謂無施性福無愛樂者謂無戒性福無祠祀者謂無修性福復次無施與者謂無施悲田福無愛樂者謂無施恩田福無祠祀者謂無施福田福復次無施與者謂無將施時欣樂福

無愛樂者謂無正施時心淨福無祠祀者謂無施已歡喜無悔福復次無施與者謂無能施淨信無愛樂者謂無所捨財法無祠祀者謂無所施受者復次無施與者謂無所捨財法無愛樂者謂無所施受者無祠祀者謂無能施福業復次無施與者謂無將施時福無愛樂者謂無正施時福無祠祀者謂無受用時福復次無施與者謂無布施時福無愛樂者謂無受用時福無祠祀者謂無後隨念福復次無施與者謂無作意捨福無愛樂者謂無身語捨福無祠祀者謂無彼受用福復次無施與者謂無能施福無愛樂者謂無施所得果無祠祀者謂無所施田復次無施與者謂無施惡趣福無愛樂者謂無施人趣福無祠祀者謂無施天趣福復次無施與者謂無

施異生福無愛樂者謂無施有學聖者福無祠祀者謂無施無學聖者福此等名爲三種差別

諸左慧皆是結耶乃至廣說問何故作此論答爲止他宗顯正理故謂或有說諸染污慧非結自性彼作是說云何是慧而有縛義爲遣彼執顯染污慧見爲性者是結所攝故作斯論諸左慧皆是結耶答應作四句左慧與結互廣狹故有左慧非結謂除二結餘染污慧除二結者謂除見結取結餘染污慧者謂貪瞋慢起不共無明及餘纏垢相應慧此有左慧相無結相故有結非左慧謂七結即愛等七此有結相無左慧相故有左慧亦結謂二結即見結取結具二相故有非左慧亦非結謂除前相相謂所名如前廣說此復是何

謂行蘊中除染污慧及餘七結諸餘行蘊及四蘊全并無爲法作第四句問何故名左左是何義答意樂左故墮左品故說名爲左即是偏僻用非便義復次彼於解脱正理善品皆違越故說名爲左復次不吉祥故說名爲左如有於佛賢聖制多及天靈廟不右繞者以不吉祥故名爲左復次用非巧便故名爲左如世見有諸用左人咸謂此人非巧便者復次所行不正故名爲左如說外道是左道人所說所行皆不正故問若染污慧名左慧者何故說佛身有左光答立左名因義各别故謂染污慧違越解脱正理善品故立左名佛有常光附身而起以恒安住故立左名不同餘光起滅不定以佛身有常光一尋乃至微塵及細蟲等光威所鑠皆不近身復有説

者佛有三光映奪餘光皆令成左是故說佛身有左光佛三光者一佛身光作眞金色此光照觸諸金山時令彼威光隱沒不現二佛齒光極鮮白色此光照觸雪山王時令彼威光隱沒不現三佛智光清淨徧照此光照觸外道邪論皆令摧伏隱沒不現如是三光令餘退沒皆成左性故名爲左有作是說佛身金光照齒所發鮮白光時顯佛面門威嚴增盛如秋麗日光照雪山令彼山王威嚴轉盛問諸佛皆有如是左光徧身一尋恒發照不答諸佛皆有如是左光徧身一尋恒時發照問若爾然燈佛本事云何通如契經說然燈如來應正等覺身光赫奕照燈光城周匝圍繞踰繕那量經十二年晝夜無別覩華開合以知晝夜既爾云何諸佛皆有常光一尋答彼經不說然燈如來徧身所發常光一尋但說彼佛爲化有情現大神變發化光明於十二年施作佛事有作是說非諸佛身皆有如是常光一尋以佛身光非相好攝或大或小起滅不定評曰應作是說諸佛皆有如是左光徧身一尋恒時發照雖非相好攝而法爾恒有諸佛身常有勝妙威光故

云何學見乃至廣說問何故作此論答前雖總說見智慧三而未別說云何學見云何學智云何學慧前論是此所依根本彼未說者今應說之故作斯論云何學見答學慧謂無漏忍及學八智從苦法智忍乃至金剛喻定諸無漏慧皆名學見云何學智答學八智謂四法智及四類智云何學慧謂學見學智總名學慧見智俱有擇法相故已說學見智慧

自性雜不雜相今當說諸學見是學智耶答諸學智亦學見學智必有推度相故有學見非學智謂無漏忍此忍未有審決相故諸學見是學慧耶答如是設學慧是學見耶答如是學位見與慧徧無漏心故諸學智是學慧耶答諸學智亦學慧有學慧非學智謂無漏忍義如前說此三攝義准定應知諸成就學見彼學智耶答諸成就學智亦學見智即見故有成就學見非學智謂苦法智忍現在前時爾時未有無漏智故諸成就學見彼學慧耶答如是設成就學慧彼學見耶答如是學位見慧必俱成故諸成就學智彼學慧耶答諸成就學智亦學慧有成就學慧非學智謂苦法智忍現在前時忍有慧相無智相故

云何無學見乃至廣說問何故作此論答前雖總說見智慧三而未別說云何無學見云何無學智云何無學慧前論是此所依根本彼未說者今應說之故作斯論云何無學見答盡無生智所不攝無學慧謂無學正見云何無學智答無學八智謂四法智及四類智云何無學慧答無學見無學智總名無學慧見智定有擇法相故已說此三自性雜不雜相今當說諸無學見是無學智耶答諸無學見亦無學智無學位中能推度者必審決故有無學智非無學見謂盡無生智此智息求不推度故諸無學見是無學慧耶答諸無學見亦無學慧有無學慧非無學見謂盡無生智此智惟有擇法審決二種相故諸無學智是無學慧耶答如是設無學慧是無學智耶答如是無學智慧俱徧無學無漏心故此三

攝義准定應知諸阿羅漢無不成就此三種者是故此三展轉相問皆答如是學無學三不說斷者俱無斷故

云何非學非無學見乃至廣說問何故作此論答前雖總說見智慧三而未別說云何非學非無學見云何非學非無學智云何非學非無學慧前論是此所依根本彼未說者今應說之故作斯論云何非學非無學見答眼根五見世俗正見此三見相廣如前說謂觀視等云何非學非無學智答五識相應慧及意識相應有漏慧俱通三種謂善染汚無覆無記廣如前說云何非學非無學慧答五識相應慧及意識相應有漏慧有漏智慧俱徧一切有漏心品皆有審決擇法相故已說此三自性雜不雜相今當說諸非學非無學見是非學非無學智耶答應作四句此見與智互廣狹故此中初句謂眼根者惟能觀視非審決故第二句謂五識相應慧等者有審決相無推度相故第三句謂五見世俗正見者皆有推度審決相故第四句謂除前相者相謂所名如前廣說此復是何謂色蘊中除眼根諸餘色蘊行蘊中除有漏慧諸餘行蘊及三蘊全并無爲法作第四句非學非無學見慧相對作四句亦爾非學非無學智慧相對自性等故皆答如是此三攝義准定應知成就與斷廣說准前初納息說應知其相若成就一定有餘二隨一已斷已得徧知餘二亦爾故更相問皆答如是

如大梵天作如是說我是梵是大梵得自在乃至廣說問何故作此論答諸惡見趣於生

死中令諸有情起大染著引大無義與生死苦作大依處謂有此者定於三界往返輪迴受諸苦惱數數趣入穢闇母胎住生藏下熟藏之上爲諸不淨恒所逼切出産門時受諸劇苦生墮草等如利刀割此等苦事無量無邊皆由不知見趣過患欲令知已厭惡斷滅故作斯論如大梵天作如是説我是梵是大梵得自在我於世間能造化能出生是彼父此於五見何見攝見何諦斷此見耶此中以二事推求諸見趣一以自性二以對治以自性者謂此諸見趣以何爲自性以對治者謂此諸見趣以何爲對治雜藴見藴生智論中皆亦以二事推求諸見趣謂以自性及以對治如生智論作如是説沙門喬答摩是幻化者誑惑世間佛由此道已超幻誑彼謗此道是邪見攝是彼自性見道所斷是彼對治道智生時能斷如是不實推求不實分別顛倒惡見令永滅故又彼論説世尊何故慳阿羅漢佛由此道已超慳悋彼謗此道是邪見攝是彼自性見道所斷是彼對治道智生時能斷如是不實推求乃至廣説梵網經中亦以二事推求見趣一以自性二以等起梵問經中但以一事推求見趣謂以等起如是諸處合以三事推求見趣一以自性二以等起三以對治脇尊者曰不應推求諸惡見趣所以者何誰有智者勞煩詰問無明者暗盲者墮坑評曰應以三事推求見趣所以者何若以三事推求見趣雖是異生具煩惱縛而同聖者諸惡見趣永不現行此中應説實法師因緣如雜藴中已廣説其事答我是梵是大梵

得自在者取劣法爲勝見取攝見苦所斷此中梵王實非真梵非真大梵非於一切皆得自在而謂自身實是真梵是真大梵普於一切皆得自在彼於下劣法而計爲最勝故見取攝是彼自性所以者何法中最勝惟有涅槃有情中勝惟有聖者佛心得自在於法亦自在聲聞獨覺雖於諸法未得自在而於自心已得自在梵王於此二種自在俱未能得而彼自謂已得自在於劣計勝故見取攝苦智生時能斷如是不實推求不實分別顛倒惡見令永滅故名見苦斷是彼對治由此見取於苦處生故見苦時此見永滅如日纔出輕霜即除如草端露風摇便墮我於世間能造化能出生是彼父者非因計因戒禁取攝見苦所斷此中意說諸有情類各自業感内身外物而彼梵王謂自能化出生爲父非因計因戒禁取攝是彼自性見苦所斷是彼對治如前應知如梵衆天作如是說此是梵是大梵得自在此於世間能造化能出生是我等父此於五見何見攝見何諦斷此見耶答此是梵是大梵得自在者取劣法爲勝見取攝見苦所斷此中梵衆執大梵王是梵是大梵普得自在於劣計勝見取所攝是彼自性見苦所斷是彼對治廣說如前此於世間能造化能出生是我等父者非因計因戒禁取攝見苦所斷此中梵衆執大梵王普於世間是造化者是出生者與彼爲父非因計因戒禁取攝是彼自性見苦所斷是彼對治廣說如前問此中是梵是大梵得自在有何差別答是梵者謂執梵王五取蘊果是真清淨寂

靜安樂是大梵者謂執梵王五取蘊果於諸眞淨寂樂中尊得自在者謂執梵王五取蘊果有最勝用統攝一切皆得自在如是皆名取劣爲勝謂執穢苦爲眞淨樂及有淨樂最勝用故眞樂淨者謂滅道諦滅道二諦俱是眞勝一切法中涅槃最勝是善是常超餘法故有爲法中聖道最勝能永超越生死法故一切隨眠不隨增故如有頌言

滅於諸法勝　道於有爲勝　一切有情中
如來爲最勝

問於梵世中梵王最勝觀彼爲勝應是正見如何說彼是惡見耶答若謂惟於梵世中勝審非惡見然彼謂於一切最勝故惡見攝彼於諸佛獨覺聲聞及上諸天皆爲劣故又彼妄執五取蘊果同眞滅道故惡見攝問此中於世間能造化能出生是彼父等有何差別答於世間者謂於有情世間及器世間能造化者謂能造作器世間及能化作有情世間能出生者謂能出生非情數物重顯造義是彼父等者謂是一切有情之父重顯化義此執皆是非因計因謂執梵王五取蘊果能造化作一切世間然諸世間有情數者各從自業煩惱而生非情數者一切有情業增上力共所引起彼於劣果執爲勝因既非因計因故戒禁取攝此及前見取俱迷果處苦諦生故皆見苦所斷又我常執力所引故如彼皆成見苦所斷已說如是惡見自性及彼對治等起云何梵網經中說彼等起如彼經說前劫壞時諸有情類多從此沒生極光淨衆同分中此劫成時空中先有梵天宮起時極光

淨有一有情壽業福盡從彼天没來生梵宫獨一長時儼然而住後便起愛思念同侣云何當令諸餘有情生我同分爲我等侣問彼由何縁起斯愛念脇尊者曰不應詰問無明者愚盲者顛蹶有作是説往彼處者爾時法爾起此愛念謂法爾力是彼生縁復有説者無始時來諸有情類樂相習近由串習力引彼愛生故彼愛念由因力起或有説者彼未除滅攝衆愛故謂先於此爲衆導師後生彼天猶有餘習由此勢力引起彼愛有餘師説極光淨天來至梵世作初靜慮種種化身與大梵王共相娱樂彼後息化還自天宫於是梵王追慕同侣起斯愛念有作是言梵王自起初靜慮化作梵衆身而自娱樂後既疲倦便息神通化衆没已作如是念誰能常起諸化衆身云何當令餘有情類生我同分爲我徒侣有餘復言梵王先起自地天眼傍見餘界大梵天王梵輔梵衆恭敬圍繞見已念言彼之形色容貌威光非勝於我彼有徒衆而我獨無云何當令餘有情類來生我所爲我徒衆彼經復説梵王當起此思念時極光淨天餘有情類諸有壽盡業盡福盡皆從彼没來生梵世梵王見已作是念言此諸有情是我化作問梵王何故起此念耶答由彼梵王先起思願彼有情類應念而生故彼梵王起如是念有作是説梵王化作諸梵衆已入中間定既入定已化衆便没時極光淨有情命終來生梵世後大梵王從定起已既見梵衆作是念言前所化衆應已隱没今諸有情現在前者或應是我化力引生或可是先思願

所作由斯大梵作是念言此諸有情是我化作彼經復説梵衆生已作是念言我等曾見如是有情長壽久住問彼住何處曾見梵王答即住梵世曾見梵王然不憶知何處曾見如於集會曾見一人後經久時復遇相見雖醒曾相見而不憶處所有作是説彼住中有曾見梵王若爾云何曾見大梵長壽久住以中有身速求生處不久住故復有説者彼從極光淨來至梵宫爲娯樂梵王爾時曾見問彼既已失第二靜慮云何能憶上宿住事答彼諸梵衆離自地染復依第二靜慮起宿住隨念智通能憶上地曾所見事問若爾何故緣大梵王起斯惡見答從離染退故緣梵王復起惡見問豈不色界無退義耶答劫初成時彼亦有退有餘師説彼以本性念生智憶上曾見事問豈不色界無有本性念生智耶答劫初成時色界亦得有本性念生智或有説者梵王先入中間靜慮住經多時彼諸梵衆從上地没生梵世中見大梵王長壽久住威光赫弈不敢親附後出定已命諸梵衆共相慰問時諸梵衆互相謂言我等曾見如是有情長壽久住彼經復説時諸梵衆作是念言我等皆是梵王化作從彼而生是我等父問何緣彼起如是念耶答彼聞梵王數作是説我能造化我能出生是汝等父聞已深信復曾見梵王長壽久住既深生信重故起是念如有國王實無伎用然對臣衆而自矜誇我於昔時有大威勇親率士衆摧伏勍敵臣衆既聞無不信受咸言我等幸遇大王親友國人皆獲安樂復有説者彼聞梵王數如前

說爲審決故便起宿住隨念智通觀察自他先蘊相續漸次乃至初結生心而不能觀前命終位下通不能現上境故彼由通力知大梵王先生久住後起思念我等便生由此定知我等皆是梵王化作從彼而生是我等父故由通力彼起是念問劫初成時幾有情類同時發起如前所說顛倒想見有作是說小千界中有一大梵十獨梵千梵衆中千界中有千大梵十千獨梵千千梵衆大千界中有千千大梵俱胝獨梵百俱胝梵衆復有說者小千界中有一大梵千獨梵十千梵衆中千界中有千大梵十千獨梵俱胝梵衆大千界中有十千大梵俱胝獨梵百俱胝梵衆有依雜說大千界中有俱胝大梵百俱胝獨梵百千俱胝梵衆評曰應作是說大千界中有俱胝大梵百俱胝獨梵千俱胝那庾多梵衆劫初成時同時發起如前所說顛倒想見問大梵天王住在何處梵輔梵衆住何處耶西方諸師作如是說初靜慮地處別有三一梵衆天處二梵輔天處三大梵天處此處即是靜慮中間迦濕彌羅諸論師說初靜慮地惟有二處即梵輔天中有高勝靜處如近聚落有勝園林是大梵王常所居處此處即是靜慮中間問大梵天等身量云何答大梵王身量一踰繕那半梵輔天身量一踰繕那梵衆天身量半踰繕那問大梵天等壽量云何答大梵王壽量一劫半梵輔天壽量一劫梵衆天壽量半劫應知此處四十中劫合爲一劫問大梵天王經幾時量獨一而住經幾時量與衆共住經幾時量復與衆別有作是說經五

中劫獨一而住經五中劫與衆共住經五中劫復與衆别復有説者經十中劫獨一而住經十中劫與衆共住經十中劫復與衆别評曰應作是説經於半劫獨一而住經於半劫與衆共住經於半劫復與衆别二十中劫是半劫量梵輔梵衆依未至地心命終結生大梵依靜慮中間心命終結生所以者何命終結生心惟捨受相應捨受惟在初靜慮近分地有非根本地故諸起此見我一切忍此於五見何見攝乃至廣説問何故作此論答爲欲分别契經義故謂契經説長爪梵志來詣佛所而白佛言喬答摩當知我一切不忍乃至廣説契經雖作是説而不説此於五見何見攝見何諦斷此見經是此論所依根本彼未説者今應説之故作斯論問何故名爲長爪梵志答由彼梵志身爪俱長而且説爲長爪梵志問彼復何縁留此長爪答彼貪習業無容翦故有作是説彼恒山居爪髮雖長無人翦剃復有説者彼在家時樂習絃管後雖出家猶愛長爪故不翦之有餘師説彼在外道法中出家外道法中有留爪者故説彼爲長爪梵志此中以二事推求見趣一以自性二以對治如文應知問此惡見趣等起云何答尊者舍利子及大目乾連投佛出家是此等起謂長爪梵志是舍利子舅曾教尊者外道書論聞舍利子與大目連歸佛出家深心憂悔作如是念智境無窮設解深遠終有迴義彼喬答摩多聞智慧雖定應勝舍利子等而必應有勝喬答摩定復有餘能勝彼者如是展轉智境無窮故我不應不設方便作是

念已來詣佛所而白佛言喬答摩當知我一切不忍世尊告曰汝爲忍此所起見不時彼梵志作是思惟若答言忍便違所立若言不忍便無所宗若無所宗則非論道思已媿恥默然而住復次長爪梵志是斷見者彼觀一切後當必斷故佛告言汝所起見亦當斷不復次長爪梵志是猶豫者彼觀一切皆可猶豫故佛告言汝於自見亦猶豫不然彼梵志有占相智自知所立必當墮負故彼梵志默然而住世尊告曰無量有情同汝所見汝亦同彼謂諸世間依三種見一有一類起如是見立如是論我一切忍二有一類起如是見立如是論我一切不忍三有一類起如是見立如是論我一分忍一分不忍此中若言一切我皆忍者彼依此見生愛貪著若言一切我皆不忍者彼依此見不生愛貪著若言我一分忍一分不忍者彼依此見一分生愛貪著一分不生愛貪著問一切見趣無不皆能生愛貪著世尊何故說依彼見有不生者答應知彼經有別意趣謂常見者執有後世於能引發後有業思生愛貪著若斷見者執無後世於能引發後有業思不愛貪著是彼契經所說意趣然諸見趣無不皆能生愛貪著謂斷見者信有現在入胎爲初命終爲後撥無他世於此見中生愛貪著與常見者保執無異

阿毗達磨大毗婆沙論卷第九十八 說一切有部發智

音釋

爍（正作爍式灼切灼爍光貌）赫奕（赫呼格切奕羊益切赫奕謂光明顯盛也）

踰繕那（梵語也亦云由旬此云限量如此方一驛地繕時戰切）劇苦（劇奇逆切謂甚苦也）

詰問（詰苦吉切責也亦問也）勍敵（勍渠京切彊也）

敵（徒歷切仇也匹也）俱胝（梵語也亦云拘致此云百億胝張尼切）爪（側絞切指甲也）

翦（即淺切齊斷曰翦）

阿毗達磨大毗婆沙論卷第九十九

五百大阿羅漢等造
唐三藏法師玄奘奉 詔譯

智蘊第三中五種納息第二之三

如契經說佛告梵志若有沙門婆羅門等捨惡見趣而不取者當知此類少中復少問此類云何少中復少答世間有情性愚鈍者如大地土性聰慧者如爪上土惟聰慧中邪見者多正見者少喻如前說是故名爲少中復少問如見蘊說斷常見者展轉相違云何此中說有一類起如是見我一分忍一分不忍而不相違答此中說一補特伽羅若執色蘊爲常彼執四蘊爲斷若執四蘊爲常彼執色蘊爲斷故此二見非互相違見蘊說二補特伽羅一執色常一執色斷乃至執識亦有二種故彼二見展轉相違彼經復說世尊說此見趣法時長爪梵志遠塵離垢於諸法中生淨法眼時舍利子受具足戒已經半月隨觀此法得阿羅漢問時舍利子隨觀何法尊者世友作如是說尊者舍利子即隨觀世尊爲彼梵志說見趣法成阿羅漢復有說者尊者舍利子即隨觀梵志得預流果道所觀法成阿羅漢有作是說尊者舍利子即隨觀梵志得預流果能證學法成阿羅漢大德說曰彼舍利子隨觀緣起有十二支差別性法成阿羅漢是名舍利子所隨觀法諸起此見有阿羅漢天魔所嬈漏失不淨乃至廣說問何故作此論答爲欲分別佛涅槃後假名苾芻所起惡見令有智者知而制之故作斯論諸起此見有阿羅漢天魔所嬈漏失不淨此於五

見何見攝見何諦斷此見耶答非因計因戒禁取攝見苦所斷此中非因計因者謂彼不淨從煩惱生而說天魔所嬈故出故戒禁取以爲自性見苦所斷顯彼對治苦智生時能斷如是不實推求不實分別顛倒惡見令永滅故名見苦斷廣說如前諸起此見有阿羅漢於自解脫猶有無知此於五見何見攝見何諦斷此見耶答謗阿羅漢無漏智見邪見攝見道所斷此中謗阿羅漢無漏智見者謂阿羅漢於自解脫由無漏智見已離無知而說猶有無知則撥無彼無漏智見是故邪見以爲自性見道所斷顯彼對治道智生時能斷如是不實推求乃至廣說如前應知諸起此見有阿羅漢於自解脫猶有疑惑此於五見何見攝見何諦斷此見耶答謗阿羅漢越度疑惑邪見攝見道所斷此中謗阿羅漢越度疑惑者謂阿羅漢於自解脫由無漏道已斷疑惑而說猶有疑惑則撥無彼道是故邪見以爲自性見道所斷顯彼對治道智生時能斷如是不實推求乃至廣說如前應知諸起此見有阿羅漢但由他度此於五見何見攝見何諦斷此見耶答謗阿羅漢無障無背現量慧眼身證自在邪見攝見道所斷此中謗阿羅漢無障無背現量慧眼身證自在者謂阿羅漢實自證得無障無背現量慧眼身證自在非但由他而得度脫然說但由他故得度則謗聖道是故邪見以爲自性見道所斷顯彼對治道智生時能斷如是不實推求乃至廣說如前應知諸起此見道及道支若言所召此於五見何見攝見何諦斷此見耶

答非因計因戒禁取攝見苦所斷此中非因計因者謂諸聖道要修方得而說若言能召令起故戒禁取以爲自性見苦所斷顯彼對治苦智生時能斷如是不實推求乃至廣說如前應知此於苦果計爲道因故見苦時永斷此見已說五種惡見自性及彼對治等起云何謂大天因緣是此等起昔末土羅國有一商主少娉妻室生一男兒顏容端正與字大天未久之間商主持寶遠適他國展轉貿易經久不還其子長大染穢於母後聞父還心既怖懼與母設計遂殺其父彼既造一無間業已事漸彰露便將其母展轉逃隱波吒梨城彼後遇逢本國所供養阿羅漢苾芻復恐事彰遂設方計殺彼苾芻既造第二無間業已心轉憂慼後復見母與餘交通便憤恚言我爲此故造二重罪移流他國伶俜不安今復捨我更好他人如是倡穢誰堪容忍於是方便復殺其母彼造第三無間業已由彼不斷善根力故深生憂悔寢處不安自惟重罪何緣當滅彼後傳聞沙門釋子有滅罪法遂往鷄園僧伽藍所於其門外見一苾芻徐步經行誦伽他曰

若人造重罪　修善以滅除　彼能照世間
如月出雲翳

時彼聞已歡喜踊躍知歸佛教定能滅罪因即往詣一苾芻所慇懃固請求度出家時彼苾芻既見固請不審檢問遂度出家還字大天敎授敎誡大天聰慧出家未久便能誦持三藏文義言詞清巧善能化導波吒梨城無不歸仰王聞召請數入內宮恭敬供養而請

説法彼後既出在僧伽藍不正思惟寱失不淨然彼先稱是阿羅漢而令弟子浣所汙衣弟子白言阿羅漢者諸漏已盡師今何容猶有斯事大天告曰天魔所嬈汝不應恠然所漏失略有二種一者煩惱二者不淨煩惱漏失阿羅漢無猶未能免不淨漏失所以者何諸阿羅漢煩惱雖盡豈無便利涕唾等事然諸天魔常於佛法而生憎嫉見修善者便往壞之縱阿羅漢亦爲其嬈故我漏失是彼所爲汝今不應有所疑恠是名第一惡見等起又彼大天欲令弟子歡喜親附矯設方便次第記別四沙門果時彼弟子稽首白言阿羅漢等應有證智如何我等都不自知彼遂告言諸阿羅漢亦有無知汝今不應於己不信謂諸無知略有二種一者染汙阿羅漢已無

二者不染汙阿羅漢猶有由此汝輩不能自知是名第二惡見等起時諸弟子復白彼言曾聞聖者已度疑惑如何我等於諦實中猶懷疑惑彼復告言諸阿羅漢亦有疑惑疑有二種一者隨眠性疑阿羅漢已斷二者處非處疑阿羅漢未斷獨覺於此而猶成就況汝聲聞於諸諦實能無疑惑而自輕耶是名第三惡見等起後彼弟子披讀諸經說阿羅漢有聖慧眼於自解脫能自證知因白師言我等若是阿羅漢者應自證知如何但由師之令入都無現智能自證知彼即答言有阿羅漢但由他入不能自知如舍利子智慧第一大目乾連神通第一佛若未記彼不自知況由他入而能自了故汝於此不應窮詰是名第四惡見等起然彼大天雖造衆惡而不斷

滅諸善根故後於中夜自惟罪重當於何處受諸劇苦憂惶所逼數唱苦哉近住弟子聞之驚恠晨朝參問起居安不大天答言吾甚安樂弟子尋白若爾昨夜何唱苦哉彼遂告言我呼聖道汝不應恠謂諸聖道若不至誠稱苦召命終不現起故我昨夜數唱苦哉是名第五惡見等起大天於後集先所說五惡見事而作頌言

餘所誘無知　猶豫他令入　道因聲故起

是名眞佛教

於後漸次雞園寺中上座苾芻多皆滅歿十五日夜布灑他時次當大天昇座說戒彼便自誦所造伽他爾時衆中有學無學多聞持戒修靜慮者聞彼所說無不驚訶咄哉愚人寧作是說此於三藏曾所未聞咸即對之翻彼頌曰

餘所誘無知　猶豫他令入　道因聲故起

汝言非佛教

於是竟夜鬬諍紛然乃至終朝朋黨轉盛城中士庶乃至大臣相次來和皆不能息王聞自出詣僧伽藍於是兩朋各執已誦時王聞已亦自生疑尋白大天孰非誰是我等今者當寄何朋大天白王戒經中說若欲滅諍依多人語王遂令僧兩朋別住賢聖朋內耆年雖多而僧數少大天朋內耆年雖少而衆數多王遂從多依大天衆訶伏餘衆事畢還宮爾時雞園諍猶未息後隨異見遂分二部一上座部二大衆部時諸賢聖知衆乖違便捨雞園欲往他處諸臣聞已遂速白王王聞既瞋便勑臣曰宜皆引至殑伽河邊載以破船

中流墜溺即驗斯輩是聖是凡臣奉王言便將驗試時諸賢聖各起神通猶如鴈王陵虛而往復以神力攝取船中同捨雞園未得通者現諸神變作種種形相次乘空西北而去王聞見已深生媿悔悶絶躃地水灑乃甦速即遣人尋其所趣使還知在迦濕彌羅復固請還僧皆辭命王遂總捨迦濕彌羅國造僧伽藍安置賢聖衆隨先所變作種種形即以標題僧伽藍號謂鴿園等數有五百復遣使人多齎珍寶營辦什物而供養之由是爾來此國多有諸賢聖衆任持佛法相傳制造于今猶盛波吒梨王既失彼衆相率供養住雞園僧於後大天因遊城邑有占相者遇爾見之竊記彼言令此釋子却後七日定當命終弟子聞之憂惶啓告彼便報曰吾已久知還至雞園遣諸弟子分散徧告波吒梨城王及諸臣長者居士却後七日吾當涅槃王等聞之無不傷歎至第七日彼遂命終王及諸臣城中士庶悲哀戀慕各辦香薪幷諸酥油華香等物積置一處而焚葬之持火來燒隨至隨滅種種方計竟不能然有占相師謂衆人曰彼不消此殊勝葬具宜以狗糞而灑穢之便用其言火遂炎發須臾焚蕩俄成灰燼暴風卒至飄散無遺故彼是前惡見等起諸有智者應知避之

智蘊第三中他心智納息第三之一

云何他心智云何宿住隨念智如是等章及解章義既領會已次應廣釋問何故尊者依前二智而作論耶答是彼尊者意欲爾故謂本論師隨欲造論不違法相故不應責如此

尊者於根蘊中依法類二智而作論於定蘊中依盡無生二智而作論復於根蘊中依苦集滅道四智而作論於結蘊定蘊及此蘊後依八智而作論於修智等處依十智而作論如是尊者於此蘊初依他心宿住二智而作論如善巧陶師先熟調泥團置輪上隨自意樂造器等物尊者亦爾聞思修慧觀察法相斷自性愚及所緣愚隨欲造論故不應責復次以前二智俱通加行及離染得俱是修所成俱是通自性俱是四支五支靜慮果故偏依之而作此論復次以前二智俱以智見爲自性俱於所緣分齊而取謂他心智惟緣現在宿住隨念智但緣過去故偏依之而作此論有作是說以此二智俱通有漏無漏二品故偏依之而作此論評曰彼不應作是說宿隨念智惟是有漏故云何他心智答若智修所成是修果依止修已得不失能知他相續現在欲色界心心所法或無漏心心所法是謂他心智此中若智修所成者謂修所成慧爲自性故是修果者謂是四支五支靜慮果故依止修者謂依數習而成就故已得不失者已證得不捨故問何故不說未得已失答應說而不說者當知此義有餘復次若由此智說名成就他心通者此中說之未得已失諸他心智無如是義是故不說能知他相續現在欲色界心心所法或無漏心心所法者謂能如實知他有情身中現在世欲色界或無漏心心所法此說他心智所緣境相有別誦言若智現起如實知他有情有所尋求有所伺察有所攝受衆緣所起意及意所有是

謂他心智此中若智現起者說現行他心智如實知者簡別占相智等他有情者簡別知自心心所法有所尋求者謂欲界初靜慮心心所法有所伺察者謂靜慮中間心心所法有所攝受者謂後三靜慮心心所法復有說者有所尋求顯欲界初靜慮有所伺察顯從欲界乃至靜慮中間有所攝受顯從欲界乃至第四靜慮此中顯示能尋求等故色等法非此智境衆緣所起者如能知智由四緣生所知亦由四緣生故意及意所有者意即是心諸心所法名意所有如是皆說他心智境此他心智或應說一謂他心智通及示導或應說二謂有漏無漏有縛解脫有繫不繫或應說三謂下中上品或應說四謂四靜慮果或應說六謂有漏無漏各有三品或應說八謂四靜慮果各有有漏無漏或應說九謂下下品乃至上上品或應說十二謂四靜慮果各有三品或應說十八謂有漏無漏各有九品或應說二十四謂四靜慮果各有有漏無漏此復各有三品或應說三十六謂四靜慮果各有九品或應說七十二謂四靜慮果各有有漏無漏此復各有九品若以在身剎那分別應說無量無邊此中總說一他心智問此他心智以何爲自性答以慧爲自性是謂他心智自性我物自體相分本性已說自性所以今當說問何故名他心智他心智是何義耶答知他心故名他心智問此亦知他諸心所法何故但名他心智耶答諸瑜伽師意樂加行欲知他心非他心所是故但立他心智名以心爲先亦知心所譬如有人意樂加

行但欲見王若見王時亦見臣等復次諸法立名依多緣故謂或依自性或依對治或依加行或依相應或依所依或依所緣或依行相或依所緣及行相等依自性立名者謂五蘊四諦世俗智等依對治立名者謂法智類智對治欲界上二界故依加行立名者謂空識無邊處無所有處五現見定他心智等依相應立名者如品類足說云何順樂受等法謂樂受等相應如是一切依所依立名者謂眼識等依所緣立名者謂四念住無相定等依行相立名者謂苦集智此二行相無雜所緣雜故依所緣及行相立名者謂滅道智此二所緣行相俱無雜故諸如是等立名因緣乃有無量今他心智但依加行立名非餘復次相應品中心最勝故依知勝法立此智名如說王來非無臣等復次以依心故名心所法心是大地故諸心所法名大地所有故但說心復次修他心通無間道位惟緣心故但說知心此他心智界者有漏他心智是色界無漏他心智是不繫問何故無色界無他心智耶答非田器故乃至廣說復次修他心智依色起故地者惟在四根本靜慮非近分無色彼地不能發五通故問靜慮中間心心所法何地智能知耶有作是說初靜慮上品智能知復有說者第二靜慮下品智能知評曰應作是說初靜慮三品智皆能知所以者何一地攝故所依者惟依欲色界身起行相者無漏他心智作緣道諦四行相轉有漏他心智作不明了行相轉所緣者初靜慮他心智緣欲界初靜慮地心心所法第二靜慮他心

智緣欲界初二靜慮地心心所法第三靜慮他心智緣欲界前三靜慮地心心所法第四靜慮他心智緣欲界四靜慮地心心所法無他心智能知無色心心所法彼地勝故如初靜慮等他心智不知第二靜慮等心心所法問生欲色界起無色地心心所法是他心智所緣境不答非所緣境如不知果因亦爾故念住者是三念住除身念住智者是四智謂法類道世俗智即總說彼爲他心智三摩地俱者無漏他心智道無願俱有漏他心智非三摩地俱根相應者總說此與三根相應謂樂喜捨三世者是三世緣三世者過去緣過去現在緣現在未來若生法緣未來若不生法緣三世善不善無記者惟是善緣善不善無記者緣三種繫不繫者有漏他心智惟色界繫無漏他心智惟不繫緣繫不繫者緣欲色界繫及不繫學無學非學非無學者通三種緣學無學非學非無學者緣三種見修所斷不斷者有漏他心智惟修所斷無漏他心智是不斷緣見修所斷及不斷者緣三種緣名緣義者惟緣義緣自他相續非相續者惟緣他相續加行離染得者通加行離染得離染得者謂初靜慮者離欲界染時得乃至第四靜慮者離第三靜慮染時得或離自地上地染時亦容修得加行得者謂修勝進加行時得及起加行令現在前謂諸聲聞以中上品加行獨覺惟以下品加行佛不以加行能現在前曾得未曾得者一切聖者及內法異生皆通曾得未曾得外法異生惟是曾得問修他心智加行云何答施設論說初修業者

於世俗定已得自在數起現前令轉明利先審觀察自身心相若時身有如是相現爾時便起如是相心若時自起如是相心爾時身有如是相現自審觀察身心相已次審觀察他身心相若時身有如是相現爾時便起如是相心若時他起如是相心爾時身有如是相現審觀察他身心相已次純觀彼心心所法作是思惟我應觀彼心心所法何所尋求何所伺察何所攝受既思惟已純觀彼心相續前後行相差別觀彼心相若得純熟齊是名爲修他心智加行成滿集異門論作如是說修他心智加行云何謂審觀察緣五取蘊爲苦非常空非我智行相差別漸次能引無漏智生善知他心名他心智問無漏他心智能緣四諦智何故但說緣苦智耶答亦應說

緣餘三諦智而不說者當知有餘復次此中但說初入加行但緣苦智不說緣餘後相續時亦緣餘智問前施設論後集異門所說加行有何差別答前說有漏他心智加行後說無漏他心智加行復次前說他心智加行非勝妙明淨後說他心智加行勝妙明淨然他心智雖加行時亦緣色起而成滿時不復緣色所以者何先觀麤法爲入細故又他心智雖加行時亦緣自相續而成滿時惟緣他相續所以者何緣自不名他心智故又他心智但緣他心不緣他心所緣行相若緣他心所緣行相應緣自心非他心智自心是彼所緣及能緣行相故問若眼不見色爲能知他心不答能知耳聞聲故問若不見色聞聲爲能知他心不答能知鼻齅香故問若不見色聞

聲齅香爲能知他心不答能知舌嘗味故問若不見色聞聲齅香嘗味爲能知他心不答能知身覺觸故問若不見色聞聲齅香嘗味覺觸爲能知他心不有作是說彼不能知所以者何他心智起因緣色故評曰應作是說初引發時則不能知已成滿者雖不緣色而亦能知曾得有漏心心所法有十五種是他心智所應取境謂欲界及四靜慮各有下中上三品心心所法曾得有漏他心智有十二種謂四靜慮各有下中上三品他心智此中初靜慮曾得有漏他心智下品者能知欲界三品及初靜慮下品曾得有漏心心所法中品者能知欲界三品及初靜慮下中二品曾得有漏心心所法上品者能知欲界及初靜慮各三品曾得有漏心心所法如是展轉乃至第四靜慮曾得有漏上品他心智能知欲界及四靜慮各三品曾得有漏心心所法如曾得有漏十二種他心智知十五種曾得有漏心心所法未曾得有漏十二種他心智知十五種未曾得有漏心心所法亦爾無漏心心所法有十二種是他心智所應取境無漏他心智亦有十二種謂四靜慮各有三品此中第二靜慮無漏他心智下品者能知初靜慮及第二靜慮各惟下品無漏心心所法中品者能知初靜慮及第二靜慮各下中二品無漏心心所法上品者能知初靜慮及第二靜慮各三品無漏心心所法如是展轉乃至第四靜慮上品無漏他心智能知四靜慮各三品無漏心心所法問何故上地下中品有漏他心智俱能知下地三品有漏心心所法

上地下中品無漏他心智不知下地中上品無漏心心所法耶答有漏無漏心心所法建立各異謂有漏心心所法依相續建立有一身相續中成就二品有漏心心所法無漏心心所法依根品建立無一身相續中成就二品無漏心心所法況有成就三者建立既別故知有異有十四種通果心心所法皆是他心智所應取境謂欲界初靜慮各有四靜慮果第二靜慮有後三靜慮果第三靜慮有後二靜慮果第四靜慮惟有第四靜慮果問初靜慮他心智於欲界四靜慮通果心心所法能知幾種有作是說能知四種所以者何一切皆是欲界攝故復有說者惟能知初靜慮果不知餘三所以者何如不知因果亦爾故諸他心智於地度根度補特伽羅度心心所法皆不能知於地度心心所法不能知者謂初靜慮他心智不能知第二靜慮以上心心所法乃至第三靜慮他心智不能知第四靜慮以上心心所法於根度心心所法不能知者謂鈍根者他心智不能知利根者心心所法於補特伽羅度心心所法不能知者謂有學他心智不能知無學心心所法問一切無學他心智皆能知一切有學心心所法耶答不也謂時解脫他心智不能知見至心心所法見至他心智亦不能知時解脫心心所法所以者何時解脫他心智於見至心心所法根度故不知見至他心智於時解脫心心所法補特伽羅度故不知問有學上地他心智無學下地他心智此二爲得互相知耶答不也所以者何有學上地他心智於無學下地

他心智補特伽羅度故不知無學下地他心智於有學上地他心智地度故不知問聲聞上地他心智如來下地他心智此二爲得互相知耶答不也所以者何聲聞上地他心智於如來下地他心智根度故不知如來下地他心智於聲聞上地他心智地度故不知獨覺望餘乘准前義應説如來無漏心心所法及未曾得有漏心心所法俱非他心智現所取境曾得有漏心心所法佛欲令他知者即知謂佛若欲令鈍根者知我心非利根者則蛇奴等亦知佛心舍利子等皆不能知若欲令傍生趣等知我心非人天趣則傍生趣等亦知佛心人及天趣皆不能知云何知然契經説故謂契經説一時佛住廣嚴城獼猴池側重閣精舍時諸苾芻以世尊盋及彼自盋皆置露處有一獼猴下娑羅樹來趨盋所時苾芻衆恐彼損盋競驅逐之佛言汝等不應驅逐彼有别意須臾當知時彼獼猴取世尊盋徐還上樹盛滿流蜜安庠而下持奉世尊以有蟲故世尊不受佛起曾得有漏心品令彼去蟲獼猴即知退住一處擇去蟲已來奉世尊未作淨故佛復不受佛起曾得有漏心品令彼以水徧灑作淨獼猴即知退住一處以水作淨還奉世尊於是世尊哀愍爲受獼猴歡喜踊躍無量儛蹈却行墮坑而死乘斯福業得生人中長大出家勤修梵行不久便獲阿羅漢果世共號爲獻蜜上座尊者論力由彼因緣以持伽他而讚佛曰

無上天人調御士　能令惡趣亦知心

若住甚深微妙定　乃至人天不能了

佛他心智能知三道獨覺他心智能知二道聲聞他心智能知一道問佛得緣佛他心智不有說不得所以者何無二如來俱出世故復有說得此說能緣不說現起問獨覺得緣獨覺他心智不若麟角喻者准佛應知衆出獨覺決定得緣獨覺他心智此說能緣亦說現起聲聞亦定得緣聲聞他心智此亦說能緣亦說現起異生定得緣異生他心智如衆出獨覺及諸聲聞說有作是說麟角喻獨覺亦定得緣麟角喻獨覺他心智亦說能緣亦說現起餘世界中有麟角喻獨覺出世無理遮故惟佛無漏心心所法及未曾得有漏心心所法定無他心智能緣現起者無色界一切心心所法定非他心智所緣非其境故

阿毗達磨大毗婆沙論卷第九十九　說一切有部發智

音釋

嬈（而沼切亂也）娉（匹正切娶問也）憤恚（憤房吻切懣也恚於避切恨怒也）伶俜（伶呂貞切俜普丁切伶俜孤獨貌也）倡（蚩良切妓也）寱（莫鳳切寐也神交爲寱）數（色角切屢也頻也）儛蹈（儛文甫切謂足相背而手翻弄也蹈徒到切動足履地曰蹈）

阿毗達磨大毗婆沙論卷第一百

五百大阿羅漢等造

唐三藏法師玄奘奉　詔譯

智藴第三中他心智納息第三之二

諸有情類有流轉者有還滅者流轉者謂更受生還滅者謂趣涅槃若諸有情生欲色界及諸異生生無色界修他心智者於彼心心所法由二事故得他心智一者能緣二者現起若諸有情已般涅槃及諸聖者生無色界修他心智者於彼心心所法由一事故得他心智謂但能緣不能現起問若諸聖者生無色界能修下地他心智不有說不修以彼畢竟無起義故評曰應作是說雖必不起而彼得修生上能修下無漏故如法智品不違理故異生生彼無修此義或有心心所法是佛他心智境非獨覺聲聞或有心心所法是獨覺他心智境非諸聲聞或有心心所法是佛獨覺聲聞他心智境如契經說苾芻當知大雪山中有如是處獮猴與人俱不能行有如是處獮猴能行人不能行有如是處獮猴與人二俱能行此契經中大雪山者顯所知法如是處者顯在見道十五剎那獮猴顯獨覺人顯聲聞能行不能行顯諸他心智然他心智能知同類心心所法非不同類謂有漏者知有漏無漏者知無漏曾得者知曾得未曾得者知未曾得法智品者知法智品類智品者知類智品聲聞他心智於見道惟能知二剎那心獨覺他心智於見道惟能知三剎那心佛他心智於見道次第能知十五剎那心所以者何佛他心智不由加行而現在前

獨覺他心智由下加行而得現前聲聞他心智由中加行或上加行方現前故謂修觀者將入見道聲聞欲知彼見道心先修法智品他心智加行彼修觀者既入見道此他心智加行已滿便能知彼二刹那心謂苦法智忍及苦法智俱心彼修觀者入類智品聲聞復修類智品他心智加行經十三刹那加行方滿乃能知彼第十六心謂本欲知第三心今乃知彼第十六心是故聲聞他心智惟知見道初二心若修觀者將入見道獨覺欲知彼見道心先修法智品他心智加行彼修觀者既入見道此他心智加行已滿便能知彼二刹那心謂苦法智忍及苦法智俱心彼修觀者入類智品獨覺復修類智品他心智加行經五刹那加行方滿乃知彼第八心謂本欲知彼第三心今乃知彼集類智俱心有說知彼第十五心經十二刹那加行滿故有說獨覺能知四心謂知初二及第八第十四心有餘師說能知初二及第十一第十二心即滅類智忍及滅類智俱心佛他心智不由加行故具知彼見道十五刹那心佛智於三道皆能知自相共相獨覺智於獨覺聲聞道能知自相共相於佛道能知共相非自相聲聞智於聲聞道能知自相共相於佛獨覺道能知共相非自相問聲聞入現觀時於佛獨覺道能現觀不設爾何失若能現觀云何聲聞他心智不能知佛及獨覺心若不能現觀云何亦得緣彼證淨又應現觀時不徧觀道諦答應作是說聲聞入現觀時於佛獨覺道亦能現觀問若爾云何聲聞他心智不能知佛及

獨覺心答入現觀時知彼共相非自相故能現觀他心智惟知自相故彼他心智不知佛及獨覺心問一有情相續中所有他心智能知一切有情隨其所應心心所法此智於彼爲知總物類爲知別刹那設爾何失若知總物類非別刹那者於別刹那云何能知若知別刹那者云何此智所依非多謂我他心智聚有二十一法緣一有情一刹那受如一刹那受一切刹那受亦爾如受刹那無量無邊諸餘一切心心所法刹那亦爾如一有情心心所法刹那無量無邊諸餘一切有情心心所法刹那亦爾如是我心心所法則爲多餘一切有情由智多故所依亦多有作是說知總物類非別刹那問若爾於別刹那云何能知答無有是處然爲分別假使能知物類智盡於餘刹那不復欲知設復欲知亦不能知智若未盡欲知即知又物類智於諸刹那不欲別知設欲別知亦不能知諸欲知者惟於物類復有說者知別刹那問若爾云何此智所依非多答無如是失此彼等故如我他心智聚二十一法有無量無邊刹那於餘一切有情一切心心所法一一刹那別別能緣如是諸餘一切有情他心智聚亦各有無量無邊刹那於餘一切有情一切心心所法一一刹那別別能緣故智所依無偏多失評曰應知此中後說爲善心心所法所緣定故問諸他心智爲能通緣三世爲但緣現在耶答諸他心智但緣現在問若爾論說當云何通如說過去未來法九智知除滅智答應作是說過去未來法八智知除滅智他心智現在法

九智知除滅智而不作是說者應知有別意趣謂彼種類九智所知若在過去即是過去他心智所知亦是未來不生法他心智所知若在未來惟是未來他心智所知若在現在即是現在他心智所知亦是未來不生法他心智所知依此意說過去未來法是九智所知不說過去未來法是現在他心智所知復有欲令他心智現在前時能知他相續三刹那心謂現在前者次前滅者次後生者論依此說亦不相違評曰彼不應作是說以他心智惟知現在他心心所非餘法故問諸他心智爲緣一物爲緣俱生心心所聚設爾何過若緣一物契經所說當云何通如契經說於有貪心如實知此是有貪心乃至廣說若於一時知貪及心豈非緣聚餘經所說復云何通如世尊說我一作意徧知苾芻僧諸心之所念若緣聚者云何他心智有三念住別答應作是說一刹那頃他心智起但緣一物問若爾契經所說當云何通如說於有貪心如實知此是有貪心耶答有貪心者謂貪相應心然知貪時不即知心若知心時不復知貪如觀有垢衣若觀垢時則不觀衣若觀衣時不復觀垢此亦如是故不相違問若爾餘經所說復云何通如世尊說我一作意徧知苾芻僧諸心之所念耶答彼經不說他心智但說此智謂佛先以一他心智觀一苾芻心所念已後以比智總觀苾芻僧諸心之所念知彼皆住寂靜正行有作是說此非他心智亦非比智乃是願智總知苾芻諸心所念復有說者此非他心智亦非比智及願智然世尊

盡智現在前時得欲界如是種類未曾得無覆無記心心所法不入靜慮亦不起通一作意時由此則能徧知苾芻僧諸心之所念有說此是欲界善心盡智時得謂勝思慧有餘師說諸他心智能緣俱生心心所聚問若爾云何他心智有三念住别答初引發時有三念住後成滿時總緣俱起心心所法作雜緣法念住評曰一切他心智一剎那頃但緣一法惟緣實物惟觀自相惟觀現在時惟觀他相續惟觀心心所法不在見道非空無相三摩地俱亦非盡智無生智攝無間道中不修不起是容豫道種類攝故云何宿住隨念智答若智修所成是修果依止修已得不失能現憶知諸宿住事種種相狀及所言說是謂宿住隨念智此中若智修所成者謂修所成慧爲自性故是修果者謂是四支五支靜慮果故依止修者謂依數習而成就故已得不失者已證得不捨故問何故不說未得已失答應說而不說者當知此義有餘復次若由此智說名成就宿住通者此中說之未得已失諸宿住智無如是義是故不說能現憶知諸宿住事者謂此智能明了憶知過去生中欲色界自他相續等事種種相狀及所言說者謂生本死有名種種相狀可顯示彼相狀别故中有名所言說中有微細但可言說不可示其相狀别故有作是說中有名種種相狀似本有故生本死有名所言說可說彼爲剎帝利等種姓别故又本有時能起種種言論事故復有說者種種相狀者略顯前生事及所言說者廣顯前生事有餘師說種種相

狀者顯過去世所詮表事及所言說者顯過去世能詮表事如契經說佛告阿難若有相狀及有言說可施設有色身名身若無相狀及無言說可施設有增語觸有對觸不阿難白佛不也世尊此中內六處名相狀外六處名言說有作是說外六處名相狀內六處名言說所以者何依內六處可說六識及觸言故謂說名眼識眼觸乃至意識意觸又契經說由如是相狀入初靜慮具足住此中相者謂加行相狀者謂所緣狀如論所說除前相者相謂所名如伽他說

若成就八智　十六行相者　如贍部真金

無能說其過

此中相聲說無漏慧應知此中諸宿住事種種相狀及所言說皆顯宿住隨念智境即欲色界過去生中自他所更有漏五蘊此宿住隨念智或應說一謂宿住隨念智通明力或應說二謂曾得未曾得或應說三謂下中上三品或應說四謂四靜慮果或應說六謂曾得未曾得各有三品或應說八謂四靜慮果各有曾得未曾得或應說九謂下下品乃至上上品或應說十二謂四靜慮果各有三品或應說十八謂曾得未曾得各有九品或應說二十四謂四靜慮果各有曾得未曾得此復各有三品或應說三十六謂四靜慮果各有九品或應說七十二謂四靜慮果各有曾得未曾得此復各有九品若以在身剎那分別應說無量無邊此中總說一宿住隨念智問此宿住隨念智以何爲自性答以慧爲自性是謂宿住隨念智自性我物自體相分本

性已說自性所以今當說問何故名宿住隨念智宿住隨念智是何義耶答諸過去生有漏五蘊名爲宿住隨念勢力而能知彼故名宿住隨念智謂此聚中雖有多法而念力增故說隨念如四念住雖慧爲體而念力增故名念住如持息念雖慧爲體而念力增名持息念如本性念生智雖慧爲體而念力增名本性念生智如伏除色想雖慧爲體而想力增名伏除色想此亦如是雖體是慧而念力增名宿住隨念智此宿住隨念智界者是色界問何故無色界無宿住隨念智耶答非田器故乃至廣說復次宿住隨念智依色引發無色界無色故無此智地者惟在四根本靜慮非近分無色彼地不能發五通故問靜慮中間諸宿住事依何地智能隨念知有作是說初靜慮上品隨念智能知復有說者第二靜慮下品隨念智能知評曰應作是說初靜慮三品隨念智皆能知所以者何一地攝故所依者惟依欲色界身起行相者作不明了行相非十六行相攝故所緣者初靜慮宿住隨念智緣欲界初靜慮前際有漏五蘊乃至第四靜慮宿住隨念智緣欲界四靜慮前際有漏五蘊此智不能緣無色界諸宿住事彼地勝故如初靜慮宿住隨念智不知第二靜慮以上諸宿住事乃至第三靜慮宿住隨念智不知第四靜慮以上諸宿住事是故第四靜慮宿住隨念智不知無色界諸宿住事問曾生欲色界所起無色界諸宿住事是此智所緣不答非此智所緣如不知果因亦爾故問若宿住隨念智不能知無色界宿住事者

契經所說當云何通如契經說世尊於過去諸宿住事若有色若無色若有想若無想種種相狀及所言說皆能憶知有作是說若有色者謂欲色界生本死有色相麤故若無色者謂中有位色微細故評曰彼不應作是說所以者何若作是說聲聞亦知與佛何異而舍利子以此讚佛無上德耶應作是說若有色者謂欲色界若無色者謂無色界然佛不以宿住隨念智憶知無色界諸宿住事但以比智知無色界諸宿住事問若爾外道及諸聲聞亦有比智與佛何異而舍利子以此讚佛無上德耶答應知比智略有三種一外道二聲聞三佛外道欲觀諸宿住事若觀欲色界或二萬劫不見或四萬劫不見或六萬劫不見或八萬劫不見便謂斷滅聲聞欲觀諸宿住事若觀欲色界二萬劫不見便謂彼生空無邊處而彼或生上地壽量不盡而死若觀欲色界四萬劫不見便謂彼生識無邊處而彼或再生空無邊處或生上地壽量不盡而死若觀欲色界六萬劫不見便謂彼生無所有處而彼或三生空無邊處或一生半生識無邊處或生非想非非想處壽量不盡而死若觀欲色界八萬劫不見便謂彼生非想非非想處而彼或四生空無邊處或再生識無邊處或一生一分生無所有處世尊欲觀諸宿住事若觀欲色界命終時心或結生時心即如實知如是有情當生空無邊處或從彼歿如是有情當生識無邊處或從彼歿如是有情當生無所有處或從彼歿如是有情當生非想非非想處或從彼歿於此四處或

壽量盡而死或壽量不盡而死皆如實知是故外道比智謂彼斷滅聲聞比智或如其事或不如其事佛比智明淨勝妙皆如實知內法異生及諸獨覺比知無色諸宿住事如諸聲聞應知其相問第四靜慮所起宿住隨念智爲一刹那總緣五地諸宿住事爲地地別緣設爾何失若總緣五地云何麤細一時能知若地地別緣何故說此能緣五地答應作是說地地別緣問若爾何故說此能緣五地答但說此智能緣五地不說一時斯有何失下三靜慮准此應知有作是說若初引起地地別緣若至成滿時能總緣五地念住者惟是雜緣法念住尊者妙音作如是說通四念住如契經說我念過去受樂受苦既念知樂苦即是受念處評曰應作是說念過去世諸樂苦具名受樂苦非但緣受故彼非證然宿住隨念智總觀前生分位差別惟是雜緣法念住攝智者惟是世俗智尊者妙音作如是說此通六智謂八智中除他心智及滅智除他心智者彼緣現在此緣過去故除滅智者彼緣無爲此緣有爲故評曰應作是說此惟世俗智緣前際事故三摩地俱者非三摩地俱惟有漏故根相應者三根相應謂樂喜捨三世者是三世緣三世者過去現在者緣過去未來者緣三種善不善無記者惟是善緣善不善無記者緣三種繫不繫者惟色界繫緣繫不繫者惟緣欲色界繫學無學非學非無學者惟非學非無學緣學無學非學非無學者惟緣非學非無學見修所斷不斷者惟修所斷緣見修所斷不斷者緣見修所斷緣

名緣義者通緣名義緣自他相續非相續者緣自他相續加行離染得者通加行離染得離染得者謂初靜慮者離欲界染時得乃至第四靜慮者離第三靜慮染時得或離自地上地染時亦容修得加行得者謂修勝進加行時得及起加行令現在前謂諸聲聞以中上品加行獨覺惟以下品加行佛不以加行能現在前此所得者惟修所成在定有故曾得未曾得者一切聖者及內法異生皆通曾得未曾得外法異生惟是曾得有作是說住最後有異生及諸聖者通曾得未曾得諸餘異生惟是曾得問修宿住隨念智加行云何答施設論說初修業者於世俗定已得自在數起現前令轉明利先審憶念次前滅心隨念知已次審憶念久已滅心隨念知已展轉乃至加行成滿此中有說漸審憶念至入母胎前一刹那心名加行成滿若作是說非善成滿所以者何入母胎前一刹那心是中有位中有即是此生所攝以衆同分無差別故猶憶此生豈善成滿應作是說漸審憶念至此中有前一刹那心名加行成滿彼是前生命終心故能隨念知名善成滿問修此加行漸憶念時為以刹那為以分位答此以分位不以刹那若以刹那漸次憶念半生未盡即便命終豈能修至加行成滿謂先憶念此生老位次復憶念此生中年位次復憶念此生少年位次復憶念此生童子位次復憶念此生嬰孩位次復憶念此生盋羅奢佉位次復憶念此生鍵南位次復憶念此生閉尸位次復憶念此生頞部曇位次復憶念此生羯剌

藍位次復憶念入毋胎位次復憶念住中有位次復憶念初受中有位最後憶念前生命終位爾時此智加行成滿問修此加行時爲依自相續爲依他相續耶有作是説依自相續若爾自前生欲色界者可爾若前生無色界者云何可爾復有説者依他相續若爾他前生欲色界者可爾若前生無色界者云何可爾評曰應作是説修此加行時亦依自相續亦依他相續依自相續修加行者若自前生欲色界者即依自相續加行成滿若自前生無色界者轉依他相續加行成滿依他相續修加行者若他前生欲色界者即依他相續加行成滿若他前生無色界者轉依自相續加行成滿問修此加行時爲依欲界爲依色界耶答此有四種或有依欲界初修加行後依色界加行成滿謂與暴惡難共住者同住一處作是思惟此必前生從欲界死漸審憶念此乃前生從色界死或有依色界初修加行後依欲界加行成滿謂與調善易共住者同住一處作是思惟此必前生從色界死漸審憶念此乃前生從欲界死或有依欲界初修加行還依欲界加行成滿謂與暴惡難共住者同住一處作是思惟此必前生從欲界死漸審憶念此果前生從欲界死或有依色界初修加行還依色界加行成滿謂與調善易共住者同住一處作是思惟此必前生從色界死漸審憶念此果前生從色界死如依界修加行差別依趣等亦爾問此宿住隨念智爲但憶知曾所更事爲亦憶知未曾更事答此但憶知曾所更事問若爾此智應不

憶知五淨居事無始時來未生彼故答曾所更事略有二種一者曾見二者曾聞雖未曾見五淨居事而曾聞故亦能憶知餘欲色界極遠極勝諸難知事准此應知問此宿住隨念智爲一入定惟知一生爲一入定知多生耶答初引發時若一入定惟知一生後成熟時若一入定知百千生世尊一入定若初若後皆能知百千生問此宿住隨念智爲能捨近百千生事而知遠百千生事耶答初引發時不能後成熟時則能世尊若初若後俱能問此宿住隨念智漸次憶知前際無量宿住事已欲退出時爲依前入漸次退出爲頓出耶有作是說必依前入漸次退出評曰應作是說隨所意樂若漸若頓皆能退出問以宿住智憶知前際宿住事已無間即能起死生智觀察後際死生事耶答佛能非餘諸佛功德不能加行能現前故獨覺聲聞諸外道等要作加行方能起故問此宿住隨念智一刹那頃能知幾生答能知一生云何知然有聖教故如毗奈耶說尊者淨妙告諸苾芻言我一起心憶知過去五百生事時諸苾芻皆共訶擯言汝自稱得過人法不應共住必無但起一刹那心知多生故爾時佛告諸苾芻言汝等不應訶擯淨妙隨實想說不犯重故謂此淨妙曾生無想有情天中五百劫壽今憶彼事謂五百生隨實想說故不犯重由此證知一刹那頃但知一生問此宿住隨念智一刹那頃能知幾趣耶有作是說此智一刹那頃但知一趣謂或知地獄趣乃至或知天趣復有說者此智一刹那頃能知二趣謂或知

地獄傍生趣或知鬼界傍生趣或知人傍生趣或知天傍生趣評曰應作是說此智一刹那頃隨其所應能知多趣謂若憶念轉輪王事一刹那頃即知人鬼傍生三趣若知輪王諸臣眷屬名知人趣若知能轉輪及受祀鬼等名知鬼趣若知象馬等名知傍生趣若能憶念曼馱多王與天帝釋共集會事能知四趣惟除地獄知餘三趣廣說知前知天趣者謂知帝釋及彼眷屬假使五趣一處集會一刹那頃皆能憶知是故此智一刹那頃隨其所應能知多趣如契經說常見論者憶知宿住事有三種差別一有常見論者能憶知二萬劫事二有常見論者能憶知四萬劫事三有常見論者能憶知八萬劫事復有別誦第三憶知六萬劫事問何等常見論者能憶知二萬劫事乃至何等常見論者能憶知八萬劫事耶答常見論者根有三品若下根者能憶知二萬劫若中根者能憶知四萬劫若上根者能憶知八萬劫復次常見論者能憶知三劫壞事若能憶知火劫壞事者彼能憶知二萬劫若能憶知水劫壞事者彼能憶知四萬劫若能憶知風劫壞事者彼能憶知八萬劫復次常見論者能憶知三根壞事若能憶知喜根壞事者彼能憶知二萬劫若能憶知樂根壞事者彼能憶知四萬劫若能憶知捨根壞事者彼能憶知八萬劫復次常見論者有三乘種性差別若有聲聞種性者彼能憶知二萬劫若有獨覺種性者彼能憶知四萬劫若有佛種性者彼能憶知八萬劫是謂三種別憶知緣問已說二智自性雜不雜相今

當說諸他心智皆現知他心心所法耶答應作四句此中他心智通三世現知他心心所法者惟現在然通他心智及非他心智故有四句有他心智非現知他心心所法謂過去未來他心智此有他心智相而無現知他心等用謂過去者作用已滅故未來者未有作用故有現知他心心所法非他心智謂如有一或覩相或聞語或得如是生處得智能現知他心心所法覩相現知他心心所法者人趣中有如鄔波難陀釋子至一近事家見其門邊有一駁犢便告近事若得卧具如汝門邊駁犢皮者豈不美哉時彼近事作是念言令此釋子定應欲得我駁犢皮持作卧具便害駁犢以皮施與釋子受之還本所止犢母悲喚尋後而行故知人中有覩相智聞語現知他心心所法者人趣中有如鄔波難陀釋子見一居士著新好衣入誓多林便告彼曰若得三衣敷具似汝所著衣者豈不美哉時彼居士作是念言令此釋子定應欲得我所著衣作衣卧具便脱施與故知人中有聞語智有作是說所引二種皆聞語攝或俱覩相此本論文應作是說或覩相或占卜能現知他心心所法或覩相者如前所說及餘見聞身語業相知他心者或占卜者如諸外道種種占卜知他心者生處得智現知他心心所法者謂地獄等有其事云何且地獄中亦有生處得智能知他心等然無別現事可說問彼於何時知他心等答初生地獄未受苦時若受苦已尚不能知自心所念況能知他心心所法問彼住何心知他心等善耶染污耶

無覆無記耶答三種皆能知問爲住意識爲住五識知他心等答惟住意識問爲住威儀路心爲住工巧處心爲住異熟生心知他心等答惟住威儀路心所以者何彼無現起工巧處心故彼異熟生心惟五識有故

阿毗達磨大毗婆沙論卷第一百 說一切有部發智

音釋

嬰孩 嬰於盈切孩户來切嬰孩小兒也 盋羅奢佉 梵語也此云形位五七日胎名也 鍵南 梵語也亦云羯南此云硬肉四七日胎名也鍵渠建切 頞部曇 梵語也亦云遏蒲曇此云疱狀如瘡疱二七日胎名也頞阿葛切曇徒含切 羯刺藍 梵語也亦云羯邏藍此云凝滑初七日胎名也羯居竭切 訶擯 訶虎何切斥也擯必刃切逐也 駮犢 駮比角切犢徒谷切駮犢謂不純色牛兒也